GESA SCHWARTZ

Ära der Drachen – Schattenreiter

GESA
SCHWARTZ

ÄRA DER DRACHEN

SCHATTENREITER

Roman

LYX
EGMONT

Originalausgabe April 2016 bei LYX
verlegt durch EGMONT Verlagsgesellschaften mbH,
Gertrudenstr. 30–36, 50667 Köln

1. Auflage
Redaktion: Sybille Flint-Hassl, Bonn
Umschlaggestaltung: Anke Koopmann,
Agentur Guter Punkt, München, www.guter-punkt.de
Umschlagillustration und Illustrationen im Innenteil:
Maik Schmidt
Satz: Greiner & Reichel, Köln
Printed in Germany (671575)
ISBN 978-3-7363-0186-3

www.egmont-lyx.de

MIX Papier FSC FSC® C014496

Erster Teil

Kapitel 1

Das Licht der Fackel hastete flackernd über die Wände des Tunnels, glitt über den nassen Boden und wurde nach wenigen Armlängen von der Finsternis verschluckt. Sira konnte gerade genug erkennen, um sich an den tief sitzenden Stahlrohren der Decke nicht den Kopf zu stoßen. Hin und wieder rutschte sie auf den verrosteten Gleisen aus, aber sie verlangsamte ihre Schritte nicht. Sie hatte keine Zeit, um sich wie eine Greisin durch die Tunnel zu tasten, nur weil es ein wenig glatt war. Sie war ohnehin schon spät dran. Und immerhin kannte sie sich in dieser Dunkelheit aus. Lautlos sprang sie über ein Rinnsal und wich einem verrotteten Kabelstrang aus, der faustdick von der Decke hing. Sie war in dieser Unterwelt geboren worden, in diesem Labyrinth aus verlassenen U-Bahn-Tunneln, Kabelschächten, Abwasserkanälen und Versorgungsgängen, das sich noch immer tief unter den Straßen New Yorks entlangwand, auch wenn die Stadt selbst schon längst nicht mehr existierte.

Sie hatte gerade eine Gabelung überquert, als ein Scharren durch den Tunnel hallte. Blitzschnell griff Sira nach dem Messer an ihrem Stiefel, verlor dabei den Halt – und landete der Länge nach in einer Schlammpfütze. Nur im letzten Moment konnte sie das Erlöschen der Fackel verhindern. Der Fluch kam so laut über ihre Lippen, dass er tausendfach gebrochen von den Wänden widerhallte. Wütend rappelte sie sich auf und musste sich zwingen, die Ruhe zu bewahren. Sie benahm sich wie ein dummes Kind, das noch nie einen Fuß in diese Finsternis gesetzt hatte! Das modrige Wasser lief über ihre Stirn und den Nacken hinab, aber als sie vorsichtig weiterging, richtete sie ihre gesamte Aufmerksamkeit auf den Bereich jenseits des Lichts. Langsam wich ihr Zorn kalter Konzentration. Sie hatte gelernt, in der Unterwelt zu überleben, und sie wusste um die Gefahr, die in ihr lauerte. Sie konnte sich direkt über ihr verbergen, in den alten Belüftungsschächten, den einstigen Wartungsräumen oder maroden Bahnstationen. Sie wartete unter ihr, in tiefen Brunnen und Kanälen, in die sich niemand hinabwagte, und sie schlich neben ihr durch die Dunkelheit, nur getrennt durch eine dünne Wand aus bröckelndem Stein. Die Gefahr war immer da, in jedem Kiesel, der plötzlich von der Decke fiel, in jeder noch so leichten Erschütterung des Bodens, und sie wartete nur darauf, einer fluchenden jungen Frau das Genick zu brechen, die dumm genug war, sich allein in die Tunnel zu begeben, und dort nichts Besseres vorhatte, als Radau zu machen.

Ein schemenhafter Umriss tauchte vor ihr auf, so groß, dass er fast den gesamten Tunnel ausfüllte. Obwohl sie wusste, dass es nur ein alter Zug war, verlangsamte sie ihre Schritte. Relikte der Vergangenheit wie dieses waren ihr suspekt. Sie zeugten von einer Zeit, in der die Menschen die Unterwelt nur genutzt, aber nicht darin gelebt hatten, einer Zeit, in der die Oberwelt noch ihr Zuhause gewesen war – einer Zeit, die so lange zurücklag, dass Sira sie nur aus Erzählungen kannte. Sie ließ den Blick über die bunten Graffitis schweifen, die die Fassade bedeckten. Damals waren die Menschen in diesem Zug durch die Unterwelt gefahren, und die Tunnel waren kaum mehr gewesen als unterirdische Straßen. Ein seltsamer Gedanke.

Das Scharren, das ihren Sturz verursacht hatte, wiederholte sich. Es war jetzt ganz nah, und Sira stieß verächtlich die Luft aus, als sie die Geräuschquelle entdeckte. Es war eine Ratte, die zwischen den Gleisen hockte und mit ihren Krallen über ein Stück Metall kratzte.

»Herzlichen Dank für die Dusche«, murmelte Sira. Beinahe empört richtete die Ratte sich auf und blinzelte in den Fackelschein.

Die Ära der Menschen ist vorbei, hatte Siras Onkel beim Anblick einer Ratte früher oft gesagt. Damals war sie noch ein Kind gewesen und hatte seine Worte nicht verstanden, doch inzwischen begriff sie, was er gemeint hatte. Die Menschen hausten in der Finsternis, auf ihre eigene Schwäche zurückgeworfen und schreckhaft ihren Instinkten vertrauend wie Tiere. Viele Bewohner ihrer Enklave hassten die Ratten mehr als alles andere. Vielleicht, ging es ihr durch den Kopf, weil sie ihnen so ähnlich geworden waren.

Die Ratte schnaubte gelangweilt. Sie verschwand unter dem Gleisbett, und Sira setzte sich wieder in Bewegung. Sie hatte keine Zeit, um Ratten zu beobachten. Sie musste den ersten Käfig erwischen – den Käfig hinauf ins Licht.

Mit schnellen Schritten durchquerte sie den Zug und erreichte kurz darauf endlich die Schleusentür am Ende des Tunnels. Knirschend öffnete sie sich, und dämmriges Licht fiel auf Siras Gesicht. Sofort hörte sie die Stimmen der Männer, die mit ihr hinauffahren würden – lebensmüde Abenteurer wie sie selbst, die ihre Haut riskierten, um die Schätze einer verlorenen Welt zu bergen.

»Das wurde auch Zeit«, empfing sie der alte Sol, der in dem spärlich erleuchteten Tunnel wie üblich auf einem mickrigen Klappstuhl hockte und den Käfig bewachte: ein rostiges Ding mit zwei Kurbeln, das er vor Urzeiten eigenhändig gebaut hatte. Früher war er selbst hinaufgefahren, doch seit er im Licht seinen Arm verloren hatte, zog er es vor, den Chauffeur zu spielen, wie er selbst sagte. »Wir warten schon eine Ewigkeit, und du weißt, dass die Zeit an der Schleuse langsamer vergeht als überall sonst.«

»Vielleicht musste unsere kleine Pocahontas sich noch schön machen«, sagte ein Mann namens Turak und grinste spöttisch, als er den Schlamm auf ihren Klamotten betrachtete.

Sira lächelte herablassend. »Ich habe ein Bad genommen«, gab sie zurück. »Nur für euch.«

Turak musterte sie von oben bis unten. Ihr langes Haar hatte sie im Nacken zusammengebunden, ihre lederne Kleidung lag eng an ihrem Körper, damit sie nicht befürchten musste, an vorragenden Hindernissen hängen zu bleiben, und trotz der Schmutzspuren ließ Turaks Blick keinen Zweifel daran, dass ihm gefiel, was er sah. Doch als er den mattschwarzen Anhänger bemerkte, den sie an einem Lederband um den Hals trug, verfinsterte sich seine Miene. »Dabei hättest du dich auch gleich von diesem Ding verabschieden sollen. Es bringt Unglück, etwas von *ihnen* zu tragen.«

»Offenbar hast du unsere letzte Begegnung schon wieder vergessen«, erwiderte sie ruhig. »Unglück bringt es, ein Mädchen ausrauben zu wollen, das doch nicht so wehrlos ist, wie man dachte.«

Die anderen Männer lachten, aber Turak schüttelte den Kopf, ohne sich von dem Anhänger abzuwenden. »Es würde mich anwidern, etwas von unseren Feinden am Körper zu tragen.«

Sira schwieg, während sie langsam auf ihn zutrat. Noch immer lag das Lächeln auf ihren Lippen, und als sie zu sprechen begann, klang ihre Stimme warm und verführerisch. »Du musst deinen Feind kennen, wenn du ihn töten willst«, raunte sie und kam Turak so nah, dass ihr Atem seine Lippen streifte. »Du musst lautlos sein wie er ...«, fuhr sie flüsternd fort, »... schnell wie er ... und ebenso ... tödlich.« Mit diesem Wort drückte sie das Messer in ihrer Hand an seine Leistengegend, direkt über der Arterie. Seine Augen weiteten sich. Er hatte nicht bemerkt, dass sie die Waffe gezogen hatte. Ihr Lächeln verlor sich, als sie seinen Blick erwiderte. »Dieser Anhänger ist ein Geschenk meines Onkels«, sagte sie ernst. »Er gab es mir kurz vor seinem Tod, und es erinnert mich immer daran, wer mein Feind ist. Du solltest nicht von Dingen sprechen, von denen du nichts verstehst.« Sie hielt kurz inne, dann zog sie ihr Messer fort und wandte sich ab.

Turak setzte zu einer Entgegnung an, doch da stieß Sol unwillig die Luft aus und stemmte sich mühsam auf die Beine. Seine Miene war griesgrämig wie immer, aber mit Siras Auftauchen war ein Funke in seinen Blick getreten, der seinem Gesicht etwas Schelmisches gab.

»Schluss mit dem Geschwätz«, sagte er und fuhr sich durch sein spärliches weißes Haar. Es stand in allen Richtungen von seinem Kopf ab, als wäre er zumindest dort oben noch immer ein kleiner Junge. »Wir hocken schon viel zu lange hier herum. Zeig mir deine Ausrüstung.«

Sira folgte seiner Aufforderung und sah zu, wie er Schutzanzug und Atemmaske aus ihrem Rucksack nahm und auf ihre Funktionen überprüfte. Sol war sehr genau, wenn es die Sicherheit betraf. Er wusste, was es bedeutete, beinahe in der Oberwelt zu ersticken, und er erzählte immer wieder gern die Geschichte von der defekten Maske, die ihn fast das Leben gekostet hätte, wäre er nicht in letzter Sekunde von seinen Begleitern gerettet worden. Von ihm hatte Sira wichtige Lektionen gelernt, als sie selbst an der Seite ihres Onkels ihre ersten Schritte in der Oberwelt unternommen hatte, und er war es gewesen, der sie in seinem Käfig mitgenommen hatte, auch wenn sie eine Frau war – als einziger Schleusenwärter der Unterwelt. Vielleicht lag das daran, dass Sol nicht nur seinen Arm an das Licht verloren hatte. Auch seine Frau und seine Tochter waren darin umgekommen. Vielleicht fand er einfach, dass es an der Zeit war, sich ein wenig Verlorenes zurückzuholen.

»In Ordnung«, sagte er und nickte. »Zieh dich um. Wir sind spät dran.«

Sira ignorierte die Blicke der Männer, die fast bedauernd zusahen, wie sie in dem unförmigen Anzug verschwand. Es passte den Kerlen nicht, dass sie mit ihnen hinauffuhr, das war ihr klar. Sie war zwei Köpfe kleiner als sie und beinahe zierlich, ihre Augen waren groß und dunkel, und ihr Haar wellte sich – wenn sie nicht gerade im Schlamm der Unterwelt gebadet hatte – sanft bis zu ihrer Hüfte. Kurzum, sie vermittelte eher den Anschein, beschützt werden zu müssen, als sich an den gefährlichsten Ort dieser Welt begeben zu wollen. Aber es lag nicht in ihrem Interesse, sich beschützen zu lassen. Sie konnte selbst für sich sorgen, das hatte sich schnell herumgesprochen, und nach der einen oder anderen Auseinandersetzung in einem der Tunnel hatte keiner es mehr gewagt, ihr den Zutritt zur Oberwelt zu verbieten.

Sie schaute zu Turak hinüber und erwartete eine der üblichen anmaßenden Bemerkungen, aber als Sol das rostige Gatter des Käfigs öffnete, stand keinem mehr der Sinn nach einem Wortgefecht. Nicht so kurz vor dem, was sie erwartete.

»Macht eure Sache gut, Mädels«, sagte Sol und zwinkerte Sira zu, als sie hinter den anderen den Käfig betrat. Sorgsam schloss er das Gatter und legte die Hand auf eine der Kurbeln. »Seid vor Sonnenuntergang zurück, sonst müsst ihr zusehen, wie ihr in eure Enklaven kommt. Nehmt, was ihr kriegen könnt, und …« Er sah Sira an und für einen winzigen Moment wurde sein mürrisches Gesicht weich. »Gebt gut auf euch acht.« Er lächelte kaum merklich, und ehe sie etwas erwidern konnte, packte er die Kurbel und setzte den Käfig in Bewegung.

Sira konnte nicht mehr sagen, wie oft sie auf dem rostigen Gitter gestanden und die Felswände des Schachts hatte vorbeigleiten sehen, während sie sich der Oberwelt näherte. Und doch überkam sie immer noch dieselbe Anspannung wie beim ersten Mal, als der Käfig wenig später einrastete und sie die Atemmaske vor ihr Gesicht schob. Sie folgte den Männern den schmalen Gang und die Sprossenleiter aufwärts, die in den breiten Tunnel führte. Dort war die Luft trocken und grau, als wäre sie mit Ruß geschwängert, und am Ende zeichnete sich pechschwarz die letzte Schleuse ab. Dicht davor löschte Sira ihre Fackel. Sie fühlte das Metall der Schleuse an ihren Händen, den beschleunigten Puls, das Adrenalin, jeden gespannten Muskel.

Dann traf helles Licht ihre Augen, und sie tat die ersten Schritte, beinahe blind. Im Schutz des letzten Tunnelstücks ging sie vorwärts, und gerade, als sie sich an die Helligkeit gewöhnt hatte, trat sie aus den Schatten. Und da lag sie, die Welt, die die Menschen verloren hatten.

Die Ruine New Yorks ragte wie ein Scherenschnitt in einen brennenden Himmel. Viele der kleineren Gebäude waren ausgebrannt oder eingestürzt, doch die Skelette der Wolkenkratzer warfen ihre Schatten noch immer auf die Trümmer und ließen die Feuerströme des Firmaments durch ihre ausgeweideten Leiber flackern. Die Straßen waren aufgebrochen, vereinzelt reichten die Risse tiefer hinab als Häuserschluchten, und Unkraut wucherte in ihnen ebenso wie in jeder anderen Wunde der Stadt. Schwarzer Rauch stieg zwischen den Steinen auf, strich über die verkohlten Autos und Hochbahnen, umfasste die Brücken, die fern im Wind ächzten wie Sirenen, und tränkte die Luft mit glühenden Funken. Hin und wieder flackerten sie auf, als hätte ein Atemzug sie angefacht. Und über allem stand die Sonne, dieser blasse gelbe Fleck über den Trümmern einer verlassenen Stadt. Sira trat einen Schritt vor. Der Asphalt glühte unter ihren Sohlen. Sie hörte, wie das Wasser auf ihren Stiefeln verdampfte, und legte die Hand auf das Messer an ihrem Gürtel. Verlassen, nun ... nicht ganz.

»Was ist, Prinzessin?«, rief Turak ihr hinterher. »Wir gehen zum Central Park, ein paar Pelze jagen. Kommst du mit? Ich verspreche auch, dir deine Beute nicht streitig zu machen.«

Sira wandte sich nicht um. Central Park. Manchmal erschien es ihr absurd, immer noch die alten Namen zu benutzen. Sie wusste, was man unter einem Park verstand – und das, was da inmitten der Stadt wucherte und nach und nach immer mehr Straßenzüge eroberte, war definitiv keiner. Das war ein Dschungel, und ein tödlicher noch dazu. Schon oft hatte sie sich seiner Tücke gestellt und war mit blutenden Wunden, aber triumphierend aus seinen Klauen entkommen. Doch nun hatte sie ein anderes Ziel. »Das würde dir auch nicht gelingen«, gab sie mit einem Grinsen zurück. »Aber du weißt ja: Ich arbeite allein.«

Die Männer murmelten etwas und machten sich auf den Weg. Sira schaute noch einmal hinauf zum Himmel, diesem Ungetüm aus Feuer und Rauch. Dann tauchte sie in die Schatten der Ruinen und lief in die entgegengesetzte Richtung. Die heiße Luft flimmerte über dem Asphalt, aber Sira war so schnell, dass ihre Füße kaum den Boden berührten, und ließ sich weder von Mauervorsprüngen noch von Trümmerresten aufhalten. Sie setzte über die Hindernisse hinweg, als würde sie fliegen – genau so, wie ihr Onkel es sie gelehrt hatte. Er hatte ihr beigebracht, sich möglichst schnell und effizient durch die Stadt zu bewegen, und war ihr die schwarze Ruine New Yorks anfangs noch fremd und unüberwindlich erschienen, hatte sie bald gelernt, ihre Umgebung mit anderen Augen zu sehen. Seither war alles um sie herum nutzbar und voller Möglichkeiten. Bei jedem Sprung, jedem Balanceakt, jeder Drehung überwand sie Grenzen – die eigenen und die ihrer Umwelt. Und das gefiel ihr.

Als sie in eine schmalere Seitenstraße abbog, wurde es etwas kühler. Der Asphalt hatte irgendwann einmal Blasen geschlagen, so stark war er erhitzt worden, aber nun lag er zwischen einem halb eingestürzten Einkaufszentrum und einem windschiefen Wohnblock fast vollständig im Schatten. Sira schaute zu den zerbrochenen Fensterscheiben auf. Die Gardinen hingen noch davor, offenbar war das Gebäude bisher von keinem anderen Dieb besichtigt worden. Sie dachte daran, wie viele Dinge dort nur darauf warteten, von ihr mitgenommen zu werden. Becher. Pfannen. Seltsame Gegenstände, die die Menschen früher zum Zeitvertreib gesammelt hatten und die sich hervorragend als Waffen eigneten. Auf dem Markt ließe sich all das gut verkaufen, aber sie drängte diesen Gedanken beiseite und konzentrierte sich auf ihr Ziel. Es war schon eine ganze Weile her, seit sie zum letzten Mal an jenem Ort gewesen war. Wenn sie sich nicht täuschte, würde dort größere Beute auf sie warten.

Ein dumpfes Grollen hallte aus einiger Entfernung über die Häuserschluchten, ein Donnern von solcher Tiefe, dass man es mehr fühlte als hörte. Sira sprang über eine Mauer, geduckt, als würde jeden Augenblick der Himmel auf sie niederstürzten, und flüchtete sich in eine ausgebrannte Häuserzeile. Es gab mehr in dieser Stadt als Ruinen und Menschen, die in den Trümmern ihrer Vorfahren nach Diebesgut suchten, so viel war sicher. Und ihr stand nicht der Sinn danach, sich vom Urheber dieses Grollens das Fleisch von den Knochen fressen zu lassen.

So leise wie möglich bewegte sie sich durch die Räume. Vereinzelt waren unter all dem Ruß und Schmutz noch Tapeten zu erkennen, auch halb verkohlte Möbel und Spielzeuge, und Sira kam es so vor, als würde sie mit jedem Zimmer, das sie durchquerte, einen winzigen Teil derjenigen kennenlernen, die früher einmal darin gelebt hatten. Ob sie sich hätten vorstellen können, dass einmal viel später jemand sein Leben riskieren würde, um ihre alten Messer zu stehlen? Sira lächelte kaum merklich. Dieses Mal war sie nicht wegen der Messer gekommen.

Ihr Herzschlag beschleunigte sich, als sie den Durchbruch in der Wand erreichte. Noch immer wurde er von dem Vorhang verdeckt, den sie bei ihrem letzten Besuch davorgezogen hatte, ein gutes Zeichen dafür, dass niemand seitdem dort gewesen war. Sie raffte den Vorhang beiseite und gelangte in eine düstere Erdgeschosswohnung. Nur der Flammenschein von der Straße und der rote, süßlich riechende Rauch, der aus einem Riss im Boden quoll, spendeten etwas Licht. Es warf seinen Schein auf verkohlte Möbel, zerbrochene Mauerreste – und einen funkelnden dunkelblauen Kristall, der wie eine seltene Blume inmitten des Rauchs wuchs.

Beinahe ehrfürchtig löste Sira den Kristall vom Boden. Er war eiskalt und glomm unter ihrer Hand auf, als wüsste er, dass er ihr mehr einbringen würde als alle Pelze und Pfannen der Stadt. Und er war blau ... so blau wie das Meer, das sie vor vielen Jahren zum ersten Mal in dem alten Buch ihres Onkels gesehen hatte. Der Gedanke war sanft und durchbrach für einen Moment Siras Anspannung. Sie kannte nur den Ozean vor den Toren New Yorks, dessen Flüsse die Stadt durchzogen. Schwarz waren sie wie nasse Seide, aber die glitzernden Perlen, die bisweilen in träumerischen Schwärmen aus der Dunkelheit aufstiegen, waren keine Luftblasen. Feuer war es, das in der Tiefe dieses Wassers lauerte und der tödlichen Hitze des Himmels Antwort gab, und während andere Menschen sehnsuchtsvoll von der Weite der Oberwelt sprachen, vom Wind, von wachsendem Gras und von der trockenen Erde, die sie verloren hatten, träumte Sira davon, einmal das Meer aus ihrem Buch zu sehen. Ein Meer der Nacht, kühl und samten und voller Geheimnis, mit tausend Glitzerlichtern auf den Wellen. Anders als die meisten Menschen kannte sie die Oberwelt. Sie wusste, was Wind bedeutete und wachsendes Gras, und sie konnte den Glanz in den Augen der anderen verstehen, wenn sie ihnen ein paar Krumen trockene Erde von ihren Expeditionen ins Licht mitbrachte. Aber Sehnsucht ... nein. Sira sehnte sich nur nach dem Meer der Nacht.

Der Ton war kaum mehr als ein Krächzen, ein gieriges, halb unterdrücktes Atemholen, und doch fuhr er Sira in den Magen wie ein Faustschlag. Ihr Herz hämmerte gegen ihre Rippen, jeder Fluch zerbrach auf ihrer Zunge. Sie hob den Blick und sah, wie sich der Schädel eines mannsgroßen Reptils durch das Loch in der Mauer schob. Messerscharfe Zähne zierten die breite Schnauze, die gespaltene Zunge zischelte zwischen den starren Lippen. Das Tier stand auf zwei Beinen, die gekrümmten Krallen kratzten über den Stein, als es sich vorbeugte. Ein kehliges, tückisches Keckern entwich seinem Maul, und noch ehe Sira zwei weitere seiner Art hinter ihm ausmachte, wusste sie, dass sie entdeckt worden war. Im nächsten Moment umfasste das Tier sie mit seinem Blick. Seine Augen waren kalt und klug. Es war darauf trainiert, Menschen wie sie in den Winkeln der Stadt aufzuspüren, ausgebildet von Wesen, die mächtiger waren als Sira erahnen konnte, und eines war sicher: Sie verfehlten niemals ihr Ziel.

Der Schrei der Kreatur zerriss die Luft. Sira sah noch, wie das Tier in den Raum sprang, dicht gefolgt von seinen beiden Begleitern. Dann packte sie den Kristall, und noch ehe der Hieb ihres Verfolgers sie treffen konnte, schwang sie sich aus dem Fenster hinter ihr. Der Boden erzitterte unter den Leibern der Tiere. Mit scharfen Kehllauten jagten sie hinter ihr her, so schnell, dass sie schon meinte, ihre Krallen im Fleisch zu spüren. Atemlos schlug sie einen Haken, hechtete über einen Trümmerhaufen und rannte ein marodes Treppenhaus hinauf. Das Geländer splitterte, als ihre Verfolger ihr nacheilten, aber die Enge des Hauses verschaffte ihr einen Vorteil. So schnell sie konnte, jagte sie aufwärts, trat am Ende der Treppe die verkohlte Tür aus den Angeln und lief aufs Dach. Sie war den flammenden Wolken nun so nah, dass eine sengende Hitze nach ihr griff, aber schlimmer waren die Schreie ihrer Verfolger. Wie Peitschenhiebe rasten sie ihr nach, trieben sie über Trümmer auf benachbarte Häuser und brachten die Steine unter ihren Klauen zum Splittern. Den Kristall fest an sich gepresst, schlitterte Sira ein abfallendes Dach hinunter, hielt sich im letzten Moment fest und schwang sich auf einen halb zerbrochenen Schornstein. Oft genug hatte sie Opfer dieser Kreaturen gesehen, Menschen mit aufgeschlitzten Bäuchen und durchstochener Luftröhre, Männer, deren Arme nur noch in Fetzen hingen, Diebe wie sie, die vom Gift dieser Wesen binnen weniger Augenblicke gelähmt worden waren. Und während sie gestorben waren, hatten sie nichts gesehen als die eiskalten Augen dieser Tiere.

Mit einem waghalsigen Sprung landete Sira auf einem weiteren Dach – und erkannte, was ihre Verfolger vorhatten. Es gab kein Haus mehr im Umkreis, das nah genug stand, um für sie erreichbar zu sein. Es gab nur eine Leiter, die abwärts führte, mitten hinein in eine von giftigen gelben Dämpfen durchzogene Sackgasse. Eine Falle. Sira warf einen Blick über die Schulter, aber schon setzte eines der Tiere zum Sprung an. Sie fuhr herum. Ihre Füße rutschten auf der rostigen Feuerleiter aus. Sie riss sich das Handgelenk am Metall auf, als sie unten aufkam, und noch während sie auf das rote Licht am Ende der Gasse zulief, landeten ihre Verfolger direkt vor ihr.

Sira zog ihr Messer. Es begann unter dem Eindruck der gelben Dämpfe zu glühen, aber sie ließ es nicht fallen. Sie kannte diesen Qualm, der selbst die besten Schutzanzüge innerhalb kürzester Zeit zersetzte. Ihre Verfolger verharrten regungslos. Sie meinte, etwas wie Genugtuung in ihren Blicken zu erkennen, während sie vor ihnen zurückwich, langsam, als könnte sie das Unausweichliche noch aufhalten. Dabei kam sie einer der Dampfsäulen zu nah, zischend verkohlte der Dunst den Ärmel ihres Anzugs. Sofort spürte sie die Hitze noch brennender auf ihrer Haut. Ihre Verfolger keckerten, es klang wie ein halb wahnsinniges Kichern. Schon kam der erste von ihnen näher. Er beobachtete, wie sich Siras Anzug auflöste und der Dampf nach ihrer Maske griff, und seine Muskeln spannten sich, als sie unter der Wucht der Hitze schwankte. Der Kristall glitt zu Boden. Ein einziger Atemzug in dieser tödlichen Luft, das wusste jedes Kind der Unterwelt, zwang einen Menschen in die Knie. Und auch ihr Verfolger wusste das. Ein grausames Blitzen ging durch seinen Blick, und das Keckern seiner Kehle wurde tief. Sira konnte den Triumph in seinen Augen sehen. Das Spiel war vorbei. Er kam noch einen Schritt näher, doch irgendetwas an seinem Opfer schien ihn zu irritieren. Sira zitterte nicht, sie wand sich nicht zu seinen Füßen, wie es vermutlich all die anderen Menschen getan hatten, die durch ihn gestorben waren. Stattdessen erwiderte sie seinen Blick, hob langsam die Hand – und zog sich die Maske vom Gesicht.

Noch nie zuvor hatte Sira eine solche Stille in der Oberwelt wahrgenommen wie in diesem Moment. Sie hörte den Wind nicht mehr, nicht das überraschte Keckern ihrer Verfolger, nicht einmal ihren eigenen Herzschlag. Sie fühlte nichts als das kalte Glühen in den Augen dieser Wesen – und den unbeugsamen Willen, im Moment ihres Todes etwas anderes zu sehen als dies. Und dann, langsam und fließend, holte sie Atem. Die Luft brannte in ihrer Lunge, wie Feuer legte sie sich auf ihre Lippen, und kurz meinte sie, an dieser Glut ersticken zu müssen. Doch gleich darauf floss die Hitze mit sanfter Gewalt in ihre Glieder, betäubte jeden Schmerz, jeden Zweifel, jede Schwäche. Ein Lächeln trat auf ihre Lippen, nicht weniger grausam als das Blitzen in den Augen ihrer Verfolger, und sie flüsterte nur ein Wort: »Showtime.«

So schnell, dass die Schwerkraft sie nicht zu Boden werfen konnte, rannte sie über die senkrechte Mauerfläche und trieb dem vorderen Tier ihr Messer durch die Kehle. Krächzend taumelte es vorwärts. Die Wunde war so tief, dass sein Kopf zurückfiel, und als es zusammenbrach, pulste dunkles Blut auf den Asphalt. Doch Sira sah es kaum. Sie landete am Boden, schon sprangen die anderen beiden Verfolger auf sie zu, und ehe sie ausweichen konnte, traf sie ein mächtiger Hieb vor die Brust. Sie schlug gegen die Wand. Instinktiv griff sie nach einem Vorsprung über ihrem Kopf und zog sich gerade noch rechtzeitig aufwärts, ehe die Zähne der Angreifer sie zerreißen konnten. Mit voller Wucht trat sie dem, der ihr am nächsten war, ins Gesicht. Keuchend taumelte er zurück, doch da setzte sein Gefährte zum Sprung an. In letzter Sekunde ließ Sira sich fallen, und als er über sie hinwegsetzte, riss sie das Messer empor und schlitzte ihm den Bauch auf. Warmes Blut traf ihr Gesicht. Schwer atmend presste sie sich an die Hauswand und sah ihn zu Boden fallen. Im selben Moment stürzte sich der letzte Verfolger vor. Ihr Tritt hatte ihn auf der linken Seite blind gemacht, aber noch immer war er verteufelt schnell. Seine Zähne schlugen dicht neben ihrem Kopf zusammen, und noch während sie ihm auswich, traf seine Klaue sie an der Schulter und warf sie auf den Asphalt. Blut lief über ihren Arm, das Messer glitt ihr aus der Hand, und ehe sie es packen konnte, holte das Tier erneut zum Schlag aus.

Der Schmerz explodierte in ihrer Schläfe. Halb betäubt kroch sie vor ihrem Angreifer zurück, ihre Finger rutschten über das Blut seiner Gefährten. Sie spürte seinen Zorn und meinte, das lähmende Gift riechen zu können, das nur darauf wartete, in ihre Glieder geschickt zu werden. Sie prallte rücklings gegen die Wand. Schemenhaft erkannte sie die Sprossen der Leiter über sich, und gerade als der Angreifer das Maul zum tödlichen Biss aufriss, stieß sie sich von der Mauer ab, rutschte über das Blut auf ihn zu und trat ihm mit aller Kraft gegen das linke Knie. Ein entsetzlicher Ton zerfetzte die Luft, dicht gefolgt von einem schmerzerfüllten Brüllen, als er auf dem blutigen Grund das Gleichgewicht verlor. Sira rollte sich zur Seite. Er landete hart neben ihr am Boden, und im selben Moment zog sie die Leiter hinab. Krachend bohrte sie sich in seine Brust und zerschlug mit knirschendem Geräusch sein Rückgrat.

Schwer atmend stand Sira über ihm. Seine Lider flatterten, als er zu ihr aufschaute, und sie erwiderte seinen Blick, bis seine Lunge versagte und sein Körper erschlaffte. Unzählige Menschen mochten durch seine Klauen gestorben sein, aber eines war sicher: Das Letzte, das er gesehen hatte in dieser Welt, war ihr Gesicht gewesen.

Sie schwankte auf dem blutigen Boden, als sie den Kristall aufhob. Die Wunde in ihrer Schulter schickte beißenden Schmerz in ihre Glieder und ihr Kopf fühlte sich an wie kurz vor dem Zerspringen. Sie zitterte, so erschöpft war sie, aber sie spürte auch die Euphorie des Kampfes in den Adern und den Triumph über ihren Sieg. Niedere Kreaturen waren es gewesen, nichts als das Fußvolk jener, in deren Auftrag sie jagten, und dennoch ... Sie hatte drei von ihnen bezwungen.

Sie eilte die Gasse hinauf, so schnell sie konnte. Noch einen Angriff dieser Art würde sie nicht überleben, das war ihr klar. Sie musste sofort zum Käfig zurück. Gerade hatte sie das Ende der Gasse erreicht, als sie einen Ton hörte – mehr eine Vibration in der Luft als ein wirkliches Geräusch, kaum wahrzunehmen und doch so intensiv, dass ihr das Blut aus dem Kopf wich. Von einem Moment auf den anderen war jedes Hochgefühl, jeder Siegestaumel wie weggewischt. Zum ersten Mal, seit sie an diesem Morgen durch die Tunnel der Unterwelt gelaufen war – zum ersten Mal, seit sie gegen drei tödliche Untiere gekämpft und gesiegt hatte – zum ersten Mal an diesem Tag spürte sie Angst.

Ihre Finger begannen zu zittern, als sie den Kristall in ihren Rucksack schob, aber ihre Beine waren plötzlich eiskalt und so schwer, dass sie sich unter körperlichen Schmerzen dazu zwingen musste, sich zu bewegen. Es war hell, viel zu hell dort, wo sie stand. Sie musste sich ein Versteck suchen, einen Unterschlupf, jetzt gleich. Der Mauervorsprung auf der anderen Straßenseite lag in den Schatten, aber er war so weit entfernt, unendlich weit. Sie rannte darauf zu, sie bekam kaum noch Luft, ihre Lunge war viel zu klein. Sie meinte, gleißende Hitze im Nacken zu spüren oder todbringende Kälte, das letzte Stück flog sie fast und drückte sich dann so eng gegen die Mauer, dass der Stein ihr ins Fleisch schnitt. Doch sie fühlte es kaum. Alles, was sie wahrnahm, war der Schatten, der nun über das Pflaster auf sie zu glitt – geräuschlos und so schwarz, dass jede Kontur unter ihm in die Finsternis fiel. Sie wollte ihm nicht mit ihrem Blick folgen und tat es doch, und sie starrte in den glühenden Himmel der Welt und sah zu dem Wesen auf, das gewaltig wie der Tod mit fast lautlosen Schwingenschlägen durch die Häuserschlucht flog.

Seine Haut war schwarz wie Vulkangestein. Feine Risse zogen sich über die mächtigen Flanken, und als es Atem holte, brach das Feuer in seinem Inneren daraus hervor und setzte seinen Leib in grüne Flammen. Rauschend entbrannten sie auf seinen Flügeln, Funken und Feuerklumpen fielen donnernd auf die Stadt nieder und hinterließen tiefe Krater im Asphalt. Sira schützte ihren Kopf mit ihren Händen, wohlwissend, dass sie gegen diese Glut nichts ausrichten konnte, und während der Schrei dieses Wesens über die Häuserschluchten brach, sah sie ihm in die Augen – diese goldenen, in wildem Feuer entfachten Augen, die so viel mehr gesehen hatten, als sie jemals erahnen würde. Augen waren das, die Fleisch und Stein durchdringen konnten und jeden sterblichen Gedanken, Augen, die jede Sprache, jeden Traum, jede Sehnsucht der Menschen kannten und die alle Weisheit und Grausamkeit der Welt in sich trugen. Diese Augen gehörten einem Wesen, das nicht begreifbar war für den Verstand eines Menschen, und erst, als die Kreatur aus ihrem Blickfeld verschwunden war, holte Sira Atem.

Direkt vor ihr loderte ein Klumpen aus grüner Glut, doch er verströmte keine Hitze. Eis lief von ihm fort und zog sich als glitzerndes Netz über den Asphalt. Sie schulterte ihren Rucksack, und ohne sich noch einmal umzudrehen, rannte sie zwischen den Feuern die Straße hinab.

Zum Käfig, schoss es ihr durch den Kopf. *Zum Käfig, so schnell du kannst.*

Und dann, während sie dahineilte, leise und geduckt wie ein gejagtes Tier, dachte sie an die Worte ihres Onkels.

Die Ära der Menschen ist vorbei.

Noch einmal fühlte sie den Luftzug unter den mächtigen Schwingen, hörte wieder den Schrei, der jeden sterblichen Gedanken zu Staub zermahlen konnte, und blickte erneut in diese Augen, deren Gold jede Frage, jede Antwort, jedes Geheimnis der Welt in sich barg.

Ja, dachte sie und schaute hinauf zum brennenden Himmel. *Dies ist die Ära der Drachen.*

Kapitel 2

Die Enklave glühte im Schein der Feuer. Über den brennenden Tonnen brieten Ratten, Dunst waberte aus den Kanaldeckeln, die in die unteren Regionen der einstigen U-Bahn-Station führten, und die Rotoren der Turbinen wälzten sich träge durch die feuchtwarme Luft. Schwach nur tauchte die Notstrombeleuchtung die unzähligen Baracken in rötliches Licht, und über allem lag der Geruch von Feuer, Schweiß und Furcht. An keinem anderen Ort der Unterwelt war er so konzentriert wie in diesem Schmelztiegel aus Gier und Gefahr – in der größten Enklave der Menschen unter den Straßen New Yorks.

Sira stieß einen Kerl zurück, der ihr vor die Füße taumelte, und setzte ihren Weg fort. Für gewöhnlich wichen die Menschen ihr aus, aber der Kern der Station war wie immer um diese Zeit gnadenlos überfüllt. Abends, wenn die Diebe von der Jagd kamen, verließen die Menschen ihre Behausungen, schoben sich durch die engen Gassen und kauften Dinge aus einer Welt, die sie noch nie mit eigenen Augen gesehen hatten. Oder sie trieben sich das Opium der Schatten in die Venen, um von ihr zu träumen.

Überall in den Rinnsalen neben den Baracken hockten reglose Gestalten, die Arme von Einstichlöchern übersät, und stierten in den Himmel der Station, die ihre Träume noch schneller gebrochen hatte als ihre Körper. Sie lag näher an der tödlichen Oberfläche als all die anderen Refugien der Menschen, und doch wuchs sie mit jedem Augenblick. Viele ihrer Bewohner hatten immer schon an diesem Ort gelebt, verborgen in den Eingeweiden der Stadt, und sie blieben, weil sie inmitten all der Finsternis einfach nicht wussten, wohin sie sonst hätten gehen sollen. Andere stahlen Dinge aus der Oberwelt wie Töpfe, Schmuck oder Kleidung, um sie unter die Leute zu bringen. Die meisten aber kamen für das Gold der Drachen – wie Sira. Nirgendwo wuchsen die vielfarbigen Kristalle so zahlreich wie in den Ruinen von New York City. Verflüssigt als Droge missbraucht, hielten sie je nach Reinheit in geschmiedeter Form selbst dem Feuer der Drachen stand und erzielten hohe Preise auf den Märkten der Unterwelt. So verschaffte das Drachengold den Dieben, wovon sie ein Leben lang geträumt hatten. Viele von ihnen wollten Macht erlangen, andere in einer der als sicherer geltenden, tief in der Erde liegenden Enklaven ein neues Leben beginnen, wieder andere trachteten danach, die Welt jenseits der Großen Wüste zu erkunden in der Hoffnung, dort etwas anderes zu finden als den ewig brennenden Himmel. Doch die Jagd war gefährlich und die meisten, die einmal gekommen waren, gingen nie wieder fort. Schuld sei das Gold, hatte Siras Onkel immer gesagt – der einzige Halt der Menschen in dieser Welt aus Feuer und Eis.

Ein Grollen aus tiefer Kehle ließ Sira die Hand auf ihr Messer legen. Nicht weit von ihr entfernt waren sie angebunden worden, die Drachen der Händler, die in der Hoffnung auf den Nachtmarkt in die Station gekommen waren. Alle paar Monate fand er an einem anderen Ort statt, ausgerufen stets erst wenige Stunden zuvor von einem der Spinnenmänner – wandernde Gesellen, die die Oberwelt im Auge behielten, um die Enklaven vor Überfällen zu schützen. Auf dem Nachtmarkt kamen die wichtigsten Händler zusammen, denn er war der größte seiner Art und eine hervorragende Gelegenheit, um Geschäfte zu machen. Und so wurden zu dieser Zeit selbst Drachen in der Station geduldet. Sira warf den Kreaturen einen kühlen

Blick zu. Sie waren kaum größer als Mulis und bargen nur schwache Magie in sich, und doch starrten sie mit der typischen Arroganz der Drachen zu ihr herüber, als wüssten sie genau, wer sie war – eine Diebin wie so viele andere, getrieben von Machtlust, Wahnsinn und Gier. Verächtlich wandte sie sich ab. Sie hatte ein anderes Ziel als die anderen, so viel war sicher. Und sie war kurz davor, es zu erreichen. Wenn alles gut ging, war es das letzte Mal, dass sie die Anwesenheit dieser Kreaturen ertragen musste.

Ihre Baracke lag abseits der Wege im dunklen Teil eines Gleisbetts, errichtet aus Holz und Metall wie all die anderen. Im Inneren jedoch bot sie mehr, als von außen zu erahnen war. Sira duckte sich unter dem vorstehenden Dach und schloss die Tür hinter sich. Lautlos stellte sie ihren Rucksack auf der Pritsche neben der Tür ab und ließ den Blick prüfend durch den Raum gleiten. Die Wände waren mit Teppichen verkleidet, sodass die Geräusche der Station nur gedämpft zu ihr drangen, und aufgrund der kleinen Schränke, der Bilder an den Wänden und der flackernden Lampe an der Decke wirkte der Raum fast wie ein Zimmer aus einer Wohnung der Oberwelt. Ein Perlenvorhang zierte den Zugang in den hinteren Teil der Baracke, schwach erleuchtet vom Schein der Lampe. Nur wenige Behausungen verfügten über elektrisches Licht, und selbst mancher Dieb musste sich zwischen Feuer und Finsternis entscheiden, weil er sich diesen Luxus nicht leisten konnte. Siras Onkel jedoch war ein guter Dieb gewesen, ebenso wie sie, und er hatte es sich nicht nehmen lassen, das Licht in die Dunkelheit zu holen, wann immer es ihm möglich gewesen war. Mit eigenen Händen hatte er die Baracke gebaut und sie tief ins Gleisbett gegraben, sodass zwei Zimmer entstanden waren, und er hatte Sira früh gelehrt, nach Blutwürmern Ausschau zu halten, die bisweilen aus dem feuchten Grund in die Baracken eindrangen und schwere Krankheiten auslösen konnten. Schon oft hatte sie ihre schuppigen Leiber zwischen den Holzscheiten nahe des

Ofens scharren gehört, doch dieses Mal blieb alles still. Beruhigt trat sie auf den Perlenvorhang zu – und stolperte über etwas Unsichtbares, das sich bisher vor ihrem Auge verborgen hatte. Im letzten Moment fing sie einen Sturz ab und schaute mit rasendem Herzen auf das komplizierte Konstrukt aus transparenten Drähten und Metallhaken zu ihren Füßen. Gleich darauf kamen Schritte auf sie zu. Der Perlenvorhang glitt beiseite, und eine junge Frau mit Puppengesicht und leuchtend roten Haaren sprang hindurch, in der erhobenen Faust eine gusseiserne Pfanne. Sie trug einen von Siras weiten Pullovern. Ihre Augen funkelten zornerfüllt – und weiteten sich, als sie Sira erkannte.

»Du bist es«, sagte sie erleichtert und ließ die Pfanne sinken. »Du hast mich zu Tode erschreckt!«

Sira hob die Brauen. »Tolle Begrüßung. Erst zwingt mich eine Rattenfalle fast in die Knie, und dann springt eine wild gewordene Kim ins Zimmer, um ... ja, was eigentlich? Wolltest du mich erschlagen oder mir was zu essen braten?«

Kim lachte und stellte die Pfanne beiseite. »Das läuft auf dasselbe hinaus. Bin ich froh, dass du es bist. Ich dachte schon, ich müsste jemanden niederstrecken!«

»Und das wolltest du mit der alten Pfanne erledigen?« Sira verzog den Mund zu einem Grinsen. »Eher würde sie ihren rostigen Griff opfern, als sich dafür missbrauchen zu lassen. Dafür ist Andors Falle umso effektiver.«

Kim betrachtete die Konstruktion mit einem Lächeln. »Ja, gegen die Ratten der Unterwelt sind wir gewappnet. Dein Bruder hat heute drei Fallen für Gavran gebaut, zwei wurden schon abgeholt. Ich habe mit allen Tricks versucht, ihn zum Schlafen zu bringen. Aber er sagte, er würde sich schrecklich langweilen. Also, was sollte ich tun? Er ist eben genauso eigensinnig wie du.«

Sira seufzte. In der Tat hatte ihr kleiner Bruder einen Dickschädel, der beinahe so hart war wie der Stein, der die Enklave umgab. »Trotzdem danke, dass du auf ihn aufgepasst hast.«

Sie griff in ihren Rucksack und holte eine kleine silberne Dose hervor. Kim nahm sie mit großen Augen entgegen und stieß einen Freudenlaut aus, als sie den Deckel öffnete.

»Puder«, flüsterte sie und fuhr ehrfürchtig mit dem Finger über die Fläche. »Ich habe seit Ewigkeiten keins mehr gehabt! Aber meine Kunden lieben es, wenn ich mir das Gesicht pudere. Das verleiht mir eine kühle Aura, hat mir mal einer gesagt.«

Sie vollführte eine theatralische Geste, die Sira zum Lachen brachte. Doch als Kim den Pullover abstreifte, wurde sie wieder ernst. Darunter trug sie ein bauchfreies Shirt, das mehr zeigte als verhüllte, und einen Rock, den man mit einem breiten Gürtel hätte verwechseln können. Als sie sich auf den Schemel vor dem Spiegel setzte, bemerkte Sira die blauen Flecke an ihrem Hals, groß wie Hände, die sich zu fest um ihre Kehle geschlossen hatten.

»Du solltest auch lernen, Fallen zu bauen«, sagte Sira und schaute zu, wie Kim sich die Lippen nachzog. »Oder komm mit in die Oberwelt und nimm dir als Diebin, was dir gefällt. Schlimmer als hier unten kann es nicht werden.«

Kim warf ihr einen spöttischen Blick zu. »Für dich vielleicht nicht – obwohl ich meine Zweifel daran habe, wenn ich mir deine Schulter so ansehe. Aber ich habe kein Geschick im Fallenbauen, und ich bin nicht so mutig wie du. Du weißt doch: Ich fürchte mich vor allem. Und eins ist sicher: Männer sind nicht so schlimm wie die Drachen dort oben.« Sie hielt kurz inne. »Jedenfalls die meisten nicht.«

Für einen winzigen Moment verlor sich ihr Lächeln, und ihr Blick glitt ins Leere. Der rote Lippenstift leuchtete in ihrem kindlichen Gesicht wie ein Schrei, und Sira musste daran denken, was Kim ihr einmal über ihre Arbeit erzählt hatte. *Ich lasse mich bezahlen für das, was die Männer mit mir tun, und warum auch nicht? Sie tun es doch sowieso.*

»Du kannst jederzeit hier schlafen, wenn du willst«, sagte Sira leise. Sie wusste, dass Kim die Dunkelheit fürchtete und alles, was darin lauerte, und kurz glaubte sie, dass Kim den Kopf heben und nicken würde als das Kind, das tief in ihr verborgen war. Doch der Moment ging vorüber, und als Kim aufschaute, waren ihre Augen die einer uralten Frau.

»Ich komme zurecht«, sagte sie mit diesem Lächeln, das wie eine Maske war, und Sira nickte unmerklich. Kim mochte furchtsam sein und zu schwach, um den Drachen entgegenzutreten. Aber sie war auch eine Kämpferin. Sie hatte gelernt zu überleben, und sie hielt sich an ihren Masken fest, so stark sie konnte. Vielleicht, ging es Sira durch den Kopf, verstand sie sich deshalb so gut mit ihr. Weil sie genauso war.

Kim öffnete die Tür, und im selben Augenblick, da das Licht der Station auf sie fiel, kehrte es vollständig zurück: das liebliche Puppengesicht, das jeden Abgrund, jeden Schmerz hinter sich verbarg. Noch einmal lächelte sie Sira zu, doch es blieb ein Lächeln von jenseits der Mauer. Dann fiel die Tür hinter ihr zu.

»Seid ihr endlich fertig mit euren Frauengesprächen?«

Andors Stimme offenbarte sein Grinsen, noch ehe Sira sich zu ihm umdrehte. Mit zerzausten Haaren stand er da, die Schnüre des Vorhangs in seinen Händen, und lachte, als sie die Augen verdrehte.

»Was bitte weiß ein zehnjähriger Junge über Frauengespräche?«, fragte sie zurück.

Selbstsicher schob er das Kinn vor. »Genug, um sie nicht zu stören. Ich dachte ...« Er unterbrach sich, als er den blutigen Striemen an Siras Schulter bemerkte. Erschrocken lief er zu ihr, die Schnüre des Vorhangs hinter ihm tanzten aufgeregt durcheinander. »Was ist passiert?«

Sira wusste, dass sie nicht umhin kam, ihm die Wahrheit zu sagen. In knappen Worten erzählte sie von ihrer Auseinandersetzung mit den Drachen. Andor begann wie selbstverständlich, ihre Wunde zu säubern, und hörte ihr mit der ihm eigenen stillen Aufmerksamkeit zu, die seine Augen noch eine Spur dunkler färbte. Am Ende holte er tief Atem. »Du hast ohne Maske gegen sie gekämpft«, stellte er fest. »Hat es jemand gesehen?«

Sira musste fast lächeln. So oft hatte sie ihm eingeschärft, dass niemand von ihrer Gabe, an der Oberfläche zu atmen, erfahren durfte, dass er bei dieser Frage beinahe ihren strengen Tonfall angenommen hatte. Sie schüttelte den Kopf. »Es war niemand in der Nähe.«

»Glück im Unglück also«, sagte Andor. Er spülte die Wunde aus, doch Sira spürte den Schmerz kaum. In der Tat konnte sie von Glück reden, dass sie niemand ohne Maske an der Oberwelt gesehen hatte. Mutanten wie sie zogen Aufmerksamkeit auf sich. Sie waren den Menschen unheimlich, selbst wenn ihre Fähigkeiten keine negativen Auswirkungen auf die Gemeinschaft hatten, und sie schürten den Neid. Deutlich erinnerte sie sich an die alte Frau, die jahrelang am anderen Ende des Gleisbetts gelebt hatte, bis herausgekommen war, dass sie im Dunkeln sehen konnte. Daraufhin hatten die Bewohner der Enklave sie vertrieben, mit roher Gewalt, und die Illusion, dass innerhalb der Station ein Zusammenhalt zwischen den Menschen bestand, war vor Siras Augen zerbrochen. Die Herde fühlte sich nur sicher, solange der Wolf nicht zu sehen war – und Wolf war jeder, der anders war.

Sira presste die Zähne aufeinander, als Andor die Wunde reinigte. Im Laufe der Jahre hatte er sich eine beeindruckende Routine angeeignet, wenn es um die Versorgung von Verletzungen ging, und das war ein Segen, wenn man bedachte, wie oft diese Gabe gebraucht wurde. Denn die Fähigkeit, an der Oberfläche zu atmen, lag in ihrer Familie, ebenso wie der Wille, sie zu nutzen. Ihr Onkel war durch sie ein erfolgreicher Dieb geworden, ebenso wie Sira, und er war es geblieben – bis zu dem Tag, an dem sie ihn in der Oberwelt gefunden hatte, die Kehle von einem Drachen aufgerissen. Seitdem waren nur noch Andor und sie übrig, ihr blasser, kleiner Bruder, der so gern ein mächtiger Krieger wäre, und der doch noch viel größere Talente in sich barg als das Atmen in einer menschenfeindlichen Welt. Vorsichtig verknotete er seinen Verband an ihrem Arm und nickte fachmännisch. »Das sollte halten«, sagte er. »Jedenfalls bis zum nächsten Kampf.«

Sira erhob sich stöhnend. »Meinetwegen kann der noch eine Weile auf sich warten lassen. Anders als der Schlaf. Ab ins Bett, sonst muss ich mich leider auf den Boden legen, weil ich es nicht mehr auf meine Pritsche schaffe, und du bekommst keine Gutenachtgeschichte.«

Empört ließ Andor sich durch den Vorhang schieben. »Nenn sie nicht so. Das klingt ja, als wäre ich ein kleines Kind.«

Sira lachte. »Und wie soll ich sie sonst nennen? Geschichten für den Abenteurer Andor, künftigen Helden und Krieger der Unterwelt?«

Andor verdrehte die Augen, aber sein Blick zeigte, dass er mit diesem Titel ganz einverstanden war. »Du hast Fallenkonstrukteur vergessen«, stellte er fest und betrat sein Zimmer. Es war vollgestellt mit Dingen, die Sira ihm aus der Oberwelt mitgebracht hatte, doch an der Decke hingen Zeichnungen, die Andor selbst angefertigt hatte – fantastisch ausgeschmückte Bruchstücke einer Welt, die ihren Zauber trotz aller Grausamkeit noch immer nicht für ihn verloren hatte. Eilig schlüpfte er unter seine Decke. »Gavran hat heute gesagt, dass ich sehr geschickt bin. Er will mich für eine große Drachenfalle einsetzen, wenn ich wieder ganz gesund bin. Ich glaube ja, dass ich schon jetzt wieder in Ordnung bin, aber er will wohl kein Risiko eingehen.«

Sira zog ihm die Decke bis zum Hals. »Und das ist auch gut so. Du weißt es vielleicht nicht, aber ich habe in den vergangenen zwei Wochen jede Nacht an deinem Bett gesessen und deinen Fieberträumen gelauscht. Was für ein Virus es auch war, der dich schon wieder im Griff hatte, er war hartnäckig.«

»Das bin ich auch«, gab Andor sofort zurück. »Und wenn ich den blöden Husten endlich los bin, zeige ich Gavran, was in mir steckt. Ich baue ihm die beste Drachenfalle, die er je gesehen hat. Auch wenn ich es ja eigentlich nicht mag, Drachen zu fangen. Ich sehe sie noch immer lieber in Freiheit.«

Sira legte leicht den Kopf schief. Andor hatte nie gelernt, die Drachen zu hassen, ganz im Gegensatz zu ihr selbst, und wie immer fiel es ihr schwer, seiner Faszination für diese Kreaturen zuzuhören. »Sie haben nur Leid über uns gebracht«, sagte sie sanft. »Das weißt du doch?«

Unwillig zog Andor die Brauen zusammen. »Nicht seit jeher. Du selbst trägst das Zeichen davon um den Hals.«

Sira seufzte. Sie erinnerte sich gut an die Geschichten, die ihr Onkel ihnen erzählt hatte, die Märchen von der Freundschaft zwischen Drachen und gewöhnlichen Menschen, die in früheren Zeiten bestanden haben sollte. Ihr Onkel hatte daran geglaubt und die schimmernde Drachenschuppe aus diesem Grund getragen. Für Sira hingegen bedeutete sie nur eines: dass sie jeden Drachen, der ihr begegnete, mit seiner eigenen Stärke bezwingen würde. »Wenn es diese Zeiten jemals gab, so sind sie lange vorbei. Ich jedenfalls habe noch nie einen Drachen getroffen, der etwas anderes wollte als mein Fleisch zwischen seinen Zähnen.«

»Und trotzdem«, sagte Andor leise. »Ich würde sie so gern wiedersehen ... die Welt dort oben.«

Sein Blick flog zu den Zeichnungen über ihm, und auch Sira betrachtete sie mit stiller Hingabe. »Wenn ich mir deine Bilder ansehe, ist eines sicher: Du siehst die Welt besser, als ich es je könnte. Der Schein der Goldenen Stadt jenseits der Trümmer, die Silhouetten der Drachen vor dem brennenden Himmel, die Ruinen, schattengleich vor dem Glanz des Königs – selbst der Feuerregen ist voller Zauber, obwohl er nichts als den Tod bringt. Und diese Farben … so intensiv habe ich sie noch nie in der Oberwelt gesehen.«

Andor zuckte die Achseln. »Meine Erinnerungen verblassen. Die Lücken fülle ich mit Farben, und manchmal ist es, als würde ich mir so ein Fenster schaffen. Und dahinter ist die Welt, wie sie wirklich ist. Aber das ist nicht dasselbe. Ich würde so gern wieder mit dir in die Oberwelt gehen und …« Er hustete wie zum Beweis, dass das nicht möglich war. Schwer atmend schwieg er. Dann wurde sein Blick träumerisch und machte sein Gesicht noch zarter, als es ohnehin schon war. »Ich frage mich, wie sie wohl aussieht, wenn man auf dem Rücken eines Drachen über sie hinwegfliegt. Ich glaube, dann ist sie wunderschön … wie ein Traum aus flüsternden Schatten.«

Sira schaute ihn an, und für einen Moment wünschte sie sich, das sehen zu können, was in diesem Augenblick durch seine Gedanken strich. Als sanfter Schimmer legte es sich auf seine Stirn und ließ seine Augen glühen wie in Anbetracht eines Wunders. »Solange man den Rundflug nicht im Maul des Drachen hinter sich bringt …«, sagte sie, und Andor fiel in ihr Lachen ein. »Also, Meisterfallenbauer, Oberster Krieger und berühmter Abenteurer – welche Geschichte darf es heute sein, um Euch den wohlverdienten Schlaf zu versüßen?«

Ein Funkeln ging durch Andors Blick. »Die vom König und den Reitern der Schatten – damit du dich daran erinnerst, dass ich recht habe mit den Drachen und den Menschen!«

Sira stöhnte. Sie hatte diese Geschichte nun schon so oft erzählt, dass sie jedes Wort auswendig konnte, und dennoch bekam Andor nicht genug davon. Ein Lächeln flog über ihr Gesicht, als er sie mit großen Augen ansah, und kurz musste sie daran denken, wie sie vor Jahren neben ihm gelegen hatte und sie beide bei dieser Geschichte zu ihrem Onkel aufgeschaut hatten. »Die Menschen erinnern sich nicht mehr daran«, begann sie. »Aber vor langer Zeit lebten sie noch nicht in den Tunneln der Unterwelt, eingepfercht in elender Finsternis. Ihr Reich war oben im Licht, wohin sich heute niemand mehr traut.«

Doch, doch! Jemand traut sich!, hatten Andor und sie damals gerufen, und ihr Onkel hatte gelacht. Fast meinte sie, seine Stimme zu hören, so lebhaft erwachte die Erinnerung in ihr.

»Damals wussten sie noch, was Regen ist und Sonne und Wind«, fuhr sie fort. »Doch dann kam der Krieg und alles, was sie einst waren, wurde zerstört. Vergessenes brach aus dem Inneren der Erde, Kreaturen jenseits jeder sterblichen Vorstellung. Eine neue Ära war angebrochen – die Ära der Drachen. Doch die Drachen kamen nicht, um die Menschen zu vernichten, sondern um die Welt wieder fruchtbar zu machen und im Einklang mit ihnen zu leben.«

Andor hob vielsagend die Brauen. »Siehst du«, sagte er und nickte befriedigt. »Jeder weiß, dass es so war.«

»Will der allwissende Andor nun die Geschichte zu Ende hören?«, fragte Sira mit gespielter Strenge. »Dann möge er zuhören mit seinen Abenteurer- und Fallenbauerohren!« Andor kicherte, und Sira fuhr mit leiser Stimme fort: »So kam es, dass sich wandlungsfähige Drachen mit Menschen verbanden und magisch begabte Kinder hervorbrachten. Ein solches Kind nannte man Drachenblut, und bald wählte der uralte Drache Rhenlynghar vier von ihnen aus, gab ihnen einen Teil seiner Macht und stellte ihnen je einen Drachen als Gefährten zur Seite. So schuf er die ersten vier Drachenreiter – einen Reiter des Feuers, einen des Wassers, einen des Sturms und einen der Erde – und stellte sie der Gilde der Drachenreiter vor. Sie sollte zwischen den Völkern vermitteln und den Frieden wahren, und sie herrschte gemeinsam mit Rhenlynghar in Ritterlichkeit über die Welt.«

»Aber dann sind die Menschen wütend geworden«, warf Andor ein, und Sira nickte wie jedes Mal an dieser Stelle.

»Ja«, sagte sie. »Denn sie beneideten die Drachenreiter, die doch nur Menschen waren wie sie und so viel mehr Macht besaßen, und sie wollten sich nicht länger mit ihrer niederen Stellung abfinden. Immer wieder kam es zu Auseinandersetzungen zwischen ihnen und den Reitern, und auf dem Höhepunkt der Konflikte wurde Baldurin, der Erste Feuerdrache der Gilde, von Menschen getötet. Normalerweise führt der Tod des Drachen zum Tod des Reiters, doch ...«

»... Arkaron, der Feuerreiter, starb nicht«, flüsterte Andor und hielt den Atem an, als hörte er die Geschichte zum allerersten Mal.

»Stattdessen erlangte er die Macht seines Drachen«, raunte Sira. »Und er beschloss, blutige Rache an den Menschen zu nehmen. Doch als er mit seinen Plänen vor Rhenlynghar trat, weigerte der Drache sich, diese zu unterstützen. Außer sich vor Zorn entfesselte Arkaron die bisher verborgene Magie seines Drachen, verwundete seinen alten Mentor tödlich und eignete sich dessen Kraft an. In einem Krieg, in dem einige wenige Drachen und Reiter für die Menschen eintraten, ergriff er die Macht über die Welt.«

Ein Schatten fiel auf Andors Gesicht, und Siras Stimme wurde heiser, als sie weitersprach. »Mit New York City vernichtete er die letzte Bastion der Menschen im Kampf gegen die Drachen. Unser Volk floh in die Unterwelt, und seither setzt der König alles daran, uns zu verfolgen. Selten kommt er selbst in die Ruinen der Stadt, doch er weiß um die Enklaven zu seinen Füßen, wie die Katze weiß, wo die Mäuse sich verstecken. Und immer, wenn ihm die Sklaven ausgehen in seiner Goldenen Stadt, kommen seine Krieger in die Schatten.«

Andor zog die Schultern hoch, und Sira erinnerte sich daran, wie sie ihn an sich gepresst hatte im Arm ihres Onkels, fliehend vor Strömen aus Feuer. Damals hatte der König seine Schergen in die Enklave geschickt, in der sie mit ihren Eltern gelebt hatten. Beide waren im Feuer der Drachen verbrannt. In jener Nacht war Sira zum ersten Mal allein in die Oberwelt gegangen, und sie erinnerte sich daran, wie sie den König gesehen hatte, weit entfernt auf dem Rücken eines brennenden Drachen über den Türmen seiner Stadt – den Reiter des

Feuers, dessen Untier die Welt mit seinem Schrei zum Beben brachte. Noch immer hörte sie den Ruf des Drachen in sich widerklingen. Sie hatte sich geweigert, ihn zu fürchten, aber sie hasste ihn wie jeden seiner Art bis zum heutigen Tag.

»Erzähl weiter«, bat Andor, und Sira legte die Arme um ihn, als sie fortfuhr.

»Doch es gelang dem König nie, den Widerstand gänzlich zu zerschlagen. Bis heute stellen sich ihm Rebellen als Drachenreiter entgegen – geheimnisvolle Krieger, die selbst in der Unterwelt kaum mehr als Legenden sind. Sie sind in einer Gilde organisiert wie früher, und sie schlagen dem Königreich immer wieder tiefe Wunden. Glaubt man den Geschichtenerzählern, sind sie schnell wie Schatten und unsterblich wie der Wind, und manche Legenden behaupten, dass sie eines Tages die Herrschaft des Königs beenden werden – und dann wird der Krieg vorbei sein und die Welt wird wieder so, wie sie vor lang vergangener Zeit gewesen ist.«

Wie jedes Mal, wenn er an die Reiter der Gilde dachte, begannen Andors Augen zu glänzen. »Glaubst du das auch?«, fragte er leise.

Sira senkte den Blick. Früher, als kleines Kind, hatte sie wie ihr Bruder an diese mächtigen Krieger der Schatten gedacht, die sich dem König ohne Furcht entgegenstellten. Doch sosehr sie auch gehofft hatte, von ihnen gerettet zu werden – es war nicht geschehen. Die Reiter der Gilde hatten ihre Eltern nicht vor dem Tod bewahrt, auch ihren Onkel nicht und all die anderen, die Sira in den vergangenen Jahren hatte sterben sehen. Nur ein einziges Mal hatte sie geglaubt, sie in der Oberwelt gesehen zu haben, weit entfernt wie Schemen über heißem Sand, und so waren sie tatsächlich kaum mehr als die Figuren eines Märchens für sie. Überdies waren sie wenige, viel zu wenige, um dem König tatsächlich gefährlich zu werden. Gnadenlos verfolgte er jedes Drachenblut, das nicht auf seiner Seite stand, und er war nicht ihre einzige Gefahr. Schon die Mutanten mochten bei den Menschen nicht sonderlich beliebt sein – ein Drachenblut jedoch war des Todes unter ihnen. Überdeutlich erinnerte Sira sich an die Erzählungen ihres Onkels von dem Drachenblut, das eines Nachts von den Bewohnern der Station entdeckt und erschlagen worden war aus Furcht, dass durch seine Anwesenheit die Schergen des Königs angelockt werden könnten. Selten hatte sie sich aufgrund einer düsteren Geschichte gegruselt, aber nach dieser Erzählung hatte sie für eine sehr lange Zeit Albträume gehabt. Doch das konnte sie ihrem Bruder natürlich nicht sagen.

»Vielleicht ein wenig«, sagte sie deshalb, aber Andor lachte wie das Kind, das er war.

»Du bist die schlechteste Lügnerin der Welt«, stellte er fest. »Deine Augen werden ganz schmal, und du schaust zur Seite, als würdest du dich schämen. Man sieht sofort, dass du nicht die Wahrheit sagst.«

Sira musste lächeln. »In Ordnung«, gab sie zu und legte sich neben ihn wie früher, als sie noch klein gewesen war. Sein Haar kitzelte ihre Wange, als er den Kopf an ihre Schulter lehnte. »Ich glaube nicht an Legenden. Aber ich glaube an etwas anderes, und weißt du, was das ist? Sieh her.«

Der Kristall war kühl an ihren Fingern, als sie ihn aus der Tasche zog. Fasziniert nahm Andor ihn entgegen und drehte ihn, sodass blaue Glitzerlichter auf sein Gesicht fielen. »Wie ein Zauber«, flüsterte er ehrfürchtig. Erst als er Siras Blick bemerkte, fügte er fachmännisch hinzu: »Und er ist sicher ganz schön viel wert.«

Sira nickte. »Er wird uns einen großen Teil der Summe einbringen, die wir brauchen. Und sobald wir sie zusammenhaben, gehen wir fort von hier. Denn es ist wahr, die Welt ist ein grausamer Ort geworden. Flammende Himmel. Brennende Erde. Krieg und Gewalt. Aber es gibt sie noch – die Orte der Wildnis, an denen die Drachen nicht mehr sind als Schemen am Horizont. Und dort, kleiner Bruder, werden wir eine Heimat finden. Und wir brauchen keine Gilde, keine Magie und keine Drachenreiter dazu.«

Sie griff unter die Pritsche und zog ein Buch hervor, das schon halb auseinanderfiel – das Buch ihres Onkels. Er hatte es ihnen von einem seiner letzten Diebeszüge mitgebracht, und seither hatten sie es sich unzählige Male angesehen. Früher waren viele Bilder darin gewesen, aber etliche Feuer in der Enklave hatten ihm zugesetzt, und nun gab es nur noch einige wenige Fotos einer Natur, wie Sira sie sich in ihren schönsten Träumen nicht vorstellen konnte. Wälder waren auf ihnen zu sehen, grün und glitzernd, Blumen mit durchscheinenden Blättern und Gräser, so zart, dass sie aussahen wie Spinnenbeine. »Der Ort, von dem diese Bilder stammen, hieß früher Mi tse a-da-zi«, sagte sie, während sie die Seiten umblätterte. »Das bedeutet so viel wie: Felsen gelber Fluss.«

»Yellowstone«, raunte Andor. »Dort gibt es Wälder, durch die man rennen kann, Hand in Hand und ohne Angst, von Feuer verbrannt zu werden. Es gibt große kühle Steine zwischen den Bäumen …«

»… und das Meer, das in der Nacht leuchtet«, beendete Sira seinen Satz und schlug die letzte Seite auf. Auch Andor kannte nur den tödlichen Ozean, der die Ruinen New Yorks umgab, und umso faszinierter betrachtete er nun das tiefblaue Bild, auf dem unzählige Glitzerlichter leuchteten. »Kannst du es sehen, kleiner Bruder?«

Behutsam legte sie den Kristall auf das Foto, und da glühten die Lichter darin auf und flimmerten wie tausend Glühwürmchen über die Wände. Sira fühlte sie über ihre Wangen tanzen, sie hörte Andor lachen, leise und sanft.

»Ja«, flüsterte er und schloss die Augen. »Ich sehe es ganz deutlich.«

Sein Atem war sacht auf ihrer Haut, und als sie die Arme um ihn legte, da schien es ihr, als würde sie das Blau des Meeres flüstern hören. Andor seufzte. Sie wusste, dass er lächelte, und für einen Moment konnte sie ihn spüren: den Schein des Meeres in der Nacht, unendlich zärtlich wie ein Kuss in einem Traum. Es war, als wären sie schon dort.

Vorsichtig klappte sie das Buch zu, doch ehe sie aufstehen konnte, hielt Andor sie zurück. »Aber der Weg dorthin ist gefährlich«, murmelte er, halb schon in Schlaf gesunken.

»Das ist er«, antwortete Sira und strich ihm über die Stirn. »Aber nicht gefährlicher als wir, Krieger der Nacht.«

Andor öffnete noch einmal die Augen. »Dann werden wir wirklich dorthin gehen? Versprichst du es?«

Sira zögerte. Sie hatte früh gelernt, dass Versprechen in der Unterwelt nur dafür da waren, um gebrochen zu werden, und sie vermied es, selbst welche zu geben. Andor jedoch, der nie aufgehört hatte, an die Kraft eines Versprechens zu glauben, machte ihr das regelmäßig unmöglich. Jedes Mal, wenn sie in die Oberwelt ging, versprach sie ihm auf sein Drängen zurückzukehren, und dieser Schwur legte sich stets wie ein Zauber über sie ... wie ein Schutz, der mächtiger war als jede Waffe. »Ja«, sagte sie leise. »Ich verspreche es.«

Das Lächeln flog wie ein Windhauch über seine Lippen, und Sira blieb bei ihm, während er einschlief. Nachdenklich drehte sie den Kristall zwischen ihren Fingern. Andor hatte recht, der Weg war gefährlich. Nicht umsonst waren die Fahrkarten, die zwielichtige Söldner anboten, so teuer – und sie bedeuteten lediglich Begleitschutz bis zum letzten gesicherten Außenposten der Menschen vor der Wildnis, weit entfernt von der Goldenen Stadt der Drachen. Von dort würde sie sich mit Andor allein durchschlagen müssen – bis zum Meer der Nacht. Dort, so hatte sie gehört, war die Natur noch rauer als überall sonst und so gefährlich, dass selbst Drachen sich fernhielten. Niemand außer Andor würde verstehen, warum es sie dorthin zog, und bisweilen fragte sie sich, ob es tatsächlich eine gute Idee war, mit einem kränklichen Kind an einen solchen Ort zu gehen, einen Ort, den sie gar nicht kannte und von dem sie nicht wissen konnte, ob er wirklich so war, wie sie ihn sich ausmalte. Doch sie konnte ihr Ziel nicht aufgeben, ganz gleich, wie sehr sie es für eine Weile auch versucht hatte. Vielleicht lag das an der Sache mit der Hoffnung, von der ihr Onkel mitunter gesprochen hatte. *Ohne die Hoffnung,* hatte er gesagt, *ist der Mensch weniger als ein Tier. Ohne die Hoffnung ist er tot.*

Die Atemzüge ihres Bruders streiften ihre Wange. Sie hörte die Geräusche der Enklave durch die Wände, leise nur und doch deutlich genug. Sie konnte die Furcht der Menschen riechen, vor dem König, seinen Schergen, der Einsamkeit, und hob den Kristall vor ihre Augen. Ja, die meisten Menschen dort draußen wussten nicht, wohin sie sich wenden sollten in der Finsternis. Sie selbst aber wusste es. Und keine Dunkelheit der Welt konnte ihr dieses Ziel nehmen – das Meer, das irgendwo in der Nacht auf sie wartete.

Kapitel 3

Der Himmel war nah. Dicht unter den brennenden Wolken jagte Norik dahin, so schnell, dass die Rauchschwaden zerrissen und in glühenden Funken über Rhorkas Schuppen tanzten. Tosender Wind wühlte das Feuer auf, Blitze zuckten über das Firmament, doch während seine Gefährten weit hinter ihm geblieben waren, empfand Norik keine Furcht. Alles, was er spürte, war die Atemlosigkeit, die jeden Sturm begleitete, und die unbezähmbare Kraft seines Drachen.

Rhorkas Schwingen durchschnitten die Luft, schattenhaft wie die Nacht, die sie umgab, doch als sie mit den Wellen des Windes aus dem Rauch tauchte, schimmerte ihr Leib im Feuerschein wie grüne Seide. Grollend drang ihre Stimme durch Noriks Gedanken, ihr Blut rauschte in seinen Adern, und als er die Arme in die Luft riss, verschmolz auch er mit jener Macht, die den Himmel in ihren Klauen hielt. Mit heftigem Donnern zerbrachen die Wolken direkt über ihm, und da fühlte Norik ihn mit aller Kraft: den Ruf des Sturms, der tief in ihm brannte und dem Herzschlag seines Drachen Antwort gab.

Schleier aus Feuer fielen zur Erde hinab und Norik ließ Rhorka tiefer sinken, gebannt von dem Farbenspiel, das um ihn tobte. Wie jedes Mal, wenn er an diesen Ort kam, schien der Wind Geschichten zu erzählen – lang vergessene Geschichten in einer Sprache, die niemand mehr verstand, selbst die Drachen nicht. Er legte die Hände auf Rhorkas Hals. Dunkle Ringe liefen über ihre Haut, als hätte er eine stille Wasseroberfläche aufgewühlt, und für einen Moment gab er sich der Illusion hin, an einem anderen Ort zu sein, weit fort von Tod und Verderben. Aber der Augenblick währte nur kurz. Erneut wallte der Donner auf, die Rauchschwaden unter Rhorkas Flügeln zerrissen, und da brach goldenes Licht durch den Sturm. Kaum mehr war es als ein Schimmer, und doch genügte es, um jeden Anflug eines Lächelns von Noriks Gesicht zu wischen.

Kühle Konzentration breitete sich in ihm aus, während er wie Rhorka den Blick vom Himmel abwandte und ihre Gefährten zu ihnen aufschlossen. Arvid, der Jäger mit den Augen aus glühendem Frost, dessen Drache Kar'mal schneller war als ein Gedanke. Kapo, der mehr Kraft in seinen Händen hatte als andere im ganzen Körper, und sein Erddrache Bomper, der ebenso wohlgenährt war wie sein Reiter. Und Juri, der Jüngste unter ihnen, auf seinem übermütigen Sturmdrachen Ysios, der im Gegensatz zu den anderen nur über zwei Beine und gefiederte Flügel verfügte, ihnen in Kampfkraft und Geschwindigkeit jedoch kaum nachstand. Norik sah sie vor sich, wie sie reglos über der Erde schwebten, schwarz gewandet wie Schatten, die Kleidung von der langen Reise schmutzig und staubbedeckt. Doch er drehte sich nicht zu ihnen um. Sein Blick ruhte auf ihrem Ziel, einem Trümmerfeld aus Asche und Rauch: New York, die letzte Stadt der Menschen. Lange war er nicht mehr an diesem Ort gewesen, und doch schien sich kaum etwas verändert zu haben. Dieselben Ruinen, Scherenschnitte vor einer Kulisse aus Feuer. Dieselbe lauernde Stille. Dasselbe Pulsen weit unter den Straßen, verborgen vor Feuer und Eis. Und derselbe goldene Schatten, der so weit reichte, dass Norik ihn schmerzhaft kalt auf seiner Haut spürte.

»Sehr einladend«, murmelte Juri und erntete ein verächtliches Schnauben von Arvid.

»Was hast du erwartet, Grünschnabel? Ein Empfangskomitee mit hübschen Tänzerinnen und Festschmaus?« Der Reiter spuckte aus. »Wir können froh sein, wenn wir diesem Moloch mit heiler Haut entkommen, so viel ist sicher.«

Norik wusste, dass Juri sich verunsichert durchs Haar fuhr wie jedes Mal, wenn er vor den gestandenen Kriegern seine Nervosität verbergen wollte. Kapo jedoch lachte sein warmes, dunkles Lachen und tätschelte Bomper den Hals, der ein wohliges Knurren ausstieß. »Lass dir keine Angst machen, Kleiner. Die Stadt hat es in sich, keine Frage. Aber es steckt mehr in ihr als Grausamkeit. Und ich muss sagen: Mir hat ihr Anblick gefehlt.«

Da drehte Norik sich zu ihm um. »Der Schmelztiegel der Wahnsinnigen und Ewig-Hungrigen hat dir gefehlt? Kapo, das lässt tief blicken.«

Arvid grinste, und Bomper fiel so inbrünstig in Juris Lachen ein, dass Kapo auf seinem Rücken auf und ab wippte. »Mein Appetit lässt sich nicht leugnen«, stimmte er zu und klopfte sich auf den Bauch. »Aber ihr wisst ja: Die Wahnsinnigen sind oft gefährlicher als ausgebildete Krieger!«

»Oh ja«, pflichtete Norik ihm bei. »Ganz besonders, wenn es darum geht, jemandem die Essensration vom Teller zu klauen.« Er lächelte über Kapos Empörung und wandte sich an Juri. »Ich habe nicht grundlos gezögert, als du mich gebeten hast, dich auf diese Reise mitzunehmen. Denn tatsächlich birgt New York mehr, als man auf den ersten Blick sieht. Diese Stadt ist wie keine andere ein Ort der Legenden, die den Geschichtenerzählern im Übermaß neue Nahrung gibt. Überall lauern Rätsel und Gefahren, und oft tarnen sie sich gut. Deshalb müssen wir vorsichtig sein. Du weißt ja, was ich dir über die Geheimnisse in den Schatten erzählte.«

Juri schaute zur Stadt hinab, die Augen halb furchtsam, halb fasziniert geweitet. Er hatte sich die gesamte Reise über tapfer geschlagen, doch in Momenten wie diesem wirkte er trotz aller Anstrengung, es zu verbergen, wie das Kind, das er noch immer war. Als er Noriks Blick bemerkte, straffte er jedoch die Schultern und legte die reglose Maske auf seine Züge, die er sich von den anderen Kriegern abgeschaut hatte. »Die Geheimnisse in den Schatten sind wie Spiegel in fremde Welten«, sagte er. »Sie zeigen, was wir ersehnen, und sie lassen uns fliegen, wenn wir uns trauen. Doch nichts ist so tückisch wie sie. Und wenn wir nicht aufpassen, töten sie uns.«

Im Feuer des Himmels wirkten Juris Augen wie Noriks eigene: dunkel, beinahe schwarz. Aber Norik erinnerte sich daran, wie er den Jungen gefunden hatte, kaum vier Jahre alt damals, halb totgeschlagen von seinem eigenen Volk. Ein zitterndes Bündel aus Fleisch und Knochen war er gewesen, und niemand hatte daran geglaubt, dass er die Nacht überstehen würde. Doch Norik hatte ihm in die Augen geschaut – diese tiefblauen Augen, die so viel Hoffnung in sich trugen, und Juri hatte sich an ihm festgehalten, bis das Fieber ihn in die Ohnmacht gezwungen hatte. Stunde um Stunde hatte Norik an seinem Bett gewacht, und als der Junge am Morgen die Augen aufgeschlagen hatte, war kein Wort mehr nötig gewesen. Von diesem Moment an war er Noriks Bruder gewesen, und nie hatte ein junger Novize stolzer die Aufgaben eines Knappen erfüllt als er. Ein Lächeln strich über Noriks Lippen. Ja, Juri hatte sich an ihm festgehalten, damals, als es um sein Leben gegangen war. Er tat es bis heute – und Norik würde ihn nicht loslassen, um nichts in der Welt. Noch einmal nickte er seinem Knappen zu. Dann gab er den anderen ein Zeichen, und sie glitten hinab in die Stadt.

Die Schatten der ausgehöhlten Gebäude umfingen sie wie schützende Schleier. Juri flog ihnen voraus. Begierig darauf, sich zu beweisen, hatte er zu Beginn ihrer Reise die Rolle des Spähers übernommen und sich als wachsamer Schüler erwiesen. Gewissenhaft hielt er Ausschau und lugte wie beiläufig in die zerbrochenen Fenster. Norik folgte seinem Blick, und wie jedes Mal, wenn er die verlassenen Wohnungen der Menschen betrachtete, ergriff ihn eine seltsame Melancholie. Es fiel ihm schwer, sich das Leben jener vorzustellen, die vor langer Zeit an diesem Ort geweint und geliebt hatten, und doch genügte ein Blick auf die zerbrochenen Spielsachen, um das Lachen der Kinder in ihm widerklingen zu lassen, die in diesen Mauern gestorben waren. Schwer legte sich die Stille der Straßen auf seine Schultern. Er brauchte nicht aufzusehen, um den Hohn des Königs zu fühlen, der aus jeder Pore seiner goldenen Stadt strahlte. Doch die Unruhe, die mit jedem Schwingenschlag stärker in Norik aufbrach, war nicht diesem Glanz geschuldet. Etwas anderes lag in der flüsternden Stille New Yorks, Unheil vielleicht ... oder etwas, das fast dasselbe war. Schicksal. Er hatte das Wort kaum gedacht, als Rhorka ihm einen Blick zuwarf.

Seit wann glaubst du an das Schicksal?, raunte sie in seinen Gedanken. Ihre Stimme war nun leise wie das Flüstern des Windes in weichem Gras, und der schalkhafte Funke in ihren grüngoldenen Augen ließ ihn lächeln.

Vielleicht färben deine Marotten nach all den Jahren auf mich ab, gab er zurück. *Das würde einiges erklären. Zum Beispiel, wieso ich es nicht merke, wenn du heimlich meine Gedanken liest.*

Rhorka lachte auf, tief und grollend. *Seit jeher hast du das nur dann gemerkt, wenn ich es wollte. Und was die Eigenheiten betrifft: Meine Weisheit würde dein kleines Menschenhirn auseinanderreißen, sollte es sich daran versuchen.*

Norik hob spöttisch die Brauen. *Es ist doch immer wieder ein Fest, die Bescheidenheit der Drachen zu erleben. Genügten nicht vor wenigen Wochen noch ein paar singende Kinder, um dich zum Weinen zu bringen – ausgerechnet dich, die große Kriegerin, die keine Schwäche kennt? Haben die kleinen Menschen vielleicht etwas in dir berührt, was hinter all deiner Weisheit liegt und für das selbst du keine Worte hast?*

Rhorkas Augen blitzten amüsiert auf. *Es ist eine Stärke, Schwäche zuzulassen*, gab sie betont herablassend zurück. *Aber das werdet ihr tapferen Menschenkrieger nie begreifen. Vermutlich, weil ihr einfach zu wenig Kontrolle über eure Gedanken habt. Seit wir in der Stadt sind, fühle ich deine wie Hagelschauer auf meiner Haut. Wo ist die Gelassenheit, Krieger der Schatten, für die man dich bewundert?*

Noch immer glühte der Schalk in ihrem Blick, doch ihre Stimme war ernst geworden. Norik senkte den Kopf. *Es ist nicht leicht, an diesem Ort gelassen zu sein*, erwiderte er finster. *Er ist wie eine offene Wunde ...*

... die du nicht hättest verhindern können, beendete Rhorka seinen Satz. *Du trägst genügend Narben mit dir herum. Trage nicht auch noch diese.* Sie hielt inne, ihr prüfender Blick schien sein Kinn zu heben wie eine kühle Hand. *Ich werde nie aufhören, dir das zu sagen*, fuhr sie fort und der Griff löste sich. *Auch wenn ich weiß, dass du dich nicht an meine Worte halten wirst. Dafür bist du nicht gemacht, dein Dickschädel ebenso wenig wie dein Verstand – und erst recht nicht dein Herz.*

Ein sachter Windzug strich durch sein Haar, und er seufzte unmerklich, weil er wusste, dass jeder Widerspruch zwecklos war. Rhorka kannte ihn einfach zu gut. *Wie sagtest du gerade?*, erwiderte er deshalb. *Es ist eine Stärke, Schwäche zuzulassen. Vielleicht lerne ich nach all den Jahren ja doch noch etwas von dir.*

Ein Lächeln stahl sich in ihren Blick. Gerade setzte sie zu einer Entgegnung an, als ein Ton durch die Luft ging. Norik nahm ihn kaum wahr, doch Rhorka riss den Kopf herum. Ein Schauer lief über ihren Körper, und da erklang es erneut: ein Raunen, leise noch und doch so deutlich, dass Norik die Hand auf sein Schwert legte. Auch die anderen hatten den Ton gehört. Arvid beugte sich vor und kniff die Augen zusammen, und als würde sein Blick die Mauern durchdringen, hob er kurz darauf die Hand. Elf Königsreiter mitsamt ihrer Drachen, weniger als zwei Blocks entfernt.

Rasch gab Norik den anderen ein Zeichen. Rhorkas Muskeln

spannten sich, als sie die Straße überquerten, fort von den Stimmen der Königskrieger, und er spürte sie selbst: die kalte Glut, die seine Finger fester um sein Schwert schloss und ihn drängte, auf der Stelle umzukehren. Doch er zwang sich zur Besonnenheit. Sie waren nicht in die Stadt gekommen, um die Schergen des Königs herauszufordern. Nicht in dieser Nacht.

Schweigend folgten sie Juri durch die Straßen. Er hockte halb geduckt auf Ysios' Rücken, immer bereit, ein warnendes Zeichen zu geben. Geschickt bewegte er sich durch die Dunkelheit, wie Norik es ihn gelehrt hatte, und er wollte sich gerade von dem Jungen abwenden, als ein Flackern seinen Blick auf sich zog, kaum wenige Armlängen von Juri entfernt. Dort war etwas, das dem Jungen verborgen blieb, und als wäre Norik selbst der Wind, der darüber hinfuhr, bildete sich ein Bild vor seinen Augen: unzählige Streben führten quer über die Straße, fein wie das Netz einer Spinne.

Alarmiert spannte Rhorka die Schwingen, ihr Windzug schnitt durch die Luft. Kapo und Arvid reagierten sofort. Sie wichen zurück, kaum dass Rhorkas Warnung sie traf. Aber Juri war nicht schnell genug. In kindlichem Erstaunen hob er den Blick – und bemerkte die Falle zu spät. Zischend geriet Ysios' linker Flügel in die Streben, und als hätte die Berührung sie zum Leben erweckt, schlangen sie sich um den Leib des Drachen. Ein heiseres Krächzen drang aus seiner Kehle, hart schlug er am Boden auf. Das Netz grub sich in sein Fleisch, und ehe Juri wusste, wie ihm geschah, wurde auch er von den Streben erfasst und gegen die Wand gepresst. Er keuchte, als der Bannzauber in ihn eindrang. Instinktiv streckte Norik die Hand nach ihm aus, aber da leuchteten die Streben auf und die Kälte, die sie in Juris Leib schickten, zog sich als siedende Hitze über Noriks Finger. Heftiger Schmerz zuckte durch seine Hand. Doch ehe er einen Fluch ausstoßen konnte, glitt Rhorka zu Kar'mal und Bomper in die Schatten einer Seitengasse, und das keinen Augenblick zu früh. Schon brachen sie über die Dächer der Häuser: die Krieger des Königs, deren Falle zugeschnappt war.

Im Schutz der Schatten bewegte Norik die Finger. Sein Zauber zog sich in lindernder Kühle über seine Haut, aber er wandte sich nicht von dem Geschehen ab, das er durch einen Mauerspalt beobachten konnte. Die Krieger des Königs landeten inmitten der Streben, deren Feuer von ihnen abglitt wie Nebel. Mit den Arm- und Beinschienen über den abgerissenen Lederrüstungen und den schweren, schlammverkrusteten Stiefeln unterschieden sie sich auf den ersten Blick kaum von den Reitern der Schatten. Doch an ihren Gürteln hingen goldene Schwerter, ihre Stimmen hallten laut durch die Nacht und auch ihre ausladenden, mit Fellen und Federn geschmückten Schulterplatten zeugten davon, dass sie es nicht nötig hatten, sich in der Dunkelheit zu verbergen. Früher mochte diese Stadt den gewöhnlichen Menschen gehört haben, doch diese Zeiten waren vorbei. Nun waren sie die Herren über diese Straßen: die Reiter der Goldenen Stadt.

Mehrere Drachen umringten Ysios, der so gut er es vermochte nach ihnen ausschlug, und die Krieger lachten, als sie Juri in ihrem Netz entdeckten. Ihre Gesichter waren gerötet, einige hielten noch gebratene Fleischstücke in den Händen. Offensichtlich hatten sie ihre Jagd für diese Nacht bereits beendet und nicht damit gerechnet, noch einen größeren Fang zu machen als die Tiere, die sie über ihren Feuern brieten. Juri riss an den Bannschnüren, als sie näher kamen. Doch gerade, als die ersten ihre Waffen nach ihm ausstreckten wie nach einem gefangenen Wolf, landete ein pechschwarzer Drache mit ledrigen Schwingen mitten unter ihnen. Glühende Widderhörner ragten aus seinen Schläfen, seine Klauen gruben sich in den Asphalt wie in weiches Fleisch, und von seinem Rücken sprang ein breitschultriger Krieger mit halb rasiertem Schädel. Respektvoll wichen die anderen vor ihm zurück. Sein freier Oberkörper war von Narben und Tätowierungen bedeckt, sein linkes Auge verbarg er unter einer Klappe, Brandnarben zogen sich über die Haut ringsum. Der rote Drachenkopf zierte den Waffengurt über seiner Brust, das Zeichen des Königs auf goldenem Grund, das ihn als Offizier zu erkennen gab, und es bestand kein Zweifel daran, dass nicht allein das Blut von Tieren an den Messern klebte, die er am Gürtel trug. Norik konnte sie in seinem Lachen hören: die Lust an der Jagd auf Menschen.

Dicht vor Juri blieb er stehen, flankiert von zwei Kriegern. »Was haben wir denn hier?«, raunte er mit einer Stimme, die wie schwelende Glut klang, dunkel und bedrohlich. »Einen Drachenreiter, dessen Gesicht ich nicht kenne? Wer bist du, Junge, und woher kommst du?«

Fast hätte Norik gelächelt, als er den Trotz in Juris Augen sah. Er war kreidebleich, doch seine Stimme klang fest, als er antwortete. »Mein Name ist ohne Bedeutung, denn ich komme von weiter her, als ihr es euch mit euren Spatzenhirnen vorstellen könnt!«

Wie eine Reaktion auf diese Worte schlangen sich die Streben enger um Juris Leib. Ysios schrie auf, als sie in die Haut des Jungen schnitten, aber dieser zuckte nicht zusammen. Nichts als Zorn stand in seinem Blick, als der Einäugige sich vorbeugte. »Weit genug offenbar, um die Gesetze des Königs nicht zu kennen«, erwiderte er gefährlich leise. »Ich sehe nirgends sein Zeichen an dir. Bist du gekommen, um es dir zu holen? Nhor'garoth ist immer auf der Suche nach jungen Rekruten.«

Noriks Miene verfinsterte sich, als der Name des Obersten Kriegers des Königs die Schatten ringsum flüstern ließ. Nhor'garoth, der Krieger, der niemals schlief. Schon vor einer geraumen Weile hatte er seine einstige Festung Rhakkaris am Rand der Großen Wüste verlassen und seinen Sitz in der Goldenen Stadt eingenommen, so nah wie möglich bei seinem Herrn, und knechtete als General der Königskrieger die Menschen der Enklaven unter seiner Faust. Einst, so sagte man, sei er nicht mehr als ein Drachenreiter gewesen. Doch diese Zeiten waren lange vorbei, und etliche düstere Legenden berichteten davon, dass es nichts mehr in diesem Krieger gab, das noch menschlich war.

»Ich gebe einen Dreck auf den Schlächter der Sieben Städte«, entgegnete Juri mit vor Zorn bebender Stimme. Der Einäugige zog die Brauen zusammen, doch Norik spürte Stolz in sich aufkeimen, und er drängte Nhor'garoths Namen zurück, bis er nichts mehr war als ein Raunen im Schmutz der Straße. Dieser Krieger war nicht der einzige Schrecken dieser Welt, so viel stand fest. Mit aller Kraft verstärkte Norik seinen Zauber. Eiskalt floss er über seinen Körper, als er seinen Gefährten ein Zeichen gab. Arvid und Kapo wichen lautlos zurück und verschwanden in der Finsternis eines Hinterhofs.

»Dann bist du gekommen, um zu sterben?«, fragte der Einäugige und hielt eines seiner Messer vor Juris Augen. »Wie alle, die ihm die Gefolgschaft verweigern? Das wäre ein Jammer ... Und du siehst nicht so aus, als stünde dir der Sinn nach Selbstmord. Wollen wir doch mal sehen, wie mutig du wirklich bist. Ich werde dir das Fell abziehen wie den Wölfen, die sonst in meine Fallen tappen. Vielleicht verrätst du mir dann, was du hier tust, so ganz allein.«

Seine Klinge funkelte im Schein der Streben, als er sie an Juris Kehle presste. Noch immer fühlte Norik die Hitze des Bannzaubers. Sein eigener Schutz war noch nicht vollendet, und er hörte Rhorkas warnenden Ruf, als er von ihrem Rücken glitt. Aber er zögerte nicht länger. Ohne sich noch einmal umzudrehen, sprang er aus den Schatten und rannte direkt auf die Schergen des Königs zu. Plötzlich aufkommender Wind ließ ihn fast fliegen. So schnell, dass selbst die Drachen ihn nicht bemerkten, sprang er durch die Streben, in mehreren Salti entging er ihrem Bann und landete direkt hinter dem Einäugigen.

»Er ist nicht allein«, stellte er mit ruhiger Stimme fest und ignorierte die Hitze, die sich nun mit aller Macht auf seinen eiskalten Panzer legte. Der Einäugige fuhr herum. Norik lächelte, als der ihn fassungslos anstarrte, und fügte hinzu: »Im Gegensatz zu euch!«

Ehe der Krieger etwas erwidern konnte, stieß Norik ihm den Kopf in den Nacken. Gleichzeitig schoss Kar'mal vom gegenüberliegenden Dach auf die beiden Schergen neben ihm herab und zerrte sie hoch in die Luft. Bompers Ruf brachte den Boden zum Beben, so heftig, dass etliche Krieger das Gleichgewicht verloren, und ehe der schwarze Drache sich auf Norik stürzen konnte, umfing ihn ein geschmeidiger grüner Leib und riss ihn mit sich. Im letzten Augenblick wich der Einäugige Noriks zweitem Schlag aus, und sie begannen, sich zu umkreisen, langsam wie zwei Raubkatzen. Blut rann über die Lippe des Kriegers, doch er schien es nicht zu merken. Er maß Norik mit seinem Blick, das dunkle, halblange Haar, das ebenmäßige Gesicht – und das Lächeln, das nun wie ein Schmiss über die makellose Maske seiner Züge lief. Die Erkenntnis ließ den Einäugigen vor Verachtung den Mund verziehen.

»Reiter der Schatten«, sagte er und spuckte die Worte aus, als wollte er sie nicht länger als unbedingt nötig auf seiner Zunge spüren. Aber in seinem Blick stand ein Respekt, der jeden Zweifel beseitigte: Er war ein Krieger, der viele Schlachten geschlagen hatte, und er kannte die Legenden um die Reiter, die sich seinem Herrn widersetzten – jene Rebellen, deren Stärke selbst in den Reihen der Königstreuen heimlich geachtet wurde und deren Gilde noch immer nicht gebrochen war. »Ist lange her, dass ich welche von euch in dieser Gegend gesehen habe.«

»Wir waren öfter unter den Straßen der Stadt als jeder deiner Männer«, gab Norik zurück. »Wer weiß, wie viele von ihnen wir in den Schatten getötet haben. Doch du bist blind für alles, was um dich herum geschieht – wie alle Diener des Königs, die nichts als seine Sklaven sind!«

Der Zorn färbte das Gesicht des Einäugigen rot. Mit einem Schrei riss er sein Schwert in die Luft, funkensprühend schlug es mit Noriks Klinge zusammen. Leichtfüßig sprang dieser zurück und ließ den Krieger ins Leere laufen. Er wich den Attacken aus und setzte seinem Gegner zu, hart und schnell wie der Wind, der ihn umgab. Schon schwankte der Einäugige unter einem mächtigen Hieb. Doch gerade, als Norik erneut zum Schlag ausholte, fuhr der Krieger herum und krallte die Finger tief in die Streben seines Zaubers. Mit lautem Zischen glühten sie auf, so grell, dass Norik geblendet zurückwich.

Im letzten Moment parierte er einen Angriff, aber die Hitze brannte sich mit neu entfachter Kraft durch seinen Schutzzauber, und sie wurde von Tönen getragen, entsetzlicher als jede Glut. Schreie waren es, die plötzlich die Luft erfüllten. Wie Messerstiche fuhren sie Norik ins Fleisch. Er taumelte. Schemenhaft nur erkannte er seine Gefährten. Mit aller Kraft kämpften sie gegen die Schergen des Königs, doch gleich darauf brachen andere Bilder um ihn herum auf. Er sah Menschen über das glühende Pflaster der Straße rennen, die Gesichter panisch verzerrt, sah sie in ewigem Feuer verbrennen und reglos daliegen in den Wüsten der Welt, in die sie geflüchtet waren vor so langer Zeit. Vergeblich streckte er die Hände nach ihnen aus. Er konnte sie nicht greifen, es war, als würden ihre Körper aus Nebel bestehen, doch ihre Blicke legten sich eiskalt um seine Kehle, und mit jedem Schrei, mit jedem Weinen, mit jedem letzten Atemzug wich die Kraft stärker aus seinen Gliedern. Ein heftiger Schlag traf ihn im Nacken. Er sah sich von außen, wie er vor dem Einäugigen auf die Knie fiel. Doch in Wahrheit stürzte er in eine tiefere Finsternis als die Schatten von New York – eine Dunkelheit, die sich in ihm öffnete und ihn mit endloser Nacht umhüllte. Ohrenbetäubend laut erschienen ihm die Schritte des Einäugigen, der nun näher kam.

»Wie die Ratten habt ihr euch in den Schatten versteckt«, grollte der Krieger des Königs und entfachte eine gleißende Peitsche in seiner Hand. »Jetzt wurdet ihr wieder an die Oberfläche gespült, und wofür? Um ein armseliges Kind aus meinen Händen zu reißen!«

Der Schmerz war so heftig, dass Norik der Atem stockte. Sein Mantel zerriss unter dem Hieb der Peitsche und fing Feuer. Blut rann über seine Haut, doch gerade, als die Schreie der Sterbenden mit aller Macht nach seinem Bewusstsein griffen, drang etwas anderes durch den Lärm. Ein Weinen war es wie die Klage des Windes über blutigen Feldern, ein Ruf, der keinen Zweifel daran ließ, dass er nicht allein war in seiner Finsternis. Er sah Rhorka vor sich, wie sie gegen den schwarzen Drachen kämpfte. Auch sie lag am Boden, als würden Noriks Fesseln sie ebenfalls niederdrücken, aber in ihren Augen stand ein unbezähmbarer Wille, und es war ihre Stimme, die ihn auffing in der Nacht, die ihn umgab. Sie brachte ihm Juris Herzschlag zurück, der kaum hörbar durch die Mauern klang, und er wusste, dass sie seinen Schmerz spürte, weil es auch der ihre war – weil sie eins waren, Norik und sein Drache. Da riss Rhorka den Kopf zurück. Ihr Ruf peitschte über das Pflaster, die Schleier zerbrachen gänzlich vor Noriks Blick, und der Einäugige fuhr zusammen, als wäre er geschlagen worden oder als hätte er in diesem Moment begriffen, warum der Drache schrie: aus der Tiefe einer wahren Verbindung zwischen Drache und Mensch heraus, die ihm unbekannt war.

Norik nutzte die Chance sofort. Taumelnd kam er auf die Beine, packte den Einäugigen an der Kehle und presste die freie Hand gegen dessen Schläfe. Glühend heiß schoss die Magie der Streben in seine Finger, doch er ignorierte den Schmerz. »Dieses *Kind* ist ein Krieger der Gilde«, raunte er dicht am Ohr des Einäugigen. »Er ist stärker, als jeder von euch auch nur erahnen kann, und er ist mein Bruder! Du hast ihm Leid angetan, und dafür reiße ich dir das Leben aus dem Leib. Denn eines solltest du wissen, da du uns doch so gut kennst: Wir lassen keinen der unseren in den Händen unserer Feinde. Wir sind Reiter der Schatten, und ich sage dir: Wir sind mehr als alles, was du kennst!«

Damit riss er die Arme in die Luft und die Streben, die gerade noch in tödlichem Feuer gebrannt hatten, entfesselten sich zu tosendem Wind. Donnernd trieben sie die Schergen des Königs zurück, aber Norik sah es kaum. Er legte den Kopf in den Nacken und ließ sich von unsichtbaren Händen emporheben. Sie zogen die Fetzen der verbrannten Kleidung von seinem Leib, und kaum dass ihre Finger über seine Haut glitten und er die Fäuste ballte, erwachte er zum Leben: der Drache, der in kunstvollen Linien seinen Rücken zierte. Mit brennenden Augen verzehrte er das Blut aus der offenen Wunde. Majestätisch streckten seine Schwingen sich über Noriks Schulterblätter, und als er das Maul aufriss und brüllte, barsten die Streben mit einer Gewalt auseinander, die wie sein todbringender Atem über die Straße fegte. Juri und Ysios waren frei. Norik spürte ihre Blicke wie Triumphgebrüll auf seiner Haut, und er grub die Finger in die Leiber seiner Feinde, mit geschlossenen Augen und unsichtbar wie die Macht, die ihn umgab. Sie brachen unter seinem Griff wie welke Blätter, er war überall zugleich und stand doch nur da: hoch über ihren Köpfen und reglos als der Sturm, der er war.

Erst als Norik auf der Straße landete, öffnete er die Augen. Der Drache auf seinem Rücken neigte den Kopf und erstarrte, und der Sturm legte sich so plötzlich, wie er gekommen war. Um ihn herum herrschte ein Bild der Verwüstung. Zwei Schergen war die Flucht gelungen, doch die übrigen lagen zerschmettert am Boden, die Glieder unnatürlich verdreht, die Augen weit aufgerissen, als hätten sie angesichts des Entsetzlichen noch im Tod den Verstand verloren. Norik schwankte, als er ihre Blicke erwiderte, aber da schob sich ein mächtiger Schädel unter seine Hand. Rhorka sah ihn an. Ihre grünen Augen waren ruhig, beinahe gelassen, und wie immer vertrieb sie die Kälte von seinen Schultern mit ihrem Lächeln, das so viel mehr barg, als er jemals wissen würde. Der schwarze Drache war unter ihren Klauen gefallen, und nichts als ein Keuchen drang mehr durch die Luft – die letzten Atemzüge eines sterbenden Kriegers.

Langsam drehte Norik sich zu dem Einäugigen um. Eine seltsame Hingabe lag auf dessen Gesicht, als er zu ihm aufsah – als hätte er zum ersten Mal in seinem Leben erfahren, was Freiheit bedeutete. Und da war noch mehr in seinem Blick, etwas Dunkles, dem Norik nur mit Mühe standhalten konnte. Wortlos kniete er sich neben dem Krieger nieder und griff nach dessen Schwert.

»Du bist es«, brachte er Einäugige hervor. Er wollte noch mehr sagen, doch nur ein Flüstern drang über seine Lippen, leise wie ein Fluch. »*Thar' Eryos* ...«

Norik erwiderte nichts. Er nickte nur, während er die Finger des Sterbenden um das Heft seines Schwertes legte, und als hätte er einen Bann über dem Krieger gelöst, wich jeder Zorn aus dessen Blick und jeder Schmerz. Nichts als Erstaunen blieb mehr darin zurück, und als er starb, schien er zu lächeln – ein seltsames, entrücktes Lächeln war es wie aus einer anderen Welt.

Norik fuhr sich über die Augen. Er konnte nicht mehr zählen, wie oft die Sterbenden ihn auf diese Weise angesehen hatten. Als könnten sie nicht begreifen, wer er war, oder dass etwas so Schönes den Tod brachte. Dabei gab es doch wenige Gesetze, die seit Jahrhunderten wie dieses bestanden: der tiefste Abgrund verbarg sich oft hinter den vollkommensten Masken der Einsamkeit.

Es war Juris Lächeln, das seinen Blick von dem Toten fortzog. Der Junge hatte sich über Ysios gebeugt, der verächtlich zu den gefallenen Drachen hinüberschaute, und sah mit einer Bewunderung zu Norik auf, die nur in den Augen eines Kindes oder eines Narren glühen konnte. Norik erwiderte sein Lächeln, aber für einen Moment überkam ihn der Drang, den Jungen fortzuschicken, ganz gleich wohin – nur fort aus der Finsternis, die ihn umgab. Doch das Gold des Königs legte sich auf seine Haut, und die Gewissheit sank schwer in ihn hinein: Es gab keinen Ort jenseits der Dunkelheit, an den er gehen konnte – nicht in dieser Welt.

Mühsam kam er auf die Beine. Die Straßen ringsum lagen in lähmender Stille. Nur Kar'mals Schwingenschlag zerriss kurz die Luft, als er den fliehenden Schergen nacheilte, so schnell, dass Norik seinen Bewegungen nicht folgen konnte. Er bedeutete Kapo, die Toten verschwinden zu lassen. Der König durfte nicht erfahren, dass sie in der Stadt waren, sonst würden die Menschen der Enklaven dafür bezahlen. Der Herrscher der Welt würde auf der Jagd nach seinen Feinden keinen Stein auf dem anderen lassen.

Norik schwang sich auf Rhorkas Rücken und wandte das Gesicht den Schatten zu. Lindernd legten sie sich auf seine Wangen, und für einen Moment schwieg die Unruhe in ihm. Mochte die Welt im Feuer des Königs brennen, mochte der Himmel in Flammen stehen und sich in tödlichem Regen auf die Erde ergießen. Doch die Schatten bargen mehr als die Stille nach dem Kampf. Norik fühlte ihre Dunkelheit in Rhorkas Adern und jedem seiner Atemzüge, und er wusste, dass sie in der Unterwelt New Yorks auf sie warteten, mit all der Kraft, die sich seit ewigen Zeiten dem König entgegenstellte. Und wie seit jeher würde er seine Gefährten in ihr Reich führen, jenseits aller hellen Pfade: er, der letzte bekannte Erbe der Ersten Drachenreiter Rhenlynghars, er, *Thar' Eryos* – der Reiter des Sturms.

Kapitel 4

Die Stille war vollkommen. Nhor'garoth saß auf dem Rücken seines Drachen Aryon, hoch oben auf einem der Trümmertürme New Yorks, und schaute hinab in die Finsternis. Hinter ihm ragte die Stadt des Königs in den brennenden Himmel, hoheitsvoll auf ihrem Thron aus eiskaltem Gold. Hin und wieder erbebte sie, als würde Baldurins Todesschrei sie durchdringen. Ihr Schein bekränzte Nhor'garoths Gesicht mit den frostglühenden Augen ebenso wie seine Rüstung aus Drachenknochen und verwandelte Aryons Schuppen in blaues Eis, doch er wandte sich nicht zu ihr um. All seine Aufmerksamkeit lag in den Schatten.

Reglos verharrte sie unter ihm, die einst so stolze Stadt der Menschen, durchströmt vom goldenen Atem seines Königs. Noch immer trug sie tausend Masken, und tausend Lügen hüllten sie in falsche Schleier. Aber Nhor'garoth hatte gelernt, sie zu durchdringen. Seit Stunden wartete er, bewegungslos wie die Straßen unter ihm, und da endlich drang etwas durch die Stille. Er beugte sich vor. Die Klauen seines Drachen gruben sich in den Turm wie in einen sterbenden Körper, und für einen Moment konnte er es fühlen: ein Pochen, unregelmäßig und schwach wie ein versagender Herzschlag. Mit leisem Schmerz klang es in ihm wider, dieses Geheimnis, dem er auf der Spur war, und er holte tief Atem, zum ersten Mal seit langer Zeit. Dieser Herzschlag war sein Feind, nichts und niemandem zollte er größere Verachtung. Und doch konnte er nicht aufhören, mit dieser bleiernen Müdigkeit auf ihn hinzulauschen – wie auf einen Fluch, der ihn verschlingen würde.

Kenai landete hinter ihm, so lautlos, wie er es ihn gelehrt hatte. Leichtfüßig sprang er von seinem Drachen, und als feiner Wüstenduft in Nhor'garoths Nase stieg, wandte er halb den Blick zurück. »Hörst du das Lied, Kenai?«, fragte er. »Das Lied der Nacht, das mit Klauen aus goldenem Feuer durch die Straßen reitet? Es bringt mich um den Schlaf. Brächte es mich doch auch um den Verstand.«

Kenai trat neben ihn. Sein helles, fast silbernes Haar leuchtete in der Dunkelheit, und wie alle Wandler verströmte auch er eine eigentümliche Kälte, geräuschlos wie Nebel und ebenso rätselhaft. Doch es war seine Stimme, die das stetige Pochen zurück in die Schatten trieb. »Alles ist einfacher, wenn man verrückt ist«, stellte er fest, als hätte er diese Erfahrung selbst gemacht. »Aber wir würden alle in die Schatten stürzen, wenn du uns nicht führen würdest. So viel ist sicher.«

»Narr von einem Menschen«, erwiderte Nhor'garoth dunkel. »Jeder, der die Schatten bezwingen will, muss sich in sie hineinstürzen, ganz gleich, was er dabei verliert. Es gibt keine Rettung vor diesem Schritt, wenn du ein Krieger des Königs werden willst, und niemand wird dich davor bewahren, auch ich nicht – ganz im Gegenteil. Wann wirst du das endlich begreifen?«

Kenai senkte den Blick, und für einen Moment offenbarte er den getadelten Schüler, der er im Inneren war. Nhor'garoth seufzte. Einige Wandler waren überaus mächtig, aber trotz jahrelanger Ausbildung war Kenai noch immer nicht mehr als ein Taschenspieler, der vergeblich versuchte, sich Drachenklauen und andere Narrheiten anzuwandeln. Seine Augen waren grau wie die aller Wandler, und immer wieder glommen leuchtende Farben durch seine Iris, als würden unzählige Gesichter darauf warten, von ihm erweckt zu werden.

Doch stets sanken sie in das Grau zurück wie erlöschende Funken … als wären sie Träume, die Kenai nicht greifen konnte.

»Ich habe gefangen, wonach du mich ausgeschickt hast«, sagte der Junge nun, ohne aufzusehen. »Es hat mich drei Versuche gekostet, aber ich habe nicht einen Kratzer davongetragen.«

»Das will ich auch hoffen«, gab Nhor'garoth zurück. »Du bist zu lange mein Knappe, als dass ich zusehen würde, wie du versagst. Und jetzt bring deinen Fang her, oder soll ich ihn selbst von Partaks Rücken wuchten?«

Rasch folgte Kenai der Anweisung und zerrte einen dürren Körper vom Rücken seines Drachen bis vor Aryons Klauen. Der Drache stieß ein dumpfes Grollen aus. Raureif zog sich über die glänzenden Schuppen, die messerscharfen Krallen glühten auf, und Aryons Augen wurden kalt wie das Eis, das er barg, als er auf den Mann zu seinen Füßen hinabschaute. Der Gestank von Schweiß und Rattendreck war widerwärtig. Nhor'garoth spürte Aryons Missfallen in den eigenen Gliedern, aber er wandte sich nicht ab. Reglos lag der Fremde da, in glühende Bannschnüre gewickelt. Offenbar hatte er sich heftig gewehrt, denn sie hatten sich tief in sein Fleisch gegraben. Seine dunklen Haare standen wild von seinem Kopf ab, Lumpen verhüllten seinen hageren Leib, und ein Knebel steckte in seinem Mund, der ihn würgen ließ. Sein Gesicht war ohne Alter, aber seine schwarz umrandeten Augen glühten in gelbem Feuer, als brauchte es nicht mehr als einen Funken, um sich in das Gold der Drachen zu verwandeln. Doch Nhor'garoth wusste es besser. Nichts in dieser Kreatur würde jemals erahnen, was diese Glut bedeutete.

»Ich fand ihn in der Bronx«, sagte Kenai und schaute voller Verachtung auf den Gefangenen herab. »Hat auf einem Ast gehockt und seltsame Zeichen in die Rinde geschnitten. Gut möglich, dass demnächst andere von seinesgleichen dorthin kommen, um sie zu lesen.«

Der Gefangene keuchte unter dem Knebel. Es klang, als wollte er einen Fluch ausstoßen. Doch Nhor'garoth achtete nicht darauf. Mit einer Handbewegung verwandelte er den Knebel in splitterndes Eis. Der Mann hustete, aber der Zorn wich nicht aus seinem Blick.

»Verfluchte Reiter des Todes«, stieß er hervor und spuckte eine Ladung Blut vor Aryons Klauen.

Sofort bewegte der Drache die Krallen, doch Nhor'garoth hielt ihn zurück. Aryon würde nicht mehr als einen Blick brauchen, um dem Kerl das Fleisch von den Knochen zu reißen. Aber hier ging es um mehr als den Unmut eines Drachen. Mit finsterer Miene grub Aryon die Krallen in den Stein und verharrte regungslos, als würde das Eis auf seinem Leib ihn dazu zwingen. Der Gefangene hingegen stieß ein spöttisches Schnauben aus. »Ihr werdet keinen von uns finden!«, rief er aus. »Wir sind nämlich nicht so dumm wie ihr glaubt! Dieses Bürschchen hier hätte ich zwischen den Fingern zermalmt, wäre nicht sein dämlicher Drache gekommen, und ...«

Ehe ein weiteres Wort über seine Lippen dringen konnte, glitt Nhor'garoth von Aryons Rücken und befahl den Gefangenen mit einer Geste in seine Faust. Keuchend strampelte der Kerl mit den Beinen, aber kaum, dass der Drachenreiter zu sprechen begann, rührte er sich nicht mehr.

»Spinne«, grollte Nhor'garoth und fühlte, wie der zerbrechliche Leib des Menschen in seiner Faust erzitterte. Donnernd klang seine Stimme in dem dürren Körper wider. »Ich habe so viele deiner Gefährten zerrissen, dass ich sie nicht mehr zählen kann, und eines muss ich sagen: Die Mächtigen unter euch sind wahrhaft nicht so leicht zu fassen. Wärest du tatsächlich so klug, wie du glaubst, hätte kein Knappe der Goldenen Stadt dich fangen können. Und noch eines lass dir gesagt sein: Dieser Junge ist mein Schüler. Beleidige ihn noch einmal, und du beleidigst mich. Das würde ich dir nicht raten.«

Der Spinnenmann starrte ihn an, den Mund zu einer blassen Narbe zusammengepresst. »Spar dir deine Ratschläge für deinen Schüler«, stieß er aus, doch der Zorn in seinen Augen schmolz zusammen wie ein Schatten umgeben von Feuer, und er senkte den Kopf, als könnte er den Anblick seines Feindes nicht mehr ertragen. »Was willst du von mir?«

Nhor'garoths Atem legte sich mit Eiskristallen auf die Haut des Spinnenmanns und ließ ihn frösteln. »Du weißt etwas von großem Wert für mich, und ich bin bereit, dafür zu zahlen. Ich gebe dir dein Leben, dieses armselige Stück Dreck, an das du dich klammerst, wenn du mir sagst, was ich wissen will. Natürlich kannst du dich weigern. Doch bist du klug genug, um zu wissen, was das heißt?«

Da hob der Spinnenmann den Blick. Er sah Nhor'garoth an, als täte er es zum ersten Mal in dieser Nacht, und ein seltsamer Schatten legte sich auf sein Gesicht. Nhor'garoth brauchte einen Moment, um zu begreifen, dass es ein Lächeln war. »Ja«, flüsterte der Spinnenmann, und seine Stimme zitterte, als verriete er ein Geheimnis. »Ich weiß, was das heißt, denn ich kenne dich ... Herrscher von Ivarus!«

Der Name traf Nhor'garoth wie ein Schlag. Im selben Augenblick stieß der Spinnenmann den Kopf vor und grub die Zähne in seinen Hals. Heftiger Schmerz durchzuckte Nhor'garoths Glieder, lähmend ergoss sich die Magie der Spinne in seinen Leib. Die Szene ringsum verharrte in traumartiger Langsamkeit. Undeutlich nur bemerkte er, wie Kenai den Arm hob, träge, als würde die Zeit für ihn zäher fließen. Er hörte Aryon brüllen, doch stärker noch vernahm er den Wind, der auf einmal wie aus weiter Ferne nach seinem Haar griff, und das Wort, flüsternd und geisterhaft wie ein Geheimnis. *Ivarus ...*

Schattenschnell glitt der Spinnenmann aus seiner Faust. Die Bannschnüre verkohlten auf seinem Leib, als wären sie nie mehr gewesen als brennendes Haar, und so fließend, dass seine Bewegungen zu einer einzigen verschwammen, zog er einen schwarzen Stachel aus seinem Stiefel. Kaum länger war er als der Schwanz einer Ratte, doch so spitz und hart, dass er mühelos durch Nhor'garoths Rüstung drang. Sein tödliches Gift stank nach Anis und faulendem Fleisch. Kurz vor dem Herzen hielt der Spinnenmann inne.

»Wie oft hast du so vor deinen Opfern gestanden?«, flüsterte er. »Wie oft hast du ihre Gesichter in den Staub gedrückt und sie an ihrem eigenen Blut ersticken lassen? Ich kenne die Legenden über dich, die sich die Menschen in den Tunneln erzählen. Sie sagen, du wärest unverwundbar, kein Mensch mehr, sondern etwas anderes. Und man möchte ihnen glauben, wenn man dich ansieht und Zeuge deiner Taten wird. Aber ich erinnere mich auch an die Lieder, die früher über dich gesungen wurden, Lieder der Hoffnung, lang vergessen von den meisten. Und daher schrecke ich nicht vor dir zurück. Denn tief in diesem erhabenen Leib steckt noch immer ein Herz – und jedes Herz kann man brechen, nicht wahr? Was ist aus dir geworden, Fürst der Grausamkeit? Erinnerst du dich an jene, die du vor ewigen Zeiten mit deinem Leben verteidigt hast? Erinnerst du dich an dich selbst – nun, im Augenblick deines Todes?«

Erneut drang Aryons Schrei durch den Zauber des Spinnenmanns, beinahe laut genug, um ihn zu zerbrechen. Doch ehe noch die ersten Töne ihn erfassten, schloss die Spinne beide Hände um den Stachel und bohrte ihn tief in Nhor'garoths Herz. Der Schmerz presste die Luft aus dessen Lunge, aber gleich darauf füllten sich die Augen des Spinnenmannes mit schwarzem Blut und ließen ein Bild aus der Finsternis steigen: ein fremder Drachenreiter war es, in einfache Lederkleidung gehüllt, den Blick aus den samtblauen Augen über ein fernes Land gerichtet. Fast meinte Nhor'garoth, den Duft der Erde riechen zu können, auf dem der Fremde stand, und kaum, dass dieser den Kopf wandte und ihn ansah, wurde er nach vorn gerissen, mitten hinein in das Bild. Kurz nur umhüllte ihn die Nacht der Spinne. Dann fand er sich auf dem Feld wieder, allein mit dem Wind, der nun nach seinen Haaren griff, und dem Duft der Erde zu seinen Füßen. Sein Körper steckte in lederner Kleidung, und vor ihm lag Ivarus, das Land der tausend Seen.

Der Himmel war grau, doch ohne jedes Feuer, und als er den Blick auf die Hügel richtete, die sich sanft bis zum Horizont erstreckten, fühlte er etwas in sich widerklingen, so leise wie einen vergessenen Traum. Er erkannte den Umriss der Burg über dem See, erhaben und gütig wie eine Königin inmitten der Weite, und strich sich das Haar zurück. Seine Hände waren ungewohnt weich. Er sah sie an, als wären es die Hände eines Fremden. Und waren sie das nicht? Er konnte sich eher eine Feder zwischen ihren Fingern vorstellen als ein Schwert, und doch schien es für einen Moment, einen winzigen Moment so leicht zu sein, an diesen Ort zurückzukehren – diesen Ort, der in ihm vergraben lag, so tief, dass er ihn kaum noch spüren konnte.

Aber als er sich nach der Erde bückte, nach ihrer Wärme, die nach ihm rief, zerbrach sie unter seinen Fingern wie verkrusteter Sand, und darunter lagen Knochen – unzählige Knochen von erschlagenen Menschen. Nhor'garoth starrte darauf. Das Bild war ihm ebenso fremd wie seine Hände, und doch wusste er ohne jeden Zweifel, dass er es gewesen war, der dies getan hatte: Jeder einzelne Tote auf diesem endlosen Feld war sein Opfer gewesen.

Etwas Schweres legte sich auf seine Schultern, als er auf die Beine kam. Vielleicht war es das Feuer, das nun von allen Seiten über den Himmel strömte, vielleicht die Rüstung, die sich mit bleierner Kälte um seine Glieder schloss. Doch als der Klang des Windes verstummte, lauschte Nhor'garoth vergeblich auf ein Gefühl der Reue. Nichts nahm er wahr als die Asche in seinem Mund und das Raunen der Toten, die zu seinen Füßen zu Staub zerfielen. *Ivarus*, flüsterten sie, aber es war nichts mehr als ein Schatten, dieses Wort, in das er geraten war ... Nichts als Asche und Rauch wie die Toten, die leise mit der Stimme des Spinnenmannes fragten: *Erinnerst du dich?*

Die Kühle der Nacht legte sich auf seine Stirn, als er auf den Turm zurückkehrte. Er konnte ihn fühlen, den Spinnenmann, der auf seiner Brust hockte, ohne den Stachel loszulassen, und sah mit geschlossenen Augen das Entsetzen in Kenais Blick, der wie sein Drache mit aller Kraft gegen den Bann der Spinne anrannte. Nur Aryon schaute in kühler Gelassenheit auf seinen Herrn herab, und als Nhor'garoth den Spinnenmann plötzlich an der Kehle packte, hätte er schwören können, seinen Drachen lächeln zu sehen.

»Nein«, grollte er und kam auf die Beine. Der Stachel ragte aus seiner Brust, noch immer pulste das tödliche Gift durch seine Adern. Doch er ließ sich nicht länger von ihm beherrschen. »Die Toten haben keinen Platz in meinem Kopf.«

Mit weit aufgerissenen Augen starrte der Spinnenmann ihn an, als könnte er nicht begreifen, was gerade geschah. Noch immer stand der Drachenreiter in seinen Augen, und Nhor'garoth erwiderte den Blick des Fremden, der kein Fremder mehr war. Kurz spürte er es erneut, das Wispern des Windes, als wollte es ihm sagen, dass mehr in diesem Bild steckte als alles, was er jemals begreifen würde. Doch er umfasste den Stachel mit der linken Hand und schüttelte langsam den Kopf.

»Einst war ich wie die Stadt zu meinen Füßen«, raunte er. »Ein pulsierendes Herz inmitten der Finsternis, armselig und schwach. Doch wie heißt es in den Liedern der Menschen? Die Zeiten ändern sich. Nun fließt goldenes Feuer anstelle von Blut in meinen Adern, und die Menschheit wird lernen, was auch ich erfuhr: Jenseits dieses Feuers – gibt es nichts!«

Er sah noch das Entsetzen auf den Zügen des Spinnenmanns, und es schien ihm, es in den Augen des Drachenreiters gespiegelt zu finden, gepaart mit einer tiefen, reglosen Traurigkeit. Dann loderte das Feuer des Königs in Nhor'garoths Augen auf. Es verzehrte das Gift in seinen Adern, und im selben Moment, da er den Stachel aus seiner Brust riss, zerbrach der Drachenreiter zu Scherben aus Eis. Knisternd gruben sie sich in die Augäpfel der Spinne. Nhor'garoth spürte, wie sein Frost durch den dürren Leib des Menschen drang, und er bekam, was er gewollt hatte: Kurz sah er ein anderes Bild in dessen gefrorenen Augen auftauchen: eine Enklave, die nach Schweiß und Feuer roch ... und nach Furcht. Dann zog sich der Frost vollends über dessen Züge.

»Reiter der Drachen«, flüsterte der Spinnenmann, blind nun und mit eisverkrusteten Lippen. »Du fliegst nicht mehr, wie deinesgleichen es tun sollten. Du fällst.«

Nhor'garoth starrte in die Kälte der erstarrten Augen, und kurz meinte er, einen Jungen mit dunklen Haaren über endlose Hügel laufen zu sehen, die viel später ein Schlachtfeld geworden waren. War die Spinne tatsächlich dort gewesen, auf den Hügeln jenseits des Feuers, ein Kind, das ehrfurchtsvoll zu der Burg aufsah, der Burg über dem See? Es schien ihm, als würde er es lachen hören. Doch dann legte er den Kopf schief, und das Bild zerbrach. »Seltsam«, murmelte er beinahe freundlich und trat an den Rand des Daches. »Dasselbe wollte ich dir auch gerade sagen.« Er fühlte noch, wie der Schreck durch die Glieder des Menschen raste. Dann ließ er ihn fallen. Kein Laut drang aus der Kehle des Spinnenmanns. Dumpf schlug er auf der Straße auf und bewegte sich nicht mehr.

Nhor'garoth spürte noch für einen Augenblick seinen Herzschlag in den Fingerkuppen. Dann war er verstummt ... doch nur scheinbar. Er legte den Kopf in den Nacken wie unter einem erneuten Stich. Nein, es war noch immer da und klopfte gegen seine Finger, dieses süße, schmerzhafte Pulsen, das die Stadt durchdrang. Doch nicht mehr lange. Bald schon würde es still sein in dieser Stadt – so still wie in seiner eigenen Brust.

Er drehte sich halb zu Kenai um. Nichts als Hingabe stand in dessen Augen – die Hingabe an alles, was Nhor'garoth war, und der feste Wille, ihm zu folgen, ganz gleich, wohin er ihn führen würde. »Es ist so weit«, sagte Nhor'garoth leise, und für einen Moment hob sich der eiskalte Schleier, den er ansonsten stets zwischen seinen Knappen und sich selbst legte. »Die Schatten warten auf uns.«

Er sah noch das Lächeln, das Kenais Augen mit Feuerfarben füllte. Dann schwang er sich auf Aryons Rücken. Lautlos stieß sein Drache sich ab, und zum ersten Mal in dieser Nacht glitt ein Lächeln über Nhor'garoths Gesicht. Fliegen und fallen, ging es ihm durch den Kopf, als er auf die Straße zuraste. Manchmal war es dasselbe.

Kapitel 5

Der Nachtmarkt leuchtete. Fackeln erhellten die aus Wellblechen und Brettern errichteten Stände, Lampions spannten sich über den schmalen Gassen und farbige Tücher wehten im Strom der Turbinen wie die Zeltplanen der Nomaden im Wind der Wüste.

Sira schob sich hinter Kim und Andor an den Ständen vorüber. Für gewöhnlich mied sie Menschenansammlungen, denn sie verabscheute Körperkontakt zu Leuten, mit denen sie nicht einmal gern reden, geschweige denn nähere Bekanntschaft machen wollte. Aber den Nachtmarkt liebte sie. Er war wie ein Geschichtenerzähler, der tausend Worte zugleich sang, und mit jedem Schritt konnte sie sich für ein anderes seiner Lieder entscheiden.

Die Luft vibrierte unter den Stimmen der Menschen, über allem lag der Geruch von Gewürzen, und an den Ständen wurden Waren feilgeboten, die sie selbst nach all den Jahren noch staunen ließen. Da gab es Messer, die aussahen, als wären sie aus Glas gefertigt, und die dabei so scharf und unzerstörbar waren, dass sie selbst Stein zerschneiden konnten. Andor zeigte ihr Fallen, deren hauchdünne Streben nur im Fackelschein sichtbar wurden, und mit Kim probierte sie Kleider an, so farbenfroh, dass sie meinte, im Dunkeln leuchten zu müssen. An vielen Ständen konnte sie Dinge verkaufen, die sie aus der Oberwelt geholt hatte. So tauschte sie unter Andors begeisterten

Augen ein Fleischermesser gegen einen schwarzen Compoundbogen, der nicht viel mehr wog als eine Handvoll Kristalle, und immer wieder blieb ihr Blick an den Tieren hängen, die zum Kauf angeboten wurden. Zahme Ratten hockten neben sprechenden Raben, blinden Kaninchen und Hühnern, die rote Eier legten, und einige Händler boten abgerichtete Salamander, Tauben und Insekten feil, begehrte Boten in den Tunneln der Unterwelt. Auch Traumbeeren gab es, opiumhaltige Früchte in unzähligen Farben, die in den verlassenen Tunneln der Unterwelt wuchsen. Sira hatte sie selbst gesammelt, als sie noch klein gewesen war, und sich regelmäßig die Hände an den Dornen aufgerissen. Nun ließ sie sich mit Andor und Kim an den bunten Körben vorübertreiben, und erst als sie den Bereich der Kristallhändler erreichten, wich das Lächeln von ihrem Gesicht.

Die Kristallhändler waren ein anderes Kaliber als die übrigen Verkäufer. Keiner von ihnen riskierte sein Leben, um Dinge aus der Oberwelt zu holen. Sie wussten nicht, was es bedeutete, auf der Jagd nach besonders reinen Kristallen plötzlich einem Drachen ins Gesicht zu schauen, und es interessierte sie auch nicht. Alles, was für sie zählte, war ihr Profit, und die meisten von ihnen behandelten die Diebe mit kühler Herablassung, immer darauf bedacht, den Preis für die Kristalle möglichst weit zu drücken. Mit den Jahren hatte Sira sich daran gewöhnt und sich einige Händler herausgesucht, die ihr annähernd auf Augenhöhe begegneten. Dennoch war selbst bei ihnen stets Vorsicht geboten. Ähnlich wie die Drachen erkannten sie jedes Anzeichen von Schwäche sofort und scheuten nicht davor zurück, es zu ihrem Vorteil zu nutzen.

»Du machst ein Gesicht wie Gavran, wenn er nichts verkauft«, stellte Andor fest und zog eine Grimasse, als sie an den glitzernden Ständen vorübergingen.

Kim kicherte hinter ihm. »Das ist doch Siras Pokerface. Damit kriegt sie alles, was sie will.«

»Schön wär's«, seufzte Sira. »Dann würde ich nicht mehr selbst in die Oberwelt gehen, sondern andere dazu bringen, das für mich zu tun – natürlich für nicht mehr als ein Lächeln.« Sie holte tief Atem. »Aber sehen wir mal, wie es läuft.«

Andor und Kim hielten ein wenig Abstand, während Sira an verschiedenen Ständen Kristalle verkaufte. Jeder Händler hatte sich spezialisiert. Manche suchten nach den gelb verfärbten Kristallen, aus denen einfache flexible Waffen hergestellt werden konnten, andere bevorzugten die rötlichen Steine, die oft zu Schwertern und Messern verarbeitet wurden, und einige kauften die Kristalle nur, um sie als Drogen loszuschlagen. Nur wenige Händler konzentrierten sich auf das reinste Drachengold, dessen die Diebe in den Trümmern New Yorks habhaft werden konnten – jenes, das tiefblau schimmerte und aufgrund der ihm innewohnenden Magie nur für die besten Waffen verwendet wurde.

Kühl drückte der blaue Stein gegen Siras Rippen. Sie hatte ihn sich um den Leib gebunden, um einem Diebstahl vorzubeugen, doch nun schob sie ihn in eine Tasche an ihrem Gürtel und steuerte auf einen violett erleuchteten Stand zu. Er war kleiner als die Stände ringsum, aber das Licht brach sich in den ausgestellten Kristallen und zeigte ohne jeden Zweifel, dass von diesem Händler ausschließlich blaue Steine gekauft wurden. Sein Name war Mechut, und Sira kannte ihn schon seit Jahren. Anfangs war er ihr mit vorsichtiger Skepsis begegnet, da er sich nicht erklären konnte, wie eine scheinbar so zarte Person an derart kostbare Kristalle gelangte. Aber mit der Zeit hatte sich eine respektvolle Geschäftsbeziehung zwischen ihnen entwickelt, und Sira zweifelte nicht daran, dass er ihr einen akzeptablen Preis machen würde. Als sie den Stand erreichte, war Mechut jedoch nirgends zu sehen. Suchend schaute sie sich um, und während Kim die funkelnden Kristalle mit scheuer Ehrfurcht betrachtete, sah Andor mit einem Lächeln zu ihnen auf.

»Keiner ist so schön wie unserer«, flüsterte er Sira zu. »Sieh nur, der da hinten hat sogar Kratzer. Und der hier ...«

Er hatte gerade die Hand nach einem Kristall ausgestreckt, als ein dürrer Kerl in kostbaren Gewändern hinter dem Tresen auftauchte. Offenbar hatte er soeben etwas darunter verstaut und musterte Andor nun mit solcher Kühle, dass dieser erschrocken die Hand zurückzog.

»Willkommen bei Kawans Kristallen«, sagte der Händler und kniff die blassgrauen Augen zusammen, als wollte er ein Lächeln andeuten. »Wie kann ich euch helfen?«

»Ich bin auf der Suche nach Mechut«, begann Sira. »Er ...«

Kawan unterbrach sie mit einer wegwerfenden Geste. »Der ist weg. Ich habe ihm sein Geschäft abgekauft, und das wurde auch Zeit. Er hat sich viel zu oft mit Leuten abgegeben, die ihm nichts einbrachten. Armes Gesindel, bei dem man schon auf den ersten Blick sieht, dass es keine angemessene Ware anbieten kann. Du verstehst schon.«

Er betrachtete Siras löchrigen Pullover unter ihrem staubbedeckten Mantel und gab sich keine Mühe, seine Geringschätzung zu verbergen.

»Erfreulich, einen Händler wie dich zu treffen«, sagte sie und erwiderte seinen abschätzigen Blick ungerührt. »Es ist selten, dass jemand über eine so gute Menschenkenntnis verfügt. Und noch eindrucksvoller, einem Händler zu begegnen, der seine Ware offenbar eigenhändig aus der Oberwelt holt und so jeden Kontakt mit dem *armen Gesindel* vermeiden kann, das nicht die Mittel hat, sich in Samt und Seide zu kleiden. Sag mir, Hoher Händler der blauen Steine: Woher hast du sie bekommen? Du musst eine wahrhaft fruchtbare Quelle gefunden haben bei dieser Menge an Kristallen!«

Kawans Miene vereiste. »*Selbstverständlich* begebe ich mich nicht selbst in die Oberwelt. Das ist die Aufgabe der Jäger und Diebe, wie jeder weiß. Aber auch zwischen ihnen gibt es Unterschiede – ganz erhebliche sogar.«

Sira seufzte leise. Sie hätte diesem aufgeblasenen Kerl liebend gern die Meinung gesagt, aber in gewisser Weise hatte er recht, wenn auch in anderer Hinsicht. Die meisten wirklich gerissenen Jäger wurden über kurz oder lang eingebildete Gockel, die sich in ihre eigenen Felle hüllten, und etliche Diebe staffierten ihre Behausungen mit nutzlosem Tand aus und glaubten, sich alles kaufen zu können. Oft lagen sie damit gar nicht so falsch, und Kerle wie Kawan konnten sie mit ihrem falschen Schein leicht beeindrucken.

»Wo wir gerade dabei sind«, sagte Sira und ließ den Blick über die Auslage schweifen. »Zwischen deinen Kristallen bestehen ebenfalls ganz erhebliche Unterschiede, wie mir scheint – besonders im Vergleich zu dem Prachtstück, das ich dir anbieten könnte. Willst du es sehen?«

Kawan verzog den Mund, als würde er sich fragen, ob sie tatsächlich im Besitz eines blauen Kristalls war. Sie konnte ihm ansehen, dass er sie mitsamt dem vorwitzigen Jungen und dem leicht bekleideten Mädchen so schnell wie möglich wieder loswerden wollte, doch offenbar war seine Neugier stärker als seine Abscheu. »Sicher«, entgegnete er mit einem weiteren missglückten Lächeln. »Dafür bin ich doch da.«

Nur für den Bruchteil einer Sekunde hielt Sira den Kristall in den Schein der Fackeln. Doch der Moment genügte, um das Licht aufzuspalten und in tausend Farben auf die umliegenden Steine zu werfen. Kawans Augen wurden kreisrund, aber nur für einen Wimpernschlag. Kaum schloss Sira die Finger um den Stein, schob er das Kinn vor.

»Dreißig Silberlinge«, sagte er und zuckte gleichgültig mit den Schultern. »Fünfundreißig, wenn er keine Rauchspuren aufweist.«

Sira stieß verächtlich die Luft aus. »Er ist mehr als fünfmal so viel wert«, erwiderte sie und spürte, wie ihr die Hitze in die Wangen stieg. »Was glaubst du, mit wem du redest?«

Kawan hob herablassend die Brauen. »Es gibt kaum etwas, das mich weniger interessiert. Dieser Stein ist beinahe schwarz, damit kann ich wenig anfangen. Versuch es woanders, wenn du mir nicht glaubst. Kein Händler wird dir mehr zahlen.«

Der plötzliche Windhauch war kaum zu spüren. Kühl und sanft zugleich strich er über Siras Haut, sodass sich augenblicklich der Zorn von ihren Schultern löste. Kawan hingegen fuhr zusammen, als hätte ihn eisiger Frost gestreift, und als er den Kopf hob und an ihr vorbeischaute, trat etwas wie Furcht in seinen Blick.

»Narr von einem Händler«, sagte eine Stimme hinter ihr, samten und warm. »Du hast nicht genug Verstand, um etwas Kostbares zu erkennen.«

Sira wandte sich um und schaute in das Gesicht eines jungen Mannes mit dunklem Haar und tiefgrünen Augen. Er trug schattenschwarze Kleidung, wie eine Rüstung schmiegte sie sich an seinen Körper und betonte seine hochgewachsene Gestalt, und er hätte nicht das leicht glimmende Schwert an seinem Gürtel gebraucht, um Macht und Erhabenheit auszustrahlen. Etwas Hoheitsvolles lag in seinem Blick, doch während Kim ein verzücktes Seufzen ausstieß, gefror das Lächeln auf Siras Lippen. Keiner der vorbeieilenden Menschen durchschaute die Maskerade dieses Fremden, niemand bemerkte seine Gefährten, die schattenhaft wie er selbst in der Menge standen. Auf den ersten Blick wirkten sie wie Söldner, Krieger der Nacht, die für Gold und Silber in die Schlacht zogen. Aber Sira wusste, wer sie in Wirklichkeit waren, und während Andor fasziniert zu dem Fremden aufsah, spürte sie die Abwehr, die sich eiskalt über ihren Nacken zog. Vor ihr, verborgen vor den Augen der gewöhnlichen Menschen, stand ein Drachenreiter der Gilde, herabgestiegen in den Schmutz der Welt wie eine Figur aus einem Märchen.

»Ich erkenne gute Ware, wenn ich sie sehe«, brach Kawans Stimme in Siras Gedanken. »Und das da …«

»… ist mehr wert als alles, was du in den letzten Monaten zu Gesicht bekommen hast«, beendete der Fremde seinen Satz. »Warst du nicht vor wenigen Wochen auf dem Markt bei den Großen Seen? Ich meine mich zu erinnern, wie die Aufseher dich wegen minderwertiger Ware fortjagten. Sei froh, wenn dir auf diesem Markt nicht dasselbe geschieht. Und nun sei still und gib mir deine Lupe.«

Kawan kniff die Lippen zusammen, aber er beeilte sich, der Aufforderung zu folgen. Sira hingegen zögerte, als der Fremde sie abwartend ansah. Erst als sie Andors Blick bemerkte, legte sie den Kristall in seine Hand.

»Er ist was ganz Besonderes«, sagte Andor mit mühsam unterdrückter Aufregung. »Er trägt das Meer der Nacht in sich, wenn man genau hinsieht!«

Am liebsten hätte Sira ihrem Bruder einen Knuff versetzt. Doch der Fremde sah ihn nur an, und als er lächelte, wich zum ersten Mal die Kälte von seinen Zügen. »Das klingt in der Tat einzigartig. Ich werde so genau hinsehen, wie ich kann.« Damit beugte er sich vor. Während er den Kristall im Schein des Feuers untersuchte, fiel eine Strähne seines Haares in seine Stirn und sein Gesicht wirkte trotz der Konzentration beinahe sanft. Doch als er kurz den Blick hob und Sira ansah, stand wieder die Kälte in seinen Augen, die ihn wie ein Schutzzauber umgab. »Wem hast du ihn gestohlen?«, fragte er und wandte sich wieder dem blauen Stein zu. »Kristalle in dieser Reinheit sind überaus selten.«

Sira hob die Brauen. »Wirklich? Das habe ich nicht gewusst. Ich bin ja auch nur diejenige, die seit Jahren Kopf und Kragen riskiert, um sie aus der Oberwelt zu bergen. Wem ich diesen hier gestohlen habe? Der vierunddreißigsten oder der fünfunddreißigsten Straße. Ich warte noch darauf, dass sie in die Unterwelt kommen und mich jagen.«

Der Fremde sah erneut auf, und Sira wusste nicht, was sie mehr ärgerte: die Überraschung in seinen Augen, oder der Unglaube, der gleich darauf über seine Züge glitt.

»Meine Schwester ist eine Diebin der Oberwelt«, bekräftigte Andor ihre Worte stolz. »Eine der besten!«

Schweigend stellte der Fremde die Lupe auf den Tresen und wog den Kristall in seiner Hand, während sein Blick prüfend auf Sira ruhte. Sie konnte nicht sagen, ob mehr in seinem Lächeln lag als Spott. »Fünfzig Goldlinge«, sagte er schließlich. »Ein stolzer Preis, doch so viel muss man wohl zahlen, wenn man das Meer bei sich tragen will.«

Andor strahlte, als Sira zustimmend nickte, und sie sah zu, wie der Fremde seinen Mantel zurückschlug. Er trug mehrere Beutel an seinem Gürtel, spärlich mit ledernen Riemen gesichert, und zählte den Betrag ab.

»Wie ist dein Name?«, fragte er, nachdem er den Kristall verstaut hatte.

Sira knotete ihre Tasche, die nun schwer von den goldenen Münzen war, fest um ihre Hüfte. »Für den Kristall sind fünfzig Goldlinge in Ordnung«, gab sie mit einem Lächeln zurück, das dem seinen in Sachen Kälte in nichts nachstand. »Aber mein Name kostet mehr als das. Oder sagen wir es so: Er ist unerschwinglich. Leb wohl, Krieger der Nacht.«

Rasch nickte sie ihm zu und zog Andor hinter sich her. Sie wusste, dass Kim keine Ahnung davon hatte, wer die Kerle waren. Sie warf Sira nur einen spöttischen Blick zu, aber Andor konnte seine Begeisterung kaum noch zurückhalten. »Reiter der Gilde«, raunte er, als Kim einige Schritte vorausging, um sich Halsketten aus grünem Kristall anzusehen. »Hast du die Klamotten gesehen? Und die Magie in den Schwertern? Wo wohl ihre Drachen sind?«

Die Faszination sprühte aus seinen Augen, und Sira zog unwillig die Brauen zusammen. »Sei leise«, flüsterte sie eindringlich. »Niemand außer uns hat sie als das erkannt, was sie sind. Wir dürfen uns nicht verraten!«

Missmutig ließ Andor die Schultern hängen. »Tu ich ja nicht«, murmelte er. »Aber ich habe sie noch nie von so nah gesehen! Sie sahen aus wie ... wie die Ritter aus den Geschichten von Onkel Tobin!«

Fast musste Sira lachen, als sie in die leuchtenden Augen ihres Bruders schaute. »Sie mögen dir so erscheinen«, sagte sie dann. »Aber wir beide wissen, dass sie das nicht sind. Es gibt keine Ritter mehr in der Welt, und die Reiter der Gilde ... Sie mögen mächtig sein und stark, und ich weiß, dass du sie gern als die Helden sehen würdest, als die sie uns in den Legenden erscheinen. Aber das Leben ist keine Geschichte, und die Reiter der Gilde waren nie da, als wir sie gebraucht haben. In all den vergangenen Jahren nicht – und auch nicht im Feuer der Drachen.«

Andor schwieg, und etwas an der Art, wie er den Blick senkte, zog Sira das Herz zusammen. Wieder einmal spürte sie mit aller Kraft, dass es kaum etwas Mächtigeres gab als Worte, die man nicht mehr zurücknehmen konnte. Sacht strich sie ihm durchs Haar. »Ich habe dir doch gesagt, dass wir keine Helden brauchen. Und weißt du auch, warum?« Andor schüttelte den Kopf, aber er sah erst auf, als sie sich verschwörerisch zu ihm hinabbeugte. »Weil wir selbst Helden sind.«

Da lachte er auf. »Und was für ein Held soll ich sein? Einer mit Husten und Bildern anstelle eines Schwertes?«

»Nein«, erwiderte sie sanft. »Einer mit einem Herzen, das die ganze Welt in sich trägt, und so viel Mut, dass kein Drachenreiter dir jemals das Wasser reichen könnte.«

Andor fuhr sich verlegen durchs Haar. »Wenn ich groß bin, will ich trotzdem ein Schwert haben wie der Fremde gerade«, sagte er nach einem Augenblick. »Er sah einfach großartig aus, findest du nicht?«

Ehe Sira antworten konnte, kam Kim zu ihnen zurück. »Oh ja«, sagte sie mit vielsagendem Grinsen. »Andor hat den richtigen

Blick dafür. Diese Augen aus grünem Sturm ... da könnte selbst ich schwach werden mit meinem Herzen aus Stein.« Sira verdrehte die Augen, doch Kim lachte. »Komm schon, Sira! Was siehst du, wenn du dir diesen Kerl anschaust?«

Sira wandte den Blick halb zurück. Der Fremde war mit seinen Gefährten weiter in ihre Richtung gegangen. Seine Bewegungen waren wie die einer Raubkatze, die nur darauf wartete, ihre Kräfte spielen zu lassen, und dennoch wirkte sein Lachen unbeschwert, beinahe schelmisch. Etliche Frauen drehten sich zu ihm um, und gerade dadurch, dass er sich seiner Wirkung nicht bewusst zu sein schien, verstärkte er sie umso mehr. Doch Sira bemerkte auch die unsichtbare Mauer, die zwischen den Reitern und den Menschen der Enklave lag, sie sah den harten Zug, der immer wieder über den Mund des Fremden glitt, und fühlte noch einmal die Kälte in seinem Blick, gepaart mit dem Unglauben darüber, dass sie den blauen Kristall tatsächlich selbst aus der Oberwelt geholt hatte. Sie legte die Hand auf ihr Messer. »Eine gehörige Portion Arroganz«, entgegnete sie. »Und die ist sehr gefährlich in der Nähe einer Diebin.«

Andor riss die Augen auf. »Sira, du ...«, begann er, doch sie schüttelte warnend den Kopf und ging vor ihm in die Knie.

»Der Kerl hat genug Gold an seinem Gürtel, um uns auf sicheren Wegen in die Wildnis zu führen«, flüsterte sie. »Und er hat es kaum geschützt. Mit dem Erlös des Kristalls und dem Gold des Fremden steht unserer Reise nichts mehr im Weg, und du weißt doch, was Onkel Tobin immer sagte.«

Andor seufzte. »Nichts schmeckt so bitter wie eine verpasste Chance.«

Sira nickte unmerklich und lächelte. »Wir treffen uns an Gavrans Stand. Ich beeile mich.«

Sie warf Kim einen Blick zu und strich Andor noch einmal durchs Haar. Dann wandte sie sich ab und tauchte in der Menge unter. Vorsichtig schlich sie sich an den Fremden heran. Immer wieder verbarg sie sich im letzten Moment hinter anderen Marktbesuchern, um den Blicken seiner Gefährten zu entgehen, und beobachtete, wie diese sich lachend einem Waffenstand näherten. Der Fremde jedoch blieb ein Stück zurück und verharrte vor den Auslagen eines Papierverkäufers. Zeitungsfetzen, abgegriffene Magazinblätter und zerrissene Bücher stapelten sich übereinander, und Siras Magen zog sich zusammen, als sie der Geruch von Papier und altem Leder anflog und unweigerlich Bilder ihrer Vergangenheit in ihr wachrief.

Sie konnte sich an ihre Eltern kaum erinnern. Manchmal schien es ihr, als hätte das Drachenfeuer, das sie verschlungen hatte, auch ihre Gedanken an sie mitgenommen. Aber sie erinnerte sich an die Bücher, die ihr Vater gesammelt hatte wie Schätze, an die Stimme ihrer Mutter, wenn sie ihr leise daraus vorgelesen hatte, und an das Leuchten in den Augen ihres Onkels, wenn er bei jedem Marktbesuch als Erstes zu den Papierhändlern gegangen war. Früher, so hatte er ihr erzählt, waren diese Stände keine Seltenheit gewesen wie in diesen Tagen. Als er noch klein gewesen war, hatte es in beinahe jeder Enklave eine Schule gegeben, einen Ort, an dem die Kinder nicht nur in Dingen wie Jagd und Heilkunde oder Lesen und Schreiben unterrichtet worden waren, sondern auch in der Menschheitsgeschichte, in Philosophie, Mathematik, Geografie, Biologie und besonders den Künsten wie Dichtung, Musik und Malerei. Nach und nach hatten die meisten Menschen die Wichtigkeit dieses Wissens vergessen, die Schulen hatten sich aufgelöst, doch ihr Onkel hatte sich nie davon gelöst, und kaum, dass Sira alt genug gewesen war, hatte er sie gemeinsam mit Andor unterrichtet. Aus Platzmangel hatten sie auf den Büchern geschlafen, die er ihnen aus der Oberwelt mitgebracht hatte, und noch immer zog sich Siras Magen zusammen, wenn sie daran dachte, dass sie all diese Bücher nach seinem Tod hatte verkaufen müssen, alle … bis auf eines. Aber die Worte darin waren nicht verloren gegangen. Sie erinnerte sich an die Gespräche, die sie über lang verstorbene Dichter und Denker geführt hatten, Menschen, die vor langer Zeit gelebt hatten und deren Gedanken Sira dennoch oft erstaunlich nah gewesen waren, und an die Gedichte, die sie hatte lernen müssen, so ausgiebig, dass sie oft nicht die geringste Lust dazu gehabt hatte. Deutlich sah sie das Gesicht ihres Onkels vor sich, jedes Mal, wenn sie ihn gefragt hatte, wozu sie solche Dinge lernen sollte, und seine Stimme klang so klar in ihr wider, als stünde er direkt neben ihr. *Dichtung, Malerei, Musik, Schönheit können uns zeigen, was tief in uns liegt. Sie halten uns am Leben. Sie beweisen, dass wir noch immer Menschen sind … und keine Tiere in den Schatten.*

Vorsichtig trat Sira näher an den Stand des Papierhändlers heran. Ein stiller Zauber hatte stets in den Augen ihres Onkels gelegen, wenn er an einen Ort wie diesen gekommen war, und sie fand einen Hauch davon nun auf den Zügen des Fremden, als er so hingegeben auf die Waren schaute wie seine Gefährten auf die funkelnden Waffen. Er nahm eines der stark beschädigten Bücher in die Hand. Für einen Moment, einen winzigen Moment nur, zog ein Schatten über sein Gesicht – und da verstand Sira, warum Kim bei seinem Anblick geseufzt hatte. Ohne jede Frage war er auf eigentümliche Weise schön, doch nicht allein aufgrund seiner äußeren Erscheinung, sondern vor allem wegen der Traurigkeit in seinem Blick, die mehr Geschichten in sich trug als jedes Lied des Marktes.

Rau klangen die Stimmen seiner Gefährten zu Sira herüber und brachten sie dazu, ihre Gedanken fortzudrängen. Noch hielt der Fremde das Buch in den Händen, aber jeden Moment konnte er es zurücklegen, und dann wäre die Gelegenheit, ihn allein zu erwischen, verloren. Schräg hinter ihm hielt sie inne und stellte mit einer Mischung aus Erstaunen und Bestürzung fest, dass ihre Hand zitterte. Ärgerlich schloss sie die Finger fester um ihr Messer. Sie war eine Diebin, und was dieser Kerl bei sich hatte, würde ihr auf einen Schlag ein

Leben in der Wildnis ermöglichen! Sie rief sich Andors Lächeln vor Augen, das sich immer dann auf seine Lippen schlich, wenn er vom Meer der Nacht sprach, und gerade, als der Fremde das Buch auf den Tresen zurücklegte, glitt die Klinge durch einen Riemen an seinem Gürtel. Sie fühlte das Gewicht des Beutels in ihrer Hand. Dann fuhr sie herum und verschwand zwischen den Ständen, so schnell, dass die Menschen um sie herum vor ihrem Blick verschwammen.

Erst als sie den Rand des Marktes erreicht hatte, verlangsamte sie ihre Schritte. Ihr Atem ging stoßweise. Immer wieder warf sie einen Blick über die Schulter und lief weiter, im Schatten der letzten Stände, die Finger fest in den Beutel gegraben. Sie hatte gerade noch einmal zurückgeschaut, als ein Windhauch sie streifte, kaum merklich und doch so kühl, dass ihr das Blut aus dem Kopf wich. Sie sah noch den Schatten, der plötzlich hinter einem Stand auftauchte. Dann packte er sie und riss sie in die Dunkelheit. Hart wurde sie gegen die Wand gepresst – und starrte in das Gesicht des Fremden. Unverhohlener Zorn ließ seine Augen brennen.

»Sehnst du dich nach dem Tod?«, raunte er mit einer Stimme, die wie tausend Nadeln über ihre Haut raste. »Niemand bestiehlt mich!«

Sira fühlte kaum, wie er ihr den Beutel aus der Hand zog. Zu stark war die Kälte, die von ihm ausströmte, und sein Blick drang ihr ins Mark wie lähmende Magie. Aber sie wandte sich nicht ab. Verflucht, sie hatte schlimmeren Kreaturen gegenübergestanden als einem Kerl mit Augen aus grünem Sturm! »Einmal ist immer das erste Mal«, erwiderte sie mit zusammengepressten Zähnen und hielt seinem Blick stand.

Etwas wie Verwunderung flammte über sein Gesicht, doch er ließ sie nicht los. »Wie kommt es, dass du keine Angst kennst?«, fragte er kaum hörbar. »Wer bist du, Diebin der Schatten?«

Das Grün seiner Augen loderte auf, aber als sein Blick forschend über ihr Gesicht glitt, nahm sie noch etwas anderes wahr, umgeben von Sturm und Kälte. Ein Duft war es, der in ihre Nase stieg, eine Mischung aus Asche und flüsterndem Wind, die ihr seltsam vertraut vorkam, und vielleicht war es dieser Geruch, der sie wie ein Zauber hinter die Maske des Fremden zog, mitten hinein in seine Dunkelheit.

Die Schatten schlossen sie ein wie damals, als sie nach dem Tod ihrer Eltern in die Tunnel gelaufen war. Dort hatte sie die Furcht verloren, die zwischen ihr und dem Überleben stand, aber der Preis war hoch gewesen. Noch einmal spürte sie den Schmerz in ihrer Brust aufflammen, der jede Faser ihres Körpers in Feuer hüllte und sie mit brennender Unruhe nach etwas suchen ließ, das es vielleicht gar nicht gab.

Ihr Herz raste wie damals, und wie in jener Nacht wollte sie sich abwenden, wollte fliehen aus der Dunkelheit, die sich immer näher um sie drängte. Doch sie rührte sich nicht, denn dieses Mal war sie nicht allein in den Schatten. Vor ihr stand der Fremde. Er sah sie an, aus seiner eigenen Finsternis heraus. Dumpf hörte sie ihre innere Stimme aufschreien, doch sie konnte nicht verhindern, dass sein Blick tiefer drang, mehr noch: Sie wollte es nicht. Zu deutlich spürte sie, dass er den Schmerz ebenso fühlte wie sie, und für einen Moment wollte sie nichts weiter, als zu ihm zu gehen und die Hand nach ihm auszustrecken. Vergeblich wartete sie auf den Schreck, den dieser Gedanke ihr bei jedem anderen bereitet hätte. Stattdessen hörte sie die Dunkelheit flüstern, sanft wie ein Lied aus Schatten, das jedem ihrer Atemzüge Antwort gab. Sie sah den Fremden noch einmal mit dem Buch in der Hand dastehen, und sie wusste, dass er in diesem Moment ein Bild in ihren Augen betrachtete: sie selbst auf ihrer Pritsche, dicht bei ihrem Bruder, wie sie den Worten ihres Onkels lauschte. Er las ihr aus einem Buch vor, das von einer anderen Welt erzählte, einer Welt, die nur in ihren Träumen existierte – und in den Gedanken dieses Fremden, der sie ansah wie einen Spiegel, dessen Bild er zugleich ersehnte und fürchtete. Reglos stand sie da vor diesem Drachenreiter der Gilde, dem sie in den Schatten begegnet war, und fand ihr eigenes Staunen in seinen Augen gespiegelt. Und zum ersten Mal seit sehr langer Zeit schwieg die Unruhe in ihr.

Wie aus weiter Ferne kehrte sie zu Sira zurück, die warnende Stimme, die grell durch ihre Gedanken schoss, und sie stieß die Worte über ihre Lippen, als wären sie Flüche: »Ich bin die, die dir den Arm brechen wird, wenn du sie nicht sofort loslässt!«

Ihre Stimme war nicht mehr als ein Flüstern gewesen, und dennoch reichte es aus, um die Schatten ringsum zu zerbrechen. Der Fremde zog die Hand zurück, als hätte er sich an ihr verbrannt. Noch immer glühte die Verwunderung auf seinen Zügen, doch er wich vor ihr zurück, und noch während ihre eigenen Worte in ihr widerklangen, erschienen sie ihr seltsam fremd. Ein absurder Schreck fuhr in ihre Glieder, als sie sich vorstellte, dass der Fremde einfach verschwinden könnte, wie es die Art der Drachenreiter war, und übertönte die höhnische Stimme in ihrem Inneren.

»Und du, Krieger der Nacht?«, fragte sie zurück. »Wer bist du?«

Die Kühle kehrte auf seine Züge zurück und kurz tauchte dieselbe Herablassung in seinen Augen auf, die gerade in ihren Worten gelegen hatte. Aber dann senkte er den Blick. »Nicht mehr als ein Flüstern in den Schatten«, sagte er, und der Klang seiner Stimme erinnerte sie an die Traurigkeit, die eben noch in seinen Augen gestanden hatte. Dann hob er den Kopf und ein schalkhafter Funke flog durch seinen Blick. »Ein Flüstern mit Augen aus grünem Sturm – und einer gehörigen Portion Arroganz.«

Er lächelte unmerklich, und obgleich Sira mit Unbehagen bewusst wurde, dass er ihren Wortwechsel mit Kim gehört haben musste, erwiderte sie die Geste. Sie konnte sie noch hören, die Schatten, die sie gerade umgeben hatten, und kurz schien es ihr, als bräuchte es nicht mehr als ein Wort, um ihn wiederkehren zu lassen: den Raum aus

Nacht, in dem sie einander so nah gewesen waren. Doch ehe ein Laut über ihre Lippen kam, drang ein anderes Geräusch durch die Luft, so laut, dass jeder Gedanke in seinem Griff zerbrach.

Die Sirenen der Enklave schossen schrill durch Siras Schädel, und gleich darauf erklang ein Grollen, das ihr das Blut aus dem Kopf zog. Erst einmal hatte sie es in solcher Gewalt unter der Erde gehört, vor lang vergangener Zeit an einem anderen Ort, und doch schien es ihr, als würde sie für einen Moment wieder ein Kind sein und vor dem Feuer der Drachen fliehen, das ihre Eltern verschlungen hatte.

Andor, schrie etwas in ihr und trieb sie vorwärts. *Du musst Andor finden!*

Der Fremde griff nach ihrer Hand, doch ehe er sie festhalten konnte, wich sie ihm aus und rannte los. Er rief ihr etwas nach, aber sie wandte sich nicht zu ihm um. Alles, was sie wahrnahm, waren die Schreie der Menschen, die in wilder Panik über ihr zusammenbrachen – und das Brüllen der Drachen, die gekommen waren, um sie zu töten.

Kapitel 6

Die Panik der Menschen ließ die Luft flirren. Mit rascher Geste zog Norik sich auf das Dach eines Waffenstands und schaute hinab in das Chaos, in das die Enklave binnen weniger Augenblicke gestürzt war.

Schreiend rannten die Menschen durch die Gassen. Sie fielen übereinander und rappelten sich hoch, ungeachtet der Scherben, in denen sie landeten, oder der Kinder, die unter ihnen begraben wurden. Mit weit aufgerissenen Augen liefen sie zu den geheimen Tunneln und Schächten, die sich hinter bemalten Tüchern, Holzplatten und Planen verbargen. Und hinter ihnen, die Fäuste mit flammenden Peitschen emporgehoben, brachen die Schergen des Königs aus dem Zwielicht.

Es waren so viele, dass Norik sie nicht zählen konnte. Ihre kleinen, wendigen Drachen waren darauf trainiert, sich in schmalen Gängen zurechtzufinden, und so jagten sie den Menschen nach, die Körper in schimmernde Rüstungen gehüllt, als würde das Feuer des Königs sie umgeben. Die Marktstände brachen unter ihnen wie Figuren aus Sand. Donnernd schlugen ihre Peitschen über die Köpfe der Menschen und zerrten die Fliehenden zurück, und kaum, dass Norik ihre Hitze wahrnahm, wurde ganz in seiner Nähe ein Junge von flammender Schlinge zu Fall gebracht. Schon hob sein Verfolger erneut die Faust. Doch ehe seine Peitsche sich um die Kehle des Jungen wickeln konnte, stieß Norik sich vom Dach ab. Noch im Sprung griff er nach der Waffe, zischend senkte ihre Hitze sich in sein Fleisch. Aber er achtete nicht darauf. Blitzschnell schickte er seinen Sturm in ihre Glut, schleuderte den Reiter zu Boden, wo dieser reglos liegen blieb, und trieb den Drachen mit mächtigen Hieben zurück. Dann fuhr er herum und riss die Holzplatte vom Eingang eines verborgenen Tunnels. Er sah noch die Dankbarkeit in den Augen des Jungen, ehe das Kind in der Finsternis des Gangs verschwand. Gleich darauf fühlte er die Kälte, die plötzlich die Luft erfüllte, und der Klang der schwarzen Fanfaren kündigte ihn an: Nhor'garoth, den Schlächter der Sieben Städte, der in die Schatten hinabgestiegen war, um sie zu zerreißen.

Sein Drache Aryon war so groß, dass seine Schwingen wie Schattenrisse vor den glühenden Wänden aufragten. Seine Schergen preschten ihm in wilder Jagd voraus und trieben etliche Menschen in der Mitte des Marktes zusammen. Doch er selbst bewegte sich so gelassen, als würde er über eine weite Ebene reiten und nicht über ein Schlachtfeld in den Eingeweiden der Erde. Mit erhabenem Lächeln kam er näher, die Überreste der Stände unter den Klauen seines Drachen zermalmend, und gerade in dieser Ruhe lag eine Macht, die das Blut schneller durch Noriks Adern trieb. Eilig lief er über die Dächer der verbliebenen Stände näher heran, während die Namen seiner Gefährten in seinen Gedanken aufglühten.

Arvid, rief er und sandte seine Stimme als eisigen Wind durch das Chaos. *Kapo. Juri. Ich brauche euch hier!*

Kaum hatte er geendet, erklang ein mächtiger Donnerschlag und warf die Menschen auf den Trümmern des Marktes zu Boden. Ein junger Reiter mit silbernem Haar preschte vor. Norik erkannte ihn als Nhor'garoths Knappen Kenai. Seine Augen glühten im Licht des Zaubers, den er nun emporhob, und er schaute zu seinem Herrn zurück, der unmerklich den Kopf neigte. Schon loderte das tödliche Feuer in der Faust des Reiters auf. Die Menschen in seiner Nähe schrien vor Schmerz auf, so kalt war die Magie, und Norik zögerte nicht länger. Rasch aufkommender Wind beschleunigte seine Sprünge über die Dächer. Mit aller Kraft stieß er sich ab. Er raste direkt auf Kenai zu und gerade, als er das Schwert in die Luft riss, glitt ein grün schimmernder Leib unter ihn. Rasch duckte er sich auf Rhorkas Rücken. Dicht über den Köpfen der Menschen jagten sie dahin, und er hörte Nhor'garoths Schrei, doch Kenai reagierte zu spät. Norik sah noch sein erschrockenes Gesicht, als er herumfuhr. Im nächsten Moment grub Rhorka ihre Klauen in seinen Leib und schleuderte ihn in weitem Bogen zu Nhor'garoth zurück. Wie ein lebloses Bündel schlug er vor Aryon auf und ließ den Drachen innehalten, und noch während der Zauber zerbrach, landete Rhorka mit rauschenden Schwingen zwischen Nhor'garoth und den Menschen.

Das war mein Fang, raunte Norik in Gedanken. Sein Schutzzauber schloss sich als raunender Windstrom um die Menschen und trieb die Krieger des Königs mehrere Schritte zurück.

Rhorka lachte dunkel. *Dafür hättest du schneller sein müssen. Aber wie es aussieht, gibt es genügend Nachschub an verkommenen Drachenreitern – ganz zu schweigen von ihrem Herrn.*

In der Tat näherten sich die Schergen des Königs mit erhobenen Waffen. Keiner von ihnen schien damit gerechnet zu haben, in dieser Nacht einem Reiter der Gilde gegenüberzustehen. Der Schutzzauber riss ihnen das Haar zurück, doch trotz des Zorns in ihren Augen fand Norik auch etwas wie Achtung darin. Nhor'garoths Miene hingegen war unbewegt. Sein Blick ruhte auf Norik, taxierend wie die Augen eines Raubtieres kurz vor dem entscheidenden Biss, und ein gnadenloser Funke glomm darin auf, als er ihn erkannte. Nicht allein ein freier Drachenreiter war in seine Fänge geraten, ein Mitglied der Gilde, die er zerquetschen wollte. Der Reiter des Sturms war es, der ihm gegenüberstand: der Inbegriff all dessen, was sein König verachtete. Nhor'garoth neigte leicht den Kopf, und für einen Moment meinte Norik, ein Lächeln über sein Gesicht gleiten zu sehen – ein Lächeln aus kaltem Triumph. Dann stieß der Krieger die Faust vor, und ehe Norik dem unsichtbaren Hieb ausweichen konnte, traf er ihn vor die Brust.

Die Luft wich aus seiner Lunge, als hätte ihn eine Tonnenlast überrollt. Sein Körper glitt von Rhorkas Rücken, doch im letzten Moment drehte er sich um die eigene Achse und verhinderte einen Sturz. Auf allen vieren landete er am Boden. Sein Sturm erhob sich mit einer Handbewegung. Er fühlte noch den Schemen, der direkt auf ihn zustob. Dann riss er den Arm in die Höhe, und mit dem Geräusch von splitterndem Eis traf er seinen Gegner an der Schulter. Der Schemen wich zurück. Er war nur ein Abbild, ein Schatten jenes Kriegers, der auf seinem blauen Drachen unter dem Hieb zusammenfuhr, und doch flirrte die Luft um ihn herum vor Kälte. Norik stemmte sich auf die Beine. Widerstrebend folgte Rhorka seinem Befehl und stellte sich schützend vor die Menschen, aber er wandte sich nicht von Nhor'garoths Schemen ab, der nun den Kopf hob. Ein amüsiertes Funkeln ging durch dessen Blick, dicht gefolgt von tödlichem Frost. Dann lösten sich seine Konturen auf.

Lautlos stob er vor, zog sich als Raureif über Noriks Wange, kalt glühend wie ein Schmiss, und stieß Rhorka mit dem Brüllen des blauen Drachen zurück. Sie taumelte. Ihr Schmerz zuckte durch Noriks Glieder, aber stärker noch nahm er die Schreie der Menschen wahr. Sie waren wie tausend Schnitte in seinem Fleisch. Der Schutzzauber stöhnte auf, als Nhor'garoths Kälte in ihn fuhr, doch da riss Norik die linke Faust empor. Sein Sturm schoss dem Schemen nach und zerrte ihn vom Schutzwall der Menschen zurück. Mit aller Kraft presste er ihn zu Boden und schickte seine Magie in ihn hinein. Risse zogen sich über die Glieder aus Eis. Norik sah das Gesicht Nhor'garoths unter den groben Zügen auftauchen, die Augen brennend vor Zorn. Dann ließ er den Sturm auflodern, und mit lautem Krachen brach der Schemen auseinander, als wäre er nie mehr gewesen als eine Illusion aus brüchigem Eis.

Norik kam auf die Beine. Noch immer pochte die lähmende Kälte in seinen Gliedern, aber er spürte auch Nhor'garoths Schmerz und sah den Krieger des Königs auf seinem Drachen zusammensinken, als wären seine Knochen zu Staub zermahlen worden. Kurz nur hörte er einen Ton über die Lippen seines Feindes dringen, etwas wie ein Stöhnen oder ... ein Lachen direkt hinter ihm. Rhorkas Schrei traf Norik mit voller Wucht, doch es war schon zu spät. Atemlos fuhr er herum, und da stand er: ein neuer Schemen, geformt aus glühendem Eis. Gerade fügten sich die letzten Splitter seines Leibes zusammen. Seine Augen glommen auf, sie zeigten Nhor'garoth, der sich mit höhnischem Lachen aufrichtete, und sie waren golden – golden wie die Stadt des Königs. Dann ballte der Schemen die Faust und schlug Norik den Kopf zurück.

Der Hieb war wie ein Sturm aus Feuer und Eis. Hart landete Norik am Boden, er schmeckte sein eigenes Blut in seinem Mund, und als erneut das Lachen erklang, wusste er, dass er damit nicht allein war. Mühsam hob er den Kopf. Es schien ihm, als würden eisige Bannschnüre ihn am Boden fesseln. Der Schatten stand über ihm – und leckte langsam sein Blut von den durchscheinenden Fingern. Norik fuhr zusammen, als würde Nhor'garoth die Nägel in sein Herz graben, und während die Kraft aus seinen Gliedern rann, gewann der Schemen vor ihm zunehmend an Schärfe. Fast schien es, als würde tatsächlich Nhor'garoth vor ihm stehen, und kaum, dass der Krieger lächelte, nahm auch seine Kälte zu. Der Frost zwang Rhorka zu Boden, als würde Aryon seine Klauen in ihren Leib schlagen, und Norik brauchte all seine Kraft, um den Schutzzauber vor den Menschen aufrechtzuerhalten. Schon begann der Wall im Griff des Frosts zu flackern, der nun durch die Enklave strich und sämtliche Fluchtwege mit tiefblauem Eis verschloss. Norik sah im Augenwinkel die Schergen, die von allen Seiten näher kamen. Doch sein Blick lag auf seinem Feind. Das Gold strömte wie Blut von den Augen in die Adern des Schemen, bis er in hellem Licht erstrahlte, und Norik fühlte Nhor'garoths Lächeln auf seiner Haut, das in diesem Moment nichts mehr als das Lächeln des Königs war. Dessen Macht war es, die in diesem Krieger steckte, und es waren seine Worte, die nun durch Noriks Gedanken zogen.

Reiter des Sturms, flüsterte der König mit einer Stimme wie Donner und Glut. *Flieh vor mir wie deine Ahnen – flieh in die Schatten, solange du noch kannst! Lass uns das ewige Spiel aus Jagd und Flucht fortsetzen, das wir so gut beherrschen – und sei nicht dumm! Du kannst mich nicht bezwingen, ganz gleich, wie sehr du es auch versuchst. Denn du bist nur ein Mensch …*

Das letzte Wort legte sich eiskalt um Noriks Hals. Schwer ruhte der goldene Blick des Königs auf ihm, und für einen Wimpernschlag schlang die Wahrheit darin sich lähmend um seine Glieder. Doch der Moment währte nur kurz.

König der Welt, raunte er dann, ohne sich von den goldenen Augen abzuwenden. *Seit jeher kämpft mein Blut gegen dich, und so wird es bleiben bis zu dem Tag, da du in deinem eigenen Feuer verbrennst! Die Zeit, da der Reiter des Sturms vor seinen Feinden auf die Knie fällt und die Menschen ihrem Schicksal überlässt, wird niemals kommen, denn du hast recht: Ich bin einer von ihnen! Und ich werde sie verteidigen mit allem, was ich in mir trage – mit allem, was du verloren hast!*

Kurz nur flog ein Schatten durch das flirrende Gold, und Norik spürte Rhorkas Zorn. Gemeinsam würden sie sich Nhor'garoth und seinem Herrn entgegenstellen, ganz gleich, was es sie kosten würde. Dann schnellte der Schemen vor. Norik hob den Arm, um den Hieb abzuwehren. Er rechnete damit, jeden Moment die Klauen seines Feindes in seinem Leib zu fühlen, doch stattdessen durchdrang ihn plötzliche Wärme, und er hörte eine Stimme hinter sich, so intensiv, als käme sie aus seiner eigenen Kehle.

»Nhor'garoth!«, schrie Juri so laut, dass seine Stimme sich überschlug. »Fahr zur Hölle, Bastard des Lichts!«

Norik spürte, wie der Junge beide Hände in den Schutzwall grub, und im selben Moment loderte der Zauber auf, so grell, dass sein Feind zurückwich. Gleichzeitig schlug Bompers Brüllen den Schergen entgegen. Etliche gingen zu Boden, als hätten sie mächtige Felsen getroffen, und Arvid jagte durch ihre Reihen, so schnell, dass sie wie zerrissenes Papier hinter ihm niederfielen. Norik fühlte jeden Kratzer, den seine Gefährten im Kampf davontrugen. Doch stärker noch nahm er ihren Zorn in seinen Adern wahr, als der Drache auf seinem Rücken erwachte und die Flügel spannte. Rhorkas Schrei hallte in ihm wider. Mit aller Kraft stemmte sie sich gegen Aryons Griff, und ehe Nhor'garoths Schemen sich erneut vorstürzen konnte, packte Norik ihn an der Kehle. Sein Sturm trug ihn hoch hinauf, umtost von der Macht seiner Gefährten, die jede Kälte aus seinen Gliedern zog. Der Schemen grub die Klauen in seine Haut, aber Norik zwang das Gold des Königs in den eiskalten Körper zurück, bis es nichts mehr war als ein schwaches Glimmen in dessen Brust. Dann setzte er seine Augen in grünes Feuer, und seine Stimme hallte mit ohrenbetäubendem Donnern von den Wänden wider.

»Nha'rem Eryos!«, brüllte er, woraufhin seine Gefährten in den Schlachtruf einfielen. »Wir sind der Sturm!«

Damit durchschlug er die Rippen seines Feindes und riss ihm das Herz aus der Brust. Er fühlte, wie Rhorka Aryons Bann vernichtete, und als er das goldene Licht in seiner Faust zerbrach, barst der Körper aus Eis in brennende Funken. Im selben Augenblick sprengte Noriks Sturm jede Fessel. Mit gewaltigen Hieben schlug er die Schergen des Königs zurück, riss Aryon den Kopf in den Nacken und schlang sich so fest um Nhor'garoths Glieder, dass der Krieger des Königs einen zornigen Schrei ausstieß. Norik jedoch hörte ihn kaum. Noch immer waren es die Stimmen seiner Gefährten, die ihn hoch über den Köpfen der Menschen schweben ließen, und sie waren es auch, mit deren Macht er die Fäuste ballte und Nhor'garoth mitsamt seines Drachen zurückschleuderte. Krachend durchschlug er mehrere Wände, und Norik stieß ihn weit hinab, durch Tunnel und Höhlen, bis tief hinunter in reglose Finsternis.

Erst als der Wind unter Rhorkas Schwingen ihn streifte, holte Norik Atem. Sein Sturm hatte das Eis von den Tunnel gerissen, und während er die Menschen auf die Beine zog und mit sanfter Gewalt in die Schatten führte, schlug er den Schergen des Königs mit Feuer und Steinen das Fleisch von den Knochen. In wilden Sprüngen trug Ysios unter Juris Hand etliche Kinder in den sicheren Strom, Kapo ließ Bomper eine Wand einreißen, um einer Gruppe Menschen die Flucht zu erleichtern, und Arvid jagte auf Kar'mals Rücken unermüdlich durch die Reihe ihrer Feinde. Kurz spürte Norik die Blicke der Menschen, die zu ihm aufsahen, so verzaubert und dankbar, als wäre er eine Gestalt aus einem Traum. Doch gleich darauf keuchte Rhorka unter ihm auf, und er fühlte sie selbst: Aryons Klauen, die sich mit aller Kraft in den Bannzauber gruben, den Norik um ihn und seinen Herrn geschlungen hatte.

Nhor'garoth rast durch die Schatten, rief Rhorka und schlug einem feindlichen Drachen die Klaue ins Gesicht. *Nicht mehr lange, dann wird er unseren Zauber zerreißen! Wir müssen fliehen – sofort!*

Norik wusste, dass sie recht hatte. Die Kraft seines Sturms ließ bereits nach, der Boden war rot vom Blut erschlagener Menschen, aber er konnte nicht aufhören, mit dem Wind über die Gesichter all jener zu gleiten, die in seinem Zauber Zuflucht fanden. Doch ein Gesicht fand er nicht unter ihnen, und gleichzeitig flog ein Name durch seine Gedanken, leise nur und dennoch stark genug, um ihn den Blick wenden zu lassen.

Andor, flüsterte die Stimme einer jungen Frau, und noch ehe der Name ganz verklungen war, sprang Norik von Rhorkas Rücken.

Führe die Menschen in den größten Tunnel, wies er sie an. *Und dann weiter, hinab in die Schatten, die keiner kennt. Ich verschließe den Weg, wenn der Zauber zerbricht, und dann … werde ich nachkommen!*

Rhorkas Blick glitt in ihn hinein wie ein Messer durch weiche Haut. Doch er schüttelte nur den Kopf, und ehe sie zu einer Frage ansetzen konnte, wandte er sich ab und tauchte im Zwielicht der Enklave unter. Er wusste selbst nicht, ob es die Verzweiflung in der Stimme der Fremden war, die ihn vorwärtstrieb, oder der Gedanke an ihren Bruder, der ihn mit derselben Bewunderung angesehen hatte wie all die Menschen, die er gerettet hatte. Er wusste nur, dass er sie finden musste – die Diebin, der er in den Schatten begegnet war.

Kapitel 7

Sira rannte, so schnell sie konnte. Mit zusammengekniffenen Augen kämpfte sie sich gegen den Sturm voran, wich den Menschen aus, die in entgegengesetzter Richtung flohen, und duckte sich vor den Schergen des Königs, die der grausamen Kraft des Zaubers trotzten. Immer wieder riss er sie kaum wenige Armlängen von Sira entfernt in Fetzen, und auch, wenn seine Hiebe sie selbst nicht trafen, hörte sie doch seinen beschwörenden Ruf. Mit aller Macht wollte er sie zum Umkehren bewegen. Unsichtbare Hände zerrten an ihren Haaren, es war, als würde sie durch weichen Sand waten, und jeder Schritt kostete sie enorme Kräfte. Hinter ihr lag lindernde Dunkelheit, sie fühlte den Sog der Tunnel, der Rettung versprach. Doch sie warf keinen Blick zurück. Sie musste Andor finden.

Am Rand des Markteingangs verließ sie den Strom des Zaubers. Im ersten Moment taumelte sie, weil keine Hände sie mehr hielten, doch dann sah sie das Blut vor ihren Füßen und zwang ihren Körper in die kühle Konzentration der Diebin zurück, die ihr in der Oberwelt immer wieder das Leben gerettet hatte. Rasch wich sie einer Horde Kriegern aus, die in wilden Sprüngen über erschlagene Händlerdrachen hinwegsetzte. Geduckt rannte sie an den brennenden Ständen vorüber, ungeachtet der toten Menschen, die mit seltsam verdrehten Gliedern am Boden lagen, und der Fliehenden, die von etlichen Schergen gehetzt über die Trümmer liefen. Schattenschnell eilte sie voran, wie die Oberwelt es sie gelehrt hatte, und erst als sie Gavrans Stand erreichte, wich ihr das Blut aus dem Kopf.

Viel war nicht mehr davon übrig. Auch hier lagen tote Drachen, die Augen starr wie gesprungene Kristalle, und Menschen, von großer Hitze zusammengeschnurrt wie Kinderleiber. Viele von Gavrans Fallen waren verbrannt. Nur vereinzelt glühten noch die Streben im Schein des Feuers, und plötzlich griff die Panik nach Sira, die sie bislang mit aller Macht zurückgedrängt hatte. Oft schon hatten Andor und sie Überfälle überstanden, zusammengekauert in den geheimen Gängen und Höhlen, aber keiner war so heftig gewesen wie dieser. Ihr Blick flog über die verkohlten Körper. Erst jetzt nahm sie den Gestank von verbranntem Fleisch wahr, und noch einmal hörte sie die schwarzen Fanfaren und sah den Obersten Krieger des Königs vor sich, hoheitsvoll auf seinem riesigen Drachen, das grausame Lächeln wie Triumphschrei auf dem Gesicht. Dieses Mal war er nicht gekommen, um Menschen zu rauben. Dieses Mal war er zu ihnen herabgestiegen, um sie zu vernichten. Sira fuhr sich über die Augen wie in einem schrecklichen Traum, aus dem es kein Erwachen gab. Wie hatte sie annehmen können, dass Andor hiergeblieben war, inmitten des Chaos, und unbeschadet auf sie gewartet hatte?

Ein heiseres Keuchen ließ sie herumfahren. Sie brauchte einen Moment, ehe sie Kim unter einer umgestürzten Wolfsfalle entdeckte. Zwei Streben hatten sich in ihr linkes Bein gegraben und der Standfuß lastete auf ihrer Hüfte, doch als Sira sich neben ihr fallen ließ, wich der Schmerz von ihren Zügen. Sie öffnete den Mund, um etwas zu sagen, als das Fauchen eines Drachen die Luft zerriss. Rasch duckte Sira sich neben der Falle. Sie meinte, Kims Herz rasen zu hören, als ein Krieger des Königs mit seinem Drachen ganz in der Nähe innehielt. Suchend glitt sein Blick über die Trümmer. Doch gleich darauf entdeckte er mehrere Menschen, die in einiger Entfernung unter einer Holzplatte hervorkamen, und ehe sie ihn bemerkt hatten, preschte er auf sie zu. Eilig kam Sira auf die Beine und hob die Falle an. Kim stöhnte, als sie unter ihr hervorkroch. Blut lief über ihr Bein und ihr linker Arm hing leblos herab, aber sie schien es nicht zu spüren. Ihre Augen waren dunkel wie zwei Seen, und ehe sich die Schwere darin auf Siras Schultern legen konnte, griff sie nach Kims Nacken und zog sie näher zu sich heran.

»Wo ist Andor?«, fragte sie kaum hörbar.

Kims Lippen zitterten. »Euer Buch«, erwiderte sie. »Er wollte es holen. Ich habe versucht, ihn aufzuhalten, aber ...«

Sie keuchte, als wäre alle Luft aus ihrer Lunge gewichen, doch Sira verstärkte ihren Griff. »Was ist passiert?«

»Er riss sich los«, fuhr Kim fort. Ihre Stimme war nicht mehr als ein Flüstern. »Ich bin ihm nachgelaufen, aber er war so schnell, und als die Reiter des Königs kamen, bin ich umgekehrt. Ich sah noch, wie er zwischen den Ständen verschwand. Ich habe hier auf ihn gewartet, das musst du mir glauben! Ich ...«

Sie brach ab und taumelte, aber ehe sie fallen konnte, packte Sira ihren rechten Arm. »Ich glaube dir«, sagte sie eindringlich. »Und jetzt folgst du dem Sturm. Du siehst nicht zurück und läufst, so schnell du kannst. Hast du verstanden?«

Die Bestimmtheit ihrer Stimme durchbrach das lähmende Entsetzen in Kims Augen. »Und du?«, fragte sie so leise, dass Sira sie kaum verstand.

»Ich suche Andor«, entgegnete sie. »Und ich werde ihn finden.«

Kim sah sie mit stiller Ehrfurcht an und umarmte sie, so plötzlich, dass Sira nicht zurückweichen konnte. Kims Körper fühlte sich zerbrechlich an, und wieder erschien sie Sira wie ein Kind, umgeben von einer Finsternis, die es nicht begriff. Dann wandte Kim sich ab, und ohne sich noch einmal umzudrehen, rannte sie im Schutz der Trümmer davon.

Das Brüllen eines Drachen ließ Sira zusammenfahren. Eilig schlug sie den Weg zu ihrer Behausung ein, doch schon nach wenigen Schritten hörte sie erneut ein Brüllen, viel näher dieses Mal. Sie verbarg sich hinter einem zerbrochenen Stand und beobachtete mehrere Reiter, die eine Gruppe Menschen vor sich hertrieben. Immer wieder fielen Einzelne zu Boden. Sie schrien unter den Hieben der Krieger, doch diese lachten, als wäre jeder Schmerz der Menschen wie Balsam für sie, und ritten schließlich mit ihren Drachen über sie hinweg, bis kein Gefangener sich mehr regte.

Übelkeit stieg in Sira auf, als sie ihren Weg fortsetzte. Jenseits des Marktes waren die Krieger des Königs weniger zahlreich, doch umso entsetzlicher klangen die erstickten Laute der Sterbenden durch die Luft, ebenso wie die Schreie der Frauen, denen im Inneren ihrer Behausungen Schlimmeres angetan wurde als der Tod. Die Drachen der Reiter hockten auf den Baracken, Sira meinte, ihre kalten Blicke auf ihrer Haut zu spüren. Lautlos schlich sie vorwärts, und erst als sie die letzten Drachen hinter sich ließ, wich die Hitze der Feuer von ihrer Stirn. Immer wieder huschten Menschen aus den Baracken jenseits des Zentrums, leise wie sie selbst, und flohen in die Tunnel. Sie ließ den Blick über ihre Gesichter gleiten, drängte die fernen Geräusche zurück, die nach ihrem Atem griffen – und da endlich sah sie Andor.

Er tauchte zwischen den Baracken auf, das Buch ihres Onkels fest an sich gepresst. Ein blutiger Striemen zog sich über seine Stirn und er war kreidebleich, aber in seinen Augen stand eine Entschlossenheit, die sie noch nie in dieser Stärke an ihm gesehen hatte. Wie einen Schatz trug er das Buch, und hätte er sich selbst sehen können, hätte er ihr zugestimmt: Er war der Held, der er sein wollte – ein Krieger, der das Herz seiner Welt vor der Vernichtung bewahrte. Sie meinte, seinen Atem fühlen zu können, so heftig hob und senkte sich seine Brust, und kaum hatte sie das gedacht, wandte er den Blick und sah sie an. So schnell sie konnte, rannte sie ihm entgegen. Die Erleichterung ließ seine Augen leuchten. Jede Schwere fiel von seinen Schultern, und als er lächelte, musste sie daran denken, dass sie schon einmal so aufeinander zugelaufen waren, damals nach ihrem ersten Diebeszug in die Oberwelt. Sie war verwundet gewesen und hatte entsetzliche Dinge gesehen, verbrannte Menschen, die der König zur Jagd in die Straßen getrieben hatte, Sterbende inmitten der Ruinen, zerfetzt von den Drachen, und nach dem dritten Kind, das sie halb tot hatte zurücklassen müssen, war ein Riss durch ihr Innerstes gegangen, so tief, dass sie geglaubt hatte, an ihm zu zerbrechen. Doch als Andor sie angesehen hatte, mit dieser unnennbaren Freude und Zuversicht, waren die Bilder in sie zurückgesunken wie dunkle Träume. Sie hatte ihn aufgefangen und herumgewirbelt, bis ihnen beiden schwindlig geworden war, und irgendwo inmitten des Taumelns und Lachens hatte sich Wärme über den Riss in ihrem Inneren gelegt und ihn geheilt. Sie erinnerte sich, wie sie dagestanden hatte, mit Andor in den Armen, und nun, da er mit fliegenden Haaren auf sie zurannte, fühlte sie ihn wie damals: den Augenblick jenseits aller Furcht, in dem sie unantastbar gewesen waren.

Das Grollen war so tief, dass Sira es mehr fühlte als hörte. Noch ehe sie Andor erreicht hatte, drang es durch die Erde, ein mächtiges, alles erschütterndes Beben, das ihr das Gleichgewicht nahm. Sie schlug sich die Knie auf. Schemenhaft nur sah sie die Schergen des Königs, die plötzlich hinter Andor auftauchten. Auch er war gefallen. Eilig rappelte er sich auf, aber als Sira seinen Namen rief, wurde ihre Stimme von einem gewaltigen Brüllen verschlungen. Atemlos kam sie auf die Beine. Erst einmal hatte sie es in dieser Stärke gehört, das Feuer der Drachen, dessen Urgewalt ihr die Luft aus der Lunge presste. In grellen Flammen schoss es aus dem Boden und schickte glühenden Frost über die Steine, und da brach er aus dem Inneren der Erde, so nah bei Andor, dass der Junge beinahe erneut gefallen wäre. Die Schwingen seines Drachen brannten in blauem Feuer, doch der Kern der Kälte war er selbst, überzogen mit gleißender Glut: Nhor'garoth, dessen Frost die Welt in Brand setzte.

Sira begann zu rennen. Wie Schattenrisse tauchten Menschen in ihrem Augenwinkel auf, herausgetrieben aus ihren Verstecken. Panisch flohen sie vor den Flammen und den Kriegern des Königs, doch Andor stand nur da und schaute zu dem mächtigen Drachen auf, so verzaubert, als hätte er ein Wunder gesehen.

»Andor!«, schrie Sira noch einmal, und endlich klang ihre Stimme durch den Lärm. Ihr Bruder drehte sich zu ihr um, aber ehe sein Blick sie traf, ballte Nhor'garoth die Hand zur Faust. Die Flammen ringsum loderten hoch auf, und eine riesige Feuersbrunst schoss aus dem Riss zu seinen Füßen. Sira blieb nicht stehen. Sie sah ihre Mutter, die im Griff dieser Flammen das Gleichgewicht verlor, und hörte ihren Vater schreien. Das Feuer der Drachen loderte grell auf. Es verschluckte etliche Menschen und schloss sich um Andor, als wäre er nicht mehr als ein Kiesel in einem todbringenden Meer. Im selben Moment riss die Druckwelle Sira von den Füßen und schleuderte sie zurück.

Benommen stemmte sie sich auf die Beine. Noch immer loderte das blaue Feuer aus den Rissen um sie herum, hoch genug, um sie vor Nhor'garoths Blick zu verbergen. Doch sie hörte nichts als ein ohrenbetäubendes Fiepen und sah ihren Bruder dastehen, regungslos vor den nahenden Schergen des Königs. Sie wusste nicht, ob sie schrie, als sie auf ihn zulief. Selbst ihre eigene Stimme blieb in ihren Gedanken stumm, doch während sich ihre Kehle unter der Kälte des Drachenfeuers zusammenzog, rührte Andor sich noch immer nicht. Dabei musste er laufen, fort, nur fort vor den Reitern des Königs. Schwer atmend fiel Sira vor ihm auf die Knie, und sie sah ihm ins Gesicht: Andor, ihrem Bruder, der zu einer Figur aus Eis geworden war.

Noch immer trug er den Zauber auf seinem Gesicht, mit dem er zu dem blauen Drachen aufgesehen hatte. Doch inmitten des Feuers hatte er den Blick gewandt. Nun schaute er Sira an, und in seinen Augen glühte ein Funken der Erkenntnis, die Sira wie einen Stachel in ihrer eigenen Brust fühlte und die jede Kindlichkeit von seinen Zügen brannte. Noch einmal glaubte sie, ihn lächeln zu sehen, aber die Geste blieb fremd wie ein Ruf aus weiter Ferne. Dann glitt das Buch aus seinen Händen, und kaum, dass es am Boden aufschlug, zerbrach sein Körper zu flüsterndem Schnee.

Sira saß da wie erstarrt. Sie merkte nicht, wie die Flammen um sie niedersanken, spürte auch nicht den Frost, der über den Boden kroch und mit tödlicher Kälte nach ihr griff. Sie fühlte nur die Buchseiten, die zwischen ihren Fingern zu Asche zerfielen – und den Zorn, der mit einer Übermacht in ihr aufbrach, die sie zwischen den Flammen auf die Beine trieb.

Nhor'garoth sah sie sofort. Etwas wie Unglaube flog durch seinen Blick, während sie einfach dastand, regungslos wie ihr Bruder zuvor, und nicht darauf achtete, dass die Flammen tiefe Wunden in ihre Arme bissen. Die Augen des Obersten Kriegers glühten auf, doch Sira spürte, wie der Schwur in ihrem Blick sich mit eisiger Kälte über ihr Gesicht zog, und als er in ihre Glieder schoss, zögerte sie nicht länger. Blitzschnell zog sie ihr Messer und rannte auf den Krieger des Königs zu, und sie wusste, dass er ihren Schwur in ihren Augen lesen konnte: Sie würde ihn töten – für Andor und alles, was er ihrem Bruder genommen hatte.

Das Eisfeuer flammte auf seinem Körper auf. Sie spürte es schon auf ihrer Haut, doch ehe die Flammen sie greifen konnten, packte sie jemand von hinten und riss sie hoch in die Luft. Nhor'garoth verschwand aus ihrem Blickfeld, und als hätte sich eine Fessel um ihren Hals gelöst, brach ein gellender Schrei aus ihrer Kehle. Er zerfetzte die Stille in ihr mit einer Gewalt, die jeden Riss in ihrem Inneren neu öffnete, und der Schmerz ließ sie mit Händen und Krallen gegen den

Griff kämpfen, der sie vom Feuer der Drachen fernhielt. Sie wollte nicht davor bewahrt werden. Sie wollte hinabstürzen zu ihrem Feind und ihm das Messer ins Herz stoßen, ganz gleich, was dabei mit ihr geschehen würde.

Doch sie fiel nicht. Stattdessen wurde sie von den Flammen fortgetragen, und ein kühler Schleier legte sich auf ihre Schläfen, so sanft, dass ihr Körper nicht widerstand. Sie fühlte noch, wie die letzten Seiten des Buchs aus ihrer Hand glitten. Dann umfingen sie die Schatten und sie wusste nichts mehr.

Kapitel 8

Das Feuer der Drachen brüllte mit tausend Stimmen. Sira rannte durch die eisglühenden Flammen. Immer wieder bissen sie ihr ins Fleisch, doch sie achtete nicht darauf. Zu deutlich hörte sie Andor schreien, irgendwo in diesem Tanz des Feuers, in den sie geraten war. Sie rief seinen Namen, aber kein Laut drang aus ihrer Kehle, und je verzweifelter sie seiner Stimme folgte, desto leiser wurde sie, bis sie schließlich verstummte. Sira blieb stehen. Selbst die Flammen schwiegen nun, und da drang ein anderer Ton an ihr Ohr, so ohrenbetäubend laut, dass sie meinte, von ihm zerrissen zu werden. Es war ihr Herzschlag, der nun durch ihren Leib pulste und das Feuer ringsherum erstickte. Asche fiel wie brennendes Papier um sie nieder, und noch während die Schleier sich um ihren Hals legten und zudrückten, sah sie, dass sie allein war – ganz allein in tiefer Dunkelheit.

Keuchend fuhr Sira hoch, so plötzlich, dass heftiger Schmerz in ihren Schädel schoss. Für einen Moment wurde ihr schwarz vor Augen, und sie gab sich der Illusion hin, dass alles nur ein Traum gewesen war – ein schrecklicher Traum, aus dem sie erwachen würde, sobald sie die Augen öffnete. Doch gleich darauf fühlte sie die Wunden der Flammenbisse an ihren Armen, und die Erinnerung an Andors totes Gesicht ergriff sie mit solcher Gewalt, dass sie erneut zusammenfuhr. Sie riss die Augen auf, als könnte sie ihm so entkommen, und tatsächlich sank das Bild in sie zurück wie ein langsam erlöschender Funke in einen nicht enden wollenden Schacht.

Um sie herum herrschte flackernde Dämmerung. Eine Fackel erhellte die Nische der Höhle, in der sie saß, und einen Vorhang, der in einigem Abstand davorgespannt worden war. Menschliche Stimmen drangen durch den Stoff, und Sira nahm den Duft von Sturm und Asche wahr, der im seltsamen Gegensatz zu dem Traum stand, der sie gerade umfangen hatte. Sie fühlte noch den rauen Stoff des Mantels unter ihren Händen. Dann hörte sie die tiefen, dunklen Atemzüge direkt neben sich. Der Schreck schoss in ihren Leib, und noch ehe sie die Schuppen an ihren Fingern spürte, sprang sie auf. Mit rasenden Kopfschmerzen stand sie vor dem Drachen des Fremden. Er saß da, als würde er aus Stein bestehen, und schaute sie in stiller Gelassenheit an. Wie erstarrt stand Sira da. Sie hatte instinktiv die Hand auf ihr Messer gelegt, doch der Drache schien es nicht zu bemerken, oder es interessierte ihn nicht. Seine Augen waren von einem dunklen Goldgrün wie der Schatten der Bäume auf dem Waldboden, den sie im Buch ihres Onkels gesehen hatte, und sein Atem streifte ihre Haut, kühl wie der Wind, der mitunter als Ruf aus weiter Ferne über die Ruinen New Yorks strich. Sie konnte sich nicht daran erinnern, jemals auf diese Weise von einem Drachen betrachtet worden zu sein, und als er leicht den Kopf neigte, schien es ihr, als würde er lächeln – weit hinten in seinen goldgrünen Rätselaugen.

Der Vorhang glitt so plötzlich zurück, dass Sira einen Satz nach hinten tat. Aufatmend ließ sie ihr Messer sinken, als der Fremde sie mit erhobenen Brauen musterte. Kurz hielt er inne, dann nickte er dem Drachen zu, und mit einer Lautlosigkeit, die angesichts der Größe erstaunlich war, erhob sich dieser und verschwand.

»Ihr Name ist Rhorka«, sagte der Fremde und trat näher. »Und auch, wenn ich deine Vorsicht verstehe, kann ich dir eines versichern: Von ihr droht dir keine Gefahr.«

Sira sah zu, wie er seinen Mantel vom Boden aufhob. »Wo sind wir?«

»In den Schatten«, erwiderte er. »Und in Sicherheit, jedenfalls fürs Erste. Meine Gefährten und ich werden die Überlebenden der Station nach Karth bringen. Viele sind verwundet, wir werden nur langsam vorankommen. Deswegen brechen wir so bald wie möglich auf.«

Sie zog die Brauen zusammen. »Karth ist eine der sichersten Stationen, weit unter der Erde. Dort unterzukommen ist teuer. Die Machthaber werden euch schröpfen, selbst angesichts der Notlage meiner Station.«

»Sollen sie es versuchen«, gab er mit kühler Überlegenheit zurück. Dann betrachtete er sie prüfend, und ehe sie vor ihm zurückweichen konnte, legte er die Hände auf ihre Schläfen. Angenehme Kühle drang aus seinen Fingern und linderte das Puckern in ihrem Schädel. »Keine Sorge«, sagte er und ließ die Hände sinken. »Die Kopfschmerzen werden bald verschwinden. Sie sind eine Folge der Ohnmacht, in die ich dich versetzt habe. Rhorka ist letzte Nacht bei dir geblieben. Ihre Wärme hat dein Fieber zurückgedrängt und den Heilungsprozess beschleunigt.«

Sira tastete über die Verbände an ihren Armen, aber sie wandte sich nicht von dem Fremden ab. Nun, da er so nah vor ihr stand, konnte sie die Kratzspuren an seiner Wange erkennen, und sie erinnerte sich dunkel daran, wie heftig sie sich gegen seinen Griff gewehrt hatte.

»Du hast mich ... gerettet.« Ihre Stimme klang rau und ein wenig heiser, und obwohl etwas in ihr flüsterte, dass sie sich bedanken musste, brachte sie kein weiteres Wort über die Lippen. Schweigend sah der Fremde sie an, als wüsste er, was in ihr vorging – als würde er verstehen, dass ihr Überleben für sie keine Rettung war.

»Nhor'garoths Feuer ist grausam«, sagte er und lehnte sich gegen die Wand. »Und doch bist du durch die Flammen gesprungen, als würdest du sie nicht fürchten.«

Sira strich über den Verband an ihrem linken Arm. Noch immer fühlte sie die Bisse des Feuers, und ein Frösteln lief über ihren Rücken, als sie es brüllen hörte. »Das habe ich auch nicht«, erwiderte sie dann.

Der Fremde neigte den Kopf, kaum merklich, und doch genügte die Regung, um seinem Blick etwas Forschendes zu geben. »Weil du dich gegen sie hättest wehren können, wenn du gewollt hättest?«

Sira brauchte einen Moment, um zu begreifen, worauf er hinauswollte. Unwillkürlich stieß sie ein Lachen aus. »Ich bin keine von euch. Ich habe mit Magie nichts zu schaffen, sonst hätte ich dir das Fleisch von den Knochen gebrannt bei dem Versuch, mich festzuhalten. Und ich fürchtete die Flammen nicht, weil ...« Sie stockte, doch obwohl sie ihre eigenen Worte nicht hören wollte, sprach sie weiter. »Weil ich gar nichts fühlte. Es ist alles dumpf und ... tot.«

Etwas im Schweigen des Fremden ließ sie den Blick heben. Die prüfende Kühle war aus seinen Augen gewichen, und für einen Moment stand etwas anderes darin, ein dunkler Schimmer wie vor dem Stand des Papierhändlers, als er das zerrissene Buch in den Händen gehalten hatte. »Das wird sich ändern, wenn du es zulässt.« Er hielt inne, und ein Lächeln stahl sich auf seine Lippen. »Ich weiß, dein Name ist unerschwinglich. Aber wie wäre es mit einem Tausch? Ich bin Norik.«

Sie zögerte kurz. »Mein Name ist Sira«, entgegnete sie dann. »Und du bist also der Reiter des Sturms.«

Ein amüsierter Funke trat in seine Augen. »Du sagst das so, als würdest du mich kennen.«

»Jeder kennt doch den mächtigen, sagenumwobenen Sturmreiter, den letzten bekannten Erben der Ersten Drachenreiter Rhenlynghars, der die Gilde der Schatten in die Schlacht führt.« Sira lächelte bei dem Gedanken daran, wie oft sie Andor von diesem Krieger erzählt hatte. Mit leuchtenden Augen hatte er ihr zugehört und jeden kleinen Fehler in den Geschichten sofort bemerkt, und sie erinnerte sich an die Begeisterung, mit der er auf dem Nachtmarkt zu Norik hinübergeschaut hatte. Wenn Andor gewusst hätte, dass er mit dem Reiter des Sturms gesprochen hatte, wäre er vermutlich in Ohnmacht gefallen. Sira sah es vor sich, das Funkeln in seinem Blick – und gleich darauf die Leere, mit der er sie im Moment seines Todes angesehen hatte, als wäre er aus einem schönen Traum erwacht. »Nein«, sagte sie und ihr Lächeln verlor sich. »Ich kenne dich nicht. Aber die Legenden über dich musste ich meinem Bruder so oft erzählen, dass ich sie auswendig weiß. Er hat sie geliebt ... die Geschichten über den Reiter des Sturms.«

Norik hob den Kopf. »Legenden über mich oder über meine Vorfahren? Oder meinst du, wir sind alle gleich?«

Ruhig fragte er das, und doch entging Sira nicht die Kühle, die sich bei diesen Worten in seinen Blick stahl. Sie schaute zum Vorhang hinüber und lauschte auf die Stimmen der Menschen, die jenseits davon am Feuer saßen, zusammengekauert und voller Furcht vor dem, was kommen würde. »Legenden sind eben genau das: Legenden. Mehr waren die Reiter der Gilde nie für mich, und deswegen kann ich nicht sagen, welche Geschichten wahr sind und welche nicht, oder wer die Sturmreiter in ihnen waren. Nur eines dürfte sicher sein: Keiner von ihnen ist in der Gosse geboren worden wie ich und all die anderen dort draußen. Auch du nicht.«

Ihre Stimme hatte härter geklungen, als sie es beabsichtigt hatte, und sie sah aus dem Augenwinkel, wie das Lächeln von Noriks Lippen wich. »Nein«, stimmte er ihr zu. »Ich wuchs in der Gilde der Schatten als Sohn des Sturmreiters auf und erhielt dessen Macht, als er im Kampf fiel. Seither habe ich mich der Gilde verschrieben, und ich führe sie, so gut ich es kann. Viel Zeit ist seit jenem Tag vergangen, und doch spüre ich noch heute das Blut meines Vaters an meinen Händen. Ich war zehn Jahre alt.«

Sira schwieg für einen Moment. »So alt wie mein Bruder«, sagte sie dann. »Und alles, was er in seinem Leben gesehen hat, war ein brennender Himmel und Dunkelheit.«

Sie wusste nicht, aus welchem Grund sie das sagte. Die Worte kamen über ihre Lippen, ohne dass sie es verhindern konnte, und mit ihnen tauchte erneut Andors Gesicht in ihr auf, zu Eis erstarrt und so fremd, dass sie schauderte. Sie spürte, dass ihr die Tränen kamen, und in dem verzweifelten Versuch, sie zurückzudrängen, hob sie den Blick. Sie wollte Norik die Schuld geben für das, was geschehen war – ihm, dem mächtigen Reiter des Sturms, der ihren Bruder nicht gerettet hatte. Doch als sie ihn ansah, zerbrachen die Worte auf ihrer Zunge. Sie selbst war es gewesen. Sie selbst hatte Andor nicht vor dem Tod bewahrt, sie ganz allein.

»Das ist nicht wahr«, sagte Norik wie eine Antwort auf ihre Gedanken, und seine Stimme drängte die Stimmen der Menschen fort, sodass es gleich darauf schien, als wären sie ganz allein. »Er hat so viel mehr gesehen als das.«

Sira stieß die Luft aus. »Woher willst du das wissen? Gehört das auch zu deinen Fähigkeiten, dass du weißt, was andere Menschen erlebt haben, ohne dass du sie kennst?«

Ihr Zorn ließ ihre Wangen glühen, und obwohl sich ihr Herz in seinem Griff zusammenzog, gab er ihr doch ein Stück der Sicherheit zurück, die Andors Tod ihr genommen hatte. Sie verschränkte die Arme vor der Brust, als müsste sie einen Angriff abwehren, doch Norik stand noch immer regungslos.

»Nein«, erwiderte er leise. »Aber ich habe viele Kinder in den Schatten kennengelernt, und einige von ihnen habe ich sterben sehen. Doch selten ist mir ein Junge wie dein Bruder begegnet. Du sagst, dass er die Geschichten über den Reiter des Sturms geliebt hat, und vielleicht hast du recht. Vielleicht ist es ganz egal, ob sie von mir handelten oder von meinen Ahnen. Denn die Augen deines Bruders trugen eigene Geschichten in sich ... all die Wunder, die er um sich herum entdeckte.«

Sira wollte etwas erwidern, irgendetwas, das Norik daran hindern würde, fortzufahren, denn mit jedem seiner Worte stieg ein anderes Bild ihres Bruders in ihr auf und machte es ihr schwerer, ihre Tränen zurückzudrängen. Doch kaum, dass sie Andors Stimme in ihren Gedanken hörte, wehrte sie sich nicht länger. Sie sah ihn lachen und weinen, sah ihn in ihren Armen schlafen und träumen, sah ihn ausgelassen durch die Gassen der Enklave rennen, und sie hörte Norik zu, der von ihrem Bruder sprach, als würde er gerade in diesem Moment an seiner Seite durch die Finsternis laufen.

»Er kannte die Dämmerung«, fuhr er fort. »Und die Lieder in den Schatten. Er kannte den Sturm unter den Schwingen meines Drachens und den Wind in meinem Haar bei all meinen Abenteuern. Er kannte deine Stimme, die ihm von der Welt der Menschen erzählte, wie sie früher gewesen ist, dein Lächeln, deinen Schmerz, und er hatte die Gabe, es in einem blauen Kristall zu finden – das Meer der Nacht.« Er hielt inne. Für einen Moment schien er ihn noch einmal vor sich zu sehen: den kleinen Jungen, der ehrfurchtsvoll zu ihm aufschaute. »Nichts auf dieser Welt kann seinen Verlust mildern«, sagte er dann. »Aber lass nicht zu, dass der Schmerz ihn dir nimmt, wie er war. Er hat so viel mehr gesehen als wir, Diebin der Schatten. So viel mehr, als wir jemals wissen werden.«

Sira fuhr sich über die Augen. Noriks Worte sanken in sie hinein wie warme Steine, und etwas an der Art, wie er sie ansah, weckte in ihr das Bedürfnis, sich an seine Brust zu lehnen und von ihm festgehalten zu werden – und ihn festzuhalten, ihn oder das unruhige Flackern in seinem Blick, das ihr so vertraut war. Sie fühlte, wie all die Bilder von Andor in ihr aufglommen. Sie waren wie leuchtende Blumen in der Dunkelheit, und sie spürte auch die Schuld, die Norik empfand, er, der mächtige Reiter des Sturms, der ein Kind nicht vor dem Feuer des Königs bewahrt hatte. Er konnte die Bilder in ihren Augen sehen, daran zweifelte sie nicht, und für einen Moment war es, als täten sie es wirklich: sich festhalten in der Dunkelheit, ohne einander zu berühren.

Eine Träne rann ihre Wange hinab, kaum mehr als ein Funkeln im Schein der Fackel, und doch genügte sie, um Sira den Blick senken zu lassen. Verflucht, was war los mit ihr? Hatte sie nicht genug Leid erfahren, um sich nun blind und naiv in Schatten wie diese zu begeben? Abrupt wischte sie die Träne fort und wandte sich ab. »Ich werde nicht mit euch gehen«, sagte sie und stellte zu ihrer Befriedigung fest, dass ihre Stimme nichts von dem Aufruhr in ihrem Inneren erahnen ließ. »Ich lasse mich nicht einsperren, schon gar nicht in einem goldenen Käfig im Inneren der Erde.«

Norik schwieg für einen Moment. »Doch, das wirst du«, sagte er dann, so sanft, dass seine Stimme über ihre Wangen strich, und doch ohne jeden Zweifel. »Deinen Bruder konnte ich vor dem Feuer des Königs nicht retten, aber dich ... dich werde ich nicht an ihn verlieren.«

Mit aufkeimendem Zorn sah sie ihn an, während er sie mit schelmischem Funkeln in den Augen betrachtete. »Du magst der Reiter des Sturms sein, aber du kannst mich nicht zu etwas zwingen, das ich nicht will.«

Er nickte, während er langsam auf den Vorhang zutrat. Erst als er ihn erreicht hatte, drehte er sich noch einmal zu ihr um. »Ach nein?«, fragte er, und das Lächeln in seinen Augen glomm auf. »Vergiss nicht, dass ich es schon einmal geschafft habe. Du solltest lieber nicht daran zweifeln, dass ich es wieder tun werde. Denn eines steht außer Frage: In mir steckt mehr, als man vielleicht auf den ersten Blick sieht.«

Mit diesen Worten verschwand er durch den Vorhang. Sira stand für einen Moment regungslos. Noch immer spürte sie Andors Bilder in sich glühen, doch als sie die Faust fest um ihren Arm schloss, zuckte heftiger Schmerz durch ihre Glieder, und sie konnte es sehen: das Feuer der Drachen, das ein fremdes Gesicht umspielte – das Gesicht ihres Bruders, den Nhor'garoth ihr genommen hatte.

»Was du nicht sagst«, murmelte sie kaum hörbar. »Damit, Reiter des Sturms, bist du nicht allein.«

Kapitel 9

Der Strom der Menschen zog sich durch die riesige Höhle wie ein Fluss aus schwarzer Seide. Fackeln erhellten die Gesichter und legten ihren Schein auf die Verwundeten, und Norik konnte sie spüren: die Furcht, die auf den Schultern der Flüchtlinge lastete wie ein Fluch. Er konnte es ihnen nicht verdenken. Nur knapp waren sie dem Tod entkommen, und bei ihrem Aufbruch hatte Arvid ihnen mit seiner unverwechselbaren Feinfühligkeit erklärt, dass schon die kleinste Unachtsamkeit auf ihrem Weg nach Karth sie alle das Leben kosten konnte. So hielten sie sich dicht beieinander, zusammengedrängt wie verängstigte Tiere, und ließen sich von den Reitern der Gilde hinabführen in die Schatten.

Norik trieb Rhorka die Anhöhe hinab und schloss zu der Gruppe auf. Sofort spürte er wieder die Blicke der Menschen, die ehrfürchtig zu ihm aufsahen, und als er in die Augen der Kinder schaute, tauchte Andors Gesicht vor ihm auf. So deutlich sah er ihn vor sich, dass er meinte, ihn lachen zu hören – den Jungen, den er im Feuer Nhor'garoths verloren hatte. Nachdenklich schaute er zu Sira hinüber. Mit gesenktem Kopf lief sie am Rand des Zuges. Kein Wort hatten sie mehr gesprochen seit ihrer Unterhaltung in der Höhle, und nun hielt sie sich abseits, das Gesicht blass und unnahbar, die Augen nichts als zwei dunkle Seen. Es schien, als hätte sie eine unsichtbare Mauer um sich gezogen, die nichts auf der Welt durchdringen konnte.

»Verdammte Felsen!«

Der Fluch ließ Norik den Blick wenden. Hinter ihm war eine junge Frau gestürzt. Ihr langes rotes Haar leuchtete im Fackelschein und sie hielt sich den linken Arm, der in einer Schlinge steckte. Rasch ließ Norik sich von Rhorkas Rücken gleiten und half ihr auf die Beine.

»Danke«, sagte sie und brachte ein Lächeln zustande. »Es ist nicht förderlich, bei einem gebrochenen Arm auch noch zwei linke Füße zu haben. Ich bin Kim.« Sie hielt ihm die Hand hin, aber gleich darauf verzog sie schmerzerfüllt ihr Gesicht.

Vorsichtig führte Norik sie über das Geröll. »Wie ist das passiert?«, fragte er und bewegte die Finger über ihrem Arm. Er konnte den Knochen fühlen, der zweifach gebrochen war, und legte einen betäubenden Zauber auf ihren Arm. Sofort entspannte sich ihr Gesicht.

»Ich war am Stand mit den besten Fallen der Station«, erzählte sie, während sie ihren Weg fortsetzten. Rhorka stieß ein amüsiertes Grollen aus, als Kim sich wie selbstverständlich mit dem gesunden Arm bei ihm unterhakte. »Dann kam der Angriff der Königsreiter. Ich habe mich zwischen den Auslagen versteckt und wäre wohl mit heiler Haut davongekommen, wenn nicht eine dieser feuerspeienden Bestien den Stand zum Einsturz gebracht hätte. Dabei hat mich dann eine Falle unter sich begraben, und zack – Fleischwunde im Bein und gebrochener Oberarm.«

Norik sah sie von der Seite an. Sie hielt sich an ihm fest wie ein Schutz suchendes Kind, und die Würgemale an ihrem Hals ließen keinen Zweifel daran, dass die Schergen des Königs nicht die einzigen Bestien waren, mit denen sie in letzter Zeit zu tun gehabt hatte. »Du hast Glück gehabt«, sagte er, und sie nickte energisch.

»Oh ja«, stimmte sie ihm zu. »Hätte Sira mich nicht gefunden, wäre ich jetzt nicht hier. Sie hat mir das Leben gerettet. Ich wünschte, das wäre ihr bei Andor auch gelungen. Sie ist wirklich eine Heldin, nicht wahr? So mutig, wie sie sich Nhor'garoths Feuer entgegengestellt hat …«

»Mutig – und leichtsinnig«, erwiderte Norik. »Nhor'garoths Flammen gehorchen ganz eigenen Gesetzen, und sie fressen Knochen und Fleisch ebenso wie uralte Felsen. Sira hätte darin umkommen können.«

Für einen Moment flackerte Spott durch Kims Augen. »Sie ist eine Diebin«, sagte sie, als wäre das eine geheime Formel, die jede weitere Erklärung überflüssig machte.

Norik hob die Brauen. »Und was soll das heißen? Dass Diebe nicht am Leben hängen?«

»Nein«, entgegnete Kim mit einem Lächeln. »Aber dass es für einen Dieb Wichtigeres gibt. Vielleicht ist das für einen Drachenreiter wie dich nichts Besonderes. Aber in unserer Station hatten Diebe und Jäger ein hohes Ansehen, und das nicht nur, weil sie sich in die Oberwelt wagten, die alle anderen fürchteten. Sie riskierten ihr Leben, um uns die Dinge zu bringen, die wir brauchten – Dinge, die uns daran erinnerten, dass wir noch Menschen waren und keine Tiere, die sich in den Schatten verbargen. Sira war die einzige Frau unter den Dieben, ansonsten gab es nur Männer. Und sie war besser als die meisten von ihnen. Wenn die Kerle schon längst die Hosen voll hatten, ist sie noch einmal losgezogen und erst zurückgekehrt, wenn sie gefunden hatte, wonach sie suchte.«

Ein Lächeln glitt über Noriks Gesicht. Er sah Sira vor sich, wie sie Rhorka mit gezücktem Messer gegenübergestanden hatte, noch geschwächt von seinem Zauber und doch mit diesem Willen in den Augen, der sie auf den Beinen hielt, ganz gleich, wie sehr ihr Körper sich dagegen wehrte. Hätte Rhorka einen Angriff auch nur angedeutet – Sira hätte sich auf sie gestürzt und sich bis zuletzt verteidigt, ganz gleich, wie groß ihre Chancen gewesen wären, daran zweifelte er nicht. »Das kann ich mir vorstellen. Und eines der obersten Gesetze der Krieger befolgt sie auch in Perfektion: Lass nie jemanden wissen, was du fühlst. Mir ist selten jemand begegnet, der so stark auf Abstand zu anderen Menschen bedacht ist wie sie. Vielleicht ist sie doch nicht so ohne Angst, wie es den Anschein macht.«

»Sira fürchtet sich vor gar nichts«, erwiderte Kim ohne den geringsten Zweifel. »Aber sie ist schon oft genug verlassen worden, und einmal hat es sie beinahe das Leben gekostet. Ich denke, dass sie diese Erfahrung nicht unbedingt wiederholen möchte.«

Norik wollte gerade nachfragen, was in Siras Leben geschehen war, als er Rhorkas Blick bemerkte. Ein Lächeln stand in ihren Augen, prüfend und belustigt, und verschloss jedes Wort hinter seinen Lippen. *Faszinierend*, schien sie zu sagen. *Seit wann interessierst du dich denn für die Vergangenheit der Menschen, die du vor dem Tod bewahrst?* Norik atmete langsam aus. Er hasste es, wenn sie ihn durchschaute, bevor er selbst wusste, was in ihm vorging. Doch Kim fuhr bereits fort, ohne dass er seine Frage laut aussprechen musste.

»Sira war nicht immer so wie jetzt«, stellte sie fest. »Ihr Onkel hat mir mal erzählt, dass sie früher ein fröhliches Kind war, das jeden zum Lachen bringen konnte. Sie hat von der Oberwelt geträumt, von der Magie, die manche Menschen in sich bergen, und von den Drachen – ganz genau so, wie Andor es getan hat. Damals lebte sie mit ihren Eltern in einer kleinen Enklave vor den Toren der Stadt. Lange Zeit hieß es, dass es dort sicher wäre, doch eines Tages stiegen die Schergen des Königs zu ihnen hinab und entfachten ihr Feuer in den Gängen. Vergeblich hat Sira versucht, ihre Eltern vor den Flammen zu bewahren. Nur mit Mühe gelang es ihrem Onkel, sie und Andor zu retten, und wenig später wurde Sira so krank, dass sie fast daran gestorben wäre. Ihr Onkel konnte nicht sagen, warum sie das Fieber schließlich niederkämpfte, aber er erzählte mir davon, dass Andor an ihrem Bett saß, klein wie er war, und ihre Hand hielt, wie ihre Mutter es getan hatte vor ihrem Tod. Und schließlich ist sie zu ihm zurückgekehrt. Doch von jenem Tag an, so erzählte es ihr Onkel, war sie eine andere, und das Kind, das sie früher gewesen war, gab es nicht mehr.«

Norik senkte den Blick. Überdeutlich hallte Siras Schrei in ihm wider, der in Nhor'garoths Feuer über ihre Lippen gekommen war. Er hörte wieder die Verzweiflung darin und fühlte noch einmal ihren Körper, nachdem er den Zauber auf sie gelegt hatte – zart, fast zerbrechlich, und doch so viel stärker, als er es sich zuvor hätte vorstellen können. »Und so wurde sie zur Diebin in den Schatten«, sagte er leise.

Kim nickte. »Ihr Onkel brachte ihr alles bei, was sie wissen musste, und als er starb, übernahm sie seine Aufgaben. Sie sorgte für Andor wie eine Mutter, Schwester und Freundin, und sie hätte alles für ihn getan. Sie wäre für ihn gestorben, ohne zu zögern.«

»Viel hätte nicht gefehlt, dann wäre genau das passiert«, erwiderte Norik und seine Miene verfinsterte sich. »Einen Augenblick später, und sie wäre in Nhor'garoths Feuer verbrannt wie ihr Bruder.«

»Davor hast du sie bewahrt«, entgegnete Kim. »Du hast sie gerettet.«

Norik stieß die Luft aus. »Ich glaube, das sieht sie anders. Ein Teil von ihr wäre lieber umgekommen, statt mit dem Verlust ihres Bruders leben zu müssen.«

Kim schwieg für einen Moment. »Natürlich«, sagte sie dann. »Sie hat Andor geliebt, und nun fühlt sie sich ganz allein. Allein mit sich und ihrem Zorn. Aber ich glaube, dass da noch mehr in ihr ist als das. Sira ist nicht nur eine Person, Reiter des Sturms. Sie ist viele. Ihr Schmerz ist groß, ebenso wie ihre Wut. Ich weiß das, weil es mir nicht anders geht. Aber darüber hinaus glaube ich nicht, dass Sira das Kind, das sie einmal war, wirklich verloren hat. Ich habe es gesehen, jedes Mal, wenn sie Andor angeschaut und mit ihm gelacht hat. Doch sie braucht jemanden, der auf sie acht gibt. Jemanden, der sie vor sich selbst bewahrt.«

Norik erinnerte sich daran, mit welcher Kraft Sira sich gegen seinen Griff gewehrt hatte, ungeachtet der Schmerzen, die sie sich dabei zufügte, und noch während ihre Verzweiflung in ihm widerklang, sah er Andor im Feuer Nhor'garoths verbrennen. Er hatte nicht zurückgeschaut, als er mit Sira geflohen war, doch ein Teil von ihm war mit Andor in die Finsternis gestürzt. Er kannte dieses Gefühl so gut, dass ihm übel davon wurde, und er musste an sein Erstaunen denken, als sich kurz die Schwere von seinen Schultern gelöst hatte, nah bei Sira, die ihn hinter dem Vorhang auf ihre besondere Weise angesehen hatte, schweigend und mit einem Verständnis, das keine Worte brauchte. Doch nun, da er die Menschen durch die Unterwelt führte, schien es ihm, als würden all die verlorenen Teile von ihm nie mehr aufhören zu fallen, so als wollten sie auch den Rest von ihm mit sich reißen, tief hinab in eine Nacht, die dunkler war als alle Schatten, die er kannte. »Du hast recht«, sagte er. »Vielleicht brauchen wir das alle.«

Kim sah ihn an. »Ja«, erwiderte sie und blieb stehen. »Vielleicht ist das wahr.«

Sie rührte sich nicht, doch etwas in ihrem Blick hatte sich verändert. Die unschuldige Maske war von ihren Zügen gewichen, und nun konnte Norik sie sehen: die Kälte in ihren Augen, nur halb verborgen von ihrem Lächeln. Es war die Kälte einer Lügnerin, die wusste, wie man überlebte, und die kein Problem damit hatte, den Reiter des Sturms für eine Freundin hinters Licht zu führen.

In plötzlicher Erkenntnis riss Norik seinen Arm zurück. Kim schien das erwartet zu haben. Erstaunlich trittsicher blieb sie stehen und sah zu, wie er sich an Rhorkas Schwinge hinaufzog und über die Köpfe der Menschen hinwegschaute. Er suchte nach Sira, doch sie war verschwunden. Rhorka stieß ein Grollen aus. Rasch glitt er von ihrem Rücken, und Kim fuhr zusammen, als sein Blick sie umfasste. Er fühlte ihn selbst, den eiskalten Wind, der das Mädchen ein Stück weit in die Höhe hob. Wie eine Hand fuhr seine Stimme in ihr Haar und riss ihren Kopf zurück.

»Wo ist sie?«, raunte er so leise, dass jedes Wort in winzigen Nadeln über ihre Haut raste. Er sah die Menschen aus dem Augenwinkel, die mit schreckgeweiteten Augen vor ihm zurückwichen. Doch Kim erwiderte seinen Blick mit dieser Kälte, die sie in vielen Jahren wie einen Panzer um sich gelegt haben musste, und für einen Moment schien es, als wäre sie es, die keine Furcht kannte – sie, die so genau wusste, was Sira in sich trug, weil sie selbst es schon vor langer Zeit verloren hatte.

»Auf ihrem Weg«, entgegnete sie mit eisigem Trotz. »Du magst ein Drachenreiter sein, aber von einer Frau wie Sira verstehst du nicht besonders viel. Jeden, den sie je geliebt hat, hat sie an die Drachen verloren. Jetzt hat Nhor'garoth ihren Bruder umgebracht, und sie wird seinen Tod rächen, ganz gleich, wer sich ihr in den Weg stellt!«

Norik ließ sie los, so abrupt, dass sie beinahe erneut gefallen wäre. Brennend fühlte er noch einmal Siras Nägel in seiner Wange und sah sie vor sich, halb abgewandt bei ihrem letzten Gespräch und mit dieser Dunkelheit in den Augen, die er als Zustimmung gedeutet hatte. Er hatte geglaubt, sie mit seinen Worten bezwungen zu haben, dabei hatte sie nie vorgehabt, ihm in die Schatten zu folgen. Sie hatte über ihn gelächelt.

Er stieß einen Fluch aus. Wie ein Peitschenhieb flog Arvids Name durch seine Gedanken, als er seinen Gefährten zu sich befahl, und ehe Rhorka etwas sagen konnte, schwang er sich auf ihren Rücken.

»Sira ist eine Tochter der Schatten«, rief Kim gegen den Wind an, der nun um ihn aufbrauste, und ihre Worte brannten auf seiner Haut. »Weißt du denn nicht, was das heißt?«

Er sah noch den Spott in ihren Augen. Dann fuhr er herum und jagte den Weg zurück, den sie gekommen waren – hinauf in die Oberwelt, um ein Kind der Menschen vor dem Feuer der Drachen zu bewahren.

Kapitel 10

Die Trommelschläge ließen den Boden erzittern. Sira spürte sie schmerzhaft wie die Hitze der Feuer auf ihrer Haut, die jenseits ihres Verstecks die umstehenden Ruinen erhellten. Die Flammen loderten hoch auf, und zwischen ihnen saßen die Schergen des Königs, lachend und trinkend unter dem brennenden Himmel New Yorks. Ihre Gesichter waren gerötet, die Tische, die sie aus den Wohnungen geholt hatten, waren mit zahllosen Speisen beladen, und mehrere spärlich bekleidete Sklavinnen tanzten an stählernen Ketten zu den Trommelklängen der Sieger. Es war ein Festgelage, das in der Finsternis glühte wie der Brodem eines Feuerdrachen, und dort auf einem Thron aus Trümmern saß Nhor'garoth und feierte seinen Triumph über die größte Enklave der Menschen.

Sira duckte sich, als einer der Krieger nur wenige Schritte von ihr entfernt vorüberging, aber sie ließ ihren Feind nicht aus den Augen. Aryon saß hinter ihm, die Schwingen majestätisch in den lodernden Himmel erhoben, und Nhor'garoth schaute mit kaltem Glanz in den Augen zu den Tänzerinnen hinüber. Seltsam ausdruckslos bewegten sie sich vor den Kriegern, maskenhaft lächelnd, die Blicke wie tot ins Leere gerichtet. Doch die Männer schien das nicht zu kümmern. Immer wieder zogen sie die Sklavinnen an sich, als wären sie nicht mehr als leblose Hüllen, und Sira überkam der Drang, den Kerlen einen Pfeil in den Schädel zu schießen, um ihr widerliches Lachen zu ersticken. Langsam stieß sie die Luft aus. Sie musste sich zusammenreißen. Alles lief genau nach Plan. Ihr Weg durch die Unterwelt war an ihr vorübergezogen wie ein Traum, sie war keinen Drachen begegnet und keinen feindlichen Kriegern. Jetzt durfte sie keinen Fehler machen. Der Bogen lag kühl in ihrer Hand, und sie konzentrierte sich auf Andors Stimme, die seit ihrer Flucht vor den Drachenreitern der Gilde durch ihre Gedanken zog. Wieder sah sie das Strahlen in seinen Augen, als sie den Bogen gemeinsam ausgesucht hatten, und ein kaltes Lächeln legte sich auf ihr Gesicht. Jetzt würde sie ihn einweihen – mit dem Blut seines Mörders.

Als wäre ihr Gedanke Nhor'garoth ins Mark gefahren, kam er auf die Beine. Er streckte sich wie nach einem langen Ritt, ein müder Krieger nach erfolgreicher Schlacht. Lachend schob er die Sklavin von sich, die sich ihm mit verführerischen Bewegungen näherte, und verließ den Schein der Feuer. Offenbar forderte der Alkohol, der in rauen Mengen geflossen war, seinen Tribut. Sira wartete, bis er den Rand des Platzes erreicht hatte. Dann schlich sie ihm nach.

Die Steine waren warm unter ihren Fingern, und kurz schien es ihr, als würden die Trommeln schneller schlagen. Nhor'garoth verschmolz mit den Schatten, aber Sira war ihm nah genug gekommen, um seine Umrisse noch immer erkennen zu können. Endlich blieb er zwischen zwei Trümmerstücken stehen, und sie zögerte nicht länger. Sie hob ihren Bogen und legte den Pfeil an die Sehne. Er bestand aus schwarzem Kristall und würde beim Eintritt in den Körper zu brennenden Scherben zerspringen. Der Verstand sagte ihr, dass sie Nhor'garoth gleich töten musste, ein Schuss direkt ins Herz, aber sie zielte auf seinen Bauch. Sie wollte ihn leiden sehen, wollte, dass er vor Schmerzen schrie, bevor sie ihm das Leben nahm. Zumindest zwei Treffer würden ihr gelingen, ehe seine Schergen sie entdeckten.

Gerade spannte sie den Bogen, als die Kälte sie traf. Eisig wie eine Totenhand griff sie nach ihrem Gesicht, und als hätte sich ein Zauber auf sie gelegt, wurde ihr Blick von Nhor'garoth fortgezogen. Sie konnte nicht verhindern, dass er zu seinem Drachen hinüberglitt. Noch immer saß er reglos da, doch seine Augen hatten sich zu blauem Feuer entfacht - und er schaute sie direkt an. Der Schreck jagte in Siras Glieder und zerriss die Kälte über ihr. Sie sah zu Nhor'garoth hinüber. Doch er war verschwunden.

»So«, raunte eine Stimme dicht an ihrem Ohr. »Wen haben wir denn hier?«

Sira fuhr herum. Nhor'garoth war ihr so nah, dass sie seinen Atem auf ihren Wangen spürte, und jede Tarnung war von ihm gewichen, jede Müdigkeit, die nichts als ein Possenspiel gewesen war. Vor ihr stand der Krieger, der niemals schlief, und sein Lächeln brannte sich wie ein Fluch in ihre Haut. Im nächsten Moment packte er sie am Kragen, so schnell, dass sie nicht zurückweichen konnte, und schleuderte sie in hohem Bogen vor seinen Thron.

Sie schlug so hart am Boden auf, dass ihr der Atem stockte. Sofort erstarb der Trommelschlag. Die Tänzerinnen wichen vor ihr zurück, als wäre sie ein gefährliches Tier, und die Krieger kamen auf die Beine, lautlos wie plötzlich erwachte Wölfe, deren Jagdtrieb geweckt worden war. Sira versuchte, sich aufzurappeln, aber der Schmerz in ihrem Rücken hinderte sie daran. Dumpf klangen Nhor'garoths Schritte im Boden wider. Er lächelte noch immer, als er vor ihr stehen blieb.

»Seht euch das an!«, rief er und breitete die Arme aus, als hätte er seinen Schergen ein Geschenk gemacht. »Nicht nur, dass wir die verdammten Ratten in ihren Löchern ausgeräuchert haben - jetzt kommen sie schon selbst zu uns, um sich über unserem Feuer braten zu lassen. Die Nacht wird immer besser!«

»Ich wüsste was Besseres mit ihr anzufangen«, rief einer der Krieger, und die anderen lachten laut. Erst als Nhor'garoth die Hand hob, verstummten sie.

Eiskalt legte sich sein Blick auf Sira. »Du siehst – meine Männer haben nur auf dich gewartet. Doch sag mir, Närrin, die mich mit einem lächerlichen Pfeil ermorden wollte – wer bist du? Ich kann mich nicht entsinnen, dich schon einmal gesehen zu haben.«

Das Stechen in Siras Rücken raubte ihr fast die Besinnung, aber Nhor'garoths Worte trieben sie auf die Beine. Übermächtig jagte der Zorn durch ihre Adern. »Mein Name ist Sira«, rief sie so laut, dass ihre Stimme von den Trümmern widerklang. »Und ich bin wegen Andor gekommen – meinem Bruder, der in deinem Feuer gestorben ist!«

Nhor'garoth hob den Kopf, als würde er überlegen, und für einen Moment schien es, als hörte er den Schrei, der nach Andors Tod über ihre Lippen gekommen war und der noch immer in ihr widerklang, als müsste sie zerbrechen, wenn er verstummte. Doch gleich darauf kehrte die Kühle auf Nhor'garoths Züge zurück. »Nein«, erwiderte er gleichgültig. »Ich erinnere mich nicht. Aber du musst das verstehen. Es sind zu viele Ratten unter meinen Füßen zerbrochen, als dass ich mir ihre Namen merken würde.«

Sira ballte die Hände zu Fäusten. »Ich werde dir den Namen meines Bruders ins Fleisch schneiden«, presste sie zwischen den Zähnen hervor. »Ich werde dich töten, Reiter des Königs!«

Die Krieger ringsum brachen in schallendes Gelächter aus, während Nhor'garoth sie amüsiert musterte. Sein Blick wanderte über ihren Körper, über das Messer, das wie von selbst in ihre Hand gelangt war, und ihre Wangen, die vor Zorn glühten. Der Schein des Feuers vertiefte jeden Schatten seines Gesichts, und plötzlich trat etwas Unheimliches in seinen Blick, das die Kühle auf seinen Zügen durchdrang. Ein Glimmen war es, das sich in seinen Augen entfachte: die Tücke des Jägers, dessen tödliches Spiel niemand außer ihm selbst gewinnen konnte. Langsam streifte er den Umhang von seinen Schultern, und seine Stimme war nicht mehr als ein Flüstern: »Versuch es!«

Sira sah noch das Lächeln, das seine Pupillen in kaltem Feuer aufglühen ließ. Dann hob sie ihr Messer und drängte den Gedanken zurück, dass es Nhor'garoth war, den sie zum Kampf gefordert hatte. Sie würde sich nicht von seiner Legende lähmen lassen. Vor ihr stand der Mörder ihres Bruders, und sie würde sich ihm entgegenstellen mit allem, was sie war.

Katzenhaft setzte sie sich in Bewegung, und er tat es ihr gleich, geschmeidig und lautlos, als wäre er der Frost, der nun über die Mauern kroch. Die Flammen loderten in seinem Griff auf, und Sira schien es, als würde die Hitze ihres Zorns ihren Feind näher zu ihr ziehen. Doch ehe seine Kälte nach ihr greifen konnte, sprang sie vor. Sie meinte schon, Nhor'garoths Fleisch an ihrer Klinge zu spüren, aber im letzten Moment wich er ihr aus, so mühelos, als hätte er jede ihrer Bewegungen schon lange vorausgesehen. Spott stand in seinen Augen, als er sie mit gezieltem Hieb zu Boden stieß, und ihre Finger schlossen sich fester um ihr Messer. Dieser Kampf war nicht mehr als ein Spiel für ihn. Er hielt sie für ein Kind, das er zerquetschen konnte. Aber so schwach, wie er glaubte, war sie nicht. Blitzschnell sprang sie auf, täuschte ein Stolpern an – und riss im letzten Augenblick die Faust in die Höhe. Sie fühlte den Widerstand an ihrer Klinge kaum. Atemlos hob sie den Kopf, und da stand er vor ihr: Nhor'garoth, der Schlächter der Sieben Städte, und über seine Wange zog sich ein blutiger Striemen. Sie hatte ihn gestreift.

Unendlich langsam hob er die Hand, und als er sein Blut an seinen Fingern betrachtete, fand sie ihre eigene Fassungslosigkeit auf seinen Zügen gespiegelt. Dann traf sie sein Hieb, so plötzlich, dass sie ihn nicht kommen sah. Rücklings flog sie gegen eine Mauer. Ein stechender Schmerz jagte durch ihre Lunge, und sie hörte Nhor'garoths Stimme in ihren Gedanken, als sein Frost ihren Leib umfasste.

Törichtes Kind, raunte er, und jedes Wort drang wie Gift in ihre Glieder. *Du wirst in meinem Feuer brennen wie dein Bruder!*

Damit riss er sie in die Luft. Seine Kälte hielt sie fest, aber sie fühlte seine Nägel in ihrem Fleisch, als er sie erneut gegen die Wand schleuderte. Ihr Kopf schlug gegen die Steine. Blut rann über ihr linkes Auge, als sie am Boden landete, und ehe sie sich aufrappeln konnte, raste ein Schauer messerscharfer Eissplitter auf sie zu. Im letzten Moment schützte sie ihr Gesicht mit den Händen. Doch die Magie riss ihr die Haut auf, sie drang tiefer und zog sie zugleich in eine andere Finsternis – jene Dunkelheit, die Nhor'garoth in sich barg.

Noch nie zuvor hatte sie eine solche Macht gefühlt. Es war, als würde sie in endlose Schluchten stürzen, schwärzer als alle Schatten, in die sie je geraten war, und in jeder Scherbe, die durch ihre Adern jagte, verbarg sich Nhor'garoths Gesicht. Er lachte über sie, lachte mit einer Stimme, die in all den Finsternissen seines Inneren widerhallte. Jeder Ton zerrte an ihrem Verstand, so entsetzlich klang er. Dann brach das Lachen ab. Sira schwindelte es. Kurz schien es ihr, als würde sie mit den letzten Tönen in eine weitere Kluft stürzen, die sie endgültig verschlingen würde. Nur ihr eigenes Blut auf ihren Lippen bewies ihr, dass sie noch am Leben war, und das unruhige Feuer der Fackeln auf ihrer Haut.

Gleich darauf traf sie ein unsichtbarer Hieb in den Magen. Der Schmerz raubte ihr fast die Besinnung. Ihr Körper krampfte sich zusammen, das Gelächter der Krieger schlug ihr entgegen, als sie vergeblich versuchte, auf die Beine zu kommen. Viel zu wenig Luft drang in ihre Lunge. Der Boden hob und senkte sich vor ihrem Blick, und als Aryon Atem holte, da hörte sie das Feuer in seiner Kehle, das ihren Tod in sich trug. Dröhnend spie er einen funkensprühenden Wirbel in den brennenden Himmel, so mächtig, dass die Wolken ringsum zerrissen. Ohne sie aus den Augen zu lassen, befahl Nhor'garoth die Magie zu sich herab, und Sira konnte nichts anderes tun, als in dieses Feuer zu starren, das sich zu einer gleißenden Kugel zusammenschloss, umtost von Flammen und Nebel aus Eis. Unnennbare Kälte strömte von diesem Zauber aus und schloss sich mit solcher Gewalt um ihren Körper, als wollte sie ihn zu Staub zermahlen. Der Schmerz peitschte durch Siras Schädel und sie brauchte all ihre Kraft, um den lodernden Zauber nicht aus dem Blick zu verlieren. Noch einmal sah sie Andor in diesem Feuer verschwinden, und als sie in das vereiste Gesicht ihres Bruders schaute, wich der Zorn aus ihren Schläfen. Zurück blieb die Leere, die Andors Tod ihr gelassen hatte und die sie stärker lähmte als jeder Frost ... und der unsterbliche Trotz, der sich verbissen weigerte, das hinzunehmen.

Noch einmal sah sie den Körper ihres Bruders zerbrechen, aber als die Schneeflocken niederfielen, rief sie andere Bilder in ihre Gedanken – Andor im Arm ihrer Mutter, an der Hand ihres Vaters, Andor hoch in der Luft, wenn ihr Onkel ihn hinaufgeworfen und wieder aufgefangen hatte, Andor inmitten seiner Freunde in den Gassen der Station, Andor, der lachte, weinte und liebte, und mit jedem Bild kehrte die Wärme zu ihr zurück. Ihre Haut riss auf, als sie die Finger in den Boden krallte, und sie konnte kaum atmen, so stark zog der Schmerz an ihrem Bewusstsein. Doch sie würde nicht reglos daliegen, gelähmt wie ein willenloses Tier. Das Feuer der Drachen mochte Andor das Leben genommen haben, aber es hatte ihn nicht vernichtet, denn es würde nie begreifen, wer er war ... und auch sie würde es nicht bekommen. Sie sah noch, wie Nhor'garoth die Faust vorstieß, und schloss die Augen. Dieses Feuer mochte sie töten – aber brechen würde es sie nicht!

Mit letzter Kraft stemmte sie sich gegen Lähmung und Schmerz und hob abwehrend die Hand. Instinktiv kniff sie die Augen zusammen, denn sie rechnete damit, jeden Moment vom Feuer erfasst zu werden. Doch stattdessen umschloss sie plötzlich eine atemlose Stille, nur durchdrungen von einem leisen Grollen. Verwirrt öffnete sie die Augen. Die Krieger des Königs verharrten in ihren Bewegungen, fassungslos schauten sie auf sie herab. Und dort vor Siras Fingern schwebte der Zauber Nhor'garoths und drehte sich langsam um sich selbst.

Wie erstarrt schaute Nhor'garoth auf sein Feuer. Für einen kurzen Moment trieb das Erstaunen den Frost von seinen Zügen. Doch gleich darauf brachen goldene Flammen in seinen Augen auf, und Sira erkannte das Antlitz des Königs darin. Sein Haar umrahmte das schmale Gesicht mit dem spöttisch verzogenen Mund, der jede Grausamkeit der Welt in seinem Lächeln barg, und seine Augen umfassten sie in durchdringendem Gold. Noch während sie nach Luft schnappte, neigte Nhor'garoth gefährlich langsam den Kopf. Der König verschwand aus seinen Augen, aber das goldene Feuer loderte noch immer darin, und Sira spürte, wie es durch ihr Inneres drang und erkannte, was sie war, noch ehe sie selbst ein Wort dafür gefunden hatte.

Flackernd kehrte die blaue Glut in Nhor'garoths Augen zurück. Er schaute auf sie herab, und zum ersten Mal schien es ihr, als würde er sie wirklich ansehen. Dann ballte er die Hand zur Faust. Sira fuhr zusammen, so heftig schoss sein Frost in ihren Leib. Das Feuer wurde zu blauen Flammen, und Nhor'garoth griff nach dem Zauber, den sie noch immer in der Luft hielt. Doch ehe er ihn an sich ziehen konnte, jagte ein Schatten von rechts heran und riss den Zauber mit sich.

Donnernd zerbrach die Kugel inmitten der Königsreiter. Einige wurden von der Wucht der Druckwelle gegen die Mauern geschleudert, andere wichen den Splittern des Zaubers aus, die krachend explodierten. Die Schreie der Sklavinnen zerrissen die Luft, und Sira erkannte Arvid, den mürrischen Reiter der Gilde, der sich in rasender Geschwindigkeit Aryon entgegenstellte. Schon traf ihn ein Hieb an der Schulter, und sie versuchte sich aufzurappeln, aber jeder Knochen in ihrem Leib schmerzte wie kurz vor dem Zerbrechen. Der Frost hielt sie umklammert, die Flammen ringsum loderten auf wie Hohngelächter.

»Was ist, Diebin der Schatten?«, rief da eine Stimme und durchbrach den Lärm mit einer Gewalt, die Sira die Luft aus der Lunge presste. »Willst du sterben in diesem Feuer – oder willst du leben?«

Sira hob den Kopf, und da war er: Norik, der Reiter des Sturms, der Nhor'garoth mit einem mächtigen Hieb zurückschlug. Heftiger Wind toste um ihn herum und zog die Kälte aus Siras Gliedern, so mühelos, als wäre sie nicht mehr als eine Illusion gewesen. Taumelnd kam sie auf die Beine. Der Schmerz färbte ihre Umgebung in Feuerfarben, aber sie rannte auf Norik zu, so schnell sie konnte. Wenige Schritte von ihm entfernt verlor sie das Gleichgewicht. Ihr Magen krampfte sich zusammen, als sie auf die Trümmer zuflog, doch ehe sie fiel, ergriff Norik ihre Hand und zog sie auf Rhorkas Rücken. Mit mächtigem Schwingenschlag erhoben sie sich in die Luft.

Die Welt drehte sich vor Siras Blick, während sie davonjagten. Noch immer konnte sie kaum atmen, so sehr schmerzte jede Faser ihres Körpers. Sie fühlte Noriks Arme um ihren Leib, sah Arvid im Augenwinkel und hörte Rhorkas Schwingenschlag, doch alles blieb seltsam dumpf wie in einem dunklen Traum. Deutlich sah sie nur das Staunen, das in Nhor'garoths Blick getreten war – und seinen Zauber aus Drachenfeuer, den sie gebannt hatte.

Kapitel 11

Sira erwachte von den flackernden Lichtern, die über ihre Lider huschten. Sie blinzelte in den Schein einer kristallverzierten Lampe, die von einer weiß getünchten Decke hing, und brauchte sich nicht in dem prachtvoll eingerichteten Zimmer umzusehen, um zu wissen, wo sie sich befand. Denn der Duft von Lilien stieg in ihre Nase, so künstlich, dass sich ihr Magen zusammenzog – der erhabene, ein wenig abweisende Geruch von Karth.

Nur die reichsten Menschen lebten in der riesigen Höhle dieser Enklave, und der Luxus, der sich in Form von massiven Steinhäusern durch die Straßen zog, setzte sich auch im Inneren der Gebäude fort. An den Fenstern hingen Vorhänge, die Wände waren in bunten Farben bemalt, und jede Vase auf den zueinander passenden Regalen verstärkte Siras Eindruck, in eine Seifenblase geraten zu sein, die jeden Moment platzen konnte. Die Stimmen der Menschen drangen von der Straße zu ihr, so unbeschwert, als gäbe es jenseits der stählernen Mauern ihrer Enklave kein Verderben, oder als würden sie noch immer in der Oberwelt leben, unantastbar von Gewalt und Tod.

Stöhnend setzte Sira sich auf. Das Bett, in dem sie lag, war zu weich für ihren Rücken, und obwohl ihr noch immer die Schwäche in den Gliedern steckte, konnte sie nicht länger liegen bleiben. Noch nie zuvor war sie in einem solchen Raum gewesen. Die fragwürdige

Sicherheit des Zimmers umdrängte sie, die Wände schienen mit jedem Atemzug näher zu kommen, und das Bedürfnis, diese Enklave so schnell wie möglich wieder zu verlassen, trieb sie auf die Beine. Sie konnte nicht denken an diesem Ort. Und denken musste sie – so schnell wie möglich.

Sie rührte das Essen nicht an, das auf einer Kommode für sie bereitstand. Stattdessen wusch sie sich über einer Schüssel mit klarem Wasser und zog sich ihren Mantel über die schmerzenden Glieder. Gerade, als sie sich ihre Messer umschnallte, klopfte es an der Tür.

Nach einem Augenblick des Schweigens trat Norik ein. Sira erinnerte sich daran, wie er sie auf ihrem langen Weg durch die Unterwelt festgehalten hatte, an die ruhigen Schwingenschläge seines Drachen und die Magie, die er auf ihre Wunden gelegt hatte, bevor sie in diesem Zimmer eingeschlafen war. Kein Wort des Vorwurfs war über seine Lippen gekommen, aber als er sie nun ansah, trat ein spöttischer Funke in seinen Blick. »Du hältst offenbar nicht viel davon, dich zu erholen«, stellte er fest. »Meinst du nicht, dass es klug wäre, dich noch etwas auszuruhen?«

Sira wollte die Luft ausstoßen, wie sie es immer tat, wenn sich jemand in ihre Angelegenheiten mischte. Aber sie erinnerte sich an die Vorsicht, mit der Norik sie durch die Straßen Karths und bis zu diesem Haus getragen hatte, und sie widerstand dem Impuls, in ihre übliche Abwehr zu verfallen. »Sicher wäre das klug«, erwiderte sie. »Aber spätestens seit letzter Nacht solltest du wissen, dass es mit meiner Klugheit nicht so weit her ist.«

Norik lachte. »Das würde ich so nicht behaupten. Immerhin ist es dir gelungen, mich an der Nase herumzuführen. Das können nicht viele von sich sagen.« Dann wurde er wieder ernst. »Alles Weitere hingegen ... Ich hätte wissen müssen, dass du alles tun würdest, um den Mörder deines Bruders zur Rechenschaft zu ziehen. Dass das Ganze allerdings so ablaufen würde, hätte ich nicht vorausahnen können.«

»Da bist du nicht der Einzige«, murmelte sie. Noch einmal sah sie den flackernden Zauber vor ihren Fingern schweben, und sofort schoss der Schwindel in ihre Schläfen und ließ sie schwanken. Rasch hielt sie sich an der Wand fest.

»Es wird noch eine Weile dauern, bis dein Körper die Anstrengung verwunden hat«, sagte Norik und setzte sich auf einen der Stühle, nachdem sie abwehrend die Hand gehoben hatte. »Man bannt nicht jeden Tag das Feuer eines Drachen. War es das erste Mal, dass du solche Fähigkeiten an dir bemerkt hast?«

Sira zögerte. Seit sie denken konnte, hatte sie ihre Gaben geheim gehalten. Sie erinnerte sich an all die Situationen, in denen ihr Onkel ihr eingeschärft hatte, niemals jemandem davon zu erzählen. Doch Norik hatte gesehen, was passiert war. Es hatte keinen Zweck, ihn zu belügen. »Ich habe euch auf dem Markt erkannt«, sagte sie deshalb. »Dich und deine Gefährten. Schon bevor ihr eure Kräfte offen gezeigt habt, konnte ich euch als das sehen, was ihr seid, obwohl ihr euch als Söldner ausgegeben habt. Und ich ... kann an der Oberwelt atmen. Ohne Maske oder so. Abgesehen von meiner Familie habe ich nie jemandem davon erzählt.«

Norik nickte langsam. »Das war klug von dir. Menschen wie wir sind unter gewöhnlichen Leuten nur selten erwünscht.«

Sira zog die Brauen zusammen. »Menschen wie wir«, wiederholte sie. »Was soll das bedeuten? Ich dachte, ich wäre ein Mutant. So wie die Menschen, die im Dunkeln sehen oder Geräusche aus meilenweit entfernten Tunneln hören können. Magie war mir immer fremd.«

»Eines ist sicher«, sagte Norik leise. »Du bist kein Mutant. Du hast den Zauber Aryons gebannt – eines der mächtigsten Frostdrachen, die es gibt. Früher mag Magie dir fremd gewesen sein, aber diese Zeiten sind vorbei. Und du weißt, was das bedeutet, oder?«

Sie schluckte. Auf einmal war ihr Mund so trocken, dass ihre Zunge an ihrem Gaumen klebte. Sie wollte die Wahrheit nicht hören, die in Noriks Augen stand, und umso mehr erschrak sie, als es ihre eigene Stimme war, die sie aussprach. »Ich bin ein Drachenblut«, sagte sie.

Norik schaute sie an, als würde er erwarten, sie lächeln zu sehen. Aber stattdessen zog der Name ihr den Magen zusammen. Erneut griff der Schwindel nach ihr, und dieses Mal war Norik an ihrer Seite. Er half ihr, sich zu setzen, und wieder nahm sie das seltsame Aroma wahr, das von ihm ausging: dieser Geruch von Asche und Sturm, der so anders war als die Schattenhaftigkeit seiner Kleidung und der sich schützend um ihre Schultern legte.

Norik hielt ihr einen Becher mit Wasser hin und sah zu, wie sie trank. »Es ist nicht ungewöhnlich, dass sich die magischen Fähigkeiten eines Drachenbluts in extremen Situationen offenbaren«, stellte er fest. »Für die meisten Menschen ist die Erkenntnis, Magie in sich zu tragen, eine große Überraschung – und eine Gefahr. Oft bezahlt ein Drachenblut für seine Gabe mit dem Leben oder gerät in die Hände des Königs, um auf der Seite des Lichts gegen Schatten wie uns zu kämpfen. Aber diesem Schicksal bist du entkommen, zumindest vorerst. Daher gibt es keinen Grund, ein so erschrockenes Gesicht zu machen. Ich kenne mindestens zwei Dutzend junger Männer, die gern mit dir tauschen würden.«

Sira warf ihm einen Blick zu. »Nur für den Fall, dass es dir entgangen ist: Ich bin kein Mann. Und ich kann mir ehrlich gesagt Besseres vorstellen, als das Blut und die Magie derer in den Adern zu tragen, die meine Eltern, meinen Onkel und meinen Bruder getötet haben.«

Sie kam auf die Beine. Noch immer lauerte der Schwindel in ihrem Schädel, aber der Gedanke an Andor ließ sie nicht länger ruhig dasitzen. Vermutlich hatte auch er Magie in sich getragen, ihr kleiner Bruder, der sich nichts sehnlicher gewünscht hätte, als das zu erfahren, und dem die Chance dazu auf grausamste Weise genommen worden war.

»Was hast du jetzt vor?«, fragte Norik und sah zu, wie sie nach ihrem Bogen griff.

Sie schaute ihn nicht an, als sie mit den Schultern zuckte. »Ich weiß es noch nicht.«

Da lachte er auf, so übermütig, dass sie den Blick hob. Der schelmische Funke ließ seine Augen leuchten. »Eine Diebin hätte ich für eine bessere Lügnerin gehalten. Du schaust dabei zur Seite und deine Stimme wird leise, als würdest du dir selbst nicht trauen.«

Sira erwiderte nichts, doch seine Worte milderten die Hitze in ihren Wangen. Sie sah Andor vor sich und musste an sein Lachen denken, als er ihr genau dasselbe gesagt hatte. Lautlos flackerten die Lichter der Lampe über ihren Bogen.

»Ich kann deinen Zorn verstehen«, sagte Norik nach einer Weile. »Und ich weiß, dass all deine Gedanken darum kreisen, Nhor'garoth in die Knie zu zwingen für das, was er getan hat. Aber mit diesen Waffen wird es dir nicht gelingen. Wahrscheinlich würdest du nicht einmal lange genug überleben, um ihn zu finden. Nun ja ... immerhin darüber musst du dir ja keine Gedanken machen.« Er wartete, bis sie ihn fragend ansah, und fuhr dann fort: »Du hast den stolzesten Reiter des Königs herausgefordert. Er wird diesen Frevel vergelten. Er wird dich jagen, um dich zu töten, und es besteht kein Zweifel daran, dass er sein Ziel erreichen wird.«

Sira schnaubte verächtlich. »So einfach mache ich es ihm nicht. Er hat meinen Bruder getötet, ich werde ...«

»Offenbar hast du mich nicht verstanden«, unterbrach Norik sie. Er hatte leise gesprochen, und doch drang seine Stimme auf einmal in jeden Winkel des Raumes. »Die Schergen des Königs werden dir kein Messer ins Herz stoßen, dir nicht die Kehle durchschneiden, dich nicht langsam verbluten lassen. Für die Unverfrorenheit, dich ihnen entgegenzustellen, werden sie dich leiden lassen, bis du nicht mehr weißt, wer du bist. Sie werden jeden deiner Gedanken aus deinem Schädel brennen und dir jede Erinnerung rauben und jeden Schmerz, bis du nichts mehr bist als eine leere Hülle, die sie mit ihrer eigenen Bosheit füllen können. Dann wirst du ein Sklave ihres Willens sein. Sie werden über deine Kräfte als Drachenblut gebieten, und der nächste Bruder in den Gängen, die nächste Schwester, das nächste Kind der Menschen wird durch deine Hand sterben.«

Kaum hatte er geendet, löste sich eine eisige Schwere von Siras Körper. Wie eine Ertrinkende rang sie nach Atem, doch sie fühlte noch einmal den Schnee von Andors zerbrochenem Leib auf ihrer Haut, so deutlich, dass sie zu zittern begann. Norik zog sie auf einen Stuhl und kniete vor ihr nieder.

»Ich verstehe dich«, sagte er eindringlich. »Du willst deine Rache. Aber du wirst sie nicht bekommen, wenn du dich blindlings in eine Schlacht stürzt, die du nicht gewinnen kannst.«

Sie fuhr sich über die Augen, um das Gefühl des Schnees von ihren Fingern zu vertreiben. »Und was schlägst du mir vor? Soll ich eurem erhabenen Verein beitreten, mich in Trauer kleiden und ein Krieger der Gilde werden wie du?«

Norik schüttelte den Kopf. »Nein«, erwiderte er. »Das kannst du nicht. Du bist eine Frau.«

Für einen Moment schaute Sira ihn fassungslos an. Fast hätte sie gelacht, so absurd erschienen ihr seine Worte. »Du sagst das, als wäre es etwas Unanständiges.«

Norik lächelte, doch er ging nicht darauf ein. »Deine Kräfte sind groß«, sagte er stattdessen. »Leicht können sie zu einer Gefahr für dich und andere werden, wenn du sie nicht beherrschst. Wir können dir beibringen, sie zu kontrollieren.«

»Und was dann?«, fragte sie und verschränkte die Arme vor der Brust. »Schickt ihr mich anschließend in die Gänge zurück? Oder in eine Enklave wie diese, einen Sarg in der Erde mit viel zu weichen Betten?«

Norik lachte. »Nein. Wir bieten dir Ausbildung und Schutz, du wirst einen Drachen finden, der dich als dein Gefährte begleitet, und du kannst deine Kräfte im Gebiet der Heilung anwenden, ein geachteter Bereich der Magie, den ...«

»... auch Frauen betreten dürfen?«, fragte Sira und seufzte, als er nickte. »Wie gnädig.« Dann senkte sie den Blick. »Es tut mir leid«, sagte sie leise. »Du erwartest vermutlich mehr Dankbarkeit von mir, und damit hast du auch völlig recht. Du hast mir zum zweiten Mal in kurzer Zeit das Leben gerettet, du hast die Sicherheit deiner Gefährten riskiert und dein eigenes Leben, und trotzdem ... Ich kann mich nicht einer Gruppe anschließen, die ich mein ganzes Leben lang vermisst habe und die mir erst geholfen hat, als es zu spät war.«

Die Betroffenheit in seinen Augen versetzte ihr einen Stich. »Zu spät«, wiederholte er. »Was ...«

»... zu spät für Andor«, entgegnete sie. Ihre Stimme klang härter, als sie es beabsichtigt hatte, doch gerade hart genug, um ihre Tränen zurückzutreiben. »Zu spät für meine Eltern, zu spät für meinen Onkel, zu spät für all jene, die unter einem brennenden Himmel in meinen Armen gestorben sind.«

Ein Zittern ging durch ihren Leib, aber ehe die Tränen in ihre Augen traten, griff Norik nach ihrer Hand. »Aber nicht zu spät für dich.« Leise sagte er das und so sanft, dass jedes weitere Wort in ihre Kehle zurücksank. »Ich weiß, dass du und viele andere Menschen sich von uns im Stich gelassen fühlen, denn wir sind wenige, viel zu wenige, um all jene vor dem Tod zu bewahren, die nach uns rufen. Aber bei allem Respekt für deine Trauer: Du bist es nicht, der die Gesichter all der Kinder in seinen Träumen sieht, die er nicht schützen konnte, du liegst nicht wach in der Gewissheit, dass gerade in diesem Augenblick Menschen im Feuer des Königs verbrennen, und du weißt nicht, wie es ist, wenn der Gedanke an die unzähligen Toten dich zerreißt, die du nicht gerettet hast. Es ist nie genug, was wir tun. Keine Erkenntnis ist so schmerzhaft wie diese. Und dennoch hören wir nicht auf, gegen den König zu kämpfen, und eines sage ich dir: Wir tun es mit unserer ganzen Kraft.«

Sira schaute ihn an, und für einen Moment, einen winzigen Moment nur, sah sie ihn mit emporgerissenem Schwert auf Rhorkas Rücken in den brennenden Himmel fliegen. Sein Schrei war stumm, und doch hallte er in ihr wider, und sie wusste, dass jedes seiner Worte nur ein Splitter war von dem Schmerz, den er in sich trug – und von der Macht, die daraus erwuchs und die sie so gut kannte.

»Was ist mit meiner Rache, wenn ich mit euch gehe?«, fragte sie kaum hörbar.

»Wir werden sie erfüllen, wenn es an der Zeit ist«, erwiderte er. »Nicht grundlos ist die Gilde der Schatten der Stachel im Fleisch des Königs, seit er die Macht ergriffen hat.«

Sira konnte nichts dagegen tun, dass der Zorn erneut in ihr aufstieg. Zu oft hatte sie diesen Unterton in den Stimmen der Männer gehört, die ihr stets nur mit Häme und Spott begegnet waren. Sie erinnerte sich daran, wie sie zum ersten Mal für einen Diebeszug allein in die Oberwelt gegangen war. Kein Mann der Enklave hatte geglaubt, dass sie länger als wenige Stunden überleben würde. Doch sie war zurückgekehrt und kein Angriff der Männer hatte sie jemals besiegt. Stattdessen hatte sie die anderen Diebe beobachtet, hatte heimlich von ihnen gelernt, ohne dass sie es überhaupt gemerkt hatten, von ihren Stärken, ihren Schwächen ... und eines Tages, Sira erinnerte sich so lebhaft, dass sie fast lachen musste, hatte sie ihnen auf der Flucht vor einem sturmspeienden Drachen das Leben gerettet. Seither hatte niemand mehr bezweifelt, wer sie war. Langsam holte sie Atem. Sollten die Reiter der Gilde ihr die Kriegerschaft verwehren, aber eines stand fest: Niemand würde ihr ihre Rache nehmen. Sie würde einen Weg finden, Andors Tod zu vergelten, ganz gleich, was sie dafür opfern musste ... und sie würde von den Besten lernen, die diese Welt zu bieten hatte.

»Es mag dir noch nicht so erscheinen«, sagte Norik in ihre Gedanken hinein. »Aber die Gilde ist mehr als eine Gemeinschaft aus Kriegern und Heilern. Für manche ist sie wie eine Familie. Was sagst du: Willst du ein Teil davon sein?«

Ein Lächeln glitt auf ihre Lippen. »Nein«, sagte sie leise. »Mit Andors Tod habe ich aufgehört, ein Teil von etwas zu sein. Aber ich werde mit euch gehen, und wenn ich eines Tages ein Stachel im Fleisch des Königs werde, bohre ich mich vor bis zu seinem Herzen.«

Noriks Lächeln flog wie ein warmer Schauer über ihre Haut. »Ich freue mich darauf, das zu sehen«, erwiderte er und erhob sich. »Juri wird dich holen, sobald wir aufbrechen.«

An der Tür drehte er sich noch einmal zu ihr um. »Eines noch, Diebin der Schatten. Du hast dich geirrt. Ich erwarte nicht, dass du mir dankbar für dein Leben bist. Ich erwarte, dass du dir selbst dankbar bist. Dankbar für deinen Schmerz, deinen Zorn, deine Leidenschaft, dankbar für deinen Willen, dich Nhor'garoth entgegenzustellen, unabhängig davon, was es dich kosten wird – dankbar für alles in dir, das menschlich ist. Denn das ist es, was die Gilde der Schatten dem König dieser Welt seit langer Zeit entgegensetzt, und ganz gleich, was seine Schergen sich auf ihre Fahnen schreiben: Das ist es, was er fürchtet.«

Unmerklich neigte er vor ihr den Kopf wie bei einer Verbeugung. Dann ließ er sie allein, doch der Luftzug der sich schließenden Tür trug seinen Geruch zu ihr. Und da wusste sie, warum er ihr so bekannt vorkam. Es war ein Duft wie aus ihrem Buch, zusammengefügt aus tausend Liedern und rätselhaften Bildern, ein Duft wie dunkle Märchen, geraunt in einer Nacht, die Hoffnung in sich trug und Schmerz und Schatten. Es war ein Duft ... wie ein Versprechen.

Zweiter Teil

Kapitel 12

Die Dunkelheit des Tunnels drängte sich um den Schein der Fackeln wie ein lebendiges Tier. Schemenhaft nur konnte Sira die Umrisse der Drachen und ihrer Reiter erkennen, denen sie durch die Unterwelt folgte, und hörte umso deutlicher jedes Geräusch aus den umliegenden Gängen. Seit einer ganzen Weile waren sie nun schon unterwegs, und obwohl sie die Unterwelt New Yorks besser kannte als die meisten anderen Diebe, war sie noch nie in diesen Tunneln gewesen. Es waren verborgene Wege, auf die Norik sie führte, fort von der Goldenen Stadt und den Patrouillen, die in wildem Zorn nach den Reitern der Gilde suchten und nach der jungen Frau, die den Obersten Krieger des Königs herausgefordert hatte.

Sira fuhr sich über die Augen, um Nhor'garoth aus ihren Gedanken zu vertreiben. Stattdessen tauchte ein anderes Gesicht vor ihr auf, das Gesicht eines Mädchens hinter der Maske einer Frau. Kim hatte ihr keine Fragen gestellt, als sie sich voneinander verabschiedet hatten. Sira hatte ihr all ihr Gold gegeben, denn ganz gleich, was bei der Gilde der Drachenreiter auf sie wartete – den Weg, für den sie es gebraucht hätte, würde sie ohne Andor niemals gehen. Kim war ihr um den Hals gefallen und Tränen hatten in ihren Augen geglitzert, echte Tränen, die ihr Gesicht so verwundbar machten, dass Sira es kaum ertrug. Sie hatte Kim das Haar zurückgestrichen, flüchtig, wie aus Versehen. Es war ganz weich gewesen, wie das Lächeln, das auf

Kims Lippen geflogen war. Dann war Sira gegangen, mit zugeschnürter Kehle, und hatte ihr altes Leben hinter sich zurückgelassen.

Es war das Licht, das ihre Gedanken durchbrach. Kaum merklich färbte es die Finsternis grau, doch jede Nuance ließ Siras Herz schneller schlagen. Sie kam sich vor wie in einem der Käfige, die sie hinauf in die Oberwelt getragen hatten, und als die ersten rötlichen Strahlen in den Tunnel fielen, tastete sie instinktiv nach der Maske an ihrem Gürtel. Doch sie griff ins Leere, und Juri lachte hinter ihr.

»Eine Schutzmaske brauchst du jetzt nicht mehr«, sagte er und lächelte im Schein seiner Fackel. »Schon gar nicht zur Tarnung. Du gehörst jetzt zu uns, schon vergessen?«

Sira konnte nicht anders, als sein Lächeln zu erwidern. Juri war ihr von Anfang an freundlich begegnet, dieser Junge, der zu Norik aufsah wie zu einem großen Bruder und sich zugleich fürsorglich zwischen Sira und seinen Drachen stellte, wenn er merkte, dass sie vor Ysios zurückwich. Immer wieder hatte er ihr auf die Beine geholfen, wenn sie im Dunkeln gefallen war, und sie hatte ihn im Kampf gesehen. Er war ein wendiger Krieger, der sein Schwert so schnell führte, als wöge es nicht mehr als die Luft, die es durchschnitt. Doch wenn er Ysios sacht den Hals tätschelte und der Drache den Schädel an seiner Schulter rieb, musste sie an Andor denken. Irgendetwas in Juris Augen erinnerte sie an ihren Bruder, und jedes Mal, wenn er auf diese sanfte Weise lächelte, fragte sie sich, was aus Andor geworden wäre, wenn die Reiter der Gilde ihn gefunden hätten. Vielleicht wäre er dann tatsächlich ein Krieger geworden und auf einem Drachen durch die Luft gejagt, wie er es sich gewünscht hatte.

Der Boden unter ihren Füßen wurde so plötzlich glatt, dass sie beinahe das Gleichgewicht verlor. Im letzten Moment hielt sie sich an der Wand fest, aber sie sah es genau: das Gesicht, das sich im Zwielicht vor ihr umwandte und sie spöttisch betrachtete. Der Fackelschein verstärkte die Schatten in Arvids ohnehin schon tief liegenden

Augen, und der Spott, der auf seinen Lippen lag, wirkte noch kälter als sonst. Mit finsterer Miene setzte Sira ihren Weg fort. Juri mochte recht haben, wenn er sagte, dass sie ihre Schutzmaske nicht mehr brauchte. Aber sie war weit davon entfernt, zur Gruppe der Drachenreiter zu gehören.

Vorsichtig balancierte sie über die rutschigen Steine und schaute zu Norik hinüber, der mit seinem Drachen vorausging. Rhorka sah immer wieder zu Sira zurück, als würde sie mit ihrem Blick einen Sturz verhindern können, doch Norik wandte sich nicht zu ihr um. Gleich nach ihrer Abreise aus Karth war er in die Rolle des Anführers zurückgekehrt, der kaum eine Gefühlsregung erkennen ließ. Kapo, dessen Drache Bomper über und über mit Einkäufen vom Nachtmarkt beladen war, begegnete ihr mit vorsichtiger Zurückhaltung, doch Arvid gab sich keine Mühe, seine Skepsis zu verbergen. Sie hatte sich bei ihm für die Fleischwunde in seiner Schulter entschuldigt, die er sich beim Kampf gegen Aryon zugezogen hatte, und trotz der mürrischen Miene von Kar'mal hatte er ihre Entschuldigung angenommen. Aber seine Augen waren ebenso kühl geblieben wie zuvor, als würde er die Messer an ihrem Gürtel und den Bogen auf ihrem Rücken nicht mit ihrer übrigen Erscheinung in Einklang bringen können, und jedes Mal, wenn sie aufgrund plötzlicher Geräusche innehielt, stieß er verächtlich die Luft aus. Sira blinzelte in das Licht, das weiter vorn durch einen breiten Riss in der Decke fiel, und seufzte leise. Sie hatte lang genug mit Kerlen wie Arvid zu tun gehabt, um zu wissen, dass Ignoranz die beste Waffe gegen sie war. Und eines stand fest: Sie war nicht mit den Reitern der Gilde aufgebrochen, um Freundschaften zu schließen.

Das Licht des Himmels legte sich auf ihre Stirn, als sie hinter den anderen aus dem Tunnel kletterte. Rasch zog sie sich durch den Riss und fand sich gleich darauf unter gelbroten Feuerströmen wieder, die sich zu den Rändern in blasser Glut verloren. In der Ferne ragte die Stadt der Drachen auf, eine goldene Lichterscheinung hinter den Trümmern New Yorks, und Sira nahm den Duft der Wüste wahr, würzig und geheimnisvoll wie die Stoffe der Tuchhändler, die sie auf dem Nachtmarkt gesehen hatte. Noch nie zuvor war sie so weit von New York entfernt an die Oberwelt gegangen, und ihr Herz schlug schneller, als sie über die sanften Dünen der Wüste hinwegschaute. Hinter ihnen lag ein Land, das sie nur aus Legenden kannte, und sie fühlte zum ersten Mal ganz deutlich, was ihr der Verstand seit Stunden einflüsterte: Ihre Reise in eine neue Welt hatte begonnen.

»Fang!«

Reflexartig fuhr Sira herum und ergriff den Umhang, den Norik ihr zuwarf. Er bestand aus samtenem schwarzen Stoff und war trotz der silbernen Schließen überraschend leicht.

»In der Luft kann es frostig werden«, stellte Norik fest. »Dieser Umhang ist mit Drachengarn gewebt, er wird dich warm halten.«

Sira spürte den Umhang kaum, als sie ihn sich um die Schultern legte, doch nachdem sie ihn geschlossen hatte, umhüllte sie tatsächlich eine angenehme Wärme. Dennoch setzte sich Anspannung in ihren Nacken, als die Gruppe sich zum Aufbruch bereit machte. Die Drachen entfalteten ihre Flügel, als hätten sie zu lange in einem engen Käfig festgesteckt. Auch die Reiter streckten sich wie befreite Raubtiere, und dann, mit beinahe erleichtertem Lachen, schwangen sie sich auf ihre Drachen. Sira wich zurück, als Kar'mal seine Schuppen direkt neben ihr mit rotem Feuer überzog.

»Keine Sorge«, sagte Norik und hielt mit Rhorka auf sie zu. »Du wirst dich schnell daran gewöhnen, dich auf dem Rücken eines Drachen fortzubewegen, und eines versichere ich dir: Rhorka kann sehr sanft fliegen, wenn sie will. Leider lässt sie sich mitunter vom heulenden Wind zu einem kleinen Spiel hinreißen, als wäre sie noch immer ein Jungdrache in der Ausbildung.« Rhorka verdrehte die Augen und schickte einen Schauer über ihre Schuppen, der Norik auf ihrem

Rücken schwanken ließ. Doch er lachte nur und hielt Sira die Hand hin. »Keine Angst, Diebin der Schatten. Ich passe schon auf, dass du nicht runterfällst.«

Wie gebannt starrte Sira auf seine Hand, um nicht auf Rhorkas schimmernde Schuppen sehen zu müssen. Sie hatte gewusst, dass diese Reise größtenteils in der Luft stattfinden würde, und sich den gesamten Weg durch die Unterwelt eingeredet, dass ihr von diesen Drachen keine Gefahr drohte. Doch jetzt, da sie Rhorka so nah war, dass sie den kühlen Wind über ihren Schuppen fühlte, zog sich ihr Magen zusammen. Sie hörte ihn genau: den wütenden Sturm, der den Schergen des Königs in der Station das Fleisch vom Leib gerissen hatte und der dieselbe Gewalt in sich trug wie die blauen Flammen Nhor'garoths – das Feuer der Drachen, das Andor das Leben genommen hatte.

Sie schüttelte den Kopf, aber ehe sie etwas sagen konnte, schnaubte etwas hinter ihr. Ohne es bemerkt zu haben, war sie rückwärts gegangen, und als sie sich umwandte, stand Kar'mal vor ihr und blies ihr seinen funkensprühenden Atem ins Gesicht. »Nun seht euch das an«, murmelte Arvid abfällig. »Eine angehende Drachenreiterin, die Angst vor Drachen hat!«

Sira schoss die Hitze in die Wangen. Sie hatte schon zu einer Entgegnung angesetzt, als Norik sich von Rhorkas Rücken gleiten ließ. »Du solltest der Letzte sein, der über die Furcht vor einem Drachen lacht«, sagte er an Arvid gewandt. Er lächelte, doch seine Stimme war kalt. »Oder muss ich dich daran erinnern, wie du kreidebleich auf deinem Allerwertesten gelandet bist, als Kar'mal erstmals vor dir seine Schwingen entfaltete?«

Arvid verzog verächtlich das Gesicht, doch sein Drache stieß ein Keuchen aus, das knisternde Flammen über seine Schuppen schickte. Sira brauchte einen Moment, um zu begreifen, dass er lachte, und irgendetwas in seiner Stimme nahm ihr den Zorn. Juri warf Arvid einen Blick zu. »Ist das wahr?«, fragte er grinsend. »Und ich dachte, du hättest Kar'mal mit nicht mehr als einem Nicken dazu gebracht, dich zu tragen! Scheint mir eher so, als hätte es viel Zuspruch gebraucht, um dich zum Aufsteigen zu bringen.«

Kapo fiel in das Gelächter ein. »Hat er dir ein Leckerchen versprochen, wenn du dich auf seinen Rücken traust?«, fragte er, woraufhin Bomper von grollendem Lachen geschüttelt wurde. »Was das wohl gewesen sein mag? Eine Portion Zynismus vielleicht? Oder ein Häppchen Wut auf die Welt?«

Mit aufeinandergepressten Zähnen stieß Arvid die Luft aus, und gleich darauf entbrannte ein Disput über Kar'mals furchterregende Schwingen, der die Aufmerksamkeit von Sira ablenkte. Erleichtert wandte sie sich ab und schaute über die Dünen. Nur langsam sank Andors Bild in sie zurück. Die Wüste lag in Dunkelheit und fast erschien sie ihr wie ein Meer ... ein Meer der Nacht. Sie bemerkte Norik erst, als er neben ihr stehen blieb.

»Danke«, sagte sie leise.

Er sah sie von der Seite an. »Wofür?«

»Für deine Hilfe gerade.«

»Keine Ursache.« Ein Lächeln glitt über sein Gesicht. »Wenn es nach deinem Blick eben gegangen wäre, sollte eher Arvid sich bei mir bedanken. Du hast ihn angesehen, als hättest du am liebsten zugeschlagen.«

Sira musste lachen. »Nein, da hätte ich schlechte Karten gehabt. Aber mir lag die eine oder andere schlagkräftige Erwiderung auf der Zunge.« Sie holte tief Atem, die kühle Luft tat ihr gut. »Es war nicht meine Absicht, euch aufzuhalten. Meine ... Vorsicht muss euch merkwürdig erscheinen.«

Norik zuckte mit den Schultern. »Drachen sind dir dein ganzes Leben lang nur als Feinde begegnet. Da ist es verständlich, dass dein Instinkt dich vor ihnen warnt. Und abgesehen davon war die Anekdote von Arvid und Kar'mal kein Scherz. Auch die meisten Drachenreiter kennen dieses Gefühl, das sich beim Anblick einer solchen Kreatur in dir entfacht. Und dabei sind viele von uns zwischen Drachen aufgewachsen. Aber die Furcht vor ihnen liegt ebenso in unserer Natur wie die Sehnsucht nach ihnen, und es wäre töricht, eines von beiden zu verleugnen.«

»Sicher«, gab sie zurück und konnte nicht verhindern, dass ihre Stimme einen spöttischen Unterton bekam. »Der hochwohlgeborene Reiter des Sturms hatte Angst vor einem Drachen.«

Norik neigte leicht den Kopf. »Nun, Angst nicht gerade. Nennen wir es Respekt.« Sira lachte, und sein Lächeln war warm, ehe er wieder ernst wurde. »Aber noch heute durchfährt mich manchmal dieses Gefühl«, sagte er leise und wie zu sich selbst, während er in die Weite der Wüste schaute. »Es ist, als würden Messer durch meine Adern rasen, die jeden Funken Verstand aus meinem Schädel schneiden und mich auf etwas zurückwerfen, das seit ewigen Zeiten tief in mir verborgen liegt. Zum ersten Mal empfand ich es, als ich einen Drachen an mich binden sollte, wie alle Reiter es tun. Jedes Jahr zur Zeit der Herbststürme kommen die Pherylen an den Ort der Gilde – mächtige Sturmdrachen, die vom uralten Zorn auf die Drachen des Feuers getrieben in wilden Schwärmen übers Land ziehen. Ich wusste, dass von mir erwartet wurde, einen von ihnen zu zähmen, aber ich fürchtete mich vor der Höhe. Ja, du hast richtig gehört – der Reiter des Sturms hatte Höhenangst, ganz gewaltige sogar.«

Sira warf ihm einen Blick zu. »Wie hast du sie überwunden?«

Norik lächelte unmerklich. »Ich stieg den Berg hinauf, um dessen Gipfel die Drachen sich sammelten. Nach außen hin war ich der tapfere Sohn des Sturmreiters, denn ich wusste, dass mein Vater auf dem Podest der Mentoren saß, umringt von seinen stärksten Kriegern. Aber im Inneren sah es ganz anders aus. Die Pherylen sind gefährlich. Sie bringen Tod und Zerstörung, wenn sie das Land berühren, und wenn sie ihre Mächte vereinen, sind sie kaum zu bezwingen. Da stand ich nun inmitten des Sturms, umtost von den Stimmen der Drachen, die wie donnernde Messerklingen um mich aufwallten. Meine Höhenangst schwieg, denn ein anderes Gefühl ergriff mich mit aller Kraft. Nie zuvor hatte ich Furcht empfunden beim Anblick eines Drachen, doch als ihr Gesang mich durchfuhr, begann mein Herz zu rasen. Für einen winzigen Moment fühlte ich, was sie fühlten – und ich erstarrte in Ehrfurcht, während sie auf mich herabsahen, mich, einen schmächtigen Knaben, den sie mit einem Wimpernschlag zerreißen konnten. Ich wusste, ohne es erklären zu können, dass mein Vater recht hatte: In dieser Nacht würde ich den Drachen finden, den ich an mich binden würde. Doch angesichts dieser Übermacht wäre ich am liebsten umgedreht und davongelaufen.«

»Aber das hast du nicht getan.«

»Nein«, erwiderte er. »Stattdessen ging ich an den Rand des Gipfels – und sprang.«

Sira riss die Augen auf. »Wieso?«

»Für meinen Vater«, sagte Norik leise. »Ich wollte ihn stolz machen, mein ganzes Leben lang. Er glaubte an mich und den Sturm, der mich tragen würde. Und so bin ich gesprungen – und Rhorka hat mich aufgefangen. Sie hat meine Angst gespürt, ebenso wie die Liebe zu meinem Vater, die mich die Furcht überwinden ließ. Ich erinnere mich noch daran, wie ich mich auf ihrem Rücken festhielt. Ihr Körper war wie der Sturm in meinem Haar, und als ich die Hände auf ihre Schuppen legte, nannte sie mir ihren Namen. Rhor'kamyrha, was so viel bedeutet wie: Die Harfe des Windes. Und das ist sie. Das ist sie wirklich.«

Sein Blick schweifte in die Ferne, als erlebte er noch einmal den Moment, da er zum ersten Mal den Schwingenschlag seines Drachen gehört hatte, und Sira betrachtete ihn von der Seite. »Auch ich werde einen Drachen an mich binden müssen, nicht wahr?«

Norik schaute sie an. »Erst durch die Einheit mit einem Drachen wirst du deine Kräfte vollständig nutzen können. Längst nicht alle Drachenreiter lassen sich jedoch gänzlich auf eine solche Verbindung ein, denn sie bedeutet ein gemeinsames Schicksal. Wenn Rhorka stirbt, ist es auch mein Ende, und wenn ich tödlich verwundet werde, wird sie mit mir sterben. Nicht mehr viele Drachen und Reiter sind zu diesem Schritt bereit, und auch ohne ihn ist eine enge Freundschaft möglich, die beiden eine Steigerung ihrer Kräfte bringen kann. Außerdem ist es nicht leicht, den einen Drachen zu finden – den Drachen, der für dich bestimmt ist. Denn seit ich Rhorka kenne, weiß ich: Es gibt viele Drachen, die Menschen tragen. Aber nur einen einzigen auf der ganzen Welt, der dein Drache werden kann.«

Sira schwieg. Ihr schien es, als würde sie noch einmal in ihrem Bett liegen und den Märchen ihres Onkels lauschen, und etwas in ihr wollte die Luft ausstoßen und den Zauber zerreißen, den Noriks Worte über sie gelegt hatten. Doch ehe sie Atem holen konnte, fragte sie kaum hörbar: »Wie soll ich ihn finden?«

Norik lächelte. »Er wird dich finden, wenn du bereit bist.« Dann griff er nach ihrer Hand, so schnell, dass sie nicht zurückweichen konnte. Seine Finger waren ganz warm. »Kaum etwas ist schwerer für Menschen wie uns als zu vertrauen. Aber in dem Moment, da ich in die Tiefe des Berges fiel, erkannte ich, dass es in Wahrheit nicht die Drachen waren, die ich fürchtete. Ich hatte Angst davor, mich in ihrem Sturm zu verlieren. Doch stattdessen habe ich gelernt zu fliegen, und das wirst du auch. Sei bereit, dich selbst loszulassen. Und vergiss nicht: Du bist nicht so allein, wie du glaubst.«

Er zog seine Hand zurück, doch sie fühlte etwas Kühles auf ihrer Haut und senkte den Blick. Wie in einem seltsamen Traum drehte sie den blauen Kristall zwischen den Fingern. Er kam ihr so unwirklich vor, dass sie zwinkerte. »Aber er gehört dir«, sagte sie. »Ich habe versucht, dich zu bestehlen, doch …«

Norik schüttelte den Kopf. »Er ist wie die Drachen. Er sucht sich aus, bei wem er bleiben will, und das bin nicht ich. Vergiss nicht: Er ist etwas ganz Besonderes, denn er trägt das Meer der Nacht in sich, wenn man genau hinsieht. Und vielleicht kann er dir Kraft geben, wenn niemand sonst es vermag.«

Sira konnte nichts entgegnen. Zu deutlich sah sie Andor vor sich, wie er auf dem Markt neben ihr gestanden hatte, das Haar zerzaust und die Augen leuchtend vor Begeisterung angesichts dieses Kristalls. Doch als Norik ihr Lächeln erwiderte, da war es, als würde auch er Andors Stimme hören, und für einen Moment war er bei ihnen: ihr kleiner Bruder, der voller Vertrauen zu ihnen aufsah.

Leise nur drangen Juris Schritte in Siras Bewusstsein und zogen sie an den Rand der Wüste zurück. Andors Nähe aber blieb, wärmend wie der Umhang über ihren Schultern, und sie ließ den Kristall mit einem Lächeln in ihre Tasche gleiten.

»Ich will ja nicht stören«, sagte Juri, als er sie erreicht hatte, und brachte ein schiefes Grinsen zustande. »Aber ich befürchte, dass Arvid anfängt zu heulen, wenn wir noch länger hierbleiben. Kapo und ich kriegen das Bild von ihm kreidebleich auf dem Hosenboden einfach nicht mehr aus dem Kopf. Na ja, und abgesehen davon weiten die Schergen des Königs den Radius ihrer Suche aus. Ysios hat sie gewittert. Sie werden bald hier sein.«

Norik nickte. Langsam nur kehrte die Kühle auf seine Züge zurück. »Bist du so weit?«, fragte er und schaute Sira prüfend an.

Sie holte tief Atem, als sie sich zu den Drachen umdrehte, doch ehe sie etwas erwidern konnte, ergriff Kapo das Wort. »Ich kann dich gut verstehen«, sagte er und lächelte ein wenig. »Nichts gegen dich, Rhorka. Aber für die meisten Leute gibt es schönere Vorstellungen als einen Ritt auf deinem Rücken. Mir würde dabei so speiübel werden, dass ich sämtliche gerösteten Maronen in hohem Bogen von mir geben würde. Und das wäre schade. Sie waren so lecker.« Bomper knurrte mit einer Überzeugung, die Sira grinsen ließ, und Kapo nickte ihr aufmunternd zu. »Flieg mit mir«, forderte er sie auf. »Zugegeben, es könnte ein bisschen eng werden zwischen all den Kisten. Aber dafür verspreche ich dir, dass ich nicht aus heiterem Himmel irgendwelche halsbrecherischen Aktionen fliegen werde wie andere Leute.«

Bomper öffnete den Mund, als wollte er ein Grinsen imitieren, und zeigte zwei lange Reihen steingrauer Zähne. Auf Kapos Befehl hin legte er sich nieder, und Sira ließ den Blick über seinen massigen Leib schweifen. Seine Schuppen waren unregelmäßig wie Gebirgszüge, tropfsteinartige Stacheln liefen darüber hin, und als er den Kopf hob und sein leises Grollen den Boden erzittern ließ, setzte Siras Herz für einen Schlag aus. Seine aschgrauen Augen jedoch funkelten freundlich, und als sie vorsichtig die Hand auf seine kurzen, kräftigen Schwingen legte, glühten goldene Lichter in ihnen auf. Sira schien es, als würde im selben Moment der Kristall in ihrer Tasche aufglimmen, und Bomper rührte sich nicht, als sie über die Kisten auf seinen Rücken kletterte. Kapo reichte ihr ein Seil, mit dem sie sich hinter ihm inmitten der Einkäufe festschnürte, und sah sie abwartend an. Noch einmal holte Sira tief Atem. Dann nickte sie, und ehe sie noch einen Blick zurückwerfen konnte, erhob Bomper sich in die Luft.

Der Schub seines Sprungs nahm Sira den Atem. Fast senkrecht schoss Kapo vor ihr in den brennenden Himmel. Mit aller Kraft hielt sie sich an dem Seil fest, doch kaum, dass der Drache seine normale Flughöhe erreicht hatte, kehrte er in die Waagerechte zurück. Der Druck wich von Siras Ohren, und als sie im Strom der Drachenschwingen über die Kisten hinwegschaute, nickte Norik ihr von Rhorkas Rücken aus zu. In raschem Tempo setzte er sich an die Spitze des Zuges, und Sira lockerte ihren Griff um das Seil. Sie hörte Kar'mals lodernde Schwingen hinter sich, sah Juri mit Ysios kreuz und quer durch die Luft jagen und merkte erst nach einer Weile, dass sie die freie Hand auf Bompers Rücken gelegt hatte.

Seine Schuppen waren rau, als würden sie aus Stein bestehen, doch im Übergang zu seinen Schwingen lag die Haut frei, und sie war weich, beinahe zart. Sacht strich Sira darüber hin, und da hörte sie Andor lachen – so frei und unbeschwert, als würde er in diesem Moment mit ihr auf Bompers Rücken sitzen. Mit rasendem Herzen beugte sie sich zur Seite. Ihr Blick stürzte in die Tiefe. Der Schwindel griff nach ihr, aber gleichzeitig fühlte sie Andors Nähe, so deutlich, dass ein Lächeln auf ihre Lippen trat. Er hatte recht gehabt, ihr kleiner, weiser Bruder. Wunderschön sah die Welt von hier oben aus ... wie ein Traum aus flüsternden Schatten.

Kapitel 13

Der Sand war noch warm. Nhor'garoth ließ die Körner durch seine Finger rieseln, und während die Fußspuren des Mädchens langsam verschwanden, spürte er der Wärme nach, die wie leiser Gesang die Luft durchzog.

Reglos hockte er am Rand der Wüste, die Augen zu Eis erstarrt, und erkannte nur schemenhaft seine Gefährten rings um ihn. Ein Dutzend der besten Krieger hatte er mit sich genommen, und sie verharrten angespannt, während er seinen Frost ausschickte. Als weißer Schleier glitt er durch die Finsternis, flüsternd, als wäre er ein Fluch auf der Suche nach einem Opfer. Immer wieder stürzte er auf die Dünen, gepackt von plötzlich aufkommendem Sturm, und schlug den Sand von den Trümmern zurück, die vor langer Zeit einmal eine Stadt vor den Toren New Yorks gewesen waren. Nhor'garoth konnte das Blut der Menschen auf den Mauern riechen, er hörte ihre Schreie, jedes Mal, wenn der Wind seinen Zauber niederwarf. Doch er trotzte der Macht des Sturmreiters, die ihn an diesem Ort erwartet hatte. Kühl ließ er seinen Blick über eingestürzte Dächer und ausgebrannte Häuser schweifen, widerstand dem Wind, der den Sand als Geisterschwaden durch die Trümmer trieb, und strich schließlich über etwas hin, das schauergleich über seine Haut rieselte. Etwas Lebendiges inmitten all des Todes.

Es war ein Atemzug, den Nhor'garoth spürte, kaum noch wahrnehmbar und doch deutlich genug, um unter seinem Zauber zu gefrieren. Vergeblich brauste der Sturm auf, als sich Raureif über das Antlitz des Mädchens zog, das vor Kurzem an diesem Ort gestanden hatte, und während der Sand sich wieder wie ein Leichentuch über die Trümmer legte, konnte Nhor'garoth ihn sehen: den Flug der Schattenreiter, in groben Strichen aus Eis auf die Leinwand der Nacht gemalt.

Nhor'garoths Augen knisterten, als der Frost aus ihnen wich und das Gesicht des Mädchens mitsamt der Himmelsbilder zerbrach. Dann kam er auf die Beine, langsam, als würde das Eis ihn nur zögerlich freigeben, und folgte dem Blick seines Drachen. Aryon war dicht neben ihn getreten, und ein dunkles Lächeln flammte durch seine Augen, während er den Sand vor seinen Klauen betrachtete. Die Fußspuren waren ausgelöscht, als hätte es sie nie gegeben. Nhor'garoth legte seinem Drachen die Hand auf die Seite und nickte unmerklich. Bald würde das Mädchen mitsamt der Schattenreiter dieses Schicksal teilen.

»Sie reisen westwärts«, sagte er leise. »Und sie sind schnell.«

Eilige Schritte näherten sich ihm. »Aber wir werden sie einholen!«

Nhor'garoth musste sich nicht umdrehen, um Kenais Gesicht zu sehen. Seit seiner demütigenden Niederlage gegen den Reiter des Sturms brannte der Junge auf Rache, doch ehe er fortfahren konnte, ergriff Borthar das Wort, ein breitschultriger Krieger, der seit vielen Jahren im Dienst des Königs stand. Nhor'garoth selbst hatte oft an seiner Seite gekämpft und zählte ihn zu seinen engsten Vertrauten.

»So einfach ist das nicht«, sagte Borthar mit dunkler Stimme. »Für gewöhnlich entkommen die Krieger der Gilde durch die Wüste, wenn wir sie in den Katakomben New Yorks erwischen, oder sie stellen sich uns zum Kampf. Vor einigen Jahren habe ich fünf Männer verloren, als ich glaubte, ihnen folgen zu müssen, denn wie wir wissen, sind die Dreckskerle überaus wehrhaft. Und schon die Wüste birgt unliebsame Überraschungen für uns. Jetzt jedoch ...«

»... fliehen sie auf anderen Wegen«, beendete Nhor'garoth seinen Satz und wandte sich zu seinen Kriegern um. »Das Mädchen würde einen Ritt über die Dünen nicht überstehen und der Hohe Norden würde es umbringen mit seiner Kraft und Gewalt. Sie ist eine Last und macht die Krieger der Schatten verwundbar, aber Borthar hat recht: Es wird trotzdem nicht leicht sein, sie zu stellen. Wir alle kennen das Wetter jenseits der Wüste, das schon so manchen Krieger in die Knie gezwungen hat. Und abgesehen davon sind die geheimen Wege der Schatten dort zahlreich. Nur wenige von ihnen sind uns bekannt, und der Reiter des Sturms ist kein Narr. Er wird uns Fallen stellen, und selbst wenn wir ihnen entkommen sollten – seht euch seine Route an. Wir alle wissen, was an ihrem Ende steht.«

Keiner der Krieger wandte den Blick ab, doch die Anspannung glühte in ihren Augen auf, als hätte Nhor'garoth einen Zauber auf sie gelegt. Kenai biss sich auf die Lippe. Zum ersten Mal seit seinem Sturz vor Aryons Klauen wich die Röte des Zorns aus seinen Wangen.

»Charam Iphloy«, flüsterte er. »Die Wälder der Toten.«

Nhor'garoth erwiderte seinen Blick, und er hörte die Lieder, die durch den Schädel des Jungen flogen, die grausamen Geschichten von diesen Wäldern, in denen sich die letzten der sogenannten freien Drachen vor langer Zeit den Drachen des Königs entgegengestellt hatten. Im festen Willen, dem Herrn der Welt die Gefolgschaft zu verweigern, kämpften sie bis aufs Blut. Den Königsdrachen gelang es, sie zu vernichten, doch auch sie fanden dabei den Tod. Seither galt das Gebiet als verflucht, vergiftet vom Hass der Drachen, der tiefer reichte, als ein Mensch es sich vorstellen konnte. Kein Reiter war seither aus den Wäldern der Toten zurückgekehrt, und Nhor'garoth spürte die Kälte, die sich bei diesem Namen wie ein aschgrauer Panzer über Aryons Schuppen zog.

»Es wäre sein Ende, würde der Reiter des Sturms sich in diese Wälder begeben«, warf ein junger Späher namens Jespar ein. »Wir alle kennen die Lieder über die Männer, die von den Caram Iphloy verschlungen wurden – ruhmreiche Krieger, die im Rahmen von Erkundungen hineingingen und nie zu ihrer Einheit zurückkehrten.«

»Sie haben sicher die Stimmen gehört«, murmelte Kenai. »Die Stimmen der gefallenen Drachen. Die Geschichtenerzähler sagen, dass sie die Lebenden zu sich rufen und sich von ihnen nähren, bis ihre Opfer genauso untot und wahnsinnig sind wie sie selbst.« Er sah auf und räusperte sich, als hätte er den unruhigen Ton in seiner Stimme selbst bemerkt. »Legenden sind nichts als Legenden«, fuhr er betont abgeklärt fort. »Aber selbst wenn nur ein Bruchteil davon stimmt, ist unbestritten, dass in diesen Wäldern der Tod lauert. Wieso begibt der Sturmreiter sich in solche Gefahr?«

Nhor'garoth stieß die Luft aus. »Weil er weiß, wer ihn verfolgt. Das Mädchen hält ihn auf, sie ist einen rastlosen Ritt auf einem Drachen in eisiger Höhe nicht gewohnt, und seine Krieger sind vom Kampf geschwächt. Trotz der geheimen Pfade, die seine Ahnen ins Antlitz der Welt gegraben haben, wird das Reich jenseits der Wüste ihm zusetzen. Er muss damit rechnen, dass wir ihn einholen oder uns von seinen Fallen nicht bezwingen lassen. Und ihm wird klar sein, dass ihn eine erneute Konfrontation an seine Grenzen treiben könnte.«

»Und deswegen stürzt er sich und seine Reiter in den Tod?«, fragte Kenai mit erhobenen Brauen, doch Borthar lachte auf.

»Jungspund von einem Drachenreiter«, grollte er. »Stell dir vor, wir holen ihn ein: Welchen Weg würde ein Krieger wie der Sturmreiter wohl wählen, wenn er vor der Entscheidung stünde, in die Hände seiner Feinde zu fallen – oder dem Pfad des Todes zu folgen?«

Ein Lächeln flog über Nhor'garoths Gesicht, als Kenai unter den spöttischen Blicken der Krieger verstummte. Keiner von ihnen würde angesichts einer solchen Wahl auch nur einen Moment zögern.

Es war eine Schmach, in die Hände der Feinde zu geraten. Der Tod jedoch hatte für jeden Einzelnen von ihnen längst seinen Schrecken verloren.

»Insofern sind die Wälder immerhin eine Chance«, stellte Jespar fest. »Zumindest wird der Sturmreiter das glauben. Er wird sich den Bäumen nähern, so weit es ihm möglich ist, und im Notfall sein Glück in ihrem Dickicht versuchen, um uns abzuschütteln.«

Nhor'garoth nickte unmerklich. »Doch er überschätzt sich, wenn er glaubt, den Stimmen der Toten Wälder standhalten zu können. Und er unterschätzt uns.«

Kenai hob den Kopf. »Was soll das heißen?«, fragte er, und Nhor'garoth hörte die lauernde Vorsicht, die in seinen Worten mitschwang. Sein Knappe kannte ihn gut.

»Der König will den Sturmreiter lebend«, erwiderte er und schaute von einem zum anderen. »Ebenso wie seine Gefährten. Das bedeutet, dass wir schneller sein müssen als sie. Behält der Sturmreiter die jetzige Route bei, erreicht er die Ausläufer der Wälder in wenigen Tagen. Wir werden ihn jagen, mit aller Kraft, die in uns steckt – direkt hinein in eure Arme.«

Er umfasste Kenai und drei weitere Krieger so plötzlich mit seinem Blick, dass sie erstarrten. Sie alle waren noch jung und brannten darauf, sich zu beweisen. Bisweilen mochte ihre Heißblütigkeit bei der Jagd hinderlich sein, aber nun würde sie ihnen gerade die Schnelligkeit verleihen, die Nhor'garoth für seinen Plan brauchte.

»Ja«, sagte Borthar und nickte mit glühenden Augen. »So sichern wir einen Ausbruch in die Wüste, verhindern, dass sie in die Wälder fliehen, und treiben sie in die Enge – wie Vieh!«

Die Krieger lachten rau, während Kenai nachdenklich die Brauen zusammenzog. »Wir werden die Stürme der Trümmerstädte umfliegen«, sagte er leise, wie zu sich selbst. »Ebenso die brennenden Wirbel, die auf direktem Weg zu den Wäldern auf euch warten. Partak mag nicht besonders stark sein, aber er ist robust und schneller als die meisten anderen Drachen, und dasselbe gilt für meine Gefährten. Gehen wir also davon aus, dass wir die Magie der Unwetter überwinden und die Wälder der Toten erreichen wie geplant. Wir werden uns verbergen, um den Sturmreiter und sein Gefolge in einen Hinterhalt zu locken, und uns von den Bäumen fernhalten. Aber was sollen wir tun, wenn die Macht der Caram Iphloy trotz aller Vorsicht nach uns ruft?«

Eine beklemmende Stille folgte auf seine Worte, und obgleich die Krieger noch immer leicht höhnisch lächelten, verfinsterte sich Nhor'garoths Gesicht. »Dann stellt ihr euch ihr entgegen«, erwiderte er und musterte Kenai kalt. »Und ihr widersteht – wie die Reiter des Königs es tun!«

Die anderen Krieger nickten befriedigt und gingen zu ihren Drachen, um aufzusitzen. Kenai hingegen rührte sich nicht. Nhor'garoth konnte seinen Herzschlag hören wie immer, wenn sein Knappe kurz davor stand, eine Dummheit zu begehen.

»Ich vertraue dir«, sagte Kenai, leise genug, dass nur Nhor'garoth ihn hören konnte. »Schon oft habe ich an deiner Seite nach den Reitern der Gilde gesucht, und ebenso oft haben wir welche von ihnen gefangen. Aber nie hast du bei der Jagd nach ihnen so freimütig den Tod deiner Männer in Kauf genommen. Du sagst, dass es dir um den Reiter des Sturms geht, doch ich sehe die Wut in deinen Augen, seit dieses Drachenblut dich verwundet hat. Sie ist der wahre Grund für diese Jagd, nicht wahr? Aber sollen wir wirklich unser Leben riskieren für ... ein Mädchen?«

Nhor'garoth bemerkte den forschenden Funken in den Augen seines Knappen, der wie so oft in letzter Zeit scheinbar mühelos tiefer drang – als würde Kenai in seinem Mentor etwas sehen, das verräterischer war als Nhor'garoths Zunge. Doch wie jedes Mal warf dieser die Bemühungen seines Knappen mit einem Auflodern seiner Augen zurück, und ehe die umstehenden Krieger noch die Köpfe wenden konnten, umfasste er Kenai mit seinem Blick. Reglos wie eine Statue aus glühendem Eis stand er da, ebenso wie Aryon, dessen Schwingen flackernde Lichter auf den Boden malten und die Erde in ihrem Schein vereisten. Die Krieger hingegen wichen zurück, und Kenai keuchte unter den unsichtbaren Klauen, die sich um seine Kehle schlangen.

»Du wagst es, an mir zu zweifeln?«, fragte Nhor'garoth mit einer Stimme, die knisternd über die Haut des Jungen flog. *»Für ein Mädchen* – törichter Narr! Für *uns* tun wir es, für die Reiter des Lichts! Ich werde das Drachenblut bestrafen, das mich herausforderte, ebenso wie all jene, die es zuvor versuchten! Aber vor allem jagen wir den Reiter des Sturms, den Anführer der Gilde, die in unserem Nacken sitzt wie ein Stachel! Hast du vergessen, was die Menschen dir antaten – jene Menschen, die diese Gilde beschützt?«

Die Luft begann zu flattern, und mit einem Rauschen entstanden Bilder in der Dunkelheit, in weißen Strichen gezeichnet wie Risse auf Eis. Es waren Menschen. Schon setzten sie sich in Bewegung, und kaum, dass Nhor'garoth ihre panischen Schreie hörte, verschwamm Kenai vor seinem Blick. Stattdessen fühlte er wieder das Schwert in seiner Faust, das unaufhaltsam auf die Menschen niederraste. In panischer Verzweiflung versuchten sie vor ihm zu fliehen. Wie Blätter fielen sie zu Boden. Ihr Blut bedeckte sein Gesicht und seine Hände, und als endlich Stille einkehrte, hörte er für einen gnädigen Moment nichts mehr als seinen eigenen Atem – und gleich darauf ein leises, unterdrücktes Schluchzen.

Dumpf nur spürte Nhor'garoth den Wüstenwind, der wie aus einer anderen Welt nach ihm griff. Er wusste, dass er noch immer auf den Trümmern stand, umgeben von seinen Gefährten, doch er sah keinen von ihnen. Stattdessen wandte er inmitten seiner Eisbilder den Blick, und da entdeckte er wieder den Jungen inmitten all der Toten, zusammengekauert und vom Blut jener besudelt, die ihn hatten ermorden wollen. Seine Augen waren grau und schon damals voller Farben gewesen, und Nhor'garoth hörte sich einen Namen flüstern wie in jener Nacht, in der er dieses Kind gefunden hatte. *Ke'nai* hatte er ihn genannt: Magier des Lichts.

Wie erstarrt stand er da, und für einen Moment waren es die Augen des Mädchens, in die er schaute. Er fühlte ihren Herzschlag wie zwischen den Trümmern New Yorks, aber dennoch schien es ihm, als wäre sie es, die ihn gebannt hatte – mit nicht mehr als einem Blick. Und wieder sah er die dunkle Glut in ihren Augen, die ihm so vertraut war. Dabei hatte er geglaubt, sie endgültig verloren zu haben. Nur manchmal, in den tiefen Nächten des ewigen Feuers, hatte er sie noch in sich gespürt, einen Splitter jener Kraft, die er einst in sich getragen hatte. Seit sehr langer Zeit hatte er sich nicht mehr an sie erinnert, doch nun, am Rand einer Wüste auf den gebrochenen Herzen seiner Feinde, glaubte er, es noch immer fühlen zu können, dieses Glimmen, pochend wie ein Herzschlag ... oder ein helles, klares Lachen aus dem Mund eines Kindes. Der Gedanke traf ihn. Fast meinte er, einen Ton zu hören, sacht und zart. Aber ehe der Klang ihn tatsächlich erreichte, ballte er die Hand zur Faust. Er war ein anderer geworden seit jenen Tagen. Es gab keinen Platz in der Welt für diese Glut.

Es war Kenais Keuchen, das ihn in die Wirklichkeit zurückholte. Nhor'garoth sah ihn an, durch die erstarrten Striche seiner Trugbilder hindurch, und die Erinnerung seiner Kindergestalt erlosch. Die Lippen des Jungen waren blau geworden. Kurz ging etwas durch seine Augen, das wie die Glut des Mädchens war, und Nhor'garoth starrte reglos hinein. Nie wieder würde sie ihn auf diese Weise ansehen. Er würde sie mitsamt ihrem Zorn in das Gold des Königs hüllen, und dann würde sie alles vergessen, wofür sie in den Trümmern New Yorks noch hatte sterben wollen. Er riss seinen Blick fort. Knisternd zerbrachen die Bilder der Menschen, und ehe Kenai auf die Knie fallen konnte, packte Nhor'garoth ihn am Kragen.

»Wir müssen sie vernichten«, raunte er, und seine Worte flogen wie Eissplitter durch die Luft. »Sie alle, wenn wir beschützen wollen, was wir sind.«

Schwer atmend erwiderte Kenai seinen Blick. »Bitte«, brachte er hervor und hustete. »Verzeih mir. Ich wollte nicht ...«

Doch Nhor'garoth stieß nur die Luft aus. »Das willst du nie«, entgegnete er mit einer Stimme, die härter klang, als er es beabsichtigt hatte. Er ließ Kenai los und bückte sich nach der gefrorenen Erde. Mit leisem Grollen bewegte Aryon die Schwingen, und schon brach die Eiskruste von den Dünen. Nhor'garoth grub die Finger in den Sand. Dann griff er nach dem Arm des Jungen und ließ einige Körner in dessen Hand fallen. »Erinnere dich«, sagte er eindringlich. »Erinnere dich an das Blut jener, die im Staub des Krieges gefallen sind – getötet von den Menschen in einer Welt der Drachen!«

Kenai sah ihn an, und als er die Faust um die Sandkörner schloss, ging derselbe Glanz durch seine Augen wie damals, als Nhor'garoth ihn gefunden hatte. »Ja«, erwiderte er und neigte den Kopf. »Ich vergesse nichts.«

Noch einmal ließ Nhor'garoth seinen Blick prüfend über Kenais Gesicht schweifen. Dann nickte er, und als hätte sich eine Fessel um seinen Knappen gelöst, wandte dieser sich ab. Mit regloser Miene ging er an den Kriegern vorüber, die abwartend dastanden. Die Faust noch immer fest um den Sand geschlossen, schwang er sich auf Partaks Rücken und setzte sich in Bewegung, ohne sich noch einmal umzudrehen.

Seine Gefährten beeilten sich, es ihm gleichzutun, doch Nhor'garoth wandte sich nicht von Kenai ab. Lange war es her, seit sie zum letzten Mal gemeinsam diesen Weg in den Westen gegangen waren, und doch erinnerte er sich daran, als wäre es gestern gewesen. Er roch die Stürme in den Bergen jenseits der Wüste, und er sah Kenai noch einmal über den rauen Fels aufwärtsklettern. Als Kind war er dort hinaufgestiegen und entgegen aller Erwartungen tatsächlich als Krieger aus den Bergen zurückgekehrt. Und nun ritt er mit glühendem Blut in den Adern seinem Ziel entgegen, wie Nhor'garoth selbst es einst getan hatte.

Aryons Schuppen glommen auf, als Nhor'garoth sich auf seinen Rücken schwang. Eine gefühlte Ewigkeit war es her, seit sie zusammen über weite Ebenen geritten waren, jenseits aller Städte – der Drache aus Eis und Finsternis und er selbst, furchtlos und unwissend. Und für einen Moment meinte er, noch einmal den Wind in seinem Haar zu spüren, als er Kenai nachschaute ... diesen wilden, freien Wind, den er glaubte verloren zu haben. Raunend strich er über seine Haut, sanft und doch unbesiegbar wie eine Erinnerung aus lang vergangener Zeit. Nhor'garoth hörte noch das Grollen, das bei dieser Berührung durch Aryons Körper zog, halb sehnsüchtig, halb abwehrend. Dann entfaltete der Drache seine Schwingen. Mit einem mächtigen Sprung erhoben sie sich in die Luft, und jedes Flüstern, jede Ahnung blieb hinter ihnen zurück.

Kapitel 14

Sira hatte sich die Kapuze tief ins Gesicht gezogen. Fröstelnd hockte sie zwischen den schwankenden Kisten auf Bompers Rücken, hörte auf die ruhigen Schwingenschläge des Drachen und starrte auf Kapos Hinterkopf, um jeden Blick auf die Welt unter ihr zu vermeiden. Der Himmel glühte in dunklem Violett, und sie wusste auch so, dass der Feuerschein unheilvoll über die verlassenen Städte flammte – all die Ruinen, in denen vor langer Zeit einmal Menschen gelebt hatten und deren Anblick sich schwer auf ihre Stimmung legte.

Seit zwei Tagen waren sie nun unterwegs, doch Sira kam es vor, als hätte sie nie etwas anderes getan, als eingepfercht zwischen Kisten auf dem Rücken eines Drachen zu sitzen. Sie hatte so lange auf die Überreste der untergegangenen Welt der Menschen hinabgeblickt, dass sie sie selbst dann vor sich sah, wenn sie gar nicht hinschaute. Wie Skelette ragten die ausgebrannten Häuser zahlreicher Städte in der Dunkelheit auf. Andere waren so vollständig vernichtet worden, dass nicht mehr als karge Trümmerfelder von ihnen übrig waren, und manche wurden von wilder Natur überwuchert. Schlingpflanzen und turmhohe Bäume wuchsen auf den Ruinen, und aus zerbrochenen Fenstern schauten die glimmenden Augen riesiger Katzen zu den Drachen auf. Auch Karawanen gab es, endlose Züge aus verrosteten, in sich zusammengesackten Autos, die aus den Städten hinausführten, um plötzlich auf längst zerbrochenen Straßen im Nirgendwo zu enden. Und immer wieder erhoben sich goldglühende Türme in der Ferne – Stützpunkte des Königs, in denen seine Generäle ihre Pläne schmiedeten.

Instinktiv warf Sira einen Blick zurück. Nhor'garoth und seine Reiter waren ihnen in den vergangenen Tagen mehrfach gefährlich nah gekommen, und jedes Mal, wenn ein plötzlicher Laut durch die Luft drang, rechnete Sira damit, die Schemen der Königskrieger erneut hinter ihnen auftauchen zu sehen. Doch sie erkannte nur Juri, der mit Ysios die Nachhut bildete, und schaute wieder nach vorn. Auch den Reitern sah man die Anstrengungen der Reise inzwischen an. Sie rasteten stets nur für wenige Augenblicke, und abgesehen von ihren Verfolgern und der ständigen Kälte zehrte auch das Wetter an ihren Kräften. Sira kannte die Lieder der Geschichtenerzähler über den rauen Norden und die unruhigen Wetter im Westen, aber dennoch war sie zusammengefahren, als sie erstmals in heftigen Donner geraten waren und die Blitze Bompers Schwingen in flackerndes Licht getaucht hatten. Je weiter sie auf ihrem Weg vorankamen, desto häufiger wurden die Ruinen von rätselhaften Stürmen heimgesucht, und Sira zog die Schultern an, jedes Mal, wenn Norik sie mitten hindurch trieb. Wärmend legte sich dann sein Windzauber auf seine Gefährten, aber Sira hörte sie dennoch: die Schreie, die in den rotierenden Strömen jenseits davon aufwallten. Sie meinte sogar, Gesichter darin zu erkennen, halb zerrissen, als wären es die toten Menschen, die aus den Trümmern aufstiegen, dazu verdammt, auf ewig über den Ruinen ihrer zerbrochenen Leben zu kreisen. Auch brennende Wirbel gab es, die zuerst reglos über weiter Ebene schwebten, nur um dann plötzlich auf die Reiter zuzurasen. In diesen Situationen zeigte selbst Bomper, wie schnell er sein konnte. Schwungvoll wich er den Wirbeln aus, und nicht nur einmal war Sira dabei unerträglich übel geworden. Seufzend rutschte sie tiefer zwischen die Kisten. Sie hatte gerade beschlossen, die ruhige Flugphase für ein wenig Schlaf zu nutzen, als sie die Glut bemerkte, die nicht weit von ihnen entfernt den Himmel überzog.

Angespannt setzte sie sich auf und spürte mit einem Schlag keine Kälte mehr. Stattdessen starrte sie wie gebannt auf die blutroten Schnüre, die aus den lodernden Wolken fielen, und als die Drachen auf einer Anhöhe mit gezackten Felsen landeten, sprang sie von Bompers Rücken. Ohne sich nach den anderen umzudrehen, trat sie an den Rand des Plateaus und schaute zur Ebene hinab. So weit sie sehen konnte, hüllte er die Welt vor ihr in tödliche Glut: der Regen aus Feuer. Sie erinnerte sich daran, wie diese Ströme New York heimgesucht hatten, Güsse aus prasselnden Flammen, die einen Menschen binnen weniger Augenblicke töten konnten, wenn er keine Deckung fand. Einmal war sie ihm nur um Haaresbreite entkommen. Sie hatte sich die Hände aufgerissen, so schnell war sie über die Trümmer der Stadt hinweggehetzt, und sie hörte noch immer die Schreie der Diebe, die hinter ihr in den Schleiern verbrannt waren. Selbst Drachen hatte sie nach solchen Unwettern in den Straßen gefunden, verkohlt bis zur Unkenntlichkeit, und nun, da sie die Tropfen auf der Erde zischen hörte, fröstelte sie. Wenig fürchtete sie so sehr wie den Regen.

»Du solltest lieber wieder aufsitzen«, sagte Norik, der neben sie trat. »Oder willst du etwa zu Fuß durch den brennenden Regen laufen?«

Sira wich das Blut aus dem Kopf. Fassungslos starrte sie ihn an. »Auf gar keinen Fall setze ich auch nur einen Fuß in diese Glut! Mag sein, dass euch der Regen nichts ausmacht, aber ich weiß, was er Menschen und sogar Drachen antun kann, und ich bin nicht wahnsinnig genug, um ...« Erst jetzt bemerkte sie das amüsierte Funkeln in seinen Augen. »Du nimmst mich auf den Arm«, stellte sie fest. »Ihr habt gar nicht vor, durch den Regen zu gehen, oder doch?«

»Nein«, gab er zurück und grinste. »Aber schön, dass du gerade zugegeben hast, zumindest ein bisschen wahnsinnig zu sein.«

Sira stieß die Luft aus, konnte ihre Erleichterung aber nicht verbergen. »Das muss ich wohl auch sein, wenn ich mit Typen wie euch unterwegs bin.«

»Möglich.« Norik lächelte, als hätte sie ihm ein Kompliment gemacht. »Und was den Regen betrifft: Ausgewachsene Drachen wie Rhorka, Kar'mal und Bomper sind stark genug, um ihm standzuhalten, zumindest wenn sie sehr schnell fliegen. Ysios und wir Menschen hingegen würden seine Hitze nicht ertragen.«

»Und was nun?«, fragte Sira. »Graben wir einen Tunnel?«

Norik lachte auf. »Nicht ganz. Wir gehen einen anderen Weg. Doch dafür müssen wir uns von unseren Drachen trennen, zumindest für eine Weile.« Er ging zu Rhorka hinüber, und als sie den Kopf neigte, lehnte er seine Stirn gegen ihre. Kapo klopfte Bomper den Hals und selbst Arvid, der nie auch nur für Augenblicke seine steinerne Miene aufgab, strich Kar'mal sanft über die Schwingen. Sira sah zu Juri hinüber, der den Arm um Ysios gelegt hatte und die Szene mit dunklem Glanz in den Augen beobachtete, und auch sie selbst überkam eine seltsame Feierlichkeit, als die Reiter von ihren Drachen Abschied nahmen. Zum ersten Mal, seit sie mit den Kriegern unterwegs war, hätte sie gern gehört, was ihre Drachen ihnen in Gedanken erzählten. Dann trat Norik auf einen der gezackten Felsen zu. Er zog sein Schwert, und ehe Sira noch seine geraunten Worte hörte, führte er die linke Hand über die reich verzierte Klinge. Blut rann über seine Finger und als er die Hand gegen den Felsen presste, ging ein Glimmen durch den Stein, dicht gefolgt von einem tiefen Dröhnen. Im nächsten Moment brach der Felsen auseinander. Grelles Licht drang daraus hervor und ließ die Luft flattern wie in einem plötzlichen Sturm.

Sira spürte ihr Herz in ihrer Kehle, als sie mit den anderen auf Norik zutrat. Noch einmal schaute sie zu den Drachen zurück, die regungslos dastanden, die Blicke wachsam auf ihre Reiter gerichtet. Der Wind riss an Siras Haaren. Nur für einen Moment schien es ihr, als würde Rhorka auch sie ansehen, flüchtig und doch mit einem Lächeln, das wie ein wärmender Schauer über ihren Rücken glitt. Dann tat sie den ersten Schritt in das Licht hinein.

Gleich darauf umgab sie reglose Finsternis. Jeder Sturm verstummte und die Dunkelheit kam so überraschend, dass Sira stolperte. Geschickt fing Norik sie auf, als hätte er ihre Unsicherheit vorausgesehen. Wortlos führte er sie durch einen offenbar ziemlich niedrigen Schacht, denn sie hörte Ysios mürrisch knurren, während seine Schwingen gegen die Wände stießen. Dann ließ Norik ihre Hand los, und als hätte er ein Tuch von ihren Augen genommen, brach auf einmal samtenes Licht durch die Schatten. Erstaunt sah Sira sich um, aber dort, wo gerade noch die Drachen gestanden hatten, erhob sich jetzt ein Durchgang in einer Wand aus schwarzen Felsen, und vor ihnen lag ein breiter, von schlanken Säulen getragener Tunnel. Fluoreszierende Pflanzen bedeckten die Wände, und als Norik an ihnen vorüberging, reckten sie ihre Blüten neugierig in seine Richtung und schickten pulsierende Lichter über den Boden.

Sira folgte ihm schweigend. Arvid und Kapo hielten einigen Abstand zu ihr, und sie hörte Juri mit Ysios hinter ihnen flüstern, jedes Mal, wenn der Drache mit den Schwingen gegen den Stein stieß und ein scharrendes Geräusch verursachte. Ihre Aufmerksamkeit jedoch galt dem Tunnel. Ihre Begleiter hatten in den vergangenen Tagen oft von den geheimen Pfaden gesprochen, die die Gilde auch jenseits der Städte im Kampf gegen die Reiter des Königs nutzte. Sira hatte sie sich so vorgestellt wie die Gänge der Diebe rings um New York, in den Stein gegrabene Stollen, mit einfachsten Werkzeugen geschaffen oder mit rasch entfesselter Magie. Doch dieser Tunnel war anders, und das nicht nur aufgrund der Größe oder der Säulen, die sich in schimmerndem Marmor in die Höhe wanden. Immer wieder fand

Sira Intarsien im Boden, kostbare Steine, die sie noch nie gesehen hatte, und verschlungene Worte in einer Sprache, die sie nicht verstand. Die Silben waren so filigran, als wären sie mit einem winzigen Messer in den Stein geritzt worden.

»Wer hat diese Gänge gegraben?«, fragte sie, als Norik vor einem Torbogen innehielt, hinter dem tiefe Finsternis herrschte.

»Die Drachen«, erwiderte er und setzte seinen Weg fort. Silberne Funken flogen über seine Finger, und als Sira ihm in die Dunkelheit folgte, verursachten ihre Schritte ein leichtes Echo. Es klang, als würde jeder Ton von weit entfernten Wänden widerhallen.

»Ist das dein Ernst?«, fragte sie ungläubig. »Wie soll eine Kreatur mit solchen Klauen es fertiggebracht haben, so feine Silben in den Stein zu schlagen? Ich habe noch nie einen Drachen mit Hammer und Meißel gesehen.«

»Ach nein?«, entgegnete Norik spöttisch. »Und wie viele Menschen kennst du, die solche Tunnel bauen können, meilenlang und mit Säulen, schlank wie Speere? Oder Räume ... wie diese?«

Damit hob er die Hand. Die Funken stoben von seinen Fingern. Knisternd entzündeten sie sich zu flammenden Kugeln und erhellten einen Saal, so groß, dass Sira der Atem stockte. Turmhohe, wie aus dem Boden gewachsene Säulen hielten die mehrfach gewölbte Decke, glimmende Blumen wanden sich an den Wänden empor und entfachten sich unter Noriks Feuer in sanftem Licht, und dort am anderen Ende des Saals, die riesigen Klauen erhaben unter dem mächtigen Schädel aufgestützt, lag ein Drache.

Sira erschrak so sehr, dass sie fast einen Satz zurückgesprungen wäre. Erst auf den zweiten Blick stellte sie fest, dass es ein Bild war, das sie betrachtete, zusammengesetzt aus unzähligen Mosaiksteinen. Wie in Trance folgte sie Norik durch den Saal. Sie kam sich vor, als wäre sie geschrumpft, so gewaltig erhoben sich die Säulen ringsherum. Selbst die Treppe, die zur Linken des Bildes auf eine zweite

Ebene mit mehreren Durchgängen führte, war größer als manches Haus, das sie in New York gesehen hatte. Doch nichts hielt ihren Blick so gefangen wie der Drache. Perlmutterne Schuppen bedeckten seinen Leib, die Schwingen schimmerten schattenhaft, als wären sie zart wie die Flügel eines Schmetterlings, aber seine Augen glühten in goldenem Licht, und als tausend Farben darin aufbrachen, klang Andors Stimme in Sira wider. *Wie in einem Traum*, flüsterte er durch ihre Gedanken und sie sah ihn zu seinen Bildern aufschauen wie so oft, wenn sie ihm von diesem Drachen erzählt hatte. *Ich wünschte, meine Farben wären wie er ... wie in einem Traum aus Licht und Schatten.* Sanft schienen die Farben in den Augen des Drachen aufzuglühen und erfüllten ihn mit einer Stärke, die seinen Namen als flüsternden Wind über Siras Haut schickte.

»Rhenlynghar«, raunte sie, denn sie zweifelte nicht daran, dass er es war: der uralte Drache, der vor langer Zeit die Gilde der Drachenreiter gegründet hatte.

Norik sah sich zu ihr um. »Dieser Saal ist sehr alt«, stellte er fest. »Genauso wie das Tunnelsystem ringsum. Heute gibt es kaum noch Orte wie diese – angefüllt mit prachtvoller Architektur und wispernden Geschichten, wohin man auch schaut. Denn die meisten Drachen haben ihre Fähigkeit zur Kunst längst eingebüßt, ebenso wie wir Menschen. Vielleicht ist das unsere ganze Tragik. Die Ersten Drachen, so heißt es, sind gerade aus diesem Grund zu uns gekommen: um uns daran zu erinnern, was Schönheit und Poesie bedeuten. Besonders Rhenlynghar stand für all dies, genau wie seine vier Reiter.«

Erst durch Noriks Worte konnte Sira ihren Blick von dem Drachen lösen und bemerkte die Kinder, die lachend über seine Klauen kletterten. Menschen saßen mit weiteren Drachen um Rhenlynghar herum, und zwischen ihnen schien kein Groll zu herrschen, nicht einmal distanzierte Vorsicht. Im Gegenteil fand Sira eine tiefe Verbundenheit in ihren Augen, und in den Blicken der Drachen lag eine

Ehrerbietung gegenüber den Menschen, die sie so noch nie gesehen hatte. Vielleicht war es Rhenlynghars Lächeln beim Anblick der Kinder, das sich wie ein Zauber auf die Gesichter legte. Und dort, in dunkle Gewänder gekleidet, waren auch seine vier Reiter mit ihren Drachen und schauten zu Sira herab.

»Kolfur«, sagte Norik und ließ seinen Blick über einen hochgewachsenen Krieger mit bernsteinfarbenen Augen schweifen, der mit seinem Drachen neben Rhenlynghars Klauen stand. »Der Reiter der Erde, der die Pfeiler der Welt auf seinen Schultern trug und den Atem der Sonne in seinem Herzen. Pharydar, der Reiter des Wassers, dessen Tränen Leben schenken konnten und doch nichts so sehr ersehnten wie den Tod. Tharok, der Reiter des Sturms, der Drachen und Menschen auf seinen Flügeln des Windes über jeden Horizont trug. Und Arkaron, der Reiter des Feuers, der das Licht des Himmels in sich trug und die Welt in Brand setzen konnte.«

Sira betrachtete die Reiter der Gilde aufmerksam. Kolfur, der ruhig auf sie niederschaute. Pharydar mit einem Lächeln, so sanft wie kühles Wasser, und Augen wie aus gebrochenem Eis. Tharok, dessen langes, aschgraues Haar im Wind wehte und der Norik ansah, als würde etwas in ihm seinen Erben erkennen. Und Arkaron, der auf Baldurins Rücken über einen goldenen Himmel ritt, die Augen brennend wie die Schwingen seines Drachen, und das Gesicht so jung, beinahe zart. Sira erinnerte sich an das Antlitz des Königs, die reglosen Züge, die sie in Nhor'garoths Augen erkannt hatte. Es schien kaum gealtert zu sein, und doch kam ihr Arkarons Gesicht auf diesem Bild vor wie das eines Fremden. Zu behutsam war sein Lächeln, zu ungezähmt die Freude in seinen Wangen, die ihn über die goldenen Wolken trieb, und sie glaubte fast, seine Stimme hören zu können, dunkel und betörend – die Stimme eines Menschenfängers, der das Böse noch nicht kannte. Nur das Feuer in seinen Augen hatte sie auch in den Augen des Königs gesehen, diese Glut, die Welten in sich barg und sie mit nicht mehr als einem Wimpernschlag ebenso erschaffen wie vernichten konnte.

»*Wer half mir wider der Titanen Übermut*«, flüsterte sie und meinte, die Stimme ihres Onkels zu hören, der sie wieder und wieder mit Gedichten wie diesem in den Schlaf gesungen hatte. »*Wer rettete vorm Tode mich, vor Sklaverei?*«

Norik sah sie an, ein Lächeln flog über sein Gesicht. »*Hast du's nicht alles selbst vollendet, heilig glühend Herz?*«, fuhr er fort und nickte langsam. »Prometheus ... Wie oft erzählte mein Vater mir die Sage von dem Titanen, der sich gegen Zeus auflehnte und den Menschen das Feuer brachte. Ich hätte nicht erwartet, dass du dieses Gedicht kennen würdest. Das ist ungewöhnlich für ....«

»... ein Mädchen aus der Unterwelt?« Sira lächelte ein wenig. »Das ist wahr, aber mein Onkel war auch kein gewöhnlicher Mensch. Er konnte tagelang hungern, und das hat er oft getan für Andor und mich, doch er brachte es nicht über sich, auf seine Gedichte zu verzichten, und er ließ mich an seinen Gedanken teilhaben, wann immer es ihm möglich war. Viele seiner Geschichten habe ich erst Jahre später begriffen, aber ich weiß noch, wie oft er an meinem Bett saß, die Haare zerzaust, und langsam den Kopf schüttelte, wenn er über den König sprach. *Das Feuer des Prometheus war seine Gabe*, murmelte er oft. *Wie tragisch, dass er sie auf so entsetzliche Weise verkehrte.*«

Norik sah zu Arkaron auf und das Lächeln wich von seinen Lippen. »Dein Onkel hatte recht, ganz gleich, wie man die Glut nennen mag, die in Arkaron brennt. In keinem anderen, so erzählte mein Vater mir, war sie stärker – die Sehnsucht nach dem, was die Menschen verloren haben. Mit aller Kraft wollte er es ihnen zurückgeben. Doch die Menschen töteten, was seine Flamme war. Und so haben sie ihn zerstört.«

Sira schien es, als würden Arkarons Augen in diesem Moment aufglimmen, und kurz fühlte sie wieder das goldene Feuer auf ihrer

Haut, das ihr in Nhor'garoths Griff den Atem geraubt hatte. Gewaltsam riss sie ihren Blick fort, und kaum dass sie Rhenlynghar betrachtete, vertrieb die kühle Präsenz des Drachen ihre Anspannung. Sie hatten die Treppe fast erreicht, und aus dieser Nähe schien er sie anzusehen, als würde ein geheimes Zauberwort genügen, um ihn zum Leben zu erwecken. »Weißt du, woher sie kamen?«, fragte sie, ohne sich abzuwenden. »Die ersten Drachen, meine ich?«

»Kein Mensch kann das mit Sicherheit sagen«, erwiderte Norik. Seine Schritte waren lautlos und sicher auf dem hellen Stein der Treppe, doch Sira spürte die Kälte der Stufen, als bestünden sie aus Eis. Sicherheitshalber legte sie eine Hand auf das Geländer, während Norik fortfuhr. »Mein Großvater sprach oft von der Zeit nach dem Großen Krieg, bevor die Drachen kamen. Es ging das Gerücht, dass eine wundersame Macht in die Welt zurückkehrte. Wie ein Geheimnis durchzog es die Luft, so sagte er immer, als wäre er selbst dabei gewesen. Doch woher die Drachen kamen, wusste auch er nicht. Selbst unter den Drachen gibt es die verschiedensten Geschichten, und die meisten scheuen davor zurück, mit den Menschen darüber zu sprechen. Sogar Rhorka redet nur selten davon, und dann sind ihre Worte rätselhaft wie eine Sprache, die ich nicht verstehe. Alles, was wir Menschen haben, sind die unzähligen Legenden. Manche sagen, die Drachen wären immer schon da gewesen, vor den Menschen verborgen in ihrer eigenen Welt. Andere behaupten, sie hätten im Inneren der Erde geschlafen und wären mit dem Untergang der Zivilisation erwacht. Dann gibt es die Geschichte, dass die ersten Drachen nichts als Gedanken gewesen seien, entsprungen aus den Ideen und Sehnsüchten der Menschen. Und wieder andere sagen, sie wären vom *Anderen Ort* gekommen – jener sagenumwobenen Welt, in die jeder Drache nach seinem Tod eingeht.«

Ein kühler Windhauch streifte Siras Wange, so plötzlich, dass sie schauderte, und ein Schatten schien sich über Rhenlynghars Schuppen zu legen. »Ich habe noch nie von einem solchen Ort gehört. Ich weiß nur, dass Drachenreiter normalerweise länger leben als gewöhnliche Menschen.«

»Wenn man sie nicht vorher umbringt«, erwiderte Norik mit einem Lächeln. Dann wurde er wieder ernst. »Rhorka spricht selten über diesen Ort. Sie sagt, dass kein Wort erfassen könnte, was er ist. Manchmal singt sie von ihm, und in jedem Ton liegt eine Welt, zerbrochen, geträumt und wunderschön. *Jeder Drache sehnt sich nach dem Anderen Ort*, hat sie mir einmal gesagt. *Und selbst, wenn die Menschen ihn vergessen haben: Sie tun es auch.*«

Sira sah ihn an. Für einen Moment erschien er ihr wie ein Geschichtenerzähler, ein Wanderer zwischen den Welten, den seine Worte durch Feuer und Eis trieben wie ein Blatt im eigenen Sturm. Ein Lächeln flog über ihre Lippen. Sie hätte nicht gedacht, dass dieses Bild so gut zu Norik passen würde. »Aber kein Mensch kann jemals dorthin gelangen, oder doch?«

Norik lachte. »Du stellst dieselben Fragen wie ich, als mein Vater mir erstmals vom *Anderen Ort* erzählte. Doch, es gibt Menschen, die dorthin kommen können – all jene, die das Band zu ihrem Drachen über den Tod hinaus aufrechterhalten dürfen gemeinsam mit ihm durch das Sternentor treten. So bleiben sie zusammen am *Anderen Ort*, jenseits aller Zeit. Denn ohne einander würden sie mehr einbüßen als das Leben ... sie würden einen Teil ihrer Seele verlieren.«

»Das klingt wie ein Märchen«, sagte Sira. »Andor hätte diese Vorstellung geliebt.«

Norik schwieg für einen Moment. »Wie ich, als ich ein Kind war«, sagte er dann. »Immer wieder stellte ich mir vor, wie diese Reiter im Augenblick ihres Todes noch einmal all ihre Macht entfalten – als würde der Tod selbst ihnen Flügel verleihen, auf denen sie ihren Drachen begleiten können. Später habe ich dieses Schauspiel erlebt. Es ist wie ein letzter Gruß eines Kriegers an diese Welt.« Seine Stimme war rau geworden, und kurz trat dieselbe Traurigkeit in seinen Blick, die Sira schon auf dem Nachtmarkt am Bücherstand an ihm bemerkt hatte. »Aber um auf deine Frage zurückzukommen«, fuhr er dann fort. »Trotz aller Unsicherheiten, die jede Legende um die Herkunft der Drachen in sich birgt, steht eines fest: Die Menschen hatten alles verloren, ihre Kultur, ihre Sehnsüchte und Träume – den Kern dessen, was das Menschsein ausmacht. Doch dann kamen die Drachen und erinnerten sie daran. Und hier, in diesen Gängen, lebten sie zusammen, in lang vergessener Zeit.«

Sie hatten das Podest der Treppe erreicht und blieben neben dem Bild stehen. Sira fühlte Rhenlynghars Blick auf sich, doch als sie die Hand ausstreckte, berührte sie vorsichtig die Schwinge Baldurins, der mit seinem Reiter über den weiten Himmel flog. Seine Umrisse glommen unter ihrer Berührung auf wie frisch angefachte Glut, und das Gold aus Arkarons Augen legte sich seidenweich auf ihr Gesicht. Jeder Zorn war aus diesem Glanz gewichen, und für einen Moment meinte Sira, den Wind auf ihrer Haut zu spüren – den wilden, freien Wind des goldenen Himmels. »Sie sehen aus wie aus einer anderen Welt«, sagte sie und schaute Norik von der Seite an. »Ob sie glücklich waren, die Drachen und die Menschen ... damals, vor dem Krieg?«

»Ja«, sagte Norik leise. »Das glaube ich sicher.«

Kurz schien es, als wollte er noch etwas hinzufügen. Doch ehe er fortfahren konnte, griff etwas anderes nach seiner Aufmerksamkeit. Sira nahm das Geräusch erst wahr, als Norik den Kopf hob, plötzlich wie ein witterndes Tier. Es war nicht lauter als ein Kratzen von fallenden Kieseln, aber es genügte, um jeden Anflug von Entspannung von Noriks Zügen zu vertreiben. Sofort legte er die Hand auf sein Schwert. Peitschengleich schnellte sein Befehl durch die Luft und ließ die Krieger innehalten, die in diesem Moment das Podest erreichten. Da hörte Sira es erneut: ein Scharren, lauter dieses Mal. Es drang aus dem Gang, der vor ihnen lag. Und es kam direkt auf sie zu. Die Blumen an den Wänden flammten auf, als hätte ein lautloser Zauber sie gestreift. Dann erloschen sie wie Noriks Zauber und nahmen jedes Licht mit sich.

Im letzten Moment unterdrückte Sira einen Fluch. Sie hörte scharfe Krallen über Steine hinweghuschen und fühlte die Erschütterung im Boden von schweren Körpern, die durch die Dunkelheit sprangen. Norik entzündete neben ihr eine Fackel. Das Licht stürzte in die Finsternis wie in einen Abgrund, und Sira spürte die Feindlichkeit, die auf einmal im Saal lag, als wäre die Maske der Geborgenheit mit einem Schlag zerbrochen worden. Schemenhaft nur erkannte sie noch Baldurins Schwingen, unheilvoll wie brennende Tücher. Und dann traten sie aus der lauernden Stille des Gangs: geduckt, die klauenbewehrten Arme an den muskulösen Körper gezogen, die Zähne funkelnd im Schein des Feuers.

Drachen.

Kapitel 15

Sira zählte sieben Drachen direkt vor ihnen und hörte das Scharren weiterer Klauen auf der Treppe sowie die dumpfen Sprünge der Jäger, die durch den Saal auf sie zukamen. Mindestens zwei Dutzend Drachen mussten es sein, die sie schnell wie Schatten umzingelten.

Arvid murmelte hinter ihr einen Zauber, Kapos Knöchel knackten, als er die Fäuste ballte, und Ysios keckerte aufgeregt unter Juris Hand. Nur Norik stand regungslos. Rasch hatte er Sira hinter sich geschoben, und als er nun seine Stimme in einer fremden Sprache erhob, füllte sie für einen Augenblick den gesamten Saal. Geduldig klang sie, majestätisch und doch ehrerbietig, und trotz der Anspannung hätte Sira beinahe darüber gelacht, dass er diesen Kreaturen mit einer hochentwickelten Sprache begegnete. Im selben Moment jedoch spürte sie den Blick eines Drachen auf sich.

Er stand nur wenige Armlängen von ihr entfernt, halb noch in den Schatten des Gangs verborgen, und schaute sie an, als hätte er ihre Gedanken gehört. Unendlich langsam neigte er den Kopf, als wollte er prüfen, ob sie tatsächlich so schwach war, wie sie aussah. Seine Augen funkelten listig, und als sie den Spott in seinen Pupillen sah, wusste sie, dass sie sich getäuscht hatte. Diese Drachen waren mehr als tückische Jäger, die zufällig ihren Weg kreuzten. Sie hatten die Anwesenheit der Drachenreiter gespürt, vom ersten Moment an, da diese das Tunnelsystem betreten hatten. Sie wussten, wer Norik und seine Gefährten waren und welche Macht sie bargen. Und es interessierte sie einen Dreck.

Noriks Worte verklangen in der Finsternis, und für einen absurden Augenblick hoffte Sira auf eine Antwort. Lauernd hob der Drache, der ihnen am nächsten stand, den Kopf. Sie meinte, ein Lachen über sein Gesicht fliegen zu sehen, kälter als jede Drohung. Dann sperrte er das Maul auf. Ein lautes Grollen drang aus seiner Kehle, es setzte sich in den Gängen fort wie Trommelschlag – und im nächsten Moment sprangen die Drachen vor.

Norik riss sein Schwert in die Luft. In tosendem Sturm flogen grüne Flammen über die Klinge und trieben die Drachen zurück. Seine Stimme hallte von den Wänden wider. Sira verstand ihn kaum, doch da packte Kapo ihren Arm und zerrte sie mit sich, in den Gang hinein, der rechts von ihnen lag. Im ersten Augenblick glaubte Sira, dass er es war, der die Wände zum Beben brachte, aber gleich darauf schoss weiße Glut aus dem aufbrechenden Boden. Die Druckwelle schleuderte sie gegen die Wand. Es war Bannfeuer, das sich direkt vor ihren Füßen wie eine brennende Wand errichtete. Kurz nur sah sie Kapo dahinter die Faust heben. Dann loderten die Flammen höher und nahmen ihr die Sicht.

Rasch krallte sie die Finger in den Stein und zog sich vor einem weiteren Riss zurück. Sie war allein, abgeschnitten von den anderen, aber sie blieb nicht stehen. Zu deutlich hörte sie die Schreie der Drachen, die nun in den Gang brachen. Schon sprangen drei von ihnen durch die Flammenwand und jagten hinter ihr her. Ihre Stimmen schlugen Sira von den Wänden entgegen wie Fausthiebe, und als sie herumfuhr und ein Messer nach ihnen warf, wichen sie dem Geschoss aus, so schnell, dass sie ihren Bewegungen kaum folgen konnte. Sie hörte das Zischen der mächtigen Klauen in der Luft. Im letzten Moment duckte sie sich unter einem Schlag, rollte sich über den Boden zur Seite, sodass ihre Verfolger gegen die Wand krachten, und schlüpfte durch einen schmalen Durchbruch in einen abzweigenden Schacht.

Auf allen vieren kroch sie vorwärts, so schmal war der Stollen. Die Drachen brüllten, als würden sie miteinander streiten. Dann splitterte der Stein direkt neben ihr. Sie wich zurück, als eine Klaue durch die Wand stieß. Die Krallen hinterließen blutige Striemen an ihrem Arm, doch sie trat mit solcher Wucht gegen die Klaue, dass sie ein Knacken hörte. Schnaubend riss der Drache seinen Arm zurück, und Sira zog sich weiter, bis sie durch bröckelnde Steine in einen breiteren Tunnel fiel.

Schwer atmend fuhr sie sich über die Augen. Um sie herum herrschte fast vollkommene Dunkelheit. Die vereinzelten Pflanzen, die nun ihre glühenden Köpfe nach ihr umwandten, verstärkten nur die Schatten in den Nischen und der Kampfeslärm klang dumpf, als wäre er meilenweit von ihr entfernt. Mühsam stemmte sie sich auf die Beine. Alles in ihr schrie ihr zu, ihren Weg auf eigene Faust zu finden, allein weiterzugehen, wie sie es ihr ganzes Leben lang getan hatte. Doch sie zwang sich zur Vernunft. Sie hatte keine Ahnung, wie groß dieses Tunnelsystem war, sie kannte die verborgenen Pfade nicht, und abgesehen davon hatte sie allein kaum eine Chance gegen die Gefahren, die womöglich noch in ihm lauerten. Sie hatte keine Wahl: Sie musste zu Norik und den anderen zurückkehren und versuchen, ihnen im Kampf beizustehen.

Sie war kaum wenige Schritte gegangen, als sie die Stille wahrnahm. Noch immer hörte sie die Schreie der Drachen wie durch tausend Türen, ebenso wie Kapos Stimme, die laut durch den Lärm drang. Doch in der eben noch samtenen Dunkelheit des Tunnels hatte sich etwas verändert. Sira blieb stehen. Mit all ihren Sinnen lauschte sie in die Schatten, wie sie es in den Straßen New Yorks gelernt hatte, und kaum, dass sie den leisen Windhauch an ihrem Hals spürte, wusste sie es. Die Stille war nicht echt. Sie lauerte. Und der Wind war kein Wind. Er war ein Atemzug.

Sira fuhr herum, doch ehe sie in der Finsternis etwas erkennen konnte, traf sie ein Hieb in den Nacken. Keuchend ging sie zu Boden. Der Schmerz zuckte durch ihren Leib, und gleich darauf warf sie ein weiterer Schlag gegen die Wand. Ihr Kopf knallte gegen die Steine. Schemenhaft nur erkannte sie den mächtigen Schädel eines Drachen direkt vor sich. Aber ehe er erneut ausholen konnte, stürzte sie sich vor. Ihre Nägel kratzten über schuppige Haut. Mit aller Kraft traf sie seine Schnauze mit der Faust. Kurz meinte sie, ein schmerzerfülltes Knurren zu hören. Doch ihr Messer glitt von seinem Panzer ab wie von Stein. Klirrend landete es am Boden, und da gruben sich seine Klauen in ihre Schulter und warfen sie auf den Rücken. Sira unterdrückte einen Schrei. Die Steine des Gangs bohrten sich in ihr Fleisch, während der Drache die freie Klaue auf ihren Brustkorb stützte. Mit aller Kraft stemmte sie sich gegen sein Gewicht. Er beugte sich vor, um quälend langsam die Luft aus ihrer Lunge zu pressen. Sira konnte die Magie fühlen, die in diesem Leib steckte, als würden eisige Ströme durch dessen Adern fließen. Sie riss den Blick von der Klaue los und fixierte das Gesicht des Drachen. Dunkel nur erkannte sie seine Augen, doch deutlich genug, um einen seltsam kalten Glanz darin zu sehen – ein Funkeln, das einem Lächeln glich. Offensichtlich wollte er sie nicht einfach töten, wie er es ohne Frage gekonnt hätte. Er wollte sie kämpfen sehen. Sira presste die Zähne aufeinander, als sich seine Krallen tiefer in ihren Körper gruben. Das konnte er haben. Ihr rechter Arm war unter ihr eingeklemmt, doch mit der linken Hand tastete sie über den Boden und gerade, als der Drache den Kopf neigte, um die letzte Luft aus ihrer Lunge zu reißen, fand sie ihr Messer. Blitzschnell schlug sie die Waffe gegen die Schläfe ihres Feindes.

Der Aufprall war so heftig, dass der Schmerz bis hinauf in Siras

Schulter schoss. Doch auch der Drache stöhnte auf. Kurz lockerte sich sein Griff, und Sira nutzte die Chance sofort. Mit der freien Hand stieß sie seine Klaue zurück, warf sich zur Seite und trat nach ihm. Sie traf ihn am Knie. Ein knirschendes Geräusch ging durch den Tunnel, dicht gefolgt von einem zornigen Keuchen. Doch Sira achtete nicht darauf. Taumelnd kam sie auf die Beine, und ohne sich noch einmal umzusehen, rannte sie in die Dunkelheit.

Mehrfach schlug sie der Länge nach hin, aber sie spürte den Schmerz kaum. Zu deutlich hörte sie das Grollen des Drachen hinter ihr – und seine Krallen auf Stein, als er ihr folgte, langsam, als würde er wissen, dass er sie fangen würde, ganz gleich, wie schnell sie vor ihm davonlief. Der Klang seiner fast gelassenen Schritte legte sich eiskalt um ihre Knöchel. Es schien ihr, als wäre sie in einen entsetzlichen Traum geraten, in dem sie rannte und rannte und doch kaum von der Stelle kam, während ihr Verfolger sich unaufhaltsam näherte. Einen weiteren Kampf gegen ihn würde sie nicht überstehen, das war ihr klar. Diese Drachen waren stärker als die gefährlichsten Jäger von New York, und das lag nicht nur an der Magie, die Sira unter der steinernen Drachenhaut gespürt hatte. Etwas Eisiges hatte in diesen Augen gelegen, etwas, das durch Knochen und Fleisch und direkt in ihre Gedanken drang und das ihr nun nachglitt, schneller noch als die messerscharfen Klauen.

Etliche Abzweigungen rasten an ihr vorüber, finstere Schächte, zu schmal, um sich darin zu verstecken – und endlich ein Tunnel, halb zerfallen, die Decke wie gebrochen auf tiefschwarzen Säulen. Sira zögerte keinen Augenblick. So leise sie konnte, lehnte sie sich gegen die Wand, stemmte die Füße gegen eine Säule und kletterte aufwärts, bis sie die Decke erreicht hatte. Mit rasendem Herzen drückte sie sich in die Schatten, und das keinen Moment zu früh. Gerade hatte sie die Finger in den Stein gegraben, um ihre Position zu halten, als der Drache den Tunnel betrat.

Mit leicht geneigtem Kopf ging er an den Säulen vorüber. Siras Muskeln brannten, doch als sie das Blut an seiner Schläfe sah, glitt ein Lächeln über ihr Gesicht. Trotz des heftigen Schlags war es nicht mehr als ein Kratzer, aber dennoch durchströmte sie bei diesem Anblick eine ungeheure Genugtuung. Mochte dieser Drache gefährlicher sein als seinesgleichen in New York, mochte er diese Gänge besser kennen als sein eigenes Gesicht. Aber er war eben doch nicht mehr als ein primitiver Jäger, dazu bestimmt, von einer Diebin hinters Licht geführt zu werden. Er würde dem Poltern am Ende des Ganges folgen, das nun die Stille durchbrach, und dann konnte sie hinunterklettern und die anderen suchen, ohne dass er je erfahren würde, wo sie geblieben war. Er war ein Tier, nicht mehr.

Der Drache blieb so abrupt stehen, als hätte er das Lachen gefühlt, das in bitterem Spott in Siras Kehle brannte. Er war schon fast aus ihrem Blickfeld geraten, doch nun sog er die Luft ein, leise und fließend. Sira schauderte, als ein Windhauch sie streifte. Es schien ihr, als würde noch einmal der Atem ihres Feindes über ihre Haut gleiten. Dann hob er den Kopf – und sah sie direkt an. Der Schreck fuhr ihr so heftig in die Glieder, dass sie beinahe den Halt verlor. Mit zitternden Fingern stemmte sie sich gegen die Decke, doch ihre Gedanken verbrannten unter dem Blick des Drachen. Mit weit aufgerissenen Augen sah sie zu, wie er die Klaue gegen die Wand presste. Im nächsten Moment zog sich ein Geflecht aus glühenden Adern über den Stein, kroch knisternd die Säulen hinauf und entfachte sich zu wütendem Feuer. Sira spürte noch, wie die Hitze nach ihr griff. Dann fuhr ihr Körper unter Schmerzen zusammen und stürzte auf den Boden zu.

Krachend landete sie auf rauem Fels. Das Feuer ließ die Luft flackern, doch der Boden war kühl, als wollte er jede ihrer Bewegungen unterbinden. Mit stechendem Brustkorb kam sie auf die Beine. Die Flammen schlugen nach ihr aus wie zischelnde Schlangen und verhinderten eine Flucht. Und dort vor einem schmalen Riss in der Tunnelwand, den Kopf tief geneigt, stand der Drache und sah abwartend zu ihr herüber. Sein Blick legte sich wie eine Fessel um ihren Hals. Er war es, der diese Flammen gerufen hatte, der über ihre Hitze gebot und die Kälte des Bodens aufrechterhielt, und ihr stockte der Atem, als sie begriff, was ihr an seinen Augen so seltsam erschienen war. Es waren nicht die Augen eines Drachen.

Im selben Moment zogen sich die Schuppen von bronzener Haut zurück. Sein Schädel verformte sich ebenso wie sein Körper, und gleich darauf stand er vor ihr als das, was er war: ein Mensch. Tiefschwarzes Haar fiel auf muskulöse Arme hinab, die Klauen hatten sich in Hände verwandelt, und das Gesicht war nun das eines Kriegers mit fein geschnittenen Zügen. Nur der leichte Glanz auf seiner Haut erinnerte noch an die Drachengestalt, und Sira konnte sich nicht gegen die Faszination wehren, die sie bei diesem Anblick ergriff. Es schien ihr, als wäre die Menschlichkeit nur eine dünne Haut über einem Abgrund, so entsetzlich, dass ein einziger Blick hinein sie den Verstand kosten würde, und sie wunderte sich nicht, als er lächelte und seine Zähne messerscharf und blutig waren. In seinem Blick stand noch immer der kalte Glanz des Jägers, der er war, und sie fühlte die lauernde Hingabe darin, als hätte er sich nur aus einem einzigen Grund in seiner wahren Gestalt gezeigt: um die Angst in ihren Augen zu sehen. Aber sie empfand keine Furcht, und als er forschend die Brauen zusammenzog, ignorierte sie die Stimme der Diebin in ihr, die ihr zurief, dass er die Deckung fallen ließ. Stattdessen sah sie ihn an: ein Wesen jenseits aller Welten, von Feuer und Eis unter die Erde getrieben, ausgerechnet hierher, an einen Ort der Ersten Stunde, deren Ideen verloren schienen, ein Geschöpf voller Zorn, immer darauf bedacht, alles und jeden fortzuschieben – ein Mensch, der hilflos wurde, hilflos wie ein Kind in der Finsternis, wenn die erwartete Feindschaft ausblieb. Sira schluckte schwer, als sie seinen Blick erwiderte. Er war wie ... sie ...

Der leichte Schwung seiner Brauen verstärkte sich, als er auf sie zutrat. Instinktiv griff sie nach dem Messer, aber die Klinge blieb seltsam dumpf in ihrer Hand. War es ein Zauber, der ihre Bewegungen so verzögerte, als befände sie sich unter Wasser? Dicht vor ihr blieb der Fremde stehen, so nah, dass sie die silbrigen Sprenkel in seinen Augen sehen konnte und den Glanz, der wie ein letzter Rest Drachenhaut über seine Brust lief. Sie merkte kaum, wie sie ihr Messer sinken ließ, aber sie hörte die Frage, die er ihr stellte, in ihren Gedanken.

Warum, fragte er mit einer Stimme wie grollender Fels im Dunkel der Nacht. *Warum bist du hier?*

Wie von selbst öffnete sie die Hand, und der blaue Kristall glomm zwischen ihren Fingern auf. Sie hatte nicht gemerkt, dass sie ihn aus ihrer Tasche geholt hatte, aber sie wusste, dass ihre Antwort darin auftauchte wie in einem seltsamen Traum. Der Fremde wandte sich ab. Die Lichter des Kristalls trafen sein Gesicht, und er sah Andor darin – ihren Bruder, der in Nhor'garoths Feuer gestorben war. Noch einmal ergriff sie der Schmerz, den sie in den vergangenen Tagen mit aller Macht in sich verschlossen hatte, und als der Fremde die Hände zu Fäusten ballte, da wusste sie, dass auch er ihn fühlen konnte, ebenso wie ihre haltlose Gier nach Rache. Sie folgte seinem Blick, und für einen Moment glaubte sie, ebenfalls Andor inmitten der Flammen zu sehen. Doch er war es nicht.

Es war ein Kind, das sie für einen Wimpernschlag aus dem blauen Licht heraus ansah, ein Kind mit silbergesprenkelten Augen, dessen Körper zu dem eines Drachen werden konnte ... ein Kind in Todesangst, das mit vielen anderen seiner Art vor etwas Schrecklichem davonlief. Schemenhaft nur erkannte Sira die Erwachsenen, die von brennenden Pfeilen niedergestreckt wurden, doch sie hörte die Schreie der Kinder so deutlich, als wäre sie mitten unter ihnen. In wilder Panik liefen sie durch gleißendes Feuer. Es verbrannte ihre

Haut und zwang sie zu Boden, und Siras Herz setzte für einen Schlag aus, als sie sah, wer sie verfolgte. Menschen waren es, Drachenreiter in schwarzen Mänteln, die Gesichter vor Hass und Zorn verzerrt ... Reiter der Gilde der Schatten.

Siras Finger schlossen sich um den Kristall, doch erst als das Bild vor ihrem Blick verschwand, fühlte sie die Hand, die sich um die ihre gelegt hatte. Ihr Herz raste in ihrer Brust. Noch immer stand der Fremde dicht vor ihr, noch immer glühte die Kälte in seinen Augen. Aber das Lächeln auf seinen Lippen hatte jeden Spott verloren, und seine Hand war warm.

Drachenblut, raunte er leise. *Traue ihnen nicht.*

Sira zog die Brauen zusammen. Tausend Fragen formten sich auf ihrer Zunge, doch als er leicht den Kopf neigte, wusste sie, dass er keine davon beantworten würde. Sie wich nicht zurück, als er eine Strähne ihres Haares berührte. Sacht tat er es, als wäre sie die Erinnerung an einen zerbrechlichen Traum. Dann trat er von ihr zurück, lautlos, als wäre er einer der Schatten, die nun in den Nischen des Tunnels aufloderten. Mit jedem Schritt zerfielen die Flammen wie unter einem stummen Befehl. Erst als er den Riss fast erreicht hatte, blieb er stehen. Kaum merklich ging ein Schimmer durch seine Augen wie ein Funke, der tief in ihm glühte. Dann verschwand er in den Schatten, und das Feuer auf den Säulen erlosch mit leisem Rauschen. Nur der Kristall glomm noch immer in Siras Hand, als hätte ein ferner Ruf sein Licht entfacht.

Sie wusste nicht, wie lange sie in der Dunkelheit gestanden hatte. Erst nach einer Weile bemerkte sie, dass der Lärm des Kampfes verklungen war, und umso heftiger fuhr sie zusammen, als ein plötzlicher Windstoß sie traf. Rau fegte er um die Säulen und griff ihr ins Haar, und sie erschrak, als eine dunkle Gestalt direkt neben ihr aus den Schatten trat. Erst auf den zweiten Blick erkannte sie Norik, der sie prüfend musterte.

»Alles in Ordnung?«, fragte er und berührte ihren Arm, um sich die Kratzspuren und die Schnitte in ihrer Schulter anzusehen. Sein rechter Ärmel war zerrissen, eine blutige Wunde klaffte in seinem Fleisch, doch das schien ihn nicht zu kümmern. Stattdessen begutachtete er ihre Kratzer, als wären es tödliche Schmisse.

Sira ließ den Kristall in ihre Tasche gleiten und nickte. »Abgesehen davon, dass wir fast von den Bewohnern dieser Tunnel um die Ecke gebracht worden wären, geht es mir bestens. Wer sind sie?«

Noriks Miene verfinsterte sich. »Nharay«, erwiderte er. »Menschen mit großer magischer Kraft und der Gabe, die Gestalt eines Drachen anzunehmen. Sie leben in den Bergen weit im Westen, ich wusste nicht, dass einer ihrer Clans sich hier angesiedelt hat. Es ist lange her, seit ich diese Tunnel zum letzten Mal genutzt habe.« Er zog seine Hand zurück. »Die Wunden sind nicht gefährlich, ich werde mich darum kümmern, wenn wir aus diesen verfluchten Gängen entkommen sind. Aber wir sollten keine Zeit verlieren. Fürs Erste haben die Nharay von uns abgelassen, doch das kann sich jederzeit wieder ändern. Wir müssen ihr Labyrinth so schnell wie möglich hinter uns lassen.«

Sira folgte ihm den Tunnel hinauf. Schemenhaft erkannte sie Kapo und die anderen im Zwielicht und erwiderte Juris erleichtertes Lächeln, als er sie so gut wie unversehrt fand. Ysios hatte einen Schmiss am linken Flügel davongetragen, und auch Kapo und Arvid zeigten Auswirkungen des Kampfes, aber niemand war ernsthaft verletzt. Dennoch lag Noriks Hand auf seinem Schwert, als er sie durch die Schatten führte. Sira schloss zu ihm auf und sah ihn von der Seite an.

»Sie hassen euch«, sagte sie nach einer Weile. »Aus welchem Grund?«

Norik schwieg so lange, dass sie schon glaubte, er hätte ihre Frage nicht gehört oder sich entschlossen, sie zu ignorieren. Doch schließlich holte er tief Atem. »Es gibt dunkle Kapitel in der Geschichte der Gilde. Ich kann verstehen, dass du mehr darüber erfahren willst, aber jetzt ist nicht der richtige Zeitpunkt.«

Sira stieß die Luft aus. »Und wann dann?«

»Nicht in diesen Gängen«, gab er zurück, so scharf, dass ihr eisiger Wind in den Nacken fuhr. »Und nicht auf der Flucht vor den Reitern des Königs, die uns ans Leben wollen. Wir brauchen unsere Kräfte für diese Reise und nicht für Geschichten aus lang vergangener Zeit.«

Sira hörte ihn genau, den warnenden Unterton, der sich immer dann in Noriks Stimme mischte, wenn er jede weitere Diskussion unterbinden wollte. Aber sie kümmerte sich nicht darum. Zu deutlich stand ihr das Gesicht des Fremden vor Augen. Abrupt blieb sie stehen, so plötzlich, dass Kapo ihr beinahe in die Hacken trat. »Einer der Nharay hat mit mir gesprochen«, sagte sie mit fester Stimme. »Er sagte, ich solle euch nicht trauen!«

Da hielt Norik inne. Auf einmal erschien er Sira bleicher als zuvor, und seine Augen glühten in dunklem Feuer. »Dann hat er dir nichts Neues erzählt, nicht wahr?« Seine Stimme klang nun rau, als hätte er sie seit langer Zeit nicht mehr gebraucht. »Denn du traust uns ohnehin nicht, keinem von uns. Und ganz egal, was ich dir sagen würde: Nichts könnte daran etwas ändern.«

Für einen Moment sah er sie an wie aus weiter Ferne. Dann wandte er sich ab und setzte seinen Weg fort, ohne sich noch einmal umzudrehen.

Sira blieb nichts anderes übrig, als ihm zu folgen. Sie wollte sich an ihrem Zorn festhalten, an ihrem Ärger darüber, dass Norik ihr keine Antworten gab und sich in Schweigen hüllte, aber seine Worte sanken wie glühende Kohlen in sie hinein, tief hinab zu einer Wahrheit, die die Warnung des Nharay verblassen ließ. Verstohlen sah sie zu ihm hinüber. Er hatte sich wieder hinter die kühle Maske des Kriegers zurückgezogen, und noch einmal spürte sie seinen prü fenden Blick auf ihrer Haut. Er war von ihrem Gesicht abgeglitten wie von einem Antlitz aus Eis, aber weit dahinter machte der raue Klang seiner Stimme sie hilflos … hilflos wie ein Kind in der Finsternis.

Kapitel 16

Der Feuerschein des Himmels fiel durch die Risse in der Bahnhofsdecke und legte sich glutrot auf die rußbedeckten Züge. Mehrere Waggons lagen quer auf den Bahnsteigen, andere waren unter großer Hitze geschmolzen, und überall, an den Säulen, auf dem Boden, selbst in den Gleisbetten kündeten tiefe Schnitte von den Klauen jener Kreaturen, die an diesem Ort einst Jagd auf Menschen gemacht hatten. Inzwischen waren ihre Schreie verstummt, und nur vereinzelt zeugte das getrocknete Blut auf den Fliesen noch von den Toten. Aber noch immer prangte die rote Faust an den Wänden, die über viele Jahre das Zeichen des Widerstands gewesen war – das Zeichen der Menschen, die an diesem Ort gestorben waren.

Die Scherben zerbrochener Fenster knirschten unter Noriks Stiefeln, als er über den Bahnsteig ging. Chicago war fast vollständig zerstört worden, der Michigansee war nichts mehr als ein Moloch aus gefrorener schwarzer Lava, doch diese Halle hielt sich inmitten der Trümmer noch immer aufrecht, und war sie früher der letzte Zufluchtsort des offenen Widerstands gewesen, bot sie nun auch Drachen Schutz vor den eisigen Winden, die über die Stadt hinwegjagten. Rhorkas Silhouette erhob sich vor einem umgestürzten Waggon wie ein Schattenriss und Norik musste lächeln, als er das Gemurmel seiner Gefährten hörte, die in einiger Entfernung im Schein eines

Feuers zusammensaßen. Zumindest für eine Nacht war der Trotz der Menschen an diesen Ort zurückgekehrt.

Er schwang sich auf das Dach eines Zuges und schaute über die Gleise in den frostklirrenden Abend jenseits der Halle. Der Wind trieb Eissplitter durch das Dach. Glitzernd rieselten sie auf die Züge nieder, doch Norik ließ sich von der Beschaulichkeit nicht täuschen. Sie war trügerisch, das hatte er in den vergangenen Tagen oft genug erlebt, und so fixierte er das Zwielicht wachsam, das sich langsam dunkler färbte.

In den letzten Stunden war Nhor'garoth ihnen gefährlich nah gekommen. Scheinbar mühelos überwand er Noriks Fallen, als würde das verfluchte Gold seines Herrn ihn wie eine Maschine aufrecht halten. Mehrfach war er ganz plötzlich aus den Schatten gebrochen, und Norik war nichts anderes übrig geblieben, als seine Gruppe immer wieder durch gefährliches Gebiet zu führen. Er bewegte die Schultern. Sein Rücken schmerzte von den Hieben der Schwarzen Stürme, die er kurz vor Chicago von seinen Gefährten abgelenkt hatte, und er spürte noch immer die Hitze der Fluchwirbel, die ihnen zuvor mit tödlichen Flammen nachgejagt waren. Seit Langem hatte er das Wetter dieser Gegend nicht mehr in dieser Gewalt erlebt. Und doch konnte selbst der Schmerz in seinen Gliedern die Gedanken nicht zurückdrängen, die ihn seit den Tunneln der Nharay beschäftigten ... Gedanken, die tiefere Schatten in ihm wachriefen als jeder dunkle Zauber.

Ohne sich von der einbrechenden Nacht abzuwenden, schob er seinen Mantel zurück und strich über die Narben an seinem Arm. Er brauchte nicht den Blick zu wenden, um sie zu sehen: sechsundzwanzig blasse Linien, die sich von feiner Klinge gezeichnet durch sein Fleisch zogen. Und wie jedes Mal, wenn er sie berührte, hörte er die Kinder schreien. Die Hitze eines übermächtigen Feuers jagte über seine Haut, glühend wie die Verzweiflung, mit der er gegen die Flammen angekämpft hatte, ohne sie löschen zu können. Er war selbst noch ein Kind gewesen in jener Nacht, und wie ein Kind hatte er die Machtlosigkeit empfunden, die ihn auch nun wieder ergriff: dieses lähmende Gefühl in einem Kampf, den er nicht gewinnen konnte. In jener Nacht hatte er etwas verloren, für das er bis heute keinen Namen hatte. Es war gestorben mit den sechsundzwanzig Kindern der Nharay, getötet von den Reitern der Gilde.

Rhorkas Ruf traf ihn wie ein eisiger Hieb. Grollend fegte ihr Windstrom über die Gleise, und noch ehe er die Stimmen hörte, die nun laut und aufgebracht zu ihm herüberklangen, setzte er sich in Bewegung. Eilig sprang er auf den Bahnsteig und erreichte seine Gefährten gerade noch rechtzeitig, um sich Arvid in den Weg zu stellen. Mit zornesroten Wangen stand der Krieger da, das Gesicht mit Wein besudelt, und starrte auf Sira hinab. Sie saß am Boden, den leeren Becher noch in der Hand.

»Was zur Hölle ist hier los?«, fragte Norik und schob Arvid ein Stück zurück, um den Abstand zwischen Sira und ihm zu vergrößern.

Der Reiter stieß seine Hand fort. »Sie hat mir einen Becher Wein ins Gesicht geschüttet, das ist los!«, rief er außer sich. »Ich lasse mir nicht den Mund verbieten, schon gar nicht von einem Mädchen, das Krieg spielen will, ohne auch nur die geringste Ahnung davon zu haben!«

Er wollte noch mehr sagen, aber da stieß Sira die Luft aus. Sie schwankte leicht, als sie auf die Beine kam, doch als Norik sie stützen wollte, wehrte sie seinen Griff ebenso rüde ab wie Arvid zuvor. Die Wunde an ihrer Schulter heilte gut, aber die Reise zehrte sichtlich an ihren Kräften, und ihre Augen waren noch eine Spur dunkler als sonst.

»Du hast mich provoziert«, gab sie zurück. »Wie in den ganzen letzten Tagen! Was geht es dich an, ob ich meine Messer schärfe?«

Arvid murmelte etwas Unverständliches, und Norik wechselte mit Rhorka einen Blick. Ein Nicken von ihr genügte, um seine Vermutung zu bestätigen. Arvid war ein ausgezeichneter Krieger, doch er ließ keine Gelegenheit aus, um Sira die Regeln der Gilde zu verdeutlichen, ganz besonders, wenn es um ihre kämpferischen Ambitionen ging. Er hatte seine Gründe dafür – Gründe, die zu tief in ihm vergraben waren, als dass er jemals darüber sprach. Doch Sira konnte davon nichts wissen, und sie hatte ein Talent dafür, mit Nachdruck für ihre Ansichten einzutreten. Und so hatten die Spannungen zwischen ihr und dem Krieger nun einen neuen Höhepunkt erreicht.

Norik schaute von einem zum anderen. »Haben wir in den letzten Tagen nicht schon genug gekämpft? Mir tut jeder Knochen weh, aber interessant zu sehen, dass ihr offensichtlich noch reichlich Kapazitäten habt!« Er sah zu Kapo und Juri hinüber, die mit geneigten Köpfen am Rand des Feuers standen. Ihre Drachen schauten unbeteiligt über die Dächer der Waggons hinweg, doch ihre Reiter verfügten nicht über dieses schauspielerische Können und schwiegen betreten. »Und ihr steht einfach daneben und seht zu? Ihr wisst ebenso gut wie ich, dass wir keinen Streit innerhalb der Gruppe riskieren dürfen!«

Juri warf Arvid einen wütenden Blick zu. »Es gäbe keinen Streit, wenn *manche* hier nicht ständig danach suchen würden.«

»Und abgesehen davon«, setzte Kapo hinzu, ehe Arvid etwas entgegnen konnte, »ist es nicht gut, sich in jeden Streit einzumischen. Die Gilde ist ein raues Pflaster, das wissen wir alle, und wer sich nicht allein zur Wehr setzen kann, ist schnell aufgeschmissen.«

Norik nickte unmerklich. Oft genug hatte er sich selbst in den letzten Tagen zwingen müssen, nicht einzuschreiten, wenn Arvid Sira angegangen war. Kapo hatte recht. Sie musste sich gegen derartige Angriffe aus eigener Kraft verteidigen, sonst würde sie es in der Gilde nicht weit bringen. Und nichts anderes hatte sie nun getan – mit einem Becher Wein in Arvids Gesicht.

»Nhor'garoth ist uns auf den Fersen«, sagte dieser nun und verschränkte die Arme vor der Brust, während er Sira fixierte. »In grenzenloser Naivität hast du ihn herausgefordert, und nun riskieren wir in jedem Augenblick unser Leben für dich. Ich habe mich nie darüber beschwert, aber ich verlange, dass du dich an unsere Regeln hältst!«

Sira schob das Kinn vor. »Entschuldige bitte«, gab sie zurück. »Ich wusste nicht, dass ihr eine *Schleife-nie-dein-Messer-in-Gegenwart-anderer-*Regel habt!«

Juri lachte, doch Arvid schüttelte den Kopf, ohne Sira aus den Augen zu lassen. »Frauen sind keine Krieger«, knurrte er. »Das musst du endlich begreifen. Du bist nicht hier, um zu kämpfen!«

Die Abfälligkeit in seinen Worten ließ die Luft flattern. Norik warf ihm einen mahnenden Blick zu, doch Sira sah ihn nur an, mit dieser Kälte, die sie seit den Tunneln der Nharay umgab wie ein Schutzwall. »Nein«, erwiderte sie tonlos. »Ich bin hier, um mich töten zu lassen, nicht wahr?«

Von einem Moment zum nächsten schienen die Eiswinde der Stadt über den Bahnsteig zu fegen. Erschrocken riss Juri die Augen auf. »Wie kommst du darauf?«, fragte er, und kurz trieb die kindliche Bestürzung in seiner Stimme die Kälte von Siras Zügen. Doch als sie Norik ansah, kehrte der Frost umgehend zurück.

»Weil es die Wahrheit ist«, sagte sie. »In den Tunneln der Nharay bin ich fast draufgegangen, weil ich mich nicht verteidigen konnte. Entweder hocke ich wie ein Gepäckstück auf Bompers Rücken, oder ich stolpere hinter euch her wie ein unbeholfenes Kind. Und bei jeder Gelegenheit muss ich mir dämliche Sprüche anhören von einem Kerl, der keine Ahnung davon hat, wer ich bin!«

Arvid schnaubte, doch irgendetwas in ihrer Stimme hinderte ihn daran, etwas zu erwidern. Vielleicht war es das leichte Zittern, das ihre Gestalt für einen Moment so zart wirken ließ, als würde ein

Windstoß genügen, um sie zu zerbrechen. Ihr Blick jedoch war noch ebenso unnachgiebig wie zuvor.

»Ich weiß nicht, ob euch das klar ist«, fuhr sie fort. »Aber wenn Nhor'garoth uns einholt, bin ich ihm hilflos ausgeliefert. Und ihr steht da hinter euren Masken aus Eis und erwartet, dass ich euch vertraue. Aber ich weiß nicht, wer ihr seid und was in euch steckt. Alles, was ich habe, sind ein paar Tage an eurer Seite und eine Warnung aus dem Mund eines Nharays!« Sie hielt inne, als würde sie gerade in diesem Moment einen Entschluss fassen, und straffte die Schultern. »Mag sein, dass die Frauen, die ihr bisher kanntet, ganz dankbar dafür waren, dass ihr sie beschützt habt. Aber ich bin nicht so wie sie. Und deshalb fordere ich das Recht, zum Krieger ausgebildet zu werden wie die Männer. Ich will lernen, wie man kämpft!«

Arvid stieß ein Lachen aus, das wie ein Fluch klang. Doch ehe er etwas sagen konnte, erstickte Norik jedes seiner Worte mit einem eisigen Blick. Dann wandte er sich an Sira. »In der Tat hat keine Frau das bisher verlangt. Denn eine Ausbildung zum Krieger hat nichts mit Ehre und Ruhm zu tun, wie du vielleicht glaubst, und sie ist härter als alles, was du bisher kennengelernt hast. Sie treibt schon die Männer an ihre Grenzen und darüber hinaus, und nicht selten wartet auf die Krieger jenseits der Gilde nichts als der Tod. Aus welchem Grund willst du diesen Weg gehen?«

Sira senkte den Blick, und Norik schien es, als würde er ihren Herzschlag auf seiner Haut fühlen. Dann sah sie auf. Die Dunkelheit ihrer Augen glühte wie loderndes Feuer. »Ihr habt mich vor Nhor'garoth gerettet«, sagte sie mit fester Stimme. »Und ich bin euch gefolgt, obwohl ich, seit ich denken kann, auf mich selbst aufgepasst habe. Ich weiß nicht, ob ihr versteht, was es bedeutet, in der Finsternis geboren zu werden – unter den Straßen New Yorks, wo ein Leben so flüchtig ist, dass der Atemzug eines Drachen ausreicht, um es zu zerbrechen. Ich kann euch nur eines sagen: Ihr habt keine Ahnung davon, wie hart mein Leben bisher war und was ich erlebt habe in dem, was ihr die Schatten nennt. Aber in all der Verzweiflung, in all der Einsamkeit und Trauer, habe ich mir eines immer bewahrt: meine Freiheit. Und so soll es bleiben. Ich will selbst bestimmen, wann und wie ich sterbe und gegen wen ich kämpfe. Wenn ihr mir das verweigert, war es sinnlos, mich aus Nhor'garoths Klauen zu retten. Denn dann ist es dennoch, als wäre ich tot.«

Niemand durchbrach die Stille, die auf diese Worte folgte. Selbst Arvid schwieg, und Norik fühlte das Erstaunen, das Sira wie einen Zauber auf seine Gefährten gelegt hatte. Sie alle wussten, wovon sie sprach, und hatte sie in den vergangenen Tagen stets Abstand zu ihnen gehalten, war es nun, als hätte sie mit sanfter Hand ihr Herz berührt. Norik hörte Rhorkas Lachen in seinen Gedanken, und er wusste, dass ihre Pupillen in grünem Licht aufglühten, als wäre sie selbst das Mädchen, das diesen Schritt inmitten gestandener Krieger getan hatte. Sein Blick jedoch ruhte auf Sira. Ihre Augen glänzten unter einem ungewohnten Schimmer, und dennoch konnte er sich nicht daran erinnern, je eine solche Stärke an ihr bemerkt zu haben wie in diesem Moment.

»Ich wuchs in der Gilde der Schatten auf«, sagte er nach einer Weile. »Jeden Tag konnte ich die Novizen bei ihrem Training beobachten und ich wollte nichts mehr, als daran teilzuhaben. Mein Vater verbot es mir, denn ich war noch zu jung. Doch ich ließ nicht davon ab, und so schlug er mir etwas vor: Sollte es mir gelingen, ihn im Zweikampf zu verwunden, würde er meiner Ausbildung zustimmen. Sollte ich versagen, würde ich ein Jahr warten müssen, ehe ich erneut mit einem solchen Bitte zu ihm kommen durfte. Natürlich ließ ich mich darauf ein ... und erntete den schmerzhaftesten Kampf meines Lebens. Drei Wochen lang schlief ich im Sitzen, weil jede Faser meines Körpers weh tat, und die Enttäuschung darüber, mein Ziel nicht erreicht zu haben wich bald der Erkenntnis, dass ich für diesen Schritt noch nicht bereit war. Aber noch etwas begriff ich, und das war weitaus wichtiger: Mein Vater würdigte meinen Wunsch, und er behandelte mich mit Respekt. Und eben diese Achtung will ich auch dir erweisen.«

Fast hätte er über Arvids fassungsloses Gesicht gelacht. Juri nickte triumphierend, während Kapo sich in Erwartung interessanter Abendunterhaltung gegen Bompers Flanke lehnte. Sira hingegen zog die Brauen zusammen, als würden seine Worte nur langsam in ihr Bewusstsein dringen.

»Und was bedeutet das?«, fragte sie, während er Mantel und Schwert ablegte.

Dicht vor ihr blieb er stehen. »Ich fordere dich zum Kampf«, entgegnete er ruhig. »Ich verwende weder Magie noch Waffen gleich welcher Art, und ich werde mich ausschließlich verteidigen. Wenn du es schaffst, mich zu verwunden, stimme ich deiner Ausbildung zu und werde dich persönlich im Schwertkampf unterweisen. Wenn du scheiterst, werden wir zumindest für ein Jahr nicht mehr über dieses Thema sprechen.«

Sira öffnete den Mund, um etwas zu sagen, doch Arvid fand schneller die Worte wieder. »Was zur Hölle ...«, begann er, aber Norik hob abwehrend die Hand.

»Es gibt größere Feinde als die Geister unserer Vergangenheit«, sagte er gefährlich leise. »Und lass dich warnen: Die deinen treiben dich auf Pfade, auf die du nicht gehörst. Doch hier geht es nicht um dich. Es geht um ein Drachenblut, das seinen Weg sucht – und es ist unsere Aufgabe, ihm dabei zu helfen.«

Ein Schatten flog über Arvids Gesicht, doch er neigte den Kopf, als Norik ihn prüfend ansah, und nickte schließlich. Dann wandte Norik sich wieder an Sira. »Was ist, Diebin der Schatten? Nimmst du die Herausforderung an?«

Sie schwieg für einen Moment, als würde sie damit rechnen, dass er plötzlich anfangen würde zu lachen zum Zeichen dafür, dass er sie veralbert hatte. Dann wich das Misstrauen einem vorsichtigen Lächeln, und er kehrte in ihren Blick zurück: der Funke, den Norik schon auf dem Nachtmarkt in ihren Augen gesehen hatte und der jede Faser ihres Körpers mit Leben füllte. »Ja«, sagte sie und nickte. »Ich stelle mich dem Kampf.«

Juri schlug begeistert die Hände zusammen. Ein Blickwechsel mit Norik genügte, und während Kar'mal sich in die Luft erhob, um an seiner Stelle Wache zu halten, lief er zu Bomper hinüber und durchsuchte die Kisten. Schließlich hielt er ein silbernes Schwert in die Höhe. »Eine Klinge aus Drachenstahl«, rief er und warf Sira die Waffe zu. »Ausgesprochen leicht und doch so scharf, dass sie sogar Gedanken in Fetzen schneidet!«

Arvid schnaubte verächtlich und lehnte sich an einen der Waggons. »Abgesehen davon, dass das Unsinn ist: als Wunde zählt, was wir sehen können. Nur, damit keine Missverständnisse aufkommen.«

Norik warf ihm einen abschätzigen Blick zu, doch Sira schenkte ihm keine Aufmerksamkeit. Zu gebannt betrachtete sie das Schwert in ihrer Hand, und als sie Norik ein Stück weit den Bahnsteig hinabfolgte, trat eine aufgeregte Röte in ihre Wangen.

»Hast du schon einmal mit einem Schwert gekämpft?«, fragte er und blieb in einigem Abstand zu ihr stehen.

Sie schüttelte den Kopf. »Es sei denn, du zählst die Waffen dazu, die manche Händler an Leute wie mich verkauft haben. Sie waren so schwer, dass ich sie kaum heben konnte, und außerdem nicht besonders gut geeignet, um sich die Drachen der Oberwelt vom Leib zu halten. Da war die Wahrscheinlichkeit größer, sich an den verrosteten Klingen eine Blutvergiftung zu holen.«

»Solche Probleme wirst du bei diesem Schwert nicht haben«, stellte er fest. »Aber auch hier gilt: Das Wichtigste im Kampf mit einer Waffe ist der Umgang mit ihr.« Er trat auf sie zu, doch sofort wich sie vor ihm zurück und hob das Schwert, als würde sie einen plötzlichen Angriff erwarten. Seufzend legte er den Kopf schief. »Wollte ich dich kampfunfähig machen, hätte ich es schon getan. Ich will dir nur zeigen, wie du dein Schwert führen musst, um eine Chance zu haben.«

Ein wenig verlegen ließ sie die Waffe sinken, und er trat hinter sie. Ihr Haar streifte sein Kinn, als er ihre Hand ergriff, und er spürte die Anspannung, die bei der Berührung durch ihren Körper ging - eine Vorsicht, so tief verwurzelt, dass sie instinktiv erwachte. Kurz ging ihm der Gedanke durch den Kopf, was sie in den Schatten erlebt haben musste, um ständig bereit zu sein, ihr Leben zu verteidigen. Dann schloss er seine Finger um ihre Hand.

»Das Schwert ist die Verlängerung deines Arms«, sagte er. »Anders als die Kraft deiner Messer zerbricht seine Macht, wenn du es loslässt. Diese Klinge besteht aus Drachenstahl. Sie ist trotz ihres geringen Gewichts nur schwer zu zerstören und in der Lage, Magie aufzunehmen. Diese Fähigkeiten solltest du nutzen.«

Sira fuhr zusammen, als er ihre Magie rief. Er konnte fühlen, wie sie als kühler Schauer durch ihren Körper flog, aber sie wich nicht vor ihm zurück. Flüsternd strömte bläuliches Licht über ihre Finger und überzog das Schwert mit seinem Glanz. Ein Lächeln glitt über Siras Lippen. »Meine Magie«, flüsterte sie. »Ich habe sie noch nie zuvor gesehen.«

Norik schaute auf das Licht, das in sanften Strömen über die Klinge glitt, und ließ Siras Hand los. »Bist du bereit?«, fragte er, und sie nickte.

»Ja«, erwiderte sie. »Das bin ich.«

Kurz nur sah sie ihn an, und es schien ihm, als würde der Glanz ihrer Klinge in ihren Augen aufgehen. Unmerklich wich sie vor ihm zurück - und ehe er ihren Hieb kommen sah, schlug sie nach seiner Brust. Im letzten Moment ließ er die Klinge abgleiten, doch der Angriff war stark genug, um ihn einige Schritte zurückzutreiben, und er hörte Juris Pfiffe, der auf Ysios' Rücken näher kam.

»Sie weiß, was Täuschung heißt!«, rief der Junge ausgelassen. »Sei wachsam, Krieger der Schatten!«

Norik sah ihn nicht an, doch der Spott in Juris Worten ließ keinen Zweifel daran, auf wessen Seite sein Knappe stand. Auch Kapo lachte leise, und Rhorkas Stimme glitt wie ein Nadelstich durch Noriks Fleisch.

Was ist, Reiter des Sturms?, raunte sie, und er konnte hören, dass sie lächelte. *Bist du nicht immer gut darin gewesen, Masken zu durchschauen? Lässt du dich etwa von einem Mädchen aufs Glatteis führen?*

Norik stieß die Luft aus. *Das kommt auf die Masken an*, gab er zurück, während Sira mit erhobenem Schwert begann, ihn zu umkreisen. Längst war das Lächeln von ihren Lippen gewichen, und sie setzte die Schritte mit Bedacht, als würde sie einen der Drachen herausfordern, die sie in der Oberwelt getötet hatte.

Natürlich, klang Rhorkas Stimme durch Noriks Gedanken. *Vor allem, wenn sie vor einem Gesicht wie diesem liegen, nicht wahr?*

Unwillig trieb Norik ihr Lachen aus seinem Kopf, doch ihre Worte klangen in ihm wider, während er einen weiteren Schlag von Sira abwehrte. Eine Strähne ihres Haares fiel ihr ins Gesicht, ihre Wangen waren gerötet, doch ihre Augen glühten noch immer in dem konzentrierten Feuer, das ihm schon bei ihrer ersten Begegnung aufgefallen war. Es war, als hätte jemand ein Licht in ihr angezündet, das größere Helligkeit barg als alle Flammen, die er kannte.

Kühl schoss die Klinge an seinem Hals vorbei, als sie mit geschicktem Ausfall vorsprang. Wieder wich er ihr aus, und ein Lächeln flog über seine Lippen, als sie ihn mit brennendem Trotz ansah. Natürlich hatte sie keine Chance auf einen Sieg. Er wusste das, wie sein Vater es damals bei ihrem Kampf gewusst hatte. Aber jede ihrer Bewegungen war die einer Diebin, die gelernt hatte, in den Schatten der

Welt zu überleben, und obwohl ihr Atem raste, zeigte sie ansonsten keine Anzeichen der Erschöpfung. Sie war geschickt – und deutlich schneller, als er erwartet hatte.

Noch einmal sog er das Bild in sich auf, wie sie dastand, das Schwert erhoben, den Blick auf ihn gerichtet, als könnte sie auf diese Weise jeden seiner Schwachpunkte erkennen. Langsam ließ er die Luft aus seiner Lunge fließen. Dann schloss er die Augen und blieb mit geneigtem Kopf stehen. Fast hätte er gelächelt, als er Siras Verunsicherung spürte. Sie ließ die Luft vibrieren, ebenso wie Juris Anspannung, der auf Ysios' Rücken den Atem anhielt. Siras Schritte waren beinahe lautlos, als sie auf Norik zutrat. Vorsichtig tat sie das, als würde er jeden Moment zum Angriff übergehen, und er ließ sie herankommen, näher, immer näher. Erst als sie das Schwert vorstieß, wich er ihrem Hieb aus, wirbelte um die eigene Achse und schlug ihr die Waffe aus der Hand.

Der Schmerz ließ sie aufstöhnen, aber sofort hob sie ihr Schwert auf und sprang erneut vor. Wieder wich Norik ihr aus. Mit voller Wucht prallte sie gegen einen Waggon und taumelte. Im letzten Augenblick verhinderte sie einen Sturz, doch ihre Schwerthand zitterte, als wäre das Gewicht der Waffe auf einmal zu groß. Arvids Lachen hallte über den Bahnsteig, und Norik musste an seinen Vater und ihn selbst denken, als Sira die Hand an ihre blutige Schläfe führte. Er hörte wieder den Spott der Novizen, der nach jedem Fehlschlag um ihn herum aufgewallt war, fühlte den Schmerz, der in diesem Moment durch Siras Schädel pulste ... und sah die Entschlossenheit, die ihn damals überkommen hatte, in ihren Augen aufbrechen.

Mit zusammengepressten Zähnen stieß sie sich vom Waggon ab. Ihre Hiebe waren nun weniger präzise, doch sie gewann an Schnelligkeit, als würden Schmerz und Zorn sie vorwärtstreiben. Norik spürte sein Blut in seinen Adern, so rasch drängte sie ihn zurück. Knirschend schlug ihre Klinge in eine Wagentür ein, als er sich aufs

Dach hinaufzog. Eissplitter regneten darauf nieder und machten die Fläche verteufelt glatt, doch Sira zögerte keinen Augenblick. In beeindruckender Geschicklichkeit sprang sie ihm hinterher, scheinbar mühelos und fast ohne ihre Hände zu benutzen. Kurz sah er sie vor sich, wie sie in New York auf der Flucht vor den Drachen über die Trümmer hinweggeflogen sein musste.

Wie in einem seltsamen Tanz begannen sie, vor und zurück zu gleiten, hoch oben auf dem Dach eines alten Zuges, umtost von eisigem Wind. Aus dem Augenwinkel sah Norik, wie die anderen zu ihnen aufsahen. Jeder Spott war von ihren Gesichtern gewichen, selbst Arvid schaute mit stiller Konzentration auf das Mädchen, das mit aller Kraft für ihr Ziel kämpfte. Immer wieder stieß sie ihr Schwert vor, und einmal kam sie Norik so nah, dass er fast das Gleichgewicht verlor. Aber er reagierte sofort. Rasch warf er sich nach vorn und schlug Sira zurück.

Sie flog durch die Luft und landete so hart auf dem Rücken, dass sie keuchte. Im selben Moment klang Rhorkas warnende Stimme durch Noriks Gedanken, und er roch es auch: das Blut, das plötzlich die Luft schwängerte, viel stärker als zuvor. Rasch trat er auf Sira zu und sah, dass ein Stück aufgerissenes Metall ihre Seite gestreift hatte. Sie presste die Hand gegen die Wunde. Ihr Fleisch klaffte auf, doch ehe er etwas sagen konnte, schüttelte sie den Kopf und stemmte sich auf die Beine. Ihre Hände zitterten, als sie das Schwert umfasste, und Norik seufzte. Er wollte ihr sagen, dass sie aufhören sollte, dass sie es nur schlimmer machte und die Schmerzen am nächsten Tag sie umbringen würden. Aber der Ausdruck in ihren Augen verbot ihm jedes Wort. Sie dachte gar nicht daran, aufzugeben.

Stattdessen griff sie ihn an, als würde sie weder Schmerz fühlen noch Kälte. Ihre Klinge schlug Funken, als er auswich und sie das Dach traf, doch im selben Moment, da sie sich kaum wenige Armlängen von ihm entfernt aufrichtete, ging ein Lächeln durch ihren Blick

Mit mächtigem Satz stieß sie sich vom Dach ab, und kurz schien die Zeit langsamer zu laufen. Norik hörte das Flattern ihres Haares, er sah, wie sie mit der freien Hand einen Kabelstrang ergriff, der von der Decke herabhing, und die Klinge zum Schlag hob. Sie hatte ihn absichtlich hinauf aufs Dach getrieben, war ihm willentlich so nah gekommen, dass ein Hieb seinerseits unvermeidlich gewesen war, und nun hatte sie ihn, wo sie ihn haben wollte: unter diesem Kabel, das er kaum beachtet hatte. Blitzschnell zog sie sich daran hinauf und landete hinter ihm auf dem Dach. Er fuhr noch herum, doch da ritzte Siras Schwert seinen Ärmel.

Mit weit aufgerissenen Augen starrte sie auf den Kratzer. Einen Fingerbreit weiter, und sie hätte ihr Ziel erreicht. Schon hob sie ihr Schwert erneut, setzte vor – und sah die glatte Stelle unter ihren Füßen zu spät. Norik griff nach ihr, doch ehe er sie packen konnte, rutschte sie seitlich über das Dach in die Tiefe. Krachend landete sie in einem zerbrochenen Glaskasten.

Norik sprang vom Dach und lief auf Sira zu, so schnell er konnte. Schemenhaft nur erkannte er seine Gefährten, die sich rasch näherten, und fiel neben ihr auf die Knie. Sie lag auf dem Rücken, die Augen geschlossen, und rührte sich nicht. Mehrere Scherben waren in ihr Fleisch gedrungen, Blut lief ihr aus dem Mund und sie war so blass, als wäre alles Leben aus ihren Gliedern gewichen. Eilig beugte er sich vor, und als ihr Atem seine Lippen traf, strömte ein Schauer der Erleichterung über seinen Rücken. Im selben Moment öffnete sie die Augen. Kurz glomm etwas wie ein Lächeln darin auf. Dann kehrte der Funke in ihren Blick zurück, dieses Licht, das eines ganz deutlich zeigte: Sie war noch lange nicht am Ende, im Gegenteil – ihr Wille war stärker als jeder Schmerz dieser Welt.

Norik wich zurück, als sich ihre blutige Hand um ihr Schwert schloss, aber es war zu spät. Er spürte kaum den Schnitt an seinem Arm, doch sein Herz krampfte sich zusammen, so heftig, dass er aufstöhnte. Es war, als würde ein anderer Puls seinen Körper erfüllen. Als kühler Schauer schoss Siras Magie durch seine Adern. Es war ein Feuerwerk aus Licht und Farben, als sie in seinem Schädel explodierte. Dann umgab ihn schattenhafte Dunkelheit.

Asche drang in seine Lunge, und er hustete, als er den Blick hob. Er befand sich nicht mehr auf dem Bahnsteig. Er kniete am Rand eines Schlachtfeldes, und dort, über den Körper eines gefallenen Kriegers gebeugt, saß er selbst, kaum zehn Jahre alt. Die Umgebung war verschwommen, doch sein jüngeres Ich erkannte Norik genau, und er sah den Glanz in dessen Augen, diesen haltlosen Schimmer, den er inzwischen tief in sich vergraben hatte. Damals jedoch war er ein anderer gewesen ... ein Kind jenseits der Kälte des Sturms.

Norik nahm das Blut an seinem Arm kaum wahr, als das Bild um ihn zerbrach. Sira hatte ihn verwundet, sie hatte es geschafft. Er griff nach ihrer Hand inmitten der Scherben, und er fühlte ihre Wunden ebenso wie den Heilungszauber, den Rhorka nun in ihre Glieder schickte. Doch stärker noch spürte er ihr Herz mit dem seinen im Gleichklang schlagen, ihre Magie in seinen Adern und ihren Atem auf seiner Haut, und als die Verbindung langsam erlosch, erfasste ihn tiefes Bedauern. Noch nie zuvor hatte er eine solche Nähe zu einem anderen Wesen empfunden, abgesehen von seinem Drachen, und er brachte kein Wort über die Lippen, als er Siras Blick erwiderte. Sie jedoch lächelte, so ruhig, als wäre sie noch immer gemeinsam mit ihm auf einem Feld aus Asche und sähe das Kind, das tief in ihm auf den Knien lag und die Hand seines Vaters hielt.

Die Wunden sind nicht tief, drang Rhorkas Stimme durch seine Gedanken. *Und sie hat sich nichts gebrochen. Sie hat verdammtes Glück gehabt ... Und du auch, wie mir scheint.*

Unmerklich neigte Norik den Kopf. *Ja,* sagte er. *Das glaube ich auch.*

Er hörte, wie Juri erleichtert die Luft ausstieß, als er Sira auf die Beine half, und sah Arvid aus dem Augenwinkel, der mit wortlosem

Respekt vor ihnen zur Seite trat. Kapo breitete eine Decke vor Bomper aus, auf der Sira sich niederlassen konnte, und gleich darauf entfachte sich eine Diskussion über den Kampf, als hätten die Krieger nur darauf gewartet, darüber zu fachsimpeln.

Norik jedoch wandte sich nicht von Sira ab. Für einen kurzen, zerbrechlichen Moment gab es keine Mauer mehr zwischen ihnen, keinen Zweifel, keine Furcht. Er nahm jede Einzelheit ihres Gesichts wahr, die Wachsamkeit ihrer Augen, ihr Haar, das ihre Wange berührte, den Schatten in ihren Mundwinkeln, der ihr Lächeln von einer Sekunde zur nächsten zerbrechen konnte. Doch sie betrachtete ihn noch immer, so gelassen und so staunend. Und zum ersten Mal, seit sie sich kannten, ging ein sanfter Schimmer durch ihren Blick.

Kapitel 17

Der Traum umgab Sira wie samtene Nacht. Sie roch den Zimtduft der Decke, die sie sich als kleines Kind mit Andor geteilt hatte, hörte ihren Onkel in der Ferne lachen und empfand dieselbe Geborgenheit, die sie damals gespürt hatte: dieses unerschütterliche Vertrauen darin, dass alles gut werden würde. Doch sie war nicht mehr das Kind von damals. Inzwischen wusste sie inmitten der Dunkelheit, dass sie träumte, und es gelang ihr nur kurz, sich dem Gefühl von früher hinzugeben. Dann streckte sie die Hand nach ihrem Bruder aus, und im selben Augenblick, da sie ins Leere griff, erklang eine Stimme wie raunender Wind. Kaum hörbar drang sie zu ihr, doch sie kündete von Gefahr. Und der Traum um Sira zerbrach.

Noch ehe sie die Augen aufriss, war sie hellwach. Die Bäume des kleinen Waldes ragten um sie herum auf wie erstarrte Schatten, und neben ihr kniete Norik und beugte sich zu ihr herab.

»Schnell«, flüsterte er so leise, dass sie seine Worte kaum verstand. »Sie kommen.«

Sira begriff sofort. Die Luft flirrte in zunehmender Kälte, die Blätter des Waldes überzogen sich mit Raureif, und etwas ließ die Bäume stöhnen – ein Luftzug wie der eisige Wind unter den Schwingen eines Drachen. Nhor'garoth war nah.

Eilig kam Sira auf die Beine. Das Feuer, das sie gerade noch gewärmt hatte, war unter Noriks Händen erstickt, und als sie hinter ihm herlief, glitt die Kälte ihr nach, unbarmherzig wie ein tödlicher Schwur. Ohne den Schutz des Schlafs fühlte sie wieder jeden Knochen in ihrem Körper, doch ehe der Gedanke an ihren Sieg über Norik in ihr aufbrechen konnte, hallte Juris Warnruf durch die Finsternis. Der Junge hatte gemeinsam mit Kapo Wache gehalten, Sira hörte Bompers Schwingenschlag über den Baumwipfeln. Aus dem Augenwinkel sah sie, wie Kar'mal seine Flügel ausbreitete – und fuhr erschrocken zurück, als Rhorka direkt vor ihr aus der Dunkelheit tauchte.

»Setz dich nach vorn«, raunte Norik, während der Drache sich ein wenig zu Sira herabbeugte. »Ich halte dich fest.«

Sira starrte in die goldgrünen Drachenaugen. Sie glühten vor Unruhe wie der Sturm, der in Rhorka lauerte, und für einen Moment sah Sira wieder die Leiber der Königsreiter um sich niederfallen, die der entfesselte Wind auf dem Nachtmarkt zerrissen hatte. Aber ehe die Furcht nach ihr greifen konnte, wandte sie sich ab und zog sich auf Rhorkas Rücken. Die Schuppen des Drachen waren eiskalt unter ihren Händen. Mühelos schwang Norik sich hinter ihr hinauf und legte einen Arm um sie. Kurz schien es ihr, als würde die Wärme des Feuers zu ihr zurückkehren. Dann beugte er sich vor, und Rhorka erhob sich mit mächtigem Schwingenschlag in die Luft. Norik schützte Siras Gesicht vor peitschenden Zweigen, und gleich darauf brachen sie aus den Baumkronen.

Der Himmel über ihnen glühte in kaltem Feuer. Schattenhaft huschten seine Farben über Siras Gesicht und sie krallte ihre Finger in den Sattel, so stark, dass ihre Knöchel knackten. Kar'mal schoss als Flammenschweif voraus, Ysios hüpfte durch die Luft, als würde er über Hügelkuppen hinwegspringen, und Bomper brach mit so entschlossenen Flügelschlägen durch einzelne Feuerwolken, dass Funken über seine Schuppen flogen. Rhorka hingegen schien mit dem Wind zu tanzen. Sie ließ sich von Auftrieben emporziehen, stürzte mit kalten Strömen in die Tiefe und glitt durch den Himmel wie ein Lichtstrahl durch ein aufgebrachtes Meer. So schnell war der Drache, dass Sira kaum die Augen offen halten konnte, und immer wieder hatte sie das Gefühl, dass Rhorkas Leib sich unter ihren Händen tatsächlich in Sturm verwandelte – einen Sturm, der sie mit Leichtigkeit zerreißen konnte.

Heftiger als dieses Bild jedoch griff die Kälte nach ihr, die nun hinter ihnen aufwallte. Selbst die Flammen des Himmels schienen in ihren Klauen zu flackern, aber als Sira einen Blick zurückwarf, erkannte sie in einiger Entfernung nichts als ein leichtes Flirren in der Luft. Sie sah Norik vor sich, reglos am Rand der Hügellandschaft, die sie am Morgen überflogen hatten, und erinnerte sich an die Magie, die er als messerscharfe Sicheln im Flüstern des Windes verborgen hatte. Schon der Anblick dieser Falle hatte ihr einen Schauer über den Rücken geschickt, und sie hatte sich vorgestellt, wie der Zauber ihren Verfolgern das Fleisch zerschneiden würde. Es war ein gutes Gefühl gewesen, den Mörder ihres Bruders in Gedanken bluten zu sehen.

Wie Spottgesang umfasste die Kälte ihre Kehle. Sie keuchte, doch im selben Moment fuhr Rhorka herum. Fast wäre Sira abgerutscht, aber Norik ließ sie nicht los. Donnernd hallte seine Stimme durch die Luft und entfachte einen Zauber, der in grünem Wetterleuchten auf den Ursprung des Frosts zuraste. Kurz nur flackerte die Luft auf. Dann zerriss der Tarnzauber wie ein verbrennendes Tuch, und zwischen den lodernden Fetzen brachen die Reiter des Königs hervor.

Ihre Rüstungen waren von Schnitten und Striemen übersät, Blut klebte an ihren Händen, und ihre Augen glühten vor Zorn, als würden sie noch immer die Schmerzen des Sichelzaubers in ihrem Fleisch spüren. In Formation jagten sie dahin, sodass sie von vorn aussahen wie der gewaltige Leib eines Drachen, und an Stelle des Kopfes ritt Nhor'garoth und umfasste Sira mit seinem Blick. Jeden Kratzer würde er ihr tausendfach vergelten, das konnte sie sehen. Schon stieß er die Faust vor, und in einem Wirbel aus flirrendem Schnee jagten schädelgroße Eisklumpen direkt auf sie zu.

Instinktiv hob Sira die Hände, doch ehe die Geschosse sie erreichten, preschte Bomper vor sie. Er hatte nichts mehr mit dem gutmütigen Drachen gemein, der Sira in den vergangenen Tagen getragen hatte. Seine Haut flirrte, als würden Sandstürme darüber hinfliegen, die Schuppen um seinen Hals hatten sich aufgestellt, und sein Grollen war so tief, als könnte es mühelos die Welt auseinanderbrechen. Auch Kapos Gesicht hatte jede Sanftmut verloren. Seine Augen glühten wie zwei Kohlestücke, und als er im Sattel aufstand und schrie, da brach Bompers Brüllen auch aus seiner Kehle. Markerschütternd schlug es Nhor'garoths Geschossen entgegen und schickte sie als glühende Felsbrocken zu den Königsreitern zurück. Sira hörte noch, wie zwei Drachen getroffen wurden, und sah Nhor'garoths wutverzerrtes Gesicht. Dann warf Rhorka sich herum und sie setzten ihren Weg fort.

Die Toten Wälder, peitschte Noriks Stimme durch ihre Gedanken. *Sie sind nicht mehr weit!*

Sira hatte von diesem Ort noch nie etwas gehört. Sie war nicht sicher, ob er bei diesem Namen tatsächlich Anlass zur Freude war, aber die anderen schienen Noriks Ruf als Ansporn zu nehmen. Kar'mal schoss so schnell dahin, dass seine Schwingen lodernde Schnitte im Himmel hinterließen, Ysios gab Bomper Deckung, der mit vollem Körpereinsatz einen nahenden Drachen zurückstieß, und Rhorka raubte ihren Verfolgern immer wieder den Wind unter den Schwingen.

Doch die Reiter des Königs ließen sich nicht abschütteln. Bei einem Blick zurück sah Sira den Zauber, den Nhor'garoth in seinen Händen formte, und sie fühlte die Kältewellen, die er in immer mächtigeren Schüben über sie hinwegschickte. Glitzernd legte sich der Raureif auf Rhorkas Schwingen und wie sie wurden auch die anderen unter dem Bann des Frosts langsamer. Gleich darauf preschte ein Kerl mit aschgrauem Drachen weit nach vorn und breitete die Arme aus. Schwelende Linien zogen sich wie Brandzeichen über seine Hände und plötzlich drangen Stimmen durch die Luft, so entsetzlich, dass Sira zusammenfuhr. In hohem Kreischen verbrannten sie Juris Zauber, kaum dass sie den grauen Drachen erreichten, und als dieser ein Brüllen ausstieß, meinte Sira, verschlungene Worte inmitten des Rufs zu hören. Im selben Moment riss der Reiter die Arme hinab. Schwarze Flammen brachen aus den Zeichen auf seiner Haut und mit nicht mehr als einem Nicken stoben sie auf seine Feinde zu.

Sie waren so schnell, dass Rhorka ihnen nur mit einer rasanten Drehung ausweichen konnte. Gerade noch rechtzeitig klammerte Sira sich an Noriks Arm und verhinderte einen Sturz. Boshaft zischelnd flogen die Flammen über sie hinweg, und sie schmeckte etwas wie Asche in ihrem Mund. Gleich darauf kehrten die Flammen um, als wären sie bissige Köter, und stürzten sich wieder auf Rhorka. Mit raschem Schwingenschlag entkam sie ihrer Glut erneut, und auch Ysios und Kar'mal wichen im letzten Moment vor den Strömen zurück. Bomper jedoch war nicht schnell genug. Kapo warf sich auf seinem Drachen nach vorn, um ihn vor den Flammen zu schützen. Dann traf die Glut seine Hüfte und riss ihn von Bompers Rücken.

Sira stieß einen Schrei aus, doch ihre Stimme ging in Bompers Brüllen unter. Pfeilschnell schoss Arvid hinter Kapo her und zog ihn auf Kar'mals Rücken. Aber die Flammen brannten sich tief in sein Fleisch, und als der Reiter auf dem grauen Drachen die Hand zur Faust ballte, schrie er auf, als würde der Fremde die Finger in sein Herz graben. Gleichzeitig schwollen die Stimmen ringsum höhnisch an. Die Flammen beschleunigten ihren Flug. Nur um Haaresbreite wich Rhorka ihnen aus, und Sira erschrak, als Norik sich hinter ihr aus dem Sattel stemmte.

»Was hast du vor?«, schrie sie gegen die Stimmen an.

»Das schwarze Feuer ist verflucht«, erwiderte Norik und duckte sich vor dem Flammenschwarm, ohne den Halt zu verlieren. »Ich muss die Glut ersticken, wenn ich Kapo retten will!«

Ein Schauer aus Frost fegte über sie hinweg und zerbrach jedes Wort auf Siras Zunge. Kar'mal schoss heran. Knisternd entfachten sich seine Schwingen in gleißendem Feuer und durchschnitten die Kältewellen, die Nhor'garoth ihnen nachsandte, doch Norik schien es kaum zu bemerken. Konzentriert legte er die Hand auf Rhorkas Schuppen. Offenbar gab er ihr einen Befehl, den sie mit unwilligem Knurren zur Kenntnis nahm. Dann sah er Sira an. »Du bleibst bei Rhorka«, sagte er eindringlich. »Und wenn die Flammen kommen: Halte den Kopf unten.«

Kurz nur glomm ein Lächeln über seine Lippen. Dann legte Rhorka sich schräg in den Wind. Sira schlang die Arme um ihren Hals, so sehr erschrak sie vor der Tiefe, die sich plötzlich direkt vor ihr ausbreitete. Schattenschnell jagte Rhorka auf den grauen Drachen zu, und ehe Sira noch Atem holen konnte, sprang Norik auf dessen Rücken.

Sein Schwert glühte in grünem Licht auf, und Sira ließ ihn nicht aus den Augen, während Rhorka mit raschen Flügelschlägen an die Spitze des Zuges glitt. Umtost von Nhor'garoths Schneegestöber wich Norik den Angriffen des Reiters aus, der nun auf die Beine kam. Schwarze Flammen umkreisten die Kämpfenden, immer wieder stoben sie auf Norik nieder, doch gerade, als der Fremde sie zu einem Feuerwirbel vereinte, stieß Norik sein Schwert in die Glut. Rauschend flog das schwarze Feuer über seine Klinge. Er schwankte nicht, als sein Licht es verschlang, und ehe der Fremde begriffen hatte, was geschehen war, durchbohrte Norik sein Herz.

Die Stimmen verstummten so plötzlich, dass Sira für einen Moment nichts mehr hörte als den tosenden Wind und ihren eigenen Herzschlag. Die Glut in Kapos Fleisch erlosch, die Flammenschwärme zerbrachen und begleiteten in prasselnden Funken den Reiter, der in die Tiefe stürzte. Dann jedoch riss der graue Drache den Kopf in den Nacken und schrie so gellend, dass jede Stille zerbrach. So viel Verzweiflung lag in seiner Stimme, dass Sira seinen Schmerz spüren konnte, und für einen Moment glitt ein Schatten über Noriks Gesicht, der die Härte des Kriegers aus seinem Blick zog. Dann hob er das Schwert und trieb es dem Drachen in den Nacken.

Ein Schauer flog über Rhorkas Schuppen, als hätte auch sie gesehen, wie das Gold in den Augen des Drachen erlosch. Atemlos sah Sira zu, wie Norik auf dessen Rücken abwärtsstürzte. Schon jagte Arvid heran, doch ehe er ihn packen konnte, glühte der Zauber in Nhor'garoths Händen auf. Eine eisige Welle schlug Kar'mal entgegen und schleuderte ihn durch die Luft wie ein Blatt im Wind. Der Raureif auf Rhorkas Schuppen knisterte, als würde er Messer in ihr Fleisch treiben, und sie wandte unruhig den Blick zurück. Aber da sprang Ysios heran. Sein Gefieder hatte sich im Nacken zu gefrorenen Stacheln aufgerichtet. Kristallen funkelten seine Schwingen inmitten der erlöschenden Funken, und als er sich fallen ließ, lehnte Juri sich zu Norik hinab, ungeachtet des Frosts, der bereits auf ihn zustob. Im letzten Moment ergriff Norik seine Hand, zog sich zu seinem Knappen hinauf und schützte ihn mit einem Zauber vor der Kälte, die gleich darauf als heftige Welle über sie hinwegfegte.

Erleichtert stieß Sira die Luft aus, als die beiden inmitten des Schneetreibens aufwärtsstiegen, doch Norik verlor keine Zeit. Ehe sein Gewicht Ysios zurückfallen ließ, stieß er sich von dem Drachen ab. Kurz schien es, als würde er fliegen, so unsichtbar war der Sturmzauber in seinem Rücken. Dann ergriff er Bompers Klaue und zog sich über die linke Schwinge aufwärts.

Sira sah noch, wie Norik sich am Sattel festhielt. Dann flutete eine weitere Kältewelle über sie hinweg. Ihre Lunge brannte, so eisig schoss die Luft ihre Kehle hinab. Schwer atmend wandte sie den

Kopf und hörte das Grollen in Nhor'garoths Zauber, der sich nun zu einem Wirbel formte und messerscharfe Eisscherben auf seine Feinde schickte. Norik jedoch schien den Frost nicht zu fühlen. Mit versteinerter Miene richtete er sich auf Bompers Rücken auf, und als er die Arme ausbreitete, entlud sich der Zorn des Drachen in einem mächtigen Brüllen. Bomper hatte Kapos Wunde gespürt, das konnte Sira nun hören, und sie sah, wie Noriks Sturm sich mit dem brennenden Sand des Drachen vereinte und eine schützende Mauer hinter seinen Gefährten errichtete. Schädelgroße Steine glommen darin auf, das Krachen berstender Felsen ließ die Luft erzittern. Und das keinen Augenblick zu früh.

Noch ehe Bompers Brüllen ganz verklungen war, ballte Nhor'garoth die Hände zu Fäusten. Sein Zauber zerbrach, hell floss er über seinen Körper und ließ ihn für einen Moment in goldenem Licht erstrahlen. Dann riss Aryon das Maul auf, und als würde eine Welt aus Eis in seinem Schlund zerbrechen, schoss frostglühendes Feuer aus seiner Kehle. Dröhnend schlug es gegen Noriks Schutzwall, so heftig, dass Bomper aufstöhnte. Mit erhobenen Händen stemmte Norik sich gegen das Drachenfeuer, doch schon gruben sich einzelne Flammen durch seinen Wall. Zu Speeren aus Eis erstarrt schossen sie durch die Risse, und Sira spürte die tödliche Kälte, die in weißen Schleiern auf sie zustob. Kar'mal keuchte in dem plötzlichen Frost, das Feuer auf seinen Schwingen flackerte, und während Bomper unter den Hieben der Schleier zu zittern begann, entkam Ysios nur knapp einem Speer. Mit aller Kraft schlang Norik Fesseln aus Sturm um mehrere Geschosse, doch als er sie zum Splittern brachte, rann Blut über seine Finger. Rhorka fuhr zusammen, als wären die Scherben in ihr eigenes Fleisch gedrungen, und Sira meinte, Nhor'garoth inmitten des Frosts lachen zu hören. Gleich darauf brach ein Speer direkt vor Norik durch den Wall, und ehe er ausweichen konnte, streifte er seine Schulter.

Sira glaubte, Noriks Atem auf ihrer Haut zu spüren. Noch immer grub er die Hände in seinen Wall, aber ein Zittern lief über seinen Körper, und sie empfand seinen Schmerz, der in heftigen Wellen durch Rhorkas Körper pulste. Schemenhaft nur nahm sie die zwei Königsreiter wahr, die durch die Mauer brachen, ungeachtet der blutigen Wunden, die Noriks Zauber ihnen zufügte. Sofort schossen Kar'mal und Ysios auf sie zu, doch Aryons Feuer schlug ihnen mit voller Wucht entgegen und erstickte ihre Zauber sofort. Keuchend fiel Norik auf die Knie – und im selben Moment fasste Sira einen Entschluss.

Als warmes Pulsen glühte er in ihrem Magen, und als Rhorka sie mit grün flammenden Augen ansah, fühlte sie ihn in dem schuppigen Leib widerklingen, kraftvoll wie der Herzschlag eines Drachen. Ohne ein Blinzeln erwiderte sie Rhorkas Blick, der mühelos tiefer drang, durch jedes Gefühl, jeden Gedanken, jede Ahnung. Dann neigte der Drache zustimmend den Kopf, und ohne zu zögern stemmte Sira sich aus dem Sattel.

Der Schwindel war stärker, als sie erwartet hatte. Die eisigen Böen schlugen von allen Seiten auf sie ein, und obwohl Rhorka in der Luft verharrte, hob und senkte sich ihr Leib noch immer wie aufgewühlte Wellen. Doch Sira zwang sich, nicht an die Höhe zu denken, nicht an die Schergen des Königs, die immer näher kamen, und nicht an die Furcht, die tief in ihr nur darauf wartete, hervorzukriechen. Entschlossen hob sie den Blick und kaum dass ihre Füße sicheren Stand fanden, veränderte sich Rhorkas Leib unter ihren Händen. Ihre Schuppen wurden warm wie der Wind, der manchmal durch Siras Baracke in der Station geflogen war und dem Andor so gern zugehört hatte, und mit einem einzigen tiefen Atemzug wurde ihr Leib durchscheinend wie der Sturm, den sie barg. Staunend richtete Sira sich auf. Es war, als zöge die Hand ihres Onkels sie in die Höhe, und Rhorkas Atemzug verhüllte auch sie vor den Blicken der

Königsreiter. Wie der Panzer eines Drachen war er auf ihrer Haut, und Nhor'garoths Kälte floss durch sie hindurch – so fern, als wäre sie nicht mehr als ein flüchtiger Gedanke. Doch ein Blick auf Norik genügte, um den Frost zu Sira zurückzutreiben.

Deine Magie ist ein Teil von dir, klang seine Stimme durch ihren Sinn. *Wie dein Atem. Du kannst sie rufen, du kannst sie formen. Vertraue ihr. Vertraue der, die du bist.*

Sira spürte Noriks Atem in ihrem Nacken wie bei ihrer Lektion am Morgen, und wieder nahm sie ihre Magie in sich als kühlen Schleier wahr. Rhorkas Muskeln spannten sich unter ihr, die unsichtbare Haut begann zu flackern, so heftig zerrte Nhor'garoths Frost an ihrem Schutzzauber. Ohne einen Laut ließ Rhorka sich zurückfallen, und Sira griff nach ihrem Bogen. Noch einmal schaute sie zu Norik hinüber. Dann atmete sie tief ein und richtete ihre Aufmerksamkeit auf Nhor'garoth. Sie legte einen Pfeil an die Sehne, atmete aus – und im selben Moment, da die Hitze ihrer Magie in ihre Finger schoss, jagte Rhorka auf ihren Feind zu. Sira sah noch, wie Nhor'garoth den Blick wandte und zurückwich, und sie fühlte die unsichtbaren Hände des Sturms, die sie ein Stück weit emporhoben. Dann entfachte sich ihr Pfeil zu tosendem Feuer – und traf Aryon unter dem rechten Flügel in die Brust.

Der Schrei des Drachen fegte jeden Zauber von Siras Körper. Schwarz war das Blut, das aus seiner Wunde drang, und als er den Kopf zurückriss, strömte das Feuer seines Atems in den brennenden Himmel. Blitze zuckten über das Firmament, und da stürzte Rhorka sich vor. Donnernd brach ihr Sturm aus ihrer Kehle und vereinte sich mit Noriks Zauber, und ehe Nhor'garoth noch die Faust heben konnte, schlug sie ihm die Magie als gewaltigen Wirbel entgegen. Das Krachen von brechenden Knochen zerfetzte die Luft. Dann erfasste der Sturm die Leiber der Drachen und schleuderte die Reiter des Königs weit zurück.

Sira rührte sich nicht. Mit dem Bogen in der Hand sah sie dem Wirbel nach, der über den Wipfeln der Bäume zerbrach, und trotz der Erschöpfung in ihren Gliedern fühlte sie noch immer den Rausch des Sturms, den Norik und Rhorka in sich trugen und der sie schweben ließ, wenige Handbreit über dem Sattel. Wild war er, voller Finsternis und Zorn, aber auch von einer Euphorie, die nun ausgelassen wie Andors Lachen über ihre Haut flog. Noch einmal spürte sie die Hand, die sie emporgehoben hatte, und sie meinte, die Stimme ihres Onkels zu hören, als sie auf dem Sattel aufsetzte und Rhorka sich zu ihr umwandte.

Zum ersten Mal, so schien es ihr, sah sie den Drachen wirklich an, und sie erkannte eine tiefe Schönheit in den goldgrünen Augen. Norik hatte die Wahrheit gesagt. Niemals, das fühlte sie nun, würde dieser Sturm ihr schaden. Doch noch etwas anderes fand sie in Rhorkas Blick. Es war ein Versprechen, umgeben von flüsterndem Wind, und sie hielt den Atem an, als sie es wispern hörte. Rhorka, ein Geschöpf der Freiheit und des Sturms, würde ihr Leben für sie geben. Nicht für die Magie, die sie in sich trug, nicht für das Drachenblut in ihren Adern – sondern für alles in ihr, das menschlich war.

Erst als Rhorka sich umdrehte, ließ Sira sich in den Sattel sinken. Wie auf einen unsichtbaren Befehl hin setzten die Drachen ihren Weg fort, geradewegs auf die dunklen Bäume zu, die am Horizont aufragten. Ihre Reiter jedoch wandten sich nicht von Sira ab. Kapos Augen glühten in seinem blassen Gesicht vor Begeisterung, Juri strahlte von einem Ohr zum anderen und selbst Arvid nickte unmerklich, als sie seinem Blick begegnete. Doch keiner von ihnen sah sie auf dieselbe Weise an wie Norik. Er hielt sich die Schulter und ein seltsamer Ausdruck lag auf seinen Zügen, eine Mischung aus Verwunderung und Stolz, die ihr Herz schneller schlagen ließ.

Rasch wandte sie sich ab und hielt sich am Sattel fest, weil der Schwindel nach ihr griff. Im selben Moment ging ein Ton durch ihre

Gedanken, ein Geräusch wie das Raunen des Windes über den verwaisten Spielplätzen New Yorks. Sira brauchte einen Augenblick, um zu begreifen, dass es Rhorkas Lachen war, das sie hörte.

Diebin der Schatten, sagte Rhorka, und ihre Stimme klang warm wie ein Herzschlag in der Dunkelheit. *Fürchte dich nicht vor einem Blick, der dich schwindeln lässt. Denn du kannst fliegen ... Das solltest du niemals vergessen.*

Kapitel 18

Die Toten Wälder machten ihrem Namen alle Ehre. In regloser Schwärze ragten die Bäume aus dem aufziehenden Nebel, die Äste wie Klauen erhoben, und rauschten fast unwillig, als die Drachen vor ihnen landeten.

Sira rutschte von Rhorkas Rücken, und für einen Moment spürte sie die Erschöpfung, die der Ritt auf den Flügeln des Sturms ihr gebracht hatte. Sie schaute zu ihren Verfolgern zurück. Nicht mehr als dunkle Schemen waren sie am Horizont, aber ihr Anblick genügte, um die Unruhe zu Sira zurückzutreiben. Eilig lief sie mit den anderen auf den Wald zu. Dort würden sie Deckung finden, das stand außer Frage, und doch zog ein Schauer über ihren Rücken, als das Rauschen der Bäume verstummte und nichts als lauernde Stille zurückließ. Unweigerlich musste sie an all die Spukgeschichten denken, die sie Andor im Schutz ihrer Baracke erzählt hatte. Niemals hätte sie gedacht, dass es die Kulissen, die sie sich dafür ausgedacht hatte, tatsächlich gab.

Sie hatten den Waldrand fast erreicht, als Juri einen warnenden Pfiff ausstieß. Er war mit Ysios ein wenig abseits gelaufen und hielt nun neben drei großen Felsen inne. Seine Miene war finster, als er seine Gefährten zu sich rief. Sira trat neben Norik näher und bemerkte die Feuerstelle, die noch vor Kurzem dort gebrannt hatte. Gebratenes Fleisch war in die Asche gefallen, und Kapo griff nach einem

Schwert, das neben den halb verkohlten Zweigen lag. Verschlungene Ornamente zierten die Klinge, umgeben von glänzendem Gold.

»Königsreiter«, murmelte er und warf das Schwert in die Asche, als wollte er es nicht länger als unbedingt nötig in der Hand halten.

Arvid spuckte aus. »So ist das also. Nhor'garoth hat uns gejagt und hier sollten seine Schergen uns erwarten. Es war eine Falle.«

Siras Herz hämmerte gegen ihre Rippen. Sie hatte die Hand au ihren Bogen gelegt und musste sich zwingen, nicht zu Nhor'garoth zurückzuschauen, der unweigerlich näher kam. »Und wo zur Hölle sind sie jetzt?«

Mit konzentrierter Miene ließ Norik seinen Blick über den Boden schweifen. Dann ging er in die Knie und berührte die Erde zu seinen Füßen. »Sie sind selbst in eine Falle gegangen«, sagte er und hob die Hand. Blut klebte an seinen Fingern. Das Blut eines Menschen.

Sira zog die Brauen zusammen. »Eine Falle von wem?«, fragte sie instinktiv flüsternd, als würde die Stille des Waldes ihre Worte hören können. »Was ist hier geschehen?«

Norik antwortete nicht. Für einen Moment schaute er suchend in den Himmel, dann richtete er den Blick auf den Wald, und gleichzeitig raunte es zwischen den Bäumen, so drohend und unheilvoll, das Sira die Schultern anzog. Noriks Gesicht war regungslos, doch au den Zügen der anderen Krieger bemerkte sie einen Ausdruck, den si noch nie zuvor bei ihnen gesehen hatte. So ungewohnt erschien e ihr, dass sie einen Moment brauchte, um das richtige Wort dafür z finden. Es war Furcht.

Fast hätte sie darüber gelacht, dass ausgerechnet die Gildenreiter die sich ohne mit der Wimper zu zucken den grausamsten Drache entgegenstellten, angesichts eines dunklen Waldes anfingen zu zittern. Aber gleich darauf flog ein Windhauch durch die Bäume. Kül wie eine Totenhand griff er nach Siras Haar, so plötzlich, dass si zurückwich. Sie fühlte die Krallen, die unter der Maske des Winde über ihre Haut fuhren, und ihr Herz setzte für einen Schlag aus, als der Luftzug ebenso plötzlich verschwand, wie er gekommen war. Was auch immer zwischen diesen Bäumen lauerte – es war entsetzlicher als jeder Scherge des Königs, so viel war sicher.

Norik richtete sich auf. »Diese Wälder bergen mehr als wilde Tiere und tückische Pflanzen«, sagte er leise. »In ihnen lauert der Tod, auch und gerade für Wesen wie uns. Doch wir haben keine Wahl. Noch einen Kampf gegen Nhor'garoth und seine Schergen würden wir nicht überstehen.« Unruhe stand in seinem Blick, und er sah noch einmal in den Himmel, als würde er auf etwas warten, das nicht kam. Dann legte er die Hand auf sein Schwert. »Wir haben keine Zeit mehr. Bleibt dicht zusammen, und was auch immer geschieht: Weicht nicht vom Weg ab.«

Sira spürte ihren Puls in den Fingern, so stark hielt sie ihren Bogen umfasst. Noch einmal schaute sie zu Nhor'garoth zurück, der nun schon so nah war, dass sie Aryons Schwingen erkennen konnte. Für einen absurden Moment überkam sie der Gedanke, sich lieber noch einmal seinem Drachen entgegenzustellen als der atemlosen Tücke dieses Waldes. Dann riss sie ihren Blick fort, und ehe die Kälte ihres Feindes sie traf, folgte sie Norik ins Unterholz.

Sofort erstarb jedes Geräusch der Welt jenseits der Bäume. Sira schien es, als hätte sich eine gläserne Glocke über sie gestülpt. Vereinzelt knackten morsche Zweige unter ihren Füßen, aber der Ton drang seltsam verzerrt an ihr Ohr, so als würde er nur für sie erklingen – wie in einem Traum, in dem sie in Wahrheit ganz allein war. Sie konzentrierte sich auf Juris Atem hinter ihr, ebenso wie auf die Schritte der Drachen, die ihnen folgten, und hielt sich dicht bei Norik. Seine Nähe beruhigte sie, aber nach einer Weile bemerkte sie die Schatten, die in ihrem Augenwinkel durchs Unterholz huschten, und es fiel ihr immer schwerer, die Anspannung zurückzutreiben. Jedes Mal, wenn sie den Blick wandte, waren da nur reglose Bäume und der Nebel, der zusehends dichter wurde. Der Boden wurde uneben, immer wieder behinderten aufragende Wurzeln ihre Schritte und ließen sie mehr und mehr zurückfallen. Bald erkannte sie Norik nur noch schemenhaft, und sie erschrak, als etwas nach ihrer Hand griff. Mit rasendem Herzen schaute sie an sich herab – und verdrehte seufzend die Augen. Nichts als ein Ast war es, der ihre Finger gestreift hatte. Ärgerlich stieß sie ihn zurück, doch da wallte der Nebel auf, und im selben Moment, da Noriks Gestalt gänzlich vor ihr verschwand, hörte sie den Gesang.

Leise war er und so zart, als verriete er ein Geheimnis, wenn man nur ganz genau zuhörte. Mit angehaltenem Atem blieb Sira stehen. Es waren mehrere Stimmen, die sich in einer fremden Sprache umeinander wanden, und jeder Ton erschien ihr wie ein Ruf aus weiter Ferne – ein Ruf, den sie hören musste, ehe sie auch nur einen weiteren Schritt tat. Erst als ein Zweig ihre Wange streifte, merkte sie, dass sie gar nicht stehen geblieben war. Sie lief noch immer, wie magisch angezogen von dem Gesang, der zunehmend lauter durchs Unterholz drang. Eine innere Stimme rief ihr zu, dass sie zu Norik und den anderen zurückkehren musste, aber im selben Moment hoben sich Gestalten vor ihr aus dem Nebel. Filigran geschwungene Flügel, schillernde Schuppen und Augen, so klar und eindringlich, dass sich in ihrem Spiegel jede Anspannung verlor. Drachen waren es, die sich vor ihr aus dem Dunst formten, Drachen von solcher Anmut, wie sie es noch nie gesehen hatte. Hingegeben beobachtete sie, wie sich feinste Silberfunken über die mächtigen Klauen zogen, hörte das leise Rauschen der Schwingen, das sich mit dem Gesang vermischte, und wollte nichts mehr, als diese Kreaturen vollendet zu sehen.

Der Schmerz durchfuhr sie so plötzlich, dass sie den Blick von den Drachen fortriss. Sie war mit dem Fuß gegen ein Hindernis gestoßen und versuchte noch, einen Sturz zu verhindern, aber vergeblich. Der Länge nach stürzte sie zu Boden und schlug mit dem Kopf gegen einen Stein. Halb betäubt richtete sie sich auf. Ihre Finger glitten über Metall, und da erst sah sie, dass sie über einen Harnisch gefallen war. Ein roter Drachenkopf prangte auf goldenem Grund, verziert mit sieben Schwertern und einem gestanzten Stern in unzähligen Farben. Es war die Rüstung von Nhor'garoths Knappen. Sira erinnerte sich an ihn, an sein helles Haar und die vielfarbigen Augen, und ein Frösteln flog über ihre Haut, als sie die Feuchtigkeit an ihren Fingern spürte. Blut war es, rotes Blut, das aus dem lähmenden Weiß des Nebels herausstach wie ein Hieb.

Der Gesang brandete um sie auf, aber im selben Moment bemerkte sie die Schatten im Spiegel der glänzenden Rüstung, schwankende Schemen direkt über ihrem Kopf. Atemlos drehte sie sich um – und schaute in die Augen der Königsreiter. Mit verzerrten Gesichtern hingen sie in den Bäumen, auf Äste gespießt oder erhängt, die Leiber von unzähligen Schwertstichen halb zerrissen, und starrten in der stumpfen Blindheit des Todes zu Sira herab.

Die Panik griff mit solcher Macht nach ihr, dass sie nicht widerstand. Eilig rappelte sie sich auf und rannte los, fort, nur fort von diesem Ort. Blitzlichtartig flammten Details des entsetzlichen Anblicks vor ihr auf, während sie über Steine und Wurzeln stolperte. Blutige Finger, wie mehrfach gebrochen nach ihr ausgestreckt. Haarbüschel, die im Griff des Nebels flüsterten. Und immer wieder die Blicke der Gehängten, so leer, als hätten sie im Moment des Todes alles verloren, was ihnen jemals etwas bedeutet hatte. Noch immer ertönte der Gesang, doch Sira fühlte ihn nun mehr, als dass sie ihn hörte. Er schien nach ihrem Herzschlag zu greifen. Immer wieder fuhr sie herum, weil sie glaubte, die Gestalten im Nebel würden ihr nachjagen, und plötzlich griff etwas nach ihrem Bein. Rasch zog sie ihr Messer, aber ehe sie sich befreien konnte, wurde sie in die Höhe gerissen und baumelte gleich darauf hilflos über dem Boden. Das Blut schoss ihr in den Kopf. Sie hörte den Ruf eines Falken und Noriks Stimme, fern wie durch tausend Mauern. Dann erklang ein Grollen inmitten des

Nebels, und Schritte kamen auf sie zu. Sie spürte ihr Herz im ganzen Körper. Tausendfach hatte sie diese gehetzten, dumpfen Sprünge vernommen, zu oft, um nicht genau zu wissen, zu wem sie gehörten. Es waren die Schritte eines hungrigen Drachen.

Keuchend bäumte sie sich in ihrer Falle auf und griff nach dem Seil, doch ihr Messer glitt von ihm ab, als bestünde es aus Stahl. In wirrer Hektik stieß sie die Klinge vor. Immer wieder versuchte sie, ihre Magie in die Waffe zu schicken, doch es war, als würde ein Bannzauber auf ihr liegen. Der kühle Schleier in ihr schwieg, klirrend sprang ihr Messer zurück, und da erkannte sie, dass das Seil aus Sehnen bestand – den Sehnen von Drachen. Die Gewissheit raubte ihr für einen Moment den Atem. Oft genug hatte sie Andors Fallen gesehen, um zu wissen, dass nicht einmal das Feuer der Drachen sie vernichten konnte, geschweige denn eine Waffe der Menschen. Ein Zittern lief über ihren Körper, sie fühlte, wie sie die Kräfte verließen. Im nächsten Moment krachte es im Unterholz, und da brach er durch den Nebel: der Drache, der sie gerochen hatte.

Der Sattel der Königsreiter hing halb zerfetzt von seiner Flanke, blutige Striemen bedeckten seine Beine, und als er Sira mit seinem Blick umfasste, trat ein wilder Hunger in seine Augen. Sie hatte die Drachen der Königsreiter im Kampf erlebt, kühle Jäger waren sie, grausam und tückisch, aber ebenso klug. Dieses Wesen jedoch hatte nichts mehr mit ihnen gemein. Seine Augen glühten wie im Fieber, der Schrei aus seiner Kehle klang wie das Weinen eines Kindes, und als der Drache die Klauen gegen seine Brust schlug, da war es, als wollte er sich das Herz herausreißen. Sira konnte sehen, dass er gestürzt war, er fiel noch immer in die eigene Finsternis, und der Wahnsinn in seinem Blick schloss sich lähmend um ihre Glieder. Entschlossen presste sie die Zähne aufeinander. Mochte dieser Drache den Verstand verloren haben oder nicht – sie würde nicht in seinem Feuer verbrennen. Nicht ohne einen Kampf!

Schon sprang der Drache auf sie zu. Mit aller Kraft zog sie sich an dem Seil hinauf und holte mit dem freien Bein zum Tritt aus. Doch ehe sie seinen Kiefer traf, schnellte ein Schatten von rechts heran und stürzte sich auf ihn. Sie hörte noch das zischende Geräusch eines Schwerts. Dann gab das Seil nach, und sie schlug am Boden auf. Benommen hob sie den Blick, und im selben Moment flog der Kopf des Drachen auf sie zu. Krachend landete er wenige Fingerbreit von ihr entfernt am Boden, der schuppige Leib brach im Unterholz zusammen, und hinter ihm, das blonde Haar zu einem dicken Zopf gebunden, stand ein Mensch.

Ein Mann war es, gekleidet in eine Rüstung aus gebleichten Drachenknochen. Auch sein Schwert, das schwarz und wie ein Säbel geformt war, schien aus Knochen zu bestehen. Tätowierungen zierten seinen an den Seiten rasierten Schädel, und er fuhr nicht zusammen, als nun ein Falke auf seiner Schulter landete. Sein Bart war merklich ergraut, doch seine blauen Augen glühten in einem Feuer, das es Sira unmöglich machte, sein Alter zu erraten.

Mit schweren Schritten trat er auf sie zu, und als er sie auf die Beine zog, so mühelos, als wöge sie nicht mehr als der Nebel ringsum, sah sie die Narben an seinem Hals. Oft schon waren ihr solche Wunden begegnet – im Fleisch der Toten, die sie in den Straßen New Yorks gefunden hatte, geschlagen von Drachenklauen. Nie jedoch hatte sie solche Schmisse im Fleisch eines Lebenden gesehen.

Der Fremde schaute auf sie herab, und sie konnte nicht sagen, ob der Schatten um seinen Mund ein Lächeln andeutete oder einen Fluch. Er barg keine Magie in sich, das konnte sie fühlen, und umso stärker verwandelte sich jedes Wort auf ihrer Zunge zu Asche. Er hatte die Falle gebaut, das stand außer Zweifel, und er hatte den Drachen getötet, so schnell, als wäre das Untier ein schwaches Kind gewesen. Sie schluckte, auf einmal war ihr Mund staubtrocken. Dieser Krieger war wie die Gestalt aus einem Märchen, das Andor geliebt hätte: ein Fallensteller, ein Held der Menschen – ein Drachentöter.

Erst der Feuerschein, der plötzlich durch den Nebel fiel, lenkte Siras Blick von dem Fremden ab. Kurz nur sah sie die Menschen, die hinter ihm zwischen den Bäumen standen. Auch sie trugen Rüstungen aus Drachenknochen, und einige von ihnen saßen auf riesigen Wölfen, die wachsam zu Sira herüberschauten. Dann trieb der Schein ihrer Fackeln den Nebel von einer Gestalt zurück, die von mehreren Streben an den Boden gefesselt worden war. Ein heiseres Krächzen drang aus ihrer Kehle, und Sira wich das Blut aus dem Kopf.

»Ysios!«, rief sie erschrocken, doch schon wandte der Fremde sich ab und ging mit erhobenem Schwert auf den Drachen zu. Kalter Zorn stand in seinen Augen. Der Falke erhob sich mit einem Schrei in die Luft, und ehe Sira den Fremden zurückhalten konnte, sauste seine Klinge hinab. Schnalzend zerrissen die Streben, und im selben Moment, da Ysios sich heftig schüttelnd aufrappelte, brachen die Reiter der Gilde aus dem Unterholz.

»Verflucht noch eins«, rief Norik und packte Sira an beiden Armen. »Was zur Hölle hast du dir dabei gedacht, in den Nebel zu laufen? Habe ich dir nicht gesagt, dass du den Weg nicht verlassen darfst?«

Die Sorge in seinem Blick hielt sie davon ab, sich gewaltsam aus seinem Griff zu befreien. »Als wenn das so leicht gewesen wäre!«, gab sie zurück. »Selbst du bist ja verwundet worden, und offensichtlich wusstest du, was dich in diesem verdammten Wald erwartet!«

Siegessicher schaute sie auf die blutigen Kratzer an seiner Hand, doch ein Funkeln ging durch seinen Blick, als er sie losließ. »Du meinst das hier?«, fragte er und hob die Hand. »Keine Sorge, dafür war kein Drache verantwortlich – jedenfalls nicht im eigentlichen Sinn!«

Sira hatte schon zu einer Antwort angesetzt, als die Erinnerung an den Ast in ihr aufbrach, der sie inmitten des Nebels festgehalten hatte. Nur noch flüsternd drang der Gesang zu ihr, und als hätten die verblassenden Töne einen Schleier von ihr genommen, sah sie die Illusion vor ihren Augen zerbrechen. Kein Ast war es gewesen, der versucht hatte, sie vor dem Nebel zu bewahren – sondern Noriks Hand. Ein Kribbeln zog durch ihre Finger, als sie plötzlich den Hieb spürte, den sie ihm versetzt hatte, und sie schaute verlegen auf die blutigen Striemen.

Ein dunkles Lachen durchbrach ihr Schweigen. »Keine Sorge«, sagte der Fremde und trat auf sie zu. »Wer kann schon von sich behaupten, mit bloßen Händen den Reiter des Sturms verwundet zu haben? Glaub mir: Er wird es verkraften.« Dann warf er Norik einen Blick zu. »Und du, erhabener Anführer der Gilde: Hast du dein Benehmen in den Schatten verloren, oder wann stellst du mich endlich vor?«

Norik lächelte, als er den Fremden zur Begrüßung umarmte. Sie wirkten so vertraut miteinander, als würden sie sich schon seit langer Zeit kennen, und eine Wärme trat in die Augen des Fremden, die seinem Gesicht die Härte nahm.

»Das ist Lorcan«, stellte Norik ihn vor. »Kriegerisches Oberhaupt der Menschenclans in diesen Wäldern, berühmt für seine Fallen, seinen Hass auf die Drachen, die er mühelos wie kein zweiter zur Strecke bringt – und seinen Dickschädel, der härter ist als jeder magische Panzer.«

Lorcan grinste, als wäre vor allem der letzte Punkt ein großes Kompliment, und nickte Sira zu. »Das Federvieh ist dir nachgerannt«, sagte er und warf Ysios einen Blick zu, der sich unter Juris Händen langsam beruhigte. »Wir konnten nicht wissen, ob er noch bei sich ist, deswegen wurde er gefesselt. In diesem Nebel ist es leicht, den Verstand zu verlieren. Aber es käme mir nicht in den Sinn, einen Drachen der Gilde umzubringen ... jedenfalls nicht, solange sie Abstand halten.«

Er sah zu Kar'mal hinüber, der mit tief geneigtem Kopf zwischen den Bäumen stand und die Wölfe beobachtete, als würde er sich überlegen, welchen von ihnen er zuerst verspeisen wollte. Auch Bomper näherte sich den Menschen nicht weiter als unbedingt nötig, und Rhorkas Augen waren kühl geworden, nun, da Lorcans Blick sie streifte. Sira bemühte sich um ein Lächeln.

»Ohne euch hätte der Drache mich umgebracht«, sagte sie. »Aber offensichtlich bringt ihr nicht nur Drachen zur Strecke. Die Reiter des Königs wurden übel zugerichtet.«

Sie gab sich keine Mühe, ihr Misstrauen zu verbergen. Allzu oft hatte sie erlebt, wie Jäger und Diebe der Station sich mit der Zeit verändert hatten, als wäre der Kampf gegen die Drachen der Oberwelt zu einem Schlachtfeld in ihrem Schädel geworden, der alles jenseits davon in schwarzem Blut erstickte. Für diese Männer hatte es keine Grenzen der Brutalität und Grausamkeit mehr gegeben, und sie waren gefährlicher gewesen als jeder Drache, gegen den Sira jemals gekämpft hatte. Doch Lorcan schüttelte nur den Kopf.

»Keine Sorge«, sagte er dunkel. »Wir sind keine Bestien, die in den Wäldern hausen wie Tiere. Die verfluchten Königsreiter haben wir nicht so zugerichtet, auch wenn sie es ohne Zweifel verdient haben. Vor ein paar Tagen sind sie in die Wälder gekommen und haben in ihrem Wahn einige Dörfer und Höhlen überfallen, ehe sie sich gegenseitig massakrierten.« Er sah zu Norik hinüber. »Deswegen habe ich deinen Ruf zu spät gehört. Sie sind euretwegen gekommen, nicht wahr?«

In knappen Worten erzählte Norik ihm von Nhor'garoth und seinen Schergen. »Ihr Zorn ist groß«, endete er. »Und wir haben uns ihnen zu oft widersetzt. Sie werden uns mit aller Kraft verfolgen.«

Mit finsterer Miene schaute Lorcan in die Schatten des Waldes. Er rührte sich nicht, und wie er so dastand, die Hand auf sein Schwert gelegt, den Blick ins Unterholz gerichtet, als würde er jeden seiner

Feinde darin mit seinem Willen in die Knie zwingen, erinnerte er Sira erneut an die Helden aus lang vergangener Zeit, von denen Andor geträumt hatte. »Nicht in diesem Wald«, erwiderte er, und jedes seiner Worte flog wie ein Pfeil aus Feuer in die Dunkelheit. Dann wandte er sich ab und klopfte Norik auf die Schulter. »Kommt mit uns. Die elenden Gesänge werden bald zurückkehren, und ihr seht aus, als könntet ihr einen Platz zum Schlafen gebrauchen – und was anderes zu essen als getrocknetes Fleisch.«

Norik warf seinen Gefährten einen Blick zu und lächelte, als Juris Magen wie auf ein Zeichen zu knurren begann. Gemeinsam mit Lorcan ging er voraus. Die Menschen flankierten sie und Sira folgte ihnen dicht vor Rhorka, die mit den anderen Drachen die Nachhut bildete. Immer wieder hörte sie ein dumpfes Grollen in der Tiefe der Wälder, und vereinzelt legte ein Wolf den Kopf in den Nacken und heulte, als würde er seinen Gefährten in der Wildnis einen Gruß senden. Klagend antworteten sie ihm, und der Ruf der Wölfe trieb den Gesang des Nebels zurück. Eine tiefe Schwermut lag in den Stimmen der Wölfe, doch Sira wehrte sich dagegen, schon wieder von rätselhaften Liedern verzaubert zu werden. Wachsam ließ sie ihren Blick über die Menschen schweifen, die sie neugierig betrachteten, und beugte sich zu Juri hinüber.

»Wohin gehen wir?«, fragte sie kaum hörbar.

Aber Lorcan wandte den Blick halb zurück, als hätte sie gebrüllt. »Wohin wir gehen?«, fragte er und lachte grollend, als der Falke sich wieder auf seiner Schulter niederließ. »An den einzig sicheren Ort in dieser drachenverseuchten Welt. Ich führe euch nach Bhorthos – in die letzte Festung der Menschen.«

Kapitel 19

Der Sturm schlug Sira entgegen, als würde er winzige Klingen in den Klauen tragen. Brennend peitschte er über ihre Wangen, zerrte an ihrem Mantel und heulte so laut in den Baumkronen, dass selbst die Rufe der Wölfe in seinem Tosen untergingen. Norik hielt sich in Siras Nähe. Immer wieder zog er sie vor fallenden Ästen zurück, aber sogar er war angesichts dieses Sturms machtlos. Das Unwetter war plötzlich gekommen wie ein Zauber, der mit donnernden Fäusten auf sie niederging, und Sira stieß erleichtert die Luft aus, als sie endlich den Waldrand erreichten und Lorcan im Schutz eines Felsens stehen blieb. Vor ihnen lag ein weites Tal. Dunkle Berge ragten in der Ferne auf und davor, glühend wie eine Burg aus vielfarbigem Feuer, erhob sich die Festung der Menschen.

Mit drei hohen Türmen thronte sie auf einem Felsen, umgeben von zerklüfteter Erde, und Sira brauchte einen Moment, um zu erkennen, dass ganz Bhorthos aus Drachenknochen bestand. In vollendeter Kunstfertigkeit lagen sie übereinander, zogen sich über Wehrgänge und Zinnen und formten selbst die Brücke, die in erhabenem Weiß vom Waldrand bis hinauf zum Tor der Festung führte. Gewaltige Schädel starrten aus leeren Augenhöhlen auf die Ebene hinab und die Knochen des Walls schimmerten bleich im Feuer des Himmels, doch die letzten Nebelreste entzündeten sich auf der Fassade und flammten in bunten Lichtern über sie hinweg. Vereinzelt ragten Trümmer in der Ferne auf, und Sira konnte sich vorstellen, wie riesig Bhorthos einst gewesen sein musste, ehe unbezähmbare Unwetter es Stück für Stück zerrissen hatten – ein eigener Kosmos in einer vergessenen Welt.

Über einen Pfad ging es ein Stück abwärts, und als sie die Brücke betraten, flammte das Geländer bis hinauf zum Tor in loderndem Feuer auf. Rauschend brach die Hitze durch die Knochen, nahm dem Sturm seine Schärfe und erhellte die Kampfszenen, die in filigranen Bildern in die Streben geritzt worden waren. Sie zeigten erschlagene Drachen und Menschen mit siegreich erhobenem Schwert, und Rhorka stieß ein tiefes Grollen aus, als wäre jedes Bild wie ein Stich in ihrem Fleisch. Kar'mal und Bomper hielten zu den lohenden Szenen so großen Abstand wie möglich, und Ysios schüttelte sich in der Wärme des Feuers. Sira hingegen konnte sich nicht gegen die Faszination wehren, die sie angesichts der triumphierenden Menschen ergriff. So unwirklich erschien ihr der Anblick und zugleich so ersehnt, dass sie fast glaubte zu träumen.

Da öffnete sich das Tor am Ende der Brücke und lenkte ihre Aufmerksamkeit auf den Wolfsreiter, der nun auf sie zupreschte. Sein blondes Haar wehte im Wind, und als er den Arm emporriss, flog der Falke ihnen entgegen. Vor einer ganzen Weile schon hatte Lorcan den Vogel ausgeschickt, und nun landete dieser mit zufriedenem Blinzeln auf der Schulter seines Herrn.

»Alles ist bereit«, rief der Reiter ihnen entgegen. Er war jung, wenig älter als Sira selbst, und seine blauen Augen leuchteten, als er vor Lorcan innehielt. »Gerade werden die Speisen hereingetragen. Jeder ist ausgelassener Stimmung.«

Lorcan schnaubte. »Und du im Besonderen, wenn ich mir dein Grinsen so ansehe«, stellte er fest. »Vor drei Tagen bist du dem Tod von der Schippe gesprungen, und jetzt reitest du durch Feuer und

Sturm, als wäre nichts passiert. Wann wirst du endlich lernen, dass ein Wolfsbiss keine Kleinigkeit ist?«

Eine kühle Strenge war in seinen Blick getreten, doch der junge Mann lachte nur. »Vermutlich nie, wenn du mir auch nur einen Hauch deiner Sturheit vererbt hast. Abgesehen davon ist die Wunde fast verheilt, und wenn du mir schon verbietest, mit dir auszureiten, werde ich unsere Gäste wenigstens vor allen anderen willkommen heißen.«

Er begrüßte Norik und die anderen herzlich und deutete vor den Drachen eine Verbeugung an, ehe er vor Sira stehen blieb. Lorcan seufzte, aber ein Lächeln trieb die Härte von seinen Zügen. »Dies ist Dharon«, sagte er und legte dem jungen Mann die Hand auf die Schulter. »Er ist mein Sohn, aber mit der Vernunft ist es dennoch nicht weit her bei ihm. Wenn er erfährt, woher du kommst, wirst du den ganzen Abend lang keine Ruhe mehr vor ihm haben, denn es gibt nichts, das ihn mehr interessiert, als die Welt der Menschen jenseits dieser Wälder.«

Dharon hob so überrascht die Brauen, dass Sira lachen musste. »Keine Sorge«, erwiderte sie. »Ich habe mich schon gegen Schlimmeres zur Wehr setzen müssen als neugierige Fragen.«

»Nun denn«, sagte Lorcan und wandte sich an seinen Sohn. »Dies ist Sira, eine Kriegerin aus der einstigen Hauptstadt unseres Volkes. Eins ist sicher: Sie weiß sich zu wehren. Also sei vorsichtig, wenn du beschließt, ihr auf die Nerven zu fallen.«

Dharons Lächeln verstärkte sich. »Das würde ich nie tun«, sagte er und neigte respektvoll den Kopf. Dann ging ein schelmisches Funkeln durch seine Augen. »Zumindest nicht vor dem Essen.« Er warf Lorcan einen Blick zu, und da erkannte Sira die Ähnlichkeit zu seinem Vater: derselbe Stolz, dieselbe Stärke, dieselbe Unruhe in seinem Blick. »Und was die jugendliche Unvernunft betrifft: Sie ist wohl kaum schlimmer als die Alterstollheit, die manch anderen hier immer stärker erfasst. Wenigstens fürchte ich mich nicht davor, dass mir jenseits dieser Wälder der brennende Himmel auf den Kopf fällt!«

Er lachte, als Lorcan spielerisch nach ihm schlug, und ohne eine Antwort abzuwarten, preschte er mit seinem Wolf auf das Portal zu. Lorcan schüttelte nachsichtig den Kopf, doch ein Schatten trat in seinen Blick, als er seinem Sohn folgte. »Narr von einem Menschen«, murmelte er, und das Feuer seiner Vorfahren flackerte über sein Gesicht. »Es gibt schrecklichere Dinge dort draußen als brennende Himmel ... Hat das Schicksal deiner Mutter dich das nicht gelehrt?«

Sira sah ihn von der Seite an. Sein Schweigen duldete kein Wort von ihr, doch sie spürte die Traurigkeit, die sich bleiern auf seine Schultern legte und ihn von den anderen trennte, als wäre er meilenweit von ihnen entfernt. Sie kannte diese Schwere gut, empfand sie jedes Mal, wenn sie an Andor dachte, an ihre Eltern, ihren Onkel, und als sie neben dem Herrscher der Toten Wälder durch das Tor trat, da konnte sie den Schmerz fühlen, den er tief in sich verschlossen hielt und der nur manchmal, in Momenten wie diesem, seine Augen dunkler färbte.

Das Tor schloss sich hinter ihnen, und der Sturm verstummte. Nur der Himmel, der sich über dem Innenhof der Festung spannte, zeugte noch von dem Unwetter. Zwischen den Ställen, die sich links des Tores aneinanderlehnten wie Spielkarten, und den erleuchteten Rundbögen auf der anderen Seite herrschte jedoch angenehme Wärme, und die Treppe, die gegenüber der Brücke in die Festung hineinführte, glomm im Schein der Fackeln.

Jungen in ledernen Uniformen rannten auf die Wolfsreiter zu und führten die Tiere in die Stallungen, und als sich das Tor am Ende der Treppe öffnete, drang Musik in die Nacht, so heiter und unbeschwert, wie Sira sie lange nicht mehr gehört hatte. Sie warf Rhorka einen Blick zu, die mit kühlem Ausdruck in den Augen hinter den anderen Drachen zu den Ställen hinüberging. Auch Norik schaute seinem Drachen nach, aber Rhorka schnaubte nur, als hätte er ihr in Gedanken einen unmöglichen Vorschlag gemacht. Dann reckte sie den Kopf, und als würde sie das Licht der Menschen nicht für einen Moment auf ihrer Haut spüren wollen, begab sie sich in die Ställe. Leise seufzend schloss Norik zu Sira auf, und gemeinsam folgten sie Lorcan ins Innere der Festung.

Hinter dem Tor lag ein breiter, mit Teppichen behängter Säulengang. Halb zerrissene Ölgemälde zierten die Wände, und davor standen Statuen aus Marmor, zerfressen von der Zeit und doch so lebendig, als könnten sie jeden Moment blinzeln. Sira ließ den Blick über antike Helme schweifen, über Tuniken und lederne Sandalen, und sie erinnerte sich an die Erzählungen ihres Onkels von einer Zeit, die so lange zurücklag, dass sie kaum noch mehr war als eine Legende. Damals, so hatte er gesagt, war der Geist der Menschheit erwacht und die Kultur in solcher Pracht erblüht, dass die Gedanken von damals selbst Jahrtausende später noch gelehrt und gelebt worden waren. Sira betrachtete die scharf geschnittenen Züge einzelner Statuen und schaute zu Lorcan hinüber, der mit kühlem Blick auf das Tor am Ende des Ganges zuschritt. Vielleicht würde eines Tages auch von ihm eine Statue erschaffen, um in einer fernen Zukunft den Blick des Kriegers über unwissende Menschen schweifen zu lassen.

Am Ende des Ganges wurde das Tor aufgerissen, und die Musik wurde so laut und überschwänglich, dass Sira meinte, sie in Farben und Lichtern vor sich sehen zu müssen. Lachende Kinder rannten Lorcan entgegen, und als sie den großen Saal betraten, erhoben sich die Menschen von langen Tafeln und brachen in Jubel aus. Norik und seine Reiter wurden von etlichen Männern wie Freunde begrüßt, während die Frauen ihnen mit leuchtenden Augen nachsahen, und Sira bemerkte, dass auch sie selbst gemustert wurde, neugierig, aber ohne Misstrauen. Staunend ließ sie den Blick über die blau getünch te, säulengetragene Decke schweifen, den grünen Marmorboden, dessen kunstvolle Steinmetzarbeiten im Feuerschein schimmerten, und die herrlichen Speisen, die nun mit raschen Schritten aufgetragen wurden. Dann sah sie nach vorn. Und dort, am Ende des Mittelgangs, lag ein gewaltiger Drache.

Genauer gesagt war es ein pechschwarzes Drachenskelett. Doch in den Augenhöhlen steckten dunkle Kristalle und brachen das Licht des Feuers, als würde der Drache seinen Leib jederzeit mit Fleisch überziehen und zum Leben erwecken können. Er lag am Boden, von schimmernden Streben gefesselt, und bekränzte mit einer Schwinge den Thron, der auf der wie im Todeskampf erhobenen linken Klaue ruhte. Eine Kralle jedoch fehlte, und Sira schien es, als würde der Zorn darüber die Augen des Drachen mit kaltem Glanz erfüllen.

»Rastanghur«, raunte Norik neben ihr, und der Name glitt wie ein Kältehauch über ihre Haut. »Der schwarze Drache, der dem Glanz des Königs folgte und dafür mit dem Leben bezahlte. Lorcans Volk warf ihn nieder, und doch ...«

»... wirkt er so lebendig«, beendete Sira seinen Satz.

Norik schaute zu dem Drachen auf. »Seine Magie schwelt noch immer in seinen Knochen, doch sie ist verloren, denn es schlägt kein Herz mehr in seiner Brust. Aber sollte er sich wider Erwarten doch mit einem Mal erheben, dann weißt du ja, wo du ihn treffen musst.«

Sein schelmisches Lächeln zerbrach die Anspannung, die sich beim Anblick des Drachen auf Sira gelegt hatte. Mit den anderen Reitern der Gilde nahm sie an der Ehrentafel Platz, die reich geschmückt vor dem Thron stand. Frisches Obst, Brot und gebratenes Fleisch lagen auf silbernen Platten, und kaum, dass Sira sich setzte, schenkte ihr ein herbeieilender Junge Wein in einen schädelgroßen Pokal. Lorcan ließ sich in der Mitte der Tafel nieder, doch nur kurz. Gleich darauf sprang er wieder auf, und als er seinen Pokal hob, verstummte jedes Gespräch im Saal.

»Willkommen!«, rief er so laut, dass seine Stimme von den Wänden widerhallte. »Willkommen, Reiter der Schatten, die ihr seit langer Zeit wieder an meine Tafel gefunden habt. Viele Schlachten haben wir gemeinsam bestritten, und ich freue mich, an diesem Abend an eurer Seite zu essen, zu trinken und zu feiern!« Zustimmender Applaus ertönte, ehe er fortfuhr. »Doch vergessen wir nicht den ursprünglichen Grund für dieses Fest: unseren Sieg über die verfluchten Diener des Königs!« Noch bevor er geendet hatte, gellten Pfiffe durch den Saal und etliche Krieger hoben triumphierend die Fäuste. »Sie haben uns Wunden geschlagen«, fuhr Lorcan fort und seine Augen glühten zornig auf. »Noch immer kommen Flüchtlinge aus den Dörfern und Höhlen, die sie mit ihren Drachen überfielen. Aber hier werden sie Zuflucht finden, und die Schergen des Königs baumeln von den Bäumen, an denen sie sich selbst aufknüpften! Der Nebel raubte ihnen den Verstand! Wir jedoch stehen aufrecht, und so wird es bleiben! Wir sind das Licht in der Dunkelheit! Wir sind die Menschen von Bhorthos!«

Musik mischte sich in den frenetischen Jubel, und als Lorcan sich auf seinen Platz fallen ließ, begann das Festmahl. Sira hatte nicht gemerkt, wie hungrig sie war, bis sie sich den ersten Bissen Brot in den Mund schob. Würzig war er und weich und weit von dem trockenen Zwieback entfernt, den sie mitunter für Andor und sich selbst in der Station gekauft hatte. Auch die Äpfel waren eine Offenbarung, so saftig schmeckten sie, und das Fleisch war zart und nicht vergleichbar mit den zähen Ratten der Tunnel. Sobald ihr Pokal leer war, wurde ihr nachgeschenkt, und der süße Wein trieb die letzte Kälte aus ihrem Körper, unterstützt von den Stimmen der Menschen, die ringsum tranken und lachten, als wären der Schmutz und die ständige Gefahr der Station nichts als ein ferner Traum.

Sira wusste nicht, wie lange sie alle möglichen Speisen in sich hineingestopft hatte, als die Musik plötzlich von geheimnisvollen Klän gen durchbrochen wurde. Neugierig setzte sie sich auf. Im nächsten Moment schossen glühende Funken über den Mittelgang und explodierten vor Lorcans Tafel, und inmitten des allgemeinen Trubels sprang ein Mann aus dem Rauch, in ein schwarz-rotes Wams gekleidet, die grauen Haare zu allen Seiten von seinem Kopf abstehend. Seine dunklen Augen glühten vor Schabernack, und als er die Laute in seinen Händen zu spielen begann, klatschten die Umsitzenden begeistert. Sira musste lächeln. So unterschiedlich die Menschen an diesem Ort im Vergleich zu den Bewohnern ihrer einstigen Enklave auch erscheinen mochten, in Anbetracht eines Geschichtenerzählers waren sie doch alle gleich: staunende Kinder, die für die Dauer seiner Lieder ihre Masken fallen ließen und sich seinem Zauber hingaben, als hätten sie keine größere Sehnsucht in sich als die nach Geschichten.

Der Barde sang Lieder, die Sira noch nie gehört hatte. Seine Stimme war dunkel, und als er begann, seine Worte mit flammenden Zaubern zu illuminieren, hing sie so gebannt an seinen Lippen wie damals, als sie ihrem Onkel gelauscht hatte. Als Erstes erzählte er von den Reitern der Gilde. Sira stieß Norik an, als die Sprache auf ihn kam, und sie grinste, als der Barde direkt über Arvids Kopf einen Flammenregen entfachte und der Krieger inmitten der glitzernden Funken die Augen verdrehte. Kaum hatte der Barde sein Lied beendet, riefen die Menschen ihm die Namen weiterer Helden zu, von denen er erzählen sollte. Sira lachte, so lebendig trug er ihre Geschichten vor – und merkte erst, als Norik sie unverwandt ansah, dass ihre Hand noch immer auf seinem Knie lag.

Erschrocken zog Sira die Hand zurück. Sie konnte nicht verhindern, dass die Hitze in ihre Wangen schoss, aber Norik sah sie nur an, ohne jeden Spott, und etwas in seinen Augen ließ die Worte des Barden, die Musik, selbst die lachenden Menschen in weite Ferne rücken. Es schien, als wären sie von einer Sekunde zur nächsten in eine

Seifenblase geraten, unsichtbar für alle anderen. Sira wusste nicht, was es war, das ihr Herz plötzlich rasen ließ, aber das Gefühl verunsicherte sie so sehr, dass sie sich vorkam wie in den Straßen New Yorks, wenn sie vor einer namenlosen Macht geflohen war, ohne sie zu sehen. Norik schien ihre Verwirrung zu spüren, doch ehe er etwas sagen konnte, riss sie ihren Blick los.

»Rastanghur«, rief jemand, und erst als das Lachen ringsum verstummte, begriff Sira, dass sie es selbst gewesen war. Ohne jedes Geräusch zerbrach die Seifenblase über ihr. Sie fühlte Noriks Blick, auch Lorcan wandte sich nun zu ihr um, ebenso wie alle anderen in dem Saal. Es war, als hätte sie eine Beleidigung gebrüllt. Ihr Mund war staubtrocken, als sie den Barden fixierte. Jetzt gab es kein Zurück mehr. »Erzähle uns vom Sieg der Menschen über Rastanghur«, forderte sie ihn auf. »Erzähle uns vom schwarzen Drachen!«

Das Schweigen verharrte wie ein Fluch, doch nur für einen Moment. Dann kam Lorcan auf die Beine. Seine Wangen waren vom Wein gerötet, aber nun kehrte das eisige Glühen in seinen Blick zurück, das Sira draußen in den Wäldern in seinen Augen gesehen hatte, und als er dem Barden zunickte, stand er da wie der Krieger, der sich dem Drachen entgegengestellt hatte – voller Entschlossenheit, die Kreatur zu vernichten, die er hasste.

»Rastanghur«, begann er, und der Name rollte über seine Zunge wie das Grollen eines Drachen in der Ferne. Der Barde trat beiseite, aber er bewegte die Hände über seiner Laute, und neben unheilvoller Musik stieg schwarzer Dunst aus dem Instrument und formte sich am Ende des Ganges zu einem eindrucksvollen Drachenschädel. Gebogene Hörner umrahmten die mächtige Schnauze, die Zähne waren lang wie Dolche, und als er das Maul aufriss, klang ein Brüllen durch den Saal, so laut, dass es wie ein Windstoß über die Köpfe flog. Gleichzeitig formte sich sein riesiger Leib unter ihm. Sira meinte, seine Schritte zu hören, als er langsam auf sie zukam, und sie achtete kaum auf die schemenhaften Umrisse der anderen Drachen, die ihm folgten. Gespannt saßen die Menschen da und ließen den flirrenden Rauch der Schemen über sich hinweggleiten.

»Niemand weiß sicher, woher er kam«, fuhr Lorcan fort und erwiderte Rastanghurs Blick so unverwandt, als wollte er jeden Moment das Schwert ziehen und ihn erschlagen. »Manche sagen, er wäre aus den Kerkern der Welt emporgestiegen, andere nennen ihn den Dorn des Himmels, weil er aus dessen schwarzer Glut zur Erde gestürzt sein soll, und wieder andere glauben, er sei wie ein Geist aus den Bergen gekommen wie all seine Schergen. Sicher jedoch ist, dass er und seine Gefährten zu den Ardhamàr gehörten, jenen Drachen also, die der Sage nach aus dem Eis des Ersten Frosts geschaffen wurden, und dass er sich der Sache des Königs verschwor, als dieser die Macht ergriff. Und er jagte die Feinde seines Herrn – vor allem die Drachen, die sich dem goldenen Pfad verweigerten.«

Wie gebannt saß Sira da und merkte erst nach einem Moment, dass Rastanghurs Augen gar nicht auf sie gerichtet waren. Sein Blick glitt über sie hinweg, und kaum hatte sie das begriffen, erklang hinter ihr ein tiefes Grollen. Sie fuhr herum. Schreckenslaute erklangen ringsum, und vor ihr, so nah, dass sie seinen Atem auf ihren Wangen fühlte, erhob sich ein weißer Drache hinter dem Skelett. Auch er bestand aus Rauch, doch die Illusion war so perfekt, dass Sira glaubte, ein Knacken zu hören, als er nun die Klauen auf die Rippen des gefallenen Drachen stützte. Seine Augen glühten, als er Rastanghur ansah, und sein Zorn schickte glitzernde Eiskristalle über seinen Leib.

»Die Freien Drachen schlossen sich zusammen«, fuhr Lorcan fort. »Unter der Führung von Galpharos, dem Drachen des Schnees, stellten sie sich Rastanghur entgegen. Und hier, im Tal von Bhorthos, in dem unsere Vorfahren seit langer Zeit lebten, kam es zur Schlacht.«

Kaum war das letzte Wort über seine Lippen gekommen, stieß Galpharos sich von dem Skelett ab und sprang auf Rastanghur zu.

Der Boden erbebte, als die Drachen ineinanderkrachten. Funken sprühten über die Köpfe der Zuschauer, erschrockene Rufe durchdrangen das heisere Brüllen, als Galpharos' Armee sich gegen Rastanghurs Schergen stellte, und Sira erkannte die Schemen der Menschen, die zwischen den Kämpfenden umherliefen, hilflos auf der Suche nach einem Versteck.

»Die Bäume brannten«, raunte Lorcan und schaute auf das Kampfgewühl, als stünde er gerade in diesem Moment auf dem Schlachtfeld, unfähig, seinen Ahnen helfen zu können. »Die Erde glühte in tödlichem Frost, und unzählige Menschen bezahlten den Zorn der Drachen in jenen Nächten mit ihrem Leben. Doch sie wichen nicht zurück. Es war das Land der Menschen, auf dem die Drachen ihren Krieg austrugen – und unser Volk hielt stand.«

Funken sprühten auf, als Rastanghur und Galpharos erneut zusammenstießen. Ihre Schwingen zerschnitten die Luft, sie schlugen sich tiefe Wunden, und Sira meinte, die Decke beben zu sehen, als Rastanghur seinen Gegner mit einem mächtigen Hieb gegen drei Säulen schmetterte. Fast befiel sie etwas wie Trauer, als Galpharos' Augen brachen und sein Leib langsam verblasste. Doch gleich darauf riss Rastanghur den Kopf herum. Sein Blick jagte über die Köpfe hinweg, instinktiv duckten sich die Zuschauer, und auch Sira zog die Schultern an, als sie die Kälte des Drachenfeuers auf ihrer Haut spürte. Mochte Rastanghur wegen der Freien Drachen an diesen Ort gekommen sein – doch sein Zorn galt ebenso den Menschen, und sein Grollen ließ keinen Zweifel übrig: Er würde sie vernichten, jeden Einzelnen von ihnen.

Doch ehe er sich rühren konnte, trat eine Gestalt von links heran. Es war ein Mensch, ein Krieger in alter Rüstung. Mühelos wie Lorcan streckte er die Drachen nieder, die ihm entgegenkamen, aber er ließ Rastanghur nicht aus den Augen, und als dieser ihn mit seinem Blick umfasste, begann er zu rennen. Blitzschnell wich er den Klau enhieben aus und tauchte sein Schwert in das Blut des weißen Drachen. Im selben Moment stieß Rastanghur den Kopf vor. Gleißendes Feuer stob auf den Fremden zu, Schreie erklangen aus den Zuschauerreihen, und Sira hob die Hand, als die Glut sie traf. Doch ehe das Feuer noch erloschen war, glomm ein Licht darin auf, so grell, dass Rastanghur zurückwich. Mit weiß leuchtendem Schwert sprang der Fremde aus den Flammen, stieß die Klinge vor – und durchbohrte das Herz des Drachen.

Kurz nur stand Rastanghur regungslos. Dann überzogen seine Augen sich mit Rissen, und kaum dass das Knacken durch die Luft klang, zerbrach sein Leib in einer gewaltigen Druckwelle und zerfetzte die Schemen der Drachen ringsherum. Sira duckte sich auf ihrem Platz, aber die Menschen von damals standen noch immer da und sahen zu dem Fremden auf, dessen Schwert im Rauch des Schlachtfelds leuchtete.

»Rastanghur, der schwarze Drache, fiel durch die Hand eines Menschen!«, rief Lorcan, und Beifall brandete auf. »Auf dem Höhepunkt der Schlacht durchbohrte Kandor, mein Vorfahre, sein Herz!« Er hielt inne und sah zu dem Krieger hinüber, der seinen Blick zu erwidern schien. Dann schaute Lorcan über die Menschen hinweg, deren Leiber langsam verblassten. »Im Todeskampf riss Rastanghur alle anderen Drachen mit sich. Ihr Blut tränkte die Erde, aber sie wurden nicht gänzlich vernichtet. Als Geister der Berge ziehen sie durch unsere Wälder, und jedes Mal, wenn Blitze die Luft zerreißen oder Hagelstürme die Bäume fällen, spüren wir ihre Macht. Doch schlimmer als die Unwetter sind ihre Schreie. Als Chor aus Licht und Schatten trachten sie nach jedem Wesen, das Magie in sich birgt, und ziehen es in die Arme des Nebels, bis es nicht mehr weiß, ob es träumt oder wacht, und jedes Ziel verliert.«

Sira schauderte, als einzelne Rauchschwaden sich aufbäumten. Ihr schien es, als würden sich erneut die Gestalten daraus formen, die sie zwischen den Bäumen in die Irre geführt hatten, doch ehe sie sich noch einmal in ihrem Anblick verlor, ballte Lorcan die Hand zur Faust.

»Wir jedoch«, rief er und sprang so leichtfüßig auf seinen Thron, als würde er keine Erschöpfung kennen, »werden von dem Wahnsinn nicht ereilt! Dort draußen in einer Welt der Magie mögen wir schwach sein, aber hier in diesen Wäldern überlebten unsere Vorfahren den Fluch von Rastanghur – und mehr als das!« Er stellte den Fuß auf die Klaue des Drachen. Im selben Moment glommen die Knochen auf, und schwarzes Licht floss über den Boden und die Wände wie glänzende Adern, die sich im Stein verbargen. »Sein Blut«, donnerte Lorcans Stimme durch den Saal, »steckt in diesen Mauern! Unangreifbar sind wir für die Magie der Welt, und mögen die Geister der Berge auch für immer an diesen Ort gebunden sein, wissen wir doch eines: Wir haben sie besiegt!«

Damit hob er sein Schwert. Die schwarzen Adern glühten auf, und da erkannte Sira, dass Lorcans Schwert nicht grundlos wie ein Säbel geformt war. Seine Klinge war die fehlende Kralle Rastanghurs. Im nächsten Moment zerbrachen die Adern funkensprühend, die Schemen der Vergangenheit zerrissen, und der Jubel der Zuschauer war so ohrenbetäubend, dass die Pokale auf den Tischen klirrten. Lachend ließ Lorcan sich auf seinem Platz nieder und zollte dem Barden Respekt, der mit bescheidener Geste den Beifall entgegennahm. Seine Illusionen sanken als Rauch zu Boden, und als die Musik neu aufspielte, verlor sich der Schrecken, den die Bilder in den Saal getragen hatten.

Sira atmete aus. Es war lange her, dass sie zuletzt von einem Barden so gebannt worden war. Erleichtert beobachtete sie die Menschen, die nun auf die Beine kamen und zu tanzen begannen, lehnte sich zurück und landete aus Versehen an Noriks Schulter. Sie wollte sich vorsetzen, doch er hielt sie zurück. Ohne ein Wort legte er den

Arm um sie, absichtslos und zugleich so selbstverständlich, dass es ihr schien, als hätte er einen Zauber auf sie gelegt. Nah beieinander saßen sie da, dicht genug, um den Herzschlag des anderen zu spüren, und doch weit genug voneinander entfernt, um jederzeit zurückweichen zu können. Und von einem Atemzug zum anderen glitt ein Lächeln über Siras Lippen.

Leise nur hörte sie die Gesänge des Nebels, die auf einmal durch die Musik drangen. Wieder fühlte sie die Sehnsucht, die sie zwischen die Bäume gezogen hatte, in jedem Ton. Doch an Lorcans Tafel verlor sie ihren Schrecken. Sacht strichen die Klänge durch die Luft, und es schien ihr, als würden sie für einen Augenblick mit dem Lachen der Menschen verschmelzen. So musste es früher gewesen sein … in Zeiten des Friedens.

Kapitel 20

Die Flammen des Himmels waren schwarz wie ein Meer aus Seide. Norik stand an der Brüstung des zweiten Turms, gekleidet in einen der Samtmäntel, die Lorcan für seine Gäste bereitgelegt hatte, und ließ die Wärme der Fackeln über seine nackte Brust gleiten. Es war spät in der Nacht. Stille hatte sich über die Festung gelegt, die Menschen waren zu Bett gegangen, und selbst aus den Ställen, in denen Wölfe und Drachen untergebracht waren, drang kaum ein Geräusch. Norik jedoch konnte nicht schlafen, wie so oft, und so stand er da und schaute zum Himmel hinauf, an dem sich nun mit leisem Flackern bunte Lichter entzündeten. Irgendjemand hatte ihm einmal erklärt, wie diese Farben zustande kamen, aber es hatte ihn glücklicherweise schon damals nicht sonderlich interessiert. Und so sah er mit kindlichem Staunen zu ihnen auf und konnte sich der Illusion hingeben, dass sie ein Rätsel waren, unantastbar von einem menschlichen Geist wie dem seinen. Es war ein wunderschöner Anblick.

Eine Bewegung in seinem Augenwinkel ließ ihn den Blick auf die Fenster im gegenüberliegenden Turm richten. Alle Räume lagen im Dunkeln, doch in einem brannte noch ein Feuer und bekränzte Siras Gestalt, die ans Fenster getreten war und zu den flammenden Farben hinaufschaute. Ihr Haar fiel offen auf ihre Schultern, und in dem weiten Mantel sah sie aus wie die Prinzessin aus einem Märchen, die nach ihrem Prinzen Ausschau hielt. Norik musste lächeln. Für diesen Gedanken hätte sie ihm einen ihrer spöttischen Blicke zugeworfen, der ohne jedes Wort deutlich machte, dass sie keinen Wert auf einen Beschützer legte, ganz zu schweigen von einem Prinzen auf einem lächerlichen Pferd. Und doch schien sie die Härte der Kriegerin mit ihrer Kleidung abgelegt zu haben, und selbst die Kühle in ihren Augen schmolz beim Anblick des leuchtenden Himmels.

Norik betrachtete ihr Haar, das sich im Wind bewegte, und er dachte an die Hingabe, mit der sie vor wenigen Stunden den Liedern des Barden gelauscht hatte, an ihre Geduld bei Dharons unzähligen Fragen zum Leben in New York und an ihr Lächeln, als Norik sie zum Tanzen aufgefordert hatte, um sie von dessen Neugier zu befreien. Ihre Bewegungen waren weich gewesen und fließend, und irgendwann hatte sie wie selbstverständlich die Arme um seinen Hals gelegt. Noch immer spürte Norik ihr Haar an seiner Wange. Sie waren wie Kinder gewesen in einem Refugium aus Musik und Wärme, und für kurze Zeit hatte er sich leicht gefühlt ... so leicht, als könnte nichts auf der Welt ihm diese Empfindung nehmen.

Das Knarzen des Tores durchbrach seine Gedanken, und er schaute zu den Menschen hinab, die nun von herbeieilenden Wachen in den Innenhof der Festung gelassen wurden. Es waren Flüchtlinge aus den umliegenden Dörfern und Höhlen, die von den Drachen der Königsreiter angegriffen worden waren. Viele Behausungen waren so stark zerstört, dass wilde Tiere sich nicht länger abhalten ließen, und so blieb den Überlebenden nichts anderes übrig, als bei Lorcan Zuflucht zu suchen. Vor allem Frauen und Kinder drängten sich aneinander, die Kleider blutig und halb zerrissen, die Gesichter nass von Tränen. Ihre Stimmen klangen nur gedämpft zu Norik herauf, und doch reichten sie aus, um jede Ruhe aus seinen Gliedern zu ziehen.

»Sieh an«, sagte eine Stimme hinter ihm. »Bin ich also nicht der Einzige, dem das Essen den Schlaf raubt.« Seufzend blieb Lorcan neben Norik stehen und legte beide Hände auf die Brüstung. Die Farben des Himmels flammten über sein Gesicht, als er zu ihnen hinaufsah. »Es ist lange her, dass solche Lichter über Bhorthos' Türmen brannten. Was für eine herrliche Nacht.«

Die Momente, in denen sich die Schärfe auf Lorcans Zügen verlor, waren rar gesät, aber Norik konnte dem Blick seines Freundes dennoch nicht folgen. »Nicht für alle«, sagte er und sah zu, wie die Flüchtlinge nach und nach im Inneren der Gebäude verschwanden.

»Nein«, stimmte Lorcan ihm zu. »Doch hier sind die Menschen in Sicherheit, bis wir ihre Dörfer wieder aufgebaut haben. Und das werden wir, darauf kannst du dich verlassen.«

Norik schwieg. Das Weinen eines Kindes klang zu ihm herauf, und kurz meinte er, das Brüllen der Drachen zu hören, die über die Menschen gekommen waren und so viele von ihnen getötet hatten. »Die Reiter des Königs sind unseretwegen in diese Wälder gekommen«, sagte er schließlich. »Nhor'garoth wollte uns eine Falle stellen, doch die Stimmen der Toten waren stärker als der Wille seiner Männer, und so traf deren Wahn die Menschen in den Dörfern. Ich hege keinen Zweifel daran, dass du alles tun wirst, was in deiner Macht steht, um sie zu beschützen. Aber ich trage die Schuld an ihrem Schicksal – und ich habe keinen von ihnen gerettet.«

Ehe er sich abwenden konnte, umfasste Lorcan ihn mit seinem Blick. Das Blau seiner Augen schien durch Noriks Haut zu dringen, und wie früher, wenn dieser Krieger ihn als Kind bei Dummheiten ertappt hatte, schlich sich eine unnachgiebige Kühle in seinen Blick – dieselbe Strenge, die er auch seinem Sohn entgegenbrachte, wenn dieser drohte, in die Irre zu laufen. »Was verstehst du von Schuld«, entgegnete Lorcan dunkel. »Nicht das Geringste, Krieger der Schatten. Und wie oft muss ich dich noch daran erinnern, dass du nicht überall sein kannst?«

»Mein Vater konnte es«, gab Norik zurück. »Meistens jedenfalls.«

Da lachte Lorcan auf. »Dein Vater«, sagte er und eine seltene Wärme schlich sich in seine Stimme, als er sich abwandte. »Er war dir so ähnlich, dass es mir manchmal unheimlich ist. Immer unruhig, immer getrieben, immer darauf bedacht, die Welt zu retten.«

Norik strich über die Knochen unter seinen Händen. »Das ist das Erbe des Sturms. Nie ist es anders gewesen.«

»Oh ja«, erwiderte Lorcan und nickte. »Ich höre die Stimme deines Vaters in deinen Worten. *Sieh dir die Nacht an*, sagte er oft zu mir. *So still und so friedlich. Und doch sterben gerade in diesem Augenblick unzählige Menschen in den Klauen der Drachen ... und ich stehe da und sehe ihnen dabei zu.*«

Norik warf ihm einen Blick zu. »Und welche Lösung hast du ihm geboten?«

Der Krieger schüttelte den Kopf. »Es gab damals keine Lösung, und es gibt auch heute keine. Aber in jenen Nächten antwortete ich deinem Vater dasselbe, was ich dir jetzt sage: Du kannst nicht überall sein, und wenn du es weiter so sehr versuchst, wird es dich eines Tages auseinanderreißen.«

»Und was soll das bedeuten?«, fragte Norik, härter, als er beabsichtigt hatte. »Dass ich die Gilde sich selbst überlassen soll? Ich bin der Reiter des Sturms, ohne mich ...«

»Ja, ja, ja«, unterbrach ihn Lorcan und hob abwehrend die Hand, als hätte er das schon tausendmal aus anderer Kehle gehört. »Dessen bin ich mir bewusst. Und ich verlange nicht, dass du dein Erbe verleugnest und der Gilde den Rücken kehrst. Du trägst den Sturm in deinem Blut, und du bist ihm verpflichtet. Niemand bestreitet das. Aber der Welt ist nicht geholfen, wenn du dich von ihm zerstören lässt, und ganz gleich, wie sehr du dich auch vor dieser Erkenntnis wehrst: Du kannst nicht kämpfen, wenn du dir keine Ruhe gönnst.«

Norik öffnete den Mund, um etwas zu erwidern, aber unter Lorcans Blick zerbrachen die Worte auf seiner Zunge, und er kam sich vor wie ein törichtes Kind, das nichts begriff.

»Du weißt, dass ich recht habe«, stellte Lorcan mit amüsiertem Lächeln fest. »Aber dein Vater trug denselben Trotz in den Augen wie du, und deshalb weiß ich, dass all meine Worte nichts helfen werden. Er bestritt jede Schlacht, die sich ihm bot, und es fiel ihm schwer, den Rat zu beherzigen, den er mir einmal gab: Wenn du deinen Weg suchst – höre auf dein Herz. Und doch erinnere ich mich an eine Nacht … eine einzige, in der er nicht hinausritt, obwohl die Drachen auf den Feldern der Menschen wüteten. Es war die Nacht deiner Geburt, und für deinen Vater gab es keinen anderen Platz in diesen Stunden als an der Seite deiner Mutter, um sein Kind willkommen zu heißen.«

Norik senkte den Blick. Für einen Moment meinte er, die Stimme seines Vaters in seinen Gedanken widerklingen zu hören, und die sanfte Hand seiner Mutter strich über sein Haar wie damals, als er ein Kind gewesen war. Lorcan wandte sich dem Himmel zu, und als er fortfuhr, da schien es, als würde ein Teil von ihm in jene Zeit zurückfliegen, von der er Norik nun erzählte.

»Am nächsten Morgen ritt dein Vater über verbrannte Felder«, sagte er mit rauer Stimme. »Und es kostete ihn und seine Männer viel um die Drachen zurückzuschlagen. Doch später sagte er zu mir, dass der Augenblick deiner Geburt zu den schönsten Momenten seines Lebens gehörte. Noch heute sehe ich ihn vor mir, den stolzen Anführer der Gilde und Reiter des Sturms – mit einem Glanz in den Augen der sein Gesicht adelte. Und ich kann nicht zählen, wie oft ich seit seinem Tod dachte: Vielleicht sind es Momente wie diese gewesen, die ihm die Kraft gaben, der zu sein, der er war.«

Norik sah seinen Vater vor sich, in kühler Majestät auf dem Rücken seines Drachen, sah ihn auch mit erhobenem Schwert, umgeben von seinen Gefährten, und reglos am Kopf der langen Tafel nach dem Tod seiner Mutter. Ein unnahbarer Krieger mit Augen aus dunklem Sturm war er gewesen, Norik fühlte noch einmal den rät selhaften Blick auf sich und hörte seine Stimme so deutlich, als wäre er wirklich da. Und für einen Moment, einen winzigen Moment nur, spürte er wieder sein Blut an seinen Händen. »Ja«, sagte er und hob den Kopf, um das Bild vor seinen Augen zu zerbrechen. »Doch diese Momente waren selten in seinem Leben.«

»Das ist wahr«, stimmte Lorcan ihm zu. »Vielleicht wäre er glücklicher gewesen, hätte er ihnen mehr Platz eingeräumt.«

Norik presste die Hände gegen die Knochen der Drachen und langsam, quälend langsam wich die Erinnerung an das Blut seines Vaters von ihm. »Vielleicht«, gab er zurück. »Aber das ist es nicht, was Helden tun.«

Da umfasste Lorcan ihn mit seinem Blick. Er wusste, wie wenig sich das Glück mit seinem Leben als Krieger vertrug, das konnte Norik sehen, und er rechnete damit, dass sein alter Freund den Kopf neigen und die kühle Maske auf seine Züge legen würde wie jedes Mal, wenn er die Wahl hatte zwischen dem Weg des Drachentöters und all dem, was er sonst noch in sich trug. Doch stattdessen schwand für einen kurzen Moment jede Kälte von seinem Gesicht, und er stand da als der Mann, der nicht den Sturmreiter verloren hatte vor so langer Zeit und auch nicht den Anführer der Schatten, sondern seinen besten Freund. Und für einen Atemzug schien es Norik, als hätte er noch nie zuvor eine solche Stärke in Lorcans Augen gesehen wie die Wärme, die nun in seinen Blick trat. »Sohn deines Vaters«, sagte er leise und legte die Hand auf Noriks Schulter. »Es gibt Wichtigeres im Leben, als ein Held zu sein.«

Kurz nur schaute er zu dem erleuchteten Fenster auf der anderen Seite des Hofs hinüber, und ein Lächeln flog über sein Gesicht. Dann drückte er Noriks Schulter, und ehe dieser noch etwas entgegnen konnte, ließ er ihn allein.

Für einen Moment stand Norik regungslos. Dann hob er den Kopf, und er war nicht überrascht, als Sira zu ihm herübersah. Ein

Lächeln spielte um ihre Lippen, zaghaft und forschend zugleich, und kurz erwiderte er es, als gäbe es tatsächlich keine größere Kluft zwischen ihnen als einen Abgrund zwischen zwei Türmen aus Drachenknochen. Dann wandte er sich ab und tauchte in die Schatten, ohne sich noch einmal umzudrehen.

Kapitel 21

Sandstaub wirbelte unter Siras Füßen auf und legte sich als rötlicher Schleier auf die Wände des Tunnels. Stählerne Netze hielten das Geröll zurück, das von allen Seiten gegen len Gang drückte, Träger aus schwarzem Metall stützten die Decke, ınd die Fackeln, die sich wie durch Geisterhand entzündeten, kaum lass Norik in ihre Nähe kam, fraßen flüsternd die reglose Luft. Alt var sie, so alt wie die Gänge, die sich jenseits der Toten Wälder durch ie Erde zogen, und Sira schien es, als lachte sie über die junge Frau, ie in dieses geheime Reich hinabgestiegen war – neugierig und temlos zugleich, als würde sie sich mit jedem Schritt stärker einem ätsel nähern, das sie doch niemals ganz begreifen würde.

Sie lauschte in die Tiefe des Tunnels, aber sie hörte nichts als die chritte der Reiter und ihrer Drachen, die dumpf von den Wänden iderhallten. Keiner von ihnen hatte ein Wort gesprochen, seit sie die länge der Schatten betreten hatten. Es war, als würden sie der Dunelheit Respekt erweisen, dem tanzenden Feuer und der Stille, die wie n lebendiges Wesen in diesen Tunneln herrschte, die vor langer Zeit on den Reitern der Gilde in die Erde geschlagen worden waren. Sira eß den Blick über die Zeichen wandern, die bisweilen in einzelnen teinbrocken aufglühten, fremdartig wie von magischen Klauen gechlagen, und dachte mit einem Seufzen an Lorcan und seine Leute ırück … wahrscheinlich die letzten gewöhnlichen Menschen, die sie für eine ganze Weile gesehen hatte. Die Gänge der Schatten hatten ihr schnell jedes Zeitgefühl genommen, sodass sie nicht sagen konnte, ob sie erst wenige Stunden oder schon einen ganzen Tag unterwegs waren. Aber sie erinnerte sich an das warme Gefühl inmitten der Menschen von Bhorthos, ebenso wie an die sicheren Pfade, auf denen Lorcan sie durch die Wälder geführt hatte. Fern der tödlichen Stimmen war er geblieben, fern der Magie, der er misstraute, und immer darauf bedacht, den Unwettern auszuweichen, die ebenso plötzlich durch die Baumkronen fegen konnten wie der Zorn eines Drachen. Sira sah ihn vor sich, so deutlich, als würde er noch einmal zum Abschied die Hand auf ihre Schulter legen.

Die Gilde der Schatten ist ein rauer Ort, hatte er gesagt, leise genug, um seine Worte vor den Reitern zu verbergen. *In gewisser Weise ist sie wie die Welt jenseits meiner Wälder, denn auch sie kennt keine Gnade, und sie beißt erbarmungslos zu, wenn man ihr die Gelegenheit dazu gibt. Aber du kennst die Welt dort draußen und auch, wenn dir sicher kein leichter Weg bevorsteht, zweifle ich nicht daran, dass du ihn meistern wirst.*

Noch einmal spürte Sira die Verlegenheit angesichts seiner Worte. *Was macht dich da so sicher?*

Sie hatte gelächelt bei diesen Worten, aber Lorcans Blick war durch ihre Maske gedrungen wie durch leichten Nebel und hatte den Ernst in ihrer Frage sofort erkannt. *Ich habe viele Novizen kommen und gehen sehen*, hatte er geantwortet. *Viele, sehr viele von ihnen waren große Krieger und sind es noch heute. Aber keiner von ihnen hätte mich auf dieselbe Weise angesehen wie du, als du in meine Falle geraten bist. Du trägst etwas in deinen Augen, das jedem Drachenfeuer begegnen kann, und auch, wenn ich die Krieger der Gilde hoch achte, würde ich gern ihre Gesichter sehen, wenn du es ihnen zeigst. Tu das, Kriegerin der Schatten – zeige es ihnen allen!*

Sira hatte nichts als ein Nicken erwidern können, denn in seinem Lächeln hatte plötzlich eine Wärme gestanden, die sie an ihren Onkel erinnert hatte und an das unerschütterliche Vertrauen, das er i sie gesetzt hatte. Unmerklich hatte Lorcan den Kopf geneigt, und sie hatte ihm nachgeschaut, als er sich von den anderen verabschiedet hatte – lange, als wäre er der letzte Rest einer Welt, die sie für lange Zeit nicht mehr betreten würde.

Ihre Erinnerung trug das Rauschen des Windes in den Baumkronen mit solcher Intensität zu ihr zurück, dass sie Kapo beinahe in die Hacken getreten wäre. Im letzten Moment fing sie sich ab und stellte fest, dass ihre Begleiter vor einer Wand stehen geblieben waren. Gerade presste Norik die Hand gegen den Felsen und neigte dann den Kopf, als würde er jemandem Respekt zollen, der Siras Augen verborgen blieb. Gleich darauf ging ein Stöhnen durch den Tunnel, und direkt vor ihnen trat eine schwarz gewandete Gestalt aus dem Gestein. Mit erhabener Geste zog sie sich die Kapuze vom Kopf und offenbarte sich als hochgewachsener Krieger mit kahl rasiertem Schädel und durchdringenden, hellgrauen Augen. Steinstaub bedeckte seine Haut, die schwarz war wie die Schatten ringsum, und Sira sah fasziniert zu, wie er den Saum seines Umhangs aus der Wand zog, als würde sie aus Wasser bestehen. Respektvoll neigte er vor Norik den Kopf.

»Du hast mich gerufen, Sohn des Sturms«, sagte er mit einer Stimme, die wie ächzende Felsen klang. »Ich freue mich, dich wohlauf zu sehen.«

Norik legte dem Krieger die Hand auf die Schulter. »Charon«, erwiderte er mit einem Lächeln. »Wie ich sehe, waren die Tore der Gilde in deinen Händen sicher. Berichte mir gleich morgen früh, wie es dir seit meiner Abreise ergangen ist. Und nun lass uns hinein.«

Charon bewegte nur die Augen, als er Sira mit seinem Blick umfasste. »Ich muss wissen, wen ich durch diese Mauern führe«, sagte er, und auf einmal klang seine Stimme kühl. »Wie ist dein Name?«

Unsicher schaute Sira zu Norik hinüber, doch dieser nickte nur. »Ich bin Sira«, sagte sie deshalb. »Ich komme aus ...«

»Mein Name ist Charon«, unterbrach sie der Wächter grollend. »Denn wie der Fährmann den ewigen Fluss hüte ich diese Mauern mit meinem Leben. Die Gilde wird auch deinen wahren Namen erkennen, wenn es an der Zeit ist. Vorerst sei dir der Zutritt gewährt.«

Ehe Sira etwas erwidern konnte, legte er die Hand auf dieselbe Stelle, die Norik zuvor berührt hatte. Seine Finger sanken in den Stein hinein, als würden sie sich in Sand verwandeln, und als er die Hand zurückzog, schob sich ein Portal aus der Wand. Etliche Riegel glitten in komplizierter Choreografie zurück, Lichtfunken stoben darüber hin, und schließlich öffnete es sich mit einem metallenen Klicken.

»Willkommen«, sagte Charon mit einem Ausdruck in den Augen, der wie ein Rätsel war. »Willkommen in der Gilde der Schatten.«

Vergeblich versuchte Sira, ihren Herzschlag unter Kontrolle zu halten. Sie stellte sich vor, was Andor sagen würde, wenn er in diesem Moment bei ihr wäre, und als sie den anderen durch das Tor folgte, schien es ihr tatsächlich, als würde ihr Bruder an ihrer Seite über die Schwelle treten.

Dahinter lag ein Stollen, verlassen wie eine Gasse der Station in tiefster Nacht. Eingesunkene Gleise liefen über den Boden, nur schwach beleuchtet von Petroleumlampen, die von magischem Feuer erhellt von der Decke hingen und in leichtem Windzug schwankten. Bis zur nächsten Kurve zweigten etliche Gänge von dem Stollen ab und trotz der menschlichen Stimmen und dem dunklen Grollen aus Drachenkehlen, das aus einiger Entfernung zu ihr drang, wusste Sira sofort, wo sie sich befand.

»Ein Bergwerk«, sagte sie und betrachtete die Überreste einer Lore, die als Relikt aus vergangenen Zeiten in einer Nische des Stollens stand. »Wir sind in einer Mine.«

Juri, der neben sie getreten war, nickte. »Früher wurde hier das Gold der Drachen abgebaut, doch mit der Zeit sind die Adern versiegt.«

Sira warf einen Blick in einen der finsteren Gänge. »Und so wurde die Mine zum Unterschlupf für die Feinde des Königs.«

»Kind der Menschen«, sagte Charon da, und zum ersten Mal klang seine Stimme beinahe sanft. »Sie wurde viel mehr für uns als das. Sie wurde unser Zuhause.«

Noch einmal umfasste er sie mit seinem Blick, und für einen Moment meinte sie, ein Lächeln in seinen Augen aufglimmen zu sehen. Dann neigte er vor Norik den Kopf und verschwand in der Wand, so lautlos, wie er gekommen war. Nichts blieb von seiner Anwesenheit zurück als das leise Klacken des Tores, als es wieder mit dem Stein verschmolz – und ein Ton, tief und durchdringend wie der Klang einer sehr großen Glocke.

Arvid seufzte. »Na wunderbar«, murmelte er, während sie den Stollen hinabgingen. »Charons Ruf wird sämtliche Nervensägen zu uns treiben, kaum dass wir den Markt erreicht haben. Und ich dachte, wir könnten ein einziges Mal unbemerkt zurückkehren.«

Norik warf ihm einen abschätzigen Blick zu. »Als wenn du dich schon jemals über die Novizinnen beschwert hättest, die hingegeben an deinen Lippen hängen, wenn du von deinen Abenteuern erzählst.«

Sira grinste, als Arvid verächtlich schnaubte, und ließ den Blick über die Behausungen schweifen, die hinter der Kurve zu beiden Seiten des Stollens in den Fels geschlagen worden waren. Zuerst erschienen sie ihr wie gewöhnliche Wohnungen, aber als sie die silbernen Beschläge einer Tür eingehender betrachtete, zogen sie sich plötzlich in filigranen Mustern über die Fassade. Neugierig trat sie näher – und konnte gerade noch vor dem Drachen zurückweichen, der laut fauchend aus der Tür hervorbrach, ehe er wieder in dem Silber versank. Mit rasendem Herzen stand sie da und ließ Bompers Gelächter über sich ergehen. Ein amüsierter Funke tanzte durch Noriks Blick, als er sich zu ihr umdrehte, und auch Juri lachte leise.

»Keine Sorge«, sagte er leichthin. »Das ist die Wohnung von unserem Schmied Harok. Es gibt keinen Besseren, wenn du eine Waffe brauchst, aber er ist nicht unbedingt der Freundlichste … und er hasst neugierige Blicke.«

Sira stieß die Luft aus. »Das habe ich gemerkt.«

»Die Dinge sind hier anders, als sie auf den ersten Blick erscheinen«, entgegnete Juri. »Denn Drachen und Menschen haben die Gilde gemeinsam errichtet. Das sieht man, wenn man genau hinschaut – und man fühlt es auch.«

Schweigend setzten sie ihren Weg fort. Vorsichtshalber hielt Sira sich in der Mitte des Stollens, weit genug von möglichen magischen Übergriffen entfernt. Aber je länger sie die Behausungen betrachtete, desto stärker verlor sich ihre Anspannung. Die verbeulten Stahltüren kamen ihr bekannt vor, ebenso die Holztore, deren Bretter von Brandspuren bedeckt waren, und sie musste lächeln, als sie die Griffe bemerkte, die krumm und schief an den Türen hingen. Sie selbst hatte genau solche Öffner geschmiedet, als sie noch zu jung für die Oberwelt gewesen war, und ihr Anblick hatte dieselbe beruhigende Wirkung auf sie wie die Erinnerung an die Stimme ihres Onkels. Gleichzeitig jedoch glühten einige Wände in sanfter Wärme, andere wurden von lautlosen Wasserschleiern überzogen, und manche flüsterten wie der Wind über dunklen Ruinen. Die Fenster wurden so nahtlos von Stein umflossen, als hätte er sich für sie verflüssigt, und vereinzelt flackerte magisches Feuer im Inneren auf, wispernd wie ein geraunter Wunsch. Sira betrachtete die Farben der Flammen, die sich im dünnen Glas eines Fensters brachen, und holte tief Atem. Ja, auf den ersten Blick schienen sich die Behausungen der Gilde kaum von den armseligen Baracken zu unterscheiden, in denen sie ihr bisheriges Leben verbracht hatte. Aber in Wahrheit waren sie mehr, viel mehr als das.

Der helle Schrei eines Kindes unterbrach ihre Gedanken. Sie wandte den Blick, und für einen Moment glaubte sie, Andor vom Ende les Stollens auf sich zulaufen zu sehen. Doch gleich darauf warf das Kind die Arme in die Luft, sein helles Haar leuchtete im Schein der Feuer auf und es lachte mit einer fremden Stimme, die Andors Bild zerbrach.

»Norik!«, rief der Junge so laut, dass der Name von den Wänden widerhallte. »Der Reiter des Sturms ist wieder da!«

Eine Horde weiterer Kinder folgte ihm, und sie jubelten, als Norik den Jungen packte und mit Schwung auf Rhorkas Rücken setzte. Das Kind jauchzte vor Vergnügen, und während Rhorka sich niederbeugte, um mit geduldigem Seufzen den anderen hinaufzuhelfen, tauchten die dunklen Umrisse von Drachenreitern am Ende des Stollens auf. Auch Frauen in langen, mit rätselhaften Zeichen bestickten Gewändern oder in der gleichen abgerissenen Lederkleidung, die Sira aus den Enklaven kannte, waren darunter, und Novizen in staubbedeckten Uniformen, die aufgeregt miteinander tuschelten. Sie alle begrüßten Norik und die anderen so herzlich, als hätten sie sich ein halbes Leben lang nicht gesehen, und als Sira ihre prüfenden Blicke auf sich spürte, musste sie daran denken, wie ihr Onkel sie umarmt hatte, jedes Mal, wenn er aus der Oberwelt zurückgekehrt war. Sie konnte sich noch genau an seinen Geruch erinnern – diesen Duft von Tabak und Zimt, der unter dem Dunst aus Feuer und Ruß lag, in den die Welt der Drachen ihn gehüllt hatte, und ein zärtlicher Schauer zog über ihren Rücken. Lange hatte sie nicht mehr an diesen Geruch gedacht, und sie ertappte sich bei dem Gedanken, wie es wäre, eines Tages auf dieselbe Weise wie Norik und die anderen von diesen Menschen begrüßt zu werden ... so warm und liebevoll, als wäre die Gilde tatsächlich mehr als alles, was sie für möglich gehalten hätte.

»Wo zum Teufel ist er?«

Eine dunkle, weibliche Stimme hallte über die Köpfe hinweg, und gleich darauf kam Bewegung in die Menge, als sich eine Frau in einem bodenlangen, blauen Gewand ihren Weg hindurchbahnte.

Mehrere kleine Kinder hingen an ihrem Kleid, die verblüffende Ähnlichkeit mit Kapo hatten. Der Ampullenbeutel an ihrem Gürtel ließ Sira vermuten, dass sie eine Heilerin war, doch ihr rundliches Gesicht zeigte die Entschlossenheit einer Generalin. Braune Locken tanzten um ihre geröteten Wangen, eilig wich Sira ihren energischen Schritten aus – und hob überrascht die Brauen, als von einem Moment zum nächsten jede Härte von den Zügen der Fremden wich. Sie sah zu Kapo hinüber, der mit ausgebreiteten Armen auf Bompers Rücken stand.

»Den Teufel lass aus dem Spiel«, rief er und lachte. »Ich bin ihm oft genug entkommen, um wieder bei dir zu sein!«

Damit sprang er vom Rücken seines Drachen und fing die Frau auf die sich mit einem Freudenschrei in seine Arme warf. Sie zog ihn so fest an sich, dass ein heiseres Keuchen aus seiner Kehle drang. Dann küsste er sie und barg das Gesicht in ihrem Haar. Einige der Umstehenden stießen Pfiffe aus, und Sira fiel in den Applaus ein, der nun um sie aufbrandete, als die Kinder ihre Eltern freudestrahlend umringten. Sie konnte sich nicht daran erinnern, wann sie zum letzten Ma ein Bild so inniger Zuneigung zwischen zwei Menschen gesehen hatte. Erst als sie weitergingen, stellte sie fest, dass Norik sie beobachtete

»Du hast nicht erwartet, so etwas an diesem Ort zu finden, nicht wahr?«, fragte er unumwunden.

»So etwas?«, erwiderte sie mit leisem Spott. »Du meinst menschliche Nähe? Ich hätte nicht gedacht, dass es dem Reiter des Sturm schwerfällt, so einfache Worte auszusprechen.«

Er lächelte unmerklich. »Vielleicht fällt es mir nicht schwer«, gab er zurück. »Vielleicht wollte ich dich nur nicht verschrecken.«

Sie musste lachen. »Lass das nicht die Drachen hören. Wenn sie erfahren, wie leicht ich zu verschrecken bin, habe ich im Kampf keine Chance mehr gegen sie.« Sie schaute zu Rhorka hinüber, die mi beeindruckender Gemütsruhe die Kinder über ihre Schwingen rut chen ließ. »Tatsächlich weiß ich nicht, was ich erwartet habe. Aber ch hätte nicht gedacht, dass hier so viele Kinder leben.«

»Die meisten von ihnen sind Waisen«, sagte Norik. »Alleingelassen in einer Welt, die sie noch nicht verstehen. Für ein gewöhnliches Kind ist es schlimm genug, die Eltern zu verlieren. Doch wohin soll in junges Drachenblut sich wenden, dessen Angehörige durch die chergen des Königs getötet wurden? Es ist nirgends sicher. Es hat irgends einen Platz. Aber hier können sie aufwachsen als das, was ie sind – hier, in der Gilde der Schatten.«

Kaum hatte er geendet, traf silbernes Licht Siras Gesicht. Blind rat sie aus dem Stollen und fand sich in einiger Höhe am Rand einer ewaltigen Höhle wieder. Sie wurde von Stahlbrücken, Stegen und Überführungen durchzogen. Unzählige Behausungen liefen an den Wänden empor wie die Waben eines Bienenstocks, grobe, halb verostete Leitern führten ebenso hinauf wie filigran geschwungene Geiste, und Sira spürte die Kühle des Metalls unter ihren Fingern, als e an den Rand der Brücke vor ihr trat. Unter ihr lag ein Marktplatz, esäumt von Kneipen und kleinen Behausungen, die sich wie Rattenester im Inneren organischer Felsformationen angesiedelt hatten, nd in seiner Mitte, so strahlend, dass Sira den Atem anhielt, erhob ch eine Säule aus Licht und Schatten bis hinauf zur Decke. Vier steierne Drachen trugen das Podest, auf dem sie thronte, und ließen die er Elemente mit solcher Urgewalt aus ihren Kehlen brechen, dass e sich funkensprühend zu diesem erhabenen Strom verbanden.

»Das ist sie also«, flüsterte Sira, mehr zu sich selbst als zu Norik, er nun neben sie trat. »Die Gilde, von der Andor geträumt hat.«

Er schwieg für einen Moment und ließ das flackernde Licht der äule über sein Gesicht fließen. »Es braucht lange, bis man ihr wahs Gesicht erkennen kann«, sagte er dann. »Manchmal scheint es ir, als würde ich noch immer hineinsehen wie ein Kind, das nichts egreift.«

Sira wollte sich zu ihm umwenden, aber in diesem Moment flamm ten Lichtadern von dem Strom fort und glitten tentakelgleich übe Wohnungen, Brücken und Felsen. Bisweilen verharrten sie an einen Ort und Sira riss die Augen auf, als dieser sich für einen Wimpern schlag auf magische Weise verwandelte. So sah sie Drachenauge aus den Wänden der Höhle auf sie herabblicken, Stahlträger wurde zu mächtigen Schwingen, und direkt neben ihrer Hand wuchse Blumen aus dem Rost – Blumen mit geneigten Köpfen und seidige dunklen Blüten. Gleich darauf glitten die Lichtadern weiter und de Zauber zerbrach wie die Blumen, die als glitzernde Funken in di Tiefe fielen.

»Du hast sie doch auch gesehen, oder?«, fragte Sira und schaut Norik an. »Die Blumen und all das?«

Für einen Moment glaubte sie, dass er in Gelächter ausbreche würde, so amüsiert sah er sie an. Doch dann wurde sein Blick erns »Du siehst Blumen«, entgegnete er. »Ich sehe Tränen aus Stein un schwarzes Blut. Das Licht der Schatten durchdringt jede Maske, un es offenbart die Wirklichkeit, wenn man bereit für ihre Wunder is Aber jeder nimmt seine Geheimnisse anders wahr, denn es ist meh als ein Zauber. Es ist ein Spiegel.«

Er lächelte, wie er es auf dem Turm in Lorcans Festung getan ha te, und Sira wollte gerade etwas erwidern, als sie unsanft zur Seit gestoßen wurde.

»Da bist du endlich!«, rief die junge Frau, die sich Norik um de Hals warf, und drückte ihre grell geschminkten Lippen auf sein Wange. Sira hätte nicht das Kleid sehen müssen, dessen Ausschni bis zum Bauchnabel ging, oder die Schuhe, die sie selbst eher als Waf verwendet hätte, statt auf den Absätzen zu laufen, um zu wissen, we chem Gewerbe die Fremde nachging. Ein Blick in ihr von langem blo den Haar umrahmtes Gesicht genügte, das trotz seiner Anmut d hintergründige Kälte ihrer Augen nicht verbergen konnte. Schmer lich tauchte Kims Bild in Sira auf. Sie hatte nie darüber nachgedacht, ob es in der Gilde auch Frauen für die Vergnügungen der Krieger gab.

Freudig lachend kamen weitere Huren heran, um Bompers Kisten zu untersuchen. Die Fremde zog Norik zu dem Drachen hinüber und während sie miteinander scherzten, bemerkte Sira, wie Norik die Frau ansah ... so vertraut, dass ihr sein Gesicht für einen Moment ganz fremd erschien. Dann drehte Bomper sich um und nahm ihr die Sicht.

»Vesta und Norik kennen sich schon ewig«, sagte jemand neben ihr. »Inzwischen sind sie wie Bruder und Schwester.«

Sira drehte sich zu Juri um. »Ja«, gab sie zurück. »Das habe ich gesehen.« Sie räusperte sich und deutete auf die Behausungen, die vor ihnen lagen. Ihre Fenster spiegelten den Schein der Säule, als würden sie in Flammen stehen. »Sind das dort drüben die Unterkünfte der Novizen?«

Juri betrachtete sie für einen Moment so prüfend, als würde er sich fragen, ob es klug wäre, noch einmal auf Norik zurückzukommen. Dann schien er den harten Zug um ihren Mund zu bemerken und nickte. »Sie sind recht klein, aber man hat einen guten Blick auf alles, was passiert. Und man ist schnell beim Training, wenn man mal verschlafen sollte.«

»Oh, das ist gut zu wissen!« Sira fiel in sein Lachen ein. Jedes Mal, wenn Juri auf diese Weise grinste, musste sie an Andor denken – nicht an sein totes, zu Eis gewordenes Gesicht, sondern an den Schalk in seinen Augen, an die Freude, die in seinen Blick getreten war, wenn er von den Reitern der Gilde erzählt hatte, und die Stille, die stets auf sein Lachen gefolgt war und die sanfter gewesen war als jedes Wort.

»Ich zeige dir deine Unterkunft, wenn du den oberirdischen Teil der Gilde gesehen hast«, sagte Juri nun, und sie folgte ihm auf eine weitere Brücke, die direkt zum Licht der Schatten hinüberführte. »Dort sind die Gebäude der Drachen, die Trainingshallen, die Räume der ranghöchsten Heilerinnen und Krieger ...«

»… warum malst du ihr kein Bild, dann kann sie sich die paar Schritte bis nach oben sparen«, knurrte Arvid und schob sich mit Kar'mal an ihnen vorbei. »Bewegt euch, damit wir ins Bett kommen. Mir brummt der Schädel, als hätte ich seit einer Ewigkeit nicht mehr richtig geschlafen.«

»Ja, man wird nicht jünger, nicht wahr?«, rief Juri ihm nach und grinste, als Arvid nichts als ein Knurren erwiderte.

»Das wirst du auch noch feststellen«, sagte Norik, der nun zu ihnen aufschloss. Er lächelte, doch Sira konnte nicht verhindern, dass sie auf die Lippenstiftspuren an seiner Wange schaute wie auf eine blutige Wunde. Als hätte er ihren Blick bemerkt, wischte er sie fort. »Kapo wird noch ein paar Sachen verteilen, die wir von unterwegs mitgebracht haben. Wir brauchen nicht auf ihn zu warten. Ich bin mir sicher, dass Bherra für ihn und Bomper ein Festmahl auffahren wird, auf das die beiden sich schon freuen.«

Sira warf einen Blick zurück und erwiderte Kapos Winken, ehe sie ihren Weg fortsetzte. »Bherra ist seine Frau, nehme ich an.«

»Ja«, stimmte Norik zu. »Sie ist eine hervorragende Köchin, und abgesehen davon versteht sie es als Oberste Heilerin wie keine andere, meine Krieger wieder zusammenzuflicken, wenn sie mit feindlichen Drachen zusammengestoßen sind.«

Juri bewegte die Schultern, dass es knackte. »Allerdings fühlst du dich hinterher, als hätte sie dir jeden Knochen einzeln aus dem Leib gerissen und wieder zurückgestopft, und das bei vollem Bewusstsein.«

»Das kann ich nicht abstreiten.« Norik lachte, ehe er Sira einen Blick zuwarf. »Mit der Zeit wirst du alle Bewohner der Gilde kennenlernen. Ich bin mir sicher, dass du mit vielen gut zurechtkommen wirst. Vesta zum Beispiel …«

»… ist wie eine Schwester für dich«, beendete sie seinen Satz. »Ja das habe ich schon gehört.«

Norik sah zu Juri hinüber, der so unbeteiligt wie möglich über Ysios' Federn strich. »Nun«, sagte er dann. »So würde ich es vielleicht nicht formulieren. Ihre Sturheit und ihr Talent dafür, sich in Schwierigkeiten zu bringen, dürften dir weitaus vertrauter sein als mir.« Er lächelte ein wenig, ehe er ernst wurde. »Aber es stimmt, Vesta und ich kennen uns sehr gut. Sie bewahrte mich vor dem Tod, als ich in der Großen Wüste verwundet wurde, und ich … nun, ich revanchierte mich und rettete ihr in schöner Regelmäßigkeit das Leben, bis sie endlich beschloss, in der Gilde sesshaft zu werden.«

Ein Lächeln flog über Siras Lippen. »Was nicht einfach war, könnte ich mir denken. Kim beispielsweise wäre eher mutterseelenallein von Enklave zu Enklave gezogen, als sich für immer irgendwo niederzulassen. Und auch mich beschleicht ein merkwürdiges Gefühl, wenn ich mir vorstelle, vielleicht nie mehr irgendwo anders zu leben als hier … in einer Festung wie einer eigenen Welt.«

»Ein Käfig ohne Gitterstäbe«, sagte Norik und nickte. »So hat Vesta die Gilde genannt, bevor sie mit mir kam. Ich sage ja – ihr würdet euch gut verstehen.«

Sira verzichtete darauf, ihm zu widersprechen. Stattdessen richtete sie den Blick auf das Licht der Schatten, dem sie nun so nah gekommen waren, dass unzählige Funken über ihr Gesicht flogen. Wie winzige Staubpartikel wirbelten die Ströme durcheinander, und Sira konnte nicht sagen, ob es Flammen oder Splitter aus Eis waren. »Ich nehme an, das ist der einzige Weg nach oben?«, fragte sie, ohne sich abzuwenden.

»Nicht der einzige«, erwiderte Norik, und sie konnte hören, dass er lächelte. »Nur der beste. Bist du bereit für das Licht der Schatten, Kriegerin?«

Sira sah zu, wie Arvid und Juri mit ihren Drachen von dem Strom verschluckt wurden wie von Wasser. Rhorka warf ihr einen Blick zu, als sie sich hineinbegab, und eine Stimme in ihrem Inneren rief Sira zu, dass es Drachenfeuer war, das sich direkt vor ihr erhob, dieselbe entsetzliche Macht, die ihr immer wieder das Herz zerrissen hatte. Aber durch jeden Funken, der über sie hinwegglitt, wurde die Stimme leiser, und mit einem letzten großen Schritt trat sie hinein in das Licht.

Sofort vergaß sie jeden Gedanken an Tod und Zerstörung. Der Boden unter ihr war nicht mehr zu sehen, ebenso wenig wie die Decke. Das Licht schien unendlich in beide Richtungen zu fließen, und sie fühlte die Glut des Feuers ebenso auf ihrer Haut wie die Kühle des Wassers, die rauen Hände der Erde und das Flüstern des Windes. Fasziniert sah sie zu, wie Eiskristalle über ihre ausgestreckte Hand flogen, und erst als sie schemenhaft die Lichter der Wohnungen durch den Strom erkannte, die rasend schnell an ihr vorbeiglitten, fuhr der Schreck in ihre Glieder.

Ihr Blick fiel in die Tiefe. Sie schwebte – so weit oben, dass der Marktplatz nicht größer erschien als ein Fingernagel. Instinktiv griff sie nach Noriks Arm, als könnte er sie vor einem Sturz bewahren, doch im selben Moment spürte sie die unsichtbaren Hände, die sie emporhoben, behutsam und doch mit einer Kraft, die jede Furcht von ihren Gliedern zog. Dieses Feuer barg mehr als die Macht der Drachen, das fühlte sie nun. Es trug auch die Stärke der Menschen in sich – und die Hoffnung auf eine neue Welt.

Kapitel 22

Der Boden unter Siras Füßen verfestigte sich, kaum dass das Licht um sie herum zerbrach. In Schleiern glitt es durch die Nacht und formte sich hoch über ihr zu einer gewaltigen Kuppel aus dunklen Flammen. Die Welt jenseits des Walls blieb im Dunkeln, und darunter, von den flackernden Strömen beschienen, erhoben sich mit bunten Graffitis bemalte Hallen, gezimmert aus Metallresten und Mauerbruchstücken, und halb im Erdreich versunkene, von Feuer schwarz gefärbte Fördertürme. Autowracks und zusammengeschmolzene Trucks bildeten die Wände einer mächtigen Arena, hinter der sich ein Feld aus flüsternder Asche andeutete. Gebäude aus glänzendem Marmor wechselten sich mit Trainingsfeldern und steinernen Baracken ab, und unzählige Ketten bewegten sich geisterhaft an den Streben eines riesigen, halb durchlöcherten Gasspeichers und schickten leise Klagelaute über die Szene. Ihr Zentrum jedoch war der Hochofen, der als imposanter Turm fast bis hinauf zum höchsten Punkt der Kuppel reichte und dessen Ebenen von flüsternden Schatten umschmeichelt wurden.

»Ganz schön düster«, sagte Sira und ließ den Blick über die Treppen schweifen, die sich am Hochofen hinaufwanden und immer wieder in den Schleiern verschwanden. »Wenn ihr mir jetzt erzählt, dass da oben ein Monster aus einem Märchen lebt, glaube ich es sofort.«

Arvid schnaubte. »Bevor wir uns jetzt gegenseitig Gutenachtgeschichten erzählen, verabschiede ich mich. Kar'mal muss sich ausruhen, und dasselbe gilt auch für mich.« Er hielt inne, als er Siras Blick begegnete, und für einen Wimpernschlag wich der Spott von seinen Zügen. Seitdem ihr Pfeil in Aryons Fleisch gedrungen war, hatte sie ihn immer häufiger dabei ertappt, wie er sie prüfend, aber ohne das eisige Funkeln in seinen Augen beobachtet hatte, und nun nickte er, als hätte sie ihm ohne jeden Ton eine Frage beantwortet. »Ruhe dich aus in dieser Nacht«, sagte er. »Ab morgen wirst du deine Kräfte brauchen.«

Damit wandte er sich ab, und Juri seufzte, als Noriks Blick ihn traf. »Ich verstehe«, murmelte er. »Dann verabschiedet sich der Knappe wohl auch mal in die Drachenunterkünfte und reinigt den einen oder die andere vom Schmutz der Reise.« Ysios stieß einen begeisterten Pfiff aus. »Ich wünsche dir schöne Träume in deiner ersten Nacht bei uns«, sagte Juri an Sira gewandt. »Und wenn du Hilfe brauchst oder Fragen hast: Auf mich kannst du immer zählen.«

Respektvoll neigte er vor Norik den Kopf. Dann schwang er sich auf Ysios' Rücken und jagte Arvid hinterher. Rhorka hingegen würdigte die glänzenden Gebäude keines Blickes. Ihre Aufmerksamkeit lag auf Norik, bis dieser unmerklich nickte. Ein Schimmer ging durch ihre Augen, als sie Sira betrachtete, und kurz schien es dieser, als würde ein Windhauch sanft durch ihr Haar gehen. Dann breitete Rhorka die Schwingen aus und tauchte so mühelos durch die Haut der Kuppel, als hätte sie nichts als Luft durchdrungen. Fasziniert sah Sira zu, wie sich dort, wo Rhorka die Magie aufgewühlt hatte, Formen und Farben aus dem Feuer hoben und in weiten Kreisen über die Oberfläche glitten.

»Die Kuppel dient unserem Schutz«, sagte Norik, als er ihrem Blick folgte. »Ihre Magie ist überaus mächtig. Es war mein Vater, der sie vor langer Zeit errichtete.«

Sira beobachtete die schwarzen Flammen, die in ewigem Tanz durcheinanderwirbelten und keinen Blick auf die andere Seite erlaubten. »Was liegt jenseits der Kuppel?«

Norik seufzte. »Warum wundert es mich nicht, dass du die gefährlichste Frage zuerst stellst? Das Gebiet jenseits des Walls ist genau das: gefährlich. Deshalb ist es den Novizen verboten, es zu betreten. Erst wenn sie die Prüfung zur Heilkunde oder zur Kriegerschaft erfolgreich absolviert haben, ist es ihnen gestattet, die Gilde gemeinsam mit ihrem Drachen zu verlassen.«

»Warum?«, gab Sira zurück. »Weil dort draußen Ruinen voller bösartiger Drachen lauern? Oh, wie entsetzlich, das kenne ich ja noch gar nicht!«

Norik grinste. »Die Gesänge der Toten Wälder haben seit sehr langer Zeit keine Drachen mehr bis zu diesem Ort vordringen lassen und Ruinen gibt es auch nicht, denn wir sind weit entfernt von jeder größeren Stadt. Aber du solltest zuerst die Gilde kennenlernen, bevor du dir Gedanken um die Welt jenseits der Kuppel machst.«

»Die Gedanken sind frei«, entgegnete sie, ohne sich von der Kuppel abzuwenden. »Ruinen und Drachen gibt es also nicht dort draußen. Was ist mit Menschen?«

»Es gibt einige Siedlungen«, erwiderte Norik. »Aber falls du gewöhnliche Menschen meinst wie Lorcan und seine Leute, muss ich dich enttäuschen. Die meisten Menschen dort draußen sind überaus abergläubisch und trauen keinem von uns weiter, als sie uns werfen können. Sie fürchten Magie fast ebenso sehr wie Drachen, und selbst vor alltäglichen Wetterphänomenen haben sie Angst, was seltsam ist, weil diese Gegend früher selbst voller Wunder war.«

Sira hob die Brauen. »Ach ja? Was gab es denn hier, tanzende Zwerge und Trolle?« Sie musste lachen, als sie an die Geschichten dachte, mit denen ihr Onkel sie früher das Gruseln gelehrt und die Andor später begeistert verschlungen hatte.

»Davon weiß ich nichts«, sagte Norik mit einem Lächeln. »Aber an genau dieser Stelle soll früher ein Fluss gewesen sein mit riesigen Felsen, so gelb, als hätten sie aus Schwefel bestanden. Allerdings ist das lange her. Seither tobten viele Schlachten in diesem Gebiet, mächtige Magie erschütterte die Erde, und nun …«

Er brach ab, doch seine Worte hallten in Sira nach, als würde er sie beständig wiederholen. Von einem Moment zum anderen war ihr Mund staubtrocken. »Ein gelber Fluss?«, fragte sie kaum hörbar.

»Ja«, gab Norik zurück. »Er hatte auch einen Namen, aber …«

»Mi tse a-da-zi.« Siras Stimme war nicht mehr als ein Flüstern. Wie in Trance wandte sie sich ab und trat auf den Rand der Kuppel zu. Norik lief ihr nach, doch ehe er sie daran hindern konnte, legte sie die Hand auf den Wall. Ihre Finger kribbelten, als sich die schwarzen Flammen einen winzigen Spaltbreit zurückzogen, und kurz gaben sie den Blick frei auf das, was dahinterlag.

Ein heiseres Keuchen drang aus Siras Kehle. Sie starrte auf die verbrannte Ebene, die Bäume, die verkrüppelt aus der Asche ragten, und die Mauer, die dahinter in magischem Feuer erglühte. Undeutlich nur sah sie die Findlinge, die verstreut im trockenen Flussbett lagen und für einen winzigen Moment meinte sie, den Wind hören zu können, wie er an seinem Ufer einst durch weiches Gras gestrichen war. Doch diese Zeit war unwiederbringlich verloren. Es gab keine Wälder mehr an diesem Ort, kein Gras, kein Meer der Nacht. Ihr Platz in der Wildnis, das Ziel, das Andor und sie all die Jahre aufrecht gehalten hatte, war nichts als ein weiterer Kerker.

Sie fuhr zusammen, als Norik ihren Arm berührte. »Sira«, sagte er leise. »Warum weinst du?«

Erst da bemerkte sie die Tränen, die über ihre Wangen liefen. »Weil es kein Entkommen gibt«, sagte sie, und ihre Stimme klang seltsam fremd. »Weil dies der Ort der Wildnis ist, der Ort, an den ich mit Andor gehen wollte. Ich weiß nicht, wie oft ich ihm von der Schönheit der Wälder erzählt habe, die hier auf uns warten sollte, von der Stille jenseits der Drachen und der Einsamkeit, die unsere Sicherheit hätte werden können. Ich hatte nie viel Hoffnung, aber diese eine, verstehst du – diese eine hatte ich. Und nun stehe ich hier und sehe, dass alles falsch war. Auch hier hat der Krieg seinen Abdruck hinterlassen. Warum ich weine, fragst du? Weil das Letzte, was ich meinem Bruder sagte, eine Lüge war.«

Norik schwieg, und für einen Moment wollte sie nichts weiter, als von ihm in die Arme genommen zu werden, von ihm, dem Reiter des Sturms, der nicht wissen konnte, wie sehr sie Andor in diesem Augenblick vermisste. Doch Norik stand nur da, und als er schließlich ihre Hand nahm und sie mit sich zog, wehrte sie sich nicht.

»Dieser Ort mag dir trostlos erscheinen«, sagte er, während er sie hinüber zum Hochofen führte. »Doch er ist es nicht. Erinnerst du dich daran, wie du mich nach den Nharay fragtest, nach der Ursache für ihren Groll gegen uns?«

Sira wischte sich über die Augen. »Wie könnte ich das vergessen, du hast mich abgebügelt wie ein dummes Kind.«

Die Erinnerung an ihren Zorn milderte ihren Schmerz und ein Lächeln trat in Noriks Blick, als hätte er das gespürt. »Und ich nannte dir meine Gründe. Aber das war nicht die ganze Wahrheit.«

Sira schob das Kinn vor. »Willst du sagen, du hättest mich belogen?«

»Nein.« Er hielt vor einer Treppe des Hochofens inne. »Aber ihre Geschichte ist mit der meinen verbunden, und manchmal ist es nicht leicht, über das zu sprechen, was in uns ist. Ich weiß, dir ist das natürlich fremd ...«

Sie konnte nicht anders, als sein Lächeln zu erwidern. Dann wurde er wieder ernst. »Dies ist der Turm der Schatten«, fuhr er fort. »Die höchsten Krieger und Heilerinnen haben hier ihre Zimmer, in den oberen Räumen bespreche ich mich mit meinen engsten Vertrauten, und wie jeder anständige Turm, der einen solchen Namen hat, birgt er manche Geheimnisse. Ich bitte dich: Urteile erst über diesen Ort, wenn du zumindest eines davon gesehen hast, und höre dir an, was ich dir über die Nharay zu sagen habe. Willst du das tun?«

Leise fragte er das, als würde ein winziges Zögern jedes weitere Wort auf ewig hinter seinen Lippen verschließen. Sira fühlte seinen Herzschlag an ihren Fingerspitzen, und als sie nickte, glitt sein Lächeln wie eine Berührung über ihre Wange. Behutsam zog er sie die metallene Treppe hinauf, vorbei an abgedunkelten Fenstern, durch flüsternde Schatten und Gänge, die auf den verschiedenen Ebenen an mächtigen Stahlrohren und kompliziert anmutenden Schaltvorrichtungen vorbeiführten. Der Wind griff nach ihrem Haar, jedes Mal, wenn sie wieder auf die schwankende Außentreppe zurückkehrten, doch im Inneren des Turms umfing sie eine Wärme, als würde eine unsichtbare Esse in den metallenen Wänden schwelen. Schließlich erreichten sie einen gewundenen, von verzierten Stahltüren gesäumten Gang auf der höchsten Ebene des Turms. Farbige Oberlichter verwandelten die Schatten in tanzende Lichtgestalten, und Norik verlangsamte seine Schritte.

»Früher befand sich die Gilde weit in den Bergen des Westens«, sagte er so leise, dass seine Stimme sich mit dem Raunen des Windes verband und es schien, als würde sie von überall zugleich erklingen. »Seit jeher liegt dort auch die Heimat der Nharay. Damals wurde jedes Drachenblut in die Gilde aufgenommen, das zu den Schatten gehören wollte, doch bald schon stellte sich heraus, dass mehr zu einer Gemeinschaft gehörte als magisches Blut. Einige Reiter schwangen sich auf, über andere zu richten, bevorzugt über all jene, die sich dem Weg der Schatten nicht anschließen wollten. Und unter meinem Vater kam dieser Irrweg in einer schrecklichen Nacht zu seinem Höhepunkt.«

Er hielt inne, und Sira spürte die Kälte, die auf einmal durch seine Finger strömte, als hätte sich das Blut in seinen Adern in Eiswasser verwandelt. Die Lichter des Ganges flackerten über sein Gesicht, und für einen Moment schien es ihr, als würden sich Gestalten daraus erheben – wütende Drachenreiter, die Fäuste mit Fackeln emporgerissen.

»Die Reiter der Gilde überfielen ein Dorf der Nharay«, fuhr Norik fort. »Sie zündeten es an und brachten fast allen von ihnen den Tod. Sämtliche Kinder starben in den Flammen, und obwohl ich damals noch sehr jung war, erinnere ich mich an den Schmerz in den Augen meines Vaters, als er davon erfuhr … und an die Kälte, die darauf folgte.«

Sira betrachtete die flackernden Lichter und etwas Schweres legte sich auf ihre Schultern. »Er hat sie getötet, nicht wahr?«

Norik nickte. »Er richtete die Verantwortlichen hin und verließ noch am selben Tag das Gebiet der Nharay, um den Hauptsitz der Gilde an diesem Ort neu aufzubauen. Seither ist die Ernennung zum vollwertigen Drachenreiter ein langer und steiniger Weg und nicht zuletzt an die Drachen gebunden, die aus freien Stücken entscheiden können, wen sie tragen wollen und wen nicht. Doch wichtiger als all das ist die Tatsache, dass die Gilde ein Ort der Hoffnung geworden ist – und ein Zuhause für all jene, die nirgendwo sonst eine Heimat finden.«

Erst als er die Hand auf die Klinke legte, stellte Sira fest, dass sie vor einer schmiedeeisernen Tür stehen geblieben waren. Norik öffnete sie lautlos, und dahinter, von einigen wenigen Fackeln erhellt, lag ein Labyrinth aus Büchern. Sie füllten die Regale an den Wänden, stapelten sich auf den metallenen Streben, die quer durch den Raum liefen, lagen am Rand der Wendeltreppe, die hinauf aufs Dach führte, und schwankten in mannshohen Stapeln neben abgerissenen Sesseln und ledernen Sofas, aus deren Lehnen die Holzwolle quoll. Sira erinnerte sich gut an den Gestank faulender Bücher, der den Ständen der Papierhändler auf den Märkten allzu oft angehaftet hatte, aber als sie an den gewundenen Reihen vorüberging, stieg ein anderer Geruch in ihre Nase. Es war der Duft von weichem Gras, das sich auf unberührter Erde wiegte, und sie konnte nicht umhin, als die Hand über die Buchrücken zu führen. Alt waren sie, älter als all die anderen Bücher, die sie bisher gesehen hatte, und sie musste an den Glanz in den Augen ihres Onkels denken, jedes Mal, wenn er ein armseliges Exemplar aus der Oberwelt in die Schatten getragen hatte.

Vieles haben wir verloren, pflegte er zu sagen, wenn sie über seine Leidenschaft gelächelt hatte. *Aber das Wichtigste ist noch immer da, und es wird uns nicht verlassen, solange wir uns daran erinnern.*

Andor hatte diese Worte instinktiv verstanden, ihr kleiner Bruder der die Poesie der Welt mit ein paar Pinselstrichen auf Papier bannen konnte. Und ausgerechnet hier, an einem Ort, den sie noch vor wenigen Augenblicken als den schrecklichsten der Welt empfunden hatte erinnerte sie sich daran, mit welcher Hingabe sie sich damals als Kind im Anblick eines Buchs hatte verlieren können. Es war nicht weniger als die ganze Welt gewesen, die in ihren Händen gelegen hatte, eine Welt, die ohne jede äußere Magie alles verwandeln konnte, was sie war – und damit alles, was sie umgab.

»Eine Bibliothek«, sagte sie und hörte den ungewohnten Klang der Ehrfurcht in ihrer Stimme. »Sie ist wunderschön.«

»Mein Vater hat damit begonnen, sie anzulegen«, erwiderte Norik. Er hatte sich an die Treppe gelehnt, und wie er so dastand und den Blick in stiller Hingabe zu den Büchern hinaufschickte, fiel es ihr schwer zu glauben, dass derselbe Mann ein Krieger der Schatten war, der das Blut unzähliger Menschen an den Händen trug. »Das Buch deines Bruders kann sie nicht ersetzen ... aber vielleicht lindert sie deinen Schmerz.«

Sira tippte mit den Fingern gegen einen Buchrücken, wie ihr Onkel es immer getan hatte – sacht, als würde er hoffen, das Klopfzeichen von der anderen Seite erwidert zu fühlen. Unmerklich schü telte sie den Kopf. »Nichts und niemand kann meinen Schmerz lindern«, sagte sie dann. »Denn jetzt ist er alles, was mir noch bleibt. Ich muss dir schrecklich undankbar erscheinen, aber das Meer der Nacht, weißt du ... Es war mehr als eine Idee, mehr als ein Bild in meiner Fantasie. Es war der Gedanke, der mich durchhalten ließ, all die Jahre lang, und es war mir ein Trost zu glauben, dass es existierte – irgendwo dort draußen, selbst wenn Andor und ich niemals mehr gemeinsam dort hingehen können. Aber jetzt ist es fort, dieses dunkle Meer mit all seinen Glitzerlichtern, und damit habe ich wieder ein bisschen mehr von ihm verloren ... wieder ein bisschen mehr, das unantastbar gewesen ist.«

Norik stand so regungslos, als wäre er zu Stein geworden, doch plötzlich stahl sich der Funke in seine Augen, der ihm etwas Schelmisches verlieh, und als er sich aus seiner Starre löste und ihre Hand ergriff, hatten seine Finger jede Kälte verloren. »Das Meer der Nacht«, sagte er eindringlich. »Es ist anders, ganz anders, als du glaubst!«

Sie zog die Brauen zusammen. »Was meinst du damit?«, fragte sie, doch er antwortete nicht. Stattdessen zog er sie die Wendeltreppe hinauf und stemmte sich gegen die Luke, die aufs Dach führte. Der Wind stob ihr entgegen und sie hielt sich am Geländer fest, um nicht zu schwanken. »Norik, was soll das? Was hast du vor?«

Mühelos schwang er sich aufs Dach. »Vertrau mir«, sagte er nur und hielt ihr die Hand entgegen.

Sira fröstelte unter dem Griff des Windes, und sie lauschte auf die Stimme ihrer Vernunft, die sie dazu bringen konnte, auf der Stelle umzudrehen und der Trauer eines verlorenen Bildes nicht noch weiter nachzugehen. Aber diese Stimme schwieg, und im nächsten Moment ergriff Sira Noriks Hand.

Mit einem Lächeln zog er sie zu sich hinauf und hielt sie fest, ehe sie einen Blick hinabwerfen konnte. »Schließe deine Augen«, forderte er sie auf. »Hab keine Angst, ich lasse dich nicht los.«

Der Wind schien rauer zu werden, kaum dass Sira die Augen geschlossen hatte. Heulend zerrte er an ihrem Haar und ließ die stählernen Streben zu ihren Füßen ächzen. Norik führte sie vorwärts, Schritt für Schritt auf den Abgrund zu. Ihr Herz schlug in ihrer Kehle, als er hinter sie trat und ihren Kopf in den Nacken legte, und als ein Aufwind ihre Wangen traf, hätte sie beinahe das Gleichgewicht verloren, so plötzlich breitete sich die Tiefe in ihrer Vorstellung aus. Doch Norik hielt sie fest, und als sie auf sein Geheiß die Augen öffnete, schaute sie nicht auf die schwarzen Flammen der Kuppel.

Schemenhaft erkannte sie die Ränder des Zaubers, den Norik für sie geöffnet hatte, den Wald, der mit einem nadelspitzen Berg jenseits der Mauer aufragte, so undurchdringlich und geheimnisvoll wie ihre schönsten Träume, das Gebirge in der Ferne – und über ihr, so unendlich groß, dass ihr der Atem stockte, lag das Meer der Nacht. Ihr Blick stürzte in die Unendlichkeit, die sich vor ihr ausbreitete, und sie hörte ihren Onkel in der Ferne lachen, ihren Onkel, den Märchenerzähler, der ihr vor sehr langer Zeit von den Lichtern des Himmels erzählt und dem sie nicht geglaubt hatte. Da stand sie nun, und nie war sie dankbarer gewesen, dass sie sich geirrt hatte – dass es dieses Wunder gab, das sie nicht für möglich gehalten hatte. Noch nie zuvor hatte sie eine solche Tiefe gefühlt, die ihr Andors Lächeln schenkte und seine Umarmung, seinen Herzschlag, seine Tränen, sein ganzes Leben in einem einzigen Moment. Noch nie hatte sie ein solches Blau auf ihrer Haut gespürt, das frei von Feuer bis zum Horizont reichte und so sanftes Licht. Noch nie zuvor hatte sie den Sternenhimmel gesehen.

Noriks Atem streifte ihre Wange, und sie glaubte, die plötzliche Nähe zu kennen, die nun zwischen ihnen aufbrach. Oft genug hatte sie sie in den Tunneln New Yorks gefühlt, diese Momente verzweifelter Vertrautheit inmitten von Kälte und Gewalt. Oft genug hatte sie sich in die Umarmung eines Fremden fallen lassen, manchmal, um der eigenen Kälte zu entkommen, manchmal, um Augenblicke der Freude zu verstärken, und dabei mitunter tatsächlich etwas wie Wärme gefunden. Sie rechnete damit, dass Norik sie näher an sich ziehen würde, wortlos und wie selbstverständlich, um für einen kurzen Moment nicht mehr allein zu fallen, sondern zu zweit.

Doch Norik rührte sich nicht. Er hielt sie nur fest, wie er es ihr versprochen hatte, und als sie seinen Herzschlag spürte, glitt ein Schauer aus Wärme über ihre Haut, so durchdringend, dass er von keinem Wind der Welt zerrissen werden konnte. Nein, sie hatte sie noch nicht empfunden, diese vorsichtige, absichtslose Nähe, die sie beide in diesem Augenblick umhüllte. Aber sie fühlte, dass sie mehr war als alles, was sie zuvor erfahren hatte, und ein Lächeln flog über ihr Gesicht, als sie zu ihrem Meer hinaufsah – dem Meer der Nacht, das sie gefunden hatte.

Dritter Teil

Kapitel 23

Die Schädel der Drachen zerbrachen unter Aryons Klauen wie Figuren aus Asche. Krähen mit goldenen Augen hockten auf den Knochen und zerrten an längst vertrocknetem Fleisch, und ihre Schreie flogen klingengleich über Nhor'garoths Haut. Er fühlte das Blut, das aus den haarfeinen Schnitten rann, doch er wischte es nicht fort. Dieser Ort verlangte nach seinem Schmerz, das konnte er spüren … und diese Wunden würden erst der Anfang sein.

Staub hatte seinen Mantel bedeckt und verklebte seine Wimpern, und seine Augen brannten unter dem unwirklichen Grau des lodernden Himmels. So weit er sehen konnte, erstreckten sich die Hügel der Knochen und umgaben den schwarzen Turm, der seit einer Ewigkeit vor ihm aufragte, ohne dass er ihm auch nur einen Schritt näher zu kommen schien. Schuppengleich zogen sich die Scherben über die Fassade, das Portal klaffte wie eine offene Wunde in seinem Stein, und der Schatten des gewaltigen dreigezackten Dorns auf seiner Spitze flog über Nhor'garoth hinweg wie die Krähen, die ihm folgten. Noch immer erschien ihm der Anblick so unwirklich, als träumte er.

Vor wenigen Stunden hatte er noch am Rand der Wüste gestanden, umgeben von den Fackeln seiner Gefährten, und Totenlichter in den zornglühenden Himmel geschickt, eines für jeden Königskrieger, der im Wald der Toten geblieben war. Unruhig hatte er in die unendlichen Dünen gestarrt und auf eine Antwort gewartet – eine

Antwort aus jenem Reich, das seit langer Zeit keinen Namen mehr besaß und das doch nichts von seiner Anziehungskraft verloren hatte. Entsetzlich und berauschend zugleich war der Gedanke daran, und vielleicht hatte Nhor'garoth deswegen gezögert, als sein Name wie von tausend Zungen geflüstert endlich an sein Ohr gedrungen war. Lange, viel zu lange war es her gewesen, seit er zum letzten Mal einen Fuß über diese Schwelle gesetzt hatte, und für einen Moment wollte er sich abwenden, wollte den Ton verklingen lassen, der die Luft direkt vor ihm grau verfärbte und einen Riss in seiner Wirklichkeit formte. Doch dann hatte er den Kopf geneigt wie bei einer Verbeugung, und ohne sich noch einmal umzudrehen, war er den tausend Stimmen jener Königin gefolgt, die noch nie zurückgewiesen worden war. Niemand verweigerte sich ihrem Ruf.

Das Knacken unter Aryons Klauen wurde leiser, und als Nhor'garoth hinabschaute, erkannte er die Menschenschädel, die unter ihm zerbrachen. Teilweise trugen die Skelette noch Kleider am Leib, Uniformen aus lang vergangener Zeit, und er musste wieder an seine Krieger denken, die er zu den Toten Wäldern und ins Verderben geschickt hatte. Fast meinte er, ihr Blut auf seinen Lippen schmecken zu können, und er ließ die Knöchel der Faust knacken, die er auf sein Schwert gelegt hatte. Zum letzten Mal hatte er Männer an diese Wälder verloren, zum letzten Mal hatten die Reiter der Gilde ihn an der Nase herumgeführt. Dieses Mal würde er ihnen folgen – ganz gleich, was es ihn kosten würde.

Kaum hatte er das gedacht, brach der Rabe aus dem einzigen Fenster des Turms. Nhor'garoth hörte noch den Flügelschlag, unnatürlich laut für die Entfernung, und duckte sich in Aryons Sattel. Im nächsten Moment schlug ihm der Sturm der Rabenschwingen mit solcher Macht entgegen, dass ihm die Luft aus der Lunge gepresst wurde. Der erste Schrei des Vogels genügte, um die Dünen der Schädel aufzuwühlen wie ein orkangepeitschtes Meer, und als der Bo den unter Aryons Klauen beim zweiten Schrei zusammenbrach, stieß Nhor'garoth sich von dessen Rücken ab und sprang mitten hinein in die Wellen der Toten. Die Knochen zerfielen unter seinen Händen zu Staub, Asche drang in seinen Mund, als er mit den Schädeln in die Tiefe fiel, doch noch immer fühlte er den Schatten des Raben auf seiner Stirn, und er stieß die Faust in die Höhe, als der Vogel dicht über ihn hinwegjagte. Überdeutlich hörte er Aryon brüllen und krallte die Finger in den Leib des Raben. Nicht sein Drache war es, der in diesem Ozean ertrinken sollte – er allein war gekommen, um ins Auge des Sturms zu schauen!

Der Leib des Raben zerbrach, als wäre er nicht mehr als ein Gedanke gewesen, aber der dritte Schrei des Vogels zerfetzte die Schädel um Nhor'garoth und er landete auf seinen Knien. Ascheflocken wirbelten um ihn herum, doch vor ihm, so riesig, dass sein Schatten Eisblumen über die verbrannte Erde zog, erhob sich der schwarze Turm. Kurz nur sah Nhor'garoth zu Aryon zurück. Der Drache stand jenseits des Schattens, der Staub der Knochen fiel wie Schnee von seinen Schuppen, und für einen Moment meinte Nhor'garoth, einen blauen Schimmer in den Augen seines Gefährten aufflammen zu sehen – einen Funken, der wie ein Lächeln war. Unmerklich neigte er den Kopf. Dann drehte er sich um und betrat den Turm der Scherben.

Seine Schritte hallten in den leeren Räumen wider, selbst wenn er stehen blieb. Sie ähnelten einander so sehr, dass er eine ganze Weile brauchte, bis er feine Unterschiede feststellte. Ein Riss in der Wand, der aussah wie klaffendes Fleisch. Spuren auf dem aschgrauen Boden, die genauso gut Blut oder dunkle Tränen hätten sein können. Und immer wieder Buchstaben, einige sanft geschwungen und wie unter größter Sorgfalt auf die Wände geschrieben, andere zornig hineingeritzt, und wieder andere so flüchtig hingeworfen, dass sie kaum mehr waren als Nuancen in einem Labyrinth aus tanzenden Schatten.

Nhor'garoth hielt noch immer sein Schwert umfasst, doch mi jedem Schritt fiel es ihm schwerer, sich an den Grund seines Kommens zu erinnern. Es war, als würde nicht nur er den Turm erkunden, sondern als stieße dieser umgekehrt auch in ihn vor, bis er sicl schließlich fragte, ob er es selbst gewesen war, der die Worte auf di Wände gemalt und die seltsamen Schmisse in den Boden geschlager hatte. Er ertappte sich dabei, wie er über einzelne Worte nachdachte wie er versuchte, sie in einen Zusammenhang zu bringen, als würd er damit die Antwort auf eine Frage finden, deren Bedeutung er nich verstand. Und als er sie plötzlich vor sich sah, in Kinderschrift au eine dunkle Tür gemalt, nahm er für einen Moment nichts wahr al die Striche, die ihre Buchstaben wieder und wieder nachgezeichne hatten – wie die Lebenslinien, die sich in seine Handflächen gruben

Später hätte er nicht mehr sagen können, ob es das tiefe Grolle aus fremder Kehle war, das auf einmal durch seine Gedanken brac und ihn einen Schritt zurücktreten ließ, oder das Licht, blau un flüchtig, das wie ein verirrter Vogel durchs Fenster hereinflog, ehe e vor seinen Füßen erlosch. Er wusste nur, dass es Aryons Stimme wa die ihn zu sich selbst zurücktrug und die ihn die Frage sehen ließ, di vor seinen Augen stand.

Wer bist du?

Ihn befiel der Gedanke, die Antwort einmal gekannt und vor lan ger Zeit vergessen zu haben, und ihn überkam der seltsame Drang die Worte mit einer Gegenfrage zu erwidern, die keine Antwort war so als hätte die Frage ihn in einen Fechtkampf verwickelt, aus der er nur mit den richtigen Ausfällen und Riposten unversehrt hervo gehen konnte. Doch der Moment währte nur kurz.

Wortlos streckte er die Hand aus, und als er seinen Namen in de Stein der Tür ritzte, trat Blut aus den Linien. Kaum hatte er geende durchfuhr ihn stechender Schmerz. Er schaute auf seine linke Han und ein Schauer flog über seine Haut, als er seinen Namen, den soeben in die Tür geschnitten hatte, in seinem eigenen Fleisch las. Im nächsten Augenblick drang ein Flüstern durch das noch immer nachhallende Echo seiner Schritte, und als er aufsah, entstanden andere Worte auf der Tür, geschrieben in schwungvoller Schrift.

Willkommen, Nhor'garoth, Krieger der Goldenen Stadt. Willkommen im Reich der Scherben.

Nhor'garoth sah noch den Blutstropfen, der aus dem letzten Wort rann und seinen Namen darunter auslöschte wie einen Fluch. Dann öffnete sich die Tür, und er trat hindurch.

Die Königin der Scherben saß auf einem Thron aus schwarzen Knochen. Ihr langes Haar von derselben Farbe hatte sich um die Kiefergelenke der Drachen gewunden, es schlang sich um Rippenbögen und Nackenwirbel und drang aus den leeren Augenhöhlen der Menschenschädel, als wäre es eine Schlange mit unzähligen Leibern. Seidige Tücher verhüllten ihren wohlgeformten Körper nur nachlässig, tausendfach wurde ihre Gestalt von den Spiegelscherben zurückgeworfen, die die Wände des Saals bedeckten, und Nhor'garoth konnte nicht umhin festzustellen, dass die Zeit ihre Schönheit nicht verringert hatte. Ihre bleiche Haut war noch ebenso marmorgleich wie bei seinem letzten Besuch, und wie damals überkam ihn bei ihrem Anblick der Drang, näher zu ihr zu treten und die Finger über die sanfte Linie ihres Halses abwärtszuführen.

Ein Lächeln lag auf ihren blutroten Lippen, als hätte sie diesen Gedanken schon erahnt, als er den Fuß auf ihr Knochenfeld gesetzt hatte, und beinahe hätte er es erwidert. Dann jedoch zwang er sich, in ihre Augen zu schauen, und im selben Moment zerbrach jede Maske ihres Körpers. Grau waren diese Augen und gleichzeitig voller Farben – Farben, die er nur scheinbar noch nie zuvor gesehen hatte und die ihn schwanken ließen, selbst jetzt noch, da er ihrer Wirkung schon einmal begegnet war. Sie flammten über ihre Haut, als sie sich vorbeugte, und da sah er die Drachenschuppen, die silbrig über ihre

Schultern liefen, die Klauen, die sich nur halbherzig hinter menschlichen Händen verbargen, und die Kälte eines uralten Geistes, die in jeder Faser dieses Körpers lauerte.

»Nhor'garoth«, sagte die Königin nun. »Es ist lange her.«

Sie lehnte sich zurück und sofort verschwand jedes Anzeichen ihrer wahren Gestalt. Doch Nhor'garoth hatte den Abgrund gefühlt, vor dem er stand, und empfand ihn umso stärker, nun, da er ihn nicht mehr sah. »Meine Königin«, entgegnete er und neigte respektvoll den Kopf. »Es ist wahr. Viel Zeit ist vergangen seit meinem letzten Besuch, und ich hoffte, Euch nie wieder behelligen zu müssen. Aber nun sehe ich keinen anderen Weg.«

Die Königin verstärkte ihr Lächeln. »Du sprichst mit derselben Hitze wie damals«, sagte sie ebenso sanft wie zuvor. »Doch dieses Mal geht es um etwas anderes als das Leben eines Kindes, nicht wahr? Soll ich die Worte aus deinem Schädel ziehen, oder bringst du sie selbst über die Lippen?«

Etwas glomm in ihren Augen auf, das Nhor'garoth frösteln ließ. Schon hörte er das Rascheln wie von schuppigen Leibern auf Stein, das sich ihm näherte, und er räusperte sich, um das Geräusch zurückzudrängen. »Seit langer Zeit halten die Reiter der Gilde mich zum Narren«, sagte er mit fester Stimme. »Unzählige Männer habe ich an sie verloren, doch nun bin ich ihnen nah gekommen, so nah wie noch nie zuvor. Ich weiß, dass ich sie vernichten kann ... und es heißt, dass Ihr mir den Weg bereiten könnt, der mir bislang versperrt ist.«

Die Königin schob leicht das Kinn vor. »Heißt es das?«, erwiderte sie, als spräche sie zu sich selbst. Ihr Blick glitt forschend über sein Gesicht, und wieder schien es ihm, als hörte er das Rascheln schuppiger Leiber, mehr noch ... als fühlte er, wie es sein Blut aufleckte, kühl und glatt auf seiner Stirn und die Wange hinab. »Wie lautet deine Bitte?«

»Meine Königin«, sagte er mit staubtrockener Zunge. »Ich erbitte von Euch die Macht über die Toten Wälder.«

Ihr Gesicht zeigte keine Regung, doch Nhor'garoth spürte noch immer die schuppigen Leiber auf seiner Haut, und als er unter einem plötzlichen Biss in seine Brust zusammenfuhr, zog etwas wie Enttäuschung über das Antlitz der Königin. »Ich ahnte es«, sagte sie leise. »Dieses Mal bist du nicht für das Leben gekommen. Du kommst für den Tod.«

Mit aller Macht drängte er seinen Zorn zurück. Er presste die Hand auf die Stelle, an der ihr verfluchter Schatten ihn gebissen hatte, und fixierte sie mit seinem Blick. »Ich komme für eine freie Welt«, gab er zurück, entschlossener, als er es beabsichtigt hatte. »Der Tod umgibt Euch, Ihr wisst, was es bedeutet, ihm zu folgen. Der König ...«

Weiter kam er nicht. Plötzlicher Sturm peitschte ihm entgegen, es schien ihm, als würden die Schwingen unzähliger Krähen nach ihm schlagen, und er hörte wieder den Schrei des Raben, so schrill nun, als wollte er den Boden zum Einsturz bringen. Mühsam nur hielt er das Gleichgewicht und sah zur Königin hinüber, die sich nun aufrichtete. Ihr Haar schlang sich enger um die Schädel und ließ die Knochen knacken, als würde sie noch einmal die Unglücklichen zerquetschen, die sich ihr in blinder Verzweiflung zu Füßen geworfen hatten. Lange Krallen brachen aus der Illusion ihrer Menschenhände, sie gruben sich in die Lehnen ihres Throns, und als die Farben ihrer Augen sich zu gleißendem Gold verbanden, rann Blut über ihre Wangen, schwarz wie die Scherben, die sie erschaffen hatte.

»Der König hat keine Macht hier!«, donnerte ihre Stimme von den Wänden ihres Saals wider. »Ich folge niemandem – auch dem Tod nicht, den ich in meinen Adern trage und den du niemals begreifen wirst! Was weißt du von der Freiheit, törichtes Kind? Was von der Welt, auf der du herumtaumelst, als wärest du blind und taub? Nichts, nichts weißt du, Narr von einem Menschen!«

Das letzte Wort peitschte als Klauenhieb über Nhor'garoths Wange. Er fiel auf die Knie. Warm rann sein Blut über seine Haut, und ers als ein Tropfen davon zu Boden fiel, endete der Sturm. In dunklen Rot zog sich das Blut über feinste Verästelungen im Stein, und di Königin holte Atem, so tief, als täte sie es seit langer Zeit zum erste Mal.

»Nichts«, wiederholte sie fast lautlos. »Und wie sehr ich dich darum beneide.«

Nhor'garoth hob den Kopf. Sein Blut fiel von der linken Hand de Königin, dunkel, als wären es Rabenfedern, und zum ersten Mal, sei er den Raum betreten hatte, glitt etwas wie Erschöpfung über ihr Züge. Das goldene Licht fiel in ihre Augen zurück, als wäre es ei Feuer, das in eine tiefe Finsternis stürzt.

»Meine Königin«, begann Nhor'garoth und stemmte sich auf di Beine. Er schwankte, als wäre er ein alter Mann, der sein Leben in de Einöde eines gottverfluchten Waldes verbracht hatte und kurz davo war, seinen letzten Atemzug zu tun, und als er in das bleiche Gesich der Königin schaute, überfiel ihn der Gedanke, wie gern er in diese Sekunde mit einem solchen tauschen würde. Doch der Moment ze brach, als sie den Blick hob und ihn ansah, und er fuhr fort: »Ich wol te Euch nicht beleidigen. Mein Krieg ist nicht der Eure, das weiß ich und mir ist bewusst, dass Ihr unantastbar seid. Nie ist es anders ge wesen. Doch das Blut meiner Männer klebt an meinen Händen, un Ihr seid meine einzige Chance, sie zu rächen. Daher bitte ich Euch Gebt mir, was ich brauche. Ich zahle jeden Preis, den Ihr verlangt.«

Unendlich langsam bewegte sie die Finger. Sein Blut fiel davon a getrocknet, als wären Jahre vergangen. »Schon einmal habe ich d geholfen, und ich habe mich kaum verändert seit damals. Doch du nun, du bist nicht mehr derselbe wie in jenen Tagen.«

Nhor'garoth nickte zustimmend. »Wäre ich es, stünde ich jet nicht hier.«

Die Königin schwieg für einen Moment. »Manchmal ist es besser, als der zu sterben, der man ist«, sagte sie dann, »statt als jemand zu leben, der man nicht ist.« Sie betrachtete ihn, während ihre Worte seine Kehle hinabglitten, scharfkantig wie die zerbrochenen Schädel ihrer Wüste, und etwas Weiches glitt über ihr Gesicht. Doch dann hob sie den Kopf, und ihre Haut wurde so bleich, als bestünde sie aus gehärterem Eis. »Du hast dich verloren, Nhor'garoth, Sohn des goldenen Feuers. Du kannst mir nicht geben, was ich für meinen Dienst verlange.«

Nhor'garoth spürte einen Stich in der Herzgegend, doch er wusste nicht, ob es der Schreck über ihre Worte war oder ein neuer Biss ihrer uckischen Diener. »Nein!«, stieß er aus, als sich der Boden unter ihm n brüchige Knochen verwandelte. Er stürzte und riss sich die Hände an den Scherben auf, die aus den leeren Augenhöhlen der Menschenschädel hervorbrachen. »Schickt mich nicht fort, ohne meine Bitte zu erfüllen! Prüft mich! Vielleicht habe ich mehr in mir, als Ihr glaubt! Das habt Ihr schon einmal erfahren!«

Seine Stimme erschien ihm fremd, so leidenschaftlich schlug sie gegen die Wände, und für einen Moment fühlte er wieder den zarten Körper des Kindes in seinen Armen, den er vor ewigen Zeiten durch diese Wüste aus Knochen getragen hatte. Er hustete, als der Leib in seinen Händen zerbrach, als wäre der Staub in seine Lunge gefahren. Doch kaum, dass er Atem holte, kehrte der steinerne Boden zurück, und vor ihm, so zart, dass sie aussah, als würde sie bei der geringsten Berührung zerbersten, stand die Königin und schaute auf ihn herab.

»Steh auf«, sagte sie, aber er hörte ihre Stimme nicht im Saal widerklingen. Er nahm sie in seinen Gedanken wahr, so durchdringend, dass er auf die Beine kam, als hätte ihre marmorkalte Hand ihn an der Kehle gepackt. Sie war ihm so nah, dass er erwartete, ihren Atem auf seinem Gesicht zu spüren, und gerade, da er begriff, dass sie nicht mehr atmete, zerbrach der letzte Funke in ihren Augen und riss ihn vorwärts in einen Strom aus Scherben.

Er wusste, dass er noch immer vor ihr stand, reglos wie ein Tier im Angesicht des Todes, doch er fühlte den Wind auf seinem Gesicht, als er in ihre Schatten stürzte, und die Scherben, die schwarz wie die Krähen auf den Feldern der Toten durch seine Gedanken rasten. Gleißende Farben brachen sich in den Splittern, begleitet von Stimmen, so schrecklich und wunderschön zugleich, dass er meinte, unter ihnen den Verstand zu verlieren, und gerade, als er begriff, dass es die Stimmen der Ersten Drachen waren, schlug er am Boden auf.

Für einen Moment blieb er reglos liegen. Seine Glieder schmerzten, als würden die Scherben der Königin das Fleisch von seinen Knochen schaben, und erst als eine seltsam sanfte Kühle über seine Haut glitt, öffnete er die Augen. Zu seinem Erstaunen fand er sich nicht im schwarzen Turm wieder, und auch die Königin war nirgends zu sehen. Stattdessen strichen Blumen über sein Gesicht, denn er lag auf einem Feld aus Rosen, und über ihm, so unwirklich, dass er zuerst nicht wusste, was es war, stand der Mond.

Er kam auf die Beine, taumelnd wie ein Schlafender. Wie lange war es her, seit er einen solchen Himmel gesehen hatte, ohne Flammen und lodernde Magie, wie lange, seit er zuletzt diesen sanften Schein auf sich gefühlt hatte – den Schein des silbernen Spiegels hoch über ihm? Es kam ihm so vor, als wäre er in den Traum eines anderen geraten, aber gleichzeitig erinnerte er sich an die leise Sehnsucht, die ihn nun beim Anblick dieses Himmelskörpers befiel – und er strich wie selbstverständlich über die Rosenblüten, wohl wissend, dass sie sich unter seiner Hand entfalteten.

Ein Lachen erklang aus weiter Ferne, kaum mehr als ein Windhauch im Flüstern der Blumen, und etwas in Nhor'garoth rief ihm zu, sich nicht vom Mond abzuwenden, sondern in seinem Anblick zu verharren, geschützt und blind vor allem, was um ihn herum geschah. Doch das Lachen wiederholte sich, lauter nun und so mitreißend, dass er nicht länger widerstand.

Er schaute über die Blumen hinweg, die sich leicht im Wind wiegten, und entdeckte zwei Gestalten zwischen ihnen, zu weit von ihm entfernt, als dass er sie deutlich hätte erkennen können. Angestrengt kniff er die Augen zusammen, aber es schien ihm, als würden ihre Umrisse nur umso stärker verwischen – so als wäre die Szene nichts als ein Bild, dessen Farben er mit ungeschickten Fingern verschmierte. Doch gerade, als das Lachen noch einmal zu ihm drang, glomm goldenes Haar im Schein des Mondes auf.

Ein Schmerz durchfuhr ihn, so heftig, dass er glaubte, er würde ihn in die Knie zwingen. Keuchend presste er die Faust gegen seine Brust, und ehe er noch wusste, was er tat, setzte er sich in Bewegung. Mit einem Schlag hatte sich ein Brennen in ihm entfacht, das jeden anderen Gedanken auslöschte als diesen: Er musste zu ihnen gelangen, zu diesen beiden Menschen, deren Namen er vergessen hatte und deren Stimmen doch nach ihm riefen, so stark, wie keine Magie der Welt es je gekonnt hätte.

Sein Atem ging schnell, so angestrengt kämpfte er sich voran, doch je stärker er versuchte, die Entfernung zu überwinden, desto weniger wollte es ihm gelingen. Wie in der Wüste der Knochen schien es, als würde der Boden unter seinen Füßen in die falsche Richtung gezogen, die Rosen hielten ihn mit grausamen Dornen fest, und als er taumelte und fiel, zerbrach das Lachen in der Ferne, als wäre es nie mehr gewesen als eine Illusion. Ihm wurde schwarz vor Augen. Er rang nach Luft, doch da strich eine Hand über seine Stirn, so kühl, dass der Schmerz in seiner Brust sich in ein Pochen verwandelte – unendlich qualvoll und süß zugleich.

Er meinte, den Schimmer von goldenem Haar durch seine geschlossenen Lider zu erkennen, aber als er die Augen öffnete, umgab ihn nichts als Dunkelheit. Er fühlte den kalten Stein unter seinen Händen, die Rosen waren fort, ebenso wie der Mond und die Gestalten in der Ferne. Nur das Licht, das er gerade noch gesehen hatte, war noch da, doch es entfernte sich von ihm, und als er danach greifen wollte, schloss sich eine bleiche, krallenbewehrte Hand um seinen Schein. Nhor'garoth musste nicht die Reste seines Blutes unter den langen Nägeln sehen, um zu wissen, dass es die Klaue der Königin war.

Er richtete sich auf und bemerkte, dass ihr Gesicht jede Gleichgültigkeit verloren hatte. Eine kalte, grausame Glut stand in ihren Augen, und ihre Haare tanzten um ihre nackten Schultern, als sie sich zu ihm herabbeugte.

»Dies gehört nun mir«, raunte sie mit einer Stimme wie aus tausend Kehlen. »Und ich werde mehr verlangen, viel mehr als das für die Erfüllung deiner Bitte. Dies ist mein Preis, Reiter des Königs, also überlege es dir gut. Willst du meine Hilfe noch immer?«

Noch einmal ließ Nhor'garoth das Lachen in sich widerklingen, dem er keinen Namen geben konnte. Dann nickte er, und im selben Moment grub die Königin ihre Klaue in das Licht. Nhor'garoth schrie auf, so heftig durchfuhr ihn der Schmerz, und als er verklungen war, lauschte er mit reglosem Entsetzen in die Stille, die zu ihm zurückgekehrt war.

»So sei es«, sagte die Königin, und er meinte, etwas wie Bedauern in ihrer Stimme zu hören. »Du weißt, was nun geschehen wird. Ich komme wieder, wenn es getan ist.« Damit wandte sie sich ab und ließ ihn allein im Dunkeln zurück.

Die schuppigen Leiber hatten ihn fast erreicht, als er etwas Kühles an seiner Stirn fühlte, wie eine Erinnerung, die er verloren hatte. Seine Hand griff ins Leere, doch es schien ihm, als würde ein seltsamer Schimmer an seinen Fingern haften bleiben … ein Schimmer wie Mondlicht auf Haaren aus purem Gold.

Kapitel 24

Die Unterkünfte der niederen Drachen rochen nach trockenem Gras und Erde, und fast hätte Sira sich der Illusion hingegeben, in einen Stall von Mulis geraten zu sein. Oft genug war sie auf den Märkten mit den zotteligen Tieren in Kon-akt gekommen, um diesen eigentümlichen Geruch mit ihnen zu erbinden. Doch an diesem Ort vibrierte die Luft unter der Magie, lie über Schwingen und Schuppen lief, und immer wieder erklang in Grollen aus tiefen Kehlen, das Sira ohne jeden Zweifel daran er-nnerte, wo sie sich befand. Mit gesenktem Blick lief sie an den Boxen orüber. Die Drachen um sie herum mochten friedlich erscheinen ınd nicht zu den stärksten ihrer Art gehören. Aber auch sie bargen lie Kraft, ihr mit nicht mehr als einem Atemzug das Fleisch von den Knochen zu brennen.

Im letzten Moment wich Sira einer Novizin aus, die plötzlich mit inem Sattel beladen aus einer der Boxen kam. Etliche Schüler der Gilde bereiteten sich an diesem Morgen auf einen Ritt vor, und Sira pürte deren abschätzige Blicke, als sie den Weg zum Gasspeicher inschlug – dem Ort, wo die Männer ihre Magie trainierten. Inner-alb weniger Tage hatte sich der Umstand, dass sie als Kriegerin aus-ebildet wurde, in der Gilde verbreitet, und seither folgten ihr die licke der anderen, als wäre sie ein fremdartiges Tier, das nur aus ersehen in die Uniform einer Novizin geraten war. Vor allem die

Frauen machten keinen Hehl daraus, dass sie ihren kriegerischen Ambitionen höchst misstrauisch gegenüberstanden, und ihre erste Trainingsstunde mit Norik am vergangenen Abend hatte die Kälte ihr gegenüber weiter verstärkt.

Sira bewegte den rechten Arm, dass es knackte. Norik hatte sie nicht geschont, und selbst das leichte Schwert, das Juri ihr auf der Reise zugeworfen hatte, war mit der Zeit ungeheuer schwer geworden. Dennoch hatte sie ihr Bestes gegeben, und ein Lächeln glitt über ihre Lippen, als sie an die Drehung dachte, mit der sie einen seiner Schläge pariert hatte. Bis zu diesem Zeitpunkt war er ihr mit der kühlen Überlegenheit des Mentors begegnet. Doch als sie triumphierend zu ihm aufgesehen hatte, war ein Lächeln durch seine Augen geflammt, das sie für einen Moment auf das Dach seines Turms zurückgetragen hatte. Keiner der Novizen, die neugierig aus einiger Entfernung zugesehen hatten, konnte diesen winzigen Augenblick der Nähe beobachtet haben. Doch nach dem Training hatte Sira Vesta bemerkt, die mit verschränkten Armen am Rand der Arena gestanden und in offener Feindseligkeit zu ihr herübergeschaut hatte. Sira seufzte leise, als sie die Unterkunft der Drachen hinter sich ließ. Noriks *Schwester* und sie würden keine Freundinnen werden, so viel war sicher.

Sie hatte den Speicher fast erreicht, als klassische Musik aus seinen durchbrochenen Wänden drang. Sie erinnerte sich daran, wie ihr Onkel mitunter Musik dieser Art gehört hatte, an seinen Blick, der unter dem Eindruck von Streichern und Piano in weite Ferne geglitten war, und wie jedes Mal, wenn sich die Musik zu einem leidenschaftlichen Crescendo erhob, begann Siras Herz auch nun schneller zu schlagen. Nie hätte sie erwartet, ausgerechnet an diesem Ort solche Töne zu hören, und als sie im Eingang des Speichers stehen blieb, da schien es ihr, als würde sie einem Schauspiel beiwohnen, einzig dafür gemacht, die Erhabenheit und Kraft der Musik zu unterstreichen.

Wie die Sitzreihen eines Amphitheaters erhoben sich etliche me-
allene Streben in einem ovalen Rund. Die Rufe der Krieger, die am
Boden trainierten, hallten von den Wänden wider, die Ketten hoch
iber Siras Kopf klirrten unter den Griffen der Männer, die sich an ih-
ıen hinaufzogen, und doch nahm sie all das wie durch einen Schleier
vahr. Ihre Aufmerksamkeit lag auf der Gestalt, die dort oben in der
uft schwebte, Standbein und Spielbein gekreuzt, und die Bewegun-
en der Krieger mit größter Konzentration beobachtete.

Ein Mann war es, mit dunklem Spitzbart und leicht ergrauten
chläfen. Er trug die schwarz-rote Kleidung der Geschichtenerzähler
ınd Schausteller, die als fahrendes Volk durch die Welt zogen und
ıre Kunststücke und Lieder auch in der größten Station New Yorks
inige Male zum Besten gegeben hatten, und während er die Bemü-
ıungen der Krieger an den Ketten korrigierte, ließ er drei goldene
Aünzen um die Finger der linken Hand gleiten. Erst als er sich in
ewegung setzte, bemerkte Sira das hauchdünne magische Seil, auf
em er stand – und ihr stockte der Atem, als sie gewahr wurde, wo-
an es hing. Zu seiner Rechten war es an einem Stahlträger befestigt
vorden, doch am anderen Ende schlang es sich um die Klaue eines
ewaltigen Drachen. Er hielt sie so regungslos, als wäre er zu Stein
rstarrt, doch eine winzige Bewegung würde genügen, um den Seil-
inzer abstürzen zu lassen.

Wie gebannt starrte Sira zu dem Drachen hinauf. Sie konnte nicht
ıgen, aus welchem Grund sie ihn nicht sofort gesehen hatte, den lö-
enähnlichen, von geschwungenen Stirnplatten überzogenen Schä-
el, den rostbraunen Körper, der sich anmutig wie eine riesige Kat-
auf zwei Stahlträgern niedergelassen hatte, oder die Krallen, so
charf, dass sie im Schein des nun aufglimmenden Seils blitzten. Sein
ezackter Rückenkamm verschmolz fast vollständig mit seiner Um-
ebung, und als sie seinen reglosen Blick erwiderte, begriff sie, dass
e ihn nur aus einem einzigen Grund sehen konnte: weil er es ihr er-

laubte. Goldene Funken tauchten aus seinen roten Augen. Sie vertieften die Schatten seines Mauls, das zu einem ewig spöttischen Lächeln geformt war, und kurz schien es Sira, als würde sie ihn lachen hören ... leise wie flüsternden Wüstensand. Im nächsten Moment gellte ein Ruf durch die Luft und schlug peitschengleich den Sand vor ihren Füßen zurück.

»Du!«, rief der Seiltänzer und ließ die Musik zusammenbrechen als wäre sie nie mehr gewesen als flirrender Staub. »Was hast du hier zu suchen?«

Erschrocken sah Sira zu ihm auf. In der plötzlichen Stille hielten die Männer in ihren Bewegungen inne und starrten zu ihr herüber, als würde sie jeden Augenblick einen albernen Tanz aufführen. »Ich ...«, begann sie, aber ihre Stimme war zu leise und wurde umgehend von den Wänden verschluckt. »Ich bin Sira«, rief sie deshalb so laut sie konnte, und da hallte ihr Name in dem Rund wider, dass die Ketten über ihrem Kopf zu klirren begannen. »Und ich bin gekommen, um mit meiner Ausbildung in Magie und Drachenkunde zu beginnen!«

»Ach du meine Güte«, sagte der Seiltänzer und schüttelte mit in die Hüfte gestemmten Fäusten den Kopf. »Nun hört euch das an! Kommt zu Meister Alvarez, um ausgebildet zu werden! Staub fressen willst du also, dir die Glieder blutig scheuern an meinen Ketten und so oft auf diesen Boden fallen, bis du glaubst, jeder Knochen deines Leibes wäre zu dem Sand geworden, auf dem du liegst?«

Sira stieß langsam die Luft aus. Norik hatte ihr von Alvarez erzählt, dem mächtigen Krieger, der aufgrund einer alten Kampfverletzung nicht mehr in die Schlacht ziehen konnte und seither die Novizen der Gilde unterrichtete. Er hatte die komplizierten mechanischen Drachen der Arena gebaut, die Magie in sich trugen und an denen seine Schüler ihre Kräfte erproben konnten, ebenso wie den Turm der Schwerter, dessen magische Ebenen mindestens so viel T cke in sich bargen wie das Funkeln der goldenen Münzen, und Sira zweifelte nicht länger an Noriks Worten, als sie den Blick aus den schwarzen Augen auf sich fühlte.

Alvarez ist eine der Säulen, ohne die die Gilde nicht stehen könnte, hatte er gesagt. *Niemand hier kennt das Reich der Magie besser als er, nicht einmal die Drachen. Er ist mein Lehrer und mein Freund – und der Einzige, der mich im Schwertkampf schlagen kann, solange seine alte Wunde ihn nicht außer Gefecht setzt. Aber sei vorsichtig, Diebin der Schatten. Früher zog Alvarez als Geschichtenerzähler durch die Lande. Bis heute ist er vor allem anderen ein Pagat geblieben … und nicht jeder, der in seine Finsternis schaut, kehrt mit heiler Haut aus ihr zurück.*

»Die Aussicht auf Schmerzen schreckt mich nicht ab«, erwiderte sie. »Ich werde alles tun, was nötig ist, um eine Kriegerin der Schatten zu werden.«

»Hört, hört!«, rief Alvarez und brach die vermeintliche Hochachtung in seiner Stimme mit dem Heben der linken Braue. Er grinste, als die Männer ringsum anfingen zu lachen, aber seine Augen blieben zwei kalte schwarze Kohlen. »Hier!«, rief er dann und warf ihr etwas zu, von dem sie nicht gesehen hatte, wie es in seine Hände gelangt war. »Du kannst die Sättel fetten, deine Finger sind klein genug für die Taschen. Beeil dich, damit du bis zum Abend fertig bist. Dann sehen wir weiter.«

Damit wandte er sich ab. Die Musik erklang erneut, ein Triumphmarsch war es nun, der Sira die Zornesröte in die Wangen trieb. Sie fixierte Alvarez mit ihrem Blick und knallte das Lederfett so heftig auf einen der Stahlträger, dass ein metallenes Scheppern durch den Speicher klang.

»Ich bin nicht hier, um Sättel zu fetten!«, rief sie gegen die Musik an. »Norik …«

»Norik mag unser Anführer sein«, unterbrach Alvarez sie und drehte sich mit ausgebreiteten Armen und gelangweilter Miene um, als hätte er diese Reaktion erwartet. »Aber der Tag ist noch nicht gekommen, an dem er mir sagt, was ich in diesem Speicher zu tun habe!«

Sira biss die Zähne aufeinander. »Liegt es daran, dass ich eine Frau bin?«

»Himmelherrgott«, murmelte Alvarez und seufzte tief. »Und wenn du eine hermaphroditische Schnecke wärest: Du hast Norik im Zweikampf verwundet, und damit steht dir die Ausbildung zu, die er dir versprach, ebenso wie die Zulassung zur Prüfung der Kriegerschaft die alle Novizen schon begierig erwarten. Viele hier mögen diese Entscheidung kritisieren, und ganz sicher wirst du es sehr schwer haben die Achtung der Krieger zu erlangen, aber das interessiert mich nicht Wer kämpfen will, soll kämpfen – so sehe ich das. Allerdings stehst du hier als Anwärterin für die Gilde der Schatten. Es ist nicht leicht ein Teil davon zu werden, schon gar nicht für die, die so spät zu uns kommen wie du. Denn wie die meisten deiner Art hast du deine magischen Fähigkeiten dein ganzes Leben lang geheim gehalten und unterdrückt. Es ist nicht einfach, sie aufzubrechen, und wenn man zu plötzlich damit beginnt, kann es schmerzhaft enden, oder sogar tödlich. Einige hier haben das bitter erfahren müssen, weil sie nicht auf mich hören wollten. Also glaube mir, wenn ich dir sage: Für dich ist es zu früh.«

Tatsächlich verlor seine Stimme bei seinen letzten Worten die Arroganz, die Siras Wut entfacht hatte, aber sein mitleidiger Blick ärgerte sie fast noch mehr. »Du magst ein großer Krieger sein«, erwiderte sie so ruhig wie möglich. »Aber ich kenne mich selbst besser als du es tust! Ich habe den Zauber Aryons gebannt, womit niemand gerechnet hätte, und ich habe es überlebt! Du hast recht, ich komme spät, aber ich habe mein Leben lang selbst entschieden, was das Richtige für mich ist, und wenn es um meine Magie geht, kann ich nur eines sagen: Es hat viel zu lange gedauert, bis ich von ihr erfahren habe! Ich will beginnen, sie auszubilden – jetzt!«

Ein amüsiertes Lächeln spielte um Alvarez' Mund, und erst als er sich halb zu dem Drachen umwandte, hörte Sira das Grollen, das in betörender Melodik durch die Klänge der Musik brach und sie schließlich erstickte. Erneut sah der Drache sie an, und als er leicht den Kopf neigte, schien es ihr, als würde sie direkt vor seinen gewaltigen Nüstern stehen. Der Wind, der ihre Wangen streifte, war heiß, aber er tat ihr nicht weh. Stattdessen hörte sie Worte darin, so rau und dunkel wie die Märchen aus der Großen Wüste, denen sie als Kind ängstlich und sehnsüchtig zugleich gelauscht hatte.

Ohne ein Wort sprang Alvarez von seinem Seil. Trotz der Höhe landete er sicher auf den Füßen und kam mit katzengleichen Bewegungen auf Sira zu. »Marhazar kann deinen Herzschlag fühlen«, sagte er, als er dicht vor ihr stehen blieb. Erst jetzt sah sie, dass seine schwarzen Augen keine Pupillen erkennen ließen. »Und er meint, dass du nicht gehen wirst, ehe du deinen Willen bekommen hast.«

Er hatte leise gesprochen, und doch schien es Sira, als würde seine Stimme sich an den Rändern ihres Bewusstseins zusammenziehen wie ein Sandsturm, der nur darauf wartete, sie zu verschlingen. Entschlossen räusperte sie sich. »Damit hat er recht«, gab sie zurück. »Mein Weg war zu lang, um mich jetzt abweisen zu lassen.«

Etwas wie Respekt mischte sich in sein Lächeln, doch nur für einen Moment. Dann schnellten seine Hände nach vorn, und ehe Sira zurückweichen konnte, presste er die Finger an ihre Schläfen. Sie sah noch den Funken, der anstelle einer Pupille in seinen Augen aufglomm und alles um sie herum in Schatten hüllte. Dann ging ein Ton durch ihre Gedanken, hell und katzenhaft wie der Ruf eines Bussards. Der Funke verwandelte sich in ein auflodderndes Licht, das rasend schnell auf sie zustob, und noch ehe sie das Grollen hörte, das tief in ihm lauerte, traf der Schein ihre Haut. Sie schauderte, so eiskalt und glühend heiß zugleich war dieses Licht. Im selben Moment stieß Alvarez sie zurück.

Ein Fluch kam über seine Lippen, geraunt in einer ihr fremden Sprache, und Sira starrte fassungslos auf seine rußgeschwärzten Finger. Erschrocken fuhr sie sich an die Schläfen, doch ihre Haut war ganz kühl. Sie öffnete den Mund, um etwas zu sagen, aber Alvarez schüttelte nur den Kopf, angespannt nun, als stünde er noch einmal auf dem Seil, umgeben von tosendem Sturm. Ohne ein Wort legte er erneut die Hände an ihre Schläfen, und dieses Mal war sein Ruf so laut, dass sie zusammenfuhr. Wie aus tausend Kehlen brach er in ihren Gedanken auf, und als das Licht erneut aufflammte, begriff sie, dass es ein Spiegelbild war, das sie sah: Ihre eigenen Augen entzündeten dieses Licht in sich, dieses Feuer der Drachen, dessen Brüllen sich nun mit solcher Macht in ihr entfesselte, dass ihr das Blut aus dem Kopf wich. Sie sah noch das Gesicht ihres Bruders, das in den gleißenden Flammen erstarrte. Dann gaben ihre Beine unter ihr nach, und sie fiel auf die Knie.

Gnädige Dunkelheit umfing sie, aber nur langsam verklang der Schrei des Feuers, und als Andors Bild zerbrach, stieg heftige Übelkeit in ihr auf. Nur mit Mühe konnte sie verhindern, sich zu übergeben, und sie brauchte einen Moment, um den Kopf heben und Alvarez anschauen zu können.

»Siehst du«, sagte er leise und ohne jedes Lächeln. »Du bist noch lange nicht so weit, deiner Magie zu begegnen. Übe dich in Geduld. In einigen Monaten werden wir es noch einmal versuchen.«

Der Sand knirschte unter seinen Sohlen, als er von ihr fortging. Bei jedem Schritt schien es Sira, als schöben sich Klingen unter ihre Haut. Schwindel pochte hinter ihrer Stirn, und für einen Moment wollte sie aufstehen und gehen, in ihr winziges Zimmer über den Brücken des Marktes, und jeden Schmerz vom Schlaf zermahlen lassen. Doch sie zwang Andors Bild zurück vor ihre Augen, das fremde, tote Gesicht ihres Bruders, von Nhor'garoths Feuer umtost, und krallte die Finger in den Sand. Die Männer lachten höhnisch und fuhren mit ihren Übungen fort, aber als Sira den Blick des Drachen auf sich spürte, diesen Rätselblick aus tausend Spiegeln, da schien es ihr, als wäre sie selbst der Staub der Wüste, der in diesem Moment über ihre Stirn strich, über die Ketten und Stahlträger … und die goldenen Münzen in Alvarez' Hand.

Geräuschlos zerschnitt ihr Messer die Luft, und obwohl Alvarez noch herumfuhr und es mit seinem Blick umfasste, traf es klirrend eine der Münzen. In unwirklicher Langsamkeit sprang sie von der Klinge ab, schlug gegen einen Stahlträger und landete zwischen Marhazars Klauen. Sira atmete schnell, als sie auf die Beine kam. Nichts rührte sich um sie her als die Schatten in den Mundwinkeln des Drachen, die sein Lächeln in ein Grinsen verwandelten.

»Behandle mich nicht wie ein dummes Kind!«, schleuderte sie Alvarez entgegen. »Ich bin nicht so schwach, wie du denkst!«

Alvarez stand so regungslos, dass sie für einen Moment glaubte, ihn wie seinen Drachen mit seiner Umgebung verschmelzen zu sehen. Dann neigte er den Kopf, und die Schwärze in seinen Augen begann zu flackern. »Ach nein?«, flüsterte er fast lautlos. Gleich darauf breitete er die Arme aus, und so schnell, dass sie seinen Bewegungen kaum folgen konnte, stob er auf Sira zu.

Seine Beine schienen sich zu einem Sturm aus Sand zu formen, seine Arme verwandelten sich in brennende Wüstenwinde, und mit einem Schrei, der wie das Bersten von Gebirgen klang, überzog sich sein Gesicht mit einer Schicht aus Stein. Gleichzeitig erbebte der Boden unter unsichtbaren Tritten, und Bilder aus lang vergangenen Tagen entstanden aus dem wirbelnden Sand. Armeen in goldenen Rüstungen zogen an Sira vorbei, die Städte der Menschen gingen in Flammen auf, Berge von Leichen türmten sich vor einem brennenden Himmel und Drachen, von mächtiger Faust erschlagen, vergossen ihr Blut auf verkohlter Erde.

Sira schwankte, so heiß strömte die Luft in ihre Lunge, und für einen Moment wollte sie ihren Blick fortreißen und davonlaufen, vor der Hitze, den Bildern und dem entsetzlichen Gesicht aus Stein. Tiefe Risse liefen über seine Wangen, und sie begriff, dass es keine Maske war, sondern Alvarez' wahres Gesicht: alt, so alt wie der Sand, auf dem sie stand, und mit Augen, die zu schwarzem Stein geworden waren angesichts der Gräuel, die um sie niederstürzten – und in die ewigen Schluchten tief in ihm.

Ohne jeden Zweifel waren unzählige Novizen vor diesen Bildern zusammengebrochen, furchtsam und zitternd in der Erkenntnis, nicht mehr zu sein als ein schwaches Kind. Auch Sira spürte die Verzweiflung, die inmitten der Schrecken nach ihr griff. Doch sie weigerte sich, ihr zu folgen. Zu oft war sie in den Schatten New Yorks in den Dreck gestoßen worden, zu oft hatte sie sich aufgerappelt und sich gegen all jene behauptet, die sie kleinhalten wollten, um nun vor einem Gesicht aus Stein auf die Knie zu fallen.

Stattdessen wich sie einem lohenden Sandstrom aus und fixierte den Funken in den steinernen Augen, diese Flamme, die noch immer da war, ganz gleich, mit welchen Zaubern Alvarez sie zu verbergen suchte. Für einen kurzen Moment sah sie zwei Gestalten darin auftauchen, dunkel wie Schattenrisse vor einem brennenden Himmel. Sie stritten miteinander, grell blitzte ein Schwert in der Finsternis auf, und da erkannte Sira, dass es Alvarez war, der getroffen wurde, verwundet von Nhor'garoths Klinge.

Atemlos wich sie zurück, erschrocken und verwirrt, gleich darauf in das junge Gesicht ihres Feindes zu blicken. Kurz nur erkannte sie etwas wie Schmerz in dessen Augen. Dann verschwamm das Bild und sie sah Alvarez durch die Dunkelheit irren, wie in einem Albtraum über Gebirge aus Knochen und Meere aus Blut. Auch er war noch jung, die Augen in leidenschaftlicher Glut entfacht, doch als er auf einem endlosen Schlachtfeld zu Boden fiel, blieb er wie tödlich verwundet liegen. Sira fühlte seinen Herzschlag, der langsamer wurde als hätte er beschlossen, ihn erlöschen zu lassen. Instinktiv hob sie die Hand, und da richtete er sich auf, als hätte er gemerkt, dass sie da war, mitten in seinem Traum. Doch sein Blick glitt durch sie hindurch, und als sie sich umwandte, sah sie den Drachen, der über das Schlachtfeld getreten war und nun den schweren Schädel zu ihm niederbeugte.

Alvarez rührte sich nicht. Er schaute zu dem Drachen auf, als würde er erwarten, von ihm getötet zu werden, mehr noch: als würde er es ersehnen ... und gleich darauf verlor sich jede Verzweiflung auf seinen Zügen. Ein Glühen ging durch seine Augen, als hätte er zum ersten Mal in seinem Leben wahre Schönheit gesehen, und als hätte sie ihm gerade in dem Moment, da er glaubte, alles verloren zu haben, seinen wahren Weg zu Füßen gelegt. Sanft strich das Gold der Drachenaugen über sein Gesicht, und als er auf die Beine kam und eine Verbeugung andeutete, ging ein Lachen durch die Luft, flüsternd wie Wüstensand ... ein Ton der Hoffnung in tiefschwarzer Nacht.

Wie aus weiter Ferne hörte Sira das Brüllen des Sandsturms, doch sie hielt sich an diesem Bild fest und wich nicht vor Alvarez zurück, der nun dicht vor ihr stehen blieb. Mit klopfendem Herzen sah sie in seine erstarrten Augen und schüttelte langsam den Kopf.

»Nein«, sagte sie. »Ich fürchte mich nicht vor dem Abgrund der Welt.«

Die Stille ringsumher war vollkommen. Sira hörte nichts als den Sand, der wispernd von Alvarez' Kleidern fiel und den Sturm mit sich nahm, als wäre er nicht mehr gewesen als ein Gedanke. Ohne ein Geräusch zog sich der Stein von seinem Gesicht zurück, aber Sira konnte ihn noch immer sehen: den Drachen, der weit hinten in seinen Augen vor ihm den Kopf neigte.

»Norik hatte recht«, sagte er, und Marhazars Lächeln glitt über seine Züge. »Zorn ist eine große Kraft in dir. Nicht viele Novizen konnten diese Finsternis bisher ertragen, und nur den wenigsten gelang ein Blick ins Herz des Sturms.«

Sira konnte nicht verhindern, dass sich ihr Atem bei diesen Worten beschleunigte. Wieder sah sie die Klinge Nhor'garoths durch die Luft gleiten, und sie starrte auf die blasse Narbe, die sich nur halb verborgen über Alvarez' Schulter und den Hals hinaufzog. »Ich habe dich gesehen«, sagte sie, instinktiv leiser. »Dich und ...«

Doch ehe sie fortfahren konnte, hob er die Hand, und die Worte sanken in Sira zurück, als hätte er sie mit einem lautlosen Befehl dazu gezwungen. »Du bist nicht hier, um über mich zu sprechen«, sagte er kühl. »Stimmst du dem zu? Dann wollen wir sehen, was du sonst noch in dir trägst – doch nur dann!«

Sira schwieg. Es fiel ihr nicht leicht, die Bilder zurückzudrängen, die sie gesehen hatte, aber Alvarez hatte recht: Sie war nicht gekommen, um in seiner Vergangenheit herumzuwühlen. Langsam nickte sie.

Ohne ein weiteres Wort zog Alvarez sie an sich. Sie nahm noch seinen Geruch war, eine Mischung aus Kardamom, Hibiskus und glühendem Sand, und das Lächeln, das in seine Augen zurückkehrte. Dann stieß er die Faust in die Höhe, und wie von einer unsichtbaren Macht gezogen jagten sie auf die Ketten zu.

Kapitel 25

Alvarez ergriff die Ketten so mühelos, als wären sie offene Hände. Immer schneller schwang er sich zwischen den pendelnden Gliedern aufwärts, und als sie schließlich hoch oben auf einem Podest landeten, pochte tückischer Schwindel hinter Siras Stirn.

Gelassen lehnte Alvarez sich gegen die rostige Brüstung und beobachtete, wie sie mit weichen Knien vom Rand zurücktrat. Die Stimmen der Männer drangen nur noch gedämpft zu ihr, und ein seltsamer Dunst legte sich zwischen die Ketten, als würde ein Zauber sie von den anderen trennen. Sand blieb an ihren Fingern haften, als sie sich an der Brüstung festhielt und zu Alvarez hinübersah. Seine Augen hatten einen prüfenden Ausdruck angenommen.

»Ich könnte dir viele Fragen stellen«, begann er. »Aber die einzige, die für mich zählt, bevor wir beginnen, ist diese: Warum bist du hier?«

Sira zog die Brauen zusammen. »Wie meinst du das? Ich sagte doch, dass ich eine Kriegerin der Schatten werden will.«

Er stieß ein heiseres Lachen aus. »Abgesehen davon, dass das keine Antwort auf meine Frage ist: Du glaubst wirklich, das erreichen zu können? Dazu gehört mehr als ein Drache und deine Magie, ist dir das denn nicht klar?«

Der Spott in seiner Stimme brannte auf Siras Wangen, aber sie wandte sich nicht ab. »Was soll das bedeuten?«

Seufzend fuhr er sich über den Bart. »Dass du einen Drachentöter brauchst, eine Klinge aus dem mächtigsten Drachenstahl, die mit Feuer und Blut eines Drachen gehärtet und auf dich geprägt wurde. Nur eine solche Waffe kann gegen die stärksten der Drachen bestehen, denn nur sie hat die Kraft, die Magie in ihnen zu zerreißen. Ohne sie wärest du im Kampf gegen viele Reiter des Königs verloren und somit nutzlos für die Krieger der Schatten. In der Gilde kann niemand außer Harok eine solche Waffe schmieden, und er würde sich eher die Hand abhacken, als dir diesen Dienst zu erweisen.«

Siras Finger schlossen sich so fest um die Brüstung, dass der Rost ihr uns Fleisch schnitt. »Aber ich habe Norik verwundet«, gab sie zurück. »Und ...«

»... und damit hast du die Erlaubnis erhalten, als Kriegerin ausgebildet zu werden«, beendete Alvarez ihren Satz. »Aber die Krieger der Gilde sind stolz, Mädchen – zu stolz, um eine Frau in ihren Reihen tatsächlich zu akzeptieren. Manche mögen das anders sehen, aber viele sind es nicht. Und daran kann auch unser Anführer leider nicht das Geringste ändern.«

Sira wandte sich ab und dachte an das höhnische Lachen der Männer weit unter ihr. Sie sahen nichts in ihr als ein schwaches Mädchen, eine Närrin, über die sie sich lustig machen konnten und die niemals erreichen würde, was für sie alle doch selbstverständlich war. Auch die spöttischen Blicke der Novizinnen gingen ihr nach, das boshafte Getuschel, das ihr nach ihrem Training mit Norik gefolgt war, und die herablassende Kälte der Huren, die sie verachteten für das, was sie nicht verstanden. Diese Gedanken schlangen sich lähmend um ihren Körper, und sie sah aus dem Augenwinkel, dass Alvarez den Kopf schief legte, als betrachtete er ein Kind, das sich beim Spielen verletzt hatte und nun töricht auf die blutende Wunde starrte. Doch gerade, als sich ihre Kehle zusammenzog, klang eine Stimme durch ihre Gedanken.

Meine Schwester ist eine Diebin der Oberwelt, flüsterte Andor aus weiter Ferne. *Eine der besten!*

Seine Worte erloschen wie nächtliche Träume beim Anbruch des Tages, aber als Sira den Kopf hob, stand noch immer sein Lächeln vor ihren Augen. »Wenn das so ist«, erwiderte sie mit fester Stimme, »dann besorge ich mir selbst einen Drachentöter. In den Ruinen von New York habe ich gelernt, an kostbare Dinge zu kommen, das kannst du mir glauben, und wenn ich es tatsächlich schaffe, meine Magie in voller Kraft zu nutzen und auf einem Drachen zu reiten, wird das richtige Schwert meine kleinste Sorge sein. Vertraue mir: Ich werde die Waffe bekommen, die ich brauche, und dann wird allen anderen nichts anderes mehr übrig bleiben, als mich als Kriegerin der Schatten zu akzeptieren.«

Ein amüsiertes Funkeln ging durch Alvarez' Blick. »In der Tat, leicht entmutigen lässt du dich nicht, und deine Entschlossenheit gefällt mir, auch wenn ich sie mir noch immer nicht vollständig erklären kann. Kehren wir also zu der Frage zurück, die du mir nicht beantwortet hast: Warum bist du hier?«

»Aber ich sagte doch schon ...« widersprach Sira, worauf Alvarez abwehrend die Hand hob.

»Du nanntest mir dein Ziel. Ich aber fragte nach deinen Gründen. Für gewöhnlich erkenne ich sie recht schnell, wenn sich ein neuer Novize bei mir vorstellt, aber ganz offensichtlich bist du nicht wie die meisten anderen Schüler.«

Sira stieß die Luft aus. »Nein, ganz offensichtlich ist meine Stimme dafür auch viel zu hoch, und die stundenlangen Gespräche über die Größe irgendwelcher Waffen werde ich wohl auch nie ganz verstehen.«

»Ich meinte nicht allein den Umstand, dass du eine Frau bist«, entgegnete er leise lachend. »Und auch nicht deine Standhaftigkeit inmitten meines Sturms. Normalerweise verbringen meine Novizen ihre Zeit allerdings lieber mit den Drachen, statt an rostigen Ketten herumzubaumeln. Du hingegen scheinst nichts dringender zu wollen, als im Kampf ausgebildet zu werden, ungeachtet aller Schmerzen, die du dabei erleiden wirst. Dafür bist du durch meine Ställe gerannt, als wäre der König selbst hinter dir her.«

Sira verschränkte die Arme vor der Brust. »Sag bloß, du hast mich beobachten lassen.«

»Ich bitte dich«, gab Alvarez zurück. »Ich beobachte dich, seit du hier angekommen bist, und darauf brauchst du dir nichts einzubilden. Zum einen liegt es gewissermaßen in meiner Natur, die Augen offen zu halten. So ist das bei uns Nomaden und Taschenspielern. Du musst das doch wissen, schließlich erkenne ich so einiges von uns in deinem Blick. Und zum anderen muss ja irgendwer ein Auge auf die Neuankömmlinge haben – bevorzugt jemand, der sich nicht zu nächtlicher Stunde im Anblick des Sternenhimmels verliert.«

Ein wissendes Lächeln trat auf seine Lippen, und Sira stieg das Blut in die Wangen. Aber ehe sie etwas erwidern konnte, fuhr er bereits fort.

»Keine Sorge«, sagte er abwinkend. »Die romantischen Verwicklungen anderer haben mich noch nie interessiert. Es war Marhazar, der euch bemerkte, denn auch wenn er es selbst niemals zugeben würde: Er hat eine Schwäche für den Glanz der Sterne und liebt es, nachts über die Gilde hinwegzufliegen, als wäre er einer von ihnen.«

Bei der Vorstellung, den riesigen Marhazar mit verklärtem Blick unter dem Sternenhimmel zu sehen, musste Sira lächeln. »Ich hätte nicht gedacht, dass ein Träumer in deinem Drachen steckt.«

Alvarez nickte unmerklich. »Oh ja«, entgegnete er. »Und wie oft hat er mir mit dieser Gabe das Leben gerettet.« Sein Gesicht wurde weich, als er zu Marhazar hinabschaute, und für einen Moment sah Sira ihn noch einmal als jungen Mann vor sich, das schwarze Haar vom Glanz des Mondes beschienen und dem Blick seines Drachen folgend, de so viel mehr in den Sternen über ihnen erkannte als jedes menschliche Auge. »Sieh an«, sagte er, als er Siras Blick erwiderte. »Ich hätte nicht gedacht, dich an diesem Morgen noch lächeln zu sehen.«

Ohne jeden Spott sagte er das, und jede ironische Antwort zerbrach auf Siras Zunge. »Es ist faszinierend, mehr über die Drachen zu erfahren«, sagte sie stattdessen. »Auch wenn ...

»... du sie fürchtest?« Sein Lächeln verstärkte sich, als sie ihn mit großen Augen ansah. »Keine Sorge, ich werde mit meinem Wissen nicht hausieren gehen. Aber wenn ich dein Lehrer werden soll, musst du ehrlich zu mir sein. Ich muss wissen, warum du vor deinem eigenen Licht zurückweichst, das stark genug ist, mir die verfluchten Finger zu verbrennen. Ich brauche eine Antwort auf die Frage, wieso du unbedingt eine Kriegerin der Schatten werden willst.«

Sira erwiderte seinen Blick. Noch einmal stand sie Norik in dem Zimmer in Karth gegenüber, und wieder spürte sie den Entschluss, der in diesem Moment in ihr gewachsen war. Er war ihr Geheimnis gewesen, ein schmerzender Stachel in ihrem Herzen, der sie die Strapazen der Reise und jeden Schmerz hatte überstehen lassen und von dem sie doch wusste, wie leicht er zu zerstören war. Aber gleichzeitig erinnerte sie sich an das Entsetzen in Alvarez' Blick, als Nhor'garoths Klinge ihn getroffen hatte, und sie nickte. »Es ist wahr«, sagte sie. »Die Krieger der Gilde werden mich niemals als das akzeptieren, was ich sein will. Ich werfe es ihnen nicht vor; sie haben mir das Leben gerettet, und ich will nicht undankbar sein. Aber die meisten von ihnen glauben, dass sie das Recht hätten, meine Rache zu erfüllen. Und das haben sie nicht. Es war mein Bruder, der in Nhor'garoths Feuer gestorben ist – und ich werde es sein, der seinen Mörder bestraft.«

Alvarez rührte sich nicht. Er sah sie nur an, und als er langsam den Kopf schüttelte, glaubte sie, er würde sich abwenden und ohne ein weiteres Wort zu den Kriegern hinabsteigen, die angesichts dieses wahnsinnigen Plans in lautes Gelächter ausbrechen würden.

»Ich weiß, dass das verrückt klingt«, fuhr sie deshalb fort. »Und dass es höchstwahrscheinlich mein Tod sein wird. Aber es ist genau das, was ich tun werde … was ich tun *muss*, verstehst du? Nhor'garoth hat meinen Bruder ermordet und ich … ich werde ihn dafür töten!«

Sie kämpfte gegen die Tränen an, die bei diesen Worten in ihr aufstiegen. So lange hatte sie ihren Plan in sich versteckt gehalten, und nun, da sie ihn vor diesem Krieger offenbarte, fühlte sie sich für einen Augenblick so hilflos wie in jener Nacht, da sie ihrem Onkel in die Tunnel hinterhergelaufen war. Vor dem Tod ihrer Eltern war das gewesen. Sie war noch ein Kind gewesen, unerfahren und ohne jeden Schutz, und erst als die Schatten sich um sie geschlossen hatten, war die Panik in ihr aufgestiegen. Noch immer erinnerte sie sich an ihren Herzschlag, der auch nun, auf diesem elenden Podest der Gilde in ihrer Kehle pochte, und sie dachte an ihren Onkel, der auf einmal aus der Dunkelheit gekommen war und jede Furcht in seiner Umarmung erstickt hatte.

Alvarez hingegen neigte nur unendlich langsam den Kopf. »Ja«, sagte er leise und schaute zu seinem Drachen hinab, als würde Marhazar seinen Blick gerade in diesem Moment durch Staub und Sand erwidern. »Was du vorhast, ist wahnsinnig, sogar vollkommen geisteskrank. Jeder Krieger der Gilde würde dir das bescheinigen und dich vermutlich einschließen, um dich und diesen Ort vor dir zu bewahren.« Dann hob er den Blick und jedes Lächeln wich von seinen Lippen. »Du begibst dich auf einen gefährlichen Weg«, sagte er kaum hörbar. »Und bei allem, woran ich je geglaubt habe: Ich täte dasselbe an deiner Stelle!«

Die Erleichterung ließ Sira Atem holen, und für einen Moment vermischte sich der Duft des Hibiskus mit dem rauen Lachen ihres Onkels, der sie in dem dunklen Tunnel herumwirbelte. Dann räusperte Alvarez sich und kam zu ihr herüber.

»Der erste Schritt auf deinem Weg führt dich zu deiner Magie«, sagte er mit derselben kühlen Konzentration, mit der auch Norik ihr als ihr Mentor begegnet war. »Sie mag dir als Licht erscheinen, als Nebel oder Farbe, doch erst, wenn du ihr vertraust, wirst du ihre ganze Macht nutzen können. Dies ist ein langer Prozess, der heute seinen Anfang nehmen wird. Hab keine Angst, was auch immer geschieht. Ich bin an deiner Seite. Und nun schließe die Augen … und sieh!«

Seine Hände waren kühl an ihren Schläfen, als sie seiner Aufforderung folgte. Sie hörte wieder den Ruf des Bussards, doch als ihre Magie in grellem Schein um sie herum aufbrach, legte sich Alvarez' Wärme wie ein schützender Mantel um ihre Schultern. Fern nur grollte die Kraft der Drachen, die in diesem Licht ruhte, aber umso überwältigender entfalteten sich nun seine Farben. In schillernden Strömen glitten sie durch die Dunkelheit hinter Siras Lidern und zeichneten mit brennenden Strichen ihre Umgebung nach. Das Podest unter ihren Füßen glühte in warmem Rot, Flüsse aus Blau und Purpur bildeten die Wände des Speichers, und die Ketten erstrahlten in einem Glanz, als würden sie den Schein der Sterne in sich bergen.

Hingegeben schaute Sira auf dieses Bild, das wie von Andors Hand gezeichnet in ihr entstanden war, und kurz war sie versucht, die Augen zu öffnen, um nachzusehen, ob es auch in der äußeren Welt auf sie wartete. Doch ehe sie dem Impuls nachgeben konnte, legte Alvarez die Hand auf ihren Rücken. Behutsam führte er sie über das Podest an den Abgrund heran, und ein Schreck überkam sie, als sie die Tiefe spürte, die sich jenseits ihrer geschlossenen Lider unter ihr erstreckte.

»Deine Magie ist ein Tor zu vielen Welten«, sagte Alvarez ruhig, und seine Worte glitten wie farbige Schatten über Siras Stirn. »Mit der Zeit wirst du lernen, sie auch mit offenen Augen zu sehen, ohne die Konzentration zu verlieren. Doch vorerst vertiefe dich in die Kraft, die in dir liegt, ohne dich von äußeren Dingen ablenken zu lassen. Begib dich mitten hinein, fühle ihre Wärme und ihre Kälte, und sei dir bewusst, dass alles möglich ist, wenn du ihrer Stimme folgst und zulässt, dass sie dich auffängt – alles, was du dir nur vorstellen kannst.«

Behutsam drehte er ihre Handflächen nach vorn. Sie fühlte den warmen Windstrom an ihren Fingern, aber erst, als sie den Kopf neigte, bemerkte sie die Schleier, die sich wie Nebel um die Ketten schlangen und jeden Blick in die Tiefe verhinderten. Sanft hoben sich Wellen aus dem Dunst, und sie musste an das Bild des Sternenhimmels denken, den sie für so lange Zeit für ein Meer gehalten hatte. Wie oft hatte Andor davon gesprochen, in ihm schwimmen zu wollen – in einem Meer aus tausend Lichtern! Ein Lächeln glitt über ihre Lippen, und sie drängte den Schwindel zurück, der sie angesichts der Tiefe befiel. Ihr Bruder hätte keinen Augenblick gezögert.

Vorsichtig beugte sie sich vor und glaubte schon, die Farben auf ihrer Haut zu spüren, als sie das Grollen hörte … leise nur und doch deutlich genug, um ihr Herz schneller schlagen zu lassen. Und als hätte diese Regung die Wellen aufgewühlt, brachen plötzlich Flammen aus dem Dunst – blaue Flammen, die in grellem Schmerz über Siras Hände schlugen.

Erschrocken wich sie zurück und hätte das Gleichgewicht verloren, wenn Alvarez sie nicht festgehalten hätte. Schnell bedeckte er ihre Augen mit einer Hand. »Es fiel mir schwer, deine Magie zu greifen«, sagte er. »Sie schlug nach mir wie ein bissiges Tier, und jetzt kenne ich den Grund dafür. Du hast Angst. Du sehnst dich nach Rache, aber du fliehst vor dem Weg, der vor dir liegt, denn die Magie in deiner Brust ist mehr als alles, was du kennst. Sie kann dich in etwas verwandeln, das du nicht einmal erahnst, aber sie ist auch ein Teil von dir, der dich stärker macht als du es je zuvor gewesen bist. Diese Magie ist nicht dein Feind, und sie birgt mehr, viel mehr als die Macht jener, die du verachtest. Ich weiß, dass es schwer für dich ist las zu begreifen, aber eines muss dir klar sein: Du wirst Nhor'garoth ıicht bezwingen, solange du vor dir selbst davonläufst.«

Sira zog die Brauen zusammen. »Aber das tue ich nicht«, erwider- e sie entschieden. »Ich bin noch nie vor irgendetwas weggelaufen!«

»Ach nein?« Alvarez' Stimme wurde zu einem Flüstern, und als er lie Hand zurückzog, lag der Nebel als Meer aus blauem Feuer vor hren geschlossenen Augen.

Der Anblick kam so plötzlich, dass ihr der Atem stockte. Kurz schien s ihr, als stünde sie wieder in der Station, umgeben von Nhor'ga- oths Frost. Noch einmal fühlte sie die Flammen über ihre Hände eitschen, und als Andor vor ihr auftauchte, zu Eis erstarrt und mit iesem fremden Blick, der jeden Glanz verloren hatte, schlang die Käl- e sich um ihre Kehle und drückte zu. Doch gerade, als sie die Augen ffnen wollte, um diesem Bild zu entkommen, strich warmer Atem ie Wüstenwind über ihre Wangen. Erst jetzt bemerkte sie, dass sie is an die Brüstung zurückgewichen war und am Boden kauerte, die Hände fest um das Geländer geschlungen. Ihre Knöchel schmerzten, fest umschloss sie die rostigen Streben ... aber ihre Finger waren un- ersehrt. Jeder Biss der Flammen war nichts gewesen als eine Illusion, nd Sira schauderte, als Alvarez neben ihr in die Knie ging.

»Ist es das, was du willst?«, fragte er kaum hörbar. »Zusammen- ekauert in einer Ecke hocken, zitternd vor Angst, ausgerechnet du, ie Diebin der Schatten? Willst du wirklich so schwach sein, nur weil u das Blut in deinen Adern fürchtest und all die Wege, die es dir er- ffnet? Oder willst du der Macht folgen, die du in dir trägst – der raft der Drachen und der Menschen?« Er hielt inne. »Du selbst bin- est deine Fesseln«, sagte er dann. »Entscheide dich dafür, sie weiter ı tragen – oder finde die Stärke, die wirklich in dir liegt!«

Sira spürte, wie er von ihr zurücktrat, und sie sah sich selbst von ıßen ... eine armselige, bemitleidenswerte Gestalt ... eine Kreatur, e Andor nicht erkannt hätte.

Vielleicht war es sein Name, der sie auf die Beine zog. Schritt fü Schritt trat sie auf den Abgrund zu, und sie musste daran denken, wi sie zum ersten Mal allein für einen Raubzug in die Oberwelt gegan gen war. Auch damals waren ihre Finger eiskalt gewesen, sie war übe die Ruinen gehetzt, als hätte jeder Stein ihr nach dem Leben getrach tet, und doch war mit jeder Bewegung, mit jedem Sprung über di Trümmer ein Stück des lähmenden Panzers von ihr abgefallen, de sie jahrelang mit sich herumgetragen hatte. Dicht vor dem Abgrun hielt sie inne und ließ die Wellen des Lichtmeeres über ihre Füße spü len. Doch in Wahrheit stand sie noch einmal auf einem Häuserdac inmitten der gefallenen Menschenstadt, schaute dem Morgen ent gegen, der jenseits der Ruinen anbrach – und spürte zum ersten Ma in ihrem Leben die Strahlen der Sonne auf ihrem Gesicht.

»Ja«, flüsterte sie und sah in den Glanz, der vor ihr lag. »Ich kan sie fühlen.«

Dann trat sie einen Schritt vor, und mit ausgebreiteten Armen lie sie sich nach vorn fallen. Der Wind stob ihr ins Gesicht, so schne raste sie abwärts, doch ehe die Panik sie packen konnte, streckte si beide Hände aus, und so mühelos, als würde sie über die Ruinen Ne Yorks hinwegfliegen, ergriff sie eine der Ketten. Das Metall war war unter ihren Händen, warm wie die Streben der Brücken, auf dene sie mitunter nachts in Richtung des brennenden Himmels geklette war, und wie dort schwang sie sich nun über die Tiefe und ließ je Schwere hinter sich zurück. Damals war es nur der Wind geweser der ihr Spiel begleitet hatte, doch nun war sie nicht länger allein. D Licht fing sie auf, jedes Mal, wenn sie darauf vertraute, dieses Lich das in jeder Faser ihres Körpers steckte – dieses Licht, das ein T von ihr war.

Diese Erkenntnis flutete sie mit einer Wärme, die sie noch nie z vor empfunden hatte. Das Brüllen, das sie gerade noch gelähmt ha te, fächerte sich in gleißenden Farben auf und wurde zu Bildern, d hre Magie ihr geschenkt hatte, ohne dass sie sich dessen jemals bewusst gewesen war. Der Sonnenaufgang über den Trümmern New Yorks. Die Blumen, die mit zarten Blüten aus Narben im Asphalt gebrochen waren. Die sattgrünen Kronen der Bäume, deren Äste noch nie ein Mensch berührt hatte, der Wind, immer wieder der Wind auf ihrer Haut, der Geschichten aus unendlicher Ferne an ihr Ohr trug – und die Stille zwischen Andor und ihr, diese Stille, die wie ein Zauber gewesen war. Das Leuchten in seinen Augen, als sie ihm Brennende Glühwürmchen mitgebracht hatte, die niemand außer ihnen beiden sehen konnte. Die Begeisterung, mit der er in einem verbrannten Hinterhof erstmals seine Atemmaske abgenommen und festgestellt hatte, dass er genauso war wie sie. Und die Wärme, die sie beide umgeben hatte, wenn sie vom Meer der Nacht geredet hatten … diesem Traum, der fliegen gelernt hatte auf den Schwingen der Magie.

Die Kälte des blauen Feuers traf Sira so plötzlich, dass sie zusammenfuhr. Instinktiv riss sie die Augen auf, doch als die Farben um sie zusammenbrachen, stieß sie hart gegen eine Kette. Der Schmerz zuckte so heftig durch ihren Leib, dass sie den Halt verlor. Ihre Finger schrammten hilflos über etliche Glieder, und nichts als blaues Feuer loderte um sie herum auf, als sie die Augen schloss.

»Vertraue der Glut in deiner Brust«, donnerte Alvarez' Stimme durch die Luft. »Vertraue dem Sturm deiner Gedanken, dem Salz deiner Tränen, dem Grollen deines Schreis. Vertraue der, die du bist!«

Übermächtig loderten die Flammen um Sira auf, doch sie zögerte nicht länger. Entschlossen packte sie eine der Ketten und zog sich hinauf, so schnell, dass der Wind schneidend über ihre Haut fuhr. Ihr Herz zog sich zusammen, als sie Andor inmitten des Feuers erkannte, zu Eis erstarrt, das einst so weiche Haar von Raureif überzogen. Doch seine Augen waren nicht länger tot und leer. Die Strahlen der Sonne glühten nun in ihnen, das satte Grün der Bäume, auch die Blütenblätter, die Sira in der Oberwelt gefunden hatte, und als der

Sternenhimmel in ihnen aufglomm, funkelnd wie das Meer, von dem sie geträumt hatten, da stieß Sira die Faust vor.

Sie schrie auf vor Schmerz, als ihre Magie in glühender Hitze durch ihre Adern schoss, aber im nächsten Moment pflügte sie als goldener Schemen durch die Flammen und färbte sie in ihrem Licht. Ein Drache war es, der auf Andor zujagte, der Drache, von dem er immer geträumt hatte, und Sira hielt den Atem an, als ihr Bruder die Arme ausstreckte und sich auf dessen Rücken zog. Das Eis fiel von ihm ab, lachend drehte er sich zu ihr um und winkte ihr zu. Sein Haar wehte im Wind, Sira meinte, es auf ihrer Wange zu fühlen, während der Drache mit ihm davonflog. Langsam hob sie die Hand, als sie am Boden aufkam. Noch einmal empfand sie die Stille zwischen ihrem Bruder und ihr, die wie ein Zauber gewesen war, und ein Lächeln glit auf ihr Gesicht. Dann öffnete sie die Augen, und das Bild zerbrach.

Ehe sie wusste, wie ihr geschah, verlor sie das Gleichgewicht. De Boden unter ihren Füßen bebte heftig, und der Zauber, der gerad noch ein goldener Drache gewesen war, raste nun unkontrolliert wi Sturmgetöse über die Sitzreihen und jagte die Krieger durch den Speicher. Sira rappelte sich auf, doch als Alvarez neben ihr landete zeigte sein Gesicht keine Regung als höhnische Gelassenheit. Mi leichtem Nicken schaute er den Kriegern zu, die stolpernd und tau melnd versuchten, sich vor dem Zauber in Sicherheit zu bringen.

»Das geschieht ihnen recht«, stellte er fest. »Aber wenn du sie er lösen möchtest: Du wirst die Hitze deines Zaubers noch in deine Hand spüren. Balle sie zur Faust, um sie zu entlassen, und der Spu wird vorüber sein.«

Sira sah noch, wie Marhazar mit mächtigem Schwingenschlag au einem der Stahlträger landete und die schreienden Krieger unter sic beobachtete, als wären sie hilflose Ameisen. Dann streckte sie de Arm aus, und kaum, dass sie Alvarez' Anweisung folgte, zerstob ih Zauber zu goldenem Schnee.

»Gar nicht schlecht für den Anfang«, stellte Alvarez fest und fing die Münze auf, die Marhazar in diesem Augenblick zu ihm hinabwarf. »Es dauert für gewöhnlich einige Jahre, bis man herausfindet, welches Element man am stärksten in sich trägt. Mitunter geht es auch schneller, das hängt ganz von der Magie ab, die man in sich hat. Bei manchen meldet sie sich nie mit voller Kraft. Aber diejenigen, die wissen, ob sie Sturm oder Frost in den Adern tragen, Flammen oder Stein – diejenigen werden die stärksten Drachenreiter, die es gibt. Und diese, Tochter des Zorns, verändern die Welt.« Noch einmal glomm der dunkle Funke in seinen Augen auf. Dann kehrte die Kühle in seinen Blick zurück. »Und nun sieh zu, dass du dich ausruhst. Noch ein Zauber von diesem Kaliber, und du bist die nächsten Tage außer Gefecht gesetzt.«

Sira schwankte, als sie den Speicher verließ. Die Krieger schauten ihr nach, die Gesichter in einer Mischung aus Achtung und Fassungslosigkeit verklärt, doch sie achtete kaum darauf. Noch immer pochte die Wärme ihres Zaubers in ihr, und ihr Blick ruhte auf dem Schnee, der mit leisem Flüstern auf ihre geöffnete Hand fiel … sanft und golden wie der Gruß aus einer anderen Welt.

Kapitel 26

Siras Finger schlossen sich um ihr Messer, noch ehe sie di Augen öffnete. In alter Gewohnheit hatte sie es neben ih Kopfkissen gelegt, und nun blitzte seine Klinge im Lich der Schatten, das durch die Fensterläden fiel. Ihr Blick glitt über ihr Pritsche, die Kommode und den mit Büchern beladenen Schreibtisc Sie wusste nicht, was sie geweckt hatte, aber obwohl sie niemande in ihrem Zimmer sehen konnte, hatte sie nicht das Gefühl, allein z sein. Mit gehobener Waffe setzte sie sich auf und lauschte. Da wa ein Ton in der Luft, leise wie die Erinnerung an einen verblassende Traum. Sira hielt den Atem an, um ihn besser hören zu können und da schwoll er erneut zu dem Gesang an, der sie aus dem Schl gerissen hatte.

Noch nie hatte sie solche Klänge gehört. Sanft waren sie und zu gleich so grausam, dass sie die Arme um den Körper zog, kalt un doch von durchdringender Wärme, in Schatten gekleidet und g boren aus reinem Licht. Vergeblich versuchte sie, die Worte zu ve stehen, die in fremder Kehle geformt wurden, und je länger sie d tiefen, geheimnisvollen Stimme lauschte, desto weniger konnte s ausmachen, ob es überhaupt ein Mensch war, der dort sang. D Töne glitten über ihre Haut, leicht, als wären sie der goldene Schn ihres ersten Zaubers, und gleich darauf gehetzt wie der Atem ein gejagten Tieres. Und sie erinnerte sich daran, wie ihr Onkel ihr vo en Engeln erzählt hatte ... Geschöpfe der Ewigkeit, an die manche Menschen vor langer Zeit geglaubt hatten. Boten eines höheren Gottes sollten sie gewesen sein, mit einem Gesang von so überirdischer chönheit, dass er jedes sterbliche Wesen um den Verstand bringen onnte. Kurz nur glitt ein Schauer über Siras Rücken wie damals, ls sie neben Andor im Bett gelegen und gespannt den Worten ihres Onkels gelauscht hatte. Dann stand sie auf, um die Märchen ihrer Kindheit beiseitezuschieben, und trat ans Fenster.

Durch den schmalen Spalt der Läden konnte sie die Brücken erennen, die zu den gegenüberliegenden Unterkünften führten, den erlassenen Marktplatz und das Licht der Schatten, das rätselhafte raumgebilde auf Felsen und Balustraden zeichnete. Niemand außer ihr selbst schien wach zu sein, und eine innere Stimme rief ihr u, dass sie wieder ins Bett gehen sollte, um ihrem geschundenen örper ebenso Erholung zu gönnen wie ihrem erschöpften Geist. lvarez hatte sie in den vergangenen Tagen mit Büchern überhäuft, nd wenn sie nicht zwischen seinen Ketten herumkletterte und mehr der weniger misslungene Zauber durch die Arena schickte, hockte e über komplizierten Texten und versuchte, ellenlange Zauberformeln in ihr Gehirn zu prügeln. Allein der Gedanke an die Bücher eß Müdigkeit in ihr aufsteigen, und für einen Moment wollte sie ichts weiter, als sich wie alle anderen ins Bett fallen zu lassen und schlafen. Aber sie wandte sich nicht vom Fenster ab. Zu deutlich ang der Gesang durch die Luft, dieser Ruf, der voller Rätsel war, als ass sie auch nur ein Auge hätte zutun können, ohne sich zu fragen, oher er kam.

Ein Lächeln glitt über ihre Lippen, als sie in ihre Stiefel schlüpfte. e dachte daran, wie oft sie mitten in der Nacht über den Ruinen ew Yorks gesessen hatte, wohl wissend, dass die Menschen der Staon zur selben Stunde schliefen. Es war ein erhabenes Gefühl gewen, und sie ließ sich von dem seltsamen Gesang zur Tür ziehen, wie

die Erzählungen ihres Onkels sie einst in die Oberwelt getrieben hat
ten: drängend und unabänderlich wie ein Versprechen, das sie noch
nicht verstand. Rasch warf sie sich den Mantel über die Schulterı
und ehe die Müdigkeit erneut nach ihr greifen konnte, war sie au
der Tür.

So schnell wie möglich huschte sie an den Wohnungen vorübe
und ließ sich vom Licht der Schatten in die Oberwelt tragen. Le
ses Schnarchen drang aus einer nahe gelegenen Drachenunterkunf
und Sira musste grinsen, als sie an Rhorka dachte und daran, wi
diese sich vor ein paar Tagen über Bompers Schlafgewohnheiten be
schwert hatte. Offensichtlich versetzte der Vollmond den sonst s
gelassenen Erddrachen in wilde Träume, die ihn nicht selten mitte
in der Nacht auf die Beine trieben, sodass er schlafwandelnd herun
irrte und sich am Morgen kopfüber wie eine Fledermaus an Alva
rez' Ketten baumelnd wiederfand. Außerdem schnarchte er in die
sen Nächten, was das Zeug hielt, und Rhorka, die sich mit ihm ein
Unterkunft teilte, bekam kaum ein Auge zu. Sira hatte gelacht, a
Rhorka davon erzählt hatte, und wieder war ein Stück der Distan
die zwischen ihnen bestanden hatte, in sich zusammengefallen. S
hätte nie gedacht, dass ein Drache einem Menschen so ähnlich sei
konnte.

Eilig lief sie im Schatten der Gebäude auf den Rand der Kuppel z
und zögerte, als sie die flackernden schwarzen Flammen betrachtet
Sie hatte Noriks Warnung nicht vergessen. Das Gebiet jenseits d
Kuppel war gefährlich. Jedem Novizen war es streng verboten, es z
betreten, und auch wenn Sira sich das nur ungern eingestand, hatte
die meisten Regeln der Gilde doch ihre Berechtigung. Aber der G
sang war lauter geworden, sie konnte hören, dass er jenseits der Gil
aufwallte, als würde er den Himmel in tausend Farben setzen, ur
mit einem einzigen raschen Schritt trat sie durch die Kuppel.

Der Himmel war dunkel im Schein des Mondes, doch der Gesar

atte nichts von seiner Anziehungskraft verloren. Geduckt rannte ira auf die Mauer zu und zog sich so rasch hinauf, als würde ihr etzter Flug über die Ruinen New Yorks gerade einmal wenige Stunlen zurückliegen. Gleich darauf fand sie sich auf der anderen Seite ieder – und spürte den kühlen Zauber des Sturms auf ihrer Haut, ler die Gilde hinter ihr vor ihren Augen ebenso in Unsichtbarkeit üllte wie ihren eigenen Körper. Die Macht der Schatten ging Hand ı Hand mit ihrer Unauffindbarkeit, das hatte Norik ihr erklärt, und in belebender Schauer flog über ihre Glieder, als sie den Blick von ırer durchscheinenden Hand abwandte. Bald schon würde der Zauer sie verlassen und wieder sichtbar machen, aber nun war sie für iemanden zu finden. Sie war wie ein Geist in einem Kosmos aus unkelheit, und der Gedanke ließ sie lächeln.

Aufatmend hob sie den Blick. Der Wald lag so reglos vor ihr, als äre er selbst eines der Tiere, deren Brüllen Sira in den letzten Tagen ehört hatte – gefährlich und nur darauf wartend, dass sich leichte eute in seine Nähe verirrte. Das Lächeln auf ihren Lippen verstärk: sich. Sie hatte gehofft, dass der Wald ihr auf diese Weise begegnen ürde, lebendig und achtsam wie die Dschungel, die aus den Trümıern New Yorks gewachsen waren und in denen sie sich trotz aller efahr oft so viel sicherer gefühlt hatte als in den ausgebrannten traßen. Kein Tier war ihr jemals mit solcher Grausamkeit begegnet ie Drachen oder Menschen.

Die Schatten der Bäume glitten kühl über ihre Haut, als sie sich ins nterholz begab. Der Vollmond schickte sein flüssiges Silber über oosbewachsene Felsen und Wurzeln, fluoreszierende Farne beänzten die gewundenen Pfade der Tiere, deren Augen in der Dunlheit aufglommen, und Sira lief über die Zwölf Hügel hinweg, von nen Alvarez ihr erzählt hatte. Vor langer Zeit waren die besten Gehichtenerzähler der Welt zu regelmäßigen Wettstreits an diesem rt zusammengekommen. Alvarez nannte sie die Hügel aus Donner und Staub. Sira wusste, dass er häufig inmitten des flüsternde Grases stand und den Blick in die Ferne schweifen ließ, und kur meinte sie, die Stimmen seiner Ahnen hören zu können, wispern im sachten Wind. Dann tauchte sie wieder ins Unterholz, und si ließ die Nachtluft in ihre Lunge strömen, bis der Zauber von ihre Gliedern gewichen und der Kopfschmerz der letzten Tage fast gan verschwunden war. Sie hatte nicht gemerkt, wie eng die Grenzen de Gilde für sie waren und wie sehr es ihr gefehlt hatte, sich frei bewege zu können. Doch jetzt, da sie an den uralten Bäumen vorüberlief un dem Gesang folgte, der leise durchs Unterholz strich, fühlte sie sei langer Zeit wieder, was sie doch immer schon gewusst hatte: Sie wa nicht dafür geschaffen, um zwischen Mauern zu leben.

Das Grollen eines Bären ließ sie die Richtung ändern, doch es jagt ihr keine Angst ein. Anders als in den Dschungeln New Yorks schie nen die Raubtiere an diesem Ort lohnendere Beute zu finden als ei mickriges Menschenmädchen, und Sira sprang ausgelassen über ein Baumwurzel hinweg. Mochte der Ort der Wildnis, wie sie ihn sic vorgestellt hatte, nicht mehr existieren, mochte auch auf dieser Erd das Blut des Krieges vergossen worden sein. Aber der Wald, der s umgab, war dennoch schön – und frei von Drachen oder Menschen

Sie hatte gerade eine Lichtung überquert, als sie den Schimme bemerkte, der aus dem tieferen Unterholz zu ihr herüberfunkelt Die Kronen der Bäume ließen den Schein des Mondes kaum durcl aber Sira näherte sich neugierig und entdeckte, dass es ein Krista war … ein Splitter Drachengold unter einem Gebüsch am Grur eines trockenen Flussbetts. Ihr Herzschlag beschleunigte sich b diesem Anblick. Rasch rutschte sie die Böschung hinab und ließ sic neben dem Kristall auf die Knie fallen. Er war von hellem Blau, ur Sira ertappte sich bei dem Impuls, ihn brechen zu wollen. Instinkt dachte sie über seine Reinheit nach und über den Preis, den er wo auf dem Markt erzielen würde. Doch dann erinnerte sie sich. Ih

Zeit als Diebin war vorüber. In der Gilde brauchte sie das Gold der Drachen nicht mehr.

Unschlüssig betrachtete sie den schimmernden Stein. Noch immer spürte sie die Freude, die sie auch in New York jedes Mal beim Anblick eines Kristalls empfunden hatte, und sie wartete darauf, dass sie sich in Bedauern verkehren würde, nun, da er für sie nicht mehr nützlich war. Aber stattdessen musste sie plötzlich lachen, als sein Glanz über ihre Finger flammte, und als er unter ihrer Berührung hell erstrahlte, da schien es ihr, als wäre sie in eine kristallene Kugel geraten, in der sich eine Schönheit entfaltete, die ihr über all die Jahre verborgen geblieben war. Hingegeben ließ sie die Funken über ihr Gesicht tanzen. Das Gold der Drachen war mehr, so viel mehr als all das Silber, in das man es hätte verwandeln können.

Langsam gewöhnten ihre Augen sich an die Helligkeit. Der Gesang strich durch die Bäume, er schien mit den Funken zu tanzen und sie ins Unterholz zu treiben, als wären sie winzige Glühwürmchen. Sira wandte den Blick – und da sah sie, dass es kein Flussbett war, in dem sie saß. Es war eine Rinne, gezogen von einem Strom aus Feuer.

Die Panik erfasste sie mit solcher Macht, dass sie auf die Beine sprang. Langsam zerbrach das Licht um sie herum, die zunehmende Dunkelheit schnürte sich um ihre Kehle und ließ sie rückwärts taumeln. Aber sie wandte sich nicht von der Schneise ab, die im erlöschenden Licht des Kristalls vor ihr lag. Breit wie eine Straße New Yorks pflügte sie sich durch die Bäume, deren verkohlte Stämme geisterhaft im Licht des Mondes aufragten.

Gewaltsam riss Sira den Blick los und kletterte den Abhang hinauf, dankbar dafür, dass ihr Körper noch über genügend Reflexe verfügte, um kein Geräusch zu machen, obwohl ihr Verstand beinahe auf dem Weg in die Ohnmacht war. Sie kannte solche Spuren, klaffende Wunden im Fleisch der Stadt … gezogen von mächtigen Drachen. Das Wort ließ sie frösteln, als sie am Rand der Schneise innehielt. Fern, so fern klang auf einmal der Gesang, dem sie an dieser Ort gefolgt war, und sie zwang sich, jeden Anflug von Verzauberung fortzudrängen, in die er sie gehüllt hatte. Schon einmal war sie Rufen dieser Art gefolgt und dabei im Nebel der Toten Wälder fast umgekommen, und nun hatte sie nichts Besseres zu tun, als sich erneut wie ein törichtes Kind zu benehmen. Aber damit war jetzt Schluss. Irgendwo in diesem Wald lebte ein Drache, groß genug, um ganze Straßenzüge in seinem Atem zu verbrennen. Sie musste zur Gilde zurückkehren, sie musste verschwinden – sofort.

Kaum hatte sie das gedacht, streifte etwas ihren Nacken. Reflexartig wich sie zurück, aber ehe sie sich umdrehen konnte, verlor sie das Gleichgewicht und rollte den Abhang hinunter. Noch halb benommen rappelte sie sich auf ... und hörte jemanden lachen.

»Diebin der Schatten«, sagte Norik und schaute mit verschränkten Armen zu ihr herab. »Was zur Hölle tust du da?«

Fassungslos starrte Sira ihn an. Sein spöttisches Grinsen trieb das Blut in ihre Wangen, doch ihre Erleichterung war größer als ihr Zorn. »Ach, nichts Besonderes«, gab sie zurück. »Ich dachte, ich kullere ein wenig durch die Feuerschneise eines Drachen. Die Gelegenheit hat man schließlich nicht alle Tage. Und was machst du hier? Eine kleine Nachtwanderung?«

Norik lachte und half ihr den Abhang hinauf. »So in etwa. Rhork musste an die Luft, sonst hätte sie Bompers Schnarchen auf finale Weise ein Ende bereitet. Wir sind eine Weile durch die Nacht geflogen, bis sie sich beruhigt hatte, und als ich dich bei unserer Rückkehr über die Mauer klettern sah, dachte ich mir: Gehe ich ihr doch nach und schaue ihr beim Herumkullern zu.«

»Interessant«, meinte Sira. »Du hast also mitten in der Nacht nichts Besseres zu tun, als mich zu beobachten?«

Ein Lächeln glitt über Noriks Lippen. »Ich wünschte, es wäre so.« Er fuhr sich über die Augen, und zum ersten Mal seit Tagen verlo ich der kühle Ausdruck in ihnen, der seine Züge stets mit der Maske les unnahbaren Sturmreiters überzog. »Leider waren meine Nächte n letzter Zeit nicht so erfreulich, und meine Tage stehen ihnen in ichts nach.«

Sira nickte unmerklich. Seit ihrer Ankunft in der Gilde hatten sie ich nur während ihres Trainings gesehen, und selbst da war Norik ft von den Sirenen der Schatten fortgerufen worden, um sich dem Jnheil jenseits der Mauern zu stellen: plötzlichen Unwettern, die en Siedlungen der Menschen zusetzten, magischen Durchbrüchen 1 den Fallen, die er rings um die Gilde aufgestellt hatte, oder geeimen Zusammenkunften mit den Drachenreitern, die weiter enternt kleinere Stützpunkte der Gilde aufrecht hielten und von Tod nd Zerstörung berichteten. *Es gibt keine Ruhe für den Reiter des Sturms*, atte Alvarez gesagt, als Norik am vergangenen Abend auf Rhorkas ücken dicht über den Speicher hinweggerast und mit mächtigem chwingenschlag durch die Kuppel gebrochen war, und nun, da er nseits der Mauern im Licht des Mondes stand, bemerkte Sira die lüdigkeit in seinen Augen.

»Und jetzt musst du auch noch aufsässigen Novizinnen hintererlaufen, die sich deinen Anweisungen widersetzen«, sagte sie und lopfte sich die Erde ab.

Er schaute an ihr hinab. »Wenn du wenigstens dein Schwert mitenommen hättest. Was nützt es, wenn ich dich im Kampf mit der Vaffe ausbilde und du sie bei der erstbesten Gelegenheit in der Gile liegen lässt?«

»Ich hätte nicht gedacht, dass ich sie hier brauche«, gab Sira zuück. »Immerhin sagtest du doch, dass es seit Ewigkeiten keine Draen mehr in dieser Gegend gegeben hat. Und selbst wenn ich es mitenommen hätte ... den, der das da angerichtet hat, hätte ich damit ohl kaum herausfordern können, oder doch?«

Sie deutete auf die Feuerschneise, aber Norik wandte sich nicht

von ihr ab. »Dieser Wald birgt mehr, als man auf den ersten Blic
sieht. Früher sollen Menschen hier gelebt haben, doch das ist lan
ge her, und inzwischen würde ich niemandem mehr raten, sich un
bewaffnet in dieses Unterholz zu wagen. Es ist gefährlicher, als d
ahnst. Aus welchem Grund bist du hierhergekommen?«

»Ich bin dem Gesang gefolgt«, entgegnete sie. »Ich habe noch ni
etwas Ähnliches gehört, und ich musste einfach wissen, woher e
kommt. Ich weiß, das war keine kluge Entscheidung, und …«

Sie bemerkte den amüsierten Schimmer in Noriks Augen, abe
ehe sie weitersprechen konnte, ging ein Flüstern durch die Bäum
das jeden Ton in ihrer Kehle erstickte. Wie ein Bannzauber schloss e
sich um Siras Glieder, als wäre es die Ankündigung von etwas Unsa
barem, das sich jeden Moment vor ihren Augen personifizieren kon
te. Atemlos starrte sie in die Finsternis, und es schien ihr, als würd
sie sich zu einem Abgrund formen: einer entsetzlichen Schlucht oh
Ende, die sie mit ungeheurer Kraft näher zu sich zog, nur um sie i
selben Augenblick gewaltsam zurückzustoßen.

Heftiger Schwindel umfasste ihren Schädel. Der Wind des A
grunds fuhr ihr ins Haar, doch erst, als Norik sie zwischen die Zwe
ge einer Weide zog, konnte sie sich abwenden. Wie ein Schutzschlei
strömte sein Zauber über ihre Haut, und im nächsten Moment hör
sie den mächtigen Schwingenschlag, der über die Bäume hinwegglit
Die Kronen rauschten wie in einem Sturm, Äste knackten und fiele
zu Boden, doch Sira spürte weder die Zweige der Weide, die sie tr
fen, noch Noriks Arm, der sich schützend um sie legte. Alles, was s
wahrnahm, war der Gesang, der den Flug dieser Schwingen begleit
te. Kalt und glühend heiß zugleich rasten die Töne über ihre Hau
und sie konnte kaum glauben, woran doch kein Zweifel mehr blie
Es war ein Drache, der da sang.

»Kaum jemand hat ihn schon einmal gesehen«, raunte Norik a
ihrem Ohr, als hätte er ihre Gedanken gelesen. »Er gehört zu de

Rhakadhùn, dem ältesten und mächtigsten Geschlecht der Feuerdrachen. Für gewöhnlich leben sie hoch im Norden, doch den Legenden zufolge sollen sie aus dem Vulkan geboren worden sein, der einst an diesem Ort schwelte, und immer wieder kommt es vor, dass Einzelne von ihnen den geheimen Pfaden ihrer Ahnen folgen und ich in diesen Wald begeben ... und dann lassen sie uns teilhaben an hrem Gesang.«

Sira wandte sich nicht zu ihm um. Zu gebannt starrte sie in die Dunkelheit, als würde jeden Moment der Drache daraus hervorbrehen. »Der Name kommt mir bekannt vor«, flüsterte sie so leise, dass hre Worte fast vom Gesang zerrissen wurden.

»Du wirst ihn in Alvarez' Büchern gelesen haben«, erwiderte Nok nicht lauter. »Aus dem Clan der Rhakadhùn stammte Baldurin, er erschlagene Drache des Königs. Der Schmerz über sein Ende sitzt ef, und vielleicht wird aus ihm der Gesang geboren, für den die Drahen des Goldenen Feuers seit langer Zeit berühmt sind. Kein Wesen, o sagt man, hasst die Menschen seit Baldurins Tod so sehr wie sie, icht einmal Arkaron.«

Grollend wühlte sich der Gesang durch die Kronen der Bäume bis inab ins Erdreich. Der Boden erzitterte unter Siras Füßen, und die timme des Drachen hallte in ihren Gedanken wider, getragen vom nendlichen Zorn auf ihr Volk. So tief waren seine Töne in sie vor-edrungen, dass es ihr schien, als empfände sie ihn selbst. »Warum elfen sie ihm dann nicht bei seinem Krieg?«

Sie fühlte, dass Norik lächelte, ohne dass sie ihn ansah. »Die Rhaadhùn unterwerfen sich nichts und niemandem, keinem Gefühl wie ache und erst recht keinem König. Diese Drachen sind frei.«

Noch immer grollte der Gesang des Drachen in dunklem Zorn, och als hätte das letzte Wort einen Schleier fortgezogen, spürte Sira ötzlich noch etwas anderes darin, ein helles, klares Licht, das den esang um sie entfaltete wie das Drachengold zuvor und sie zurück-

trug auf die höchsten Gebäude New Yorks, an deren Rändern sie ge
standen hatte, auf die Brücken unter dem brennenden Himmel und
auf die Trümmer, über die sie hinweggesprungen war, schnell, imme
schneller, bis sie die Mauern kaum noch unter ihren Fingern gespür
hatte. Es war ein Gefühl, als würde sie fliegen, und sie hielt den Aten
an, als sich die Blätter ganz in ihrer Nähe mit Flammen überzogen
Sie flüsterten mit einer Stimme aus Asche und Glut und sie waren
golden ... golden wie die Sterne in der Nacht.

»Das ist ... wunderschön.« Fast erschrak sie über ihre eigenen Wor
te. Nie hätte sie gedacht, jemals etwas Ähnliches über die Stimm
eines Drachen zu sagen, doch als sie sich zu Norik umdrehte, lächelt
er nur. Erst jetzt wurde ihr bewusst, wie nah er bei ihr stand, und si
überkam der Impuls, vor ihm zurückzuweichen, vor ihm und den
grünen Feuer seiner Augen, das sie gegen ihren Willen dazu brachte
sein Lächeln zu erwidern. Nur mit Mühe gelang es ihr, seinem Blic
standzuhalten.

»Das ist es«, entgegnete er, als würde er es nicht merken. »Doc
vergiss niemals den Bann, in den schon sein Flüstern dich geschla
gen hat. Jetzt schützt dich mein Zauber gegen seine Finsternis, abe
selbst er wird einen Drachen des Goldenen Feuers nicht zurückha
ten, wenn er dich bemerkt. Daher sei vorsichtig: Solltest du jemal
einem Rhakadhùn begegnen, wird er nicht zögern, dir das Fleisc
von den Knochen zu brennen. Den Legenden zufolge ist die Magie i
einem solchen Drachen so mächtig, dass selbst der Tod vor ihr flieh
Und schon sein Schatten, so heißt es, ist glühend heiß.«

Sira konnte nicht verhindern, dass ein Frösteln über ihre Hau
strich. Der Sturm legte sich langsam, und der Gesang drang leise
zu ihnen, aber sie erinnerte sich gut an zwei Straßenzüge New York
die vor einigen Monaten nicht weit von ihrem Versteck entfernt vo
Schatten eines Frostdrachen in Fetzen geschnitten worden waren. S
wollte sich nicht vorstellen, was ein Rhakadhùn anrichten konnt

venn schon sein Gesang ihre Gedanken tanzen ließ. Dennoch hob ie amüsiert die Brauen. »Willst du mir Angst machen?«

Norik erwiderte ihren Spott nicht. »Kann man das überhaupt?« ragte er ernst, und seine Stimme klang ein wenig heiser. »Du fürchest dich doch vor gar nichts. Oder doch?«

Für einen winzigen Moment stand er regungslos, als würde er inen inneren Kampf führen. Dann hob er die Hand und strich ihr las Haar zurück. Sie spürte seine Finger an ihrer Wange, so behutam, dass sie sich kaum vorstellen konnte, dass sie jemals eine Waffe eführt hatten. Noch immer war es der Reiter des Sturms, der da vor ır stand, doch jede Maske, jede Kälte war von seinen Zügen gewihen, und irgendetwas in seinem Blick nahm ihr den Drang, vor ihm urückzuweichen – ein stilles Verständnis, das jeden Zweifel in ihr erbrach. Stattdessen legte sie ihre Hand auf die seine, und als der Geang durch ihr Haar strich, waren sie für einen Moment nicht mehr er Anführer der Gilde und die Diebin der Schatten. Sie waren nur wei Menschen in einer dunklen Vollmondnacht, verzaubert vom iesang eines Wesens aus Sehnsucht und Feuer.

Sira wusste nicht, wie lange sie so gestanden hatten, als erneut der chwingenschlag des Drachen über die Baumkronen fegte, viel näher s das letzte Mal. Sie hörte noch das Knistern der Glut weit hinten ı einer gewaltigen Kehle. Dann griff Norik nach ihrer Hand und zog e mit sich. Schnell, immer schneller liefen sie durchs Unterholz, zust mit rasenden Herzen, dann wie zwei Kinder, die vor der Gefahr avonrannten. Sira wartete auf die Anspannung, die sie jedes Mal bellen hatte, wenn sie vor den Jägern New Yorks geflohen war. Aber sie ihlte nur Noriks Hand in der ihren, und als er sich zu ihr umdrehte ıd lachte, war es leicht, sich vorzustellen, an einem anderen Ort zu in – dem Ort der Wildnis, von dem sie geträumt hatte.

Nahe der Gilde verlangsamten sie ihren Lauf. Der Zauber des urms hüllte ihre Körper in tanzende Schatten. Sira hörte den Gesang des Drachen nur noch wie aus weiter Ferne, und sie ließ es zu dass Norik ihr wortlos auf die andere Seite der Mauer half, ehe sie im Schein der Kuppel innehielten.

»Dieses Mal ist es gut gegangen«, sagte Norik. Der Widerschein der Flammen schickte Schatten über sein Gesicht. »Aber sei vorsich tig, wenn du das nächste Mal in den Wald des Drachen gehst.«

Sira sah ihn überrascht an. »Du verbietest es mir nicht? Du könn test mich zwingen, in der Gilde zu bleiben, daran habe ich keinen Zweifel.«

»Ich will dich nicht zwingen«, erwiderte er leise. »Die Gilde ist ein Ort des Friedens, und du ... du bist wie die stärksten Drachen.«

»Ich weiß nicht, ob das eine Beleidigung sein soll oder ein Kom pliment«, meinte sie grinsend. »Wie bin ich denn? Ebenso störrisch?

Sie lachte, doch Norik blieb ernst. »Nein«, sagte er. »So ... frei.«

Kaum hatte er das gesagt, ging ein Ton durch die Nacht, so durch dringend, dass Sira zusammenfuhr: die Sirenen der Gilde, die Nori zu sich riefen wie aus einer anderen Welt. Bedauern ging durch sei nen Blick, als er ihre Hand losließ. Noch einmal lächelte er als de Norik, der er hinter der Maske des Kriegers war. Dann kehrte di Kühle in seine Augen zurück. Mit lautloser Geste entfachte er ein Flamme auf seiner Hand, und ehe Sira noch etwas erwidern konnt war er verschwunden.

Kapitel 27

Rhorka flog so schnell, dass der Wind wie mit Messern über Noriks Haut schnitt. Aus dem Augenwinkel nur nahm er Arvid und Kapo wahr, die ihn flankierten, und hörte das temlose Keuchen von Ysios, der ihnen in wilden Sprüngen nachagte. Juri war es gewesen, der den Ruf der dritten Wache gehört und larm geschlagen hatte, und noch immer klangen die Worte in Norik ider, mit denen der Junge ihm bei seiner Ankunft am Schattenturm ntgegengelaufen war.

Weißer Rauch!, hatte Juri gerufen. *Über den Hügeln im Norden!*

Sie hatten keinen Augenblick gezögert. Ohne ein Wort waren sie uf ihre Drachen gesprungen, und nun rasten sie dahin, über brachegende Felder und weite Seen, um jenen zu helfen, die sie gerufen atten. Die Menschen der umliegenden Siedlungen mochten den rachenreitern mit Argwohn begegnen, doch sie alle nutzten den auchzauber, den Norik ihnen vor einer Ewigkeit geschenkt hatte. icht nur einmal hatten die Krieger sie durch diesen stummen Hilfef vor Wölfen, Bären und Großkatzen beschützen können, die sich isweilen gefährlich nah an sie heranwagten. Doch in dieser Nacht gen die Siedlungen der Menschen friedlich im Schein ihrer Feuer, nd als Norik die weiße Säule seines Zaubers am Horizont ausmach-, bestand kein Zweifel mehr: Es waren die Nomaden der Wildnis ewesen, die ihn gerufen hatten.

Instinktiv lehnte er sich nach vorn, als könnte er auf diese Weis
seinen Flug noch weiter beschleunigen. Er kannte die Nomaden gut
die in zahlreichen Stämmen durch die Wälder zogen. Sie gehörten z
den wenigen Menschen, die ihm ohne Misstrauen begegneten, un
er erinnerte sich an die erleuchteten Zelte, die ihm während seine
nächtlichen Patrouillen stets wie Inseln inmitten eines finsteren Oze
ans erschienen waren. Etliche Male hatte er bei ihnen Halt gemach
und stets waren sie ihm mit einer Freundlichkeit entgegengetrete
die er bei den Menschen der Siedlungen noch nie erfahren hatte. Vie
leicht, so war es ihm mitunter durch den Kopf gegangen, lag das a
der Verbindung der Nomaden zu allem um sie herum – den Wölfe
den Bären, den Unwettern, die sie in ihre Zelte trieben, und selbs
dem Tod, der ein Teil ihres Lebens war und dem sie furchtlos bege
neten. Oft hatte Norik an ihren Feuern gesessen, und wenn sie m
Pulvern und dunklen Gesängen Rauchgestalten aus den Flamme
beschworen hatten, war er sich vorgekommen wie ein unwissend
Kind in Anbetracht mächtiger Zauber.

Th'uth twam eh'nid, hatte einer der Ältesten einmal zu ihm gesag
und die schwarzen Vogelaugen in dem zerfurchten Gesicht hatte
gelächelt. *Alles ist Magie.*

So deutlich hörte Norik dessen Stimme, dass er fast meinte, auc
das Feuer riechen zu können, an dem er bei diesen Worten gesesse
hatte. Doch stattdessen nahm er plötzlich einen anderen Geruc
wahr, der die Erinnerung in ihm zerbrach. Blut. Tränen. Und ve
branntes Haar. Rhorka spannte die Muskeln an, als hätte der Geruc
ihr einen Schlag versetzt. Im selben Moment durchzog eine Kälte d
Luft, die jede Hoffnung, im Lager der Nomaden nichts als Wölfe od
Bären abwehren zu müssen, zunichte machte. In Eiskristallen stric
sie über Rhorkas Flügel, diese Botin grausamer Magie, und Nor
hörte Kar'mals Flammenleib in ihren Klauen flackern.

Schwingenrauschend landeten sie kaum wenige Schritte von d

rsten Zelten entfernt. Für gewöhnlich zogen nur einzelne Stämme ler Nomaden durch die Wälder und Berge rings um die Gilde, doch un war die Zeit der Ersten Jagd gekommen, zu der sich etliche Clans ersammelten, um gemeinsam gen Norden aufzubrechen – hinauf zu len Bären und Wölfen, die gefährlich genug waren, um selbst Drahen in die Flucht zu schlagen. Die Nomaden jedoch maßen sich mit hnen im Kampf, Männer wie Frauen stellten sich ihnen entgegen, als vären sie die Geister ihrer Ahnen, nach denen sie sich sehnten. Sie varen die einzigen Menschen, die dem Frost des Hohen Nordens auf hren Wanderungen standhielten, dieser Kälte, die selbst Drachenreier in die Knie zwingen konnte, und Norik erinnerte sich an die Freuenfeuer, die stets bei ihrer Rückkehr die Hügel in Brand gesetzt haten. Nun jedoch herrschte grausame Stille. Noriks Füße brachen im ereisten Gras ein, als er von Rhorkas Rücken sprang, und er konnte icht verhindern, dass die Kälte sich beim Anblick des Lagers wie eine essel um seinen Brustkorb schlang.

Die Feuer der Nomaden waren im Griff des Frosts zu mannshohen issäulen erstarrt. Etliche Zelte waren zusammengebrochen und esplittert, als hätten sie aus Glas bestanden, und Schnee wirbelte urch die Luft wie die Asche all jener, die in dieser Kälte verbrannt aren. Raureif lag auf den Toten, als wollte er ihre seltsam verdrehn Glieder mit einem Hauch von Frieden überziehen. Aber ihre verrrten Gesichter zerstörten den Schein, und Norik konnte sie noch nmer fühlen: die Kraft der Magie, die ihnen das Leben entrissen atte. Selten hatte er einen derartig mächtigen Zauber gefühlt, und bgleich die Wärme der Umgebung langsam in den Frost eindrang, hien es ihm, als würde tief in seinem Inneren auf ewig ein Stachel avon zurückbleiben.

Wortlos betraten sie das Lager. Juri musste sich nach wenigen chritten hinter einem der Zelte übergeben, und Kapo hielt den Kopf esenkt, als würde er all seine Kraft dafür brauchen, um nicht zu schreien. Selbst Arvid schaute in weite Ferne wie immer, wenn er i Zwiesprache mit sich selbst getreten war, um seine Empfindunge zu verbergen. Norik jedoch sah den Toten in die Augen. Vereinzel waren sie gesprungen wie Perlen aus Glas, aber er hörte ihre Schrei als er an ihnen vorüberging, fühlte den Schmerz, mit dem der Fros in ihre Glieder gedrungen war und ihre Knochen zerbrochen hatt und schmeckte ihr Blut auf seinen Lippen, als wäre er es gewesen, de sich vor Entsetzen die Zunge abgebissen hatte.

Neben einem Kind ging er in die Knie. Ein kleines Mädchen wa es, die Reste ihres dunklen Haares wehten im Wind, und sie hatt den Arm zum Himmel gehoben, als hätte sie gehofft, ihn dort z sehen – ihn, den Reiter des Sturms, der nicht gekommen war, ur sie zu retten. Weich war der Schnee unter seinen Fingern, als er ih Stirn berührte, und als er die Augen schloss, drang er in den Frost i ihren Gliedern vor und spürte ihren letzten Atemzug wie einen N belstreif auf seiner Haut. Er hörte das Grollen, das die Luft zerfet hatte, ebenso wie die Schreie der Menschen bei dem Versuch zu fli hen. Der erlöschende Herzschlag des Mädchens pulste durch sei Adern, doch gerade, als er das Namenlose packen wollte, das ihre kleinen Körper zerrissen hatte, traf heftiger Schmerz seine Hand. E schaute auf seine blutigen Finger und fühlte den Hohn des Fros darin widerklingen, der sein Geheimnis vor ihm verbarg. Langsa unendlich langsam rann sein Blut über die Wange des Kindes. Es sa aus, als hätte es geweint.

»Hier drüben!«, durchbrach Juris Stimme die Stille. »Sie lebt!«

Der Junge kniete mit kreidebleichem Gesicht über einer jung Frau. Sie lag unter den Trümmern eines umgestürzten Zeltes u Norik sah auf den ersten Blick, dass ihr rechter Arm gebrochen w und der Schmerz eines geprellten Rückgrats ihr das Bewusstsein g raubt hatte. Aber ihr Brustkorb hob und senkte sich, und als hät ihr flatternder Atem dem Frost einen Teil seiner Kraft geraubt, ka

Bewegung in Kapo und Arvid. So vorsichtig wie möglich legten sie die Frau auf eine der Tragen, die Bomper bei sich trug, und während der Drache sich fürsorglich zu der Verletzten umdrehte, setzten sich die Krieger in Bewegung, um weitere Überlebende zu finden.

Wie der Wind strich Norik durch die Trümmer, während der Kälteschleier, der sich als Totentuch über das Lager gelegt hatte, nun unter der Wärme der Verletzten an zahlreichen Stellen zerriss. Er spürte den Herzschlag des kleinen Jungen, den er zwischen zwei erschlagenen Frauen fand und der mit großen Augen zu ihm aufschaute, ehe er erneut das Bewusstsein verlor, hörte das Stöhnen eines Mannes, dessen Beine von einem umstürzenden Zelt gebrochen worden waren, und fühlte die Tränen der Frau, die in ihrer Ohnmacht ihre tote Tochter an sich presste, als Kapo und Juri sie mit sich nahmen. Bald hatten sie drei Dutzend Verwundete geborgen, doch keiner von ihnen war bei Bewusstsein. Der Frost lähmte ihre Gedanken, vielleicht würde es ihm gelingen, sie zu brechen … und dann würde niemand je erfahren, was geschehen war.

Rhorkas Atem flog über Noriks Haut, ein wortloser Trost inmitten der Grausamkeit, die sie umgab. Aber ehe er sich zu ihr umdrehen konnte, drang ein Laut an sein Ohr, so unwirklich, dass er zunächst glaubte, sich verhört zu haben. Erst als Rhorka sich aufrichtete, hörte Norik ihn erneut: den Ruf aus halb erstickter Kehle, der durch das Lager zog.

Thar' Eryos, raunte jemand seinen Namen, so leise, dass er wie ein Gedanke in Noriks Bewusstsein flog. *Reiter des Sturms …*

Auch die anderen hatten den Ruf gehört, doch Norik bedeutete ihnen mit einer Geste, die Suche nach Verwundeten nicht zu unterbrechen. Rasch folgte er der Stimme, die ihn rief. Und schließlich fand er sie.

Der junge Mann lag neben einem der Feuer. Er war kaum älter als Juri, doch etliche Narben zierten seinen nackten Oberkörper zum

Zeichen dafür, dass er ein geachteter Jäger seines Stammes war. Nur jedoch lag er reglos auf dem Rücken, die Beine unnatürlich verdreht und Blut lief aus seinem Mund, ohne dass er es fortwischte. Seir Name war Nayati, und Norik erinnerte sich daran, wie er ihn zum ersten Mal gesehen hatte. Viele Jahre war das her, Nayati war noch ein Kind gewesen und auf seinem gefleckten Pferd hinter Rhorka hergeprescht, das lange schwarze Haar im Wind wehend, die Arme lachend nach ihr ausgestreckt. So furchtlos war dieses Lachen gewe sen, so unschuldig und fröhlich, dass Norik es nie vergessen hatte selbst später nicht, als Nayati wie alle jungen Krieger des Stamme auf Distanz zu ihm gegangen war, um sich nicht die Blöße der Be wunderung zu geben.

Norik ging neben dem Verwundeten in die Knie und ergriff desser Hand. Sofort strömte Nayatis Schmerz in ihn hinein. Norik fühlt die zerrissene Lunge, das Herz, das sich bei jedem Schlag unter Qua len zusammenkrampfte, ebenso wie die Knochen, die sich durch da Fleisch seiner Beine gruben und das Blut aus seinem Körper fließe ließen. Wie mit scharfen Klingen raste die Luft Noriks Rachen hi nab, aber der Junge umfasste ihn so entschlossen mit seinem Blick als würde er keinen Schmerz kennen. Mit ungeahnter Kraft schlos er die Finger um Noriks Hand, doch als er sprechen wollte, dran nur ein Keuchen aus seiner Kehle. Beruhigend strich Norik ihm da Haar zurück.

»Nayati«, sagte er leise, und die Augen des Jungen weiteten sicl als er seinen Namen hörte. »Ich erinnere mich an dich. Du bist seh tapfer, doch sorge dich nicht. Wir bringen dich fort von hier.«

Da ging ein Lächeln durch Nayatis Augen, ein Lächeln, so durcl dringend und sanft zugleich, dass jedes weitere Wort auf Noriks Zur ge zerbrach. Mochte er sich an Nayatis Lachen erinnern, doch vc ihm lag kein Kind, das einem Drachen hinterherlief, und auch kei stolzer Jäger, der verwundet worden war. Vor ihm lag ein Krieger, d vusste, dass er sterben würde, und er sah dem Tod mit einer Würde ntgegen, die Norik selten erlebt hatte.

»Thar' Eryos«, flüsterte Nayati kaum hörbar, und sein Blick flog ımher, als würde er für einen Moment nicht mehr begreifen, wo er var. Er bewegte den Mund, aber nichts als Blut kam über seine Lipen.

Norik beugte sich tiefer über ihn. »Ich bin da. Was willst du mir agen? Was ist hier geschehen?«

Trotz der Kälte legte sich kalter Schweiß auf Nayatis Körper und eß ihn zittern. In seinen Augen jedoch glühte noch immer der Trotz, nd als Norik seinen Blick erwiderte, brachte er ein Wort hervor, ein Vort in der Sprache seines Volkes, das einen Schatten über sein Geicht schickte. Unmerklich nickte er, als Norik ihn wortlos ansah. Im ächsten Moment verkrampfte sich Nayatis Körper. Norik zog ihn n sich, als der Tod als grauer Schleier über die Haut des Jungen glitt, nd kurz schien es ihm, als wäre es nicht Nayatis Blut, das seine Finer traf, sondern das Blut eines anderen, das er vor langer Zeit an seien Händen gefühlt hatte, durchdrungen von einem Eid, der bis zum eutigen Tag schwer auf seiner Zunge lag und nun einen stechenden opfschmerz durch seine Schläfen schickte.

Thar' Eryos, flog Nayatis Stimme durch Noriks Gedanken, und och einmal hörte er ihn lachen wie damals, als er hinter Rhorka herprescht war, die Arme hoch erhoben, so als könnte er fliegen. Dann schlaffte sein Körper, und als Norik ihm in die Augen sah, fand er ichts mehr in ihnen als gebrochene Schatten. Auf seinen Lippen jeoch lag ein Lächeln ... als hätte er zeit seines Lebens darauf gewartet, m Reiter des Sturms die Hand zu reichen.

Es war Rhorka, die Noriks Finsternis durchdrang. Ohne ein Wort at sie zu ihm, und etwas in ihrem Blick fing ihn auf wie damals, als sich in die Tiefe des Gebirges gestürzt hatte, wohl ahnend, dass er lein verloren war.

»Du hast ihn gefragt, was passiert ist«, sagte Juri, der neben Rhon ka stehen geblieben war. Er war noch immer blass, doch in seinen Augen stand derselbe kalte Zorn, der auch Norik vor vielen Jahren über das Entsetzen seiner ersten Schlachten hinweggeholfen hatte »Was hat er gesagt?«

Norik schaute auf den jungen Jäger hinab. Er hörte, wie Bompe und Kar'mal sich mit etlichen Verwundeten in die Luft erhoben, un legte Nayatis Hände auf dessen Brust, wie es bei den Kriegern der No maden nach ihrem Tod Brauch war. Dann richtete er sich auf, müh sam, als wäre er ein alter Mann. Schnee verfing sich in seinen Haaren es schien ihm, als würde die Kälte des Zaubers darin über ihn lachen

»Bhag' Kharmeon«, sagte Norik leise. *»Es war ein Drache.«*

Kapitel 28

Das Hospital war überfüllt. Es stank nach Blut und Erbrochenem, Verwundete lagen stöhnend auf ihren Pritschen, und die Heilerinnen mühten sich nach Kräften, sie vor dem Tod zu bewahren und ihre Schmerzen zu lindern. Neben den Novizen hatten sich auch etliche Krieger eingefunden, um den Menschen beizustehen, und Sira rannte zwischen ihnen umher und befolgte die Befehle, die ihr von verschiedenen Seiten zugerufen wurden.

Ihre Kleider waren blutbesudelt, und immer wieder verlor sie auf dem rutschigen Boden das Gleichgewicht, doch sie achtete kaum darauf. Ruhelos war sie seit Noriks Aufbruch auf dem Dach des Schattenturms auf und ab gegangen, den Klang der Sirenen noch in den Ohren. In den vergangenen Nächten waren die Reiter selten so lange fort gewesen, und als sie endlich zurückkehrten, war Sira ihnen ohne zu zögern ins Hospital gefolgt.

Der Anblick, der sich ihr geboten hatte, war entsetzlich gewesen. Kaum dass sie auf den Pritschen lagen, waren viele Verwundete aus ihrer Ohnmacht erwacht, panisch, als würden sie noch immer dem Schrecken ins Gesicht schauen, der sie gefoltert hatte. Etliche Kinder hatten nach ihren Eltern gerufen, die Wangen mit Blut und Tränen bedeckt, und Sira hatte nicht verhindern können, dass zwei von ihnen bereits kurz nach ihrer Ankunft in ihren Armen gestorben waren. Schon in New York hatte sie häufig Verwundete versorgt und nicht nur einmal war sie dabei gewesen, wenn Diebe und Jäger in der Oberwelt getötet worden waren. Sie erinnerte sich daran, wie oft sie einem der Männer bei seinem letzten Atemzug die Hand gehalten hatte, und sie wusste, dass sie keinen der Toten jemals vergessen würde. Aber dennoch hatte sich mit dem Tod der Kinder ihre Kehle zusammengeschnürt, so gnadenlos, dass ihr schwarz vor Augen geworden war.

Taumelnd war sie auf die Beine gekommen, und während Arvid die Heilerinnen in knappen Worten über die Ereignisse unterrichtet hatte, war Übelkeit in ihr aufgestiegen. Sie hatte sie vor sich gesehen: die Menschen, die vom Frost des Drachen zerfetzt worden waren, und jede Fleischwunde, jeden gebrochenen Knochen, jeden Lungenriss so deutlich gespürt, als wäre sie selbst es, die verletzt worden war. In jedem weinenden Gesicht hatte sie die Augen der toten Kinder gesehen, doch gerade, als sie in Richtung Ausgang gelaufen war, hatte sie Noriks Blick gefühlt. Nur für einen Wimpernschlag war er den ihren begegnet, und doch hatte das genügt, um sie seinen Schmerz spüren zu lassen, der ihre eigene Hilflosigkeit beiseitedrängte. Da war sie stehen geblieben und hatte die Hand eines weinenden Kindes ergriffen, und für einen Moment, einen winzigen Moment nur, war etwas Wärme durch Noriks Blick geflogen.

»Verflucht, pass doch auf!«

Eine Frau mit grell geschminkten Lippen rempelte sie an, nicht zum ersten Mal in dieser Nacht. Auch die Huren halfen bei der Versorgung der Verwundeten, und selbst in einer Situation wie dieser hielten sie ihre Feindseligkeit nicht zurück. Aber Sira verlangsamte ihre Schritte nicht. Noriks Blick stand ihr vor Augen, und sie hielt sich an dem Gedanken fest, dass sie ihm Kraft geben konnte durch ihre eigene Stärke, selbst dann, wenn er sie nicht sah. Mit seinen besten Kriegern war er ausgezogen, um den Drachen zu suchen, der dieses Leid verschuldet hatte. Alvarez hatte ihnen Waffen aus seiner

Fundus gebracht, besondere Dolche und Speere, die ihre magischen Kräfte auf unterschiedlichste Weise bei verschiedenen Drachen entfalten konnten, und ohne jede Frage hätte Sira sie gern begleitet. Aber dort draußen, das musste sie sich eingestehen, war sie für Nozik und seine Krieger nichts als eine Belastung. Im Hospital jedoch konnte sie ihre Kenntnisse anwenden und war nicht das unwissende Kind, das nicht verstand, was es tat. Hier konnte sie helfen.

»Sira!«

Ihr Name schnalzte durch den Raum, doch Bherras Blick war freundlich, als sie Sira zu sich winkte. Die Heilerin gehörte zu den wenigen, die ihr stets höflich begegneten, und auch nun, da Sira an ihre Seite trat, verlor sich für einen Moment der herrische Ausdruck uf den Zügen der Heilerin. Sie beugte sich gerade über die Pritsche ines Jungen von vielleicht fünf Jahren. Eine tiefe Wunde klaffte in einem Bein, und seine Lider flatterten wie im Fieber. Ohne ein Wort egte Sira eine Hand auf seinen Brustkorb und die andere auf seinen Oberschenkel, um plötzliche Bewegungen zu verhindern. Sofort säuerte Bherra die Wunde und begann gleich darauf, sie zu nähen.

Sira spürte den dünnen Körper des Kindes unter ihren Händen. mmer wieder drang ein Stöhnen aus seinem Mund, aber es lag so uhig da, als würde es keine Schmerzen fühlen. Bherra hatte die Wune gerade geschlossen, als ganz in der Nähe ein Verletzter von seiner ritsche sprang. Mit vor Fieber glühenden Augen schlug er die Noizinnen zurück, die ihn wieder auf sein Lager ziehen wollten, und ieß ein Geschrei aus, als wäre noch immer der Drache hinter ihm er. Sofort kehrte die Strenge auf Bherras Züge zurück.

»Übernimm du den Jungen«, murmelte sie. »Ich kümmere mich m den Schreihals.«

Ohne eine Erwiderung abzuwarten, eilte sie auf den Verwundeten u. Mit rascher Geste packte sie seinen Arm und führte ihn zu seinem ager zurück, ehe sie sich mit leisen Beschwörungen über ihn beugte.

Sira sah noch, wie der Mann Hilfe suchend nach Bherras Hand griff Dann wandte sie sich dem Jungen zu.

Die Platzwunde an seiner Stirn war bereits versorgt worden, doch mehrere Schnitte liefen über seine Arme, als wäre er in Scherben ge- fallen. So vorsichtig wie möglich begann sie, die Wunden zu reinigen Der Junge fuhr unter ihrer Berührung zusammen, und sie muss- te daran denken, wie oft sie Andor auf diese Weise versorgt hatte wenn er sich wieder einmal die Knie aufgeschlagen hatte oder in den Tunneln über scharfe Kanten geschrammt war. Tapfer hatte er di Zähne aufeinandergepresst, und gerade, als ein Lächeln über Siras Gesicht glitt, stöhnte der Junge auf. Leise nur war der Ton, der aus seiner Kehle kam, und doch reichte er aus, um jede Wärme aus Siras Gedanken zu ziehen.

Furcht lag in seiner Stimme, haltlose Angst vor dem, was er nich verstehen konnte. Er schrie auf, als würde er noch immer vor den Drachen davonlaufen ... einem Drachen aus Eis, und als er plötzlic die Augen aufriss und mit fiebernden Händen nach ihrem Arm grif da sah sie nicht den Nomadenjungen, der seinem Albtraum nich entkommen konnte. Sie sah Andor inmitten des blauen Feuers, gera- de in dem Moment, da die Flammen um ihn aufloderten: die Panik nun, da er sie nicht mehr sehen konnte, und die Hilflosigkeit ange- sichts einer Macht, von der er so lange geträumt hatte und die nu gekommen war, um ihn zu töten. Sira strich dem Jungen über d Stirn, doch es war Andors Haar, das sie unter ihren Händen spürt und die Verzweiflung schlang sich mit aller Kraft um ihren Körpe Hier lag ein Kind und schrie mit der Stimme ihres Bruders ... und s konnte nichts tun, um ihm zu helfen.

Jemand schob sie mit sanfter Gewalt beiseite. Zuerst glaubte si dass es Bherra war, doch als sie den Kopf hob, schaute sie Vesta in Gesicht. Ohne ein Wort legte diese die Hand auf die Stirn des Jun- gen, so konzentriert, dass Sira sie fast nicht wiedererkannte. Ei stille Fürsorge lag auf ihrem Gesicht und ließ ihre grellroten Lippen wie eine bröckelnde Maske erscheinen. Als hätte sie einen Zauber auf ihn gelegt, sank der Junge auf die Pritsche zurück. Er schien nicht zu merken, dass Vesta ihm eine Spritze gab. Er sah sie nur an, für einen Wimpernschlag bei vollem Bewusstsein, und erwiderte ihr Lächeln, als hätte er einen Engel gesehen. Dann fielen ihm die Augen zu.

Erst als Vesta den Blick hob und sie ansah, bemerkte Sira die Tränen, die ihr selbst über die Wangen liefen. Instinktiv straffte sie die Schultern, als müsste sie jeden Moment einen Angriff abwehren. Aber die Feindseligkeit kehrte nicht auf Vestas Züge zurück. Nur Müdigkeit stand in ihren Augen, und auf einmal begriff Sira, dass Vesta ihren Schmerz kannte, dass sie wusste, was es bedeutete, die eigene Familie zu verlieren und einem Kind beim Sterben zuzusehen, das man liebte.

»Geh zu Alvarez«, sagte Vesta ruhig, beinahe freundlich, und nahm Sira die Tücher ab. »Er kann deine Hilfe gebrauchen. Ich kümmere mich um den Jungen.«

Sira nickte unmerklich. Es war seltsam, nun, da Vesta und sie sich ohne Masken begegneten, und sie musste an Kim denken, an ihre Sprödigkeit, aber auch an die Herzlichkeit, die sie in sich verborgen hatte, und die Sira noch immer fühlen konnte. »Ich danke dir«, sagte sie leise. Sie sah noch, wie Vesta ihr Lächeln erwiderte, so sanft, als wäre die rote Farbe auf ihren Lippen nur eine Illusion. Dann drehte Sira sich um und tauchte im Gewühl der Gänge unter.

Sie fand Alvarez bei einer bewusstlosen jungen Frau. Gerade entfernte er die Steinsplitter, die wie Scherben in deren Arm steckten, doch als Sira zu ihm trat, schaute er prüfend auf. Erst jetzt merkte sie, dass noch immer Tränen ihre Wangen bedeckten. Eilig wischte sie sie fort und reichte Alvarez eine feinere Pinzette.

»Sicher steckt Nhor'garoth dahinter«, sagte sie, um seinen Blick von sich abzulenken. »Dieser Teufel.«

Alvarez seufzte mit einem Ausdruck, als hätte er ihr Ablenkungsmanöver sofort durchschaut und im selben Moment beschlossen sich nicht weiter damit zu beschäftigen. »Und wie soll er die Geiste der Berge überwunden haben?«, fragte er, während er sich wiede über die Splitter beugte. Er entfernte sie so schnell und sicher, als würde er sie mit einem Zauber in seine Hände befehlen. »Wo ist seine Armee? Glaubst du nicht, dass er die mitgebracht hätte, wenn e schon mal dabei wäre?«

Sira wischte das Blut fort, das aus der Wunde drang. »Aber es ha seit langer Zeit keine Drachen mehr in diesem Gebiet gegeben, unc schon gar keine, die den Menschen geschadet hätten. Dieser Drach allerdings hat das gesamte Lager der Nomaden vereist. Aryons Feue wäre sicher mächtig genug, das zu tun.«

»Ich verstehe deinen Schmerz«, entgegnete Alvarez ohne aufzusehen. »Aber er darf dich nicht blind machen. Wir wissen nicht, wa in dem Lager geschehen ist, also halte dich mit Vermutungen liebe zurück. Mit Panik ist nämlich niemandem geholfen, und eins is sicher: Ein Teufel ist Nhor'garoth nicht. Auch er wurde zu dem gemacht, der er ist.«

Kaum hatte er geendet, verzog er schmerzerfüllt das Gesich Schwer atmend griff er sich an die Narbe an seinem Hals, und Sir sah zu ihrem Entsetzen, wie goldglühende Adern von ihr ausginge und sich in sein Fleisch gruben. Sie wollte nach seiner Hand greifer doch Alvarez schüttelte abwehrend den Kopf. Langsam sog er di Luft ein und drängte den Schmerz zurück, und gleich darauf zitterten seine Finger nur noch leicht, als er rötlichen Nebel in die Wund der jungen Frau schickte. Sie stöhnte auf, aber sofort legte Alvare ihr die Hand auf die Stirn, und während ihr Atem sich unter seine dunklen Worten ebenso entspannte wie sein Gesicht, musste Sira a die Bilder denken, die sie im Sturm ihres Lehrers gesehen hatte, vc allem an das Gesicht des jungen Nhor'garoth, der Alvarez vor lang

Zeit verwundet hatte. »Du hast ihn gekannt«, stellte sie fest. Abrupt schaute er auf, doch ehe er etwas erwidern konnte, fügte sie hinzu: »Ich habe deine Regel nicht missachtet, die du zur Bedingung für neine Ausbildung gemacht hast, also sieh mich nicht so an. Ich habe keine Frage zu deiner Vergangenheit gestellt.«

Amüsiert hob er die linke Braue. »Oh doch, das hast du, mit jelem einzelnen deiner Blicke«, gab er zurück, und für einen Moment lammte ein Lächeln über seine Lippen. Doch gleich darauf wurde er vieder ernst, während er einen Verband um die Wunde legte. »Einst var er der Herrscher über die Nordwest-Territorien hoch oben im Norden. In früheren Zeiten jedenfalls hießen sie so, aber Nhor'gaoth nannte sie Ivarus, das Land der tausend Seen. Er trug das Blut ler Drachen in den Adern, doch er regierte gerecht und willensstark iber die Menschen seines Reichs, und er schützte sie vor allem Leid, o gut er es vermochte. Aber der Krieg zog seine Kreise … und eines 'ages verschlang er ihn mit Haut und Haaren. Er trat in den Dienst es Königs und verschrieb sich ihm mit allem, was er war.«

Sira stieß die Luft aus. »Du meinst also mit Tücke und Verschlaenheit.«

Sie hörte selbst, wie verbittert sie klang, und prompt sah Alvarez e an wie ein jammerndes Kind. »In jedem guten Jäger steckt Tücke, nd jeder Dieb wäre verloren ohne ein gewisses Maß an Verschlageneit. Du solltest nicht über Dinge urteilen, die du selbst in dir trägst. 'nd sicher hast du die Geschichten gehört, die man sich über den luteid erzählt, nicht wahr?«

Sira nickte. In der Tat kannte sie die Gerüchte von den engsten Gelgsleuten des Königs, die sich durch ihr Blut auf ewig an ihn banen, und ihn nach ihrem Tod in den sogenannten Toten Schwärmen egleiteten, während er zu Lebzeiten ihre Macht stärkte. »Ich habe ich allerdings noch nie für Geistergeschichten interessiert«, gab sie urück. Alvarez musterte sie so spöttisch, als würde er sie in diesem

Moment vor sich sehen, zusammengekauert auf ihrem Bett und ih rem Onkel lauschend, der sie mit eben solchen Geschichten seit jehe gefesselt hatte. »Aber ganz gleich, wie Nhor'garoth seine Macht be kommen hat«, fuhr sie schnell fort. »Er ist der mächtigste Drachen reiter des Königs, oder nicht? Und der grausamste. Mag sein, dass e zu dem gemacht wurde, der er jetzt ist. Aber er scheint keine Quale zu leiden, wenn er Gräueltaten begeht.«

Nach einem letzten prüfenden Blick auf seinen Verband kam Al varez auf die Beine. »Ich hätte nicht gedacht, dass eine Diebin de Schatten sich je auf den äußeren Schein berufen würde, um ihre A gumentation zu stützen. Ja, Nhor'garoth ist mächtig, und ja, er is grausam. Aber jeden Handgriff, den er unternimmt, hat der Köni ihm befohlen.«

Damit wandte er sich ab, und Sira blieb nichts anderes übrig, a ihm nachzulaufen, während er sich mit raschen Schritten seinen We bahnte. »Willst du damit sagen, Nhor'garoth wäre unschuldig?«

Alvarez schnaubte. »Unschuldig woran? An dem Krieg, dem Blu vergießen, den Toten heute Nacht? Schuld und Unschuld sind groß Worte für jemanden, der sein bisheriges Leben hauptsächlich in de eigenen Schatten verbrachte und nur sehr langsam daraus hervo tritt. Nein, junge Kriegerin, Unschuld und Nhor'garoth passen nich zusammen. Aber wenn du unbedingt einen Bösen in diesem Krie ausmachen willst, dann suche ihn im König.«

Er hielt neben der Pritsche eines kleinen Mädchens inne. Um s herum schrien etliche Kinder aus Leibeskräften, doch sie kaue te ganz still am Kopfende, den rechten Arm eng um ihren Leib g schlungen, und schaute aus angsterfüllten Augen zu Alvarez auf. I linker Arm hing leblos herab, und Sira brauchte keinen zweiten Bli um festzustellen, dass er aus dem Gelenk gesprungen war. So ruh wie möglich holte sie Atem. Sie kannte die Schmerzen, die es ber tete, ihn wieder an die richtige Stelle zu bringen, und biss die Zäh ufeinander. »Warum tut er das?«, fragte sie kaum hörbar, während lvarez begann, in seiner Tasche herumzukramen. »Warum führt er rieg gegen die Menschen, wenn er doch alles hat, was er je wollte?«

Alvarez setzte sich zu dem Mädchen auf die Bettkante. Wie bei-iufig zog er eine goldene Münze hervor und ließ sie mit solcher eichtigkeit über seine Finger tanzen, dass das Mädchen erstaunt die rauen hob. Auch die Kinder ringsum vergaßen für einen Moment hre Schmerzen und schauten fasziniert auf die funkelnde Münze. lvarez jedoch sah Sira mit traurigem Lächeln an. »Warum er das ut?«, fragte er zurück. »Der König der Welt fürchtet sich.«

Sira war so überrascht, dass sie die Augen aufriss. »Aber wovor?«

Ein dunkler Schatten schlich sich in Alvarez' Blick, während auf einer Münze blitzende Farben aufglommen. »Vor seinem Ende. Er t stark, doch er ist nicht unverwundbar. Jede Kreatur hat einen chwachen Punkt, vergiss das nicht.«

Kaum hatte er geendet, zog er die Hand zurück. Die Kinder stießen aute des Erstaunens aus, als die Münze der Bewegung nicht folgte nd stattdessen fortfuhr, über unsichtbare Linien durch die Luft zu leiten. Wie gebannt schaute auch das kleine Mädchen ihr dabei zu. ie Angst in ihren Augen verlor sich, und sie schien nicht zu merken, ass Alvarez hinter sie trat.

»Aber wenn das wahr ist«, begann Sira und zog die Brauen zusam-nen. »Warum greifen die Krieger der Schatten ihn dann nicht an? Varum töten sie ihn nicht?«

Sie fühlte selbst, dass es nichts als Verzweiflung war, die diese Wor-e von ihrer Zunge riss, und für einen Augenblick schaute Alvarez e an, als wäre auch sie ein kleines Kind, das sich von Possenspielen lenden ließ. »So einfach ist das nicht. Er ist sehr mächtig, mächtiger s sie alle zusammen.«

Im selben Moment glomm die Münze grell auf. Die Kinder rings-m wisperten vor Begeisterung, und auch Sira sah den Farben zu, die in kunstvollen Formen in den Raum flackerten. Doch als Alvarez di Hände nach dem Mädchen ausstreckte, drehte es sich zu ihm um instinktiv, als hätte es gespürt, dass er im nächsten Augenblick nac ihrem Arm gegriffen hätte. Aber ehe die Furcht zu ihr zurückkehrt zauberte er eine weitere Münze hinter ihrem Ohr hervor und reicht sie ihr zwinkernd.

»Aber dann ist es hoffnungslos«, flüsterte Sira, als er an seine Platz zurückkehrte. »Und all das Leid, der Krieg und das Blutvergie ßen ... Hört das denn niemals auf?«

Sie hatte ihre eigenen Worte kaum gehört, so leise hatte sie gespr chen. Und doch schien es, als hätten sie die Leichtigkeit, die Alvare den Kindern geschenkt hatte, mit einem Schlag zerrissen. Das Mä chen ließ die Münze sinken, mehrere Kinder ringsum begannen wi der zu weinen, und Alvarez saß da, zusammengesunken wie ein seh alter Mann. Seine Hand ruhte auf der Narbe an seinem Hals, ab sein Blick war in eine Ferne geglitten, die sich wie hinter tobende Sandschleiern vor Siras Augen verbarg. Sie konnte die Schwere sp ren, die ihre Frage auf Alvarez' Schultern gelegt hatte ... diese Frag die auch er sich schon unzählige Male gestellt hatte, wie sie in diese Moment begriff.

Doch gerade, als sie nicht mehr damit rechnete, hob er den Kop Ein listiger Funke tanzte durch seinen Blick, der jede Schwere durc brach, und als er die Münze in seine Hand befahl, konnte Sira ihn v sich sehen: den Geschichtenerzähler, der er früher gewesen war un der von seinem Seil herab zu den Menschen gesprochen hatte, u sie für Augenblicke von der Härte ihres eigenen Lebens zu erlösen.

»Ihr alle kennt die Legende um Rhenlynghar«, begann er. »De uralten Drachen.«

Gleich darauf wiederholte er die Worte in der Sprache der Nom den. Es klang, als würde er ein Lied mit zwei Stimmen singen, un eine seltsame Melodie ging durch die Luft, die jedes andere Geräus rstickte. Sira schien es, als wäre sie in einen eigenen Kosmos gera-en, ein Refugium, das für die Dauer des Singsangs sicher war vor chmerz und Tod, und wie die Kinder sah sie betört zu, wie Alvarez inen dunklen Funken über ihre Köpfe schickte.

Er formte sich zu einer Blume, und als sie ihre Blüte entfaltete, trömten Farben über die Gesichter der Kinder, so strahlend, dass inige anfingen zu lachen. Sira streckte selbst die Hand aus, um die arben auf ihren Fingern zerspringen zu lassen, und wie alle anderen ielt sie inne, als eine mächtige Klaue sich aus dem Inneren der Blüte hob. Die Krallen funkelten im Licht der Farben, aber die Blüten-lätter blieben unversehrt, und Sira hielt den Atem an, als der Drache ch aus dem aufbrechenden Licht erhob.

Perlmutterne Schuppen bedeckten seinen Leib, die Schwingen himmerten schattenhaft, als wären sie zart wie die Flügel eines chmetterlings, aber seine Augen glühten in goldenem Licht und er-illten ihn mit einer Stärke, die seinen Namen als flüsternden Wind ber Siras Haut schickte. Warm, so warm war dieses Licht, dass sie ichts mehr spürte als die Kraft, die in ihm lag.

»Rhenlynghar«, flüsterte ein Junge neben ihr, und gleich darauf urde der Name des Drachen von anderen Kindern aufgegriffen und rmischte sich mit Alvarez' Lachen. Doch dann wurde die Stimme es Kriegers dunkel, und Sira fröstelte, noch ehe sie den Schatten h, der Rhenlynghars Schuppen mit einem grauen Schleier über-g. Die Kraft, die sie gerade noch empfunden hatte, wich einer rasch nehmenden Leere, und sie konnte nur mit Mühe einen Schrei nterdrücken, als sie das Blut sah, das aus dem Panzer direkt über inem Herzen floss. Sie hörte noch die Schreckenslaute der Kin-r ringsum. Dann brach Rhenlynghar zusammen, und Sira starr-wie gelähmt auf den Umriss des Drachenreiters, der auf ihn fiel. in Mantel wehte im aufkommenden Sturm, sein Schwert glühte so grellem Feuer, dass selbst die Schatten davon gebrochen wurden, und Sira nickte, als ein Mädchen neben ihr seinen Namen flü terte.

»Ja«, raunte Alvarez, als weitere Kinder ihn wiederholten. »Ark ron, der Reiter des Feuers, erschlug den uralten Drachen und ergri mit seiner Kraft die Macht über die Welt.«

Sira konnte sich nicht von dem Umriss des Königs abwende Sie wollte ihm ins Gesicht schauen, zum ersten Mal in ihrem Lebe wünschte sie es sich mit aller Kraft, so als würde ihr Zorn sich son gegen sie selbst wenden. Doch der Schatten wandte sich ab, mit ein raschen, fast verächtlichen Bewegung, und ließ Rhenlynghar alle zurück. Noch immer war der Drache von erhabener Schönheit, ab seine Kraft floss mit dem Blut aus seinen Gliedern, und als Sira ih in die Augen sah, krampfte sich ihr Herz zusammen. Es schien ih als hätte Arkaron in diesem Moment mehr, viel mehr getötet als de mächtigsten Drachen der Welt. Er hatte dem Wunder aus Licht un Schatten ein Messer ins Herz gestoßen.

»Doch dies war nicht das Ende«, fuhr Alvarez fort. »Denn im A genblick seines Todes übertrug Rhenlynghar die Macht des Feue auf einen Menschen.«

Es waren die Stimmen der Kinder, die den Knoten lösten, der si in Siras Kehle gebildet hatte. Staunend streckten sie die Hände au und da sah sie es auch: das Licht, das noch immer in Rhenlyngha Brust schwelte wie eine Glut, die nicht zu ersticken war. Schemenha nur erkannte sie den Umriss des Menschen, der an Rhenlynghars S te trat, und auch die Konturen des Drachen schienen zu verblasse Alles, was sie deutlich wahrnahm, war das goldene Feuer Rhenly ghars: Drachenfeuer, das Frost und Hitze ebenso in sich trug wie a Abgründe der Welt. Sie konnte die Grausamkeit spüren, die in dies Flammen lauerte, doch da war noch etwas anderes, für das sie kei Worte fand und das doch mächtig genug war, um ihre Furcht z rückzudrängen. Eine flüsternde, durchdringende Kraft war es, die liesem Feuer schwelte, und zum ersten Mal empfand Sira angesichts lieser Glut nichts als haltlose Faszination. Es war, als würde sie mit Andors Augen auf dieses Licht schauen ... mit den reinen, ungetrüb-en Augen eines Kindes.

»Der Reiter des Feuers«, flüsterte Alvarez, und zum ersten Mal hör-e Sira, wie seine Stimme in Ehrfurcht klang. »Der Einzige, der Arka-ons Herz aus Flammen brechen könnte. In den Wirren des Krieges erlor sich seine Spur ebenso wie die der anderen Erben, doch in der Gilde der Schatten keimt die Hoffnung. Eines Tages werden sie zu-ückkehren, die Träger von Feuer, Wasser, Sturm und Erde – und sie erden die Welt zum Guten verändern.«

Langsam nur erlosch das Licht, und als die letzten Funken über iras Gesicht tanzten schien es ihr, als würde sie langsam aus einem iefen Zauber auftauchen. Sie lächelte, als sie sah, wie Alvarez sich ber das kleine Mädchen beugte. Irgendwo zwischen seinen Farben atte er ihre Schulter eingerenkt, und nun ließ er sie schlafen, das iesicht unter einem leichten Lächeln verklärt.

Die meisten Kinder ringsum lachten, als die übrigen Funken wie lühwürmchen über ihre Finger schwirrten, doch ein Junge schau-e nachdenklich in das erlöschende Licht. Seine Frage war respekt-oll, aber Sira erkannte den Zweifel in seinen Augen, und sie sah zu lvarez hinüber, der nun mit schelmischem Lächeln den Blick hob.

»Woher ich weiß, dass das wahr ist?«, fragte er und lachte leise. Die Macht Rhenlynghars ist wie die Hoffnung der Menschen: Sie lischt niemals.«

Da lächelte der Junge, und Sira ließ die letzten Farben über ihre aut streifen, als würde Rhenlynghar sie noch einmal aus goldenen ugen ansehen.

»Alvarez, alter Narr«, sagte da eine Stimme neben ihr. Sira er-hrak, als sie Norik ansah. Bleich war er, das Haar von Schmutz nd Blut verklebt, und seine Augen brannten in einem Feuer, das ihr einen Schauer über den Rücken schickte. Sie musste ihn nicht fragen, ob seine Suche ein Erfolg gewesen war. So grell stand die Unruhe in seinem Blick, dass sie sofort auf sie überging. »Erzählst du ihnen Märchen?«

Alvarez schaute zu Norik auf. Er lächelte noch immer, doch seine Augen wurden schmal. »Ich erzähle ihnen Geschichten«, entgegnete er und erhob sich. »Du weißt, wie wichtig sie sind. Bisweilen wichtiger als jeder Heilzauber dieser Welt.«

Die Kühle seines Blicks verlor sich, und Sira hätte sich nicht gewundert, wenn er die Hand nach Norik ausgestreckt hätte. Doch dieser schüttelte langsam den Kopf. »Ich weiß so manches, das ich lieber nicht wüsste«, erwiderte Norik so leise, als spräche er zu sich selbst. »Niemand wird kommen, um uns zu helfen, kein starker Ritter, kein Held, kein Schicksal. Wenn wir die Welt nicht retten, wird es niemand tun.« Er ließ den Blick über die Kinder schweifen, die reglos zu ihm aufschauten, und als er Sira ansah, war sein Gesicht wie zu Stein erstarrt. »Wir sind allein.«

Kurz nur blieb er stehen, als würde er auf eine Antwort warten, die all seine Worte zerschlagen konnte. Dann wandte er sich ab, und während er im Gewühl verschwand, fühlte Sira die Kälte, die auf einmal zwischen ihnen lag … endlos wie eine Kluft, die sie nicht überwinden konnten.

Kapitel 29

Die Luft in der *Kaschemme* vibrierte unter dem Gelächter der Männer. Sie hockten auf zusammengezimmerten Bänken, lehnten an den Metallfässern des Tresens oder standen ne-en schnapsklebrigen Tischen in den Gängen, die sich labyrinthartig n Tabakrauch verloren. Vor allem Drachenreiter waren es, die spät ı der Nacht von ihrer Wache zurückgekehrt waren, und kurz schien s, als würde nichts diesen geheiligten Kosmos stören können, in em die Krieger unter sich waren. Dann fiel die Tür ins Schloss, die länner wandten die Köpfe – und der Moment zerbrach.

Sira erwiderte ihre Blicke ungerührt. Sie kannte Spelunken wie die-e, in denen jede Frau als Eindringling galt, sofern sie nicht dem hori-ontalen Gewerbe angehörte, und sie hatte sich seit jeher geweigert, ch aus ihnen vertreiben zu lassen. Mit erhobenem Kinn schaute sie urch den Raum, die Hände wie beiläufig auf ihre Messer gelegt, und kannte unter den Kriegern bald einige, die ihrem goldenen Zauber n Speicher beigewohnt hatten. Kurz nur neigte sie den Kopf, und s hätte sie ihnen einen Befehl gegeben, beugten sie sich flüsternd zu ren Begleitern hinüber. Ungläubig hoben einige die Brauen, aber ffensichtlich stand keinem von ihnen der Sinn nach Ärger. Noch nmal musterten sie Sira von oben bis unten. Dann zuckten sie ab-llig mit den Schultern und setzten ihre Gespräche fort.

Die Hure hinter dem Tresen lächelte kühl, doch sie brachte Sira ohne wegwerfenden Kommentar ein Bier und deutete auf einen frei en Tisch. Gerade hatte Sira Platz genommen, als laute Pfiffe durcl den Raum drangen. Sie beugte sich vor und schaute zur Bühne hinü ber, die nun von flackerndem Licht erhellt wurde. Etliche Männer ka men auf die Beine und klatschten, als Vesta die Bühne betrat. Sie tru eine schwarze Glitzerkorsage, halterlose Strümpfe und eine blutrot Federboa, und sie bewegte sich so grazil auf ihren ellenhohen Ab sätzen, als würde sie schweben. Ihre Lippen leuchteten im Licht de Bühne, und als sie zu singen begann, wich auch der letzte Hauch vo Anstrengung aus ihrem Blick. Sie lachte und scherzte mit dem Publi kum, als hätte sie nicht den ganzen Tag im Hospital gestanden – al wäre sie eine andere Person, die in tiefen Schlaf gesunken war, wäh rend die andere Vesta Menschen das Leben gerettet hatte. Nur ihr Stimme trug noch die Traurigkeit in sich, die Sira in ihren Auge gesehen hatte, und legte sich zugleich lindernd auf die entsetzliche Bilder der vergangenen Stunden.

Sira trank von dem Bier, das ebenso scheußlich schmeckte wie da Gebräu der Station, und lehnte den Kopf gegen die Wand. Ihr Körp schrie nach Schlaf, aber ihre Gedanken jagten durch ihren Schäd und ließen sie nicht zur Ruhe kommen. Kaum, dass Vestas Gesan verstummte, kehrten die Bilder aus dem Hospital zurück: bluter de, schreiende, sterbende Menschen mit furchtbaren Wunden un einem Entsetzen in den Augen, das umso schrecklicher war, weil keine Worte gab, um ihm Ausdruck zu verleihen. Sira fuhr sich üb die Augen. Sie kannte diesen Zustand von besonders aufreibende Streifzügen in die Oberwelt New Yorks und erinnerte sich daran, w ihr Onkel mitunter mitten in der Nacht an ihrem Bett gesessen hatt ausgezehrt und mit blutigen Händen, als wäre er ein Krieger, der a der Schlacht heimgekehrt war. Ihr Anblick, so hatte er einmal gesag würde ihm Frieden geben, und später hatte sie ebenso empfunde wenn sie ihren schlafenden Bruder betrachtet hatte. Der Schme blieb dumpf, als sie an Andor dachte, und sie stellte aufatmend fest, dass Alkohol und Wärme begannen, ihre Gedanken zu betäuben. Rasch leerte sie den Rest ihres Glases und hatte gerade beschlossen, endlich ins Bett zu fallen, als ein erstickter Schrei durch das Gemurmel der Männer drang.

Mit einem Schlag war Sira wieder hellwach. Gelächter brandete um sie auf, aber sie hatte die Furcht in dem Schrei gehört und spürte die Anspannung, die plötzlich in der Luft lag und jede Wärme in klebrigen Dunst verwandelte. Entschlossen schob sie sich an den Männern vorbei, die in kleinen Gruppen zusammenstanden wie zuvor, und da sah sie Vesta im Halbschatten neben der Bühne. Sie schaute zornig zu den beiden jungen Kriegern auf, die sich kaum eine Armlänge von ihr entfernt aufbauten. Keiner der Umstehenden achtete auf die Szene, aber Sira hörte das leichte Zittern in Vestas Stimme, als stünde sie direkt neben ihr.

»Ich habe für euch gesungen«, sagte sie gerade. »Aber mehr bekommt ihr heute nicht von mir. Also lasst mich in Ruhe!«

Der sonst so kühle Ausdruck auf ihrem Gesicht bröckelte, doch die Männer lachten nur. Schon beugte sich einer von ihnen vor, ein Hüne mit geflochtenem Haar, das er im Nacken zusammengebunden hatte.

»Seit wann stellst du dich denn so an?«, fragte er mit schwerer Zunge. »Wir wissen doch alle, was du noch besser kannst als singen!«

Er griff nach ihr, doch ehe er sie packen konnte, stellte Sira sich ihm in den Weg und stieß seinen Arm zurück.

»So ist das also«, sagte sie und musterte die Männer voller Verachtung. »Dachte ich es mir doch, dass auch ihr erhabenen Drachenreiter nichts seid als Kerle, die ihre Grenzen nicht kennen!«

Der Hüne schnaubte. »Welche Grenzen?«, gab er zurück. »Sie ist eine Hure, ich zahle gut für ihre Dienste!«

Erneut versuchte er, nach Vesta zu greifen, doch dieses Mal schlug

Sira ihn vor die Brust, so hart, dass er zurücktaumelte. »Vor allen anderen ist sie eine Frau«, erwiderte sie mit drohender Kälte in de Stimme. »Und sie hat dein *Angebot* abgelehnt. Bist du nur betrunke oder auch taub?«

Er zwinkerte, als hätte sie ihm eine Ohrfeige verpasst. Ärgerlic schüttelte er die Hand seines Begleiters ab, der ihn achselzucken zum Tresen ziehen wollte. »Was soll das?«, rief er und trat eine Schritt vor. »Seit wann muss ich mich von einer unwissenden Novi zin beleidigen lassen? Geh mir aus dem Weg! Oder sing für uns, un später sehen wir dann, was du besser kannst, wenn ...«

Weiter kam er nicht. Er versuchte noch, Sira beiseitezuschiebe doch bevor er sie auch nur berühren konnte, stieß sie die Faust vo und traf ihn in den Magen. Ihre Magie entfesselte sich als grelle Kältezauber, der den Krieger durch die Menge auf einen der Tisch schleuderte. Krachend brach dieser zusammen. Spielkarten floge durch die Luft, und Sira fühlte den Widerhall ihres Zaubers wi Triumphgebrüll in den Adern. Der Hüne blieb stöhnend inmitte wirbelnder Spielkarten liegen, die Haare mit Raureif bedeckt, un schaute benommen zu den Kriegern auf, deren Spiel er unterbro chen hatte.

Sira erkannte Harok unter ihnen, den Schmied, der die Waffe der Gilde anfertigte. Schwarze Tätowierungen zogen sich über sei muskulösen Arme und den kahlen Schädel, und als er die Zähne au einanderpresste, ging ein Beben durch seinen Bart mit den kupfe farbenen Klemmen. Er war nicht besonders groß, aber nun, da d Zorn in seine Augen schoss, steigerte sich seine Präsenz wie eine au lodernde Esse. Selbst Sira, die in einiger Entfernung stand, spürte d plötzliche Hitze, die einige Krieger in seiner Nähe zurücktreten lie Nur seine beiden Pokerfreunde, ältere Krieger wie er selbst, bliebe an seiner Seite und starrten gemeinsam mit ihm auf den Hünen h nab wie auf ein zerquetschenswertes Insekt. Erst als Harok langsa lie Luft ausstieß, bemerkte Sira die Stille, die sich in der Spelunke usgebreitet hatte.

»Zur Hölle noch eins«, murmelte Harok und schleuderte seine Karten, die er immer noch in der Hand hielt, auf die Brust des Hüen. »Das war immerhin ein Full House! Iskos, wie alt bist du? Ist es ür einen Krieger der Gilde angemessen, sich derartig zu betrinken, ass er von einem Mädchen zur Raison gebracht werden muss?«

Iskos senkte beschämt den Blick. Nun, da die Überheblichkeit von einen Zügen wich, sah er sehr jung aus, fast wie ein getadeltes Kind. Dann schaute Harok zu Sira herüber. »Der Krieg steht vor unseren 'oren«, sagte er grollend. »Ist das etwa nicht genug? Musst du ihn nbedingt an unseren Tresen bitten, indem du Zauber dieser Art ber uns bringst?«

Ehe Sira etwas erwidern konnte, schnaubte der Drachenreiter neen ihm. »Was erwartest du von ihr?«, fragte er abfällig. »Sie hat doch eine Ahnung davon, was Krieg bedeutet.«

Sira wusste, dass es klüger war, sich nicht provozieren zu lassen, nd fühlte schon Vestas Hand an ihrem Arm, die sie wortlos mit ch ziehen wollte. Aber die höhnischen Blicke der Männer stachen ır ins Fleisch, und sie trugen Noriks Gesicht zu ihr zurück und den chmerz, den sie hinter seiner Maske gespürt hatte und den sie so gut annte. Noch einmal fühlte sie die Kinder in ihren Armen sterben nd sah ihren Bruder im ewigen Feuer verbrennen, und als Nhor'gaoth vor ihrem inneren Auge auftauchte, brach der Zorn mit aller raft in ihr auf. In den vergangenen Tagen hatte sie ihn im Zaum gealten, aber nun, da er wie ein Fluch zu ihr zurückkehrte, zweifelte e nicht länger: Mochten diese Krieger allesamt seit ewigen Zeiten in e Schlacht ziehen – aber keiner von ihnen spürte den Zorn auf den förder ihres Bruders so stark wie sie!

»Ich wurde im Krieg geboren«, sagte sie mit seltsam fremder Stime. »Ich habe meine Eltern im Krieg verloren, ebenso wie meinen

Onkel und meinen Bruder. Es gibt keine Sekunde in meinem Leben die nicht aus Krieg besteht, keinen Gedanken, keinen Traum, keinen Atemzug. Ihr mögt allesamt mächtige Drachenreiter sein, aber ih wisst nicht, was Krieg bedeutet, wenn ihr nicht begriffen habt, das er immer auf dem Rücken der Schwächsten ausgetragen wird. Di Kinder sind es, die unter ihm zerbrechen. Und ich war eines davon.

Für einen Augenblick sagte niemand mehr etwas. Sira bemerkte dass einige Männer die Köpfe neigten, als hätten ihre Worte Bilder i ihnen wachgerufen, die fähig waren, die Kälte von ihren Gesichter zu schmelzen. Doch dann seufzte Harok tief.

»Und nun bist du erwachsen?«, fragte er spöttisch. »Es sieht fü mich nicht danach aus. Stattdessen hast du nichts Besseres zu tun als an Orten wie diesem mit Zaubern um dich zu werfen und so z tun als wärest du eine von uns. Du bist naiver, als ich dachte, wen du glaubst, das jemals erreichen zu können.«

Ein bitterer Geschmack trat auf Siras Zunge, als sie seinen Blick e widerte. »Du hast recht. In der Tat war ich naiv, ehe ich hierherkam Ich dachte bis dahin, die Drachenreiter der Gilde wären Helden. Ab in Wahrheit seid ihr allesamt Feiglinge.« Harok riss die Augen au Ein Raunen ging durch die Menge, und Vestas Finger schlossen sic so fest um Siras Arm, dass es ihr wehtat. Aber sie streifte deren Han ab, ohne sich von Harok abzuwenden. »Warum sonst spielt ihr da Verhalten von Iskos herunter, während ihr über mich lacht? Warum sonst zelebriert ihr euer Patriarchat mit einer Ignoranz, die nich einmal die einfältigsten Drachen in dieser Weise aufrechterhielten Warum sonst, tapfere Reiter der Gilde, fällt es euch so schwer, ein Frau als Kriegerin zu akzeptieren?«

Haroks Stimme unterbrach das Gemurmel, das auf ihre Fra folgte. »Du bist eine gute Rednerin«, sagte der Schmied. Ein kalt Lächeln lag nun auf seinen Lippen, das die Glut seiner Augen no unheilvoller wirken ließ. »Aber du verstehst nichts von dem, was d

Gilde der Schatten seit jeher aufrecht hält. Eine Frau kann keine Kriegerin sein, weil sie niemals mit einem unserer Kämpfer mithalten könnte, jedenfalls nicht, wenn Letzterer bei Verstand ist. Es wäre eine Blamage für beide Seiten.«

In diesem Moment stieß Iskos ein gurgelndes Geräusch aus. Er schaffte es gerade noch auf die Beine zu kommen und an den Männern vorbei vor die Tür zu laufen, und Sira verkniff sich ein Grinsen, als die Folgen seiner Trunkenheit in akustischer Vollendung über den Köpfen widerhallten.

»Ich danke dir für die Aufklärung«, gab sie zurück. »Allerdings hege ich spätestens seit dieser Veranschaulichung durch Iskos keinen Zweifel mehr daran, dass die Krieger der Gilde sich auch ohne weibliche Hilfe ganz hervorragend in ruhmlose Situationen bringen können.« Vesta lachte leise, und die Hure hinter dem Tresen musste mit Gläsern klimpern, um ihr Kichern zu übertönen. »Ansonsten habe ich deine Worte mit all den Männern widerlegt, die mich in den Gängen New Yorks herausforderten und sich mit gebrochenen Knochen im Schlamm wiederfanden. Es mag dich erstaunen, aber körperliche Kraft ist nicht alles.«

Harok nickte. »Das ist wahr. Aber nicht jede Schwäche lässt sich durch Schnelligkeit und Geschick ausgleichen. Sag mir, Diebin der einstigen Hauptstadt: Waren es Drachenreiter, gegen die du in den Gängen gekämpft hast, Männer also, die Magie in sich trugen und stärker und schneller waren als gewöhnliche Menschen?«

Der Spott in seinen Augen biss Sira ins Fleisch. »Die Reiter der Gilde haben sich zu selten zu den gewöhnlichen Menschen hinabbegeben, als dass ich meine Kräfte mit ihnen hätte messen können. Aber ich habe euren Anführer verwundet, und etliche hier haben gesehen, wie ich mich in der Arena schlage. Ich ...«

»Die Arena ist nicht das wahre Leben«, unterbrach sie der Schmied. »Und ein ungleicher Kampf hat kaum eine Aussage, ganz gleich, was

Norik dazu sagt. Wie wäre die Angelegenheit ausgegangen, wenn e nur einen Hauch seiner wahren Stärke genutzt hätte? Ich sehe dir an dass du die Wahrheit kennst: Dort draußen würdest du nicht einen Tag lang allein überleben.«

Sira presste die Zähne aufeinander. Seit ihrer Ankunft in der Gil de war keine Stunde vergangen, ohne dass sie nicht die Geringschät zung gespürt hatte, mit der die Krieger ihr begegneten, und doch tra sie deren Verachtung, nun, da Harok sie in Worte kleidete. »Wie sollt ich das auch«, erwiderte sie. »Ich habe gerade erst mit meiner Ausbil dung begonnen. Und wenn du jetzt sagst, dass ich selbst nach ihren Abschluss keine Chance gegen die Reiter des Königs hätte, dann has du recht! Wie könnte ich auch gegen sie bestehen, wenn ihr mir di Möglichkeit nehmt, eine angemessene Waffe zu tragen!«

Sie merkte, wie Vesta neben ihr die Schultern straffte, und ein Rau nen ging durch die Menge, als würden die Männer erwarten, jede Augenblick ihre Schwerter verteidigen zu müssen. Harok hingege betrachtete sie mit gespielter Nachsicht. »Deine Wissenslücken sin erstaunlich«, stellte er fest. »Nicht wir nehmen dir die Möglichkei sondern du selbst. Ganz abgesehen davon, dass die Fertigung eine Schwertes aus dieser Art von Drachenstahl für eine Novizin wie dic unerschwinglich wäre, ist ein Drachentöter viel mehr als eine Wa fe.« Seine Hand hatte sich bei diesen Worten auf sein Schwert g legt, das in prunkvoller Scheide an seinem Gürtel hing. Edelstein liefen über das schimmernde Metall, und der Schweif eines Drache glomm unter seinen Fingern auf, nun, da er darüber hinstrich. »E ist ein lebendiges Wesen«, fuhr er fort, und zum ersten Mal in dies Nacht verlor sich die Kälte seiner Augen, und seine Stimme wurd weich, als würde er ein Lied aus vergangenen Tagen anstimmen, da mehr Geheimnis war als Wort und Ton. »Es verlangt Führung, wen es seine Macht entfalten soll, und wurde es einmal auf seinen Träg geprägt, so ist es auf ewig mit ihm verbunden. Seine Klinge zeigt d vichtigsten Schlachten aus dem Leben seines Trägers, und nur die :rste wird von der Hand eines Schmiedes hinzugefügt. Alle anderen :rschafft das Schwert selbst. Ein Teil von ihm ist Drache, denn es vird im Feuer eines Drachen gehärtet. Ein Teil von ihm ist Mensch, lenn es trägt das Blut seines Besitzers in sich. Und ein Teil von ihm st Magie – gebannt im Gold der Drachen, das jeder Schwertträger :igenhändig brechen muss, um es später zu makelloser Klinge zu ver- :inen – zu Tod und Leben, die in jedem einzelnen Kristall pulsieren.«

Haroks Stimme zog durch die Stille wie ein glitzernder Nebelstreif.)ie Männer nickten achtungsvoll, Vesta lächelte, als hätte sie ein fast ergessenes Gedicht gehört, und auch Sira spürte die Ehrfurcht, die ie gegen ihren Willen bei den Worten des Schmieds ergriffen hat- e. Entschlossen stieß sie die Luft aus und zerriss die Stille. Sie wür- le sich nicht verzaubern lassen, als wäre sie noch immer das kleine Aädchen, das den Geschichten ihres Onkels lauschte und darüber inschlief, obgleich sie doch eigentlich hatte wach bleiben wollen.

»Ich bin eine Diebin der Schatten«, sagte sie deshalb. »Ich kenne ie Macht der Kristalle.«

Die Glut unter Haroks Hand verfärbte sich tiefschwarz, als er ih- en Blick erwiderte. »Gut«, entgegnete er mit einer Stimme, die jede Värme verloren hatte. »Dann weißt du auch, dass die Kristalle für inen Drachentöter nur schwer zu bekommen sind. Die Ostküste irgt seltenes Gold, sehr geeignet für Dolche, Speerspitzen und Fal- en, auch für Bögen und Pfeile. Aber die Kristalle für eine Klinge aus aächtigstem Drachenstahl sind schwer zu beschaffen, da der König eine besten Jäger nach ihnen ausschickt, und ...«

»... es gehört das Herz eines Kriegers dazu, um sie zu brechen«, be- ndete Sira seinen Satz. Sie sah das Erstaunen, das in seinen Augen ufglomm, doch tief in ihrem Inneren saß sie noch einmal neben ih- em Onkel auf einem halb zerstörten Kirchendach New Yorks und chaute auf die Trümmer hinab, die vom Glanz der Drachenstadt beschienen wurden. Einen winzigen Splitter hatte er in der Hand gehalten, so golden wie das Licht der Stadt, und ihn in ihrem Schein gedreht, bis die Reflexionen über Siras Gesicht getanzt waren. »Kein Kristall ist mächtiger als der goldene«, fuhr sie fort. »Keiner trägt die Magie der Welt in so reiner Form in sich. Sie sind selbst Wunder, diese Funken der Dunkelheit, und sie brechen, sobald ein fremdes Licht sie berührt. Denn ihr Schutz ist die Finsternis der größten Rätsel dieser Welt ... und sie wachsen nur im Schatten mächtiger Schwingen.«

Harok räusperte sich, als wäre es nun an ihm, den Zauber abzuwehren, der zwischen ihnen seine Flügel entfalten wollte. »Offenbar hast du den Märchen deiner Welt gut zugehört«, stellte er fest. »Und wie nicht selten ist auch dieses wahr. Nur im Schatten eines Drachen, der mächtig genug ist für ihre Magie, erheben sich die goldenen Kristalle. Aber sobald seine Dunkelheit sie verlässt, beginnen sie zu verblassen, und bereits wenige Stunden später sind sie ganz zerbrochen. Früher, in Zeiten des Friedens, soll es ganze Felder gegeben haben mit diesen goldenen Blumen. Aber heute sind sie sehr selten geworden. Und wir alle kennen den einzigen Ort in dieser Gegend, an dem sie hin und wieder zu finden sind.«

Sira wusste nicht, woher der Windzug kam, der auf einmal ihre Wange streifte. Sie spürte nur, wie sie unter der eisigen Berührung zusammenfuhr, und rechnete damit, gleich darauf das höhnische Gelächter der Männer zu hören. Aber niemand verspottete sie. Stattdessen legten etliche Krieger die Hände auf ihre Schwerter, und als jemand aufsprang und die Tür zuschlug, drang das Klirren der Scharniere durch angespanntes Schweigen.

»Der Wald des Drachen«, sagte Sira leise. Noch einmal griff der Wind nach ihr, grob nun, als wollte er ihr den Namen von der Zunge reißen. Dann stieß Harok ein Grollen aus, dunkel wie eine Beschwörung, und der Wind erstarb.

»Du stehst mächtigen Kriegern gegenüber«, murmelte er, ohne

sich von Sira abzuwenden. »Jägern, die mehr Schrecken getrotzt haben, als du dir vorstellen kannst, und Kämpfern, denen kaum ein Abgrund unbekannt ist, sei er nun innerer oder äußerer Natur. Aber sieh in diesem Moment in ihre Gesichter. Du wirst erkennen, dass sie nicht frei von Furcht sind, wenn es um den Wald des Drachen geht, und sie tun recht daran. Denn kein Wesen hasst die Menschen so sehr wie ein Rhakadhùn, und es gibt keine Worte für die Grausamkeit, die in seinen Adern fließt. Ein Gedanke von ihm würde genügen, um selbst gestandene Krieger zu Asche zu verbrennen, ohne dass sie ihn vorher überhaupt gesehen hätten. Wenn also diese tapferen, erfahrenen Krieger sich vor dieser Kreatur fürchten – welche Frau würde sich dann freiwillig in diesen Wald begeben, um darin nach etwas zu suchen, dessen Macht sie noch nicht einmal ansatzweise begreift?«

Die Glut in Haroks Augen glomm auf, und Sira spürte noch einmal die verbrannte Erde unter ihren Händen. Sie hörte das Flüstern in den Baumkronen, unheilvoll und betörend zugleich, und im nächsten Moment fühlte sie den Gesang des Drachen in ihren Gliedern, so übermächtig, als stünde sie noch einmal vor dem Abgrund, der sie im selben Augenblick abstieß und unwiderstehlich anzog. Die Gesichter der Krieger ringsum verschwammen wie in einem düsteren Traum. Feuer schoss aus ihren Augenhöhlen, Feuer, das in tausend Stimmen sang und Siras Gedanken zu Staub zerrieb, und sie stand einfach da, als wäre sie eine willenlose Marionette mit dem Wind des Abgrunds in ihrem Haar. Doch gerade, als der Schwindel nach ihr griff, fühlte sie etwas auf ihrer Zunge. Ein Wort war es, ein einziges, das noch übrig war im Meer der Flammen, und mit der Kraft eines mächtigen Schwingenschlags trug es Sira aus dem Feuer fort.

»Ich«, sagte sie und hob den Kopf. Noch immer klang der Gesang des Drachen in ihr wider, leise nun wie Hohngelächter, aber sie zwang sich, nicht darauf zu achten. Ohne sich von Harok abzuwenden, griff sie in ihre Tasche und warf ihm den blauen Kristall zu, der das Meer der Nacht in sich trug. »Nimm das als Anzahlung für dein Dienste, Schmied der Schatten. Ich selbst habe diesen Kristall in de einstigen Hauptstadt der Menschen gestohlen, und über eines sei di im Klaren: Ich fürchte mich nicht vor den Schatten, ganz im Gegen teil – ich habe sie immer schon gesucht!«

Die Krieger ringsum begannen zu murmeln. Interessiert betrach teten sie den Kristall in Haroks Hand, und Sira bemerkte, wie Vest sich vorbeugte, um ihn genauer sehen zu können. Der Schmied hin gegen stand so regungslos, als wäre er zu Stein geworden. Eine steil Falte hatte sich zwischen seinen Brauen gebildet, und seine Stimm klang heiser, als er zu sprechen begann.

»Du musst wahnsinnig sein«, sagte er kopfschüttelnd. »Du wills allen Ernstes in den Wald des Drachen gehen, um goldene Kristall aus den Schatten zu holen? Abgesehen davon, dass du vermutlic gar nicht bis dorthin kommen wirst, da das Gesetz der Gilde es ve bietet und wir nun alle wissen, dass du vorhast, es zu brechen: Ist d bewusst, dass dich deine Unvernunft andernfalls mit hoher Wah scheinlichkeit das Leben kosten wird?«

Er fragte das mit einem Ernst, der Sira einen Schauer über de Rücken schickte. »Was kümmert es dich?«, gab sie dennoch zurüc und trat auf ihn zu. »Ich biete dir eine Wette an, bei der du kau verlieren kannst, wenn du wirklich glaubst, was du über uns Fraue sagst. Sollte ich scheitern, werde ich im Feuer des Drachen verbre nen oder, für den unwahrscheinlichen Fall, dass ich überlebe, weil ic vorher aufgebe oder den Wald gar nicht erst erreiche, in dieser Sp lunke ein Lied für all die tapferen Krieger zum Besten geben. In me ner Unterwäsche, wenn sie es wollen.« Gelächter und Pfiffe erkla gen ringsum, als Sira vor Harok stehen blieb. »Gelingt es mir abe schmiedest du einen Drachentöter für mich, der meiner würdig i Was ist, Hoher Schmied der Gilde? Schlägst du ein – oder fürchte du eine Niederlage so sehr?«

Harok rührte sich nicht. Die spöttische Glut in seinen Augen chwelte, als würde ein Atemzug genügen, um sie wieder zu ent- ächen, und als er schließlich unter dem Beifall der Umstehenden hre Hand ergriff, spürte Sira die Hitze brennend auf ihren Wangen. ber sie sah noch etwas anderes in Haroks Blick, nur halb verborgen on seinem Hohn, und es ließ sie lächeln, als sie schließlich vor ihm en Kopf neigte und an den Männern vorüberging: Sie hatte den chmied der Schatten zum Zweifeln gebracht.

Erst als sie hinaus in die Kälte trat, fühlte sie ihr Herz in ihrer Brust asen. Abwehrend hob sie die Hand, als Vesta ihr nacheilen wollte, nd tauchte im Gewirr der Felsformationen unter. Kaum, dass die unkelheit über ihre Stirn strich, kehrte der Schwindel zurück. Sie usste sich an der Wand abstützen, um nicht zu fallen, und ein Frös- ln lief über ihren Rücken, so gnadenlos, dass der Markt vor ihrem lick verschwamm. Als hätte ein dunkler Zauber ihn gerufen, wallte er Gesang in ihr auf. Da lag er vor ihr, der Wald jenseits der Mauer, nd als der Wind zu ihr zurückkehrte war es, als würde ein glühen- er Schatten über ihre Haut gleiten – der Schatten des Drachen, der ort auf sie wartete.

Kapitel 30

Die Schatten hatten Nhor'garoth in Ketten gelegt. Mit gesenktem Kopf schwebte er hoch oben im Saal der Scherben, die Arme von sich windenden Leibern emporgerissen, nd spürte deren Zungen scharf wie Klingen auf seiner Haut. Ein :hwacher Lichtstrahl von irgendwoher erhellte seine Gestalt, und ıitunter, wenn er die Augen öffnete, meinte er, die Umrisse seines ge:hundenen Körpers weit unten in der Finsternis zu erkennen. Doch as war eine Illusion. In diesem Zwielicht gab es keine Nuancen der unkelheit mehr. Alles, was ihn umgab, war haltlose Nacht.

Bei jedem seiner seltenen Atemzüge fühlte er das rohe Fleisch, das ber seinen Rippen aufklaffte. Er fuhr nicht mehr zusammen, wenn .e Schatten nach ihm bissen, aber er hörte sein Blut, das in den Stein :s Turms sickerte wie Wasser in trockene Erde, und jedes Mal, wenn .e gnadenlosen Zähne sich in sein Fleisch gruben, schien es ihm, als ürde die elende Finsternis ringsum ihn verschlingen. Aber so war es cht. Inmitten der Dunkelheit spürte er noch immer Aryons Atem, :r weit vor den Toren des Turms stand, so reglos, dass eine Schicht ıs Eis seinen Körper überzogen hatte, und die Berührung erinnerte hor'garoth daran, dass er mehr war als ein armseliges Bündel aus eisch und Knochen. Dennoch konnte er den Schmerz nicht zuckdrängen, den die Schatten ihm bereiteten. Und sie waren nur ein himmer ihrer Königin, die nun den Saal betrat.

Nhor'garoth erkannte ihre Schritte sofort. Zu oft hatte sie ihn i den vergangenen Nächten aufgesucht, als dass es anders hätte sei können. Sie klangen wie die Füße von Kindern, leicht und unbe schwert, als würde sie am liebsten springen und tanzen und nur vo einem lästigen Naturgesetz davon abgehalten, ständig zu fliege Doch als sie sich vom Boden abstieß und zu ihm hinaufglitt, verlc sich sein Eindruck sofort. Sie war die Königin der Scherben. Abg sehen von ihren eigenen gab es keine Gesetze, die ihr Grenzen au zeigten.

Ein Lächeln lag auf ihren Lippen, als sie vor ihm innehielt. Wie b ihren letzten Besuchen verhüllte sie ihren Körper nur nachlässig m einem Schleier aus Seide, und der Stoff strich über seine Haut, a wäre er ein Atemzug. Anfangs hatte Nhor'garoth diese Berührun genossen, doch nun verdeutlichte sie ihm nur umso stärker, wie hil los er in den Ketten der Königin lag. Er glaubte, einen Hauch vo Spott auf ihren Zügen zu erkennen, als sie ihre langen scharfen N gel in die Schale tauchte, die sie in der Hand hielt. Dann verlor sic ihr Lächeln, und mit der Akribie eines Foltermeisters begann sie, ve schlungene Linien auf seine Haut zu malen.

Wie in den Nächten zuvor zeichnete sie auch nun mit seinem Bl Nhor'garoth konnte die getrockneten Silben auf seinem Rücken sp ren, ebenso wie die Magie, die sich mit seinem Blut vermischte, do er verstand die Worte nicht, sosehr er sich auch bemühte, und die K nigin schwieg, seit er in ihren Ketten hing, als bräuchte sie die Sti für alles, was kommen würde. So blieb ihm nichts anderes übrig, a ihre Leinwand zu sein, den Schmerz zu ertragen, den ihre Schatt ihm bereiteten, und Aryons Atem zu lauschen … dem einzigen Ha den er in dieser Dunkelheit finden konnte.

Sacht strich das Haar der Königin über seine Brust, als sie schlie lich innehielt. Sie legte den Kopf schief und nickte in plötzlicher Z friedenheit, und Nhor'garoth bemerkte einen Glanz in ihren Auge ler ihrem Gesicht etwas ungewohnt Verletzliches verlieh. Doch erst ls sie die Schale mit seinem Blut fallen ließ und sie am Boden zerchellte, begriff er, dass sie ihr Werk vollendet hatte. Sie erwiderte einen Blick, kurz meinte er, erneut ein Lächeln auf ihren Lippen zu rkennen. Aber dann beugte sie sich vor, und ehe er vor ihr zurückveichen konnte, hauchte sie ihren Atem in seinen Mund.

Stechende Kälte rann seine Kehle hinab und nahm ihm die Luft. ein Hals zog sich zusammen, während die Magie der Königin wie ift durch seine Glieder raste. Sie wuchs rasch. Dumpf drückte sie on innen gegen seine Haut, jede Faser seines Körpers spannte sich, ls wollte sie ihn auseinanderreißen. Keuchend warf er sich in seine etten, doch schon glitten weitere Schatten heran und rissen seinen opf zurück. Er sah noch die Königin, die mit Augen aus brennenen Farben vor ihm schwebte. Dann stieß sie einen Laut aus, rau wie in Knurren, und im nächsten Moment entfachte sich ihre Magie in einem Körper zu strahlendem Licht.

Nhor'garoth schrie, doch er hörte seine eigene Stimme nur wie n gellendes Echo. Stattdessen zerfetzte der Klang seiner reißenden aut die Luft. Die Zeichen darauf brachen auf, Lichtlanzen schossen den Raum, und gleichzeitig schien auch in seinem Inneren ein Riss ıfzuklaffen – eine Kluft, die er nicht gekannt, nur erahnt hatte, und e ein Meer aus Finsternis auf ihrem Grund verbarg. Kurz nur wall- Widerstand in ihm auf, als die Königin die Hand auf seine Brust gte. Dann wurde das Licht um ihn gleißend hell, und im selben oment, da sich die Gestalt der Königin vor seinen Augen auflöste, ürzte er mit ihr in seine eigene Dunkelheit.

Gemeinsam jagten sie durch die Schatten, und als sie in das regse Meer eintauchten, brachen Farben um Nhor'garoth auf … leuchnde Farben, gegossen in rätselhafte Bilder. Wie durchscheinende hleier bewegten sie sich im Strom der Wellen, und erst als die Lichr über seine Haut flammten, konnte er sie deutlicher erkennen. Er sah einen Himmel über endlosen Hügeln, ein Pferd mit schmutzstar rendem Fell, frierend in der Kälte, den Umriss einer Rüstung im fah len Morgenlicht. Auch Töne nahm er wahr, das Murmeln eines Ba ches und raues Gelächter an einem prasselnden Feuer, er schmeckt frisches Brot und roch den Duft salziger Haut, und als er den Staub von Mohnblumen an seinen Fingern spürte, da verstand er, dass e Erinnerungen waren, durch die er flog – seine Erinnerungen, so tief i ihm vergraben und so scherbenhaft, dass er sie kaum noch verstand und doch so lebendig, dass ein Splitter und eine Berührung genügte um ihre Farben wachzurufen.

Es schien ihm, als wäre er in ein Kaleidoskop lang vergessener Ge danken geraten, und ein warmes Gefühl strich über seinen Rücken das ihn dazu drängte, weiter hinabzustoßen, immer weiter ... bis z den Bildern, die vielleicht noch nicht zerbrochen waren. Doch eh er diesem Impuls begegnen konnte, glitt die Königin an ihm vorbe Ein seltsamer Glanz war in ihre Augen getreten, der die Farben ring um flackern ließ, und Nhor'garoth beobachtete wie in einem Traum wie sie die Hand auf eines der Bilder legte. Es waren Rosen auf einem hölzernen Tisch, frisch geschnitten, von schwachem Licht bekränz Nhor'garoth meinte auf einmal, Gesang wahrzunehmen, der die Blumen umgab, und den Schatten einer Frau, der über sie hinweg glitt ... Doch im nächsten Moment verblasste das Bild, und die Fa ben flossen in bunten Strömen in die Hand der Königin. Etwas w Entsetzen zog durch Nhor'garoths Brust, ohne dass er es sich erkl ren konnte. Aber die Königin sah ihn nur an, und als das Licht d Rosen in ihren Augen aufglomm, lachte sie hell wie ein Kind ur warf sich nixengleich in die Fluten seines Meeres.

Er konnte nicht anders, als ihr zu folgen. Ein Strom ergriff ihn w eine unsichtbare Hand und zog ihn mit sich hinab, immer weiter h nab, bis das Meer um sie herum dunkler wurde und so kalt, dass glaubte, Eisblumen auf seinen Lippen zu spüren. Schemenhaft n rkannte er die Bilder, die um ihn herum auftauchten. Sie waren wie erner Glockenklang, der ihn kaum erreichte. Der Körper der Königin jedoch glühte in der Finsternis, als würde sie aus Silber bestehen. Beharrlich steuerte sie an all den Bildern vorbei, als hätte sie in ler Tiefe ein anderes Ziel ins Auge gefasst, und da plötzlich fühlte Nhor'garoth den goldenen Schimmer, der dort unten wartete ... golden wie ein Strahl der Sonne.

Etwas in ihm krampfte sich zusammen. Es war ein leiser Schmerz, len er fast vergessen hatte, und doch traf er ihn mit einer Heftigkeit, lass er fern des Meeres in seinen Ketten zusammenfuhr. Der Schimner legte sich warm auf ihn, und als die Königin die Hand danach usstreckte, wollte er sie gleichzeitig fortschlagen und näher heraniehen, als könnte auch er ihn berühren: den goldenen Glanz, den er erloren hatte. Er sah noch, wie die Finger der Königin in dieses Licht intauchten, und kurz spürte er das Haar auf seiner Haut, goldenes Iaar, so weich, dass es ihm erschien wie ein Wunder ... und schmerzaft, viel zu schmerzhaft für ihn.

Gewaltsam riss er seinen Blick von diesem Schimmer los. Er musse auftauchen aus diesem Meer, das sich immer enger um ihn dränge, als gäbe es nichts mehr auf der Welt als ewige Nacht und einen wingen Schimmer aus Gold, den er nie erreichen würde, ganz gleich, ie sehr er es auch versuchte. Ein Schrei brach aus seiner Kehle, so ut, dass er ihn in die Höhe riss, zurück in den Saal der Scherben, nd als er die Hände in die Schatten krallte, die ihn gefangen hielten, rbarsten sie mit lautem Klirren.

Er schloss die Augen, als er fiel, und schlug hart auf dem Boden f. Noch im Fallen hatte die Königin sich an ihn geschmiegt, und un schlang sie die Arme fester um seinen Leib, als würde sie in weire Tiefen stürzen, vor denen niemand sie bewahren konnte. Ihre ugen waren von grauem Nebel erfüllt, aber Nhor'garoth spürte, ass sie noch immer durch sein Innerstes raste. Undeutlich nur sah

er die Bilder in sich grau werden und zerbrechen, und gerade in den
Moment, da er die Königin in einem heftigen Impuls von sich stoßen
wollte, fort von dem Gold, das in ihm lag, drang ein Grollen durch
die Dunkelheit.

Nhor'garoth lag da wie erstarrt. Es war, als hätte sich ein Zaube
auf ihn herabgesenkt. Jedes Gold fiel in ihn zurück, und er fühlt
nichts mehr als diesen Ton, der aus weiter Ferne an sein Ohr drang .
einer Ferne, die er nicht ermessen konnte. Alt war er, das konnte e
hören, älter als jedes andere Geräusch, das er je vernommen hatt
und inmitten des Grollens, das gewittergleich den Boden zum Erzit
tern brachte, ging ein Schrei durch die Nacht, so entsetzlich und ma
kellos zugleich, dass jeder Gedanke in ihm zu Asche wurde. Er merkt
kaum, wie dieser Laut sein Blut um ihn herum zu Linien formte, z
einem Pentagramm, das seinen reglosen Körper in sich einschlos
und verschlungenen Zeichen, die er nicht verstand. Er spürte nur di
Macht, die in diesem Schrei lag, diese Gewalt, die so viel mehr wa
als alles, was er kannte. Sie reiste durch Raum und Zeit, sie kam, u
ihm zu dienen, ein Schatten des Todes, ohne Gnade ... und sie wa
alle Schmerzen wert.

Er wusste nicht, wie lange er so gelegen hatte, ehe das Grollen ve
stummte. Die Königin kauerte an seiner Brust. Ihre Magie hatte ih
verlassen, ohne dass er es gemerkt hatte, und nun grub sie die Fing
in sein Haar, als wären sie ein verzweifeltes Liebespaar. Dies war er
der Anfang gewesen, das wusste er, und er fuhr nicht zusammen, a
er die Schatten ringsum flüstern hörte. Sie warteten ... warteten a
den Moment, da sie sich erneut um seine Glieder schließen kon
ten.

Lautlos richtete die Königin sich auf und sah auf ihn herab. Ih
Augen glänzten in flirrenden Farben, ihr Haar war zerzaust, und e
Lächeln glitt über ihr Gesicht, als wäre sie seine Geliebte und gera
neben ihm erwacht.

Du hattest recht, sagte sie leise. *Es ist mehr in dir, als ich ahnte ... doch icht mehr lange.*

Keine Grausamkeit lag in ihrer Stimme und nicht mehr als eine hnung von Triumph. Stattdessen meinte Nhor'garoth, eine selte-e Traurigkeit in ihren Worten zu hören, zu schwach, um danach zu reifen ... fast wie ein Schimmer aus Gold auf dem Grund eines end-osen Meeres.

Noch einmal streifte ihr Atem seine Lippen, doch sanft nun, als äre es der Atem eines Menschen. Dann wandte sie sich ab, und noch he die Schatten sich erneut mit festem Griff um seinen Leib schlan-en, hatte sie ihn verlassen ... rasch, mit leichten Schritten. Fast so, ls würde sie fliegen.

Kapitel 31

Der Gesang des Drachen war kaum mehr als eine Ahnung i
Ächzen des Schattenturms. Am Abend war ein Sturm au
gekommen, und nun stöhnte das Metall in seinem Griff, a
wollte es jeden Moment auseinanderreißen. Siras Wangen brannte
im kalten Wind, während sie die Treppen aufwärtskletterte, aber
höher sie stieg, desto deutlicher hörte sie die Stimme, die aus de
Wald zu ihr herüberklang, und ein dunkles Lächeln glitt über ih
Lippen. Genau deswegen war sie gekommen.

So leise wie möglich huschte sie an den Quartieren der Höch
ten Drachenreiter vorüber und stieß erleichtert die Luft aus, als s
endlich die Bibliothek erreichte. Zu dieser späten Stunde lag sie ve
lassen, und hatte gerade noch der Wind an Sira gezerrt, umfing s
nun eine behagliche Wärme. Sie konnte nicht mehr zählen, wie vie
Stunden sie inzwischen an diesem Ort verbracht hatte, und wie j
des Mal hüllte sie auch nun der vertraute Geruch von Papier und a
tem Leder ein, der von Wissen und Geheimnis kündete und von a
den Welten, die zwischen den Buchdeckeln darauf warteten, von i
entdeckt zu werden. Ihr Blick glitt zu einem der Sessel hinüber. W
gern hätte sie sich zwischen den Lehnen zusammengerollt und si
fortgelesen, irgendwohin an einen anderen Ort. Seufzend wandte s
sich ab. Dieses Mal war sie nicht gekommen, um in andere Welten z
fliehen.

Die Wendeltreppe knarzte unter ihren Schritten, und als sie durch lie Luke aufs Dach kletterte, schlug ihr der Wind mit voller Kraft ntgegen. Im Schutz einer Strebe blieb sie stehen. Schwach nur :lomm das Zeichen des Sturms in einiger Entfernung auf, das in len Boden der Plattform eingelassene Pentagramm, das mächtige Aagie in sich barg und in regelmäßigen Abständen von Norik dazu erwendet wurde, die Kraft der Kuppel zu erneuern. Die Flammen ossen dunkel über den Wall, aber kaum, dass Sira in Richtung des Valdes sah, spülte der Gesang des Drachen wie eine Welle über sie inweg. Er pulste durch ihre Adern, bis der heulende Wind ihn mit ich nahm, und für einen Moment stieg Übelkeit in ihr auf. Selbst uf die Entfernung konnte sie die Macht dieser Stimme spüren, als äre sie ihr eigener Herzschlag ... und in wenigen Stunden würde sie ır noch viel näher kommen, dieses Mal ohne den Reiter des Sturms, er sie mit einem Zauber vor dem Abgrund schützte. Kurz meinte sie, rneut das Hohngelächter zu hören, das sie schon in der *Kaschemme* ernommen hatte. Aber ehe es sie schwanken ließ, hob sie die Hand. ie würde sich nicht noch einmal von einem Flüstern lähmen lasn.

Lautlos entfachte sie die silberne Flamme auf ihrer Handfläche. ie flackerte im Wind, aber sie erlosch nicht, und Sira musste daran enken, wie Alvarez genickt hatte, als ihr dieser Zauber gelungen war. uvor jedoch hatte ihr Lehrer sie prüfend angesehen, nachdem sie n nach einem Schutzzauber gefragt hatte, der fremde Magie fernlten konnte.

Du magst mit Harok wetten, um was du willst, hatte er entgegnet. *Aber käme in Teufelsküche, würde ich meinen Novizen dabei helfen, im Wald s Drachen nach Gold zu suchen. Also erwarte nicht, dass ich dich dabei unterützze ... jedenfalls nicht offiziell.*

Noch immer sah sie es vor sich: das Funkeln in Alvarez' Augen, das enso gut vom Gold seiner Münzen herrühren konnte wie von dem weisen Schalk, der weit hinten in seinem Blick schwelte. Nur manch mal, in Momenten wie diesem, zeigte er sich ihr so maskenlos, un jedes Mal, wenn er es tat, musste sie sein Lächeln erwidern, als wäre sie Verschworene in einem geheimen Plan.

Iskos ist geschickt, was Bannzauber angeht, hatte sie darauf entgegne *Zumindest wenn wahr ist, was man so hört. Ich habe keine Lust, mitten au dem Marktplatz über meine eigenen Füße zu stolpern oder Schlimmeres, nu weil er sich für seinen Flug durch die Kaschemme rächen will. Es kann nich schaden, wenn ich mich gegen solche Übergriffe verteidigen kann.*

Darauf hatte Alvarez gelacht, und erst als ihr der Zauber gelunge war, hatte er sie mit unergründlichem Ausdruck angesehen. *Vergi nicht,* klang seine Stimme in ihr wider. *Ein Zauber ist nur so stark w der, der ihn wirkt. Und es gibt keinen Schutz für den, der seine Grenzen nic kennt.*

Noch einmal fühlte sie die Hand ihres Lehrers auf der Schult und sah zu gleichen Teilen Sorge und Stolz in seinem Blick. Dan schloss sie die Finger um ihre Flamme. Etliche Male hatte sie de Schutzzauber in ihrem Zimmer geübt, und doch war sie über alle M ßen erleichtert, als das silberne Licht auch inmitten des Windes üb ihre Haut floss. Sofort schien es ihr, als würde der Gesang nur noc gedämpft zu ihr dringen, jenseits all der Schatten, die er barg. Sie tr aus dem Schutz der Strebe, um diesen Eindruck zu überprüfen – un erkannte, dass sie keineswegs allein auf dem Dach war.

Norik hatte sie noch nicht bemerkt. Mit freiem Oberkörper sa er gegen einen der Pfeiler gelehnt, die Beine ausgestreckt, als wür er den eisigen Wind nicht spüren, und las. Der Wind strich ihm d Haar zurück, und Sira konnte nicht verhindern, dass ihr Blick üb seine Haut glitt. Er hatte den Körper eines Kriegers, gestählt in u zähligen Kämpfen. An seiner Schulter erkannte sie einen Teil der T towierung, die sich über seinen Rücken fortsetzte, und betrachte die Narben, die ihm vor langer Zeit beigebracht worden waren. Dı

:henkrallen hatten ihn ebenso verwundet wie Schwerter und Dolche, ınd Sira schien es, als würde sie eine Geschichte auf seiner Haut le- ;en ... die Geschichte eines Kriegers, der sein Leben dem Kampf ver- ;chrieben hatte und dessen Anblick ihr doch so viel vertrauter er- chien, nun, da sie ihn waffenlos mit einem Buch sah. Erst als er die ;eiten umblätterte, bemerkte sie die feinen Narben an seinem linken Jnterarm. Etwa zwei Dutzend waren es, mit sauberer Klinge gezo- ;en. Sie sahen aus, als hätte er sie sich selbst zugefügt ... wie Kerben ur Erinnerung an etwas, das er nicht vergessen durfte.

Als hätte dieser Anblick einen Bann gebrochen, wurde Sira be- vusst, dass sie noch immer dastand und Norik anstarrte. Seit seinem uftritt im Hospital hatten sie sich nicht gesehen, und sie überkam er Drang, zu ihm hinüberzugehen und an seiner Seite den Gesän- en zuzuhören, als stünden sie noch einmal im Wald des Drachen. ber das taten sie nicht. Der Überfall auf das Lager der Nomaden atte alles verändert, das hatte sie schon im Hospital in Noriks Au- en gesehen, und nun, da sie ihn wie aus weiter Ferne betrachtete, mpfand sie es noch stärker. Es war, als hätte sich eine Mauer zwi- :hen ihnen herabgesenkt.

So langsam wie möglich wich sie in die Schatten zurück, doch ehe e die Luke öffnen konnte, flackerte die Magie auf ihrem Körper nter einem plötzlich Windstoß auf. Schnell ließ sie den Zauber er- schen und hielt in der albernen Hoffnung den Atem an, dass No- k sie nicht gehört haben könnte. Doch im nächsten Moment glitt n Lufthauch über ihre Haut, tastend, als streifte er durch feines ras.

»Sira«, sagte Norik gleich darauf, und sie konnte die Überraschung seiner Stimme hören. »Was tust du hier oben?«

Seufzend trat sie aus den Schatten. Er saß da wie zuvor, doch nun, er aus der Welt des Buches auftauchte, verlor sich die Dunkelheit, e er gerade noch in seinem Blick getragen hatte. »Entschuldige«, sagte sie und räusperte sich, um die plötzliche Verlegenheit aus ihre Stimme zu vertreiben. »Ich wollte dich nicht stören.«

»Du störst mich nicht«, sagte er sofort, und für einen Momen schien es ihr, als stünde er direkt neben ihr, so deutlich fühlte si seinen Atem auf ihrer Haut. Dann schaute er auf ihre Faust, al würde noch immer die Flamme darin glühen, und lächelte un merklich. »Bist du gekommen, um dich auf deinen Ausflug in de Wald des Drachen vorzubereiten? Ich hörte von deiner Wette, un auch, wenn dein Mut mich beeindruckt: Es wird dich nicht übe raschen, wenn ich dir nicht erlaube, deinen Plan in die Tat umzuse zen.«

Sira stieß die Luft aus. Natürlich überraschte sie das nicht. Es wa eine Sache, dass er ihr nicht verboten hatte, sich heimlich in den Wal zu stehlen, aber eine ganz andere, ihr zu gestatten, im Schatten de Rhakadhùn nach den Kristallen für ihren eigenen Drachentöter z suchen. Abgesehen von der Gefahr durfte er als Anführer der Gild nicht dabei zusehen, wie die Gesetze missachtet wurden, das leucl tete ihr ein. Was sie allerdings erstaunte, war die Geschwindigke mit der Norik von einem Moment zum nächsten jede tiefere Empfi dung von seinen Zügen vertreiben konnte, um nichts zurückzulasse als den unnahbaren Reiter des Sturms.

Sie trat an den Rand des Turms und ließ den Blick über die flan mende Kuppel schweifen. »In der Tat habe ich damit gerechnet. Ab genauso wenig wird es dich überraschen, dass ich mich nicht vo meinem Plan abbringen lassen werde.«

Amüsiert hob Norik die Brauen. »Oh, du kennst diesen O schlecht, wenn du glaubst, ihn ohne mein Wissen verlassen zu kö nen. Wobei du ja langsam heimisch zu werden scheinst. Deinen er ten Kneipenkampf hast du erfolgreich hinter dich gebracht ur einigen Kriegern in der *Kaschemme* ordentlich den Kopf zurech gerückt.«

Sira zuckte mit den Schultern. »Offensichtlich wurde ihnen schon viel zu lange nicht mehr Paroli geboten. Sie hatten es dringend nötig.«

»Das hat Vesta auch gesagt«, erwiderte er. »Und dass du bemerkenswert schnell bist, wenn es darum geht, gestandene Kerle quer durch den Raum zu schleudern. Jedenfalls ist Vesta dir sehr dankbar. Sie hat es nicht oft erlebt, dass jemand für sie ihre Haut riskiert hat, das kannst du mir glauben.«

Sira schwieg für einen Moment. Wieder sah sie das Erstaunen in Vestas Augen aufglimmen, als sie sich Iskos entgegengestellt hatte, und erinnerte sich daran, wie sie sich im Hospital um den kleinen Jungen gekümmert hatte. Noch immer fiel es ihr schwer, diese Bilder mit der Hure in Einklang zu bringen, die lachend auf der Bühne ihre Lieder gesungen hatte. »Ich habe sie im Hospital gesehen«, sagte sie schließlich. »Sie hat mir geholfen, und ich war beeindruckt von der Ruhe, mit der sie sich um die Verwundeten gekümmert hat. Sie verfügt vielleicht nicht über Magie, aber in meinen Augen wäre sie eine gute Heilerin. Warum ist sie es nicht?«

Seufzend kam Norik auf die Beine. Er streckte sich, als hätte er sehr lange unbewegt gesessen, und als er neben Sira trat, spürte sie die Kälte seiner Haut wie einen Schauer über ihren Körper gleiten. »Du meinst, warum sie tut, was sie tut, wenn sie andere Möglichkeiten hätte?«, fragte er und schaute mit einem Ausdruck zur Kuppel hinauf, als hätte er sich diese Frage schon oft gestellt. »Keine der Frauen wird dazu gezwungen, ihren Körper anzubieten. Sie alle könnten jederzeit einen anderen Beitrag zur Gemeinschaft leisten, wenn sie das wollten, und manche haben sich bereits von ihrem einstigen Weg abgewandt. Aber die meisten können oder wollen ihn nicht aufgeben, und Vesta gehört dazu. Es gab eine Zeit, in der es mir sehr schwerfiel, das zu akzeptieren. Doch inzwischen glaube ich, sie verstehen zu können. Vielleicht ist ihre Rolle der einzige Schild, mit dem sie sich vor der Welt schützen kann. Und einen solchen Schil brauchen wir alle, nicht wahr?«

»Vermutlich«, gab Sira zurück. »Du jedenfalls bist ein Meister de Schilde, und es ist nicht leicht, dahinterzuschauen, wenn du es nich willst. Von einer Sekunde zur nächsten kannst du ein anderer wer den.«

Da lachte er auf. »Das sagt die Richtige! Du wirkst doch meisten so unverwundbar, dass es schwerfällt, die wahre Sira überhaupt z erahnen.«

»Die wahre Sira«, erwiderte sie nicht ohne Spott. »Gib mir Be scheid, wenn sie dir begegnet, sie klingt nach einer interessanten Pe sönlichkeit.«

Norik sah sie von der Seite an. »Ich zweifle nicht daran, dass si genau das ist. Aber wenn sie sich über meine Schilde beschwert, sol te ihr bewusst sein, dass sie auch jede Menge davon mit sich herum trägt. Und kein einziger ist leicht zu durchdringen.«

Sira schaute hinauf zu den schwarzen Flammen, und für eine Moment schien es ihr, als würde sie den Sternenhimmel dahinter e kennen können. »Ich habe früh gelernt, dass die Schatten jeden str fen, der Schwäche zeigt. Meine Eltern starben, als ich ein Kind wa Ich glaubte, der Schmerz würde mich töten.«

»Aber das hat er nicht getan«, sagte Norik, ohne sich von ihr a zuwenden.

»Nein«, entgegnete sie. »Zumindest nicht alles von mir. Aber vie leicht genug.«

»Genug, um Nähe stärker zu fürchten als den Tod?«

Leise hatte er das gefragt, und als sie seinen Blick erwiderte, fär te der Ernst seine Augen eine Spur dunkler. Sira schnaubte. »Für j manden, der gerade in diesem Moment durch tausend Masken a mich schaut, stellst du seltsame Fragen. Glaubst du, dass ich ei Buch wäre, in dem du lesen kannst?«

Da hob er die linke Augenbraue und nickte mit einer Überzeugung, die sie lächeln ließ. »Selbstverständlich bist du das. Allerdings kenne ich die Sprache nicht, in der es geschrieben wurde, und verstehe immer nur einige Worte. Aber du weißt ja: Man erkennt nur, was man selbst in sich trägt.« Er erwiderte ihr Lächeln, ehe er wieder ernst wurde. »Ich möchte mich für das entschuldigen, was ich im Hospital gesagt habe. Oder eher dafür, *wie* ich es gesagt habe. Das war grob und …«

Sira hob abwehrend die Hand. »Wenn ich mich jedes Mal entschuldigen würde, wenn ich grob war, käme ich zu nichts anderem mehr. Das ist schon okay.«

»Nein«, entgegnete er. »Das ist es nicht.«

Kurz schien es, als wollte er noch mehr sagen, doch dann wandte er sich ab. Er schloss die Augen, während der Sturm ihm das Haar zurückstrich, und erneut fragte Sira sich, ob er den schneidenden Wind nicht spürte oder ob er sich absichtlich in die Kälte begeben hatte, um für eine Weile etwas anderes zu fühlen als die Unruhe, die ihm den Schlaf raubte.

»Vermutlich hast du recht, was die Schilde betrifft«, sagte sie nach einer Weile. »Wir haben uns alle angewöhnt, sie zu tragen. Aber manchmal ist es schwer, sie aufrechtzuerhalten, und manchmal ist es auch gar nicht nötig. Du hast nicht mehr als einen Blick gebraucht, um zu wissen, warum ich hier heraufgekommen bin, und es ändert nicht das Geringste bis auf dies: dass keine Lüge zwischen uns stehen wird. Ich wünschte nur, dass ich nicht die Einzige wäre, die manchmal einen Blick hinter die Schilde erlaubt.«

Norik öffnete die Augen und betrachtete sie mit schelmischem Funkeln. »Ist das ein Angebot, Diebin der Schatten? Willst du etwa mein wahres Gesicht sehen?«

»Ich habe von Anfang an nichts anderes gewollt.« Ihre eigenen Worte kamen ihr unwirklich vor, und fast hätte sie gelacht, um ihnen den Ernst zu nehmen. Doch gleichzeitig spürte sie die Wahrheit, die in ihnen steckte, und ehe sie vor sich selbst zurückweichen konnte, fuhr sie fort: »Was hat dich heute Nacht hierherauf in die Kälte getrieben?«

Norik sah sie mit leicht geneigtem Kopf an. Prüfend sank sein Blick in sie hinein wie bei einer der Lektionen, in denen er herausfinden wollte, ob sie tatsächlich bereit zu dem war, was sie forderte. Dann nickte er. »Im Morgengrauen haben wir weitere Menschen gefunden«, sagte er und schaute in die schwarzen Flammen, als könnte er sie mit seinem Blick durchdringen. »Draußen auf den Feldern, zu Eis gefroren und entstellt wie die letzten Opfer. Ich wies meine Jäger an, ihre Körper in die Wälder zu bringen und sie den Tieren zu überlassen, um eine Panik zu vermeiden. Aber es waren weder Wölfe noch Bären, die sie getötet haben.«

Sira betrachtete das Muskelspiel seiner Schläfen, als er die Zähne aufeinanderpresste, und sie musste an ihren Onkel denken und daran, wie er nach dem Tod ihrer Eltern in einem finsteren Tunnel gesessen hatte, das Gesicht von Schmutz und getrockneten Tränen bedeckt. Er hatte denselben haltlosen Zorn in seinem Blick getragen, der nun in Noriks Augen stand, und als Sira die Hand auf dessen Arm legte, schaute er sie mit demselben Erstaunen an wie ihr Onkel, als sie damals den Kopf an seine Schultern gelehnt hatte.

»Du wirst den Drachen fangen«, sagte sie und war selbst überrascht von der Gewissheit, die in ihrer Stimme mitschwang. »Ich zweifle keine Sekunde daran.«

Noriks Finger waren eiskalt, als er ihre Hand berührte. Vorsichti tat er es, als wäre sie eine Illusion, die bei der kleinsten unachtsame Bewegung zerbrechen könnte. »Ich werde ihn nicht fangen, wenn ic hier auf diesem Turm stehe. *Wir brauchen eine Pause von dem Graue* sagte Rhorka, und vielleicht hat sie recht, aber ich höre noch imme die Schreie der Sterbenden im Hospital. Vielleicht hätte ich sie vo dem elenden Frost bewahren können, wäre ich in jener Nacht übe den Feldern geblieben, statt ... dem Gesang des Drachen zuzuhören.«

Sira spürte noch einmal seine Finger auf ihrer Haut, als sie nebeneinander zwischen den Zweigen der Weide gestanden hatten, und sie wusste, dass es ihm ebenso erging. Dann zog er seine Hand zurück, und sie tat es ihm gleich, ehe die Vertrautheit vollends zu ihr zurückkehren konnte ... diese Wärme, die ihr für einen kurzen Augenblick das Gefühl gegeben hatte, in Sicherheit zu sein. »Es vergeht keine Nacht, in der ich meinem Bruder nicht beim Sterben zusehe«, sagte sie leise. »Und ich kann nicht mehr zählen, wie oft ich auf den Nachtmarkt zurückgekehrt bin, um ihn in meinen Träumen vor dem Tod zu bewahren. Ich weiß sehr gut, was solche Gedanken bedeuten, gut genug, um begriffen zu haben, dass sie uns nirgendwohin führen. Du tust, was in deiner Macht steht, und das ist sehr viel. Aber du kannst nicht allein die ganze Welt retten.«

»Ich bin der Reiter des Sturms«, gab Norik zurück, müde nun, als hätte er diese Worte schon zu oft gesagt. »Wer soll es tun, wenn nicht ich?«

Sira schwieg für einen Moment. »Du bist mehr als der Reiter des Sturms«, sagte sie dann.

»Ach ja?« Er hob spöttisch die Brauen. »Ein arroganter Drachenreiter? Ein Sturkopf, wenn es darum geht, dich von Nhor'garoth fernzuhalten? Ein unnachgiebiger Mentor ohne Gnade für seine arme Novizin?«

Sira lachte. »All das, ja. Aber du bist auch Kapos bester Freund und der Einzige, der Arvid die Meinung sagen darf, ohne sich Kar'mals Zorn zuzuziehen. Du bist wie ein Vater und ein großer Bruder für Juri, du bist der Einzige, dem Vesta an diesem Ort vertraut, und du bist Rhorkas Herzschlag, wenn sie schläft. Du bist es, der jedes Buch seiner Bibliothek gelesen hat und trotz aller erlebten Gräuel nicht aufhören kann, von einer besseren Welt zu träumen. Und du bist derjenige, der mich den Sturm fühlen ließ, wie er wirklich ist: jenseits aller Schatten.« Sie hielt inne, als sie merkte, dass ihre Worte ihn lächeln ließen. »Außerdem bringst du mich dazu, Dinge wie diese laut auszusprechen«, fuhr sie kopfschüttelnd fort. »Obwohl ich dir eigentlich nur eines sagen will: Du bist mehr als der Held, den alle in dir sehen. Aber du darfst dich nicht dafür bestrafen, dass du kein Gott bist.«

Norik schwieg für einen Moment. »Ein Held«, sagte er dann, und das Lächeln verschwand von seinen Lippen. »Ich wünschte, ich könn te einer sein. Ich wünschte, ich würde nicht glauben, was ich im Hos pital gesagt habe. Die Kinder haben mich angesehen, als hätte ich ihnen jede Illusion genommen.«

»Aber du glaubst es«, erwiderte Sira. »Du glaubst jedes Wort von dem, was du gesagt hast. Wie ist es möglich, dass ein Mensch, der so viel Hoffnung geben kann, selbst so wenig davon in sich trägt?«

Ein flüchtiges Lächeln glitt über seine Züge. »Weil ich weiß, wer ich bin«, gab er zurück. »Ich mag der Sohn eines Helden sein, aber ich selbst bin weit von diesem Ideal entfernt.«

Sira erinnerte sich an die Bilder von Castan, dem berühmten Sturmreiter der Schatten, die sie in einem von Alvarez' Büchern ge sehen hatte, und an Amal, seinen bronzefarbenen Drachen. Norik sah seinem Vater ähnlich, das gleiche dunkle Haar, die gleichen grü nen Augen, der gleiche Trotz in seinem Blick. Die Kälte jedoch, die aus jeder Pore des einstigen Gildenanführers gedrungen war wie Blut aus einer Wunde, hatte Norik noch nicht gänzlich in Besitz genom men. »Castan war ein tapferer Krieger«, sagte sie, und kurz flackerte die Schlachtengemälde des Sturmreiters vor ihr auf, die sie mit stiller Faszination betrachtet hatte. »Du hast ihn sehr geliebt, nicht wahr?

Norik hob den Blick, als hätte er jede noch so abwegige Frage er wartet, aber nicht diese. Er nickte unmerklich. »Mehr als alles, wa ich kannte. Allerdings war es zwischen uns nicht üblich, über Gefül

.e und dergleichen zu sprechen. Meine Mutter starb, als ich noch sehr ung war, und seither war mein Vater für mich vor allem eines: der erɿabene Anführer der Gilde. Schon früh begann er, mich in deren Beangen zu unterweisen, und er erwartete, dass ich mich ihnen ebenso vollkommen verschrieb, wie er es getan hatte.«

Sira seufzte leise. »Und ich vermute, du hast ihn stolz gemacht?«

»Ich habe es eine lange Zeit versucht«, sagte er und schaute in die Dunkelheit der Kuppel wie in eine weite Ferne. »Aber je älter ich wurde, desto stärker spürte ich, dass ich meinen Vater nicht erreichen konnte – mit nichts von dem, was ich tat. Stets war ich vor allem der Erbe des Sturms und erst in zweiter Linie sein Sohn. Und so floh ich .us der Gilde, wann immer ich die Möglichkeit dazu hatte. Sicher hast du die Berge am Horizont gesehen, als ich die Kuppel für dich öffnete? Ich liebte es, mit Rhorka über die Gipfel hinwegzujagen, icht über den eisigen Zinnen, mit dem Schnee auf meinen Wangen und der Weite des Himmels über mir. Und für eine Weile schien es, ls würde sich daran niemals etwas ändern.«

Sira folgte seinem Blick in die Kuppel, und da sah sie ihn aus den Flammen tauchen: Norik, der als Kind mit emporgerissenen Armen über steile Gipfel jagte. Sie meinte, ihn lachen zu hören, und als Rhorka mit den Schwingen schlug, fühlte sie den aufgewirbelten Schnee auf ihren Wangen. »Aber es hat sich geändert«, sagte sie, als Norik nicht weitersprach. »Was ist passiert, dass du der Reiter des Sturms geworden bist?«

Er stand so lange unbewegt da, bis sie glaubte, er hätte ihre Frage nicht gehört. Sie wollte sie gerade wiederholen, als ein Keckern die Luft durchzog, so plötzlich, dass sie zusammenfuhr. Erst als sie die Augen zusammenkniff, erkannte sie die Drachen, die sich aus den Flammen der Kuppel formten, aufrecht gehend wie Menschen, aber mit langen Klauenhänden und Zähnen, die scharf wie Dolche aus ihrem Maul ragten.

»Zu jener Zeit wurde diese Gegend von Drachen heimgesucht« begann Norik mit einer Stimme, die dunkel wie Donnergrollen mi dem Wind durch die Nacht flog. »Die Voskuri waren grausame Men schenfresser, die großes Leid über die Siedlungen brachten, wanr immer die Gilde sie nicht zurückschlug. Und in einer Nacht kamer sie zahlreicher als jemals zuvor.«

Sira stockte der Atem, als sie sah, wie die Drachen durch die Fins ternis einer Höhle glitten und etliche Menschen mit ihren Klauen ir Fetzen rissen. Blut strömte über das Bild, und gleich darauf raste Voskuri über die Felder. Es waren so viele, dass die Kuppel vor Sira Augen zu flimmern begann.

»Mein Vater zog in die Schlacht«, fuhr Norik fort. »Und ich sollt ihn zum ersten Mal begleiten.« Während er sprach, bildeten sich di Regale der Bibliothek aus den Flammen. Castan ging in der schwar zen Rüstung der Schattenkrieger davor auf und ab, die Arme gestiku lierend erhoben, und Norik stand reglos vor ihm, den Kopf geneig die Hände zu Fäusten geballt. »Noch heute höre ich ihn vom Erb des Sturms sprechen, von meiner Pflicht, eines Tages der Anführe der Gilde zu werden, und ich erinnere mich an den Zorn, der mich b diesen Worten befiel. Vielleicht lag es an der unerschütterlichen Kält in seinen Augen, mit der er mich an diesem Abend bedachte und d nichts sehen wollte als die Gilde, der er sein Leben gewidmet hatte jedenfalls weigerte ich mich, dieses Erbe anzunehmen. Wir stritte uns, so heftig wie nie zuvor, und schließlich verließ ich ihn und flo in die Berge. So oft hatte ich das in den vergangenen Monaten g tan ... Aber dieses Mal war alles anders.«

Sira spürte die Hitze in Noriks Wangen, als sie ihn über die Gi fel rasen sah, ebenso wie die Sanftheit, mit der Rhorka ihn scho damals zu beruhigen versucht hatte. Aber gleich darauf dranger Schreie durch die Luft. Sira fühlte die mächtigen Zauber, die d Erde erschütterten, und sie konnte den Lärm der Schlacht hören, d sich nicht weit von den Bergen entfernt entfesselte. Endlose Horden der Voskuri waren es, denen sich die Drachenreiter entgegenstellten, und Siras Blick hing an Castan, der sich auf Amals Rücken mitten unter sie stürzte. Donnernd schlug er ganze Reihen zurück, und als die Ströme seines Sturms ihn in silbernen Glanz tauchten, erschien er Sira wie eine Lichtgestalt inmitten eines Ozeans aus Finsternis. Doch gleich darauf wallten die Leiber der Voskuri auf, und Sira spürte, wie Noriks Brust sich bei diesem Anblick zusammenzog. Dieses Meer war nicht zu bezwingen, das fühlte sie ... und vielleicht war es diese Gewissheit, die Norik hoch oben in der Kuppel auf die Schlacht zustürmen ließ.

»Es waren so viele«, flüsterte er neben ihr, als würde er die Horden der Voskuri in diesem Moment zum ersten Mal erblicken. »Viel zu viele, als dass die Drachenreiter sie hätten zurückschlagen können. Doch ich stellte mich ihnen entgegen, mit all dem Zorn, den ich aufbieten konnte. Nicht für einen Wimpernschlag ließ ich meinen Vater aus den Augen. Und ich schaffte es an seine Seite.«

Gebannt sah Sira zu, wie Norik die Voskuri auf den Hügeln zurückschlug, schon damals mit einer Macht, die sie den Atem anhalten ließ. Doch als er seinem Vater gegenübertrat, wich die Härte des Kriegers von seinen Zügen, und auch Castan verlor für einen Augenblick seine Kälte. Stattdessen flammten Erstaunen und Stolz über sein Gesicht und machten es schöner als jeder Zauber es gekonnt hätte.

»In diesem Moment sah ich meinem Vater in die Augen«, fuhr Norik fort. »Mir schien es, als täte ich es zum ersten Mal, und ich begriff, dass er bei jedem Streich seines Schwertes an meine Mutter dachte, und dass er nur aus einem einzigen Grund in diese Schlacht gezogen war: für mich, den Reiter des Sturms, der die Zukunft bedeutete, für die er zeit seines Lebens gekämpft hatte. Die Krieger der Gilde stürzten um uns in die Dunkelheit, der Sieg der Voskuri war nah, und in-

mitten des Chaos war ich bereit, an seiner Seite zu sterben – für ihn
meinen Vater und Helden, den ich liebte. Aber ich war es nicht, de
in jener Nacht sein Leben gab.«

Castans Lächeln war kaum zu sehen, und doch traf es Sira wie ei
Dolchhieb, als sie begriff, dass es ein Abschied war. Instinktiv streck
te sie die Hand aus, als könnte sie das Unvermeidliche noch ver
hindern – und fuhr zurück, als Castan die Faust ballte und mit ent
setzlichem Krachen seinen eigenen Brustkorb durchstieß. Die Luf
wich aus Siras Lunge, unnennbarer Schmerz flutete sie, als wäre e
ihr Herz, das in diesem Moment zerrissen wurde, und gleich darau
entfaltete sich die Magie des Sturmreiters ein letztes Mal. In gleißen
der Druckwelle brach sie aus Castans Leib und schlug die Vosku
mit solcher Übermacht zurück, dass die ersten Reihen der Drache
von Klauen aus Sturm zerfetzt wurden. Ohrenbetäubend laut gell
te Amals Schrei durch die Luft, als das Leben in ihm erlosch. Dan
stürzte der Drache nieder wie ein uralter Baum, dessen Wurzeln ze
brachen, und landete an der Seite seines Gefährten. Sira schauderte
als Norik neben seinem Vater auf die Knie fiel.

»Er bewahrte die Gilde der Schatten vor dem Untergang«, raunt
er neben ihr. »Ich konnte ihm nicht helfen, ich konnte nichts tun, a
ihm beim Sterben zuzusehen. Doch noch ehe es vorbei war, gab ic
ihm ein Versprechen. In der Stunde seines Todes wurde ich zu de
Krieger, den er in mir gesehen und für den er sein Leben gegeben ha
Ich empfing seine Macht, noch heute fühle ich sein Blut an meine
Fingern, mit dem er die Gilde geschützt und mich gerettet hat, un
mit seinem letzten Atemzug entfesselte ich die Kraft des Todes un
verband sie mit der Macht des Sturms.«

Die Gewalt des Zaubers schlug in hellen Flammen durch die Nac
und zerrte an Siras Haaren, doch sie wandte sich nicht von dem Scha
spiel ab, das sich ihr bot. In einem Orkan, der den Himmel in silbern
Licht tauchte, erhob Norik sich in die Luft. Er zerfetzte die Leiber d

herandrängenden Voskuri, als wären sie aus Papier, und als der Sturm sich legte, stand er inmitten der wirbelnden Asche da als der Reiter des Sturms – genau so, wie sein Vater es sich gewünscht hatte.

»Damals lernte ich, dass es keinen Retter gibt«, sagte er leise. »Man muss selbst der Held sein, den man erwartet. Ich habe mich der Gilde verschrieben und mir geschworen, das Erbe meines Vaters fortzuführen. Und nichts anderes versuche ich jeden Tag.«

Wortlos nahm er ihre Hand und führte sie zu seinem Rücken, und sie hielt den Atem an, als der Drache unter ihren Fingern den Kopf hob. Seine Augen glühten in grünem Licht, sie konnte den Wind unter seinen Schwingen hören, und als er den Sturm aus seinem Rachen brechen ließ, floss er in wilden Strömen über Noriks Haut und strich Siras Haar zurück.

»Geformt aus dem Blut der Ersten Drachen«, sagte Norik, und es klang wie ein altes Lied. »Geheiligt von den Gefährten des Sturms, des Wassers, der Erde und des Feuers, getragen nur vom Stärksten unter ihnen, der die Gilde mit seinem Leben führen wird: das Zeichen der Schatten, das sich dem Licht entgegenstellt.«

Sira strich über die Klauen des Drachen, und für einen Moment meinte sie, ihre Schärfe an den Fingern zu spüren. »Ich habe noch nie so alte Magie gefühlt. Sie ist eisig kalt und gleichzeitig so heiß, als würde sie mit brennenden Klingen in mein Fleisch schneiden, und sie flüstert ... Ich kann sie hören wie die Stimme in einem Traum.«

Norik nickte. »Das Zeichen der Schatten birgt die Kraft der stärksten Drachen, die sich nach Rhenlynghars Tod auf die Seite der Menschen stellten. Sein Zauber erkennt nur denjenigen als Anführer der Gilde an, der stärker ist als die anderen Reiter und der ihnen sein Leben widmet, denn nur ihm werden sie folgen. Ohne Weiteres hätte diese Magie mich getötet, wenn sie mich als unwürdig empfunden hätte. Doch das hat sie nicht getan. Seither spüre ich den Schmerz meiner engsten Gefährten, als wären die Linien meine Adern, und ich wurde wie mein Vater der Anführer der Schatten.«

Erst als das Feuer in den Augen des Drachen erlosch, und er reglos verharrte, ließ Sira die Hand sinken. »Es ist wunderschön«, flüsterte sie. »Und gleichzeitig entsetzlich. Es ist wie ... ein Fluch.«

Norik wandte sich zu ihr um. »Das ist es«, sagte er. »Und es erinnert mich an meinen Schwur und daran, wer ich bin. Denn du hast recht. Ich bin mehr als der Reiter des Sturms. Ein Teil von mir jagt noch immer über die Gipfel der Berge hinweg, und gerade dieser Tei kann sich nichts Schöneres vorstellen, als mit dir zwischen den Zwei gen einer Weide zu stehen, den Kindern Märchen zu erzählen ode zum Sternenhimmel aufzusehen, als gäbe es nichts, das jenseits da von liegt. Aber es ist nicht dieser Teil, den die Menschen dort drauße brauchen. Sie brauchen den Reiter des Sturms, und sie brauchen ih mit all seiner Kraft.«

Sira schwieg für einen Moment. »Und du?«, fragte sie dann, s leise, dass ihre Stimme fast im Tosen des Sturms unterging. »Wa brauchst du?«

Wie Sterne fielen die Bruchstücke seines Bildes in den schwarze Flammen der Kuppel nieder und spiegelten sich in seinen Auge »Ich gehöre der Gilde, Diebin der Schatten – ganz gleich, was es mic kosten wird.«

Sira erwiderte seinen Blick. Sie sah ihn noch einmal über seine toten Vater stehen, erwachsen geworden in einer einzigen Nacht, un obwohl sie die Hand nach ihm ausstrecken wollte wie im Wald de Drachen, tat sie es nicht. Er hatte recht, er war der Reiter des Sturm und sie ... sie wusste zu gut, was ein Verlust wie dieser bedeutete, a dass sie ihn noch einmal riskieren würde. So standen sie da, so na beisammen inmitten des Sturms und gleichzeitig unerreichbar we voneinander entfernt.

»Ich sollte gehen«, sagte sie in die Stille hinein, die auf einm trotz des heulenden Windes um sie herum herrschte. »Es ist spät, und ich …«

»… du hast morgen noch etwas vor«, beendete Norik ihren Satz. Er seufzte, als er den Blick in Richtung des Waldes wandte. »Und ich werde dich nicht davon abhalten können, es zu versuchen?«

»Niemals«, gab sie zurück und erwiderte das Lächeln, das in seinen Augen aufglomm. »Du musst deinen Weg gehen, Reiter des Sturms … und ich gehe meinen.«

Noch einmal spürte sie den Wind in ihrem Haar wie eine Berührung. Dann wandte sie sich ab. Sie hatte die Luke fast erreicht, als Norik ihren Namen rief. Er hatte sich dem Wald des Drachen zugewandt, halb nur schaute er zu ihr zurück.

»Bevor ich es vergesse«, sagte er beiläufig. »Charon hütet seine Wälle, als wären sie sein eigenes Blut, und durch die Vorkommnisse mit dem verfluchten Drachen wurden die Wachen auf der Mauer verstärkt. Es wird dir nicht gelingen, unbemerkt von ihnen in den Wald zu kommen. Ich selbst habe die Wachen ausgewählt.«

Sira stieß die Luft aus, aber ehe sie etwas entgegnen konnte, bemerkte sie das schelmische Glitzern in seinen Augen.

»Juri hat sich beinahe aufgedrängt, als er von deiner Wette hörte«, fuhr er fort. »Du findest ihn während der ersten Wache im Areal, das an den Wald grenzt. Vielleicht solltest du ihn dort einmal besuchen. Die Nacht ist wunderschön jenseits der Mauer.«

Sira starrte ihn an. »Du meinst …«, begann sie, doch da wandte er sich ab.

»Ich meine, was ich sagte«, erwiderte er mit der Kälte des Sturmreiters, die sich nun wie eine Schicht aus Eis um seinen Körper legte. »Und jetzt solltest du wirklich gehen. Bald bricht der Morgen an.«

Sira seufzte. Noch einmal ließ sie ihren Blick über Noriks Gestalt schweifen, hoch aufgerichtet vor der Kuppel aus schwarzem Feuer. Er stand so regungslos, als hätte er bereits vergessen, dass sie noch da war. Schweigend kletterte sie ins Innere des Turms. Doch ehe sie die Luke hinter sich schloss, streifte ein Windhauch ihre Wange, sacht wie der Zweig einer Weide, und sie hörte Noriks Stimme in ihren Gedanken.

Sei vorsichtig, flüsterte er, und sie wusste, dass er hinter seiner Maske lächelte. *Sei vorsichtig im Wald des Drachen.*

Kapitel 32

Das Schweigen des Waldes breitete sich vor Sira aus wie die Stille zwischen zwei Atemzügen. Eng an die Mauer gekauert saß sie da, im Schatten verborgen, und starrte in die Finsernis direkt vor ihr. Gerade noch war sie erleichtert gewesen, den 3licken der Wachen entkommen zu sein, doch nun klammerte sie ich an ihren Stimmen fest wie an Seilen, die sie über einer unheilollen Schlucht hielten. Angestrengt bemühte sie sich, ihren Herzchlag zu beruhigen, aber es wollte ihr nicht gelingen. Sie wusste zu enau, wer in diesem Moment im Wald den Atem anhielt und sie uf seinen Gesang warten ließ, vielleicht in der Erwartung, dass sie or Ungeduld einfach drauflosstürmen würde, mitten hinein in sein uerndes Maul ...

Das Brüllen eines Bären ganz in der Nähe ließ sie zusammenfahen. Ein lautloser Fluch kam über ihre Lippen, und wie früher, wenn e in dem metallenen Käfig in die Oberwelt gefahren war, legte sie ie Hände auf ihre Waffen. Das Schwert an ihrem Gürtel war kühl nter ihren Fingern, und sie strich über den Bogen, den sie heimlich us Alvarez' Waffenkammer mitgenommen hatte. Er verfügte über feile aus goldenem Kristall, unzerstörbar selbst von Rhorkas Sturm, nd hatte bereits etlichen Kriegern im Kampf gegen die mächtigsten rachen beigestanden. Sogar aus kürzester Entfernung sollte er deen Panzer wie weiches Fleisch durchdrungen haben, so erzählten es die Geschichten und Heldenlieder, doch Sira stieß langsam die Luf aus. Sie hatte nicht vor, dem Rhakadhùn näher zu kommen als un- bedingt nötig.

Sie verharrte regungslos, als sich auf der Mauer Schritte näherten Doch gleich darauf hörte sie ein Pfeifen und erkannte zu ihrer Er leichterung, dass es Juri war, der betont gelassen an ihrem Versteck vorüberschlenderte. Wortlos hatte er ihr die Mauer hinaufgeholfen ohne dass einer der anderen Krieger etwas davon bemerkt hätte, und ihr ein verschwörerisches Lächeln geschenkt, als sie sicher auf de anderen Seite gelandet war. Sira sah ihn vor sich, wie er dort ober entlangging, gekleidet wie der Krieger der Schatten, der er war – abe mit diesem spitzbübischen Funkeln in den Augen, das sich jeder Un gerechtigkeit der Welt mit einer kindlichen Entschlossenheit ent gegenstellte, die sie bisher nur in einem anderen Augenpaar gesehen hatte. Sie lächelte, während sie Juris Pfeifen lauschte. Andor hätt ihn gemocht.

Der Gesang des Drachen war so leise, dass Sira ihn kaum hört Aber sie fühlte ihn, grell wie ein Nesselhieb zog er über ihre Hau und ließ den Zauber auf ihrem Körper erzittern. Er kam aus der Fer ne, vom Nadelberg oder den umliegenden Seen, und für einen Mo ment fröstelte sie, als sie daran dachte, wie weit sie durch die Fins ternis laufen musste, um sich einer Kreatur zu nähern, die nichts al den Tod brachte. Aber gleich darauf schloss sie die Hand fester un ihr Schwert. Sie hatte den Drachen New Yorks die Stirn geboten – s war nicht dafür geschaffen, furchtsam in den Schatten herumzulun gern! Reglos wartete sie, bis der Gesang Ton für Ton die Stimme der Wächter zerschnitten hatte, und lauschte noch einmal auf Jur Pfeifen. Es war nun sacht wie ein ermunterndes Nicken. Dann stie sie sich von der Mauer ab, und ohne sich noch einmal umzudrehen tauchte sie in die Dunkelheit des Waldes ein.

Sie lief so schnell, dass der Boden unter ihren Füßen verwisch

e. Geisterhaft zog der Gesang durchs Unterholz, und obwohl ihr Zauber ihn in seltsame Ferne rückte, spürte Sira erneut den Drang, darauf zuzueilen – mit ausgebreiteten Armen und furchtlos wie ein Kind, das keine Finsternis kannte. Aber die Gedanken an New York hatten die kühle Glut der Diebin zu ihr zurückgebracht. Zum ersten Mal seit ihrer Ankunft in der Gilde fühlte sie sie wieder in ihren Schläfen, und sie glitt über umgestürzte Bäume hinweg wie über die Trümmer der Stadt. Lange hatte die Diebin in ihr sich gedulden müssen. Nun war es endlich wieder Zeit, auf die Jagd zu gehen.

Erst als eisiger Wind über ihre Haut strich, verlangsamte sie ihren Lauf. Der Nadelberg schickte seinen pechschwarzen Schatten über den Waldboden und ließ sie in seiner Kälte schaudern. Aus der Nähe erkannte sie die Zinnen, die wie die Trümmer einer gewaltigen Burg auf dem Gipfel thronten, und als die Baumkronen ganz in ihrer Nähe zu rauschen begannen, duckte sie sich unter einer Fichte. Blätter und Zweige wirbelten durch die Luft, ihr Zauber flackerte, als müsste er sich gegen körperliche Angriffe verteidigen, und gleich darauf drang der Gesang mit solcher Kraft durchs Unterholz, dass er die Nacht dunkler färbte. Instinktiv hielt Sira sich am Stamm des Baumes fest. Ihr schien es, als würde der Boden rings um sie in endlose Tiefe fallen, und obwohl ihr Zauber sie von der Stimme des Drachen trennte wie eine unsichtbare Wand, konnte sie doch die Verzweiflung hören, die in jedem Ton lag: so rätselhaft, dass sie sich nur mit aller Kraft davon abhalten konnte, ihrem Geheimnis nachzueilen. Stärker noch als bei ihrem letzten Besuch schien der Gesang ihr wie der Anfang einer Geschichte, deren Ende sie unbedingt erfahren musste, und wie von fremdem Willen gelenkt krallte sie die Finger in ihren Zauber, der sie von diesem Wunder trennte. Doch gleich darauf riss sie ihre Hand zurück. Sie war kein Kind mehr, das durch Märchen zu Fall gebracht werden konnte! Sie war die Diebin der Schatten, und sie ließ sich nicht lähmen von der Tücke einer Bestie! Ihre Finger schmerzten, so tief trieb sie sie in die Rinde des Baumes, aber sie blieb reglos stehen und für einen Moment glitt ein Lächeln über ihre Lippen. Hier wa sie, die Novizin der Gilde – und sie hielt dem Ruf des Feuers stand Langsam nur legte sich der Sturm um sie herum. Doch erst als de Gesang leiser wurde, merkte sie, dass sie aufgehört hatte zu atmen.

Rasch sog sie die Luft ein und unterdrückte den Hustenreiz, de sich ihrer bemächtigte. Ihre Finger knackten, als wären sie unter Ei gefangen gewesen, doch sie spürte den Schmerz kaum. Der Drach war ihr nah gewesen, deutlich hörte sie die Flammen auf den Blätter der Bäume nicht weit entfernt, und ehe der Schwindel sie gänzlic verlassen hatte, trat sie aus dem Schatten der Fichte. Die gesuchte Kristalle erloschen binnen weniger Stunden, sie durfte keine Zeit ve lieren. Schnell eilte sie auf die Flammen zu, und da, vor einem gespa tenen Felsen, glühte goldenes Licht.

Sira musste sich zwingen, nicht kopflos darauf zuzurennen. Si lauschte auf den Gesang, der nun weiter entfernt zu ihr drang, un konzentrierte sich darauf, sich dem Licht so leise wie möglich zu nä hern. Aber als sie davor auf die Knie fiel, zitterten ihre Hände. Sie e innerte sich an die Kristalle, die sie in den Ruinen New Yorks gefu den hatte, tiefblau und klar wie ihre Träume vom Meer der Nach und sie spürte noch einmal die Euphorie wie damals, als sie zum er ten Mal einen der kostbarsten Steine gefunden hatte. Doch noch n hatte sie so reine Kristalle gesehen wie diesen. Kurz überkam sie d absurde Gedanke, einfach fortzugehen und ihn in seiner Schönhe nicht zu stören. Aber dann zwang sie sich, das samtene Licht von sic abgleiten zulassen. Es war kein Wunder, das sie sah, es war nichts a das Gold der Drachen. Und aus ihm würde die Waffe entstehen, d Nhor'garoth töten würde. Sie flüsterte den Zauber, der die Kraft d Kristalls erhalten würde. Dann streckte sie die Hand nach ihm aus und im selben Moment, da sie ihn brach, schnitt er ihr in den Fing

Ein stechender Schmerz schoss durch Siras Arm. Doch währe

ie noch zusah, wie ihr Blut in den Glanz hineinsank, wallte die Maie mit solcher Macht darin auf, dass sie sich nicht länger davor verchließen konnte. Sie meinte, das Geheimnis flüstern zu hören, von em Norik ihr erzählt hatte und das damals durch die Welt gegangen sein sollte, dieser Ruf voller Zauber, der etwas Wunderbares anekündigt hatte, das alle Verletzungen heilen konnte … der Ruf der agie, ehe die Drachen zurückgekehrt waren. Dieses Licht war wie in gefangener Traum, den die Menschen vergessen hatten und der och ein Teil von ihnen war, und es berührte Sira auf eine Weise, wie e es bisher nur in den Liedern der Geschichtenerzähler oder den ärchen ihres Onkels erlebt hatte: Es weckte Sehnsucht in ihr – die ehnsucht nach dem, wofür es keine Worte gab. Atemlos schaute sie das Gold der Drachen. Und erst als ein eisiger Windhauch ihre ange streifte, hörte sie die Stille.

Der Gesang war verstummt, ebenso wie jedes andere Geräusch. elbst der Wind hatte sich gelegt, und die Schatten ringsum waren starrt wie Traumgestalten aus schwarzem Eis. Dafür hörte Sira ihn eigenen Herzschlag, flatternd, als wäre er ein verletzter Vogel … nd gleich darauf das Grollen hinter ihr.

Später hätte sie nicht mehr sagen können, wie sie es schaffte, sich nzudrehen. Sie erinnerte sich nur noch, dass sie die Lähmung ihres örpers durchbrach, dass sie den Kopf hob und in die Dunkelheit ischen den Bäumen schaute. Und da sah sie den Drachen.

Er war schwarz wie die Nacht, die ihn umgab. Seine Umrisse verhwammen mit den Schatten, unmöglich hätte sie sagen können, seine Schwingen aufhörten und die Baumkronen begannen. och während sie ihn kaum erkennen konnte, spürte sie seinen Blick f ihrer Haut, so heiß, als würden Kohlen darüber hingleiten. Gleich rauf entfachten sich seine Augen in goldenem Feuer und pressten mit entsetzlicher Hitze die Luft aus der Lunge. Keuchend krallte die Finger in den Boden, als könnte sie so die hilflose Starre durch-

brechen, in die sie geraten war. Aber im selben Moment sog der Dra
che die Luft ein, und sein Atemzug riss Sira mit einer Gewalt auf ih
zu, als hätten Stürme aus Feuer sie gepackt. Ihre Arme schrammte
über den Boden, Rauch und Funken stoben um sie herum auf, un
sie griff nach dem Felsen, panisch, als wäre jeder ihrer Gedanken z
Asche geworden. Viel zu hart traf ihre verletzte Hand den Stein, doc
der Schmerz erschütterte ihre Lähmung. Sie sah noch, wie der Dra
che die Schwingen ausbreitete. Es war, als würde der gesamte Wal
sich vor ihr erheben. Dann warf sie sich herum und rannte los.

Sie lief so schnell, dass ihr die Zweige wie Peitschenhiebe ins G
sicht schlugen. Der Boden bebte unter ihren Füßen, immer wied
konnte sie nur knapp einem Sturz entgehen, und das Stöhnen fa
lender Bäume zerfetzte die Luft, als würde der Wald um sie heru
zu Staub zermahlen. Mit rasendem Herzen griff sie nach dem Boge
aber die Pfeile splitterten in ihrer Hand, noch ehe sie auch nur eine
davon abschießen konnte. Der Zauber auf ihrer Haut flackerte heft
unter glühendem Schwingenschlag, der Bogen zersprang in tausen
Scherben, und gerade, als sie ihr Schwert ziehen wollte, erklang d
Brüllen des Drachen.

Augenblicklich zerriss jeder Zauber über Siras Körper. Ihr Brus
korb wurde von unsichtbaren Klauen zusammengepresst, sie verl
die Kontrolle über ihre Füße, und als sie stolperte, schien der Wald
schwarzem Ascheregen um sie niederzustürzen. Der Boden gab unt
ihr nach, als wäre er nie mehr gewesen als eine Schicht aus dünne
Eis, und darunter lag der Abgrund des Drachen, dem sie nun nic
mehr entkommen konnte. Sie hörte noch das Feuer, das in seine
Rachen aufbrach. Dann schlug die Dunkelheit über ihr zusamme

Es war das Blut an ihren Fingern, das sie wieder zu Bewusstse
brachte. Ein brennender Schmerz zog durch ihre Stirn, offensic
lich hatte sie sich verletzt … aber sie war noch am Leben. Der Geda
ke durchzog das laute Fiepen in ihrem Schädel, das jedes andere G

äusch verschluckte. Benommen drehte sie sich auf den Rücken. Sie ag auf einer Lichtung, hoch ragte der Nadelberg über ihr auf, und ;ie tastete über verbranntes Gras, das sich seltsam dumpf anfühlte, ast so, als würde sie träumen. Vergeblich versuchte sie, das Fiepen urückzudrängen, und spürte umso deutlicher die schweren Schritе, die langsam auf sie zukamen. Sie griff nach ihrem Schwert, grell lutete sie der Schreck, als sie feststellte, dass sie es verloren hatte. Im elben Moment drang das Knirschen von Metall durch das Fiepen ınd nahm jede Taubheit mit sich. In unwirklicher Langsamkeit sah ie die riesige Klaue, die ihr Schwert zerbrach, als bestünde es aus ilas. Dann trat der Drache auf die Lichtung.

Er war so groß, dass seine Schwingen den Himmel verdeckten. Säelgleiche Hörner ragten aus seinem gewaltigen Schädel, gezackte Iornplatten zu beiden Seiten seines Kopfes ließen ihn noch mächger wirken, und seine Schuppen zogen sich in dunklen Flammen ber die Schnauze bis hinauf zum Rückenkamm. Doch er war nicht hwarz, wie Sira gedacht hatte. Nun holte er Atem, als wollte er ihn Duft wahrnehmen, und die Luft, die langsam in seinen Rachen römte, ließ lodernde Flammen in ihm aufbrechen. Sira sah noch, ass seine Schuppen unter der schwarzen Glut rot waren – dunkelrot ie das Blut eines Menschen. Im nächsten Moment liefen glühende dern über seine Schwingen, Funken strömten über seine Schuppen nd die mächtigen Klauen, und mit einem Rauschen, das Sira das aar zurückschlug, setzte er seinen Körper in goldene Flammen. Sie ihlte, wie die Luft schmerzhaft heiß ihre Kehle hinabschoss, aber e konnte sich nicht abwenden. Regungslos schaute sie zu dem Draıen auf, und alles, was sie je über ihn gehört hatte, verbrannte unr seinem Blick zu Asche. Nichts ließ er in ihrem Schädel zurück als es: Vor ihr stand ein Rhakadhùn – ein Drache des Goldenen Feuers.

Dicht vor ihr hielt er inne. Sie glaubte, ihre Messer gehoben zu han, aber nun, da sein Schatten sie traf, erkannte sie, dass das nicht stimmte. Sie lag nur da und sah zu ihm auf, zu diesem schrecklichen, grausamen, wunderschönen Drachen, und sein Schatten war nicht glühend heiß, wie sie geglaubt hatte, sondern kühl … kühl wie der Himmel in der Nacht. Sein Feuer jedoch prasselte in seiner Kehle, und als er das Maul öffnete und messerscharfe Zähne in der flirrenden Luft aufblitzten, konnte Sira nicht verhindern, dass sie zu zittern begann. Aber gleich darauf presste sie zornig die Zähne aufeinander. Schlimm genug, dass sie dem Drachen in die Falle gegangen war, schlimm genug, dass sie wie ein armseliges Tier in seinem Feuer sterben würde, unfähig, auch nur die Hand zu heben – aber sie würde sich nicht abwenden im Angesicht des Todes!

Mit rasendem Herzen erwiderte sie seinen Blick. Sie erwartete dieselbe Kälte darin, die sie in den Augen all jener Drachen gesehen hatte, die mit wehrlosen Menschen gespielt und sie am Ende getötet hatten. Aber stattdessen wallte die Dunkelheit seines Gesangs im Gold seiner Augen auf, so übermächtig, dass es ihr schien, als würde sein Abgrund ihr bis in die Seele schauen. Sie starrte in ihre eigene Finsternis, fühlte ihren Zorn, ihren Schmerz, ihre Furcht … und erkannte plötzlich etwas anderes in dem dunklen Gold. Wie ein Echo glitt ein Schatten hindurch, flüchtig nur und doch lange genug, um sie einen ganz deutlich spüren zu lassen: Es war nicht ihr Gefühl, das gerade ihre Stirn berührt hatte. Es war die haltlose Traurigkeit des Drachen.

Wie von einem unsichtbaren Schlag getroffen wich er zurück, und als hätte sich der Bann für einen Wimpernschlag von ihren Gliedern gelöst, fiel ihr Blick auf seine Brust. Ein Schmiss lief darüber hin, tief, wie von einer Klaue gezogen. Kein anderer Drache hätte einen Rhakadhùn auf diese Weise verwunden können, das wusste sie, und sie brauchte nicht seine blutige Klaue zu sehen, um zu begreifen, dass er sich selbst verletzt hatte. Sie wusste nicht, warum dieser Anblick einen Schreck durch ihre Glieder schickte, aber plötzlich glitten Worte durch ihren Sinn, rätselhaft wie die Zeilen eines Märchens.

Warum weinst du, Kind des Feuers?, fragte sie den Drachen in Gedanken, so selbstverständlich, als hätte sie nie etwas anderes getan. *Weißt du nicht, dass du den Himmel der Welt in deinen Augen trägst?*

Sie hielt den Atem an, als die Glut seiner Augen aufflammte. Etwas wie Erstaunen glitt über seine Züge, und für einen Moment, einen winzigen Moment nur fühlte sie, dass er die Sehnsucht kannte, die das Gold der Drachen in ihr weckte. Doch gleich darauf stieß er ein Grollen aus, so durchdringend, dass sein Atem knisternd über Siras Haut flog.

Drachen weinen nicht, raste seine Stimme durch ihre Gedanken, dunkel wie schwarze Flammen. *Sie brennen!*

Damit breitete er die Schwingen aus, und ehe sie etwas erwidern konnte, jagte er über die Wipfel der Bäume davon.

Stöhnend kam Sira auf die Beine. Wie in einem Traum starrte sie auf die Funken, die aus der Dunkelheit des Himmels niederfielen. Der Drache des Feuers hatte sie nicht getötet. Stattdessen hatte er mit ihr gesprochen, er hatte sie aus goldenen Augen angesehen und … Heftiger Schwindel unterbrach ihre Gedanken. Sie fuhr sich an die Stirn in der Erwartung, eine Platzwunde zu erfühlen. Doch stattdessen stellte sie fest, dass es nicht ihr eigenes Blut war, das ihre Hände bedeckte. Es war das schwarze Blut des Drachen.

Atemlos ließ sie den Arm sinken. Erst jetzt sah sie die Lachen, die sich über die Lichtung zogen … Lachen aus Blut. Es waren viele, viel zu viele, als dass sie aus einer einzigen Wunde hätten stammen können, und ihr Herz setzte für einen Schlag aus. Der Drache des Feuers hatte ihr keine Falle gestellt, wie sie geglaubt hatte, und er war auch nicht in den Wald zurückgekehrt, um über den Wipfeln zu singen. Er war an diesen Ort gekommen, um zu sterben.

Kapitel 33

Die Schlucht aus Eis zog sich in gezackten Linien bis zum Horizont. Norik erinnerte sich an den Fluss, der einst an diesem Ort gewesen war, ein reißender Strom, dessen Quell hoch oben im Grauen Berg lag, so alt, dass die Nomaden von ihn wie von einem Geist gesprochen hatten. Nun jedoch war er ver- schwunden, zerrissen von einer Magie, deren Kälte sein Bett aus- einandergesprengt und so weit hinabgeführt hatte, dass der Grun der Schlucht sich im Dunkeln verlor. Die Bäume ringsum waren z kristallenen Statuen geworden, wie Raben glitten die Schatten de Drachen darüber hinweg, und als Norik zu Arvid und Kapo hinübe sah, fand er dieselbe Reglosigkeit auf ihren Zügen, die diese Lan schaft in ihren Klauen hielt. Er konnte es ihnen nicht verdenken. Se Tagen nun folgten sie Spuren der Verwüstung, ohne auch nur eine einzigen Hinweis auf den Drachen zu finden, der dieses Unheil an richtete. Es schien, als wären sie in einen Albtraum geraten, der sic immer enger um sie schloss.

Rhorkas Schwingen rissen Schleier aus Schnee mit in die Dunke heit, als Norik zum wiederholten Mal in die Schlucht hinabstieß. D Wände waren so glatt, als wären sie mit einem Messer in die Erde g schnitten worden, und immer wieder meinte er, ein Glühen in ihre Eis sehen zu können, flüchtig wie ein Irrlicht, das ihn tiefer und ti fer in die Schlucht hinabführte. Doch kaum, dass Rhorkas Flüg

Schläge von den Wänden widerhallten, klangen sie wie menschliche Schreie an sein Ohr, und wie Dutzende Male zuvor hielt er diesem Geräusch nicht stand. Rasch kehrte er ins Licht zurück, aber die Schreie verfolgten ihn wie die Gesichter der Toten, die er in den vergangenen Tagen gefunden hatte, zu Eis erstarrt, die Augen gebrochen, als hätten sie aus Glas bestanden, und mit diesem Ausdruck auf den Zügen, dieser namenlosen Furcht angesichts des Entsetzlichen, das ihren Verstand noch im Augenblick des Todes an den Rand des Wahnsinns getrieben hatte.

Du wirst ihnen dorthin folgen, klang Rhorkas Stimme durch seine Gedanken. *Jedenfalls wenn du so weitermachst wie jetzt und dich an deine Grenzen bringst, bis du sie nicht mehr fühlen kannst.*

Norik seufzte. *Vielleicht würde ich dann begreifen, was für eine Kreatur uns heimsucht. Auch sie scheint keine Grenzen zu kennen. Wie sonst ist es möglich, dass wir nicht die kleinste Spur finden, die uns zu ihr führen könnte?*

Rhorka glitt mit fließenden Bewegungen durch den schneidenden Wind, als würde sie seine Kälte nicht spüren. *Du musst deinen Feind verstehen,* erwiderte sie ruhig. *Aber du darfst nie zulassen, dass seine Schatten von dir Besitz ergreifen. Wir werden seine Taten vergelten, doch bis dahin kannst du ihm keinen größeren Triumph schenken, als wenn du beginnst, an dir zu zweifeln.*

Es ist schwer, nicht zu zweifeln, gab er zurück. *Seit Tagen werden wir von einem Gespenst an der Nase herumgeführt, das fürchterliche Opfer unter den Menschen fordert.*

Die vereisten Zweige einer Baumgruppe klirrten unter Rhorkas Schwingenschlag, so dicht flog sie darüber hinweg. *Gespenster sind selten geworden in diesen Zeiten. Aber wer auch immer dieser Drache ist: Die Menschen sind nicht sein eigentliches Ziel. Er spielt mit ihnen, doch in Wahrheit fordert er mit jedem seiner Opfer die Gilde heraus.*

Noriks Blick verfinsterte sich. *Und wir laufen seinen Fährten nach wie einfältige Hunde. Inzwischen geht in den Siedlungen das Gerücht um, dass wir sie nicht länger beschützen können oder wollen. Viele Menschen sind ge flohen, unter die Erde, tiefer in die Wälder, und dennoch finden wir sie weni später zerrissen auf den Feldern. Und ich starre auf ihre toten Körper wie au ein Rätsel, das ich nicht lösen kann ... nicht, solange ich die Kälte nicht begreife die ihnen das angetan hat.*

Erst als Rhorkas Atem ihn streifte, spürte er den Frost, der sich sei ner bemächtigt hatte. Er hob den Kopf, als wäre er aus einem dunk len Traum erwacht, und schaute in die grüngoldenen Augen seine Drachen. *Du wirst sie begreifen,* sagte Rhorka mit sanfter Strenge. *S wie du jedes Geheimnis gelöst hast, das dir bisher begegnet ist. Aber ich werd dich nicht noch einmal dort hinunter in die Schlucht tragen. Du bist nicht daz geschaffen, jede Tiefe mit einem einzigen Blick zu erfassen, und wenn du dic weiterhin weigern solltest, dich nach Nächten ohne Schlaf auszuruhen, werd ich dich dazu zwingen.*

Norik hob die Brauen wie früher, wenn sie sich gegenseitig heraus gefordert hatten. *Und du glaubst, dass du das schaffst, ja?*

Dunkel wie fernes Gewittergrollen ging Rhorkas Lachen durch di Luft. *Nein,* entgegnete sie. *Ich habe es immer schon anderen überlassen, e was zu glauben. Ich bevorzuge es, etwas zu wissen. Und eines ist sicher: Du bi immer noch ein Mensch. Und ich – ich bin ein Drache.*

Norik sah noch das Blitzen in ihren Augen. Dann legte sie sic scharf in den Wind, und so schnell, dass die Umgebung um sie h rum verschwamm, jagte sie über die Schlucht hinweg. Ihr Körp wand sich unter Noriks Händen, sie bäumte sich auf, als wollte s ein lästiges Bündel von ihrem Rücken werfen, doch er duckte sich i ihrem Sturm und schickte donnernde Wirbel unter ihre Schwinge die sie immer wieder straucheln ließen. Mit tosendem Wind schosse sie dahin, und wie früher, wenn sie auf diese Weise durch das Gebir gejagt waren, verband sich Noriks Lachen mit Rhorkas Stimme z wildem Sturmgesang.

In Ordnung, rief Norik schließlich, als sie senkrecht in die Tie türzte und ihm die Luft aus der Lunge presste. *Du bist ein Drache, etzt sehe ich es auch!*

In letzter Minute breitete Rhorka die Schwingen aus und glitt licht über dem Boden dahin. *Ich bin gespannt, wie lange diese Erkenntis anhält.* Ein Schimmer ging durch ihren Blick, als sie sich zu ihm mwandte. *Es tut gut zu sehen, dass noch immer der Junge in dir steckt, der rüher den Schnee von den Gipfeln der Berge gepustet hat. Ich wünschte nur, h hätte ihn besser beschützen können.*

Norik strich über ihren Hals. *Du bewahrst mich vor mir selbst. Mehr annst du nicht verlangen – selbst von dir nicht, klügster Drache der Welt.*

Sie erwiderte sein Lächeln, doch gleich darauf spürte Norik die älte, die über ihre Schuppen glitt. *Du hast recht,* sagte Rhorka und andte sich nach vorn. *Denn die Schatten holen uns ein ... ganz gleich, wie rn ich es auch verhindern würde.*

Norik folgte ihrem Blick und sah, wie recht sie damit hatte. Seit er ch zurückbesinnen konnte, war der Graue Berg der Sitz von Menhen gewesen. In Zeiten des Friedens hatten Festungen auf seinen innen gethront und auf die kleineren Siedlungen auf seinen Höhen inabgeblickt, und auch später hatten die Menschen ihn nicht aufegeben. Stattdessen hatte der Krieg sie ins Innere des Berges zurücketrieben. Etliche Höhlenwohnungen waren in den Fels geschlagen orden, erreichbar nur durch gewundene Pfade oder schmale Leirn, und Norik erinnerte sich daran, wie bisweilen Musik vom Berg erabgeströmt war, leise wie die schmerzliche Erinnerung an eine ng vergangene Zeit. Ohne jede Frage war der Graue Berg eine der tzten Zufluchten der Menschen gewesen. Doch nun war das vorbei.

Wie ein gespaltener Schädel ragte der Graue Berg am Ende der hlucht auf. Der Fluss hatte ihn auseinandergerissen, eine Kluft ilte ihn in zwei Hälften, und die Behausungen der Menschen, sonst ets von warmem Feuer erhellt, lagen wie tote Augen in seinem erlteten Fleisch. Norik ließ den Frost in seine Lunge strömen, als er die Toten erkannte, einige auf den Pfaden niedergestreckt, andere mit gebrochenen Gliedern gegen die Felsen geschleudert, wo das Ei sie noch immer gefangen hielt. Sie umrahmten die Kluft des Berges als wären sie Heiligenfiguren an einer Kirche. Je länger Norik ihre er starrten Blicke erwiderte, desto weniger konnte er sich des Gefühl erwehren, dass das Absicht gewesen war. Und zum ersten Mal, seit e begonnen hatte, den Drachen zu jagen, graute ihm vor diesem Feind

Rhorkas Schwingen glitten wie der Flügelschlag eines Schmetterlings durch die Stille, als sie vor dem gewaltigen Riss landete. Norik sprang von ihrem Rücken, wie er es immer getan hatte, wenn er de Menschen einen seiner seltenen Besuche abgestattet hatte, und sein Gefährten folgten seinem Beispiel. Die Trümmer knirschten unte ihren Schritten, als sie den Riss betraten, und Norik ließ den Blic über die Überreste des Portals schweifen, das früher in die große Halle geführt hatte, jenen Ort, an dem sich das Leben der Menschen al gespielt hatte. Nun lag es am Boden, zerbrochen wie ein Spielzeug Schwach nur erhellten Kar'mals Schwingen die Finsternis, die darau folgte, und als sie die Halle betraten, verharrte für einen gnädigen Augenblick alles im Zwielicht. Dann streckte Arvid die Hand aus, un mit einem Rauschen, das wie ein gebrochener Schrei von den Wänden widerklang, zerriss der Flammenwirbel über seinen Fingern d Dämmerung.

Vor langer Zeit hatten die Menschen die mächtige Halle aus de Fels gegraben, mit Säulen, die hoch wie Türme waren, und gewölbten Decken, die an die Kathedralen vergangener Zeiten erinnerte Doch jede Heiligkeit, die einst an diesem Ort geherrscht hatte, w unwiederbringlich verloren. Er war nicht länger ein Ort des Friedens, an dem gelacht und getanzt und an die glorreichen Zeiten d Menschheit erinnert wurde. Er war ein Ort des Todes geworden, d den Fliehenden keinen Schutz geboten hatte.

Etliche Menschen standen noch im Lauf erstarrt da, die Hände a vehrend erhoben, andere lagen am Boden, zerschellt wie die Statuen ingsherum. Frauen beugten sich in haltloser Verzweiflung über ihre Kinder, Norik meinte, ihr Weinen hören zu können, und er folgte den Schleifspuren mit seinem Blick, die sich durch den Fels zogen und an deren Enden die zerbrochenen Körper weiterer Menschen lagen. Tiee Schneisen hatten den Boden zerschnitten, als wäre eiskalter Atem den Fliehenden gefolgt, und keiner war ihm entkommen. Gnadenlos hatte der Frost sie zerrissen, als wären sie die blutigen Opfer an einen rausamen Gott.

Das Grollen, das durch die Halle klang, war dunkel wie ein Fluch. Es bahnte sich seinen Weg durch den Boden, zog sich als Netzwerk aus glühenden Adern durch die Wände und schlang sich mit festem Griff um die Decken, bis Steinsplitter von ihnen niederfielen, und als die Trümmer sich vom Boden hoben und sich zu einem tosenden Sturm verbanden, sah Norik sie selbst: die Bilder der vergangenen Tage, die nun in jedem gebrochenen Augenpaar gespiegelt wurden. Für einen Moment stand er regungslos, und mit jedem Trümmerstück, das ihn traf, schlang der Schmerz in diesem Grollen sich fester um seinen Leib. Dann jedoch hörte er Bompers Ruf durch das Chaos und hob den Blick.

Schritt für Schritt trat er auf Kapo zu, durch brennenden Sand und Gesteinsbrocken, und hielt neben seinem Freund inne. Der Krieger stand vor einer Gruppe von Kindern. Sie saßen auf ihren Knien, die Köpfe wie beim Gebet geneigt, doch ihre gefalteten Hände waren gebrochen und Blut war aus ihren Augen geströmt, als hätte sie die Bestie, die sie in diese Haltung gezwungen hatte, im Inneren auseinandergerissen. Norik schaute in den lodernden Sand, der sich in Kapos Augen entfesselt hatte, und kurz empfand er, was sein Freund bei diesem Anblick fühlte: unendliches Leid angesichts dieser Kinder, die seinen eigenen so ähnlich waren und die er nicht vor diesen Qualen bewahrt hatte. Dann legte er Kapo die Hand auf die Schulter, und obgleich der Sand über seine Haut strich wie Klingen aus Feuer wandte er sich nicht von seinem Freund ab. Stattdessen gingen sein Worte wie ein Windhauch durch dessen Gedanken, und im selben Moment, da sie die Trümmer ringsum in weiße Blüten verwandelten holte Kapo Atem. Es war, als hätte Norik einen steinernen Panzer vor seiner Brust gesprengt. Kurz sah er zu, wie die Blüten auf die Kinde niederfielen. Dann sank die Glut in seine Augen zurück, und als e Noriks Blick erwiderte, war kein Wort nötig für den Schwur, den e mit einem kurzen Nicken bekräftigte. Sie würden denjenigen finden der das getan hatte – und sie würden ihn vernichten.

Gerade wollte Norik sich zu Arvid umwenden, der nun auf sie zu trat, als ein Licht über die Trümmer fiel. Sofort stieß Bomper ein dro hendes Knurren aus, und Norik konnte ihn spüren: den Frost, de von dem Schein ausströmte wie Gift. Er wechselte mit seinen Gefäh ten einen Blick. Dann legte er die Hand auf sein Schwert und nähert sich der Quelle des Scheins. Kapos Sturm hatte die Eisschicht übe einer umgestürzten Säule fortgerissen und im Schatten der Stein glühte ein blaues Feuer. Norik fühlte die Magie, die darin lag – die grausame, tödliche Kälte, die den Menschen das Leben genomme hatte. Aber er sah es nicht an. Sein Blick ruhte auf dem Gesicht de Mädchens, das dieses Feuer zwischen ihren zu Eis erstarrten Hände hielt. Sie war vielleicht zehn oder elf Jahre alt, und für einen Momen meinte Norik, ihr Lachen hören zu können, das über die Schluch ten der Berge klang, und das Flattern ihres Haares im Wind, wen sie ausgelassen über die Höhen gelaufen war. Es gab nicht viele Or auf der Welt, an denen Kinder noch auf diese Weise lachen konnte so frei und sorglos, wie es in den Büchern seines Vaters beschriebe wurde. Er spürte noch einmal die Kraft des Refugiums, die der Fro mit dem Grauen Berg zerstört hatte ... und vielleicht war es diese Stä ke, die ihn noch immer aus den Augen des Mädchens ansah und s glänzen ließ, als würde sie noch leben. Ihre Finger waren starr, do ls Norik sie berührte und das blaue Feuer entgegennahm, sanken ie in seiner Hand zusammen. Es schien ihm, als hätte das Mädchen rleichtert ausgeatmet. Dann erlosch jeder Glanz in ihren Augen und ieß nichts zurück als den toten Körper eines Kindes.

»Wer ist das?«, fragte Arvid hinter ihm, doch Norik wandte sich icht zu ihm um.

»Ein Drachenblut«, erwiderte er. »Ein Kind, das vielleicht erst in er Stunde seines Todes erkannte, welche Fähigkeiten es barg ... und as ein Stück seines Mörders für uns bewahrte.«

Er hob die Hand. Das blaue Feuer brach durch seine Finger, als ollte es sein Fleisch in seinem Schein verbrennen. Eisblumen zo-en sich über seine Haut, als Schwarm aus dunklen Flüchen raste die lacht dieser Flammen durch seine Adern. Frostfeuer war es, das er in einer Hand hielt – ein Splitter jener Bestie, die sie jagten.

Wortlos ging er in die Mitte der Halle. Seine Gefährten traten von em flammenden Kreis zurück, den er um sich herum zog, und sie ickten unmerklich, als er ihre Blicke erwiderte. Kurz nur spürte er horkas Atem auf seiner Haut, angespannt und doch so kraftvoll wie er Wille, jedes Feuer zu ersticken, das ihm auch nur ein Haar krüm-en würde. Dann fixierte er die Glut in seiner Hand. Sein Bannzau-er ließ die Luft flackern, verschlungene Zeichen bildeten sich aus r, vom Wind geformt, der kühl über Noriks Stirn strich. In silber-em Licht schwebten die Symbole rings um ihn, glimmend unter der raft des Sturms, die sie bargen. Er zog die Hand zurück, und das euer stieg zwischen ihnen in die Höhe.

Sofort glommen die Zeichen auf und ließen die Glut lodern, als irde sie sich gegen die Fesseln des Sturms wehren. Grell brachen nzelne Flammen aus dem Feuer, doch Norik kümmerte sich nicht rum. Er fixierte das Licht im Kern dieser Glut, und im selben Mo-ent, da es höhnisch aufglühte, breitete er die Arme aus. Die Bann-ichen begannen zu strahlen, heftiger Sturm schlug Noriks Mantel zurück, und während er dastand, ein kaltes Lächeln auf den Lippen stürzte er sich im Geist mitten hinein in das Licht seines Feindes.

Das Feuer war so kalt, dass ihm für einen Augenblick der Atem stockte. Doch gleich darauf umfingen ihn Bahnen aus gleißenden Licht. Grob rissen sie ihn vorwärts, ihre Klauen fuhren durch sei Haar, als wollten sie ihn verschlingen, und als er endlich auf dunk lem Grund landete, glaubte er zuerst, er wäre erblindet. Dann jedoc hörte er das Stöhnen uralter Gletscher in der Ferne, der Himmel übe ihm war ein Meer aus schwarzem Eis, und Schnee fiel auf seine Hau so eisig, dass es ihm schien, als würde er nackt auf schwarzer Erd stehen. Aber der Boden unter seinen Füßen war ein Ozean, der bi zum Horizont reichte, und als er den Kopf in den Nacken legte, d spürte er die Ströme der Sterne auf seinem Gesicht: die Lichter eine Himmels, der seine Schwärze noch nie verloren hatte. Weit, weit wa er zurückgereist auf den Flügeln dieses Lichts. Es war eine Zeit, i der die Erde in einem Kokon aus Frost gefangen war, und für eine Moment stand er nur da und atmete die Stille, als würde sich nich in ihr verbergen als tiefer Frieden.

Doch sie war nicht so unschuldig, wie er geglaubt hatte. Im näch ten Augenblick drang ein Grollen aus der Tiefe des Ozeans. Es lie das Eis ächzen wie unter mächtigen Schlägen und drang Norik m solcher Gewalt ins Mark, dass ihn dasselbe Gefühl überkam wie fr her, wenn er sich auf Rhorkas Rücken über die Hänge des Gebirg in die Tiefe gestürzt hatte. Unbändiges Verlangen war es gewese das ihn schneller und schneller hatte werden lassen, der Drang, d Ketten zu sprengen, die ihn halten konnten, und der Wille, sich a jedem Kerker zu befreien. Aber gleich darauf brach das Eis unter s nen Füßen auf und sein Zorn steigerte sich mit einer Gewalt, die ih den Atem nahm. Sein Körper schrie unter dieser Macht, die nicht f ihn bestimmt war – dieser Kraft eines Wesens, dessen Gefühle jed Menschen in Fetzen reißen konnten. Dann traf ihn ein Brüllen, d die Illusion zerbrach. Keuchend fand er sich in der großen Halle wieder. Und vor ihm, die Klauen in das Feuer gekrallt wie zuvor in das zerbrochene Eis, erhob sich ein Drache.

Sein Leib schien aus Strömen aus Licht zu bestehen. Erst auf den zweiten Blick erkannte Norik, dass es Kälte war, die den Drachen mit eisigem Hauch umgab. Der mächtige Schädel brannte in einer Glut, als wäre er aus Gletschern geschaffen worden, Schnee fegte über die schillernden Schuppen, und messerscharfe Hörner ragten aus seinem Panzer wie die Splitter des zerbrochenen Meeres. Norik sah zu dem Drachen auf, der nun auf ihn niederschaute, doch erst als die goldene Glut wie das erste Sonnenlicht der Welt in dessen Augen aufbrach, erkannte er, wen er vor sich hatte. Dieser Drache hatte den Sturz der ersten Gebirge gesehen, er kannte die Welt vor dem Zorn des Donners, der die Kontinente erschaffen hatte, und er atmete noch immer den Staub der Sterne, aus dem er einst zur Erde hinabgefallen war. Ein Ardhamàr war er, ein Drache aus dem Eis des Ersten Frosts, älter als jedes menschliche Wesen, und Norik kam sich vor wie ein Kind, das zu der Gestalt aus einem Märchen aufsah.

Das ist nicht möglich, schoss es ihm durch den Kopf, und er wehrte sich nach Kräften gegen die Müdigkeit, die diese Worte in ihm weckten. *Die Ardhamàr sind Legenden. Es gibt sie schon lange nicht mehr!*

Doch kaum hatte er das gedacht, drang ein Lachen aus der Kehle des Drachen, tief wie das Brechen des endlosen Ozeans. *Narr*, grollte er, und seine Stimme schlug Norik in den Magen, obgleich er sie nur in seinem Kopf hörte. *Drachen sterben nie!*

Im nächsten Moment glomm die Kälte auf seinen Schuppen auf. Sie wurde so hell, dass Norik meinte, von Speeren aus Eis durchbohrt zu werden, und kaum, dass er zurückwich, brach der Frost gänzlich aus dem Leib des Drachen. Norik fiel auf die Knie, mit aller Kraft ließ er den Sturm seiner Bannzauber aufbrechen. Verflucht, dieser Drache war nichts als eine Illusion! Doch noch ehe seine Magie sich um dessen Glieder schlingen konnte, spannte der Ardhamàr die Schwingen und zerfetzte die Bannzauber mit solcher Gewalt, dass es Norik schien, als würde seine Brust auseinandergerissen. Funkensprühend erloschen die Zeichen, und im selben Moment verschwammen die Umrisse des Drachen mit dem Licht, das er barg. In grellen Strömen erhob er sich in die Luft, und mit einem Donnern, das die Halle zum Beben brachte, fuhr er in Boden und Wände ein.

Nun spürte Norik den Frost, der in den Tiefen des Berges nur darauf gewartet hatte, von einem letzten Funken seines Herrn zum Leben erweckt zu werden. Der Boden stöhnte unter Noriks Füßen, als würde er noch einmal auf dem endlosen Ozean stehen, und die Luft begann zu flattern, als Ströme aus Eis über die Trümmer auf ihn zujagten. Im letzten Moment zog er sich mit erstarrenden Fingern auf Rhorkas Rücken. Die Luft schoss mit eisiger Kraft in seine Lunge während er mit seinen Gefährten auf den Riss zujagte, und um sie herum zerbrachen die Säulen der Menschen im Griff des Frosts, als wären sie nie mehr gewesen als Figuren aus Sand.

Funkensprühend schoss Kar'mal aus dem Berg, und Norik spürte die Flammen des Feuerdrachen auf seinem Gesicht, als sie in einiger Entfernung landeten und er von Rhorkas Rücken glitt. Schwer atmend schaute er zum Grauen Berg zurück, der donnernd in sich zusammenfiel.

»Ein Ardhamàr«, murmelte Kapo und wischte sich den Steinstaub von der Stirn, der sich mit Schnee und Eis vermischt hatte. »Wie ist das möglich?«

Norik hörte die Fassungslosigkeit in seiner Stimme und er wusste, dass sein Freund mit kreisrunden Augen zurückschaute, ebenso wie Arvid, der langsam über Kar'mals Flanke strich. Aber er sah seine Gefährten nicht an. Er starrte noch immer in das Licht des Drachen, das nun langsam im verschütteten Riss erlosch.

»Ich weiß es nicht«, erwiderte er und stützte sich auf Rhorkas

Schwinge, um dem Schwindel hinter seiner Stirn keinen Raum zu geben. Dann hob er die Hand. Noch immer glühte ein winziger blauer Funke auf seinem Finger, den er nun mit einem flackernden Zauber umschloss. »Aber eines ist sicher«, sagte er und schaute noch einmal in die glühenden Augen des Drachen, die ihn ansahen wie aus einer anderen Welt. »Wir werden es herausfinden.«

Kapitel 34

Das Grollen der Drachen ließ den Boden der Arena erzittern. Die Luft vibrierte unter plötzlich ausgestoßenen Flammenzaubern, heftige Flügelschläge wirbelten den Sand auf, und in unregelmäßigen Abständen brandete das Geräusch knackender Knochen gegen die metallenen Wände, wenn wieder einmal ein Novize von seinem Drachen in den Staub geschleudert wurde.

Sira eilte Alvarez hinterher, vorbei an den ausgebrannten Autowracks, die als Hürden und Schutzwälle in der Arena verteilt standen. Sie hatte damit gerechnet, dass ihr Lehrer sie an diesem Morgen wie in den vergangenen Tagen weit hinauf in die Ketten seines Speichers schicken würde, um ihr Geschick in der Höhe zu trainieren. Doch offensichtlich hatte er etwas anderes vor. Zielstrebig steuerte er auf die Tore zu, die in andere Bereiche der Arena führten, und lächelte dabei so fröhlich, dass Sira ein mulmiges Gefühl bekam. Sie hatte schnell gelernt, dass es ein beunruhigendes Zeichen war, wenn Alvarez so gute Laune hatte. Das letzte Mal, als er pfeifend zum Training gekommen war, hatte er sie einen neuen Zauber gelehrt, der u plötzlich in Dutzende brennende Wespen zersprungen war und sie über sämtliche Sitzreihen gejagt hatte, ehe es ihr gelungen war, ihn zu brechen. Noch immer spürte sie die Bisse der Magie in ihrem Hinterteil, und Alvarez' Lachen klang so laut in ihr wider, als balancierte er noch einmal auf seinem Seil und tauschte mit Marhazar amüsierte te Blicke. Seufzend wich sie dem Flammenstrahl eines Novizen aus und schloss zu ihrem Lehrer auf. Er ging so schnell, als könnte er es kaum erwarten, mit dem Training zu beginnen – ganz im Gegensatz zu den letzten Tagen. Allzu stark hatte ihm während der vergangenen Lektionen seine Narbe zugesetzt, bisweilen so heftig, dass er vor Schmerzen zu Boden gegangen war, und trotz ihrer Nervosität war Sira erleichtert, dass es ihm offenbar besser ging. Wenn sie nur wüsste, was er vorhatte …

Ein stechender Schmerz durchzog ihre linke Schulter und unterbrach ihre Gedanken. Nicht nur das Training bei Alvarez forderte ihren Körper heraus. Auch Norik dachte gar nicht daran, sie zu schonen. Jenseits ihrer Lektionen schien er ihr aus dem Weg zu gehen, doch während des Trainings trieb er sie unbarmherzig an ihre Grenzen, und als sie vor wenigen Tagen unter einem seiner Hiebe zu Boden gegangen war, hatte er nur auf sie herabgeschaut, schweigend und mit der Reglosigkeit eines Kriegers, der nichts als Kälte in sich trug. Mehrfach hätte Sira ihm am liebsten das Schwert vor die Füße geworfen. Aber sie konnte die Last spüren, die seit den Ereignissen am Grauen Berg umso stärker auf seinen Schultern lag. Mit all seiner Kraft jagte er den Ardhamàr, beständig klangen die Rufe der Fährtendrachen durch die Luft, die nach dessen magischer Spur suchten, und Sira musste an die wenigen Momente während des Trainings denken, in denen Noriks Blick in die Ferne geglitten war, für Wimpernschläge bloß und doch lange genug, um sie seine Müdigkeit fühlen zu lassen. Und so schluckte sie ihren Ärger hinunter und ertappte sich immer wieder bei der Frage, was hinter seiner Maske vor sich gehen mochte und wie einsam es für ihn sein musste in seiner Welt aus Kälte und Sturm.

Alvarez blieb so abrupt vor einem der Tore stehen, dass sie ihm beinahe in die Hacken gelaufen wäre. »Es ist nicht klug, die Gedanken schweifen zu lassen, wenn man sich von Drachen umzingelt sieht«, stellte er fest. »Selbst dann nicht, wenn der Grund verständlich ist.«

Sira hatte nicht gemerkt, dass sie die Hand auf ihre Schulter gelegt hatte, bis sein Blick sie traf. Wie ertappt ließ sie den Arm sinken, konnte aber nicht verhindern, dass sie sein Lächeln erwiderte. Er hatte das seltene Talent, mit einem einzigen Blick ihre geheimsten Gedanken zu durchschauen, und obgleich es ihr manchmal so vorkam, als wäre sie eine der Münzen, deren Bewegungen er vorausahnen konnte, beunruhigte sie dieser Eindruck nicht. Zu oft hatte sie auf dem unsichtbaren Seil gestanden, zu oft sich in Alvarez' Hände fallen lassen, rücklings und mit nicht mehr als seiner Stimme in den Ohren, als dass es ihr möglich gewesen wäre, ihm zu misstrauen. Und so betrachtete er sie auch nun mit leicht geneigtem Kopf, und wieder spürte sie, dass der Seiltänzer in ihm genau wusste, was in ihr vorging ... vielleicht besser, als sie es selbst tat.

»Es ist nichts weiter«, erwiderte sie achselzuckend. »Der Schwertkampf setzt mir etwas zu, das ist alles.«

Alvarez nickte amüsiert. »Oh ja, Norik schont niemanden in diesen Tagen, am wenigsten sich selbst. Aber lass die Wunden deines Körpers nicht in deine Gedanken dringen. Du weißt doch, was wir Krieger sagen: Es gibt Zeiten der Gemeinschaft und Zeiten, in denen jeder dem eigenen Weg folgen muss.«

»Ich weiß«, entgegnete Sira. »Und du lässt mir auch kaum eine andere Wahl, als mich auf meinen Weg zu konzentrieren. Es sei denn, ich möchte von brennenden Wespen durch die halbe Gilde gejagt werden, ohne mich verteidigen zu können.«

Alvarez lachte auf. »Ein verlockendes Bild! Aber nein, heute geht es um etwas anderes. Und ich verspreche dir, dass du nicht mehr brauchen wirst als einen Schritt durch dieses Tor, um augenblicklich alle störenden Gedanken zu vergessen, über die du gerade noch nachgegrübelt hast.«

Sira hätte nicht erwartet, wie recht er damit haben sollte. Das dunkle Funkeln der Schausteller blitzte in seinen Augen auf, als er sie durch das Tor führte. Sie ließ den Blick über die zusammengeschmolzenen Trucks schweifen, die ein weitläufiges Trainingsoval bildeten … und gleich darauf sank jeder Gedanke an irgendetwas jenseits dieses Walls in sie zurück. Denn hinter Marhazar, der sich in erhabener Pose inmitten rostiger Autowracks aufgebaut hatte, standen zwei Dutzend Drachen und schauten mit reglosen Mienen zu ihr herüber.

Der Lärm der Arena drang so gedämpft zu ihr, als hätte sich ein Bannzauber über sie gelegt, und es war ihr nicht möglich, sich abzuwenden. Es waren junge Drachen, die sich noch nicht an einen Reiter gebunden hatten und die Gilde in der Ausbildung der Novizen unterstützten, während sie ihrerseits von den Höchsten Drachen unterrichtet wurden. Nicht selten hatte sich aus den gemeinsamen Trainingseinheiten eine Bindung zwischen Novize und Drache entwickelt, und Sira spürte die taxierenden Blicke wie Scherben aus Eis auf ihrer Haut. Sie hatte gewusst, dass dieser Tag früher oder später kommen würde – die Stunde, in der sie sich einem Drachen nähern musste, der sie tragen würde. Zwischenzeitlich hatte sie sogar darauf hingefiebert, weil auch dieser Schritt sie ihrem Ziel näher brachte. Aber nun, da die Drachen sie anstarrten, als wäre sie eine Maus, die in ein Katzenrudel geraten war, schlug ihr Herz schneller.

»Wie ich sehe, hast du erkannt, worum es heute gehen wird«, stellte Alvarez fest, als sie neben Marhazar stehen blieben. »Du hast dich erstaunlich entwickelt, seit du bei uns bist, und Marhazar sieht ebenso wie ich selbst keinen Grund, diesen Schritt noch weiter aufzuschieben. Denn die wahre Kraft eines Drachenbluts offenbart sich erst in der Gemeinschaft mit einem Drachen. Und deshalb wirst du heute lernen, auf einem zu reiten.«

Sira straffte die Schultern, als Marhazars ewiges Lächeln sie streifte. »Ich bin schon auf Drachen geritten«, sagte sie und kam sich für einen Moment vor wie ein aufsässiges Kind. »Bomper hat mich durch das halbe Land getragen, und auf Rhorkas Rücken habe ich Aryon verwundet, als …«

Doch ehe sie ihren Satz beenden konnte, winkte Alvarez ab. »Ja, ja Ich kenne die Geschichte, und ich bin immer noch erstaunt, wie du dich auf den Schwingen des Sturms halten konntest, wenn du doch anfangs mitunter an meinen Ketten herumgebaumelt bist wie ein Knochensack. Allerdings muss ich dich korrigieren: Du bist nicht auf Bomper geritten, und auf Rhorka schon gar nicht. Die Drachen haben dir erlaubt, dich von ihnen tragen zu lassen. Das ist ein Unterschied, ein ganz gewaltiger sogar, wie du bald feststellen wirst.« E hatte eine Braue gehoben, wie er es immer tat, wenn seine Stimme diesen leicht überheblichen Tonfall annahm, und Sira konnte nich umhin, als leise die Luft auszustoßen.

»Nur zu«, murmelte sie. »Gib dir keine Mühe, mein Selbstwertgefühl aufzubauen.«

Alvarez verzog den Mund zu einem Grinsen. »Mir war nicht bewusst, dass du das nötig hättest.« Dann wischte er durch die Luft, al wollte er ein lästiges Insekt vertreiben. »Doch genug der Worte. Wi jeder Novize, der dein Stadium der Ausbildung erreicht hat, wirst d dir nun einen Drachen aussuchen, der in den folgenden Kämpfe dein Begleiter sein wird. Ich sage mit Absicht nicht Gefährte, den es gehört mehr dazu als ein gemeinsames Ziel, um sich aneinande zu binden … ganz besonders, wenn diese Verbindung über das eigen Leben hinausgeht. Viele Reiter gehen diesen Schritt nie und sind den noch mächtige Krieger. Aber bevor du über eine solche Entscheidun überhaupt nachdenken kannst, musst du lernen, mit einem Drache als deinem Partner zu kämpfen. Du musst lernen, ihm zu vertrauen ebenso wie er dir.«

Sira seufzte, während sie den Blick über die Drachen schweife ließ. Sie standen so reglos, dass der Wind den Staub über ihre Kö

per trieb wie über steinerne Statuen. »Die sehen eher so aus, als woll-
ten sie mich in Stücke reißen, statt gemeinsam mit mir zu kämpfen. Aber bevor du jetzt sagst, dass ich mich nicht vom ersten Eindruck täuschen lassen soll: Woher weiß ich, ob ein Drache mir vertraut?«

»Oh, das wirst du merken«, erwiderte Alvarez mit vielsagendem Lächeln. »Zuallererst wäre es ein gutes Zeichen, wenn er dich aufsitzen lassen würde. Also los, Diebin der Schatten: Versuche es.«

Der Sand knirschte unter Siras Füßen, als sie auf die Drachen zurat. Bereits nach wenigen Schritten wichen einige vor ihr zurück, als würde ein unsichtbarer Zauber sie forttreiben. Doch die meisten verharrten ebenso reglos wie zuvor, und als Sira sie fast erreicht hatte, bemerkte sie das Funkeln in ihren Augen ... das übermütige Blitzen wie im Blick des Raubtiers kurz vor dem alles vernichtenden Biss. Gewaltsam zwang sie ihren Atem zur Ruhe. Diese Drachen waren nicht n der Gilde, um Menschen etwas anzutun, das durfte sie nicht vergessen. Aber Alvarez' Behauptung, dass sie sich einen von ihnen aussuchen würde, war die Übertreibung schlechthin gewesen. Nicht sie war es, die in diesem Spiel die erste Entscheidung traf, das konnte sie sehen. Es waren die Drachen. Sie hörte noch, wie Marhazars Stimme durch die Luft klang, kraftvoll und dunkel wie ein fremdes Lied. Dann setzten die Drachen sich in Bewegung und kamen auf sie zu.

Instinktiv wich sie zurück, doch es war, als hätte der Boden unter ihr sich in Treibsand verwandelt. Schwankend hielt sie das Gleichgewicht, und gleich darauf traf sie ein kalter Hauch im Nacken. Sie fuhr herum, aber sie hörte nur noch das verächtliche Schnauben des Drachen, der sich ihr blitzschnell genähert hatte. Schon hatte er sich abgewandt und schlenderte gelangweilt in einen anderen Bereich der Arena. Im nächsten Moment flogen knisternde Funken über ihre Haut, und sie schaute einem Feuerdrachen ins Gesicht. Winzige Flammen überzogen seine gewundenen Hörner und die Eckzähne, die aus seinem Maul ragten, und er verharrte, als wollte er ihr eine

Frage stellen. Mit klopfendem Herzen zwang Sira sich, seinen Blick zu erwidern, aber gleich darauf blies er ihr eine Ladung Qualm ins Gesicht. Hustend fuhr sie sich über die Augen, während die Drachen mit rauem Grollen über sie lachten, und als der Rauch sich lichtete, konnte sie nur mühsam ihre Enttäuschung zurückdrängen. Alle hatten sich von ihr abgewandt wie von einem unwürdigen Tier ... alle bis auf einen.

Es war ein Erddrache, kräftig gebaut und mit einem Ausdruck auf den Zügen, der Sira an das halb verächtliche, halb mitleidige Lächeln Marhazars erinnerte. Drei gezackte Hörner ragten aus seinem Schädel, ein mächtiger Nackenschild umrahmte sein Gesicht, und seine Augen flirrten in einem tiefen Grau, als hätte er sie mit dem frühen Nebel der Felder überzogen. Sira holte Atem und ignorierte das Grollen der anderen Drachen, die aus einiger Entfernung zu ihr herüberschauten. Sie rechnete damit, dass der Erddrache vor ihr zurückweichen würde, kaum dass sie auch nur einen Schritt auf ihn zuging. Doch als sie sich in Bewegung setzte, hob er nur unmerklich den Kopf und witterte.

Sacht streifte sein Atem ihre Wangen, als sie vor ihm stehen blieb, und sie stellte fest, dass feine Maserungen über seine geschuppte Haut liefen wie uralte Höhlenzeichnungen. Kurz saß sie noch einmal neben ihrem Onkel wie in jener Nacht, da er ihr von diesen Bildern erzählt hatte, und als das Grau der Drachenaugen unter winzigen goldenen Lichtern aufglomm, schien es ihr, als würde er in diesem Moment mit ihr am Feuer sitzen und den Geschichten ihres Onkels lauschen, neugierig wie ein Kind der Menschen. Doch gleich darauf drang ein fernes Grollen an ihr Ohr, und sie zwang sich in die Gegenwart zurück. Sie spürte deutlich, dass die anderen Drachen nur darauf warteten, sie scheitern zu sehen, und wer konnte schon wissen, welche Tücke sich tatsächlich in diesen grauen Augen verbarg. Sie würde sich nicht noch einmal zum Narren halten lassen.

Wie beiläufig schlenderte sie an die Seite des Drachen, als wollte sie die Maserungen auf seiner Flanke genauer betrachten … und ehe er noch den Kopf wandte, um ihr mit dem Blick zu folgen, zog sie sich am Nackenschild auf seinen Rücken. Die Stille um sie herum war atemlos. Mit hocherhobenem Kopf schaute sie zu den Drachen hinüber, doch noch ehe der Triumph sie packen konnte, ging ein Grollen durch den Körper unter ihr. Der Schild unter ihren Fingern begann zu glühen. Erschrocken riss sie die Hände zurück, und gleich darauf schnellten die Schuppen mit dem Geräusch von knirschendem Metall auf Stein in die Höhe. Vergeblich versuchte Sira, sich am Nacken des Drachen festzuhalten, und flog in hohem Bogen von seinem Rücken.

Ihre Schulter knackte, als sie im Sand aufschlug, doch sie ignorierte den Schmerz. »Verfluchtes Pack!«, rief sie in das Gelächter der Drachen hinein und kam auf die Beine. »Ihr seid schlimmer als die Banden in den Enklaven der Menschen, die ihr Opfer verhöhnen, obwohl es schon am Boden liegt!« Das Lachen wurde leiser, doch die Kälte wich nicht aus den Augen der Drachen, als sie sich mit abfälligem Schnauben von ihr abwandten. Nur der Erddrache stand da wie zuvor. In seinem Blick jedoch glühte eine spöttische Empörung, die Sira das Blut in die Wangen trieb. »Ich hoffe, du hattest deinen Spaß«, zischte sie ihm zu und klopfte sich den Sand von den Kleidern. »Du hast deinem Volk alle Ehre gemacht!«

Da öffnete der Drache den Mund und ein Geräusch drang aus seiner Kehle, das wie ein Knurren klang. Undeutlich nur hörte Sira die Worte, die er ihr vor die Füße warf, ehe er zu den anderen Drachen hinüberging.

»Akan dhe'nijen karhun«, wiederholte Alvarez, als er neben sie trat. »*Du verstehst nichts von Ehre.* Das hat er gesagt. Und leider muss ich ihm in diesem Fall recht geben.«

Sira starrte ihn wütend an. »Weil ich versucht habe, deine Aufgabe zu erfüllen, soll ich nichts von Ehre verstehen? Ich wollte doch nur …«

»Ja«, unterbrach er sie streng. Er hatte die Arme vor der Brust verschränkt und sah aus solcher Höhe auf sie herab, als würde er auf Marhazars Rücken sitzen. »Und du bist damit gescheitert, was kein Wunder ist. Wie willst du eine vertrauensvolle Beziehung aufbauen, wenn du sie mit Täuschung und Arglist beginnst?«

Sira presste die Zähne aufeinander. »Aber die verfluchten Drachen ...« Ehe sie fortfahren konnte, stieß Alvarez ein Seufzen aus das ihre Worte erstickte. Schweigend sah er sie an, und während ihr Zorn unter seinem Blick zusammenschmolz, spürte sie wieder den Schmerz in ihrer Schulter. Niedergeschlagen legte sie die Hand darauf. »Es ist eine Sache, keine Angst vor den Drachen zu haben, die sich der Gilde angeschlossen haben«, sagte sie, ohne ihren Lehrer anzusehen. »Das kann ich lernen. Aber es ist etwas ganz anderes, ihnen zu vertrauen.«

Aus dem Augenwinkel sah sie, dass Alvarez Marhazar einen Blick zuwarf. Mit schweren Schritten ging der Drache zu seinen Schützlingen hinüber, und für einen Moment glaubte sie, dass Alvarez zu einem seiner Tadel ansetzen würde wie jedes Mal, wenn sie nicht die Leistung gebracht hatte, die er erwartete. Aber stattdessen legte er ihr den Arm um die Schultern und führte sie zu einem der verbrannten Wracks. Er bedeutete ihr, darauf Platz zu nehmen, und Sira blieb nichts anderes übrig, als seiner Aufforderung zu folgen. Wortlos kletterte sie auf die Motorhaube und Alvarez betrachtete sie schweigend an die Fahrertür gelehnt, als hätte er an diesem Morgen nichts anderes vorgehabt, als an dem Trümmerstück eines längst vergangenen Zeitalters herumzustehen. Er lächelte nicht, doch wie er die Münzen um seine Finger drehte, so beiläufig, als wären sie der Wind in seinem Haar, strahlte er eine Gelassenheit aus, der Sira sich nicht verschließen konnte. Mit jedem Aufblitzen der Münzen wurde sie ruhiger, fast so, als hätte Alvarez einen Zauber auf sie gelegt.

»Ich hätte nicht gedacht, dass deine Abscheu vor den Drachen s tief sitzt«, sagte er schließlich. »Nicht nach deiner Wette mit Harok. Wie in Dreiteufelsnamen konntest du dich darauf einlassen, wenn du solche Schwierigkeiten damit hast, dich einem Drachen auch nur zu nähern? Denn selbst wenn es dir gelingen sollte, eine Klinge aus mächtigem Drachenstahl zu bekommen – sie allein macht noch keinen Drachentöter.«

»Ich weiß«, gab Sira zurück. »Ich brauche das Feuer und das Blut eines Drachen dafür. Aber keine Sorge. Sollte ich die Wette gewinnen, wird das Feuer mein geringstes Problem sein. Ich bin schließlich oft genug beinahe darin verbrannt; ich weiß schon, wie man es provozieren kann. Und was das Blut betrifft, in dem ich die Klinge baden muss ... so schwer ist es nicht, einen Drachen zu verwunden.«

Ein Keckern hallte zu ihnen herüber, als hätte einer der Drachen sie gehört, und sie stellte zu ihrer Befriedigung fest, dass leichte Nervosität in dessen Stimme mitklang. Alvarez hingegen achtete nicht darauf. Stattdessen betrachtete er sie mit hochgezogenen Brauen, als wäre sie ein niedliches, aber ausgesprochen törichtes Kind.

»Und du glaubst, dass die ungebundenen Drachen dieser Welt Schlange stehen werden, um ihr Blut für dich zu vergießen?«, fragte er mit diesem feinen Lächeln, das schlimmer war als jeder Tadel. »Denn wenn die Klinge dir anschließend gehorchen soll, muss der Drache sein Feuer und sein Blut aus freien Stücken geben. Und s muss ein mächtiger Drache sein, jedenfalls dann, wenn es noch immer Nhor'garoth ist, den du mit deinem Schwert herausfordern willst.«

Sira schwieg. Unzählige Male hatte sie sich vorgestellt, wie sie mit ihrem Schwert ausziehen und einen Drachen erschlagen würde, irgendeinen Jäger aus der Wüste oder den Steppen jenseits der Toten Wälder, um anschließend die Klinge in seinem Blut zu baden. Sie atte nicht damit gerechnet, dass ausgerechnet ein Drachentöter ur mit der freiwillig gewährten Hilfe eines Drachen zu fertigen war, und kurz kam sie sich tatsächlich vor wie das einfältige Kind, als das Alvarez sie in diesen Augenblicken betrachtete. Doch gleich darauf kehrte ihr Stolz mit aller Macht zurück. Sie hatte die Arroganz, die ihr an diesem Morgen von allen Seiten entgegenschlug, ganz gehörig satt. »Ein mächtiger Drache also«, sagte sie und nickte scheinbar beiläufig. »So mächtig wie ein Rhakadhùn?«

Sie hatte damit gerechnet, Erstaunen oder zumindest Skepsis auf Alvarez' Zügen sehen zu können. Doch er maß sie nur mit abschätzigem Blick, und noch ehe er auch nur ein Wort sagte, begriff sie, dass er ihr wieder einmal drei Schritte voraus war.

»Du meinst den, dem du nur knapp entkommen bist?«, fragte er zurück und schnaubte verächtlich. »Nun sieh mich nicht so an, als wäre ich ein Geist. Hast du wirklich geglaubt, mich hinters Licht führen zu können? Ich kenne meine Waffenkammer besser als meine Münzen. Ich merke sofort, wenn etwas fehlt, ganz besonders dann, wenn es nicht zurückkehrt. Ich hätte dir gleich sagen können, dass der Bogen dir nicht helfen würde. Nichts hilft gegen den Zorn eines Rhakadhùn.«

Sira senkte den Blick. Sie hatte erwartet, dass er wütend sein würde, doch der sanfte Ton, der sich nun in seine Stimme mischte, senkte sich schwerer auf ihre Schultern als jeder Vorwurf. »Das habe ich gemerkt«, erwiderte sie leise. »Es tut mir leid, dass ich dich bestohlen habe. Aber ich wollte dich nicht in diese Angelegenheit hineinziehen. Du hast selbst gesagt, dass du das nicht möchtest … jedenfalls nicht offiziell.«

Alvarez schwieg, bis sie den Kopf hob und ihn ansah, und d glomm das amüsierte Funkeln in seinen Augen auf, das jede Strenge von seinen Zügen brannte. »Und ich werfe es dir nicht vor. Allerdings hätte ich nicht damit gerechnet, dass du dem Drachen gleich bei deinem ersten Ausflug von Angesicht zu Angesicht begegnen würdest. Marhazar hat noch Tage später das goldene Feuer auf deiner Hau gerochen, ein untrügliches Zeichen dafür, dass du dem Rhakadhùn reichlich nah gekommen bist. Du kannst froh sein, dass er dich nicht umgebracht hat. Ist dir das eigentlich klar?«

Für einen Moment hörte Sira wieder die Macht des Feuers in der Kehle des Drachen und spürte das Gold seiner Augen auf ihren Wangen. »Ja«, sagte sie kaum hörbar. »Er war sehr ... beeindruckend.«

»Oha«, entgegnete Alvarez in ehrlichem Erstaunen. »Fast ein Lob aus deinem Mund, und dann noch für einen Drachen. Ja, beeindruckend kann man sie nennen, diese Feuerkreaturen. Nur wenige Drachen erreichen ihre Stärke, und ihre Magie ist so mächtig, dass manche Legenden sogar ihre Unsterblichkeit behaupten. Das Schicksal Baldurins jedoch beweist auf traurige Weise, dass das nicht stimmt. Hass und Zorn können jedes Wunder in Fetzen reißen.«

Sira hörte den Schmerz in seiner Stimme, und für einen Moment musste sie an die Wunde in der Brust des Rhakadhùn denken und an die Traurigkeit weit hinten im Gold seiner Augen ... diesen haltlosen Schrei aus tiefster Dunkelheit, den sie nicht verstand und dem doch irgendetwas tief in ihrem Inneren Antwort gab.

»Nein«, sagte sie und erschrak beinahe vom Klang ihrer Stimme, als sie ihre Gedanken laut aussprach. »Denn es gibt größere Mächte auf der Welt als Hass und Zorn. Aber wir müssen uns dafür entscheiden: für den anderen Weg. Den Weg jenseits der Finsternis.«

Sie fühlte die raue Hand ihres Onkels an ihrer Wange, der diese Worte in jenem dunklen Tunnel zu ihr gesagt hatte, in den sie nach dem Tod ihrer Eltern geflüchtet war. Und wie damals glitt ein Schauer aus Wärme über ihren Leib.

»Nun«, sagte Alvarez, und zum ersten Mal an diesem Morgen ruhten seine Münzen in seiner Hand. »Das sind kluge Worte. Aber wie steht es mit dir, Diebin der Schatten? Hast du dich für einen Weg entschieden?«

Sira folgte seinem Blick zu dem Erddrachen hinüber. Er stand abseits der anderen und auch, wenn noch immer die Empörung in seinen Augen glomm, beobachtete er sie mit regloser Geduld.

»Ja«, erwiderte sie, ohne sich von ihm abzuwenden. »Das habe ich.«

Alvarez lächelte unmerklich. Dann nahm er das Spiel seiner Münzen wieder auf. »Eines ist sicher«, stellte er fest, während Sira von der Motorhaube rutschte. »Im Gegensatz zu einem Drachen des Goldenen Feuers ist dieser dort ein Kätzchen, das sich in deinen Armen zusammenrollt. Aber denke daran: Behandle ihn mit Respekt. Du kannst zwar versuchen, einen Drachen unter deinen Willen zu zwingen, und etliche Reiter des Königs haben das getan. Doch dann wird er die erste Gelegenheit nutzen, in der der Reiter Schwäche zeigt, und ihn für den Frevel töten, ein freies Wesen in Ketten legen zu wollen.«

Sira holte tief Atem. Sie fühlte noch, wie Alvarez ihr die Hand auf die Schulter legte, kaum merklich und doch mit einer Kraft, die ihren Schmerz fast vollständig erstickte. Dann ging sie auf den Drachen zu. Aus dem Augenwinkel bemerkte sie Marhazar und die anderen, doch kein Laut drang mehr aus ihren Kehlen, und als Sira vor dem Erddrachen innehielt, blendete sie selbst das Wispern des Windes über dem verbrannten Metall aus. Mit klopfendem Herzen erwiderte sie seinen Blick, ertrug den leisen Zorn, der noch immer darin schwelte … und neigte schließlich vor ihm den Kopf.

Es war nicht mehr als ein Hauch, der ihre Stirn streifte, doch als sie aufsah, war die Empörung aus seinem Blick verschwunden. Stattdessen stand ein Lächeln darin, so sanft, dass sie den letzten Schritt auf ihn zutrat, und da formte sich das Grau seiner Augen zu einer Welt, die Sira noch nie gesehen hatte. Gewaltige Berge hoben sich aus dem Nebel, Felsen, deren Risse wie die Haut eines Drachen aussahen, und Ebenen aus glatt geschliffenem Stein, die sich bis zum Horizont erstreckten. Sira meinte, die Gebirge aus grauem Dunst ächzen zu hören, und als hätte der Ton ein Licht in ihnen entzündet, brache

Farben in ihnen auf – Farben von solcher Klarheit, dass Sira sie mehr fühlte als sah. Wie gleißende Feuer glitten sie über ihre Wangen. Jede einzelne ließ sie den Atem der Berge empfinden, den Herzschlag der Felsen und das Alter der steinernen Wüsten, und als der Nebel gänzlich verschwunden war, überkam sie der übermächtige Drang, die Hand nach ihnen auszustrecken und sie über ihre Finger tanzen zu sehen. Ja, sie wollte diese Farben in all ihrer Kraft spüren – auf ihrer eigenen Haut.

Sie merkte kaum, wie sie sich auf den Rücken des Drachen zog. Sofort setzte er sich in Bewegung, so schnell, dass ihr für einen Moment die Luft aus der Lunge gepresst wurde. Aber dieses Mal warf er sie nicht ab. Mit ausgebreiteten Schwingen raste er über die anderen Drachen hinweg, die erschrocken die Köpfe einzogen, doch alles, was Sira wahrnahm, war der uralte Wind auf ihrem Gesicht. Ihr schien es, als würden graue Nebelfetzen an ihren Armen haften bleiben, und sie sah die Gebirge um sich auferstehen, die in den Augen des Drachen lagen. Warm strich die Sonne über ihre Wangen, deren Strahlen vor langer Zeit diese Felsen geküsst hatten, sie folgte dem Glanz des Mondes, der mit seinem Silberschatten über die Berge hinwegglitt wie über Throne aus Stein, und als sie das Grollen der Welt spürte, das in den Adern des Drachen widerhallte, da nannte er ihr seinen Namen.

Torkar, raunten der Wind und die Berge. *Sohn der Erde.*

Rasch presste sie die Hände an die Schuppen des Drachen. Seine Stimme klang in ihr wider, und als sein Name die Bilder um sie in einem wilden Feuerwerk zerbrach, da fluteten die Farben sie mit aller Kraft, und sie konnte ihn fühlen: den Atem der Berge auf ihrer Haut. In rasender Geschwindigkeit jagte sie auf Torkars Rücken dahin, doch es schien ihr, als würde sie selbst fliegen – schwerelos und jenseits aller Furcht. Im selben Moment wandte Torkar den Kopf und sah sie an. Er schien zu lächeln, aber statt der Farben, die Sira in seinen Augen erwartet hatte, fand sie ein anderes Bild darin. Ein Junge war es, mit dunklem Haar und tiefbraunen Augen, ein Kind, dessen Lachen ihr das Herz zusammenschnürte, als es nun in ihr widerklang. Es war Andor, der sie aus Torkars Augen ansah, und Sira verstand: Der Drache las ihre Gedanken, mehr noch: Er *fühlte* sie.

Der Schreck traf sie mit solcher Macht, dass ihr Herz für einen Schlag aussetzte. Plötzlich spürte sie es wieder, das Feuer, das in diesem Wesen lauerte, und sie streckte die Hand nach Andor aus, instinktiv, als könnte sie ihn so vor den entsetzlichen Flammen bewahren. Doch noch ehe sie Torkar berührte, kehrte der Nebel in sein Augen zurück. Er verschlang das Bild ihres Bruders und gleichzeiti wich alle Farbe aus den Bergen und Felsen ringsum. Sie verblassten als würde Blut aus ihnen laufen, und gerade, als sie in haltloser Stil le um Sira zusammenfielen, riss Torkar den Kopf herum. Sira fühl te noch, wie er sich unter ihr aufbäumte. Dann durchzog heftige Schmerz ihre Schläfen, und sie landete krachend auf dem zerbeulte Dach eines Wracks.

Sie griff sich an die Kehle und rang nach Luft, doch erst als Alva rez sich über sie beugte und die Hand in ihren Nacken legte, konnt sie Atem holen. Ihre Lunge schmerzte, und ein Ton hallte in ihrer Schädel wider, so laut, dass sie es kaum ertragen konnte. Stöhnen hielt sie sich die Schläfen, aber da durchzog ein Grollen den Bo den, das ihr gerade noch durch Mark und Bein gedrungen war, un noch ehe sie Torkar am Rand der Arena niederstürzen sah, wusst sie, dass er es war, der schrie. Dunkles Blut lief über seine Schläf sein Schmerz ließ ihn zittern, und Sira saß da wie erstarrt, als er ih ren Blick erwiderte. Sie hatte Zorn in seinen Augen erwartet, Kält oder Empörung darüber, dass sie die Verbindung so abrupt zerbro chen hatte. Doch alles, was sie darin fand, war Trauer – unendlich Trauer um Andor, ihren Bruder, der im Feuer seines Volkes gestorbe war.

Im nächsten Moment landete Marhazar vor dem Drachen und nahm ihr die Sicht. Wie betäubt sah sie zu, wie Torkar von seinem Mentor aus der Arena geführt wurde, aber erst als Alvarez sie auf die Beine zog, konnte sie sich abwenden.

»Eines ist sicher«, sagte er und seufzte tief. »Du musst noch viel lernen, Tochter der Menschen.«

Kapitel 35

Der Nadelberg ragte vor Sira auf wie ein Turm aus schwarze Knochen. Sein Schatten fiel in kühler Dunkelheit auf ih Gesicht, als sie sich mitten auf der Lichtung auf einen ve brannten Felsen hockte, und doch schien es ihr, als hätte sich ei Scheinwerfer auf sie gerichtet. Sie fühlte sich wie der Köder vor de Höhle einer Bestie. Aber sie ignorierte den Impuls, auf der Stel ins schützende Unterholz zu flüchten, ebenso wie den Ruf der Kri talle, die goldenes Licht aus der Finsternis zu ihr herübersandte Dieses Mal war sie aus einem anderen Grund an diesen Ort gekon men.

Sie strich über ein Stück Moos, das sie auf ihrem Weg von eine Baum gepflückt hatte. Immer schon hatte Moos die Fähigkeit g habt, sie zu erden, ihren Herzschlag zu beruhigen und sie zu eine unangreifbaren Refugium in ihr selbst zu führen, als würde alle S cherheit und alle Weisheit der Welt in seinem Geruch liegen. D würzige Duft der Erde stieg in ihre Nase, und als sie den Stimmen d Vögel zuhörte, war es fast, als säße sie in einem gewöhnlichen Wal Doch schon ein leichter Windhauch in den Baumkronen genügt um die Illusion zu zerstören.

Sira fuhr zusammen. Ihre Finger schlossen sich zu fest um d Moos, es bröckelte in ihrer Hand, und obwohl ringsherum alles frie lich blieb, konnte sie ihren Atem nicht länger beruhigen. Hilflos sa ihr Blick auf die Brandspuren, die den Waldboden zerschnitten hatten wie rohes Fleisch, sie sah auch das Blut, das die Gräser als verkrustete Schicht bedeckte, und als der Wind erneut in die Bäume fuhr, meinte sie die Blätter hören zu können: prasselnd in goldenem Feuer. Plötzlich erschien ihr der wunderbare Plan, den sie in den vergangenen Stunden wieder und wieder durchgegangen war, wie die Idee eines Verrückten. Verflucht, was hatte sie sich nur gedacht? Das Moos glitt ihr aus den Händen, als sie auf die Beine kam, und sie eilte auf das Unterholz zu, so schnell sie konnte. Doch noch ehe sie es erreichte, kam die Stille.

Bleischwer senkte sie sich über die Lichtung. Sira verharrte und lauschte angestrengt. Obgleich sie noch immer keinen Gesang hörte, kein Grollen, keinen Schwingenschlag, wusste sie, dass sie nicht länger allein war. Knisternd streifte ein Atemhauch ihre Wange, so heiß, dass Funken durch die Luft tanzten. Und im nächsten Moment hörte sie die Stimme des Drachen in ihrem Kopf.

Törichtes Kind, raunte er dunkel. *Sehnst du dich nach meinem Feuer?*

Sira fuhr herum, aber es war niemand da. Verwirrt schaute sie ins Unterholz, die Schatten tanzten vor ihrem Blick, doch gerade als sie meinte, eine Gestalt in ihnen ausmachen zu können, streifte etwas ihre Schulter. Kalt war es, so kalt, dass sie augenblicklich zu zittern begann. Wieder drehte sie sich um, wieder fand sie sich scheinbar allein, aber dieses Mal hatte sie keine Zeit, in der Finsternis nach Umrissen zu suchen. Etwas strich ihr durchs Haar, ein Windzug vielleicht oder eine mächtige Klaue. Sie duckte sich, doch schon stob etwas an ihr vorbei, so schnell, dass der Luftstrom sie auf die Beine riss. Im nächsten Moment erfüllte ein Rauschen die Luft und jagte in so kräftigen Schwingenschlägen durch ihren Verstand, als wollte es ihren Schädel auseinanderreißen. Sie presste die Hände gegen die Schläfen, aber gerade, als sie das Gleichgewicht verlor, verstummte jedes Geräusch. Umso lauter hörte sie ihren eigenen Sturz, das Knacken ihrer Knochen, das Brechen der Blutschicht unter ihren Händen. Die Stille schlang sich um ihren Hals, kaum dass sie das feucht Blut an ihren Fingern spürte. Doch ehe der Schwindel sie überkam stemmte sie sich auf die Beine.

»Was zur Hölle …«, begann sie, und zu ihrem Erstaunen zerbrac die Stille um sie, langsam, als hätten ihre Worte Risse durch ein Eisschicht getrieben. Sie wollte noch mehr sagen, doch die Silben zerbarsten auf ihrer Zunge, und stattdessen hörte sie erneut eine ander Stimme in ihren Gedanken … eine Stimme aus Feuer.

Die Hölle ist leer, flüsterte der Drache. *Alle Teufel sind hier.*

Sira spürte ihr Herz im ganzen Körper. Überdeutlich hörte si die Glut in seiner Kehle und fühlte den Boden unter seinen Worte vibrieren, als hätte er sie laut ausgesprochen. Langsam, unendlic langsam drehte sie sich um, und da stand er vor ihr: regungslos i Schatten des Berges, den dunklen Leib mit einem Netz aus Flammen überzogen. Er war ihr so nah, dass seine Hitze ihr in flacker den Luftströmen entgegenschlug, und für einen Moment überka sie der wilde Drang fortzulaufen – nur fort von diesem Feuer. Doc stattdessen ballte sie die Hände zu Fäusten, und ohne sich von ih abzuwenden, trat sie in die Dunkelheit seines Schattens. Sofort umhüllte sie lindernde Kühle, und so stand sie da, umgeben von Feu und Finsternis, und sah zu dem Drachen auf.

Shakespeare, sagte sie in Gedanken und stellte zu ihrer Erleichterung fest, dass sich weder Furcht noch Faszination in ihrer Stimm spiegelten. *Ich hätte nicht erwartet, seine Worte jemals aus dem Mund ein Drachen zu hören.*

Ohne jede Regung starrte der Drache auf sie herab. Nur das Go seiner Augen flackerte, als wäre es ein Feuer, das sie mit einem kräftigen Hieb aufgewühlt hatte. *Und ich hätte nicht erwartet, dass es no Menschen gibt, die seine Worte kennen. Welche Bedeutung hat Dichtung sch in Schmutz und Finsternis?*

Wäre seine Stimme nicht tief grollend in Siras Knochen widergeklungen, hätte sie geglaubt zu träumen. Immer wieder hatte sie sich ausgemalt, wie ihre Begegnung mit dem Drachen ablaufen würde, doch ganz gleich, was sie sich vorgestellt hatte: Das hier hatte sie nicht erwartet. Es schien ihr fast, als wäre sie mit dem Schritt in seinen Schatten in eine andere Welt getreten ... eine Welt wie die Geschichte in einem Buch, die sie für eine kurze Weile mit trügerischer Sicherheit umgab.

Die höchste, entgegnete sie, wie ihr Onkel es immer getan hatte, wenn sie ihn, frustriert von all den Gedichten, die er sie lernen ließ, dasselbe gefragt hatte. *Denn Dichtung, Malerei, Musik, Schönheit können uns zeigen, was tief in uns liegt. Sie halten uns am Leben. Sie beweisen, dass wir noch immer Menschen sind ... und keine Tiere in den Schatten.*

Der Drache erwiderte ihren Blick weiter unverwandt, doch als er nun den Kopf neigte, langsam, als wollte er sie genauer betrachten, erkannte sie ein Funkeln in seinen Augen, das die Reglosigkeit seiner Züge durchbrach. Offensichtlich war sie nicht die Einzige, die an diesem Abend überrascht wurde. Aber gleich darauf schoss die Luft glühend heiß in ihre Lunge, als sie ein Zug aus seinen gewaltigen Nüstern traf. *Du strapazierst meine Geduld,* grollte er inmitten der knisternden Funken. *Nicht viele Menschen können von sich behaupten, von mir verschont worden zu sein – und du kehrst an diesen Ort zurück, wohl wissend, wessen Glut dich hier erwartet? Aus welchem Grund?*

Die Hitze ließ Sira schwanken, doch sie wich nicht davor zurück. *Ich bin für dein Feuer gekommen*, erwiderte sie stattdessen. *Und für dein Blut. In der Gilde der Schatten werde ich im Kampf ausgebildet, aber die Männer verweigern mir das Schwert eines Kriegers. Zwar habe ich den Schmied dazu gebracht, mir eine Klinge zu fertigen, wenn ich ihm das nötige Drachengold beschaffe ... Aber es gehört mehr dazu als goldene Kristalle, um einen Drachentöter zu bekommen.*

Der Drache riss den Kopf zurück, so abrupt, dass Funken von ihm niederfielen. *Drachentöter,* donnerte seine Stimme durch Siras Gedanken. *Wie kannst du es wagen, dieses Wort vor mir auszusprechen?*

Er öffnete sein Maul, als wollte er ausspucken, und für einen Moment konnte Sira das Feuer sehen, das in seiner Kehle loderte: weiß, beinahe durchscheinend und so heiß, dass die Luft ringsum flatterte wie in einem Sturm. *Ich wage es,* rief sie dennoch und riss den Blick von der entsetzlichen Glut fort. *Denn du hast mich nach der Wahrheit gefragt, und ich weiß, dass eine Lüge mein Ende wäre!*

Ihr Hals brannte, als hätte sie geschrien, und sie stieß erleichtert die Luft aus, als der Drache sein Maul wieder schloss. Mit leicht geneigtem Kopf sah er zu ihr herab. *Du meinst es also ernst*, grollte er. *D… bittest mich um mein Blut und mein Feuer, um eine Waffe zu erschaffen, di… sich gegen mein Volk richten wird?*

Noch immer hörte Sira die drohende Glut in seiner Kehle knistern doch sie schüttelte nur den Kopf. *Nicht gegen dein Volk*, gab sie zurück *Gegen Nhor'garoth und seinen Drachen!*

Der Name des Königskriegers ließ das Gold in den Augen des Rhakadhùn auflodern. Kurz meinte Sira, Baldurin zu Boden fallen z… sehen, erschlagen von den Händen der Menschen, und sie erkannt Arkaron über ihm, von Trauer gezeichnet, das Schwert in haltlosem Zorn in die Luft gestreckt. Dann legte sich ein Schleier über das Gol… und Sira hörte ein Grollen in dem Drachenkörper widerhallen wi… ein Lachen. *Der Schlächter der Sieben Städte und Aryon, das Auge des Frost…* drang die Stimme des Drachen durch ihre Gedanken. *Namen, die selb… in diesem Teil der Welt den Himmel mit Flammen überziehen. Und du will… sie töten – sie, die mächtigsten Krieger des Königs?*

Sein Spott war so greifbar, dass Wut in Sira aufstieg. *Ich will es nic… nur,* entgegnete sie und zog die Brauen zusammen. *Ich werde es tu… Allerdings hätte ich nicht erwartet, dass du auf der Seite des Königs stehst!*

Die Glut seiner Augen flammte auf, kurz nur und doch lange g… nug, um den Zorn aus ihrem Leib zu brennen und nur eine einzi…

Gewissheit zurückzulassen: Niemand, dem sein Leben lieb war, sollte emals in diesem Ton mit einem Rhakadhùn sprechen. Sira rechnete lamit, jeden Moment wieder den glühenden Strom des Drachen aushalten zu müssen. Doch stattdessen schnaubte er nur verächtlich und ieß die Hitze in seine Augen zurücksinken. *Ich stehe auf niemandes Seite,* agte er und betrachtete sie wie ein Kind, das nichts verstand. *Nhor'gaoth ist ein geblendeter Narr, der in die Irre gelaufen ist und nichts als Hass sät, vo Frieden nötig wäre. Aber er ist eben ein Mensch, und Menschen tendieren azu, sich in die Schatten zu stürzen, die sie vernichten werden. Vor langer eit schon haben die Rhakadhùn beschlossen, ihnen nicht auf diesem Weg zu olgen – ganz gleich, ob es sich dabei um den König oder um seine Feinde handelt. Als Novizin der Gilde wirst du das wissen. Warum also sollte ich dir helfen?*

Sira schluckte. Plötzlich konnte sie ihn wieder fühlen, den Abrund, der in diesem Drachen lag. Es war, als würde sein Schatten m sie niederstürzen, und das Seil, auf dem sie stand, erzitterte in einem Atemzug. Mit rasendem Herzen schaute sie zu ihm auf, und ıre Worte waren nicht mehr als ein Flüstern in ihrem Kopf. *Weil ich ich dafür töten werde.*

Der Drache sah sie an, als wäre er zu Stein geworden. Wie erlöchende Funken fielen ihre Worte in die Tiefe, und sie schwankte auf ırem Seil, so heftig, dass ihr schwindelte. Absurd, vollkommen abırd erschienen ihr die eigenen Worte nun, doch es gab keinen Weg ıehr zurück, und so deutete sie auf den Schmiss in der Brust des rachen wie auf ein rettendes Ufer.

Ich weiß, dass du dir diese Wunde selbst zugefügt hast, brach es aus ihr eraus. *Jeden anderen Drachen hättest du damit getötet, aber die Magie in r ist zu stark, um dir auf diese Weise das Leben zu nehmen. Ich werde dich cht fragen, aus welchem Grund du sterben willst, denn dazu habe ich kein echt. Stattdessen biete ich dir einen Pakt an: Hilf mir, mein Schwert in einen rachentöter zu verwandeln – und der erste Drache, den ich damit erschlage, rst du sein!*

Für einen kurzen Moment ging ein Schatten durch seinen Blick, dunkel wie der Gesang, der nun in betörender Schwere durch Siras Gedanken zog. Sie spürte die Sehnsucht darin, eine Nuance nur angesichts des Gefühls, das sie zuletzt inmitten dieser Klänge empfunden hatte, und doch stark genug, um sie schaudern zu lassen. Doch gleich darauf wurde die Glut des Drachen reglos wie ein Spiegel, und während Sira sich selbst ins Gesicht sah, überzogen sich seine Züge mit tiefem Stolz. *Ich habe andere Möglichkeiten, als mich in dieser Sache auf einen Menschen zu verlassen*, grollte er, und selbst die Funken, die nun aus seinen Nüstern stoben, waren kalt wie Splitter aus Eis. *In wenigen Wochen kommen die Schwärme der Pherylen an diesen Ort. Ihre Schreie sind wie donnernde Messerklingen, und wenn ich mich in ihre Klauen werfe, werden sie mich zerreißen – in tausend winzige Flammen.*

Ein Frösteln zog über Siras Rücken, und sie war sich nicht sicher, ob das allein an den Eisfunken lag, die knisternd über ihre Wangen glitten. Sie erinnerte sich daran, wie Norik ihr von den Pherylen erzählt hatte, diesen mächtigen Sturmdrachen, aus deren Geschlecht Rhorka stammte und die als wanderndes Volk in wilden Schwärmen durch den Himmel zogen. Nur die wenigsten von ihnen hatten sich wie Rhorka vom Hass auf die Drachen des Feuers befreit, mit denen sie eine uralte Feindschaft verband. Zu viele Legenden und Lieder gab es über diesen Groll, als dass jemand noch sicher hätte sagen können, worin er begründet lag. Aber Sira erinnerte sich an die Abwehr, die sie bei einem Lied über die Pherylen in Kar'mals Augen gesehen hatte, und auch die Miene des Rhakadhùn hatte sich verfinstert, nun, da sie ihren Namen ausgesprochen hatte.

Die Pherylen haben keine Ehre, sagte sie und meinte Arvid vor sich zu sehen, der diese Worte nach dem Lied ausgestoßen hatte wie einen Fluch. *Und wenn sie deine Macht nehmen und dich zusehen lassen, wie sie sie missbrauchen? Kennst du sie so gut, dass du sicher sagen kannst, dass es nicht so weit kommen wird?*

Der Drache schwieg für einen Moment. Sira konnte das Muskelpiel seiner Schläfen sehen, als er die Zähne aufeinanderpresste. *Und ich, Kind der Menschen? Kenne ich dich so gut, dass ich weiß, dass du dein 'ersprechen halten wirst?*

Sira spürte die Kälte, die auf einmal aus seinen Augen strömte … iese eisige Tücke der Drachen, die sie von allen Seiten umschloss vie Krieger mit unsichtbaren Speeren. Doch sie straffte die Schulern und erwiderte seinen Blick. *Ihr Drachen seid doch bekannt für eure Veisheit und Menschenkenntnis. Finde heraus, ob du mir trauen kannst. Frae mich, was immer du willst!*

Ich fühle deine Furcht vor meinem Feuer, sagte er sofort. *Sei dir bewusst: Venn du mich tötest, verliere ich die Kontrolle über diese Glut, und wenn du icht stark genug bist, wird sie dich zerreißen.*

Sira starrte auf das Feuer, das zwischen seinen Zähnen aufloderte. s sah aus, als lächelte er, und sie riss ihren Blick fort. *Ich werde stark nug sein.*

Dein Wille ist es jedenfalls, stellte der Drache fest. *Doch aus welchem rund? Warum willst du Nhor'garoth töten?*

Sira senkte den Blick. Sie wollte entgegnen, dass sie ihn auch nicht agte, aus welchem Grund er sich das Leben nehmen wollte, aber sie usste, dass sie mit dieser Taktik keinen Erfolg haben würde. Anors Name lag auf ihrer Zunge, schwer, viel zu schwer, um ihn ausısprechen. *Für die Freiheit,* sagte sie schließlich, und kurz sah sie ihn Bruder in Gedanken stolz den Kopf heben. Der Drache jedoch hnaubte abfällig.

Freiheit, grollte er. *Welch große Worte höre ich heute in diesem Wald. eißt du überhaupt, was Freiheit bedeutet? Was es heißt, im luftleeren Raum schweben und fast zerrissen zu werden von dem ewigen Tu Was Du Willst? as es bedeutet, die Welt in den Klauen zu tragen, weil es keine Grenzen mehr t, die du niederreißen könntest, und nichts zu empfinden als die Qual der endlichen Schönheit?* Er schwieg, bis seine Worte in Siras Schädel zu flammenden Sonnen zersprangen. *Freiheit,* sagte er dann und schüttelte den Kopf. *Für dich ist Freiheit nur ein Wort.*

Zum ersten Mal, seit sie in seinen Schatten getreten war, wandte e
sich ab. Sein Blick glitt in die Dunkelheit des Waldes, und für eine
Moment glaubte Sira, ihn in den Schatten verschwinden zu sehen
zu rasch, als dass sie ihn noch hätte aufhalten können. Instinktiv tra
sie einen Schritt vor, und sofort schnellte sein Kopf herum und lie
sie innehalten. *Du hast recht,* sagte sie mit pochendem Herzen, so na
nun vor seinem gewaltigen Schädel, dass sie die Flammen auf se
nen Schuppen sehen konnte. *Ich bin kein Drache, der die Luft mit seine
Gefühlen entzünden kann, weil sie stärker sind als jeder sterbliche Gedank
Aber ich weiß, was Freiheit bedeutet. Ich habe sie gespürt, jedes Mal, wenn i
meinem Bruder von der Welt erzählt habe, die ich für uns schaffen wollte, we
fort von der Hauptstadt der Menschen. Ich habe sie in den Augen meines O
kels gesehen, strahlend wie ein schöner Traum. Aber am allermeisten fühle i
sie jetzt, da Nhor'garoth sie mir genommen hat – in dem Moment, da er me
nen Bruder tötete. An manchen Tagen wird mein Brustkorb fast zerquetsc
vor Trauer, und dann habe ich das Gefühl, dass nur der Zorn mich noch au
recht hält. Wenn er verschwindet, wenn ich ihn gehen lasse, dann nimmt
vielleicht alles mit, was mir geblieben ist. Aber dieses Risiko gehe ich ein. De
ich weiß zwar nicht, ob ich noch da bin, wenn dieser Kampf zu Ende geht. Ab
jetzt ... jetzt bin ich es nicht.* Sie hielt inne wie nach einem langen La
Noch nie hatte sie ihre Gefühle seit Andors Tod auf diese Weise
Worte gefasst. Sie hatte geglaubt, daran zu scheitern, doch nun,
sie sich in den goldenen Augen des Drachen gespiegelt sah, floss
sie aus ihr heraus wie Blut aus einer Wunde. Schweigend erwide
der Rhakadhùn ihren Blick. *Vielleicht hast du recht*, sagte sie nach ein
Weile. *Vielleicht weiß ich wirklich nicht, was Freiheit bedeutet, weil ich n
die Freiheit kenne, die in mir war. Aber ich kenne die Sehnsucht nach ihr.
ist mächtiger als jedes andere Gefühl, und ich glaube, dass du das verstehst.
habe deinen Gesang gehört.*

Erst nach einem Moment bemerkte sie, dass die Kälte aus den Augen des Drachen gewichen war. Noch immer lag das Gold da wie ein Spiegel, aber nun war es samten wie das Licht der Sterne auf Siras Haut. *Es gibt keine andere Freiheit als die Freiheit der Gedanken*, sagte er sehr leise und es klang, als spräche er nur zu sich. *Selbst für einen Drachen nicht.*

Unendlich langsam wandte er den Blick ab, und als hätte er einen Schleier von ihren Augen genommen, sah sie auf einmal die Narben, die seine Schuppen überzogen. Klauen hatten ihn ebenso verwundet wie Schwerter und mächtige Zauber, und Sira konnte sie spüren: die Müdigkeit, die seine Glieder durchzog und viel tiefer hinabreichte, als Feuer und Blut es je vermocht hätten.

Nun kennst du den Grund für meinen Plan, sagte sie, um die lähmende Stille seines Schweigens zu durchbrechen. *Ich werde mein Versprechen halten, ganz gleich, was es mich kosten wird. Aber selbst, wenn du mir nicht glaubst: Sollte ich dich betrügen, kannst du mich immer noch töten. Das dürfte dir nicht schwerfallen.*

Die Augen des Drachen richteten sich so plötzlich auf Sira, dass sie zurückwich, und die alte Tücke blitzte in ihnen auf. *Das ist wahr,* grollte er dunkel, und sie konnte nicht sagen, ob er lächelte oder nicht.

Also hast du nichts zu verlieren, entgegnete sie, ehe der Gedanke an sein Feuer ihre Stimme zittern ließ. *Was sagst du?*

Für unendliche Augenblicke sah er sie nur an. Dann richtete er sich auf, und Sira schien es, als würde all die Müdigkeit und die Schwere von ihm abspringen wie ein Panzer aus erkalteter Lava. Knisternd loderten die Flammen auf seinen Schuppen auf, und da stand er wieder vor ihr: der erhabene, mächtige Drache des Goldenen Feuers. *Du hast eine gehörige Portion Wahnsinn in dir,* sagte er und neigte unmerklich den Kopf. *Vielleicht haben wir das gemeinsam. Nun streck deine Hand aus, Kind der Menschen … und schließe einen Pakt mit einem Drachen.*

Sira konnte nicht verhindern, dass ihre Hand zitterte, als sie sei
ner Aufforderung folgte. Mit stockendem Atem sah sie zu, wie er di
Klaue hob. Seine Krallen blitzten im Schein des Feuers, und alles ir
ihr schrie ihr zu, die Hand fortzureißen, auf der Stelle, und jeder
Pakt zum Teufel zu schicken. Doch sie bewegte sich nicht, und in
nächsten Moment berührte er ihre Handfläche. Sofort jagte eisig
Kälte durch ihre Adern. Die Kralle drang durch ihr Fleisch wie durch
Nebel, so scharf war sie, und sie bemerkte zu ihrem Erstaunen, das
sich im selben Augenblick auch ein Schnitt durch das Fleisch de
Drachen zog. Schwarz tropfte sein Blut auf Siras Hand. Und da end
lich traf sie der Schmerz, grell und so heftig, dass sie erschrocke
zurückweichen wollte. Aber der Blick des Drachen hielt sie umfan
gen, und als sich das Gold seiner Augen vor ihr öffnete, da glaubt
sie, nach vorn stürzen zu müssen – mitten hinein in diese Schluch
aus uraltem Feuer. Doch so war es nicht. Stattdessen glitt ein gold
ner Schimmer durch ihre Gedanken, sacht wie ein Flügelschlag, un
gleich darauf sah sie Andor in den Augen des Drachen, ein Kind
schlafend im Schutz ihrer Arme. Lange hatte sie nicht mehr an di
ses Bild gedacht, und nun hallte es in ihr wider wie ein Ruf, dem s
nicht begegnen konnte. Doch es war mehr als Verzweiflung in de
Glanz, der sie umgab, und im selben Moment, da Andors Körper z
Asche zerbrach, fühlte sie seine Finger an ihrer Wange, sanft wie frü
her, wenn er sie aus dunklen Träumen geweckt hatte, um sie zu trö
ten, und zugleich ganz kühl ... kühl wie die Klaue eines Drachen a
menschlicher Haut.

Erst als Sira sich über die Augen fuhr, merkte sie, dass der Ban
gebrochen war. Leicht wie ein Windhauch floss ihr Blut über ih
Hand, aber sie sah es nicht an. Sie erwiderte den Blick des Drache
diese Ströme aus flüssigem Gold, die in die Schluchten seiner Auge
stürzten, und ohne ein einziges Wort zu sprechen spürte sie, dass
ihre Trauer verstand, in all jenen Winkeln und Finsternissen, in d

nen jede Sprache versagte. Und er tat es nicht, weil er ihre Gedanken gelesen oder sie sich fühlbar gemacht hatte, wie es die Art der Drachen war. Er verstand ihre Trauer nur aus einem einzigen Grund: Er hatte sie selbst erlebt.

Seine Magie flog als Schwarm aus goldenen Flammen über ihre Hand. Fasziniert sah Sira zu, wie sie ihr Blut verzehrten und sich der Schnitt, der vom Handgelenk bis hinauf zum Ringfinger reichte, im Flüstern des Feuers schloss. Sie bewegte die Finger, kaum dass der Zauber erloschen war, doch erst als die Glut des Drachen auf ihre Haut fiel, ging ein leiser Schmerz durch ihre Hand und sie konnte die Narbe erkennen: blass und silbern wie ein Schwur in tiefschwarzer Nacht.

Willkommen im Schatten des Feuers, sagte der Drache, als der silberne Schimmer der Narbe über sein Gesicht flammte. *Willkommen im Schatten von Bharkardhos.*

Sein Name ging durch Siras Leib wie ein Donnergrollen durch die Weite des Himmels. Unmerklich neigte sie den Kopf, und sie sah noch das Lächeln, das weit hinten in seinen Augen aufglomm. Dann breitete er die Schwingen aus, und kaum dass die Schatten um ihn herum aufwallten, war er verschwunden ... ebenso lautlos, wie er gekommen war.

Vierter Teil

Kapitel 36

Regungslos kniete Nhor'garoth im Zentrum des Pentagramms, umgeben von Linien aus seinem eigenen Blut. Es hatte den Marmor des Raums zum Bersten gebracht. Noch immer schwängerte verbrannter Steinstaub die Luft und hüllte die Wände in graue Schleier, als gäbe es nichts auf der Welt als den Krieger in diesem Zeichen aus geronnenem Blut, gefangen in einem Saal ohne Grenzen. Doch wie jeder Schein im Turm der Scherben war auch dieser eine Lüge. Der Raum selbst war eine Grenze, gesponnen aus glänzenden Rabenfedern. Und Nhor'garoth lag nicht in Ketten … nicht mehr.

Die schlangenartigen Leiber, die sich in der zeitlosen Ewigkeit der vergangenen Nächte um seine Glieder geschlungen hatten, bröckelten unter seinem ersten Atemzug. Wispernd glitten sie von seinen Armen und Beinen, zerbrachen über seiner Brust und färbten den Boden unter ihm dunkel, als säße er noch immer in der Lache aus Blut, die in den ersten Tagen aus seinen Wunden geflossen war. Aus dem Flüstern der Schatten stieg das Grollen auf, das Nhor'garoth durch den Schmerz seines Meeres begleitet hatte. Der Schrei in ihm war wie ein blutiges Schwert in der Finsternis, rätselhaft und zugleich so betörend, dass Nhor'garoth wie von einem Zauber verführt darauf hinlauschte. Aus weiter Ferne drang Aryons Stimme an sein Ohr, und er wusste, dass er dem Ruf seines Drachen folgen musste, ihm und der

Magie dieses Schreis. Aber selbst als die letzte Fessel zerbrochen war, konnte er sich nicht von der Finsternis abwenden, die vor ihm lag … dieser Dunkelheit der Scherben, in denen er sein Gesicht erkannte wie in einem zerbrochenen Spiegel.

Er sah aus wie ein Toter. Seine Augen waren zwei schwarze Höhlen, und Bilder erloschen in ihnen, Lichtfunken, die er nicht mehr verstand, aus seinem Hirn gezogen von gierigen Klauen. Jedem einzelnen folgte er mit seinem Blick, keinen konnte er bewahren, doch er fühlte noch den Windhauch, der ihm das Haar zurückstrich wie eine kühle Hand, flüchtig nur, als würde er fürchten, wie all die anderen Erinnerungen von der Königin gepackt und zerrissen zu werden. Immer schwächer wurde er inmitten der erlöschenden Lichter, bis Nhor'garoth nicht mehr sicher war, ob es ihn überhaupt gab. Deutlich nahm er nur die Leere wahr, die sich in ihm ausbreitete wie ein tödliches Geschwür … und das Gesicht, das mit der letzten Berührung des Windes plötzlich in den Schatten aufbrach.

Es schaute ihn von der anderen Seite des schwarzen Spiegels an. Im ersten Moment glaubte er, ein Kind vor sich zu sehen, ein Kind mit goldenem Haar. Aber dann bildeten sich die Züge deutlicher aus der Finsternis heraus, und er erkannte die junge Frau, die seinen Blick zu erwidern schien. Ihr langes dunkles Haar wehte im Wind, ihr Schrei hallte in ihm wider und zerbrach für einen Wimpernschlag das Grollen ringsherum, und er bemerkte den Ausdruck in ihren Augen, diese Mischung aus Verlorenheit und unermesslichem Schmerz, die sie beim Anblick ihres toten Bruders befallen hatte und die ihn an etwas erinnerte … irgendetwas, das er so wenig greifen konnte wie den Wind, den er verloren hatte, und von dem er sich doch ebenso wenig lösen konnte.

Erst die plötzliche Feuchtigkeit an seinen Fingern ließ ihn den Blick wenden. Er rechnete damit, seine Hände starr von verkrusteten Blut in seinem Schoß zu finden, halb in der Dämmerung des Saals versunken. Doch das Blut auf seiner Haut war warm, die Wunden, die sich in zwei Schmissen über seine Handflächen zogen, waren aufgebrochen, und ein Licht traf seine Wangen ... warm, so warm, wie er es noch nie zuvor gespürt hatte. Schemenhaft nur bemerkte er, dass der Boden unter seinen Knien nicht länger der Marmor des Saals war. Dieser Boden war sauber, die Sprenkel der Steine warfen das goldene Licht in flirrenden Farben zurück. Langsam hob Nhor'garoth den Kopf, und vor ihm, sein Schwert aus tausend Feuern in der Hand, stand sein König.

Arkarons Rüstung schimmerte im Schein seiner Flammen. In kunstvollen Bildern zierten seine Taten jeden Fingerbreit des glänzenden Metalls. Nhor'garoth ließ den Blick über die Anfänge der Goldenen Stadt gleiten, er sah den König auf seinem Drachen, die Faust mit dem Schwert hoch erhoben, und er meinte, die Jubelrufe der Menschen zu hören, die Arkaron einst aus der Wüste geführt hatte ... all jene, die Drachenblut in sich getragen hatten und von ihrem eigenen Volk in der Nacht der Zwölf Schädel beinahe vernichtet worden waren. Arkaron jedoch hatte sie gerettet. Er hatte sie fortgeführt vom Rand des Todes und war ihnen ein Licht geworden, gerade in dem Moment, da ihre Verzweiflung am größten gewesen war. Nhor'garoth betrachtete die Hingabe auf den Gesichtern dieser Menschen, und er fühlte sie in seinen eigenen Gliedern. Er wusste, was es bedeutete, von diesem König gefunden zu werden.

Das Feuer in Arkarons Augen war sanft, als Nhor'garoth seinen Blick erwiderte. Und wie damals, als er für seinen Eid vor diesem Herrscher auf die Knie gefallen war, spürte er auch nun das Versprechen, das Arkaron ihm gab. Alles würde enden, las er in dessen Augen, die Leere, die Verzweiflung, die Schwere, wenn er zurücklassen würde, wer er einst gewesen war. Unmerklich nickte Nhor'garoth, als hätte der König ihm noch einmal die Frage nach seiner Treue gestellt. Und wie damals loderte auch nun das Feuer in dessen Augen auf. In goldenem Glanz drang es durch die Wunden in Nhor'garoths Händen, die vom Schwert des Königs geschlagen worden waren, und für einen endlosen Moment schien es ihm, als würde er durch einen goldenen Himmel rasen ... schwerelos und frei, als wäre er ein Drache.

Das Lächeln seines Königs stand ihm vor Augen, als er in den dunklen Saal zurückkehrte, und noch einmal neigte Nhor'garoth vor ihm den Kopf, ehe das Bild verschwand. Dann stemmte er sich auf die Beine. Das getrocknete Blut an seinen Händen überzog sich mit Rissen, als wäre es eine Schicht aus uraltem Stein, und er fühlte den Schmerz seiner Knochen, die viel zu lange in den Ketten der Schatten gelegen hatten. Langsam ließ er die Luft in seine Lunge fließen, die noch immer süß und schwer war von seinem Blut, und dieser Atemzug genügte, um die Kraft in seine Glieder zurückzuschicken. Er sah Aryon vor seinem inneren Auge die Flügel entfalten, die Eisschicht über seinem Körper zerbrach im selben Moment, da Nhor'garoth die Arme ausbreitete, und als er die Fäuste emporriss, erhob sein Drache sich mit mächtigem Schwingenschlag in die Luft und jagte im entfesselten Triumph seines Herrn durch den weiten Himmel.

Gleichzeitig schwoll das Grollen an, der haltlose Schrei brach aus ihm hervor, und in einem imposanten Crescendo zerbarsten die verkrusteten Linien des Pentagramms und schickten Ströme aus Blut durch die Luft. Nhor'garoth schloss die Augen, aber er konnte die Töne unter seinen Fingern spüren, als wären sie die Ströme, die in wildem Chaos durch den Saal jagten. Ein Raunen genügte, um sie in seine Gewalt zu bringen, ein Gedanke, um sie zu mächtigen Formen zusammenzufügen. Seine Hände glitten über schuppige Haut, Sehnen und Muskeln waren die Saiten, auf denen er spielte, und als ein fremder Atemzug ihn streifte, brandete seine Stimme so laut durch den Saal, als würde sie aus hundert Kehlen brechen. Eine Welt war es, die hier unter seinen Händen ihren Anfang nahm: eine neue Welt erschaffen aus seinem Blut!

Das Grollen wurde leiser, als er die Augen öffnete. Der Boden lag rot glänzend da, und für einen Moment meinte Nhor'garoth, die Umrisse von Aryon in dem finsteren Spiegel erkennen zu können. Kühl strich der Schwingenschlag seines Drachen über seine Stirn. Gleich darauf ging ein Impuls durch die Fläche, dumpf wie ein versagender Herzschlag. Nhor'garoth fühlte ihn an den Fingerspitzen, er bildete etliche Kreise, die von einem Punkt kaum wenige Schritte von ihm entfernt ausgingen, und da erhob sich eine Gestalt aus dem Blut, langsam, als entstiege sie einem Meer.

Nhor'garoth rührte sich nicht, als er die Königin der Scherben erkannte. Sein Blick glitt über das lange tiefschwarze Haar, das über ihre Schultern floss, er betrachtete den Schleier seines Blutes, der ihren nackten Körper bedeckte, und für einen Moment schien es ihm, als würde er mit dem Finger der Linie ihres Halses folgen. Kalt war sie wie eine Figur aus Eis. Er sah noch das Lächeln, das in ihren Augen aufbrach. Dann warf sie den Kopf in den Nacken, und unter dem entsetzlichen Krachen brechender Knochen formte sich ein anderer Körper aus ihrem Leib.

Er wuchs so schnell, dass das Fleisch gleich darauf in Fetzen von seinen Gliedern hing. Ledrige, halb zerrissene Schwingen brachen aus seinem Rückgrat, riesige Klauen gruben sich in den steinernen Boden, kaum dass er auf alle viere fiel, und ein Schädel mit messerscharfen Hörnern formte sich aus seinen Knochen, so gewaltig, dass ein Atemzug aus seinen Nüstern die Luft erzittern ließ. Es war ein Drache, nicht lebendig, nicht tot. Einzig das Blut, das seinen Körper überzog, schien ihn aufrecht zu halten – und der Wille, der nun ein blaues Glühen in seinen Augen entfachte und dem tiefen Grollen in seiner Kehle Antwort gab. Mit nicht mehr als einem Nicken befahl Nhor'garoth ihn zu sich heran.

Die Schritte des Drachen erschütterten den Saal. Nhor'garoth betrachtete das Spiel der offen liegenden Muskeln, die grausame Ästhetik des Todes, die sich in dieser Kreatur mit der Kraft des Lebens verband, und für einen Moment glaubte er, ein Funkeln im Flackern der Augen zu erkennen wie ein Lächeln der Königin. Aber er achtete nicht darauf. Die Herrin der Scherben hielt sich an ihren Pakt, das konnte er sehen, aber sie steckte nicht länger in diesem Leib. Sie hatte nichts zu schaffen mit seinem Triumph.

Dicht vor ihm blieb der Drache stehen. Seine Klauen gruben sich in ein Bild, das noch immer unter all dem Blut in den Schatten lag, und Nhor'garoth spürte ihn noch einmal: den Herzschlag, der wie ein Fluch gegen seine Finger pochte. Er legte die Hand auf die Stirn des Drachen und meinte, die Haut des Mädchens unter seinen Fingern zu fühlen, als wäre es seine Klaue, die sich in ihr Bild gegraben hatte. Dann schickte er seine Magie in den Leib des Drachen.

Mit einem mächtigen Rauschen entfachte sie sich zu blauem Feuer. Es schoss aus den Rissen in seinem Fleisch und im selben Moment, da es sein Herz mit kaltem Griff umfasste, zerbarst das Pochen an Nhor'garoths Fingern. Ohrenbetäubend laut war das Brüllen des Drachen, als er nun den Kopf zurückriss und das Grollen seiner Kehle entfesselte. Tausend Stimmen brachen aus dem Schrei und vereinten sich zu einem Gesang, der alle bisherigen Klänge wie tanzende Schatten erscheinen ließ. Jeder Ton darin stand in Flammen, und jeder Schrei eines Menschen, jedes Licht in der Dunkelheit und jede Ahnung des Windes wurde von ihm verschlungen.

Nhor'garoth rührte sich nicht, als der Drache schließlich verstummte und ehrerbietig vor ihm den Kopf neigte. Er fühlte Aryons Atem auf seiner Haut, als wäre sein Gefährte ganz in seiner Nähe, und kurz schien es ihm, als würden sie gemeinsam inmitten des Nebels der Toten Wälder stehen ... reglos wie in den Schatten des Scherbenturms, und die erlöschenden Töne in tiefem Grollen zwischen den Bäumen widerklingen hören ... jenem Grollen, das den Tod selbst in seinen Tönen trug.

Die Hand der Königin war kühl an seinem Arm, als sie die Illusion des Waldes zerriss. Sie stand nah bei ihm, das Haar noch feucht von seinem Blut, und als sie lächelte, spürte er plötzlich die Erschöpfung in seinen Gliedern wie einen gnadenlosen Fluch. Gleichzeitig sah er, wie der Drache neben ihm langsam versteinerte, und er erschrak, als sich auch über seinen Körper eine steinerne Schicht zog. Aber sofort legte die Königin die Finger auf seine Lippen.

Still, raunte sie und kam ihm so nah, dass ihr Atem seine Haut streifte. *Ich schütze dich vor meiner Macht, Krieger der Goldenen Stadt ... jener Kraft, die deinen Wunsch erfüllen wird. Sie würde dich zerreißen, müsstest du ihr ins Angesicht schauen. Doch sei ohne Sorge. Wenn du erwachst, wird alles bereit sein.*

Ihr Lächeln schloss sich wie der Stein um seinen Hals, doch er las keine Lüge in ihren Augen, und auch Aryons Atem war ruhig, als er über seine Stirn strich. Die Königin beugte sich vor, und unter ihrem Kuss schloss sich der Stein gänzlich über Nhor'garoths Leib.

Grell war die Magie, die sich gleich darauf jenseits seines Panzers entfaltete, und so übermächtig, dass er die Glut selbst durch seinen Schutz fühlen konnte. Aber lauter noch als die Zauber der Königin war das Brüllen des Drachen, das noch einmal in ihm widerklang, veredelt zu wundersamen Tönen. Dieser Gesang, das spürte er mit jeder Faser seines Körpers, war das Ende und der Anfang. Und bald, sehr bald schon würde es nichts mehr geben, das jenseits von ihm lag.

Kapitel 37

Das Licht des goldenen Kristalls flackerte über Siras Händ wie die Strahlen der Sonne. Seine Kanten waren schärfer al jedes ihrer Messer, doch inzwischen hatte sie gelernt, wi sie das Drachengold berühren konnte, ohne Verletzungen davon zutragen. Vorsichtig legte sie die Hände auf den Glanz, und gerade i dem Moment, da das Licht unter ihren Fingern aufpulste, umfasst sie den Kristall fester und brach ihn.

Er schickte flirrende Funken über ihr Gesicht, als sie ihn vor ihre Augen drehte und ein Hauch ihrer Magie in ihn hineinströmte. I den vergangenen Wochen hatte sie etliche Kristalle gesammelt, un doch war sie noch immer fasziniert von dem Gold, das sie aussand ten. Es war, als hätte jeder einzelne von ihnen eine eigene Stimm die sie ohne jedes Wort erreichte, und kurz sah sie Charons Gesich in dem Glanz aufflackern, gerade so, wie er vor einer Weile durch di Schatten seiner Mauern getaucht war, als sie vergeblich versucht ha te, durch die geheimen Gänge in den Wald zu gelangen.

Durch die Jagd auf den Ardhamàr hatten sich Juris Zeiten auf de Mauer stark verringert, und so hatte Sira andere Wege gesucht, u die Grenzen der Gilde zu überwinden. Sie hatte schnell festgestell dass die unterirdischen Gänge unüberwindbar waren, hatte d dunkle Kraft gespürt, die in ihnen war – und fast einen Herzschla erlitten, als Charon urplötzlich direkt vor ihr aus der Mauer getrete war. Jede Erklärung war auf ihrer Zunge zerbrochen, und sie hatte schon die Schultern gestrafft, um seine Zurechtweisung über sich ergehen zu lassen, als ein Schatten durch seine Augen geflogen war … sacht wie ein Flügelschlag. Dann war er beiseitegetreten und hatte die Finger über einem Riss in der Mauer bewegt, so beiläufig, als hätte er ein Staubkorn fortgewischt. Gleich darauf war er verschwunden, doch Sira spürte noch immer den Mechanismus unter ihrer Hand aufbrechen, als sie zum ersten Mal die Finger in den Riss geschoben hatte … ebenso wie die Erleichterung, als die Mauer sich vor ihr geöffnet hatte. Seither fand sie häufig die leicht gezackten Risse inmitten der Felsen, und immer meinte sie dann, Charon in der Dunkelheit der Mauern zu sehen, schweigend und ohne jedes Lächeln, als würde er auf etwas hinlauschen, ihre Schritte vielleicht, die durch Nacht und Feuer liefen … oder ihren wahren Namen, der irgendwo in den Schatten widerklang. Behutsam legte sie ihren Zauber auf den Kristall in ihren Händen und ließ ihn in ihren Beutel gleiten. Nicht mehr lange, dann würde sie genug Kristalle zusammenhaben. Und dann endlich konnte Harok aus dem Chor ihrer Stimmen ihr Schwert erschaffen.

Sie strich sich das Haar aus der Stirn, als sie sich aufrichtete. Die Luft war schwül an diesem Abend. Dumpf klang das Brüllen der Raubkatzen durch den Wald, als würde die Hitze mit glühenden Lanzen nach ihnen stechen, und die aufbrechende Finsternis legte sich drückend warm auf Siras Haut. Aber umso deutlicher spürte sie auch die Kühle, die den Waldboden in langen Schneisen getränkt hatte: den Schatten des Drachen, der die goldenen Kristalle im Unterholz entfachte wie Fackeln.

Seit ihrem Paktschluss hatte sie Bharkardhos nicht mehr gesehen. Manchmal nur hörte sie ihn in der Ferne singen, wenn sie nachts nicht schlafen konnte, doch jedes Mal, wenn sie mit ihrem Beutel in seinen Wald kam, fühlte sie seine Nähe, selbst wenn sie ihn nicht sah.

Er war in der Dunkelheit seines Schattens, im Flüstern der Blätter und in der Stille zwischen zwei Atemzügen ... ja, vor allem in der Stille verbarg er sich. Seufzend setzte Sira ihren Weg fort. Oft schon hatte diese Stille sie in ihrem plötzlichen Schweigen vor lauernden Raubtieren gewarnt, sie auf sichere Pfade jenseits der Moore geleitet und ihre Hand geführt, als sie erstmals ohne jeden Schmerz einen goldenen Kristall gebrochen hatte. Doch sosehr die Stille ihre Sinne für die Welt schärfte, die sie umgab, sosehr richtete sie ihren Blick auch auf ihr Innerstes, und nicht immer waren die Gedanken sonderlich erheiternd, die sie in dieser Stille fand.

So leise wie möglich bewegte Sira sich durchs Unterholz, und wie so oft in den vergangenen Tagen dachte sie dabei an Norik. Die Momente auf dem Turm der Schatten, in denen sie sich ihm so nah gefühlt hatte, schien es nie gegeben zu haben. Die Jagd auf den Ardhamàr hatte sich wie eine Mauer um ihn geschlossen, er war ihr fremd geworden hinter seiner Maske aus Eis, und hatte sie sich anfangs trotz seiner Härte noch auf ihre Lektionen gefreut, wurden sie ih durch seinen zunehmenden Spott mehr und mehr zur Qual. Erbarmungslos trieb er sie an ihre Grenzen und darüber hinaus, und mitunter hatte sie den Eindruck, als würde er nicht allein gegen den Drachen des Ersten Frosts kämpfen, den er nicht fassen konnte ... sondern auch gegen sie.

Sie ging neben einem Kristall in die Knie und versuchte vergeblich die düstere Versessenheit zu verdrängen, die sie in Noriks Augen gesehen hatte. Alvarez hatte ihr die Fallen gezeigt, die er gebaut hatte um den Ardhamàr zu stellen, Kunstwerke von morbider Schönhei die Andor in Begeisterungsstürme versetzt hätten. Aber auch sie hatten bisher nicht zum Erfolg geführt, und jedes Mal, wenn Nori von einer seiner Jagden zurückkehrte, waren seine Augen eine Spu dunkler. Noch immer fragte Sira sich, was in diesen Momenten i ihm vorging, doch im letzten Augenblick war sie stets davor zurück geschreckt ihn danach zu fragen, und von sich aus sprach er nie darüber, jedenfalls nicht mit ihr. Stattdessen sah sie ihn immer öfter in der Nähe von Vesta ... vertraut und innig wie ein Liebespaar.

Der Schmerz traf sie so plötzlich, dass sie zusammenfuhr. Sie hatte sich an dem Kristall geschnitten, aber noch bevor sie das Blut an ihrem Finger bemerkte, hörte sie eine Stimme.

Närrin, grollte es durch ihren Schädel. *Hast du denn nichts gelernt?*

Sie spürte noch, wie sich eine unsichtbare Macht um ihre Hand schloss und sie den Kristall brechen ließ, ohne dass mehr als das stete Pulsen ihre Haut berührte. Dann raste der Schreck durch ihre Glieder. Wie aus einem Traum geweckt sprang sie auf die Beine, griff instinktiv nach ihrem Messer – und stolperte über eine Wurzel. Rücklings landete sie in einem Gebüsch, und erst als sie das Gelächter hörte, das den Boden zum Beben brachte, entließ der Schreck sie aus seinen Klauen. Zornig schaute sie zu Bharkardhos auf, der nun aus dem Unterholz trat.

Habe ich dich deswegen nicht mehr gesehen?, fragte sie und kämpfte sich aus dem Gebüsch, die Hand fest um den Kristall geschlossen. *Weil du gewartet hast, bis du mich zu Tode erschrecken kannst?*

Bharkardhos hob spöttisch den Kopf. *Wenn du glaubst, dass ich nicht zuvor schon hundertfach die Gelegenheit dazu gehabt hätte, dann weißt du noch weniger über mich, als ich für möglich hielt. Und abgesehen davon: Wozu hätte ich mich dir zeigen sollen? Unser Pakt schließt Schwert gegen Mord ein, keine Unterhaltung ... schon gar nicht über einen Kerl mit Augen aus grünem Sturm.*

Sira riss die Augen auf. *Du hast meine Gedanken gelesen?*

Natürlich, erwiderte der Drache ungerührt. *Seit du das erste Mal einen Fuß in diesen Wald gesetzt hast. Was dachtest du denn? Dass ich einen Menschen durch meine Schatten laufen lasse, ohne zu ahnen, wer er ist? Und abgesehen davon gab es vor deinen Gedanken kein Entkommen. Seit Tagen rasen sie durchs Unterholz wie Derwische. Es ist unmöglich, sie nicht zu hören.*

Verlegen senkte Sira den Blick. Natürlich konnte sie sich nicht daran erinnern, was sie in den vergangenen Tagen alles gedacht hatte, aber das amüsierte Funkeln in den Augen des Drachen genügte, um das Blut in ihre Wangen zu treiben. *Ich hatte nicht vor, dir auf die Nerven zu fallen,* sagte sie nach einer Weile. *Und glaube mir, ich weiß, was es bedeutet, von fremden Gedanken umgeben zu sein, bis man beinahe nichts anderes mehr hört. Die meisten Menschen neigen dazu, sie laut auszusprechen … und manche hüllen sich in ein Schweigen, das fast noch lauter ist als die Worthülsen der anderen. Das war schon in der Station so, und in der Gilde der Schatten ist es nicht anders. Daher bin ich am liebsten mit mir allein. Da habe ich …*

… die beste Unterhaltung, vollendete Bharkardhos ihren Satz. Er nickte unmerklich, und auf einmal fragte Sira sich, ob er auch aus diesem Grund an diesen Ort gekommen war … weil sich die Drachen des Feuers nicht von den Menschen unterschieden, wenn es darum ging, die eigene Stille zu übertönen. Doch ehe sie dem Gedanken weiter nachgehen konnte, reckte er den Kopf höher, als würde er auf etwas hinhorchen, das ihr verborgen bleiben musste. *Die Gedanken sind frei,* sagte er. *Es ist wichtig, ihnen zuzuhören. Daher rechtfertige dich nie für das, was in deinem Kopf vor sich geht. Abgesehen davon waren deine Gedanken ganz unterhaltsam. Wie das Knacken der Toten unter meinen Klauen, damals im Tal von Mexiko, das ich in meine Flammen hüllte.*

Sira schluckte, so deutlich hörte sie dieses Knacken durchs Unterholz klingen, und für einen Moment sah sie Bharkardhos dastehen, auf schwarzen Hügeln, den Kopf hocherhoben, die Klauen in die verbrannten Körper unzähliger Menschen gekrallt. Gleich darauf jedoch glitt ein sehnsüchtiger Ausdruck auf seine Züge, als wäre der Krieger, den sie gerade noch gesehen hatte, nichts als ein Traumbild aus vergangenen Zeiten.

Heute Nacht allerdings, fuhr er fort, *gibt es etwas anderes, dem du deine Aufmerksamkeit schenken solltest. Heute Nacht flüstert der Wind … und wenn man genau hinhört, kann man seine Stimme verstehen.*

Wie eine Antwort wirbelte der Wind die Blätter um ihn herum auf und ließ sie über seine Schuppen tanzen. Knisternd fingen sie Feuer, und Sira musste lächeln, als sie lohende Funkenschweife hinter sich herzogen. *Ich hätte nicht gedacht, das mal zu einem Drachen zu sagen, aber du erinnerst mich an meinen Onkel. Er redete oft vom Wind und von Wäldern, die er nie gesehen hatte, als wäre er mit ihnen verbunden.*

Bharkardhos neigte den Kopf, und wie jedes Mal, wenn das Feuer seiner Augen sich dunkler färbte, meinte sie, ein Lächeln auf seinen Zügen zu erkennen. *Alle Menschen sind mit ihnen verbunden*, entgegnete er. *Und manche haben sich die Gabe bewahrt, das zu fühlen. Früher lebten Menschen in diesem Wald, Seite an Seite mit meinem Volk, wusstest du das? Und sie sangen gemeinsam mit dem Wind in einem Chor aus Farben.*

Gewöhnliche Menschen?, fragte Sira, doch sofort stieß Bharkardhos verächtlich die Luft aus. Prasselnde Funken gingen auf sie nieder, und sie wich in seinen Schatten zurück, um der Hitze zu entkommen.

Gewöhnlich, schnaubte er. *Was soll das bedeuten? Dass sie keine Magie in sich trugen wie du oder der König? Du weißt sehr wenig von der Welt, wenn du wirklich glaubst, dass es keine größere Magie gibt als die, mit der du deine Zauber wirkst.*

Erst nach einem Moment stellte Sira fest, dass sie die Hände aneinanderpresste, wie sie es früher getan hatte, wenn sie von jemandem getadelt worden war, dessen Urteil ihr etwas bedeutete. Rasch löste sie ihre Finger und berührte den Anhänger, den sie um den Hals trug. *Mein Onkel erzählte mir oft von der Freundschaft zwischen … diesen Menschen und Drachen. Ich habe ihn dafür ausgelacht. Lange Zeit dachte ich, das wäre ein Märchen.*

Bharkardhos ließ einige Blätter über seine Klauen tanzen, ausgelassen und spielerisch, als wären sie Kinder, und Sira musste an das Bild von Rhenlynghar denken, auf dem der Drache die Sprösslinge der Menschen über seine Klauen hatte klettern lassen. Bharkardhos'

Blick war rätselhaft, als er sie mit leicht geneigtem Kopf ansah. *Manche Märchen,* sagte er leise, *sind wahr.*

Und wie unter einem Zauberspruch wallte der Wind auf. Sira rechnete damit, ihn in ihrem Haar zu spüren, doch stattdessen schien er durch sie hindurchzufließen, und im nächsten Augenblick nahm er sie mit sich, hoch hinauf in die Kronen der Bäume. Sie wusste, dass sie noch immer am Boden stand und zu den wogenden Wipfeln aufsah, aber in Gedanken flog sie mit dem Wind darüber hinweg, so schnell, dass sie wie in einem Rausch die Arme ausbreitete. Der Sturm eines Schwingenschlags glitt über ihre Haut, ein leichtes Ziehen ging durch die Narbe ihrer Hand, und da wusste sie, dass es Bharkardhos war, der sie den Wind hören ließ – durch schützende Schleier, um ihren Verstand nicht in Fetzen zu reißen, aber doch vielfarbig genug, um ihren Atem stocken zu lassen.

Ihr schien es, als wäre sie in ein lebendiges Gemälde geraten, dessen Pinsel der Wind führte. Er ließ die Kronen der Bäume in wildem Grün erstrahlen, zeichnete Ströme seines Atems in den Himmel und folgte dem tanzenden Laub mit Wirbeln, die sich wie feine Striche über eine Leinwand zogen. Die Blätter auf Siras Haut glühten in flammenden Farben, sie hörte das dunkle Grollen der Wolken in der Ferne, und kurz meinte sie, das Lachen der Bäume in ihrer eigenen Brust widerhallen zu fühlen, als der Wind ihre Zweige nach dem Himmel greifen ließ. Sie hielt inne, als würde sie hoch über den Wipfeln schweben, umtost von Strömen aus Farben, und sie nahm jedes Blatt wahr, das unter dem Griff des Windes aufwirbelte, jeden Zweig und jeden Kiesel. Sie alle schienen unter seiner Stimme zu erwachen, als würde er auch sie durchdringen und fliegen lassen, und Sira spürte mit aller Macht, wie recht ihr Onkel gehabt hatte: Es gab keinen größeren Geschichtenerzähler auf der Welt als den Wind.

Der Donner kam so plötzlich, dass er Sira die Luft aus der Lunge presste. Er schien aus dem Grollen geboren zu werden, das nun von allen Seiten zugleich aufwallte, und als wäre sie tatsächlich mit dem Wind durch die Baumkronen geflogen, stürzte sie wie aus großer Höhe zu Boden. Keuchend presste sie die Hände gegen die Erde. Alle Farben waren um sie erloschen, aber sie achtete kaum darauf. Zu genau kannte sie das Donnern, das nun in ihr widerklang und Bharkardhos' Stimme übertönte, dieses Brüllen, das aus den flammenden Wolken über den Trümmern New Yorks gebrochen war, kurz bevor sie ihre Glut auf die Ruinen hinabgeschickt hatten. Sira fühlte noch, wie etwas dicht an ihrem Gesicht vorbei zu Boden fiel. Dann schoss das Entsetzen mit aller Macht in ihre Glieder und sie rannte los.

Die Zweige der Bäume schlugen ihr ins Gesicht, doch sie spürte es kaum. Sie sah keinen Wald mehr um sich herum, keine Äste, denen sie auswich, keine Wurzeln, die aus dem Boden ragten. Vor ihr erhoben sich die Trümmer von New York, und sie setzte über sie hinweg wie damals, als die tödlichen Feuer des Himmels ihr fast das Leben genommen hatten. Schreie brachen um sie herum auf, die Schreie all jener, die mit entsetzlichem Zischen hinter ihr verbrannt waren, und als das Rauschen der Baumkronen über ihr sie in den Wald zurückzwang, begann sie zu zittern. Sie war weit, viel zu weit von der Gilde entfernt, um vor den brennenden Strömen zu fliehen, und so kauerte sie sich unter ein mickriges Gebüsch inmitten der Bäume und schickte einen Zauber über ihren Leib. Keine Magie der Welt konnte sie vor diesem Feuer bewahren, und so barg sie ihren Kopf in den Armen, als wäre sie ein Kind im Angesicht einer namenlosen Gefahr. Prasselnd brach das Feuer durch die Bäume, so laut, als wollte es die ganze Welt verschlingen. Nur die Schritte des Drachen drangen durch den Lärm, der langsam näher kam.

Du hast es gehört, nicht wahr?, rief sie ihm zu. *Du hast gewusst, dass das Feuer kommen würde, du bist eines seiner Geschöpfe! Warum hast du mich nicht gewarnt? War das alles nur ein Spiel, eine grausame Falle? Wieso hast du mich dann nicht einfach verbrannt? Du bist ein verdammter Drache des Feuers!*

Ihre Stimme überschlug sich in ihren Gedanken, ihre Silben lösten sich auf, kaum dass sie entstanden waren, und sie erschienen ihr so absurd, als wären es die Worte einer Verrückten. Sie hörte, wie Bharkardhos neben ihr stehen blieb, und ein bitterer Geschmack trat auf ihre Zunge, als ihr bewusst wurde, dass die letzten Worte, die sie hören würde, die hochmütigen Worte eines Drachen sein würden.

Aber sie irrte sich. Stattdessen breitete Bharkardhos eine Schwinge über sie, und als er zu sprechen begann, war seine Stimme warm ... so warm, dass ein Schauer über Siras Rücken flog. *Narr von einem Menschenkind*, sagte er leise. *Weißt du denn nicht, was das ist?*

Erneut fuhr Sira zusammen, als sie etwas an der Schläfe traf. Kalt war es, und für einen Wimpernschlag rechnete sie damit, jeden Moment das Feuer zu spüren, dass sich in ihr Fleisch graben würde. Doch stattdessen rann etwas ihre Wange hinab, und als sie die Hand danach ausstreckte, stellte sie fest, dass es Wasser war ... ein Tropfen Wasser, so kühl wie der Schatten des Drachen, der schweigend auf sie niedersah.

Wie erstarrt schaute sie auf ihre Finger, und auf einmal hörte sie eine Stimme durch das Prasseln. *Die Menschen erinnern sich nicht mehr daran*, sagte ihr Onkel wie damals, als er abends an ihrem Bett gesessen hatte. *Aber vor langer Zeit lebten sie noch nicht in den Tunneln der Unterwelt, eingepfercht in elender Finsternis. Ihr Reich war oben im Licht, wohin sich heute niemand mehr traut.* Ein leiser Schmerz ging durch Siras Körper, als sie Andors Stimme hörte. *Doch, doch! Jemand traut sich*, rief er, und ihr Onkel lachte. *Damals wussten sie noch, was Regen ist und Sonne und Wind*, raunte er, und noch während seine Worte langsam erloschen, hob Sira den Kopf. Perlen aus glitzerndem Wasser rannen über Bharkardhos' Flügel. Sie schlugen in berstenden Tropfen auf den Waldboden und sammelten sich in kleinen Pfützen, und Sira kam wie in einem Traum auf die Beine, als sie verstand, was sie vor sich sah. Es war Regen.

Schweigend schaute sie im Schutz der Drachenschwinge in den Regen hinaus. Noch immer raste ihr Herz in ihrer Brust, aber das Prasseln auf den Blättern der Bäume hatte seine Schrecklichkeit ver-oren. Stattdessen klang es nun wie Gelächter an ihr Ohr, silbern ınd hell wie aus winzigen Mündern, und eine kindliche Freude stieg n ihr auf, die mit jedem einzelnen Tropfen zunahm und sie hinaus-lrängte – hinaus in dieses Schauspiel, das ihr so fremd und gleich-eitig so vertraut erschien, als hätte sie es viel zu lange vermisst. Un-nerklich nickte Bharkardhos, als sie den Blick hob und ihn ansah, ınd mit einem einzigen großen Schritt trat sie ins Freie.

Sie fuhr zusammen, so kalt war der Regen, und für einen Mo-nent überkam sie erneut der Drang, sich vor den fallenden Perlen-chnüren zu verbergen. Aber gleich darauf spürte sie die Tropfen uf ihrer Haut, und da begann sie sich zu drehen, schnell, immer chneller inmitten des Regens, wie er wirklich war. Wie oft hatte sie ei diesem Wort eine namenlose Furcht befallen, wie oft hatte sie an ll die Toten gedacht, die sie nach einem Feuerregen zwischen den 'rümmern New Yorks gefunden hatte – und wie weit entfernt war er Regen in diesem Wald von der tödlichen Kraft des Feuers, das ber die Menschen hereingebrochen war. Sie breitete die Arme aus, e tanzte mit dem Regen und dem Wind, der sie umgab, und end-ch blieb sie stehen und legte den Kopf in den Nacken. Die Tropfen ınnen über ihre Wangen, zärtlich wie Tränen und Küsse, und Sira onnte kaum atmen, so intensiv spürte sie jede einzelne Berührung. eit langer Zeit, das wusste sie, hatte sie sich nicht mehr so lebendig efühlt.

Schließlich drehte sie sich zu Bharkardhos um. Er stand noch im-er zwischen den Bäumen, doch der Regen war stärker geworden. ischend verdampften die Tropfen nun auf dem Leib des Drachen.

Komm heraus, Kind des Feuers!, rief sie ausgelassen. *Im Regen fühlt man, dass man am Leben ist! Er ist ein Kuss des Himmels!*

Bharkardhos schnaubte so abfällig, dass glühende Funken aus seinen Nüstern stoben und dampfend im Regen erloschen, doch er erwiderte nichts. Achselzuckend wandte Sira sich ab und folgte dem Impuls, über die Pfützen hinwegzuspringen, als wäre sie ein Kind ... ein Junge mit großen dunklen Augen voller Sehnsucht, der nie den Regen kennengelernt hatte, der ohne Feindschaft war. Lachend dreh te sie sich zu Bharkardhos um und stellte fest, dass er sie mit leich geneigtem Kopf beobachtete. *Was ist?*, fragte sie grinsend. *Machst d dich über mich lustig?*

Da färbten seine Augen sich in seinem dunklen Lächeln. *Nein*, er widerte er. *Ich hätte nur nicht gedacht, dich einmal lachen zu hören ... nich in diesem Wald ... und nicht in meiner Nähe.*

Sira hielt inne. Auf einmal schien der Regen leiser zu fallen. De Wind flüsterte zwischen den Bäumen und sie meinte, den Atem de Drachen zu spüren, sacht wie eine Umarmung. Zum ersten Mal, sei sie sich kannten, fand sie einen beinahe sanften Schimmer in seine Augen, und darunter etwas anderes ... etwas wie ...

Doch ehe sie das richtige Wort fand, kehrte die Strenge auf Bha kardhos' Züge zurück. *Und nun sieh zu, dass du zurück zur Gilde komms* grollte er und trat aus dem Schatten der Bäume. *Ihr Menschen seid z zerbrechlich, als dass ihr bei dieser Witterung durchnässt im Wald herun springen solltet.*

Sie konnte sich selbst in seinen Augen erkennen, als sie zu ih aufsah, das nasse Haar zerzaust und mit Augen wie die eines Ki des. Unmerklich flammte noch einmal das Lächeln durch seine Blick. Dann breitete er die Schwingen aus, und ehe sie noch etw erwidern konnte, erhob er sich in die Luft und jagte über die Wipf davon.

Sira jedoch blieb noch eine Weile inmitten des Regens stehen. S lauschte auf die Stille, die Bharkardhos ihr geschenkt hatte, auf das Wispern des Regens und den Wind auf ihrer Haut, und da stieg das Wort in ihr auf, das sie beim Anblick seiner Augen empfunden hatte. Schmerz war es, den Bharkardhos im Herzen trug ... ein Schmerz, der tiefer war als jeder Abgrund dieser Welt.

Kapitel 38

Die Streben der Drachenfalle glänzten im Schein des Feuers. In filigranen Netzen zogen sie sich über die metallenen Fächer und dornenbesetzten Speere und warteten nur darauf, unter der winzigsten Bewegung zuzuschnappen. Norik spürte den Zauber, der in ihnen glühte, jederzeit bereit, sich in lähmenden Schüben in sein Opfer zu ergießen, doch er hob nicht den Blick, als er vor seiner Falle stehen blieb. Er sah sie auch so vor sich: diese Konstruktion aus Stahl und Magie, deren tödliche Ästhetik ihn in den vergangenen Nächten stets auf atemlose Weise ergriffen hatte. Nun jedoch war selbst diese Falle nicht mehr als ein weiterer Beweis seiner Unzulänglichkeit.

Regungslos stand er da und zwang sich, ihr Licht zu ertragen. Aus weiter Ferne hörte er Rhorkas Schwingenschlag, und für einen Moment sehnte er sich zu ihr hinaus in die Nacht, mit nichts als ewigem Sturm auf seiner Haut. Mehrfach hatte sie ihn gedrängt, mit ihr durch die Dunkelheit zu jagen, bis alle Gedanken vom Wind zerbrochen worden waren. Aber er hatte sie nicht begleiten können, so wenig, wie er die Bilder aus seinem Kopf verdrängen konnte, die ihn ruhelos durch die Nacht trieben. Gewaltsam riss er den Blick hoch, und wie jedes Mal, wenn er seine neueste Falle betrachtet hatte, legte sich auch nun der kalte Glanz ihrer Streben auf sein Gesicht. Aber er sah nicht die Schönheit und Kraft ihrer Fächer und auch nicht de

Schimmer der Magie, die in ihr lauerte. Alles, was er wahrnahm, waren Ströme aus Blut – und die Kinder, die er am Morgen in einer anderen seiner Fallen gefunden hatte.

Am Rand des Gebirges war das gewesen, halb verdeckt von ein paar Bäumen und nicht weit entfernt von einer Siedlung, die sich im nahe gelegenen Wald verbarg. Im ersten Augenblick hatte Norik geglaubt, dass die Kinder zufällig hineingeraten waren, angezogen vom leisen Wispern der Magie, die ihre Streben unsichtbar machte und selbst gestandene Drachenkrieger in einen Zustand schwärmerischer Trance versetzte. Unermüdlich hatte er am Ruf dieses Zaubers gearbeitet, und er wusste um die mächtige Wirkung, die er entfalten konnte. Gerade aus diesem Grund reagierten seine Fallen ausschließlich auf magische Wesen, und er hatte sich für wenige Atemzüge dem Gedanken hingegeben, dass ein tragischer Unfall geschehen war, der die Kinder in der Falle getötet hatte. Doch kaum war er neben Kapo und Arvid vor der Konstruktion gelandet, war jede Illusion zerschlagen worden.

Norik holte Atem, als er in die Erinnerung zurückglitt, so vollständig, dass er meinte, das Blut der Kinder riechen zu können. Ihre Körper hingen in den Streben seiner Falle, aufgespießt wie erlegte Tiere. Einige hatten ihre Hände um die messerscharfen Schnüre geschlossen, als hätten sie im Augenblick ihres Todes in der Hoffnung auf Rettung nach ihnen gegriffen. Andere hatten die Arme um die Speere geschlungen, deren Dornen gnadenlos aus ihren Gliedern ragten, und Norik musste nicht das Eis sehen, dass sich über ihre geschundenen Leiber zog, um zu wissen, wer ihnen das angetan hatte. Mit gesprungenen Augen schauten sie zu ihm herab, ermordet vom Drachen des Ersten Frosts.

Noch einmal hörte er, wie Arvid neben ihm die Luft einsog. Ohne ein Wort schwang der Reiter sich auf Kar'mals Rücken und stieg in den Himmel, so weit hinauf, dass sein Schrei wie fernes Donnergrollen über die Ebene flog. Er hallte in Norik wider, als wollte er ihn auseinanderreißen. Doch schlimmer noch als Arvids Zorn war Kapos Stille. Unbeweglich stand der Krieger da, dicht neben Bomper, und sein Schweigen schloss sich wie Treibsand um Noriks Kehle. Er spürte die Erschütterung, die Kapo erfasste, als er den Toten in die von Angst und Schmerz entstellten Gesichter sah, und er wusste, dass sein Freund in jedem einzelnen seine eigenen Kinder erkannte.

Norik überkam der Drang, zu Kapo hinüberzugehen, ihm die Hand auf die Schulter zu legen wie im Grauen Berg und ihn fortzuziehen von dem Abgrund, der in ihm aufklaffte und seine Augen dunkler färbte. Aber er konnte sich nicht von den Kindern abwenden. Er sah sie vor sich, wie sie lachend durch den Wald liefen, wie sie auf den Bäumen herumkletterten und ohne Furcht über freie Felder rannten. Sie hatten nicht gewusst, was Krieg bedeutete, doch nun hatte er sie eingeholt. Mit aller Macht hatte Norik sie beschützen wollen, aber nichts, nichts hatte er erreicht, und nun waren die Kinder tot – erschlagen von der Falle, die er selbst geschaffen hatte.

Schwer atmend wandte er sich ab. Die Erinnerung zerbrach vor seinen Augen, aber als die Magie in der Falle aufglomm, widerstand e nicht länger. Außer sich stürzte er sich vor, umhüllte seine Hände mi tosendem Sturm und riss die Streben auseinander, dass grelle Blit ze durch den Raum schlugen. Knirschend bog sich das Metall unte seinen Fingern, doch er fühlte es kaum. Alles, was er wahrnahm, wa der Schmerz der Kinder und die Furcht, die sie im Augenblick ihre Todes ergriffen hatte. Wie von Sinnen schlug er auf die Falle ein, s lange, bis die letzte Strebe krachend niederfiel. Im selben Momen stürzte er auf die Knie. Sein Herz raste in seiner Brust, und plötzlic war er müde … so unendlich müde, als hätte dieser sinnlose Kamp gegen seine eigene Maschine ihn mehr Kraft gekostet als jede An strengung zuvor.

Die Schritte waren so leise, dass er sie kaum hörte, und doch e kannte er sie sofort. Instinktiv hob er den Kopf, wachsam wie der Reiter des Sturms, der er war, und entdeckte Juri zwischen den übrigen Fallen. Ertappt hielt der Junge den Atem an und schaute mit weit aufgerissenen Augen zu ihm herüber.

»Schon gut«, sagte Norik und kam auf die Beine. »Du musst nicht so tun, als hättest du mich nicht gesehen. Es ist nicht deine Schuld, dass du Zeuge wirst, wenn ich mich wie ein Wahnsinniger aufführe.«

Zögernd kam Juri näher. Inmitten der Trümmer blieb er stehen und betrachtete die langsam erlöschende Glut der Streben. »Das war deine bisher beste Falle«, sagte er und schüttelte fassungslos den Kopf. »Und sie war fast fertig. Warum hast du das getan?«

Norik fuhr sich über die Augen. Der Kopfschmerz, der ihn seit Wochen heimsuchte, pochte wie ein Vogel mit spitzem Schnabel gegen seine Stirn. »Weil ich kein Drache bin«, erwiderte er und begann, die zerbrochenen Streben an der Wand aufzustapeln. »Ich habe keine Schwingen, um allein durch die Nacht zu rasen, und auch kein Feuer in der Lunge, mit dem ich den Himmel in Brand setzen kann. Aber auch mich überkommt manchmal der Zorn, und dann ... nun ja, dann ist es besser, ihn gegen eine Maschine zu richten als gegen ein lebendiges Wesen.«

Juri schwieg, doch zwischen seinen Brauen deutete sich eine Falte an, und er legte leicht den Kopf schief wie immer, wenn er nachdachte. »Ist es wegen des Eisdrachen?«

»Zerbrich dir nicht den Kopf darüber«, gab Norik zurück. »Du hast zurzeit genug mit dir selbst zu tun. Solltest du nicht längst im Bett sein? Ich habe dich nicht grundlos vom Dienst freigestellt. Die Ereignisse nehmen dich zu sehr mit, du brauchst deine Erholung.«

In der Tat hatte Juri die Jagd nach dem Drachen zugesetzt. Wie besessen hatte er Norik beim Fallenbau geholfen und neben seinen Stunden auf der Mauer so viele Erkundungsflüge wie nur möglich begleitet. Nachts hatten ihn Albträume wach gehalten, und schließlich wäre er bei einem Flug jenseits der Mauer beinahe von Ysios' Rücken gefallen. Dennoch hatte er sich mit Händen und Füßen gewehrt, als Bherra ihm nach gründlicher Untersuchung vorerst jeden weiteren Einsatz untersagt hatte. So war Norik nichts anderes übrig geblieben, als den Jungen in einem Zimmer des Hospitals einzuschließen. Zwei Tage hatte er durchgeschlafen, so hatte Norik später von Bherra erfahren, aber inzwischen war das aufsässige Funkeln in Juris Blick zurückgekehrt, das auch nun jede Schwäche von seinen Zügen wischte.

»Da scheine ich nicht der Einzige zu sein«, stellte er fest, und seine Augen blitzten in altem Übermut, während er Norik von oben bis unten musterte. Doch gleich darauf wich der Schalk der dunklen Betroffenheit, die den Jungen noch blasser machte, als er es ohnehin schon war. »Ich habe von den Kindern gehört«, sagte er leise. »Wie soll ich mich ausruhen, wenn dort draußen so etwas passiert? Und überhaupt ... ich kann mich nicht erinnern, wann ich dich zum letzten Mal habe schlafen sehen.«

Mit leichtem Spott hob Norik die Brauen. »Und ich erinnere mich nicht daran, dass du jemals neben meinem Bett gestanden und mir beim Schlafen zugesehen hättest.«

Betreten senkte Juri den Blick, und Norik seufzte. Es war sein Glück, dass er mit seinen Worten recht hatte. Sonst hätte sein Schützling festgestellt, dass er mit seiner Vermutung gar nicht so falsch lag und jede Vorbildfunktion wäre dahin gewesen. Seit einer Ewigkeit hatte Norik nicht mehr richtig geschlafen.

»Aber wir werden den Drachen fangen«, sagte Juri mit plötzlicher Entschlossenheit. »Früher oder später wird er in eine der Fallen gehen, und dann wird er büßen für alles, was er getan hat!«

Norik stieß die Luft aus. »Deine Zuversicht ist zu gleichen Teilen bewundernswert und töricht. Wie kommst du darauf, dass wir überhaupt eine Chance gegen ihn haben?«

Juri sah ihn mit großen Augen an. »Na, durch dich«, entgegnete er mit einer Selbstverständlichkeit, die Norik beinahe zum Lachen brachte. »Ganz gleich, wie stark er ist, er wird keinen Reiter des Sturms an seiner Seite haben. Denn der gehört zu uns, und es gibt niemanden, der mächtiger ist als er.«

Noriks Miene verfinsterte sich. »Du redest Unsinn«, erwiderte er mit plötzlicher Kühle und ließ mehrere Streben krachend vor der Wand fallen. Sie wogen auf einmal so viel, als würden die Körper der toten Kindern sich an ihnen festkrallen. »Und das weißt du. Wäre ich das mächtigste Wesen dieser Welt, würde sie anders aussehen.«

»Aber du bist mächtig«, beharrte Juri. »Mächtig genug jedenfalls, um diesen Drachen zu vernichten. Hast du vergessen, wie du allein gegen achtzehn Königsreiter gekämpft und sie alle besiegt hast, ohne auch nur einen Kratzer davonzutragen? Weißt du nicht mehr, dass du den Drachen in den Katakomben von Phoenix mit einem einzigen Schlag niedergestreckt hast? Und erinnerst du dich nicht an die Glut der königlichen Feuerreiter, die du in einen Sturm verwandelt und gegen sie gerichtet hast, um Dutzende Menschen vor Versklavung und Tod zu bewahren? Es ist dir gelungen, und seitdem gibt es noch etliche Lieder mehr, die in den Schatten über deine Taten gesungen werden.«

Norik presste sich die Finger gegen die Schläfe. Juris Worte schossen durch seinen Schädel wie die erlöschenden Funken der Trümmer um ihn herum. »Das ist etwas anderes«, murmelte er. »Der Ardhanàr ist mächtiger als jeder Gegner, gegen den ich bislang kämpfte.«

»Aber du wirst ihn finden«, sagte Juri eindringlich. »Ich weiß, dass du das tun wirst. Seit ich dich kenne, beschützt du die Menschen, und auch jetzt wirst du ...«

»Zur Hölle noch eins, sei still!« Noriks Stimme fuhr mit solcher Wucht durch den Raum, dass die Glut in den Fallen aufloderte. »Ich beschütze niemanden! Siehst du das nicht? Dreizehn Kinder sind heute Morgen in meiner Falle umgekommen – als Possenspiel eines Drachen, um mir zu zeigen, was ich schon längst weiß: dass ich ihn niemals fangen werde!«

Erst als der Sturm sich legte, hörte Norik das Ächzen des Metalls. Etliche Fallen hatte er aus der Verankerung gerissen, und Juri sah zu ihm auf, die Augen so dunkel, dass er noch jünger wirkte, als er es tatsächlich war. Aufatmend fuhr Norik sich übers Gesicht und schüttelte den Kopf. »Du willst einen Helden in mir sehen«, sagte er, leise nun und mit derselben Müdigkeit in seiner Stimme, die er in seinen Gliedern fühlte. »Aber es wird Zeit, dass du dich von diesem Bild verabschiedest. Denn das bin ich nicht. Es ist meine Aufgabe, die Gilde der Schatten zu beschützen, doch wenn ich ehrlich zu mir selbst bin, kann ich diesen Schutz nicht länger garantieren. Dort draußen wüte ein uralter Drache, der uns in seiner Gier nach Blut und Grausamkeit immer mindestens drei Schritte voraus ist, und sosehr ich diesen Gedanken verabscheue: Es scheint mir, als wäre der tapfere Reiter de Sturms am Ende seiner Kräfte.«

Die Worte hinterließen einen bitteren Geschmack auf Noriks Zun ge, aber schwerer noch wog der Blick, mit dem Juri ihn nun betrach tete. Etwas wie Enttäuschung spiegelte sich auf seinen Zügen, etwa wie Schmerz … und gleich darauf ein wilder, unbeugsamer Trotz.

»Nein«, sagte er mit fester Stimme, und seine Augen glühten, al hätte er Fieber. »Das bist du nicht. Und soll ich dir verraten, wohe ich das weiß? Du selbst hast es mir gesagt!«

Norik zog die Brauen zusammen. »Ich kann mich nicht erinnern …«, begann er, doch Juri ließ ihn nicht aussprechen.

»Natürlich nicht«, rief er aufgebracht. »Deswegen erzähle ich e dir ja. Ich weiß es nämlich noch ganz genau, denn es ist die erste Erinnerung, die ich von dir habe, und ich werde sie niemals vergessen Die ganze Nacht hast du an meinem Bett gesessen, damals, nach dem du mich gefunden hattest. Ich bekam Fieber, so sagte man m später. Fast wäre ich gestorben. Doch du bist nicht von meiner Seite gewichen. Ich erinnere mich nicht an dein Gesicht, aber ich höre noch heute deine Stimme aus flüsterndem Wind, die mich mitten in den Fieberträumen erreichte wie ein Ruf aus einer anderen Welt. *Du bist stark*, hast du mir gesagt, und es lag nicht der geringste Zweifel in deinen Worten. *Ich weiß, dass du dich schwach fühlst, aber das bist du nicht. Denn wenn du glaubst, am Ende deiner Kräfte zu sein, hast du noch mehr als die Hälfte davon in dir!*«

Juris Augen glänzten, als er diese Worte aussprach, und für einen Moment saß Norik wieder bei dem kranken Kind am Bett und hielt die fiebernasse Hand in der seinen. Niemals hätte er erwartet, dass Juri diese Worte gehört hatte – ausgerechnet die Worte, die sein Vater ihm einst gesagt hatte und die so oft ein Halt für ihn gewesen waren, dass er es nicht mehr zählen konnte. Wann hatte er sie verloren? Auf seinem Weg durch die Wüste, durch Feuer und Sturm? Oder auf den Hügeln aus Asche, als sein Vater sein Leben für die Schatten gegeben und sie zum letzten Mal ausgesprochen hatte?

»Ich hätte nicht erwartet, dass du dich daran erinnerst«, sagte er. »Dein Fieber war sehr hoch.«

Juri wischte sich über die Augen, beinahe ärgerlich. »Ich erinnere mich nicht an alles. Aber deine Worte haben mich zurückgebracht, sie waren wie ein Zauber. Du bist nicht fortgegangen in jener Nacht. Du warst die ganze Zeit über an meiner Seite, und das ist mehr, als irgendwer sonst jemals für mich getan hat. Und ich weiß, dass du nicht nur für mich der Held bist, den ich in dir sehe.«

Norik lächelte ein wenig. »Ein schöner Held«, erwiderte er kopfschüttelnd. »Wenn ich mich hier umsehe, bin ich eher ein Krieger des Chaos als ein Reiter des Sturms.«

Juri schwieg für eine Weile. »Es ist wahr«, sagte er schließlich. »Ich bewundere dich für deine Heldentaten. Aber weißt du, wann ich den Entschluss fasste, dein Knappe zu werden?« Norik schüttelte den

Kopf. Sie hatten nie darüber gesprochen, und Juri hob in leichter Ver-
legenheit die Schultern, als er fortfuhr: »Es ist merkwürdig, deshalb habe ich es dir nie erzählt. Inzwischen ist es einige Jahre her. Damals durfte ich dich zum ersten Mal zu einem Nachtmarkt begleiten. Auf dem Weg zu den Großen Seen machten wir Halt in einer Station ...«

»... der dreizehnten Enklave«, sagte Norik und nickte. »Eine der letzten Stationen des Widerstands.«

»Ja«, stimmte Juri ihm zu. »Doch statt der Gastfreundschaft, von der du mir zuvor erzählt hattest, empfing uns Asche und Rauch Die Königskrieger hatten die Enklave gefunden und sie ausgebrannt Zum Glück konnten die Menschen flüchten, wir fanden ihre Spuren die zu Lorcan führten. Alle Bewohner der Station haben überlebt .. bis auf einen.«

Norik wusste nicht, ob es an Juris Worten lag oder an dem Kopf schmerz, der in seinem Schädel pochte, aber plötzlich konnte er den Rauch riechen, der damals in seine Nase gestiegen war, und er tra noch einmal in den verbrannten Raum tief unten in dem weitver zweigten Höhlensystem der dreizehnten Enklave. Bis zur Decke wa er mit Büchern, Gemälden und Statuen gefüllt gewesen. Etliche Re gale waren unter der Hitze des Feuers zusammengestürzt, die Kunst gegenstände lagen verkohlt in der Asche, und mitten unter ihnen, di Arme um ein ledernes Buch geschlungen wie um den Leib eines Kin des, lag ein alter Mann. Norik kannte seinen Namen nicht, nur we nige Male waren sie sich in der Station begegnet, und er hatte nicht gewusst von diesem Raum im Bauch der Erde – diesem Refugiur uralter Kunst, die der Fremde aus allen Teilen der Welt zusammer getragen haben musste.

Überdeutlich erinnerte Norik sich daran, wie er neben dem Tote in die Knie gegangen war. Wie damals dachte er auch jetzt an seine Vater, als er den Fremden betrachtete, doch nun trat noch ein Gesich vor seine Augen ... das Gesicht Andors, der sein Leben für ein Buc gegeben hatte, ein Buch aus einer anderen Welt. Sacht strich Norik in Gedanken über den verkohlten Einband des Manuskripts und meinte fast, die Träne spüren zu können, die damals über seine Wange gelaufen war. Wie war es möglich, fragte er sich wie in jener Stunde, dass ein solches Bild ihm Hoffnung geben konnte?

»Er ist lieber gestorben, als diese Welt aufzugeben«, sagte Juri, als stünde er gerade in diesem Moment neben ihm in den verkohlten Trümmern. »Das Feuer seiner Feinde mag ihn getötet haben ... aber gebrochen hat es ihn nicht. Siehst du sein Lächeln?«

Norik hob den Blick. Die Bilder erloschen um ihn herum, aber er schaute Juri in die Augen, und da begriff er, dass der Junge damals in seiner Nähe gewesen war, gerade in dem Moment, da er geglaubt hatte, ganz allein zu sein. »Du hast mich dort gesehen?«, fragte er. »In dem Raum des alten Mannes?«

Juri nickte unmerklich. »Ich war dort«, erwiderte er leise. »Und als ich dich um diesen Menschen weinen sah, da wusste ich, dass ich dein Knappe werden will. Versteh mich nicht falsch. Ich habe mir nie viel aus Büchern gemacht, auch nicht aus Gemälden und so weiter. Mir fehlt einfach die Geduld, denke ich manchmal. Aber ich weiß, wofür sie stehen. Schon damals habe ich das gefühlt, auch wenn ich noch keine Worte dafür hatte. Dieses Buch war für den Alten dasselbe, was du für so viele Menschen bist, ob du es nun glaubst oder nicht. Ganz gleich, was du sagst, Krieger des Chaos: Du bist ein Held für mich, genau der Held, den diese Welt braucht. Und deine Zweifel machen dich nur noch mehr dazu.«

Ein Lächeln flog über Juris Lippen, fast beschämt, als wäre er sich gerade bewusst geworden, welche bedeutungsvollen Worte er soeben ausgesprochen hatte. Doch im selben Moment hob er das Kinn, und als das Blitzen in seine Augen zurückkehrte, da schien es Norik auf einmal, als würde er einem Weisen gegenüberstehen, getarnt in der Gestalt eines halben Kindes. Er sah ihn vor sich, diesen Jungen, der in den Trümmern einer verbrannten Station sein Leben an ihn gebunden hatte – und Juri begegnete seinem Blick mit einem Vertrauen, das unerschütterlich war. Es war Norik unmöglich, sein Lächeln nicht zu erwidern.

Eine Weile standen sie schweigend. Nur das Lodern der erlöschenden Glut durchzog die Stille, und der gleichmäßige, langsam näher kommende Sturm unter Rhorkas Schwingen. Dann bückte Norik sich nach einer der Streben. Schwach nur glomm sein Licht noch darin, doch als er seine Magie hineinschickte, entfachte es sich mit einem Rauschen, als wäre jedes Flackern nichts als ein leises Lachen gewesen. »Tränen und Verzweiflung machen diese Falle nicht wieder ganz«, sagte er, kaum hörbar und wie in Gedanken. »Und es wird nicht ausreichen, sie nach altem Muster wieder aufzubauen. Um den Drachen des Ersten Frosts zu stellen, brauchen wir größere Tücke als bisher. Doch vielleicht kann ich damit dienen. Wenn ich Hilfe hätte …«

Juris Augen leuchteten auf. »Die hast du«, rief er begeistert. »Wir machen die Falle viel besser als beim letzten Mal, du wirst schon sehen!«

Mit Feuereifer wollte er sich auf die Streben stürzen, doch Norik hielt ihn zurück. »Fürs Erste genügt es, wenn du dich dort auf die Platten setzt. Du willst doch bei Kräften sein, wenn wir die Falle aufstellen, oder etwa nicht?«

»Ich soll einfach nur dasitzen und dir zuschauen?«, fragte Juri sichtbar enttäuscht, doch Norik nickte nur.

»Ja«, sagte er leise. »Sei an meiner Seite, kleiner Bruder – in einer Nacht wie dieser, in der ich niemanden sonst darum bitten will.«

Da flog ein Lächeln über Juris Gesicht, so strahlend wie früher, wenn sie Seite an Seite durch das Gebirge gerast waren, lachend und ausgelassen zwischen den höchsten Hängen, die Juri vom ersten Moment an geliebt hatte. Seufzend setzte er sich auf die metallenen Pla ten und lehnte sich gegen die Wand, und als hätte ihn ein Zauber getroffen, begann er fast augenblicklich zu gähnen.

»Sieh dir das Licht an«, murmelte er, als er sich auf die Seite legte und die Magie in den Streben betrachtete. »Wie kannst du nur zweifeln, wenn du so ein Licht in dir trägst.«

Norik erwiderte nichts. Stattdessen sah er zu, wie Juri gegen die Müdigkeit ankämpfte, und kaum, dass ein warmer Windhauch dessen Wange streifte, fielen ihm die Augen zu. Lautlos ging Norik zu ihm hinüber, doch als er seinen Mantel über ihm ausbreitete, griff Juri nach seinem Arm, so plötzlich wie damals, als er aus heftigen Fieberträumen erwacht war.

»Eines Tages«, sagte er, ohne die Augen zu öffnen, »eines Tages wirst du sehen, wie stark dieses Licht wirklich ist. Und bis dahin passe ich darauf auf.«

Ein Lächeln glitt über seine Lippen, als er seine Hand zurückzog, als hätte er sich selbst ein Versprechen gegeben.

»Ja«, raunte Norik und strich ihm übers Haar. »Daran zweifle ich nicht.«

Und noch ehe er sich von ihm abwandte, schlief Juri ein … ruhig wie das Kind, das er damals von der Schwelle des Todes zurückgerufen hatte.

Kapitel 39

Die Schuppen des schwarzen Drachen schimmerten trügerisch. Fast durchscheinend wirkten sie, als würde ein scharfes Messer genügen, um sie zu durchdringen, und immer wieder pulste ein Licht unter ihnen auf, als läge eine Ader kaum wenige Fingerbreit unter dem schützenden Panzer, nur darauf wartend, von einer Waffe durchbohrt zu werden. Doch Sira wusste es besser. Oft genug war sie auf die Finten der Attrappen hereingefallen und dafür mit schmerzenden Rückstößen oder plötzlich vorschnellenden Klauen belohnt worden, um sie noch einmal voreilig anzugreifen.

Konzentriert flog ihr Blick über den reglosen Körper. Der schwarze Drache war der schwierigste Gegner in Alvarez' Übungsparcours. Sein Panzer wies kaum verwundbare Stellen auf, mächtige Zauber lagen auf seinen Schuppen verborgen, und er verfügte über Abwehrmechanismen, die kein lebendiger Drache in dieser Vielfalt in sich vereinen würde. Doch jeder Schutzwall hatte einen schwachen Punkt, selbst der Panzer eines Drachen. Besonders während ihrer Trainingseinheiten mit Torkar hatte Sira das gelernt.

Der Drache hatte sich nach einer langen Unterredung mit Marhazar trotz ihres unglücklichen Starts bereit erklärt, ihr Trainingspartner zu sein, und auch, wenn sie sich anfangs nicht länger als fü Augenblicke auf seinen Rücken gewagt hatte, war es ihr inzwischen zur Gewohnheit geworden, ihre Magie mit der seinen zu verbinden und ihn im Rahmen ihrer Lektionen an ihren Gedanken teilhaben zu lassen. So hatte sie erfahren, dass sein Vater als tapferer Krieger der Gilde im Kampf gegen die Schergen des Königs gefallen war. Wie Sira selbst brannte Torkar darauf, die nahende Prüfung zur Kriegerschaft erfolgreich hinter sich zu bringen, um jenen entgegentreten zu können, die so viel Leid über ihn gebracht hatten, und mit jedem Fortschritt, den sie während ihrer Lektionen erzielten, wurde ihr Umgang vertrauter. Besonders gut waren sie jedoch, wenn sie gegeneinander kämpften. Torkar hatte sie gelehrt, die Zauber eines Drachen vorauszuahnen, seinen Angriffen auszuweichen und seine ungeheure Kraft mit Schnelligkeit und Geschick gegen ihn selbst zu wenden, und inzwischen gelang es ihr immer häufiger, seine Finten zu durchschauen. Wie jedes Mal, wenn sie sich in der Arena gegenübertraten, richtete Sira auch nun ihre gesamte Aufmerksamkeit auf die Magie, die unter der Haut ihres Gegners lauerte. Deutlich spürte sie die Vibration der Illusionen, als sie einen tastenden Zauber über die metallenen Schuppen schickte. Und im selben Moment, da sie einen Riss im Drachenpanzer fand, raste ihr Pfeil durch die Luft.

Knirschend schlug er über der rechten Schulter ein, und ein Lächeln flog über Siras Gesicht, als der Drache ein zorniges Knurren ausstieß. Es klang ein wenig nach rostigem Türscharnier, und doch stieg Stolz in ihr auf, als die Schuppen unter ihrem Pfeil zum Zeichen der Verwundung ihren Glanz verloren. Noch vor nicht allzu langer Zeit hätte sie nicht einmal davon träumen können, den schwarzen Drachen zu verletzen. Sie erinnerte sich daran, wie lange sie sich an den schwächeren Attrappen abgemüht hatte, bis ihr endlich ein erster Erfolg gelungen war – und an die Gesichter der Novizen, als sie einem der Metalldrachen kurz darauf den Kopf in den Nacken geschossen hatte. Fast musste sie bei dem Gedanken an die offenen Münder der anderen lachen. Die Novizen tuschelten noch immer, sobald sie ihnen den Rücken zukehrte, aber keiner von ihnen wagte es mehr, über sie zu lachen. Und damit waren sie nicht allein.

Der Bogen knarzte leise, als Sira drei Pfeile zugleich auf die Sehne legte. Sie sah Harok vor sich, als sie einen nach dem anderen in rotes Feuer setzte, rotwangig und überheblich wie eh und je. Fast beiläufig hatte sie ihm den Beutel mit den goldenen Kristallen zugeworfen, so gelassen, als hätte sie das Drachengold an einem einzigen Tag gesammelt, und mit kühlem Lächeln zugesehen, wie er den Inhalt untersucht hatte. Jeder einzelne Kristall war ein Juwel, das wusste sie. Bharkardhos hatte es ihr bestätigt, und doch hatte sie erst in jenem Moment, da die Farbe aus Haroks Wangen gewichen war, etwas wie Genugtuung gespürt. Unwirsch hatte er seinen Lehrling, der ihn wie erstarrt angeglotzt hatte, zum Fegen in einen anderen Bereich der Schmiede geschickt, aber Siras Blick war er zum ersten Mal ohne Verachtung begegnet. Wortlos hatte er genickt, und den gesamten Weg zurück zu ihrem Zimmer war ihr so leicht zumute gewesen, als könnte sie schweben. Sie hatte die Wette gewonnen, sie hatte es tatsächlich geschafft. Nun war es an Harok, seinen Teil der Abmachung zu erfüllen.

Ein Lachen klang durch die Arena, leise nur und doch deutlich genug, um Siras Finger fester um ihren Bogen zu schließen. Seit einer geschlagenen Stunde wartete sie darauf, dass Norik zum Training erscheinen würde, und wie so oft in letzter Zeit war er nicht allein nun, da er endlich auftauchte. Aus dem Augenwinkel sah Sira ihn durch das Tor treten und an seinem Arm, noch immer kichernd wie ein kleines Mädchen, hing Vesta.

Unwillkürlich verfinsterte sich Siras Miene. Seit ihrem gemeinsamen Erlebnis in der *Kaschemme* begegnete Vesta ihr mit vorsichtiger Zurückhaltung, und auch Siras anfängliche Abwehr bröckelte zunehmend. Während ihrer Stunden im Hospital arbeiteten sie oft zusammen, schweigend und wie selbstverständlich, und manchmal lachten sie miteinander, als hätte es nie eine Feindlichkeit zwischen ihnen gegeben. Allerdings ging die Annäherung für Sira nicht so weit, dass sie Vesta auch während ihres Trainings in ihrer Nähe haben wollte. Norik sah das jedoch offensichtlich anders. Jede Minute, die er nicht dem Krieg gegen den Eisdrachen widmete, schien er mit seiner *Schwester* verbringen zu wollen.

Sira verdrehte über sich selbst die Augen. Seit wann ließ sie sich von einem Lachen aus dem Konzept bringen? Und wenn Norik das halbe Freudenhaus zu ihren Lektionen einlud - was kümmerte es sie? Das Training diente ihrer Ausbildung, und ganz sicher würde sie sich weder von glasklarem Gelächter noch von den Launen des Sturmreiters von ihren Zielen abbringen lassen. Sie spannte den Bogen mit geübtem Griff. Krachend schlugen zwei Pfeile in die Schultergelenke der Attrappe. Das dritte Geschoss traf das Herz mit einer Wucht, dass ein kreischender Riss durch die Brust des Drachen ging. Auf der Stelle verstummte jedes Lachen, und Sira konnte nicht umhin, als der Stille ringsum ein triumphierendes Lächeln zu schenken.

Befriedigt ließ sie den Bogen sinken. Alvarez würde ihr die Hölle heiß machen für diese Brutalität gegenüber seinen Geschöpfen, aber sie wusste, dass er gleichzeitig den dunklen Funken in seinen Augen tragen würde wie immer, wenn sie ihre Sache gut gemacht hatte. Zwar sparte er an lobenden Worten, doch er ließ nie einen Zweifel daran, dass er ihre Fortschritte bemerkte und sie mit dem Stolz eines Mentors zur Kenntnis nahm. Sira seufzte. Leider konnte sie das von ihrem anderen Lehrer nicht behaupten.

Sie ignorierte, dass Vesta sich in der Nähe des Eingangs mit zwei Novizen ins Gespräch vertiefte, und rührte sich nicht, als Norik zu ihr herüberkam. Sie spürte auch so die Kälte, die mit jedem Schritt stärker auf seine Züge zurückkehrte, und ohne ihn anzusehen wusste sie, dass er die fremde Maske des Kriegers trug, als er neben ihr stehen blieb. Wortlos betrachtete er den Riss in der Brust des Drachen, ehe er spöttisch die Luft ausstieß.

»Das wird Alvarez nicht gefallen«, stellte er fest, als wäre der Riss alles, was von Bedeutung war.

Sira legte den Bogen beiseite und griff nach ihrem Schwert. »Möglich«, gab sie zurück. »Aber er wird meine Treffsicherheit bemerken und sie höher werten als die Reparatur von einem Haufen Metall. Er mag ein strenger Lehrer sein, aber im Gegensatz zu anderen hat er es nicht verlernt, seine Novizen zu motivieren.«

Noriks Lächeln war an Überheblichkeit kaum zu überbieten. »Wenn ein Novize erst motiviert werden muss, seine Kräfte auszubilden, um sein Leben verteidigen zu können, sollte er am besten gleich in die Große Wüste laufen, unbewaffnet und mit nichts am Leib als einer Zieltafel, damit die Aasfresser seine Leber schneller finden. Wie ich sehe, hast du dich bereits aufgewärmt. Beginnen wir also.«

Sira verzichtete auf den Hinweis, dass sie bereits seit einer geschlagenen Stunde auf ihn gewartet hatte. Ganz offensichtlich lag es in seiner Absicht, sie mit der größtmöglichen Gleichgültigkeit zu behandeln, und sie würde sein Verhalten nicht honorieren, indem sie ihren Ärger zeigte. Wortlos folgte sie ihm den Turm der Schwerter hinauf, über schwankende Leitern und klirrende Ketten, bis sie auf der höchsten Ebene innehielten. Mehrere Stahlträger ragten aus dem Turm heraus wie abgebrochene Speere, die Podeste waren von rostigen Stellen und Löchern durchsetzt und ihr schwindelte, als sie hinunterschaute. Noch nie hatten sie auf dieser Ebene trainiert, so hoch oben, dass sie die magischen Ebenen unter ihnen flackern sehen konnte. Nur ein schwarzes Netz gab es, das sie fangen würde, sollte sie fallen ... ein Netz, dessen Magie stark genug war, fehlgeleitete Zauber zu entkräften, aber aufgrund seiner Macht zugleich unerträgliche Schmerzen zufügen konnte. Sira hatte etliche Verbrennungen und Brüche im Hospital behandelt, die bei der Konfrontation mit diesem Netz entstanden waren, und sie straffte die Schultern. Diese Ebene war eine Herausforderung, so viel war sicher.

Norik trat auf einen der Stahlträger hinaus, so leichtfüßig, als liefe er über ebenen Boden. Fast nachlässig bewegte er sein Schwert durch die Luft, doch als er sich zu Sira umdrehte, trat der Hohn in seinen Blick, der in all seiner kalten Glut den Zorn in ihr weckte. Entschlossen drängte sie den Schwindel zurück und folgte Norik auf den Träger.

Der Wind griff nach ihrem Haar, doch anders als noch vor wenigen Wochen achtete sie kaum darauf. Ihre Konzentration lag auf ihrem Atem, auf der Haltung ihrer Arme und der Waffe, die schwach im Schein der Zauber funkelte. Sie hatte jede freie Minute genutzt, um ihre Fähigkeiten zu verbessern, und während sie über den Abgrund lief, klang Bharkardhos' Stimme durch ihre Gedanken.

Du bist ein Mensch, hatte er ihr gesagt, als er sie zum ersten Mal bei einem der Schattenkämpfe in seinem Wald ertappt hatte, in denen sie gegen einen imaginären Gegner antrat. *Kein Mehlsack auf zwei Beinen. Viele Schwertmeister sagen, dass die Waffe ihr verlängerter Arm ist, doch ich sehe das anders. In dem Moment, da du dein Schwert ergreifst, wird dein gesamter Körper zu einer Waffe. Es gibt keinen Unterschied mehr zwischen der Klinge und deinem Geist.*

Beeindruckt hatte Sira zu ihm aufgesehen. Wie durch einen Zauber hatten seine Worte ihre Haltung verbessert, und seitdem hatte er sie immer wieder bei ihrem Training unterstützt. Mit überwältigender Schnelligkeit hatte er ihre Hiebe abgewehrt und ihre Beinarbeit perfektioniert, als wüsste er genau, mit welchen Gleichgewichtsproblemen ein menschlicher Körper bisweilen zu kämpfen hatte, und trotz seiner enormen Kraft hatte er ihr nie auch nur ein Haar gekrümmt. Immer war seine Stimme ruhig gewesen, und sein strenger Blick hatte Sira herausgefordert, ihr Bestes zu geben, ohne dass sie sich bei einem Scheitern geschämt hätte. Norik hingegen forderte sie nicht heraus. Er setzte ihr zu.

Kaum dass sie wenige Schritte von ihm entfernt stehen blieb, sprang er vor. Mit raschen Schlägen trieb er sie über den Träger rückwärts, schwang sich über ein Stahlseil hinter sie und parierte ihre Abwehrhiebe mit solcher Kraft, dass sie schmerzhaft in ihren Knochen widerklangen. Rasch griff Sira nach einer Kette und zog sich auf ein nahe gelegenes Podest, doch schon eilte Norik ihr nach, und während er durch ihre Illusionszauber hindurchsprang wie durch Nebel, ließ er die Kraft zweier magischer Ebenen mit voller Wucht nach Sira ausschlagen. Keuchend wich sie den zischenden Feuerklauen aus und konnte einem weiteren Schwerthieb nur durch eine waghalsige Drehung entkommen. Ihr Blick stürzte in die Tiefe, ihr linker Fuß glitt über den Abgrund, ohne dass sie es verhindern konnte. Im letzten Moment griff sie nach einem vorstehenden Geländerstück und zog sich zurück auf die Plattform.

»Verflucht noch mal«, rief sie. »Warum lässt du mich nicht gleich von Rhorkas Sturm zerreißen?«

Norik lehnte an dem halb zerstörten Geländer, als hätte ihn der bisherige Kampf keinerlei Anstrengung gekostet, und wie jedes Mal, wenn sie in letzter Zeit gegen seine Kälte aufbegehrte, maß er sie mit einem gleichgültigen Blick. »Du wolltest lernen, wie man kämpft. Glaubst du, dass die Krieger des Königs rücksichtsvoll mit dir umgehen werden?«

Sira stieß die Luft aus. Am liebsten hätte sie ihm sein überhebliches Lächeln aus dem Gesicht geschlagen. »Nein«, gab sie zurück. »Aber es wäre schön, wenn ich so lange lebe, bis ich sie herausfordern kann!«

Da lachte Norik auf, doch es war ein kaltes Lachen. »Ich verspreche dir: Töten werde ich dich nicht. Komm schon, Diebin der Schatten – ist das etwa alles, was du kannst?«

Das Lächeln auf seinen Lippen verstärkte sich, und da stürzte sie sich vor. Ihr Zorn verlieh ihr Schnelligkeit, ihr Schwert schlug Funken, als es direkt neben Norik das Geländer traf, und heller Triumph flutete ihre Adern beim Anblick des Stofffetzens, den sie von seinem Ärmel schnitt. Schattenschnell wich er vor ihr zurück, doch das Lächeln auf seinen Lippen war verschwunden, und ehe es zurückkehren konnte, stieß sie ihr Schwert vor. Norik glitt beiseite, aber sofort rief Sira den Frostzauber, der sich in der Ebene hinter ihm verbarg. Zischend gruben die grellweißen Flammen sich in seinen Arm, und Sira folgte ihm, als er sich über eine Kette auf ein rostiges Podest zog.

Etliche Löcher klafften in dem Metall, immer wieder schossen glühende Geysire aus ihnen empor, doch ehe Norik nach ihrer Magie greifen konnte, streckte Sira die Hand nach ihnen aus. Mit rascher Geste brachte sie das Feuer in ihre Gewalt, und gerade, als Norik herumfuhr, traf sie ihn vor die Brust. Er landete mit dem Rücken an einem Stahlträger, für einen winzigen Moment ließ er die Deckung fallen. Sira hob ihr Schwert, sprang durch die Funken der Geysire ... und sah das Flackern in Noriks Blick zu spät. Es war noch immer da, dieses Lächeln, das wie ein Hieb über ihre Wange peitschte – dieses Lächeln, das sie in die Falle gelockt hatte. Sie hörte noch, wie das Feuer ringsum seine Tarnung abwarf, und spürte den Rückstoß, als Norik ihr seine eigene Magie aus den Händen riss. Die Geysire waren kein Teil des Turms gewesen, wie sie geglaubt hatte. In ihnen steckte die Kraft des Sturms. Dann traf sie ein unsichtbarer Hieb, und noch während sie der Länge nach auf dem Podest landete, entfaltete der Sturm vor ihr seine Macht.

Sie musste die Finger in das zerbrochene Metall graben, um nicht über das Podest und in die Tiefe gerissen zu werden. Mit eisigen Klauen zerrte Noriks Sturm an ihren Haaren, er griff nach ihr, als wollte er sie hoch in die Luft schleudern, und ein Donnern brach in ihm auf, so laut, dass der gesamte Turm erzitterte. Doch Sira ließ nicht los. Mit aller Kraft hielt sie sich an dem Metall fest, bis ihre Finger zu bluten begannen, und starrte auf die Gestalt, die sich nur wenige Schritte von ihr entfernt aus dem Sturm erhob.

Blaue Schuppen liefen über einen mächtigen Leib, messerscharfe Klauen krallten sich in das Metall, und ein Feuer glühte in dem gewaltigen Schädel, so kalt, dass ihre Gedanken bei einem einzigen Blick hinein zu Splittern aus Eis zerbrachen. Unendlich langsam neigte der Drache den Kopf, und Sira begann zu zittern, als sein Name wie von tausend Klingen getragen durch ihre berstenden Gedanken stob. Aryon war es, der da vor ihr stand – Nhor'garoths Drache, der ihren Bruder getötet hatte.

Sira kannte die Lähmung, die sie bei diesem Anblick ergriff. Sie hatte sie gefühlt, wenn sie sich in den Ruinen New Yorks vor den mächtigsten Drachen des Königs verborgen hatte, manchmal so nah bei ihnen, dass sie das dumpfe Grollen ihres Atems gehört und die Hitze oder Kälte ihrer Schuppen auf ihrer Haut gespürt hatte. Sie kannte sie aus der Dunkelheit der Tunnel, die sie anfangs bei jedem Schritt umdrängt hatte wie ein tödliches Gift, und sie hatte sie in jenen Nächten empfunden, in denen Andor weinend erwacht war und sie vergeblich versucht hatte, ihn zu beruhigen, während ihr Onkel irgendwo in der Oberwelt sein Leben riskiert hatte. Noch immer klang das Weinen ihres Bruders in ihr wider, und sie fühlte, wie sie in sich selbst zurücksank und ihre Empfindungen mit sich nahm, ihre Trauer, ihre Verzweiflung, selbst ihren Zorn, bis sie nichts mehr war als die Kriegerin, die sie erschaffen hatte: die Diebin der Schatten, zu der sie geworden war und die ihr das Leben gerettet hatte, immer und immer wieder.

Grollend brach das Drachenfeuer in Aryons Kehle auf, als Sira auf die Beine kam, doch sie zögerte nicht länger. Mit aller Kraft, die in ihr war, rannte sie auf den Drachen zu. Schwingenrauschend bäumte er sich auf, sein Schrei war so ohrenbetäubend laut, dass sie glaubte keine Luft mehr zu bekommen. Und gerade in dem Moment, da die Glut in seiner Kehle sich entlud, griff sie nach der Kette neben seiner Schwinge, zog sich hinauf und stieß das Schwert in sein Herz.

Kurz spürte sie die Euphorie, als der Leib des Drachen sich mit Rissen überzog. Doch gleich darauf schoss sein Feuer aus ihm hervor, und während er auseinanderbrach, stand Sira noch einmal inmitten seiner Flammen, regungslos wie damals, als ein Teil von ihr in dieser Glut geblieben war. Sie fühlte kaum, dass sie auf dem Podest aufschlug, so nah am Abgrund, dass der Aufwind nach ihrem Haar griff. Alles, was sie wahrnahm, war die Kälte der Flammen, die vor ihr loderten, und der Blick ihres Bruders, der nie mehr nach ihr rufen würde, ganz gleich, wie finster die Nacht war, die ihn nun umgab.

Knisternd begannen die Funken des Drachen um sie herum zu erlöschen, doch erst als sie die Finger fester um ihr Schwert schloss, kehrte sie in die Wirklichkeit zurück. Nun spürte sie den Schmerz in ihren Händen, die Prellungen an ihrem Rücken ... und den Zorn, der mit glühender Macht in ihr aufstieg. Stöhnend rappelte sie sich hoch, doch sie achtete nicht auf das Blut, das über ihre Finger lief. Sie bemerkte etwas wie Sorge in Noriks Augen, als sie ihn inmitten der Funken stehen sah, ganz in ihrer Nähe, als hätte er befürchtet, sie in die Tiefe fallen zu sehen. Aber kaum, dass sie seinen Blick erwiderte, kehrte die Kälte auf seine Züge zurück und entzündete ihren Zorn.

»Ist das ein Spaß für dich?«, rief sie außer sich. »Musstest du ausgerechnet den Mörder meines Bruders vor mir auferstehen lassen? Du kannst so ein verdammter Eisklotz sein, kälter als der Drache, den du jagst!«

Für einen kurzen Moment brach ein Schatten durch die Kühle seiner Augen, derselbe dunkle Glanz, den sie in jener Nacht auf dem Dach seines Turms in seinem Blick bemerkt hatte und der sie unweigerlich dorthin zurücktrug. Entschlossen wandte sie sich ab. Sie würde sich nicht von einem Schatten verzaubern lassen, ganz sicher nicht, und sie war es leid, Noriks Härte noch weiter zu ertragen. Viel hatte sie hingenommen in den letzten Wochen – aber dazu hatte er kein Recht. Ohne ein weiteres Wort wollte sie an ihm vorbeigehen, doch da trat er ihr in den Weg.

»Was weißt du von der Kälte dieses Drachen«, raunte er, und die Verachtung auf seinen Zügen wich einer dunklen, unterdrückten Wut.

»Ich sehe seine Opfer jeden Tag im Hospital«, gab sie zurück. »Und ich sehe dich, der sich in seinem Frost langsam selbst in einen Schatten aus Eis und Spott verwandelt!«

Damit trat sie an den Rand des Abgrunds. Wenn er ihr den Weg über die Leitern verwehrte, würde sie eben auf andere Weise abwärtsklettern. Doch ehe sie nach einer der Ketten greifen konnte, stieß Norik ein Lachen aus.

»Ausgerechnet du sprichst von Kälte, Königin des Schnees!«, rief er kopfschüttelnd. »Aber was erwarte ich auch von dir? Wie solltest du mich jemals verstehen? Du hast ja nur ein Interesse: dein eigenes!«

Sira presste die Zähne aufeinander. Noch nie zuvor hatte er so mit ihr gesprochen, so schonungslos und zugleich mit einer Dunkelheit in der Stimme, die irgendetwas in ihr erschauern ließ. Eine seltsame Wehrlosigkeit ergriff sie angesichts dieser Worte, und umso entschlossener riss sie den Blick von ihm fort. »Und dafür habe ich meine Gründe«, gab sie zurück und streckte die Hand nach der Kette aus. »Warum willst du mich dafür strafen? Wenn du so weitermachst ...«

Sie spürte noch, wie sie auf ihrem eigenen Blut ausrutschte und mit der linken Schulter über den Stahlträger schrammte. Dann stürzte sie in die Tiefe. Instinktiv griff sie nach der Kette, doch das Metall glühte unter dem Glutzauber, den es in sich verbarg, und der Schmerz raubte Sira den Atem. In unwirklicher Langsamkeit sah sie sich auf das schwarze Netz zurasen, sie spürte schon die Magie, die mit tausend Nägeln nach ihr stach. Doch ehe sie inmitten der glühenden Streben landete, fing Norik sie auf.

Die Wucht des Aufpralls nahm ihr den Atem. Langsam nur schwebten sie tiefer, umgeben vom flirrenden Licht seines Zaubers, und ihr schien es, als wären sie für einen kostbaren Augenblick in eine andere Welt geraten ... eine Welt, in der es Sterne gab und geraunte Worte in der Nacht, und als sie ihm in die Augen sah, war sie zurück: die Wärme, die sie schon einmal in seinen Armen empfunden hatte, vor einem Tag oder tausend Jahren auf dem Dach des Schattenturms.

»Wenn ich so weitermache«, sagte er, so leise, dass seine Worte fast wie Gedanken durch ihren Kopf flogen, »dann endest du vielleicht nicht wie das Mädchen, das vergangene Nacht vom Drachen des Ersten Frosts zerrissen wurde, kaum eine Meile von den Mauern der Gilde entfernt. Sie lag auf ihren Knien und hielt ihr eigenes Herz in ihren Händen, zu Eis erstarrt wie ihr ganzer blutiger Leib.«

Siras Arbeit im Hospital und die Geschichten der Krieger reichten aus, um sie dieses Mädchen sehen zu lassen, und sie konnte sich nicht gegen das Entsetzen wehren, das sie bei diesem Anblick ergriff. Noch immer spürte sie den Zorn, der sie gerade noch erfüllt hatte, aber etwas lag in Noriks Stimme, das ihre Abwehr zerbrach, so mühelos, als wäre sie nie mehr gewesen als eine Illusion. Wie war es möglich, dass eine solche Verletzlichkeit hinter seiner Fassade lag, eine solche Tiefe und Traurigkeit, und sie nur manchmal, in Momenten wie diesen, fühlbar wurde? Doch nicht allein Trauer stand in seinem Blick, das erkannte sie jetzt. Stärker noch war die Sorge, die sich in seinen Augen spiegelte ... die Sorge um sie. Haltlose Verwunderung ließ sie die Brauen heben. »Ich wusste nicht ...«, begann sie, doch Norik lächelte nur.

»Und ich danke dem Sturm dafür, dass es so ist«, erwiderte er. »Du weißt nicht, was es heißt, das eigene Leben in den Dienst einer höheren Sache zu stellen und welche Opfer das bedeutet, und eines sage ich dir: Ich hoffe, dass für dich niemals der Tag kommt, an dem du das verstehst.«

Jede Kälte war aus seinem Blick gewichen, und obwohl Sira spürte, wie sie auf dem Boden aufkamen, waren sie in Wirklichkeit an einem ganz anderen Ort. Dicht beieinander standen sie da, umgeben von den Zweigen einer Weide, und für einen Moment waren sie nicht mehr der Anführer der Gilde und die Diebin der Schatten. Sie waren nur zwei Menschen am tiefsten Punkt der Nacht und hörten den Drachen des Feuers singen.

Norik strich über ihre Hände, und während er sie heilte, wollte Sira nichts weiter, als seinen Worten mit einem Lächeln zu begegnen und mit demselben stillen Verständnis, das er ihr entgegengebracht hatte, als sie taub und blind in Nhor'garoths Arme gelaufen war. Doch sein Zauber flackerte bereits um sie herum. Die Welt löste ihr Refugium auf, Sira spürte die Kälte, die nur darauf wartete, auf seine Züge zurückzukehren, und ehe das Licht gänzlich um sie erloschen war, löste sie sich von ihm.

»Vielleicht hast du recht«, sagte sie. »Vielleicht verfolge ich tatsächlich nur mein eigenes Ziel. Aber ich habe mir dieses Ziel nicht ausgesucht, und ich weiß sehr gut, was es bedeutet, dafür Opfer zu bringen. Ich wünschte, du würdest das erkennen.«

Ihre Worte brannten auf ihrer Zunge wie das Blut, das nun in ihre Wangen schoss. Sie sah noch das Erstaunen, das in Noriks Augen aufflammte. Dann drehte sie sich um und ohne eine Antwort abzuwarten, ließ sie ihn stehen.

Kapitel 40

Das Licht der Fackel flackerte im Strom des Windes, der durch das Lager des Hospitals schlich wie ein flüsternder Geist. Schon bei ihrem ersten Besuch in diesem Trakt hatte Sira den Wind bemerkt, und nun, da sämtliche Heilerinnen sich um die Verwundeten im Hauptsaal kümmerten, wisperte er noch verlorener in dem verwaisten Labyrinth aus deckenhoch gestapelten Kisten und zugestellten Fluren. Er begleitete sie, bis sie vor der Kammer der Arzneien innehielt. Verschwörerisch zog er sich in die Schatten zurück, und als Sira die Tür aufschob, folgte er ihr nicht. Es war, als würde er vor der Kammer Wache stehen.

Fast lautlos schloss Sira die Tür hinter sich. Sie durfte sich an diesem Ort auf keinen Fall erwischen lassen, denn nicht einmal der Wind würde sie vor Bherras Zorn schützen können, wenn diese sie mitten in der Nacht in dieser Kammer finden würde. Nur ausgebildete Heilerinnen hatten Zutritt zu den Zauberutensilien, die darin aufbewahrt wurden, denn viele davon waren hochmagisch und so gefährlich, dass selbst erfahrene Krieger vor ihnen zurückschreckten.

Sira holte tief Atem, als sie die Fackel in die Halterung an der Wand steckte. Sie hatte keine andere Wahl. Der Schmerz in ihrer Schulter verschlimmerte sich, und bei jeder Bewegung spürte sie die rostigen Splitter des Frostzaubers, den Norik auf dem Turm der Schwerter entzündet hatte. Sie musste sie entfernen, wenn sie bleibende Schäden an Muskeln und Nerven verhindern wollte.

Rasch ließ sie den Blick über das Regal mit den Arzneimitteln gleiten. Glühende Tränke in gläsernen Karaffen standen neben verschiedenfarbigen Pulvern, brodelnden Flüssigkeiten und winzigen Kieseln, die aufglühten, sobald der Schein der Fackel sie traf. Sira kannte jedes Utensil inzwischen mit Namen, aber dennoch schlug ihr Herz schneller, als sie an den zischenden Nebeln vorüberging. Etliche Male hatte sie zugesehen, wie Bherra einen Heildunst hergestellt hatte. Nun würde sie es zum ersten Mal selbst versuchen, wohl wissend, dass verbrannte Finger und angesengte Haare zu den harmloseren Konsequenzen gehörten, sollte sie einen Fehler machen.

Ihre Hände zitterten, als sie einen hellblauen Nebel und ein ockerfarbenes Pulver aus dem Regal nahm. Kurz schoss ihr der Gedanke durch den Kopf, dass sie zu Bherra oder einer der anderen Heilerinnen in den Hauptsaal gehen und sich helfen lassen konnte. Doch sie wusste, dass jeder ihrer Schritte von Dutzenden Augenpaaren beobachtet werden würde, ebenso wie die Wunde, die tief in ihrem Fleisch klaffte. Die spöttischen Gesichter der Novizen standen ihr so lebhaft vor Augen, dass ihre Hände auf der Stelle aufhörten zu zittern. Zu lange hatte sie darauf hingearbeitet, dem Hohn und der Geringschätzung der anderen zu entkommen. Vor ihnen würde sie keine Schwäche mehr zeigen.

Der Nebel rauschte leise, als sie sich an den Tisch setzte und den Korken aus der Flasche zog. Konzentriert gab sie einen Schwall in ein leeres Gefäß und streute mehrere Prisen des Pulvers hinein. Sofort begann der Nebel sich in unheilvollem Schwarz zu verfärben, und noch während Sira die Worte murmelte, die seine Magie freisetzten, seufzte sie über sich selbst. Eine winzige Abweichung während der Prozedur konnte zu heftigen Schmerzen und Narbenbildung führen, ganz zu schweigen von den Krämpfen, die sie befallen würden sollte sie auf die Kraft des Nebels allergisch reagieren. Wie einfach wäre es gewesen, sich von Norik heilen zu lassen! Aber sofort spürte sie wieder seinen Blick auf sich, halb erstaunt, halb ungläubig, und sie erinnerte sich an den übermächtigen Impuls, ihm auf der Stelle zu entkommen. Keinen Moment länger hätte sie es in seiner Nähe ausgehalten. Er brachte sie dazu, Dinge zu sagen, die sie selbst nicht verstand, und nun, da sie ihn noch einmal vor sich sah, so nah und zugleich so weit entfernt, überkam sie erneut das Gefühl, das sie in der Arena gepackt und nach ihrer Flucht ziellos durch die Gänge der Gilde getrieben hatte, so lange, bis der Schmerz zu groß geworden war. Zum ersten Mal in ihrem Leben wollte sie den Panzer eines anderen Menschen durchbrechen … sie wollte zu ihm gelangen, zu Norik, wie er wirklich war. Kaum hatte sie das gedacht, verkrampfte sich ihre Schulter und der Schmerz ließ sie zusammenfahren. Mit finsterer Miene bewegte sie den Arm und drängte jeden Gedanken an Norik zurück. Was auch immer diese verwirrenden Gefühle zu bedeuten hatten, sie durfte sie nicht dulden. Sie wurde verletzlich in seiner Nähe, viel zu verletzlich für die Diebin der Schatten, die sie war.

Sie konzentrierte sich auf ihren Atem, wie Alvarez es sie gelehrt hatte, und erst als die Anspannung von ihr gewichen war, hob sie das Gefäß mit dem Nebel. Noch immer war er pechschwarz, doch sie spürte die lindernde Kühle, die in winzigen ockergelben Funken darin flirrte, und griff nach einem Holzstück, das mit Zahnspuren übersät neben leeren Karaffen lag. Ohne sich von dem Nebel abzuwenden, schob sie es sich in den Mund und streifte den halb zerrissenen Ärmel von ihrer Schulter. Oft genug hatte sie sich in den Ruinen New Yorks metallene Splitter aus dem Fleisch gezogen und ihre Finger wieder eingerenkt, ohne einen Laut von sich zu geben. Sie würde sich auch der Magie des Sturmreiters entledigen, ohne zu heulen wie ein Kind. Langsam drehte sie das Gefäß über ihrer Schulter. Doch ehe die Kälte des Nebels ihre Haut berührte, drang eine Stimme an ihr Ohr.

»Das würde ich nicht tun, wenn ich du wäre.«

Sira erschrak so heftig, dass sie auf die Beine sprang. Das Holzstück flog aus ihrem Mund, im letzten Moment bewahrte sie das Gefäß vor einem Sturz, und noch während sie herumfuhr, glaubte sie für einen absurden Augenblick, Norik gegenüberzustehen. Doch es war nicht der Reiter des Sturms, der da im Türrahmen lehnte und sie mit verschränkten Armen musterte. Es war Vesta.

»Sorry, wenn du jemand anderen erwartet hast«, sagte sie und musterte Sira, die wie erstarrt dastand, das Gefäß mit dem Nebel in ausladender Geste vor sich haltend. »Ich bin es nur.«

Sira öffnete den Mund und schloss ihn gleich wieder. Wie war es möglich, dass diese Frau, ein gewöhnlicher Mensch, ihre Gedanken las, als wäre sie ein uralter Drache? Sie straffte die Schultern und stellte das Gefäß zurück auf den Tisch. »Keine Ahnung, was du meinst«, gab sie zurück. »Ich habe niemanden erwartet.«

Vestas Blick richtete sich auf das Gefäß. »Nein«, erwiderte sie und hob die Brauen. »Stattdessen willst du dir das Fleisch verbrennen, wie ich sehe.«

Ohne sie anzuschauen setzte Sira sich wieder an den Tisch. »Ich muss Noriks Magie aus meinem Körper ziehen. Dieser Heilzauber wird genau das erreichen. Und die Schmerzen machen mir nicht aus.«

Vesta verzog das Gesicht, als Sira nach dem Holzstück griff. »Natürlich nicht. Und du nimmst lieber Narben und Schmerzen in Kauf als die Genugtuung der Krieger und Novizen, wenn sie sehen, dass ein einfacher Trainingskampf dich so stark mitnehmen konnte?« Sira hörte den Spott in ihrer Stimme, doch als sie Vestas Blick begegnete, glitt ein amüsierter Funke durch deren Augen. »Kann ich gut verstehen. Ich würde es nicht anders machen.«

Sira erwiderte ihr Lächeln vorsichtig. »Kein Krieger würde es wagen, dir gegenüber frech zu werden. Nun ja ... jedenfalls nicht im nüchternen Zustand.«

»Inzwischen vielleicht nicht mehr«, sagte Vesta. »Aber was glaubst du, wie die erste Zeit für mich an diesem Ort gelaufen ist? Ich sage dir ... Das war alles andere als lustig, und das nicht nur wegen mancher Kerle, die ihre Grenzen nicht kannten. Du magst Magie in dir tragen, aber glaube mir eines: Nichts ist so gefährlich wie eine Hure, der du die Kunden geklaut hast. Ich musste mich gegen einige Übergriffe verteidigen, das ist mal sicher. Und trotzdem wäre ich nicht auf die Idee gekommen, mir mit einem Zauber das Fleisch von den Knochen zu brennen. Kann ich mir das mal ansehen?«

Sira zögerte. Sie erinnerte sich an die Kälte, mit der Vesta ihr noch vor nicht allzu langer Zeit begegnet war, und ihr Lachen klang in ihr wider, dieses helle Lachen, das durch die Arena gehallt war und Siras Pfeil mit voller Wucht durch das Herz des Drachen getrieben hatte. Gleichzeitig dachte sie jedoch auch an die ruhige Geschicklichkeit, mit der Vesta den Verwundeten half, und nickte schließlich. Eilig schloss Vesta die Tür und kam zu ihr herüber. Sira rührte sich nicht, während Vesta sich ihre Wunde ansah, aber sie konnte die Stille hören, die auf einmal über ihnen lag ... diese Stille, die immer dann auftrat, wenn man zum ersten Mal mit einer noch beinahe fremden Person allein war.

»Dein Zauber hilft gegen Noriks Magie«, stellte Vesta fest. »Aber der Frost hat mit den Splittern des Turms reagiert, und wenn du die Verbindung nicht löst, wird deine Magie das Metall verflüssigen und noch tiefer in dein Fleisch treiben. Das Ende vom Lied wäre eine Blutvergiftung, und da du sie zu spät bemerken würdest entweder der Verlust deines Arms, vermutlich durch eigenhändige Amputation in einem dunklen Gang, wo es niemand mitbekommt, oder ein langsamer und qualvoller Tod.«

Sira wollte Vesta widersprechen, die in ihrem lächerlich aufreizenden Kleid dastand, demselben, das sie in der Arena getragen hatte. Aber in deren Blick lag die gleiche sachliche Kühle, mit der sie vor wenigen Tagen einem verwundeten Mann die linke Hand abgenommen hatte. »Na großartig«, murmelte Sira und fuhr sich über die Augen. »Also bleibt mir keine andere Wahl als der Weg zu Bherra und den anderen.«

Vesta antwortete nicht. Sie schaute auf Siras Schulter, so konzentriert, dass sich eine leichte Falte zwischen ihren Brauen bildete. »Das ist die eine Möglichkeit«, sagte sie fast flüsternd. »Oder du vertraust mir.«

Sie sah so rasch auf, als würde sie einen Schlag erwarten. Sira begegnete ihrem Blick, und plötzlich musste sie an Kim denken, die verwundbare Kim, die mitunter zum Vorschein gekommen war, mit Andor in den Armen, beim Lauschen der Lieder, die mancher Geschichtenerzähler zum Besten gegeben hatte, oder an Siras Pritsche, wenn diese, was selten genug vorgekommen war, ein hartnäckiges Fieber erwischt und Kim sie gepflegt hatte. Flüchtig war diese Sanftheit gewesen und daher umso kostbarer, und als Sira nun langsam nickte, sah sie es auch auf Vestas Lippen: das Lächeln des Mädchens, das sich unter der Maske der Hure verbarg.

Gleich darauf lief Vesta zum Regal hinüber und setzte sich dann mit drei verschiedenen Pulvern an den Tisch. Sira sah zu, wie sie abwechselnd winzige Prisen in den schwarzen Nebel gab, ehe sie das Ganze mit einem kristallenen Stab umrührte. Sofort begann dieser zu leuchten, farbige Lichter tanzten über Vestas Gesicht.

»Wo hast du das gelernt?«, fragte Sira und beobachtete, wie sich der Nebel langsam blau verfärbte.

»Bei den Nomaden der Großen Wüste«, erwiderte Vesta, ohne aufzusehen. »Sie haben mich gekauft, als ich acht Jahre alt war.«

Sira hob die Brauen. Lange hatte sie die Geschichten von verkau ten Menschen für ein düsteres Märchen gehalten, ein Schreckensbild, um aufsässige Kinder von den Tunneln fernzuhalten. Aber als sie selbst zur Diebin geworden war, hatte sie schnell erfahren, dass nichts davon erfunden war. Etliche Eltern gaben ihre Kinder gegen einen Obolus an fahrende Händler, manche aus Gleichgültigkeit, andere aus Verzweiflung, und Sira erinnerte sich noch genau an den schmierigen Kerl, der sie mit feistem Grinsen nach dem Preis für ihren Bruder gefragt hatte. Als Antwort hatte sie ihm seine Zähne so tief in den Rachen geschlagen, dass er fast daran erstickt wäre. »Deine Eltern haben dich verkauft?«, fragte sie leise, doch Vesta schüttelte den Kopf.

»Ich kannte meine Eltern nicht«, entgegnete sie und tauchte vorsichtig eine gläserne Pipette in den Nebel. »Meine erste Erinnerung sind die schmutzigen Hände eines alten Mannes, der mich aus der Jauchegrube einer Enklave geholt hat, irgendwo in der Stadt der Engel. Er war ein Händler, und meine Finger waren klein genug, um die verzierten Waffen zu putzen, die er irgendwo geklaut und dann verkauft hat. Aber ein Schwert ist schwer für die Hände eines Kindes. Er hat mich geschlagen, jedes Mal, wenn ich eine Waffe fallen ließ. Noch heute zucke ich zusammen, wenn ich klirrendes Metall höre. Und als er auf dem Weg durch die Wüste den Nomaden begegnete, verkaufte er mich. So kam ich zu den Sandmännern. Ich war ihre Sklavin. Zuerst habe ich für sie gesungen, und später dann …« Sie zuckte leicht mit den Schultern, und wie unter einem Zauber sank Siras Blick auf die rote Farbe, die noch immer an ihren Lippen hing. Erst als Vesta den Kopf hob, wandte sie sich ab, doch diese lächelte unmerklich. »Du fragst dich, wieso ich tue, was ich tue, nicht wahr?«

Sie brauchte nicht mehr zu sagen. Sira wusste auch so, dass sie nicht von ihren Heilfähigkeiten sprach. »Das steht mir nicht zu«, erwiderte sie, aber Vesta verstärkte ihr Lächeln mit leisem Spott.

»Vielleicht nicht«, gab sie zurück. »Aber du tust es trotzdem. Und ich bin ehrlich: Manchmal frage ich mich dasselbe.« Sie zog die Pipette aus dem Glas, in feinen Schleiern blieb der Nebel daran haften. »Jetzt wird es ein bisschen unangenehm. Das Beißholz wirst du nicht brauchen, aber ganz ohne Schmerzen wird es nicht ablaufen.«

Sira nickte und bemühte sich, ihren Arm so ruhig wie möglich zu halten. Aus dem Augenwinkel sah sie, wie Vesta nach einer Pinzette griff. Dann traf der Nebel ihre Schulter, und für einen Moment fühlte sie nichts mehr als Schmerz. Keuchend sog sie die Luft ein, so kalt schoss die Kraft des Nebels durch ihre Glieder, doch sofort legte Vesta die Hand in ihren Nacken. Sanfte Wärme flog über Siras Haut un wie durch Magie verringerte sich der Schmerz. Der Nebel zischte, als er sich in ihr Fleisch grub, ein dumpfes Gefühl breitete sich in ihrer Schulter aus. Gleich darauf hob Vesta die Pinzette und entfernte behutsam die metallenen Splitter.

»Anfangs war es ein Schutz«, sagte sie leise. »Es hat den Männern, so seltsam es vielleicht klingt, die Macht über mich genommen. Ich habe selbst entschieden, was ich ihnen gebe. Sie konnten mir nicht mehr nehmen. Und inzwischen ist es meine ... meine Drachenhaut. Ich bin mir sicher, dass du das verstehst.«

Sira hörte die Metallsplitter nacheinander in das leere Gefäß fallen und dachte an das Gespräch, das sie mit Norik bei ihrer Ankunft in der Gilde über Vesta geführt hatte. Für einen Moment fragte sie sich, ob er wusste, wie nah seine Gedanken an der Wahrheit lagen, doch gleich darauf schob sie sein Bild beiseite. »Wie bist du den Nomade entkommen?«

»Ich wurde gerettet«, erwiderte Vesta mit einem Lächeln. »Ein jun ger Mann geriet in einen der dunklen Wirbel, magische Entladunge der Verstorbenen, denen man nur entkommt, wenn man den rich tigen Pfaden folgt. Ich fand ihn darin und führte ihn auf sichere Grund, und er revanchierte sich, indem er mich von den Sandmän nern befreite.«

Sira seufzte innerlich. Offenbar war es ihr für diese Nacht nich vergönnt, einem bestimmten Thema aus dem Weg zu gehen. »Norik«, sagte sie und unterdrückte den Schmerz, als die Pinzette einen besonders hartnäckigen Splitter aus ihrem Fleisch zog. »Er war es, der dich gerettet hat.«

Vesta nickte. »Und es sollte nicht das einzige Mal bleiben. Er wurde mein Schutzengel, so oft rettete er mir das Leben … und irgendwann wurde er mehr für mich als das.«

Erst als ein Krampf durch ihre Schulter ging, merkte Sira, dass sie ihren Arm angespannt hatte. Schnell lockerte sie ihn, aber die Bilder von Norik und Vesta flogen so schnell durch ihren Sinn, dass es ihr schien, als würde sich der Raum hinter ihnen auflösen. »Du scheinst ihn glücklich zu machen«, sagte sie, um den verfluchten Bilderstrom zu durchbrechen, und in der Tat endete er sofort, aber nicht aufgrund ihrer Worte. Stattdessen fuhr ein Schmerz durch ihre Schulter, so heftig, dass sie zusammenzuckte.

»Bitte entschuldige«, sagte Vesta erschrocken und zog die Pinzette zurück, die sie wie in Trance zu tief in Siras Fleisch gebohrt hatte. Schnell strich sie den Nebel über die Wunde, und erst als Siras Schmerz nachließ, atmete sie langsam aus. Für einen Moment schaute sie auf die Pinzette in ihren Händen, und wie sie so dasaß, mit gesenktem Kopf, die Arme eng an den Körper gezogen, als würde sie frieren, da erschien sie Sira tatsächlich wie ein Mädchen, ein Kind, das ganz allein war inmitten der Dunkelheit. Doch dann hob Vesta den Kopf, und das Lächeln kehrte auf ihre Lippen zurück. »Ich habe ihn geliebt«, sagte sie, und ein trauriger Glanz ging durch ihre Augen. »Ein Teil von mir wird ihn immer lieben. Aber ich bin ich, und er … er ist der Reiter des Sturms. Er hat mich glücklich gemacht, so glücklich, dass ich noch heute glaube zu schweben, wenn ich daran zurückdenke. Ich bin viel herumgekommen, bis ich ihn traf, aber erst durch ihn habe ich sie gesehen: die Welt, wie sie sein kann, und die Welt, wie sie wirklich ist. An seiner Seite habe ich gelernt, was

Träume bedeuten, er schenkte mir einen Teil des Sturms, mir, einem Menschen, der keine Magie in sich trägt, und er ließ mich den Atem der Drachen spüren. Du sagst, dass ich ihn glücklich mache, und ich wünschte, das wäre wahr. Ich sehnte mich so sehr danach, ihm einen Teil des Glücks zurückgeben zu können, das er mir eröffnet hat. Aber das ist mir nicht gelungen. Er hat mich niemals so geliebt, wie ich ihn geliebt habe, und lange, sehr lange glaubte ich zu meinem Trost, dass er abgesehen von Rhorka überhaupt niemanden lieben kann. Bis du gekommen bist.«

Sira brauchte einen Moment, bis Vestas Worte in ihr Bewusstsein gedrungen waren, doch dann entfalteten sie sich mit einer Wucht, die ihr für einen Augenblick den Atem raubte. »So ein Unsinn!«, rie sie, lauter als beabsichtigt. »Niemals empfindet Norik so für mich Siehst du denn nicht, wie er mich behandelt?

Das Lächeln auf Vestas Lippen verstärkte sich und schmolz di Traurigkeit von ihren Zügen. Geduldig legte sie die Pinzette beiseit und begann damit, einen Verband um Siras Schulter zu legen. »Al lerdings«, stimmte sie ihr zu. »Und das tut er mit all der Kraft eine Menschen, der vergeblich versucht, jemanden auf Abstand zu halten den er doch eigentlich nur näher zu sich ziehen will. Man sollte mei nen, dir käme das bekannt vor.«

Sira spürte kaum den Druck des Verbands, den Vesta mit geüb ten Bewegungen um ihre Wunde legte. »Ich habe ganz sicher ander Sorgen als irgendeinen Kerl«, entgegnete sie. »Und Norik ist der An führer der Gilde, er will ...«

»Norik ist nicht irgendein Kerl«, unterbrach Vesta sie. »Aber auc er ist ein Mann. Und seit wann wissen Männer, was sie wollen?«

Da stieß Sira die Luft aus. »Nun ja, wenn ich euch zusammen seh finde ich das relativ eindeutig.«

Sie biss sich auf die Zunge, doch es war schon zu spät. Prompt ho Vesta den Blick und grinste, als hätte sich soeben eine geheime Tü vor ihr geöffnet. Doch der Spott, den Sira erwartete, kehrte nicht in ihre Augen zurück.

»Wenn man eines in diesem Gewerbe kennenlernt«, sagte sie stattdessen, »dann sind es die Lügen der Männer, besonders die, die sie sich selbst erzählen. Natürlich redet Norik mit mir, und warum auch nicht? Soll er mit seinen Kriegern sprechen, die er am nächsten Tag in die Schlacht führt, mit Rhorka, die jeden seiner Gedanken ohnehin versteht – oder mit dir, ausgerechnet mit dir, von der er jedes Leid fernhalten will, seit er dich zum ersten Mal gesehen hat?« Sie schüttelte den Kopf. »Es mag dir anders erscheinen. Aber er war nicht mehr bei mir, seit er aus New York zurückgekehrt ist, nicht auf diese Weise. Nicht seit du da bist, um genau zu sein. Du scheinst es nicht merken zu wollen, und Norik würde es sich niemals eingestehen. Aber ich kenne ihn gut, besser als die meisten hier. Also glaube es oder nicht: Keine hat er je so angesehen wie dich.«

Sira zog den Arm zurück, kaum dass Vesta den Verband festgesteckt hatte. Auf einmal erschien ihr der Raum zu eng, und es kam ihr so vor, als hätte sich ein greller Lichtstrahl nur auf sie gerichtet, um jeden Gedanken in ihrem Hirn genau zu beleuchten, ohne dass sie ihn auf irgendeine Weise schützen konnte. »Ich weiß nicht, wieso du mir das erzählst«, sagte sie deshalb, doch Vesta nickte nur, als hätte sie diese Reaktion erwartet.

»Eine Drachenhaut ist gut«, sagte sie mit einem Ernst, der jedes ihrer Worte geradewegs in Siras Innerstes trug. »Aber wenn man nicht aufpasst, wird sie zu einer Mauer, die nicht mehr überwunden werden kann, von keiner Seite. Und dahinter, Diebin der Schatten, ist es kalt. Kälter als jeder Frostzauber, den du je spüren wirst.«

Sie zögerte kurz, ehe sie Sira über die Wange strich, leicht und wie aus Versehen. Dann wandte sie sich ab, und bevor Sira noch etwas erwidern konnte, verließ sie den Raum.

Kapitel 41

Nhor'garoth erwachte wie aus einem tiefen Schlaf. Im ersten Moment meinte er, Aryons Blick auf sich zu spüren, so durchdringend, als wollte er ihn an etwas erinnern, das er vergessen hatte ... etwas, das er nicht länger ignorieren konnte. Dann zog der Schmerz durch seine Brust, und in einem plötzlichen Impuls holte er Atem.

Steinstaub drang in seine Lunge und ließ ihn husten, und der Panzer, der sich um seine Glieder geschlossen hatte, zersprang mit leisem Knirschen. Lange war Nhor'garoth in seinem Inneren durch die Säle des Turms gewandert wie durch ein Labyrinth aus wispernden Gedanken, und für einen Wimpernschlag meinte er, nur in den nächsten Traum geraten zu sein, in den die Magie der Königin ihn geschickt hatte.

Der Blutdrache stand noch immer reglos neben ihm. Schwach nur glomm das blaue Feuer in seinen Augen, wie betäubt in dem Panzer aus Stein, der seinen Körper umgab. Aber der Saal ringsum hatte sich gewandelt. Fackeln erhellten die Wände, schimmernde Buchstaben stiegen aus der Fläche des Blutes wie aus einem tiefen Meer, und darauf, von einem hauchzarten Tuch aus schwarzer Seide bekleidet tanzte die Königin mit den Schatten.

Es war ein Bild vollendeter Harmonie und zugleich so verstörend, dass Nhor'garoth nicht anders konnte, als ihr zuzuschauen

Sie hielt die Augen geschlossen, während sie über die blutige Fläche hinwegglitt, Pirouetten drehte und sich zusammenkauerte, nur um gleich darauf mit aufkeimender Kraft hoch in die Luft zu springen, so schnell, als würde sie fliegen. Die Schatten, pechschwarz und mit verzerrten Konturen wie lodernde Flammen, hinterließen glühende Linien auf dem Untergrund, und die Königin gab sich ihnen hin und entzog sich, ließ sich emporheben und niederdrücken und floh im selben Moment, da sie auf ihre Tänzer zueilte. Schneller, immer schneller vollzog sich dieses seltsame Schauspiel, und das alles zu dem an- und abschwellenden Grollen, das Nhor'garoth zwischen die Bäume der Toten Wälder zurücktrug ... gerade an den Ort, an dem er es zum letzten Mal gehört hatte.

Er meinte schon, den Nebel auf seiner Haut zu spüren, als die Königin stolperte. Im letzten Augenblick fing sie einen Sturz ab, doch als hätte ihr Taumeln einen Schleier über der Szene zerrissen, erkannte Nhor'garoth auf einmal die Klauen der Schatten – und die Wunden, die sich über den Leib der Königin zogen. Noch immer warf sie sich den Tänzern in die Arme, noch immer wurde sie von ihnen hoch in die Luft geworfen und sicher wieder gefangen. Doch gleichzeitig blitzten immer wieder deren messerscharfe Klauen im Schein der Fackeln auf, und ritzten sie die Haut der Königin zuerst nur beiläufig, wenn sie an ihnen vorüberglitt, wurde der Tanz der Schatten kurz darauf drängender. Immer wieder wurde die Königin von ihnen gepackt, bis Blut über ihre Haut lief, und Nhor'garoth sah zu seinem Erstaunen, wie jeder Blutstropfen, der den Boden berührte, einen der Buchstaben unter der Oberfläche erlöschen ließ. Das gerade noch glühende Meer wurde zusehends dunkel, und als die Königin erneut stolperte, glaubte Nhor'garoth, sie jeden Moment am Boden wiederzufinden. Doch gerade, als ein Schatten triumphierend nach ihrem taumelnden Körper griff, fuhr sie herum. Ihre Augen glühten in düsteren Farben, ebenso wie der Dolch in ihrer Hand – und ehe der Schatten noch zurückweichen konnte, trieb sie ihm die Klinge durch die Kehle.

Der Tanz zerbrach sofort. Nhor'garoth schien es, als wäre er nie mehr gewesen als eine Maske über einem anderen, weitaus schrecklicheren Schauspiel, und er beobachtete, wie grauer Nebel aus der Kehle des verwundeten Schattens floss. Es sah aus, als würde er bluten, und in der seltsamen Stille jenseits des Grollens fiel er auf die Knie. Regungslos stand die Königin über ihm, während sein Leib sich grau färbte, und im selben Moment, da er zerbarst, sanken auch die anderen Schatten ins Meer zurück, lautlos, als wären sie Träume in düsterer Nacht.

Erst der Dolch, den die Königin fallen ließ, verursachte ein Geräusch. Klirrend sprang die Waffe von der Oberfläche des blutigen Meeres ab und blieb in einiger Entfernung darauf liegen wie auf eine Schicht aus Eis. Doch Nhor'garoth beachtete sie nicht. Er sah zu Königin hinüber, und für einen Moment erwiderte sie seinen Blick Ein Pulsen ging von ihr aus, das sich in Ringen über ihr blutiges Mee zog, und obgleich er diesen Klang verabscheute, erinnerte er sich da ran, wie sie sich an ihm festgehalten hatte während ihres Falls unc später auf dem blutigen Boden, und ihn überkam das Bedürfnis, zu ihr hinüberzugehen. Sie stand da wie ein Kind, das er in seinen Man tel hüllen und von hier forttragen wollte, so weit fort, dass sie alle auf ihrem Weg vergessen konnten. Und vielleicht, eines Tages, wür den sie sich neue Namen geben … Namen jenseits all dessen, was si zuvor gewesen waren.

Doch die Königin sah ihn nur an, und da wusste er, dass kei Name der Welt der Richtige für sie sein würde, und dass sie niemal weit genug laufen könnte, um der Nacht zu entkommen, die in ih lag. Ein Schuppenschleier glitt über ihre nackte Haut, dunkel wie ei Fluch, und im nächsten Moment erlosch das Pulsen. Die letzten Rir ge flogen durch die Stille des Blutes, aber Nhor'garoth achtete kaur darauf. Er erwiderte den Blick der Königin. Sie lächelte noch einmal, sacht nun wie das Kind, das sie war, und hob die Hand zum Abschied, die bereits begonnen hatte, sich in eine Klaue zu verwandeln. Dann sank sie in das Blut hinein, und mit einem Aufglühen der letzten Silben war sie verschwunden.

Einen Augenblick stand Nhor'garoth regungslos. Dann folgte er den forteilenden Ringen, als wären sie ein letzter Gruß der Königin der Scherben. Flüsternd zerschellten sie an den Klauen des versteinerten Drachen ... und waren doch stark genug, um feine Risse durch seinen Panzer zu schicken. Nhor'garoth trat zu ihm, und kaum, dass er die Hand auf seine Flanke legte, loderte das Feuer in seinem Inneren auf. Glühende Adern zogen sich über seine Glieder und dann, mit einem Brüllen, das den Saal erbeben ließ, sprengte er den Panzer von seinem Leib.

Nhor'garoth spürte die Hitze seines eigenen Feuers auf der Haut, als der Drache die Schwingen ausbreitete, doch der Schrei aus dessen Schlund wurde von einer anderen Macht getragen ... einer Macht, deren Grollen nun in der Tiefe des Meeres widerklang, begleitet von einem Stöhnen, als würden Gebirge auseinandergerissen. Nhor'garoth folgte dem Blick des Drachen, und da sah er, dass Gestalten inmitten des Blutes aufstiegen. Ihre Körper wurden von den aufglimmenden Silben der Königin gebildet, und als sie schließlich in hellem Glanz erstrahlten, erkannte er, dass es Drachen waren – unzählige Drachen, die sich aus dem Meer erhoben. Ihre Klauen krallten sich in den Boden, als würden sie sich aus tiefen Abgründen hinauf in die Dämmerung stemmen, und ihr Grollen erfüllte die Luft, rau und dunkel wie ein erwachender Schlachtruf aus lang vergangener Zeit. Es waren so viele, dass sie sich in den Schleiern des Steinstaubs verloren: eine Armee des Blutes, deren Anblick Nhor'garoth für einen Moment den Atem raubte.

Dann neigte er unmerklich den Kopf, und als der Drache neben ihm seinen Schrei über die Köpfe der anderen schickte, entfachte sich das Feuer in ihnen: rauschend und mit einer Kraft, die das Blut unter ihren Klauen in Flammen setzte. Hell loderte Nhor'garoths Glut in ihren Augen auf, und da vereinten sich ihre Stimmen zu dem Gesang, der ohne Grenzen war. Mit aller Macht drang er in die Mauern ein, ließ den Boden vibrieren und die Wände wie Sterbende stöhnen, und dann riss er ihn auseinander: den Turm der Scherben, der ihn neu geboren hatte. In einem Sturm aus Rabenfedern fiel er um Nhor'garoth zusammen, doch dieser rührte sich keinen Fingerbreit. Umtost von schwarzen Schwärmen stand er da und lauschte dem Gesang, der alles Leben in Fetzen riss: dem Gesang der Drachen Rastanghurs aus den Toten Wäldern.

Erst als der letzte Ton verklungen war, holte Nhor'garoth Atem. Er fand sich am Rand der Wüste wieder, gerade an dem Ort, von dem er aufgebrochen war. Leise drangen die Stimmen seiner Gefährten zu ihm, die nun auf ihn zuliefen, aber er beachtete sie nicht. Mit einer Handbewegung brachte er sie zum Schweigen. Er lauschte dem Schrei des Raben, der wie aus einer anderen Welt klang und schließlich über den Dünen erstarb. Dann wandte er sich ab und trat den Drachen gegenüber, die in endlosen Reihen vor ihm standen. Noch immer bedeckte feiner Staub die Schuppen des mächtigsten unter ihnen, der neben ihm versteinert worden war. Als Nhor'garoth vor ihm stehen blieb, neigte er den Kopf. Die Flammen loderten auf den Leibern der anderen Drachen auf, als sie seinem Beispiel folgten.

Ohne jedes Geräusch trat Aryon an Nhor'garoths Seite. Sein Atem traf seine Hand, er spürte die Kälte darin wie eine Erinnerung an etwas, das erst nun, jenseits der Mauern des schwarzen Turms, Wirklichkeit für ihn wurde. Er konnte nicht verhindern, dass ein Schauer über seinen Rücken flog, und er hörte Aryons Worte genau, jene Worte, die er über die Menschen zu sagen hatte … die Menschen in den Schatten.

Langsam öffnete er die Hand, und da erhoben sich Eiskristalle über seinen Fingern: glitzernd und zugleich von einer Macht, dass Schleier aus Raureif durch die Luft stoben und sich auf die Körper der Drachen legten: tödlicher Frost, umgeben vom Blut lang vergangener Zeiten. Nhor'garoth sah zu, wie sich Gestalten aus der Kälte formten, so winzig, dass er sie mit einem Atemzug hätte zerstören können, und doch mit Konturen, die scharf wie Dolche waren. Menschen waren es, an einen Berg geschlagen, durch frostklirrendes Feuer in etlichen Siedlungen verbrannt, erstarrt und zerrissen vom Eis des Ersten Frosts ... die Menschen jenseits der Toten Wälder, deren Macht er brechen würde.

Wir werden sie vernichten, wiederholte er Aryons Worte, und ein Lächeln glitt über seine Lippen, dunkel wie ein Fluch. *Sie alle.*

Kapitel 42

Sira rannte so schnell, dass sich die Bäume um sie herum zu Säulengängen verbanden. Der Waldboden flog unter ihren Füßen dahin, flackernd im Spiel von Sonne und Schatten, und ein Lachen brannte in ihrer Kehle, so unbändig, dass sie glaubte, in Stücke zu springen, wenn sie es nicht endlich freiließ. Sie konnte sich nicht daran erinnern, wann sie zum letzten Mal eine solche Leichtigkeit empfunden hatte, und sie hielt die in dickes Leinen gehüllte Waffe so fest an sich gepresst, als könnte sie jeden Moment verschwinden. Doch sie blieb, denn sie war wirklich da – die Klinge aus Drachenstahl, die nun ihr gehörte.

Flüchtig strichen die Zweige einer Fichte über ihre Wangen, als sie durchs Unterholz lief, aber sie sah kaum das flirrende Grün des Waldes. Zu deutlich stand ihr das Schwert vor Augen, das sie am Morgen vor ihrer Tür gefunden hatte, in unscheinbare Tücher gewickelt und mit einer Notiz von Harok versehen. *Für Sira,* stand da in krakeligen Buchstaben auf einem Stück Papier, *der einzigen Frau, der ich je einen Drachentöter schmiedete. Möge sie sich der Klinge würdig erweisen.*

Sira hatte das finstere Gesicht des Schmieds vor sich gesehen, aber als sie mit klopfendem Herzen das Tuch fortgezogen und das Schwert betrachtet hatte, war jedes andere Bild vor ihren Augen verwischt. Feinste Ziselierungen liefen über die schimmernde Klinge, das Gefäß wurde von einem ruhenden Drachen gebildet, der den blauen Kristall mit dem Meer der Nacht in den Klauen trug, und jedes Mal, wenn Sira die schwere Klinge im Licht drehte, sah sie die Figur, die in sorgsamsten Strichen darauf eingraviert worden war, so detailgetreu, dass es ihr schien, als blickte sie in einen Spiegel. Sie selbst war es, die als Kriegerin der Schatten auf ihrer Klinge prangte: hocherhobenen Hauptes, den Bogen in den Händen und mit derselben Entschlossenheit in den Augen, mit der sie Nhor'garoth entgegengetreten war. In diesem Moment hatte sie ihre Magie gespürt, die in der Klinge auf sie wartete, und sie stellte sich vor, wie Harok diese Waffe geschmiedet hatte, mit der ihm eigenen Hingabe, die seine Züge manchmal, wenn er sich unbeobachtet fühlte, ganz weich machte. Sira hatte nicht damit gerechnet, in Anbetracht einer Waffe jemals eine so haltlose Begeisterung zu empfinden. Aber Harok hatte ihr mehr gegeben als das Schwert, das er ihr versprach. Er hatte ihr das Meer der Nacht und das erste Bild auf ihrem Weg als Kriegerin geschenkt, und vielleicht ... vielleicht hatte er dabei gelächelt.

Atemlos sprang Sira auf die Lichtung vor dem Nadelberg und hob das Schwert wie eine Trophäe. In den vergangenen Tagen hatte Bharkardhos an diesem Ort oft auf sie gewartet. Der Boden war von ihrem gemeinsamen Training zerklüftet, etliche Bäume ringsum hatten Brandspuren von Siras fehlgeleiteten Zaubern davongetragen, und sie musste lächeln, als sie den aufgewirbelten Erdhaufen sah, auf dem sie anschließend gesessen und mit dem Drachen hinauf in den Himmel geschaut hatte.

Es gibt wenige Augenblicke, hatte Bharkardhos einmal gesagt, *in denen ich mich so klein und unbedeutend fühle wie ein Mensch. Aber der Sternenhimmel bringt mich jedes Mal dazu. Was für ein herrliches Gefühl es ist, sich in seinen Lichtern zu verlieren und zugleich so begrenzt und unendlich zu sein. Fast so ... als wäre man lebendig.*

Sira ließ das Schwert sinken und spürte, wie das letzte Wort das

Lachen in ihrer Kehle zerbrach. Es hatte sich fremd angehört und gleichzeitig wie ein Geheimnis, das Bharkardhos trotz all seiner Weisheit unbekannt geblieben war, und nun, da sie die Lichtung verlassen fand, hallte es dumpf in ihr wider. Fernes Donnergrollen flog über die Baumkronen, und zum ersten Mal seit langer Zeit fühlte sie wieder den kalten Schatten des Nadelbergs auf ihrer Haut. Aus irgendeinem Grund hatte Bharkardhos' Anwesenheit seinen Frost zurückgedrängt, doch nun fraß er sich erneut in die Farben des Waldes, und für einen Moment spürte Sira noch einmal den Schauer, der sie in den ersten Augenblicken in seinem Schatten ergriffen hatte. Doch dann umfasste sie ihr Schwert fester. Mehrfach hatte Alvarez in letzter Zeit verkündet, dass ihre Prüfung nicht mehr lange auf sich warten lassen würde, und sie war nicht mehr das unwissende Mädchen aus der Trümmerstadt, das blind und taub über diesen Boden getaumelt war. Sie war eine Kriegerin der Schatten und bald, sehr bald schon, würde die Welt das erfahren.

Sie setzte sich in Bewegung, ohne den Berg aus den Augen zu lassen. Oft genug hatte sie Bharkardhos an ihm hinaufgleiten sehen. Vielleicht würde sie ihn dort oben finden, in Gedanken versunken inmitten der grauen Zinnen, die sich auf dem Gipfel des Berges erhoben wie Ruinen und von denen er ihr mitunter erzählt hatte.

Der Aufstieg war beschwerlicher, als sie angenommen hatte. Ihre Füße rutschten auf dem Geröll zwischen den verkrüppelten Bäumen aus, immer wieder hallte das Brüllen eines Bären über die rissigen Felsen, und Siras Beine wurden seltsam schwer, je höher sie stieg. Mit jedem Schritt schien es ihr stärker, als würde sie langsam aus einem Traum erwachen, der sie unten im Wald umfangen hatte, und die Freude, die sie gerade noch aufgrund ihres Schwertes empfunden hatte, sank tief in sie zurück. Dabei hatte sie Bharkardhos daran teilhaben lassen wollen. Sie hatte ihm erzählen wollen, dass sie ihr Ziel fast erreicht hatten, und das nicht als dem Drachen, mit dem sie einen Pakt geschlossen hatte. Sie hatte es ihm erzählen wollen als … einem Freund.

Sie stockte bei diesem Gedanken, so unwirklich erschien er ihr, und doch konnte sie die Wahrheit, die in ihm lag, nicht verleugnen. Zu deutlich erinnerte sie sich an die Vorfreude, die sie in den letzten Wochen ergriffen hatte, jedes Mal, wenn sie in den Wald gelaufen war und gewusst hatte, dass Bharkardhos sie dort erwartete, zu gut war es ihr gelungen, über all ihren Gesprächen, ihrem Lachen und ihrem Schweigen zu verdrängen, dass jede Annäherung zwischen ihnen endlich war. Doch nun, da die Kälte des Berges in ihre Glieder drang, ging ein Ziehen durch die Narbe in ihrer Hand, so eisig, dass sie fröstelte. Nicht allein der Drache würde sein Versprechen halten müssen.

Sie musste sich zwingen, die Schultern zu straffen. Verflucht, seit wann ließ sie sich vom Schatten eines Berges in die Irre führen? Bharkardhos war nicht ihr Freund. Er war ein Drache, der ein Ziel verfolgte. Und ganz gleich, in welche verworrenen Gefühle die Anstrengungen der letzten Wochen sie stürzten, war eines doch klar: Sie hatte einen Pakt geschlossen, und sie hatte nicht vor, nun daran zu zweifeln. Bharkardhos würde ihr das Schwert geben, nach dem sie gefragt hatte – und sie würde ihn dafür töten.

Das letzte Wort wurde von einem Donnerschlag begleitet, der grollend in den Felsen widerhallte und Sira schneller aufwärtstrieb. Die Wolken färbten sich in dunklen Farben, überdeutlich fühlte sie das Zittern in der Luft, das ein Gewitter ankündigte. *Die Pherylen,* klang Bharkardhos' Stimme durch ihre Gedanken wie so oft in letzter Zeit, wenn ein plötzliches Unwetter über den Wald hereingebrochen war. *Sie sammeln sich. Bald schon werden sie kommen.* Mit aller Kraft drängte sie den Schauer zurück, der sie beim Gedanken an die Drachen des Sturms befiel, und konzentrierte sich stattdessen auf Bharkardhos' spöttisches Lachen, mit dem er sie vermutlich empfangen würde, wenn sie pudelnass und zitternd wieder am Fuß des Berges auftauchte, während er sich das Unwetter aus sicherer Entfernung angeschaut hatte. Aber sie war zu weit gekommen, um jetzt noch umzudrehen, und sie hatte zu viele Unwetter aus der Tiefe des Waldes heraus beobachtet, um gelassen zu bleiben. Allzu oft hatten grelle Blitze Teile des Berges zum Einsturz gebracht, und sie stieß erleichtert die Luft aus, als sie den zerklüfteten Gipfel erreichte.

Begleitet von den ersten Regentropfen folgte sie den Pfaden, die sich wie von gewaltigen Klauen gezogen durch den Fels gruben. Einige waren tief wie Schluchten, andere gewunden, als führten sie durch ein Labyrinth, und kurz schaute Sira zu den Felsen auf, die wie die Zinnen einer eingestürzten Burg in die Höhe ragten. Fast wirkte der Berg wie ein verwunschener Ort aus einem ihrer Märchen. Doch gleich darauf zerbrach der Himmel unter einem violetten Blitz, und noch ehe der Donner den Berg erschütterte, riss Sira ihren Blick los. Geduckt rannte sie an steinernen Nischen vorbei, zu schmal, um sich darin zu verbergen, und wollte sich gerade am Boden zusammenkauern, als sie am Ende des Pfades einen mächtigen Spalt entdeckte.

Er klaffte wie ein Tor in der höchsten Zinne des Berges, und als Sira näher heranlief, klangen ihre Schritte dumpf in der Finsternis darin wider. Im ersten Moment wollte sie zurückweichen, wie sie es bei den Höhlen der Tiere in den Dschungeln New Yorks stets getan hatte. Bisher waren die Bären, Wölfe und Katzen des Waldes ihr nicht gefährlich geworden, aber sollte sie ein Tier in seinem Unterschlupf stören, konnte das böse enden. Doch da donnerte es erneut, und so laut, dass Sira den Knall mehr fühlte als hörte, schlug ein Blitz in einer Zinne ganz in ihrer Nähe ein. Krachend fielen Steinsplitter auf sie nieder, ein schrilles Piepen jagte durch ihren Schädel, und ehe die Wolken erneut in flackerndem Licht aufbrachen, glitt sie hinein in die Dunkelheit.

Sofort umgab sie die atemlose Stille, die sie aus den verlassenen Tunneln der Unterwelt New Yorks kannte. Alles konnte sich in ihr verbergen, und Sira schaffte es nicht, die Anspannung zurückzutreiben, die sie stets in regloser Finsternis befiel. Nichts war so entsetzlich wie die Fantasie, wenn man hilflos und blind in der Dunkelheit stand. Und so hob sie die Hand, und als alles still blieb ringsherum, entfachte sie ein Licht über ihren Fingern.

Es war gerade hell genug, um die Höhle mit Dämmerschein zu füllen. Die Decke war so hoch, dass sie sich in der Finsternis verlor, mächtige Felsbrocken lagen vor den Wänden und ein finsterer Gang führte tiefer ins Innere des Berges. Auf den ersten Blick sah die Höhle tatsächlich aus wie die Behausung eines Tieres, und Sira wollte sich schon so nah wie möglich am Ausgang niedersetzen, um bei einer möglichen Gefahr umgehend fliehen zu können, als ein Ton an ihr Ohr drang.

Inmitten des Donnergrollens klang er zart wie ein Flüstern und war doch laut genug, um Siras Aufmerksamkeit vom prasselnden Regen vor der Höhle abzulenken. Silberne Musik drang aus der Dunkelheit des Ganges, seltsam vertraut, und als sie wie betört darauf zutrat, bemerkte sie den glatten Grund unter ihren Füßen. Sie wandte den Blick und stellte fest, dass der Boden aus weißem Marmor bestand … glänzendem, mit filigranen Figuren geschmücktem Marmor.

Verwundert kniete sie sich nieder und strich über die Gesichter der Menschen, deren Umrisse nur noch schwach erkennbar waren. Sie sahen aus, als wären Meereswellen über sie hinweggespült, aber sie konnte noch immer die Hände erkennen, die einander festhielten, und die Kleidung aus lang vergangener Zeit. Sacht zeichnete sie die verwaschenen Linien nach und dachte daran, wie Bharkardhos ihr erzählt hatte, dass einst Menschen in diesem Wald gelebt hatten, Seite an Seite mit seinem Volk … damals, lange vor dem Krieg gegen die Drachen.

Erneut erklang die Musik, deutlicher nun, als hätte der plötzlich aufkommende Wind sie angefacht. In scheinbar endlosen Gängen hallte sie im Inneren des Berges wider, und Sira schien es, als wäre Andor an ihrer Seite wie damals als Kind, wenn sie gemeinsam durch die Tunnel gelaufen waren, mit rasenden Herzen und glühenden Augen, als würde hinter jeder Gabelung ein Wunder auf sie warten. Tatsächlich hatten sie nicht selten etwas zwischen den verrosteten Gleisen gefunden, Schuhe, Münzen und andere Relikte aus der Oberwelt, die ihnen damals noch so fremd gewesen war wie eine Welt voller Zauber. Sie hatten nicht viele Fluchten gehabt in ihrem Kosmos aus Gefahr und Gewalt, und Sira spürte noch immer die kindliche Erwartung, die sie damals neben ihrem Bruder ergriffen hatte. Langsam näherte sie sich dem Gang, wie magisch angezogen von einer Musik, die sie nicht verstand. Und als hätte die Melodie die ersten Töne eines alten Liedes angestimmt, das von neuen Rätseln kündete, betrat sie die Schatten.

Schwach nur flackerte ihr Licht über die Wände. Teilweise waren sie glatt wie von heftiger Kälte geschliffen, dann wieder zogen sich verkohlte Schrammen über den Stein, als würde eine Berührung ausreichen, um sie zu Asche zerfallen zu lassen. Mehrfach zweigte der Gang in weitere Tunnel ab, und vereinzelt hörte Sira, wie der Klang ihrer Schritte in die Tiefe stürzte, als führten Brücken über endlose Abgründe, die sie nicht sehen konnte. Während sie der Musik folgte, wurde der Donner leiser, und es schien ihr, als würde sie die Fäden, die sie mit der Außenwelt verbanden, mit jedem Schritt zerschneiden. Eine Stille wuchs um sie herum, in der sie kaum zu atmen, geschweige denn einen neuen Zauber zu entfachen wagte, der ihr mehr Licht bot. So ging sie weiter, immer voran in die Finsternis. Und gerade in dem Moment, da jeder Donner verklungen war, verstummte auch die Musik.

Sira schwankte, als hätte sich das einzige Seil, das sie noch über der Finsternis hielt, aufgelöst. Nun, umgeben von nichts als lauernder Stille, wurde ihr bewusst, wie töricht sie gewesen war. Blindlings war sie in die Dunkelheit gelaufen, verzaubert von seltsamer Musik, als wäre sie … Doch ehe sie den Gedanken zu Ende bringen konnte, strich der Wind über ihr Gesicht, zärtlich wie ein Geliebter. Und neben ihr, so nah, dass sie die Töne auf ihrer Haut fühlen konnte, erklang die Melodie erneut.

Mit rasendem Herzen hob Sira ihren Zauber, und da sah sie ein Windspiel, kaum eine Armlänge von ihr entfernt, an einem Felsvorsprung. Sie kannte Dinge dieser Art. Sie selbst hatte mit Andor schon aus Gabeln, Glas oder Holz welche gebaut und sie ihrem Onkel geschenkt, bis jede Bewegung in ihrer Baracke von einem Klingeln und Bimmeln begleitet worden war und er die Geduld verloren hatte. Seither wusste Sira, dass es nicht leicht war, wohlklingende Windspiele herzustellen, und eine Melodie wie jene, die sie nun umgab, war ganz und gar einmalig.

Dabei sah das Windspiel nicht sonderlich kunstfertig aus. Vermutlich waren es Kinderhände gewesen, die die Vogelknochen und metallenen Röhrchen an die gebogenen Hölzer gehängt und mit Federn geschmückt hatten. Doch die Musik, die jedes Mal erklang, wenn der Wind durch sie hindurchglitt, war nicht von menschlichem Blut erschaffen worden. Sira betrachtete die Federn, die sich leicht bewegten, und es schien ihr, als würden die Töne in sichtbaren Funken durch die Luft fliegen ... wirbelnd wie goldflammende Blätter.

Das Bild stand so klar vor ihren Augen, dass es ihr für einen Moment den Atem nahm. Diese Musik hatte sie schon einmal in die Dunkelheit geführt, ohne dass sie sich dagegen hätte wehren können. Es war Bharkardhos' Gesang, den sie nun in jedem Ton erkannte, und als sie den Zauber auf ihrer Hand auflodern und höher steigen ließ, begriff sie, dass sie sich nicht in einer Höhle befand und auch nicht in einer verlassenen Unterkunft der Menschen. Sie war im Hort des Drachen.

Unweigerlich musste sie an die Gänge der Nharay denken, als sie den Blick durch die überirdische Schönheit des gewaltigen Saals schweifen ließ. Turmhohe, gesplitterte Säulen trugen die mehrfach gewölbte Decke und zwischen ihnen, vom Glanz ihres Zaubers golden erhellt, lagen in endlosen Hügeln die Schätze von Bharkardhos. Doch es waren keine Juwelen wie in den Märchen, die ihr Onkel erzählt hatte, und auch keine toten Menschen, die von etlichen Königsdrachen in den verlassenen Enklaven rings um New York gehortet wurden. Das, was in diesem Saal aus weißem Marmor lag, säuberlich aufgebahrt wie heilige Reliquien, waren die Scherben einer verlorenen Welt.

Sira ging an endlosen Bücherstapeln vorüber, an Bilderrahmen, aus denen sie fremde Gesichter anschauten, und an zerrissenen Gemälden. Überall standen erloschene Kerzen, deren Wachs sich über handgeschriebene Manuskripte und halb verbrannte Zeichnungen ergossen hatte, beschädigte Instrumente fingen den Luftzug auf und schickten ein geisterhaftes Raunen durch die Melodie des Windspiels, und immer wieder begegnete Sira ihrem eigenen Gesicht in unzähligen zerbrochenen Spiegeln. Sie kam sich vor wie auf einem Markt, auf dem es nur rätselhafte oder ramponierte Dinge gab, von denen sie viele bloß aus den Liedern der Geschichtenerzähler kannte. Andere waren ihr gänzlich unbekannt, und doch konnte sie sich nicht gegen die Faszination wehren, die sie angesichts dieser Gegenstände ergriff. Es schien ihr, als würde jeder Einzelne von ihnen nur nach den richtigen Worten suchen, um zu ihr zu sprechen ... oder als müsste sie wie in den Märchen ihres Onkels die richtige Frage stellen, um ihr Geheimnis zu erfahren.

Nachdenklich blieb sie vor einem seltsamen Konstrukt aus Holz und farbigem Papier stehen. Gemalte, halb verblasste Linien zogen sich darüber hin, doch an den Seiten war das Papier zerrissen und große Teile schienen für immer verloren gegangen zu sein. Nur die Schnur, die auf den zerbrochenen Hölzern lag und noch immer fest mit ihnen verknotet war, glänzte im Schein des Zaubers, und Sira musste an Andor denken und an die Fallen, die er mit ähnlich schimmernden Seilen gebaut hatte. Vorsichtig strich sie darüber hin – und fuhr heftig zusammen, als plötzlich ein Lachen durch den Saal klang.

Es war das Lachen eines Kindes, und es schien geradewegs aus den hölzernen Streben zu dringen. Im nächsten Moment glomm das Konstrukt auf, und noch während Sira instinktiv davor zurückwich, glitten seine Umrisse wie ein Hologramm aus dem zerstörten Körper und erhoben sich in die Luft. Lichtströme bildeten die fehlenden Teile nach, ein Bild entstand ringsherum als schwebender Schleier, und da erkannte Sira, dass es ein Drachen war, gebaut aus Holz und Papier, der über einer grünen Wiese flog. Der Wind riss an ihm, als wollte er ihn mit sich ziehen, doch da erklang erneut das Lachen, und im nächsten Moment sah Sira den kleinen Jungen, der mit der Schnur in der Hand über die Wiese rannte und den Drachen höher in den Himmel zog. Sein Lachen klang so deutlich in ihr wider, dass es ihr schien, als würde sie selbst über diese Wiese laufen, übermütig und sorglos, mit einem Spielzeug in Form eines Drachen über sich.

Und als wäre es ihr Staunen, das den Bann über ihnen gebrochen hatte, erhoben sich weitere Schleier aus den Dingen ringsherum. Sira sah tanzende Menschen, die durch einen Saal wirbelten, in langen Gewändern wie die Prinzen und Prinzessinnen aus den Märchen ihres Onkels, aber so wirklich, dass sie ihren Atem auf ihrer Haut fühlen konnte. Sie hörte das Rauschen des Meeres, tiefschwarz und ohne das unheilvolle Grollen, das sie so gut kannte, und sie verlor sich im Bild des Liebespaares, das in den Wellen badete, eng umschlungen, das Licht der Sterne auf der nackten Haut. Blüten wirbelten um sie auf, die eine Frau in weißem Kleid vor ewigen Zeiten in einen glasklaren Himmel geworfen hatte, sie drehte sich mit den hölzernen Pferden eines alten Karussells und hörte unzählige Stimmen um sich aufbranden, und schließlich blieb sie stehen, regungslos inmitten all der Bilder, und ließ die Farben über ihre Haut fließen wie das Licht der Sterne.

Sie kam sich vor wie in einem Traum. Die Kleidung, die Sprachen, die Umgebungen der Menschen erschienen ihr seltsam fremd, doch ihr Lachen, ihr Weinen, ihre Freude waren ihr so vertraut und ihre Empfindungen klangen in ihr wider, als hätte sie jede Einzelne davon selbst erlebt. Die Dinge um sie herum mochten zerbrochen sein, aber ihr Wert reichte tief, viel tiefer hinab als jeder äußere Nutzen es je gekonnt hätte, und ein Schauer flog über Siras Rücken, als sie verstand, was Bharkardhos an diesem Ort bewahrte. Verlorene Gedanken waren es, zerbrochene Träume, unvollendete Geschichten ... geborgen in den Erinnerungen, die die Menschen vergessen hatten.

Später hätte Sira nicht sagen können, ob es diese Erkenntnis war oder die Musik des Windspiels, die sie den Blick wenden ließ. Sie wusste nur noch, dass sie ein Glitzern in ihrem Augenwinkel bemerkte, und da sah sie am Ende des Ganges einen Glassturz auf einem Marmorsockel, umgeben von blutrotem Samt. Die Musik schwoll an, es schien ihr, als würden die Töne ihre Schritte vorwärtslenken, und als sie vor dem Glas stehen blieb, erkannte sie, dass eine Blume darunter schwebte – eine Blume mit tiefblauen, halb verblühten Blättern.

Sira konnte nicht anders, als den Glassturz anzuheben. Vorsichtig stellte sie ihn beiseite und betrachtete die Blume, die nun wie ein lebendiges Wesen langsam den Kopf wandte. Sira kam es so vor, als würde die Blüte sie ansehen ... als würde sich ein Herz in diesem Körper befinden, das größere Geheimnisse barg als jeder andere Ort der Welt. Sie konnte sich nicht erinnern, jemals eine solche Blume gesehen zu haben, und ihre Finger zitterten leicht, als sie die Hand danach ausstreckte. Sie spürte noch die samtweichen Blütenblätter auf ihrer Haut. Gleich darauf brach ein Licht aus der Blume, so gleißend hell, dass Sira erschrocken zurückfuhr.

Im nächsten Moment umfing sie nächtliche Dunkelheit und Regen traf ihr Gesicht. Verwirrt schaute sie sich um und stellte fest, dass sie sich auf der Lichtung am Fuß des Nadelberges befand. Sein sonst so karger Fels wurde von dichtem Grün bewachsen, doch Sira achtete kaum darauf. Alles, was sie sah, war Bharkardhos, der kaum wenige Armlängen von ihr entfernt unter den Bäumen stand. Er hatte jedes Feuer in sich zurückgezogen, sodass seine Umrisse fast vollständig mit seiner Umgebung verschwammen. Nur seine Augen glommen in goldener Glut und ein Ausdruck lag in ihnen, den Sira noch nie zuvor an ihm bemerkt hatte. Etwas wie ... Verzauberung. Sie folgte seinem Blick, und da sah sie, was seine Aufmerksamkeit fesselte.

Ein weiblicher Drache stand auf der Lichtung. Sacht strich der Regen über die silbernen Schuppen und den schlanken Hals, und noch ehe Sira die ozeanblauen Augen sah, wusste sie, dass sie eine Lhakyria vor sich hatte: eine Angehörige jener Wasserdrachen, die vor langer Zeit aus den Tiefen der Meere aufgestiegen waren, um das Land mit ihrer Anmut zu erfreuen. Rhorka hatte ihr bisweilen davon erzählt, dass die Lhakyria in früheren Tagen besonders für ihre Tänze berühmt gewesen waren, und Sira hatte heimlich darüber gelacht. Sie hatte sich einfach nicht vorstellen können, wie ein tanzender Drache aussehen sollte ... bis zu dem Moment, da die Lhakyria sich auf der Lichtung in die Luft erhob.

Kaum dass sie den Kontakt zum Boden verlor, wurde ihr Körper durchscheinend, als würde er aus nichts als schimmerndem Wasser bestehen. Die Flügel strichen federgleich durch die Luft, glitzernd perlten die Regentropfen über die schillernden Glieder, und als der Mond durch die Wolkendecke brach, begann die Lhakyria, sich in seinem Glanz zu bewegen, so hingegeben, als würde sie seine Stimme hören können.

Sira lauschte atemlos, und obgleich sie nichts vernahm als das leise Rauschen des Regens, meinte sie doch, die Melodie des Mondes im Tanz der Lhakyria fühlen zu können, sacht und leidenschaftlich zugleich wie die Wellen des Meeres, von dem sie geträumt hatte. Kein anderes lebendiges Wesen vermochte es, überschäumende Freude und haltlose Melancholie zu solcher Schönheit zu verschmelzen, wie sie eine Lhakyria im Tanz entfalten konnte, das hatte sie oft von Rhorka gehört. Und als der Drache schließlich auf dem Boden aufkam und das Wasser von seinem Körper spülte wie einen seidenen Schleier, zweifelte sie nicht länger daran. Noch nie hatte sie eine solche Harmonie gesehen wie den Tanz der Lhakyria. Noch nie zuvor hatte sie die Stimme des Mondes gespürt.

Übermächtig brach das Bedürfnis in Sira auf, von der Lhakyria angesehen zu werden, als diese den Blick in ihre Richtung wandte – von diesem Geschöpf aus Schönheit und Magie, das so viel Sehnsucht in sich trug. Sie griff sich an die Kehle, so glühend jagte die Empfindung durch ihre Glieder, doch erst als der Blick der Lhakyria an ihr vorbeiglitt, merkte sie, dass es nicht ihre Gefühle waren, die sie in diesem Moment durchdrangen.

Fast hätte Sira gelächelt, als sie sah, wie Bharkardhos unter dem Blick der Lhakyria in die Schatten zurückwich. Das Feuer seiner Augen zog sich zu flackernder Glut zusammen, und sein Körper vereinte sich mit der Dunkelheit, sodass er noch mächtiger wirkte als zuvor. Sira erinnerte sich gut an die Furcht, die sie bei diesem Anblick ergriffen hatte. Die Lhakyria jedoch rührte sich nicht. Stattdessen brach nun ein Licht in ihren Augen auf, wie der Schein der Sterne auf tanzenden Wellen ... so, als hätte sie etwas in den Schatten entdeckt, dessen Antwort sie stärker ersehnte als ihren nächsten Atemzug. Leise ging ihr Ruf durch die Nacht, kaum lauter als das Raunen der Regenschleier. Und doch spürte Sira, wie ihre Stimme in Bharkardhos hineinsank, so schrankenlos, als hätte sie gebrüllt. Es war, als hätte sie die letzte Note zur Melodie seines wortlosen Gesangs hinzugefügt, und mit diesem einzigen Ton entfachte sich das Feuer seiner Augen neu.

Die Regentropfen verdampften auf Bharkardhos' Körper, als er in den Regen hinaustrat. Sira stieg ein Duft in die Nase, so zart, dass sie automatisch lächeln musste, und da sah sie die blauen Blumen, die unter den Klauen des Drachen aufblühten, als hätte sie ein Zauber gestreift. Ohne ein Wort zu sprechen, blieb er vor der Lhakyria stehen. Sanft wie eine Berührung strich ein Schwarm goldener Flammen über ihren Hals und legte sich schützend über ihren Körper, ohne auch nur einen funkelnden Tropfen ihrer Schuppen zwischen den glühenden Klauen zu zerreiben. Etwas wie Erstaunen spiegelte sich in Bharkardhos' Augen, doch die Lhakyria sah ihn nur wie aus großer Tiefe an, und als sie schließlich vor ihm den Kopf neigte, langsam, als hätte sie seit ihrem ersten Atemzug gewusst, wer er war, da glitten glitzernde Wasserperlen von ihrem Körper über seine Schuppen. Sira rechnete damit, sie in seiner Hitze verdampfen zu sehen, aber stattdessen formten sie sich zu flackernden Flammen, und wie Gischt auf den Wellen tanzten sie über sein Feuer hin. Im selben Moment spürte Sira die Wärme, die zwischen ihnen aufglomm und alles heilte, was je in ihnen zerbrochen worden war. Das Blau der Blumen spiegelte sich in Bharkardhos' Augen, das Feuer seiner Schuppen flammte auf, und zum ersten Mal, seit Sira ihn kannte, wirkte er vollkommen frei. Es war, als könnte es in einer Welt, in der er lebte, keinen Krieg geben, so viel Licht verströmte er.

Die aufbrandende Melodie des Windspiels trug Sira in den Saal zurück. Das Bild, das sie gerade noch mit kräftigen Farben umgeben hatte, verblasste zusehends, und sie sah zu ihrem Schrecken, dass die Blume vor ihr ebenfalls grau wurde und den Kopf zum Boden neigte. Rasch stülpte sie den Glassturz wieder darüber. Die Blume verharrte in ihrer Bewegung, aber das Bild um Sira herum zerbrach dennoch. In Strömen aus winzigen Scherben fiel es um sie nieder, und ehe sie noch wusste, was vor sich ging, traf sie die Kälte.

Wie eine mächtige Klaue schloss sie sich um ihre Glieder, begleitet von einem Grollen, das den Saal erzittern ließ. Sie fuhr herum, und da stand er: Bharkardhos, der Drache des Goldenen Feuers, und schaute mit nichts als Zorn auf sie herab. Deutlich erinnerte sie sich noch daran, wie sie bei ihrer ersten Begegnung vor ihm geflohen war, doch selbst, als sie auf der Lichtung vor ihm gelegen hatte, hatte sie nicht solche Kälte gefühlt wie in diesem Moment. Seine Krallen gruben sich in den Boden, aber Sira konnte sich nicht von der Finsternis in seinen Augen abwenden. Ein namenloses Feuer brannte in ihnen, fern des Goldes, das er in sich trug, ein Feuer, das nichts als den Tod brachte, und sie sah die Lhakyria darin fallen ... tief hinab in einen Abgrund, in den er ihr nicht folgen konnte.

Erst als sich die Glut in seiner Kehle entfachte und die Luft zu flattern begann, splitterte die Starre um Siras Leib. In tiefstem Gold brach sein Feuer in seinen Augen auf und riss jedes Bild mit sich, ehe es über seine Schuppen jagte.

»Hinaus!«, brüllte er so laut, dass Sira die Luft aus der Lunge gepresst wurde. »Verfluchtes Menschenkind – flieh vor meinem Zorn!«

Die Gewalt seiner Stimme raubte ihr fast die Besinnung, so mächtig hallte sie in ihr wider. Dann brach das Feuer aus seinem Schlund, und ehe die Hitze sie zu Boden reißen konnte, warf sie sich herum und rannte den Gang hinab. Die Schleier zersprangen um sie herum zu glitzernden Scherben, donnernd jagte ihr das Feuer des Drachen nach, und sie fühlte seinen Zorn, der die Luft in Fetzen riss, als jagte er durch ihre eigenen Glieder. Mehrfach schlug sie der Länge nach hin, und kaum, dass der Regen des Berges sie traf, gaben ihre Beine unter ihr nach. Sie schaffte es gerade noch, sich hinter einem Felsen niederzukauern, ehe sie das Gleichgewicht verloren hätte.

Mit rasendem Herzen schloss sie die Hände um ihr Schwert. Noch immer hielten Kälte und Glut sie in ihren Klauen, der Schreck peitschte durch ihre Glieder, und der Gedanke an den Abgrund in Bharkardhos' Augen ließ sie schaudern ... dieser Abgrund, der Welten in sich barg und direkt vor ihren Füßen aufgeklafft war. Und doch spürte sie keine Furcht. Stattdessen sah sie zu, wie der Regen blauen Staub von ihren Fingern spülte, und als der eisige Wind ihren Schwindel zurückgedrängt hatte und sie auf die Beine kam, hielt sie vor dem Spalt des Berges inne.

Die Schatten lagen regungslos, und für einen Moment sah Sira den Drachen des Goldenen Feuers noch einmal auf der Lichtung stehen, den Leib in gleißende Flammen gehüllt und mit diesem Ausdruck in seinem Blick, der wie die Sehnsucht eines Kindes gewesen war: so rein und unantastbar, dass sie instinktiv auf die Dunkelheit zutrat. Übermächtig spürte sie den Drang, in diese Schatten zurückzukehren, ganz gleich, welches Feuer sie dort erwarten mochte. Doch im nächsten Augenblick hörte sie die Stille. Sie klaffte in der Finsternis wie eine unheilbare Wunde, und Sira fühlte ohne jeden Zweifel, dass sie diese Schwelle nicht noch einmal übertreten durfte – nicht ohne Gefahr für ihr Leben.

So wandte sie sich ab und begann mit dem Abstieg, mit geneigtem Kopf wie das törichte Menschenkind, das sie war. Der Donner des Gewitters drang nur noch aus der Ferne zu ihr, aber der Wind schlug ihr den Regen mit voller Kraft entgegen, und mit jedem Schritt schien es ihr stärker, als würde sie den Glanz all der Dinge verlieren, die Bharkardhos in seinem Hort bewahrte und die ihr für kostbare Augenblicke so nah gewesen waren.

Der Klang seiner Stimme jedoch verließ sie nicht, und selbst, als sie in die Schatten des Waldes eintauchte, konnte sie seinen Schmerz noch spüren: diesen unendlichen Schmerz über die Liebe seines Lebens, die der Tod ihm genommen hatte.

Kapitel 43

Der See lag regungslos. Tiefschwarz spannte sich der Nachthimmel über den Hügeln, und während in der Ferne Regenschleier niederfielen, hüllten sich die umstehenden Bäume in eisigen Frost. Wispernd bedeckte der Schnee die Eisdecke des Sees, und ein Lächeln flog über Noriks Lippen, als er sich unter dem Felsen vorbeugte und den frostklirrenden Frieden betrachtete, den er an diesem Ort geschaffen hatte. Fast hätte er ihm selbst geglaubt.

Ohne jedes Geräusch schickte er seine Magie hinaus in die Kälte. Juri kauerte direkt neben ihm, der Atem des Jungen erschien ihm unter der Hand seines Windes glühend heiß. Doch schon Arvid und Kapo, die sich tiefer in die Schatten des Felsens zurückgezogen hatten, bemerkte er kaum, und auch die Präsenz der Drachen fühlte er nur schwach in seiner Nähe. Rhorka und Bomper hielten sich unter der Schneedecke verborgen, sodass sie nicht mehr von den Hügeln ringsum zu unterscheiden waren, Kar'mal hockte mit erstarrten Schwingen auf einem der Bäume, und Ysios versteckte sich mit struppigem Gefieder inmitten eines Dornenbuschs am Ufer des Sees. Keinen von ihnen hätte Norik mit bloßen Augen erkannt, und auch sein Wind strich über sie hin, ohne dass er ihre Wärme spüren konnte. Die Krieger auf der anderen Seite des Sees nahm er ebenfalls nicht wahr, und er nickte zufrieden. Wenn er seine Gefährten inmitten seines eigenen Trugbildes nicht aufspüren konnte, würde es auch sonst niemandem gelingen.

Dennoch fühlte er die Anspannung in seinen Gliedern, als er die Hände vor seinem Mund verschränkte. Dunkel flogen die Silben über seine Lippen, und gleich darauf ging ein Ton durch die Luft, leise wie ein Flüstern und doch so durchdringend, dass Juri sich neben ihm aufrichtete. Nächtelang hatten sie gemeinsam an der Falle gearbeitet, aber erst nun, da ihr Ruf sich wie eine Antwort auf Noriks Stimme über dem See zusammenzog, glitt ein Lächeln über Juris Gesicht. Wortlos sah er Norik an, und dieser konnte seine eigenen Gedanken in den Augen seines Knappen lesen: All die Arbeit hatte sich gelohnt. Noch nie zuvor war eine Falle so mächtig gewesen wie diese.

Unmerklich bewegte Norik die Hand. Er spürte noch den Kältezug, der über seine Finger strich, und da wirbelte der Schnee über dem See auf. Flüsternd vereinte er sich zu Strömen aus Eis. Norik brauchte nicht mehr als eine Drehung seiner Hand, um sie hinauf in den Himmel zu schicken, und dort wurden sie zu Bildern aus glühendem Frost: zu jenen Drachen, deren Zeit längst zerbrochen war und die nun wiederauferstanden, gerufen von der Stimme eines Menschen.

Juri hielt neben ihm den Atem an, und auch Norik selbst sah fasziniert zu, wie die Bilder unter seinem unsichtbaren Griff entstanden. Wie oft hatte er sich die Drachen des Ersten Frosts vorgestellt, damals, als er noch ein Kind gewesen war, wie oft hatte er von ihnen geträumt, und nun schuf er ihre vor Kälte lodernden Körper und hörte die Worte der Geschichtenerzähler in den mächtigen Gliedern aufbrechen. Die Lieder von damals klangen durch seine Gedanken, und schließlich schickte er ihr Feuer in flackernden Lichtern über das Firmament: das Feuer der Ardhamàr, die nun in weiten Schwärmen über den Himmel zogen.

Das Schauspiel ließ die Hügel in dunklen Farben brennen. Immer wieder stoben die Drachen dicht über der Erde dahin, um gleich darauf mit Eisfeuer auf ihren Schwingen hoch aufzusteigen, und für einen Moment schien es Norik, als wäre er mitten unter ihnen als der Wind, der sie vor langer Zeit getragen hatte. Er konnte die unzähligen Stimmen hören, die in den flirrenden Körpern lagen, in jedem Eissplitter, der Teil einer Schwinge oder einer Klaue geworden war, und als er die Hände zu Fäusten ballte, ertönte ein Ruf in ihrem Sturm – so markerschütternd, dass er ihre Leiber auseinanderbrach.

In Kaskaden aus Schnee fielen die Illusionen zu Boden, lautlos wie berstende Träume. Der weiße Schleier sank auf den gefrorenen See nieder, auf die Hügel und die Bäume ringsum ... und er blieb an der bisher unsichtbaren Silhouette eines Drachen haften, der regungslos in der Mitte des Sees stand, die Augen geschlossen, den Kopf tief geneigt. Langsam verwandelte sich der Schnee auf seinen Gliedern in silbriges Eis. Etliche Male hatte Norik sich diese Figur vorgestellt, von der er mehr gelesen hatte als von jedem anderen Ardhamàr, und doch hielt er den Atem an, nun, da er ihn unter seinen Händen fühlte: Es war Lundial, der letzte Eisdrache der Welt, der jetzt den Kopf hob und durch die Schneeflocken hinauf in den dunklen Himmel sah.

Nicht mehr als ein Abbild war er, eine Illusion, geschaffen aus Frost und flüsternder Magie. Und dennoch fühlte Norik seine Präsenz so deutlich, als wäre ein Teil des Drachen tatsächlich in diesen Körper eingefahren. Er stand da wie eine Skulptur aus Eis, die Schuppen so makellos, dass sich jede Schneeflocke in ihnen spiegelte, der Körper kalt genug, um einen weißen Schleier ringsherum zu bilden, und gerade in seiner Reglosigkeit verströmte er eine Macht, wie Norik sie selten erlebt hatte.

Jeder Reiter der Gilde kannte die Geschichte dieses Drachen, der als Letzter seiner Art von Einsamkeit zerfressen worden war und sich schließlich in der Glut der Großen Wüste selbst verbrannt hatte. Seit eher war Lundial ein Sinnbild der Drachensehnsucht gewesen, die kein sterbliches Wesen jemals ganz begreifen konnte, und nun, da er den Kopf in den Nacken legte und seinen Ruf durch die Nacht schickte, spürte Norik ihn mit solcher Macht in sich widerklingen, als bräche er aus einem verborgenen Winkel seines eigenen Inneren. Haltlos war er, dieser Schrei des Verlorenen, der niemals eine Antwort erhielt, und als Norik den Blick wandte, fand er seine Ergriffenheit auf den Gesichtern seiner Gefährten gespiegelt. Lundial mochte ein Mythos sein, eine Legende aus lang vergangener Zeit. Und doch steckte ein Teil von ihm in jedem Krieger der Schatten ... ein Stück jener Sehnsucht, die ohne Grenzen war.

Der Ruf war so leise, dass er fast im Flüstern des Schnees unterging, aber er genügte, um auf der Stelle jede Verzauberung von Noriks Stirn zu brennen. Konzentriert schaute er in die Dunkelheit des Himmels, und da hörte er ihn erneut, diesen Schrei, der seiner Illusion Antwort gab. Er schien die Luft selbst in Eis zu verwandeln, so kalt war er. Noch einmal gellte Lundials Stimme über die Hügel, wie eine Welle wurde sie von dem anderen Ruf umfasst, und da brach er aus der Nacht, so plötzlich, als hätte er ein schwarzes Tuch vor sich in Fetzen gerissen: der Drache des Ersten Frosts, den Norik jagte.

Er erinnerte sich so deutlich an das Trugbild, das er im Grauen Berg von diesem Drachen gesehen hatte, dass er jede Einzelheit blind hätte beschreiben können. Oft genug hatte er von seinem Feind geträumt und sich vorgestellt, wie diese erste wirkliche Begegnung sich vollziehen würde, um auf jede Tücke vorbereitet zu sein. Und doch stand er für einen Wimpernschlag da wie erstarrt und schaute zu dem Drachen auf, als wäre er ein Kind im Angesicht einer Traumgestalt. Lichtströme brachen aus dessen Schwingen, sein Körper glühte in eisigem Feuer, und seine Augen waren so kalt, als wäre jeder Eiskristall der Welt in ihnen erschaffen worden. Schwingenrauschend landete er auf dem See und im selben Moment, da der Wind seiner Flügel über die Hügel fegte, erwachte Norik aus seiner Starre

Langsam trat der Drache auf Lundial zu, und Norik schien es, als würde er in dessen Körper stecken wie in einer Hülle aus kristallenem Frost. Die Krallen des Ardhamàr gruben sich in das Eis, Norik hörte den Schnee unter ihnen knirschen, und er fühlte den Blick des Eisdrachen auf Lundials Haut, als wäre tatsächlich er es, der nun den Kopf wandte und den Ardhamàr ansah. Das Blau in dessen Augen zog an ihm wie die Tiefe der Berge, in die er sich als Kind gestürzt hatte, und als er das Feuer der Eisdrachen in Lundials Blick aufflammen ließ, zog ein seltsamer Glanz über das Antlitz des Ardhamàr ... ein Frieden, der seine Züge in schmerzlicher Schönheit vollendete. Doch Norik roch noch immer das Blut der Menschen an seinen Klauen, und im selben Moment, da der Drache vor Lundial stehen blieb, zog er das Feuer aus dessen Blick. Knisternd sank es in den reglosen Leib hinab und ließ nichts in seinen Augen zurück als die gnadenlose Nacht des Sturms.

Norik sah noch, wie plötzliche Erkenntnis die Kälte des Ardhamàr in dessen Pupillen zusammenzog. Dann sprang er mit seinen Gefährten aus der Deckung, und ehe der Drache noch zurückweichen konnte, entfaltete er mit emporgerissenen Fäusten die Macht der Falle. Lundials Körper zerbrach in Fesseln aus tosendem Sturm, Rhorkas Brüllen ließ sie erglühen, und rasend schnell schlang Norik sie um den Leib des Drachen. Kaum, dass dieser die Schwingen ausbreitete, traf Kapos Steinwirbel ihn vor die Brust. Der Ardhamàr stieß ein zorniges Keuchen aus. Mit aller Kraft zerrte er an seinen Fesseln, doch schon entfachten die anderen Krieger ihre Bannkreise rings um den See und zogen ihm die Kälte aus dem Leib. Und während der Boden unter Bompers Grollen erzitterte, rannte Juri unter Ysios' Deckung zum Ufer hinab. Kurz war er nicht mehr als ein winziger Schatten vor dem tobenden Drachen. Doch dann hob er die Arme, und mit einem Schrei, der die Luft zerfetzte, brach er das Eis des Sees auseinander.

Das gerade noch schwarze Wasser bäumte sich auf. Rauschend

verwandelte es sich zu Kar'mals Feuer und schlang sich auf Arvids Fingerzeig hin um den Hals des Drachen. Mit wildem Brüllen warf dieser den Kopf zurück. Seine Schwingen schleuderten glühende Wellen ans Ufer, immer wieder schlug sein Atem Schneisen aus Eis in den brennenden See. Aber er konnte sich nicht befreien. Schon türmte sich ein Berg aus Flammen hinter ihm auf, und unter Noriks Befehl schossen gleißende Streben aus der Tiefe der Glut. Schlangengleich glitten sie durch die aufgepeitschten Wellen und wanden sich mit lautem Zischen um die Glieder des Drachen.

Mit markerschütterndem Schrei wurde der Ardhamàr zurückgerissen. Gefangen wie ein Tier wand er sich in den Ketten, und Norik spürte seinen Schmerz mit einer Genugtuung, die das Blut schneller durch seine Adern trieb. Juri hob am Ufer die Faust, und da schob sich ein Speer aus dem Feuer, so hell, dass die Flammen ringsum fast schwarz erschienen. Die Kraft des Drachenstahls durchpulste Norik ebenso wie die Magie seiner Gefährten, die sich nun in dem Speer entfachte, und als der Ardhamàr den Kopf herumriss und ihn ansah, erwiderte er den Blick regungslos. Lange genug hatte dieser Drache sie zum Narren gehalten, lange genug hatte er den Menschen entsetzliches Leid zugefügt. Jetzt würde er dafür bezahlen. Norik spürte die Hitze in Juris Wangen so deutlich, als stünde er selbst am Ufer des Sees. Dann stieß der Junge die Faust hinab, und im nächsten Moment durchbohrte der Speer das Herz des Drachen.

Die Macht der Waffe entlud sich in einer Druckwelle, die Lichtfetzen über die Hügel schickte. In berstendem Frost schoss der Schmerz des Drachen durch Noriks Glieder. Er hörte ihn brüllen, als wollte er den Himmel mit seiner Kälte auseinanderreißen, und erst als der Schrei verstummte, verglühte das Licht des Speers. Norik wartete, bis der Rauch des erloschenen Feuers sich gelegt hatte. Dann zog er sein Schwert und trat auf den Drachen zu. Schemenhaft nur erkannte er seine Gefährten zwischen den Rauchsäulen, die aus dem verbrann ten Boden stiegen, aber er fühlte ihren Triumph bei jedem seiner Schritte, und er lauschte auf die Stille, die am Ende jedes Kampfes nur darauf wartete, über das Schlachtfeld hereinzubrechen: die Stille der Sieger.

Dicht vor dem Drachen blieb er stehen. Der Ardhamàr lag regungslos auf der ausgebrannten Erde des Sees. Die Ketten waren tief in sein Fleisch gedrungen, noch immer tanzten Kar'mals Flammen über seine Schuppen, und das Sturmfeuer lachte höhnisch, als Norik es auf seiner Klinge entfachte. So lange war dieser Drache sein Albtraum und sein Schrecken gewesen. Nun würde es enden. Die Luft rauschte in der Glut seiner Flammen. Doch gerade als er das Schwert hob, um den verfluchten Kopf des Drachen in den Staub zu schleudern, ging ein Ton durch die Stille, dunkel ... wie ein Herzschlag. Norik hörte noch Rhorkas Grollen und begriff mit eisiger Klarheit, dass die Stille ringsum eine Lüge war. Dann riss der Drache die Augen auf, und ehe Norik noch zurückweichen konnte, traf ihn das Feuer aus dessen Kehle vor die Brust.

Norik landete in einer Schneise aus Eis, gnadenlos schoss die Kälte in seinen Körper. Die Zauber seiner Gefährten glitten vom Leib des Drachen ab wie Wasser von Stein, die Luft flatterte in grellen Farben, und ein Knacken ging durch den Boden, so ohrenbetäubend laut, als würde die Welt im Griff des Frosts zu Staub zermahlen. Dann bäumte der Ardhamàr sich auf, und mit einem Brüllen, das die Erde erzittern ließ, zerbrach er seine Ketten.

Der Schmerz peitschte durch Noriks Glieder, als wären es seine Knochen, die mit den Streben der Falle zerrissen. Schemenhaft nur erkannte er, wie Juri und Ysios von einem mächtigen Schwingenhieb getroffen wurden, und er spürte Rhorkas Schatten auf sich, als sie vor ihm landete und ihren Sturm entfachte. Doch gleich darauf versank ihre Stimme im Schrei des Ardhamàr, der nun die Luft zerfetzte – einem Schrei, der Norik bis ins Mark erschütterte.

Kurz meinte er, ihn schon einmal gehört zu haben. Dann krümmte sich sein Körper zusammen und der Schrei des Drachen jagte durch seine Gedanken, als wären auch sie nicht mehr als Illusionen aus schmelzendem Eis. Wie in einem düsteren Traum sah er Kapo und Arvid in einiger Entfernung auf die Knie stürzen. Ihre Zauber flackerten in dem entsetzlichen Ton wie die Bannkreise der Krieger, und gerade, als schwarze Schleier an Noriks Augen vorüberzogen, fiel sein Blick auf Juris reglose Gestalt. Der Junge lag nicht weit vom Drachen entfernt, der die versagenden Zauber der Krieger mit brennenden Schwingen zurückschlug. Ysios schützte ihn mit seinen Flügeln, und irgendetwas in diesem Bild durchbrach den Bann, in den Norik geraten war. Mit aller Kraft stemmte er sich gegen den Schrei der in seinem Schädel wütete … und plötzlich wusste er, wo er ihn schon einmal gehört hatte.

Er krallte die Finger in den Boden, bis der Schmerz die Kälte in ihm zurücktrieb. Rhorkas Sturm zerrte an seinen Haaren, schneidend kalt jagten Schneeschleier durch die Nacht, aber er wandte sich nicht von dem Drachen ab, als er sich auf die Beine stemmte. Dessen Schuppen erstrahlten in ewigem Frost, so makellos, als könnte kein Macht der Welt sie jemals durchdringen. Doch Norik glitt mit den Fingern seines Windes darüber hin, und da fühlte er das Flackern de Drachenhaut, gerade dort, wo der Speer den Ardhamàr getroffen hatte. Die Schuppen hatten sich über die Wunde gezogen, als wäre di Waffe nicht mehr gewesen als ein Splitter, aber sie waren schwach … kaum mehr als eine dünne Haut. Mühelos glitt Norik durch sie hindurch, und darunter lag weder Fleisch noch Blut. Unter der schimmernden Maske des Ardhamàr lag der Körper eines Toten.

Als hätte die Erkenntnis ihn getroffen, fuhr der Drache herum Donnernd brach das Feuer aus seiner Kehle, doch Rhorka schlug e mit kräftigem Schwingenhieb zurück, und Norik wich den Flamme aus, ohne sie zu sehen. Deutlich erinnerte er sich an die Geister d

Berge, die er vor langer Zeit einmal in den Toten Wäldern gesehen hatte, schemenhaft in der Dämmerung eines Morgens, die einst so erhabenen Körper von flüsterndem Nebel nachgebildet. Noch immer klangen ihre Gesänge in ihm wider wie bei seinem letzten Besuch in Lorcans Wäldern, und er wusste um die Macht, die sie besaßen – diese uralten Drachen, die einst an jenem Ort gefallen waren. Wieder wallte der Schrei des Ardhamàr auf, doch dieses Mal versteifte Norik sich in seinem Lärm und hielt ihm stand. Mochten die Geister der Toten Wälder übermächtig sein, doch sie waren an den Ort ihrer letzten Schlacht gebunden. Dieser Drache dort war etwas anderes – und er konnte sich nicht länger verstecken!

Grollend entfachte sich der Sturm in Noriks Fäusten und hob ihn empor. Mit lautem Donnern umhüllte er seine Gefährten und zerfetzte den Schrei des Drachen, und ehe dieser erneut nach ihm ausschlagen konnte, riss Norik die Arme in die Luft. Sein Sturm wallte auf und schlug über dem Ardhamàr zusammen, und gleich darauf stieß er wie der gleißende Speer zuvor durch dessen Panzer.

Die Luft flatterte auf Noriks Haut, so laut schrie der Drache auf, aber er spürte auch, wie Arvid und Kapo an seine Seite eilten, und während seine Gefährten gemeinsam mit Rhorka die Zauber des Ardhamàr abwehrten, glitt Norik auf den Schwingen seines Sturms durch den Geisterleib unter den lohenden Schuppen. Die Knochen des Toten glommen in grauem Licht, Norik schmeckte getrocknetes Blut auf seinen Lippen, als er tiefer drang, und da hörte er erneut den dunklen Ton, der schon einmal seine Stille durchbrochen hatte. Sofort jagte er ihm nach, und da fühlte er Wärme inmitten der Todesschleier, die ihn umgaben – einen Hauch, der sich nun wie ein schimmerndes Tuch über den Umriss eines Menschen legte.

Norik ballte die Hände zu Fäusten. Er hörte seine Gefährten kaum noch, die mit ihrer Abwehr die Luft um ihn zerfetzten. Zu stark konzentrierte er sich auf die Gestalt, die er nun mit seinem Sturm berührte. Reglos wie er selbst schwebte sie inmitten des grauen Lichts und auch, wenn er ihr Gesicht nicht erkennen konnte, nahm er doch ihren Blick auf seiner Haut wahr, glühend wie Speere aus Feuer.

Ich sehe dich, rief er in Gedanken und spürte zu seiner Befriedigung, dass die Gestalt unter seiner tosenden Stimme zusammenfuhr. *Du bist weder Ardhamàr noch Geist der Berge! Ich kann deinen Herzschlag fühlen – Wandler!*

Damit stieß er die Faust vor. Er meinte schon, den Widerstand des Schemens in den Klauen seines Sturms zu spüren, doch im letzten Moment glitt der schimmernde Schatten beiseite. Kurz glaubte Norik, ein Lachen zu hören, hell und voller Spott. Dann schlug seine Magie in einen der Knochen ein. Krachend barst er auseinander, grelles Licht strömte aus ihm hervor und traf Norik mit solcher Wucht, dass jeder Sturm zerbrach.

Hart landete er am Boden. Er konnte kaum atmen, so blendend war das Licht, das nun über die Schuppen des Drachen flammte, und zugleich so kalt, dass Wellen aus Eis über ihn hinwegglitten. Knisternd griffen sie nach Arvid und Kapo, die schützend die Hände hoben, trafen die Krieger der Bannkreise ebenso wie Ysios, der sich über Juri beugte, und zwangen Kar'mal und Bomper auf die gefrorene Erde. Norik fühlte, wie die Kälte ihre Bewegungen lähmte, spürte auch die Fesseln aus Frost, die sich um Rhorkas Körper legten, und als seine Gefährten um ihn erstarrten, kämpfte er mit aller Kraft gegen den Willen des Wandlers an, der sich nun um seinen Geist schloss. Doch er konnte ihn nicht zurückdrängen. Zu hell war das Licht, das in Strömen aus toten Gesichtern um die Glieder des Drachen floss. Es waren die Menschen auf den Feldern, im Grauen Berg in seiner Falle, die erschlagenen Kinder, Frauen und Männer, die ihn aus gebrochenen Augen anstarrten. Und jeder letzte Atemzug galt ihm: dem Reiter des Sturms, der sie nicht gerettet hatte.

Norik hörte die versagenden Herzschläge seiner Gefährten, als der

Ardhamàr näher kam. Schwach nur konnte er die Kälte noch zurückdrängen, die sich immer enger um seine Gedanken schloss, und er sah den Wandler hinter dem Panzer des Drachen stehen, regungslos wie die Gestalt aus einem Traum.

Du siehst mich nicht, raunte der Schatten mit der Stimme des Drachen. *Aber auch ich kann deinen Herzschlag hören, Reiter des Sturms … und ich werde ihn zerbrechen!*

Kurz nur hörte Norik den Zorn in diesen Worten, und doch genügte der Moment, um ihn eines begreifen zu lassen: Wer auch immer dieser Wandler war, er verachtete niemanden so sehr wie den Reiter des Sturms, und all die Morde und Gräuel der vergangenen Wochen hatten nur einem einzigen Zweck gedient – seinem Tod.

Schwer atmend richtete Norik sich auf. Die Kälte ließ die Welt ringsum erstarren, und für einen seltsamen Augenblick schien es ihm, als würde er vor den Toren der Gilde stehen, mit dem Schwert seines Vaters in der Hand, wohl wissend, dass es nur einen Weg gab, das Leben seiner Gefährten zu retten. Nie hätte er erwartet, in diesem Moment nichts zu empfinden als tiefe Ruhe.

Niemand bricht mein Herz, erwiderte er und zwang sich zu einem Lächeln. *Nur ich selbst.*

Er meinte noch, etwas wie Erstaunen in dem Licht aufglühen zu sehen. Dann hob er die Hand – doch ehe er dem Weg seines Vaters folgen konnte, stob ein Schatten von rechts heran. Er war so schnell, dass Norik seinen Bewegungen kaum folgen konnte, und schoss geradewegs auf den Drachen zu. Erst als sich der Wind auf seiner Haut entfachte, erkannte er, dass es Juri war. Kurz vor seinem Ziel zog der Junge sein Schwert, genau so, wie Norik es ihn gelehrt hatte. Mit brennender Klinge erhob er sich in die Luft, und ehe der Drache noch zurückweichen konnte, traf er den Wandler in die Brust.

Es war die Stimme eines Menschen, die nun aus der Kehle des Drachen brach und den eisigen Bann über den Kriegern der Schatten zerfetzte. Im nächsten Moment gingen Risse über die Glieder des Ardhamàr, und das Licht, das gerade noch seine Schuppen gebildet hatte, schoss grell in Juris Leib. Der Schmerz war so übermächtig, dass Norik auf die Knie fiel. Doch er wandte den Blick nicht von dem Jungen ab. Hoch oben schwebte er in dem gleißenden Schein, reglos wie ein Engel aus lang vergangener Zeit. Dann zerbrach das Licht, und er stürzte auf die Erde zu.

Norik sah kaum, wie die Maske über dem Körper des Drachen zu Staub zerfiel und nichts als den Leib des gefallenen Ardhamàr zurückließ. Er nahm auch den Umriss des Wandlers nicht wahr, dessen Blut sich mit den Gliedern des Geistes verband, und er achtete nicht auf die Krieger, die dem Fliehenden nacheilten. Selbst das Wissen, dass er ihnen nicht entkommen würde, erreichte ihn nicht. Alles, was er sah, war Juri.

Er fing den Jungen, ehe er am Boden aufschlug. Sein Körper war leicht, so leicht wie der des Kindes, das Norik vor vielen Jahren gefunden hatte. Aber in seinen Augen glühte der Trotz des Kriegers, der er geworden war, und er hielt sich an Norik fest, als würde er das Blut nicht spüren, das im Rhythmus seines Herzschlags aus der Wunde in seiner Brust pulste.

Still, raunte Norik, als Juri zu sprechen ansetzte. *Wir werden dich heilen, bleib ganz ruhig.*

Der Junge sah ihn nur an. Die Farbe wich rasch aus seinem Gesicht, und für einen Moment sah Norik einen Schatten in seinem Blick, der auch in Rhorkas Augen stand und in dem aschgrauen Schleier, der über Ysios' Gefieder flog. Unwillig entfachte Norik den Sturm in seiner Hand, sein Ruf eilte peitschengleich durch die Nacht. Kapo fiel neben ihm auf die Knie. Mit zitternden Händen verband er seinen Heilzauber mit Arvids Feuer, doch als sie ihn auf Juris Wunde legten, erlosch er ohne ein Geräusch ... als wäre ein mächtigerer Magier zu ihnen getreten, der jeden ihrer Zauber brechen konnte.

Erneut hob Norik die Hand, doch da schüttelte Juri den Kopf. Er war nun so bleich, dass der Schein des Mondes seine Haut heller färbte als den Schnee ringsherum, und in seinen Augen stand eine Gewissheit, die keinen Aufschub mehr duldete. Alles in Norik wollte diesem Ausdruck widersprechen, aber als Juri in plötzlicher Atemnot nach seiner Hand griff, erlosch seine Gegenwehr. Die Lippen des Jungen zitterten, doch kein Wort drang mehr aus seinem Mund.

Er ist lieber gestorben, flüsterte er in Gedanken, und ohne ein weiteres Wort wusste Norik, dass Juri in diesem Moment in den Trümmern der dreizehnten Enklave stand und auf den alten Mann hinabsah, der das verbrannte Buch in seinen Armen hielt.

Er ist lieber gestorben, wiederholte Norik kaum hörbar, *als diese Welt aufzugeben.*

Juri hustete. Blut trat über seine Lippen und der Glanz in seinen Augen wurde fiebrig. Aber seine Stimme war noch immer klar. *Das Feuer seiner Feinde mag ihn getötet haben*, wisperte er. *Aber gebrochen hat es ihn nicht. Siehst du … siehst du sein Lächeln?*

Sacht strich Norik über das Haar des Kindes, das er in den Armen hielt, und er konnte nicht verhindern, dass sich seine Kehle zusammenzog. Doch er sah das Lächeln, das Juri ihm schenkte – Juri, sein kleiner Bruder, der ihm das Leben gerettet hatte. *Ja*, sagte er leise. *Es ist das Lächeln eines Helden.*

Noch einmal glühte der Schimmer in Juris Augen auf, der so viel Wärme in sich trug und so viel Hoffnung. Dann nahm die Dunkelheit ihn mit sich, und so sehr Norik auch versuchte ihn festzuhalten … dieses Mal gelang es ihm nicht.

Kapitel 44

Der Regen strömte auf die Gilde nieder, als wollte er sie ver-schlingen. Donnernd schlug er am Boden auf, prasselte übe die metallenen Dächer und Autowracks und durchnässt Sira bis auf die Knochen, als sie so schnell sie konnte auf den Turm de Schatten zulief. In Schemen glitt der Regen vor ihrem Blick zurück grau wie der Schleier des Todes, der über diesen Ort gekommen war

Die Treppengeländer des Turms waren eisig unter Siras Hände Der Wind riss an ihren Haaren, immer wieder warf er ihr den Rege mit voller Wucht ins Gesicht, aber sie achtete kaum darauf. Zu deut lich hörte sie noch einmal die Schwingenschläge von Rhorka un den anderen, die mitten in der Nacht zur Gilde zurückgekehrt warer schneidend und so kalt, dass Sira zwischen den Pritschen des Ho pitals zusammengefahren war. Wie gelähmt hatte sie dagestande das Verbandszeug für einen ihrer Patienten noch in den Händen, un Vestas Blick erwidert, die sie mit plötzlichem Entsetzen angesehe hatte. Auch sie hatte sofort gespürt, dass etwas geschehen war, etwa das die Luft erzittern ließ und die Stimmen der Heilerinnen ringsu brüchig machte. Im nächsten Moment war Kapo durch die Tür getr ten, die Haut aschfahl, die Augen schwarz vor Trauer, und in seine Armen hatte er Juri getragen ... erschlagen vom Feuer eines Drache

Siras Muskeln brannten, als sie sich durch den schneidende Wind aufwärtszog. Doch in Gedanken trat sie noch einmal an d

Pritsche heran, auf der Kapo seinen jungen Gefährten niederlegte. Leise sprach der Krieger mit Bherra, Sira hörte wie durch tausend Türen, was geschehen war, und in Gedanken raste sie mit den Drachenreitern durch die Nacht, die gerade in diesem Augenblick hinter dem Wandler herjagten, der sich im Leib des Ardhamàr verbarg: Juris Mörder, den sie hetzen würden, bis er zusammenbrach.

Aber der Moment währte nur kurz. Gleich darauf spürte sie wieder Kapos Hand auf ihrer Schulter, der sie mit sanfter Gewalt aus dem Raum geführt hatte. Erst vor der Tür hatte sie gemerkt, dass sie am ganzen Leib gezittert hatte, und auch nun schauderte sie, als sie an Kapos von Trauer gezeichnetes Gesicht dachte, an die Schwere seiner Stimme und den dunklen Glanz in Arvids Augen, den sie noch nie zuvor an ihm bemerkt hatte. Kreidebleich standen die Krieger da und schauten zu Ysios hinüber, der sich wie ein geprügelter Hund in einer Ecke des Hospitals zusammengerollt hatte. Nicht für einen Wimpernschlag wandte der Drache den Blick von der Tür ab, und ein verzweifelter Ausdruck lag auf seinen Zügen, als würde er hoffen, Juri jeden Moment durch sie hindurchtreten zu sehen wie durch ein magisches Portal, das ihm das Leben zurückgeben würde – zugleich wissend, dass das unmöglich war.

Kar'mal und Bomper hielten sich in seiner Nähe. Sie standen da wie versteinert, die Köpfe tief geneigt, als würde der Schmerz ihres Gefährten in endlosem Echo in ihnen widerhallen, und Rhorka hatte einen Flügel über Ysios gebreitet, als könnte sie so den Schleier von ihm nehmen, der seinen Körper zusehends grau verfärbte. Doch Ysios schien sie kaum wahrzunehmen. Seine Augen standen in blauem Feuer, derselben Farbe, die Juri in seinem Blick getragen hatte, und das Wimmern, das von Zeit zu Zeit aus seiner Kehle drang, schnitt Sira ins Herz. Sein Körper mochte den Tod seines Gefährten überlebt haben. Aber er war Juri zu nah gekommen, um seinen Verlust jemals ganz verkraften zu können. Keinen anderen Menschen würde er mehr auf seinem Rücken tragen, das spürte Sira in jedem Atemzug ... nie wieder.

Diese beiden Worte jagten wie glühende Speere durch ihren Schädel und trieben sie schneller den Turm hinauf. Sie wusste, dass Bherra und Vesta den Jungen waschen und seine Wunden versorgen würden, dass er die Bestattung eines Kriegers bekommen und seine Asche im Morgengrauen auf den Flügeln des Sturms zu den Bergen hinauffliegen würde, die er so geliebt hatte. Aber der Gedanke tröstete sie nicht. Zu deutlich hörte sie Juri lachen, fühlte seine Hand, jedes Mal, wenn er ihr auf die Beine geholfen hatte, und sah ihn fallen in Rhorkas Augen, tödlich verwundet inmitten endloser Finsternis. Und er fiel nicht allein.

Die Stille der höchsten Ebene legte sich schwer auf Siras Glieder. Sie hatte keinen Augenblick darüber nachgedacht, aus welchem Grund sie losgelaufen war, nachdem sie Norik vergeblich unter seinen Gefährten gesucht hatte. Sie hatte es einfach getan, und mit derselben Atemlosigkeit, die sie durch den Regen getrieben hatte, trat sie nun auf die Tür der Bibliothek zu. Doch noch ehe sie die Hand auf die Klinke legte, wusste sie, dass sie verschlossen war, und sie erschrak kaum, als sie den Geruch von Blut wahrnahm. Norik stürzte in die Schatten, und sie wusste, was dieser Fall bedeutete. Sie hatte ihn selbst erlebt.

Und als würde sie in ihre eigene Finsternis hinabsteigen, zu sich selbst oder den Teilen ihres Ichs, die bei Andors Tod in ihr zerschellt waren, stieß sie ein Fenster auf und kletterte hinaus in die Nacht. Ihre Füße glitten vom regennassen Stahlträger ab, doch sie schaute nicht hinunter in die Tiefe. Wie auf den höchsten Dächern New Yorks richtete sie ihren Blick nach vorn, und ehe der Wind erneut nach ihr greifen konnte, zog sie sich an den metallenen Streben aufwärts. Zu oft hatte Norik sie vor einem Sturz bewahrt, als dass sie ihm jetzt dabei zusehen würde, wie er fiel.

Der Regen schlug ihr mit aller Kraft entgegen, als sie sich auf die oberste Plattform zog. Ihr Herz raste in ihrer Brust, ihre Kleidung klebte an ihrem Körper und eisige Rinnsale liefen über ihr Haar und die Schultern hinab. Aber sie nahm die Kälte kaum wahr, ebenso wenig wie das Echo der Regentropfen im Metall zu ihren Füßen. Ihr Blick richtete sich auf den Rand des Daches, und dort, so nah am Abgrund, dass es weniger als einen Schritt brauchte, um hinabzustürzen, fand sie Norik.

Er stand mit dem Rücken zu ihr. Die Linien des Drachen zogen sich in schwarzer Glut über seine Haut, Blutspuren liefen über seinen linken Arm, und sie sah Juris Blut, das vor ihm in der Luft stand, von einem goldenen Zauber vor Regen und Kälte geschützt. So lange hatte Norik es in seinen Adern getragen, so lange hatte er seinen Knappen beschützt, und Sira wusste, dass er die Kraft ihres Bundes noch einmal freilassen würde, ehe sie endgültig zerbrach. Im Morgengrauen würde die Gilde auf dem Feld der Asche Abschied nehmen, an jenem Ort, der von flüsterndem Wind beherrscht jenseits der Arena lag, und dann würde Norik seinen Bruder auf seinem Sturm zu den Bergen hinauftragen und ihm Flügel geben ... ein allerletztes Mal.

Erst als Norik den Zauber in seiner Tasche verbarg, nahm Sira die grausame Kälte des Regens wahr. Die Tropfen liefen ihr in die Augen und verwischten das Bild vor ihr, der Wind schlug mit Eisesklauen über ihre Haut, und alle Worte, die sie gerade noch auf der Zunge gefühlt hatte, zerbrachen unter seiner Faust. Sie fuhr sich übers Gesicht, zitternd wie ein Kind, das ohne eigenes Zutun in ein Unwetter geraten war. Wie hatte sie glauben können, Norik beistehen zu können? Selbst wenn sie ihn hinter all seinen Mauern aus Eis erreichen würde: Es gab keine Worte, die ihm die Verzweiflung nehmen konnten, hatte sie das nicht am eigenen Leib erfahren?

Sie wollte sich abwenden, um der Erinnerung zu entkommen, doch es war schon zu spät. Noch einmal brach Juris Gesicht vor ihr durch den Regen und im selben Moment sah sie Andor vor sich – mit demselben träumerischen Ausdruck in den Augen und demselben Lachen, das nun noch einmal von der Glut der Drachen zerrissen worden war. Gnadenlos peitschte sein Bild durch ihren Schädel und sie wich zurück, als hätte der Anblick ihres toten Bruders ihr einen Schlag versetzt. Sie musste gehen, sofort. Sie würde die Kälte in Noriks Augen nicht ertragen. Nicht in diesem Moment.

Aber da wandte er sich zu ihr um. Langsam tat er es, und keine Kälte stand auf seinen Zügen und keine Abwehr. Stattdessen vermischten seine Tränen sich mit dem Regen, und er sah sie an, als hätte er die ganze Zeit über gewusst, dass sie dastand, mehr noch: als hätte er gefühlt, dass sie zu ihm kommen würde, gerade in dem Augenblick, da sie in den Regen hinausgelaufen war ... und als hätte er sich nichts sehnlicher gewünscht.

Ohne ein Wort zu sagen ging er auf sie zu, mit diesem Blick, der sie wehrlos machte und zugleich offenbarte, dass er keine Waffen mehr trug, und ehe sie vor ihm zurückweichen konnte, zog er sie an sich. Sein Körper war warm und seltsam vertraut, und sie hörte die Stimme tief in ihrem Inneren, die ihr zurief, dass sie sich aus seinem Griff befreien und verschwinden sollte, so schnell sie nur konnte. Aber gleich darauf streifte sein Atem ihre Wange, seine Lippen glitten über ihren Hals und ihre eigenen Worte gingen im Pochen ihres Herzens unter, das nun mit dem seinen im selben Rhythmus schlug.

Du bist der Reiter des Sturms, flüsterte sie in Gedanken, als er sie rücklings gegen den Turm presste.

Ich weiß, erwiderte er. Seine Hände zeichneten die Spuren des Regens auf ihrem Körper nach, so sacht, als würde er fürchten, sie unter seiner Berührung zu zerbrechen, und zugleich so drängend, als hätte er seine Finger in dunkles Feuer gesetzt.

Du hast gesagt ..., begann sie, aber da fühlte sie seinen Atem auf ihren Lippen, so nah, dass sie verstummte.

Ich weiß, raunte er noch einmal, und ehe sie etwas erwidern konnte, küsste er sie.

Seine Lippen waren rau und zärtlich zugleich, und für einen Moment wollte Sira nichts mehr spüren als ihren Körper, ganz genau so, wie es in den Schatten New Yorks gewesen war. Wie oft hatte sie sich dort in die Arme eines Fremden fallen gelassen, um der Traurigkeit ihrer Gedanken zu entkommen, wie oft war sie in der Finsternis versunken, um einen Teil von sich darin zu verlieren, wie oft war sie ein Stück kälter, ein Stück stärker daraus zurückgekehrt? Sie hatte es nie bereut, und nun schlang sie die Arme um Noriks Hals und zog ihn näher an sich, als wären sie Ertrinkende in einem aufgepeitschten Meer. Doch im selben Augenblick, da sie seinen Kuss erwiderte, zerbrach die Dunkelheit um sie herum.

Seine Hände umfassten sie wie der Wind. Sie schmeckte das Salz des Meeres auf seiner Haut und roch den Sturm in seinem Haar, und sosehr sie sich auch bemühte, nicht mehr zu sein als der Körper, der sich an ihn schmiegte, wollte es ihr doch nicht gelingen. Seine Verzweiflung gab der ihren Antwort, jeder Atemzug von ihm linderte ihren Schmerz, und es gab keine Schatten mehr zwischen ihnen, keine Kälte, keine Furcht. Alles an ihm war Norik, blieb Norik, und ein haltloser Schwindel ergriff sie wie eine Umarmung. Sie war gekommen, um mit ihm zu fallen, doch nun hielten sie sich gegenseitig in der Dämmerung, so mühelos, als hätten sie nie etwas anderes getan. Das hier war keine Ablenkung von Schmerz oder Trauer wie all das, was sie in den Tunneln New Yorks erlebt hatte. Das hier war so viel ... mehr ...

Fast gleichzeitig schienen sie es zu fühlen, dieses Wort, das wie ein Schwerthieb zwischen sie fuhr, und im selben Moment, da Norik die Augen öffnete, stieß Sira ihn zurück. Kaum eine Armlänge von ihr entfernt blieb er stehen, den Kopf leicht geneigt, die Haare von ihren Händen zerzaust. Blut lief über seine Lippe, Sira hatte nicht gemerkt, dass sie ihn gebissen hatte, aber während sie auf seinen Mund schaute, überkam sie der heftige Drang, noch einmal die Hände in sein Haar zu graben und seine Lippen auf ihren zu spüren, ganz gleich, wie lautstark die Stimme in ihrem Inneren sie daran hindern wollte.

Wie von demselben Impuls getrieben trat Norik auf sie zu. Fast flüchtig strich er ihr eine Haarsträhne aus der Stirn, und erst als die Schatten der Drachen über sie hinwegglitten, hörte Sira die Krieger, die von der Jagd zurückkehrten. Aber ihre Stimmen blieben seltsam dumpf, und obgleich er sie ohne jede Frage ebenfalls hörte, wandte Norik sich nicht von ihr ab. Stattdessen verharrte seine Hand an ihrer Wange, und ein Schatten flog durch seinen Blick, als er den Kopf neigte.

Verzeih mir, sagte er kaum hörbar.

Sie fühlte noch einmal seinen Atem an ihrer Stirn. Dann wandte er sich ab und folgte mit schnellen Schritten dem Ruf seiner Krieger. An der Luke jedoch drehte er sich noch einmal zu ihr um. Sie rechnete damit, die Kälte in seinen Augen zu sehen, als sie den Kopf hob und ihn ansah. Aber es war noch immer Norik, der ihren Blick erwiderte, als würde es ihm nicht gelingen, die Maske des Sturms auf seine Züge zurückzuzwingen. Und noch als er gegangen war und sie allein auf dem Dach des Turms zurückblieb, empfand sie den Ausdruck in seinen Augen tief in ihrem eigenen Inneren: Als wären sie aus einem Traum erwacht, noch benommen von der Welt, die sie gerade betreten hatten ... und die nur langsam, wie widerstrebend im Prasseln des Regens unterging.

Kapitel 45

Die Wolken hingen tief über dem Berg. Nebelfetzen glitten über die Felswände wie Geisterschwärme, die verkrüppelten Bäume erhoben sich schwarz in ihrem Dunst, und Sira spürte noch immer den Wind in ihrem Haar, als sie mit dem Schwert in ihren Händen aufwärtsstieg: diesen flüsternden Wind, der am Morgen über die Gilde gekommen war und den jüngsten Krieger der Schatten zu den Bergen hinaufgetragen hatte.

Das Feld der Asche war überfüllt gewesen. Alle Bewohner der Gilde waren gekommen, um Juris Flug zu den Gipfeln des Gebirges beizuwohnen, und dennoch war es still gewesen, so still, als hätte sich ein Zauber auf die Köpfe gelegt. Sira hatte neben Vesta gestanden, die ohne jeden Hauch von Farbe auf den Wangen ganz zerbrechlich gewirkt hatte. Sie sah Alvarez und Marhazar vor sich, die Gesichter von Trauer gezeichnet, und sie zog die Schultern an, als sie Juris Gefährten noch einmal an den langen Reihen der Krieger hinauf zu dem Podest gehen sah, auf dem der Junge aufgebahrt gelegen hatte.

Kar'mal und Bomper hatten Ysios in ihre Mitte genommen. Rhorka ging ihnen nach, dicht hinter Kapo und Arvid, und vor ihnen trat Norik auf seinen gefallenen Bruder zu, das goldene Licht in seinen Händen. Seine Augen waren dunkel, beinahe schwarz, aber in seinem Blick lag eine Stärke, die wie ein Wärmeschauer durch die Reihen glitt. Selten hatte Sira die Kraft, die er den Reitern der Schatten gab, so deutlich gespürt wie in diesem Moment.

Erst als er das Podest betrat und vor Juri innehielt, kehrte der Schmerz auf seine Züge zurück. Behutsam legte Norik den Zauber auf Juris Brust, und Sira schaute mit ihm auf den Jungen hinab, der dort in der schwarzen Rüstung der Gilde lag, mit dem Schwert in seinen Händen. Sein weiches Haar wehte im Wind, es schimmerte so seidig, dass sie glaubte, es unter ihren Fingern zu spüren, und sie sah noch einmal sein Gesicht, bleich und mit diesem Lächeln auf den Lippen, sanft wie eine Umarmung. Lautlos beugte Norik sich vor und legte ein letztes Mal seine Stirn an die seines Gefährten, so wie die Reiter der Schatten es taten, wenn sie voneinander Abschied nahmen. Dann trat er zurück, und mit einem Rauschen, das wie ein Schrei aus tausend Lungen klang, entflammte sich sein Zauber.

Lodernd war das Feuer über Juri gekommen, und unter Rhorkas Gesang hatten alle Krieger ihre Schwerter in gleißende Flammen gesetzt, als Juri aus der Glut gestiegen war: von goldenem Licht durchwirkt und unverwundbar und zugleich doch so sehr der Junge, den Sira gekannt hatte, dass ihr Tränen über die Wangen gelaufen waren. Noch einmal hatte er auf sie alle herabgeblickt. Sie hatten die Hände zum letzten Geleit sternenwärts gehoben, und Juris Lachen war wie silberner Regen auf sie niedergefallen. Dann hatte er die Arme ausgebreitet, und als hätten sie sich zu Flügeln entfaltet, war er aufgestiegen mit dem Wind und den ersten Strahlen der Sonne: hinauf zu den Bergen, die auf ihn warteten.

Sira fuhr sich über die Augen. Noch immer zog sich ihre Kehle zusammen, wenn sie an dieses Licht dachte, das ein Stück von ihr mit sich fortgetragen hatte und doch zugleich auf ewig in ihr brennen würde: mit Juris Wärme und seinem Lachen, das ein Teil von ihr geworden war.

Für einen Augenblick hielt sie inne, als sie den Gipfel erreichte. Der Wald lag in seltsamem Frieden da, und sie fühlte noch einmal die Stille des Aschefeldes auf ihrer Haut. Niemand hatte das Feuer verlassen, ehe nicht die letzte Flamme erloschen war. Dann war Norik zu Ysios hinübergegangen und hatte leise mit ihm gesprochen. Sira wusste nicht, was der Reiter des Sturms dem verlorenen Drachen gesagt hatte, aber als Ysios den Kopf gehoben hatte, war für einen Moment das alte Glühen in seine Augen zurückgekehrt, das so oft seinen Flug mit Juri begleitet hatte, und Sira war ein Schauer über den Rücken geflogen, als er in stiller Demut vor Norik den Kopf geneigt hatte. Arvid und Kapo waren an seine Seite getreten, und ohne sich noch einmal umzudrehen waren sie aufgebrochen: die Krieger der Schatten, die den Mörder ihres Freundes töten würden.

Am Rand des Gebirges war der Wandler zusammengebrochen, so hatten seine Jäger berichtet. Einige wenige hielten ihn in Schach, um jeden noch so absurden Fluchtversuch zu vereiteln, doch seine Kraft schien tatsächlich am Ende zu sein. Dennoch zweifelte Sira nicht daran, dass er noch immer gefährlich war. Nicht grundlos hatte Norik jedem seiner Krieger untersagt, sich ihm zu nähern, und sie musste all ihr Kraft aufwenden, um ihre Sorge um Norik zurückzudrängen. Kurz nur waren sich ihre Blicke begegnet, doch das hatte ausgereicht, um sie auf den Turm zurückzutragen, mitten hinein in die Kälte und seine Umarmung, und wenn sie eines wusste, dann war es dies: Es gab Wichtigeres als ihre verwirrenden Gefühle und Bilder aus Regen und Dämmerung. Gerade in diesen Augenblicken stellte Norik sich einer tödlichen Gefahr ... und damit war er nicht allein.

Ihr Herz klopfte schmerzhaft gegen ihren Brustkorb, als sie den gewundenen Pfad hinunterging. Kaum wenige Schritte vor dem Spalt im Felsen blieb sie stehen wie vor einer Grenze, die sie nicht übertreten durfte. Die Dunkelheit dahinter lag in regloser Stille. Mehrfach setzte sie zu sprechen an, aber jedes Mal versagte ihre Stimme. Verflucht, was war los mit ihr? Oft genug hatte sie ihre Worte geübt, und nun stand sie da wie ein törichtes Kind. Niemals hätte sie gedacht …

Der Zustand des Denkens ist ein widernatürlicher, raunte da eine Stimme. *Der denkende Mensch ist ein entartetes Tier.*

Siras Herz setzte für einen Schlag aus. Sie zwang sich, nicht wie aufgeschreckt herumzufahren, aber noch während sie sich umdrehte, fiel der Schatten des Drachen auf ihr Gesicht, und sie konnte nicht verhindern, dass sie schauderte, als sie zu Bharkardhos aufsah. Da stand er, regungslos wie die Finsternis seines Horts, den Leib mit dunkler Glut überzogen, und schaute aus goldflammenden Augen auf sie herab.

Ohne jeden Zweifel war er die ganze Zeit in ihrer Nähe gewesen, hatte sie beobachtet, als sie den Berg hinaufgestiegen war, und ihre Atemlosigkeit vor seinem Felsen ebenso gespürt wie ihren Herzschlag, der sich bei seinem Anblick unwillkürlich beschleunigte. Lauernde Kälte lag in seinen Augen, und sie meinte, noch einmal sein Brüllen im Boden widerklingen zu hören, als bräuchte es nur eine falsche Bewegung, um es erneut zu entfesseln. Doch sie wandte sich nicht von ihm ab.

Es gibt keine Freiheit jenseits der Gedanken, gab sie zurück und ertrug den eisigen Schein seiner Augen. *Das ist wahr, auch wenn es nicht von Rousseau stammt. Ich wünschte nur, ich hätte die Grenzen jenseits meiner Gedanken früher erkannt. Vielleicht hätte ich dann nicht die Erinnerungen desjenigen gestört, der mir das einst sagte. Denn das hatte ich nie vor, und ich bedaure es sehr.*

Bharkardhos schwieg für einen Moment. Das Gold seiner Augen flackerte, doch sein Ausdruck blieb rätselhaft, sodass Sira nervös die Schultern anzog. *Es muss ein überaus weiser Lehrer gewesen sein, der dir solche Worte mit auf den Weg gab*, sagte er dann und der Schalk, der in seinem Blick aufbrach, flog wie ein Lachen über Siras Haut. *Ich bin mir sicher, dass er den Grat zwischen der eigenen Freiheit und dem Leid anderer oft genug beschritten hat, um zu wissen, wie leicht man darauf taumeln kann. Ebenso wie du sicherlich weißt, dass Zorn meist aus Schmerz geboren wird und selten die trifft, die ihn tatsächlich verdienen. Ich zweifle nicht daran, dass dein Lehrer das Gefühl gut kennt, etwas zu bedauern.*

Sira lächelte unmerklich. *Er scheint dir kein Fremder zu sein.*

Die Weisen erkennen einander, entgegnete der Drache prompt. *Und überdies gehört die Erkenntnisfähigkeit zu meinen größten Tugenden.*

Ebenso wie Bescheidenheit, fügte Sira hinzu, und endlich kehrten die Schatten in Bharkardhos' Mundwinkel zurück, die wie ein Lächeln waren. Selten hatte sie eine Erleichterung gefühlt wie nun, da die Kälte aus seinen Augen wich, und als sein Blick tiefer sank, überkam sie der absurde Impuls, das Schwert in ihren Händen auf ihrem Rücken zu verbergen. Doch Bharkardhos hatte es schon gesehen, als sie gerade den Wald betreten hatte, das fühlte sie nun, da ein seltsamer Ausdruck auf seine Züge glitt, halb verlangend, halb abwehrend.

Das ist es nun also, raunte er. *Das Schwert, das du ersehnt hast ...*

Sira rührte sich nicht. Seine Worte waren kaum mehr als ein Flüstern gewesen und doch jagten sie durch ihren Schädel wie entfesselte Zauber, und sie meinte, noch einmal die Stimme des Drachen zwischen ihnen zu hören, leiser noch als Gedanken: *... wie ich ...*

Aber ehe sie etwas erwidern konnte, hob Bharkardhos den Blick von der Waffe, und ein Lächeln stand in seinen Augen, so durchdringend, dass all seine Worte aus ihrem Kopf gebrannt wurden. *Dein Schmied hat gute Arbeit geleistet,* fuhr er fort. *Doch noch ist diese Waffe nicht mehr als eine Klinge aus kostbarem Stahl. Folge mir, Tochter der Schatten. Verwandeln wir sie in das Schwert, das deiner würdig ist.*

Die Wände der Höhle entfachten sich in flackernder Glut, kaum dass Bharkardhos durch den Spalt trat. Schweigend folgte Sira ihm durch die Gänge und stellte nach kurzer Zeit fest, dass ihr Eindruck von der Größe dieses Ortes sie bei ihrem letzten Besuch nicht betrogen hatte. Tatsächlich führte ihr Weg über Brücken, unter denen verlassene Gewölbe lagen, und über Pfade jenseits halb eingestürzter Tunnel. Immer wieder sah sie verfallene Kammern im Dämmerlicht, und es schien ihr, als würde sie durch die Überreste einer vergessenen Stadt streifen. Mehrfach war sie kurz davor, die Hand nach den kunstvollen Steinmetzarbeiten an Geländern und Wänden auszustrecken und Bharkardhos nach der Geschichte dieses Ortes zu befragen. Doch der Drache hatte sein Schweigen wie einen Frostschleier auf seine Schuppen gelegt, der keine Störung duldete. Lautlos bewegte er sich durch die Gänge, als wäre er selbst nicht mehr als einer der Schatten in der Tiefe, und erst als sie seinen Hort erreichten, wich die Kälte von seinen Zügen.

Mit nicht mehr als einer Neigung seines Kopfes entfachte er goldenes Feuer auf den Säulen. In fließenden Kaskaden strömte es über die Wände und erhellte den Saal in samtenem Licht, und Bharkardhos schritt an den glühenden Reihen seiner Gegenstände vorbei, bis er vor einem Podest aus schwarzem Marmor innehielt. Verschlungene Zeichen zierten den Stein und verschmolzen in der Mitte zu einem schwach glimmenden Oval.

Ein Seelenstein, flüsterte Sira fasziniert und strich über die glatte Fläche. Sie war ganz warm, fast so, als würde ein Herz in dem Stein pulsieren. Doch Bharkardhos stieß nur die Luft aus, dass prasselnde Funken auf sie niederfielen.

Von Seelen weiß ich nichts, entgegnete er und ließ sich auf dem Podest nieder. *Aber du kennst ja den Satz: Blut ist ein besondrer Saft, und ich wage hinzuzufügen: vor allem dann, wenn es sich um das Blut eines Drachen handelt. Es kann böse enden, wenn ich es jenseits magischer Schranken vergieße, denn allzu schnell wird die Kraft in ihm entfesselt und dann verbrennt es alles, was so leicht zu töten ist wie ein schwaches Tier.* Kurz nur senkte sich sein Blick mit der alten Grausamkeit der Drachen auf Sira herab, ehe er seine Aufmerksamkeit auf das Oval richtete. *Lege die Waffe dort hinein. Dann werde ich sie in meinem Blut baden.*

Kaum war Sira seiner Aufforderung gefolgt, brachen Flammen aus den Zeichen ringsherum. Erschrocken fuhr sie zusammen, aber gleich darauf spürte sie die Wärme auf ihrer Haut und ließ sich auf Bharkardhos' Nicken hin zwischen den Linien nieder. Betört sah sie zu, wie das Feuer über ihre Arme strich, als wäre es fließendes Wasser, und langsam ein Zeichen nach dem anderen entfachte. *Wir sind an einem faszinierenden Ort,* sagte sie und ließ eine Flamme über ihre Finger tanzen. *Ich hätte nicht gedacht, jemals einen Seelenstein zu sehen. Alvarez erzählte mir, dass sie früher von mächtigen Zauberern für besondere Rituale verwendet wurden und Magie in sich bergen, die älter ist als die Zeit.*

Bharkardhos betrachtete sie unverwandt. *Alle Magie ist älter als die Zeit, auch wenn Zeit nichts anderes ist als Magie. Der Krieg hat die meisten Seelensteine zerstört, denn sie bergen in der Tat große magische Kraft, aber sie lassen sich nicht missbrauchen. Ein Stein wie dieser trägt die Wahrheit in sich, und damit ist er ein Fremdkörper geworden in der Welt, wie sie heute besteht … wie die meisten Dinge, die du an diesem Ort siehst.*

Sira ließ den Blick über die goldenen Gänge schweifen. Erleichtert stellte sie fest, dass die blaue Blume unter dem Glassturz nahezu unverändert in der Luft schwebte, und sie meinte, für einen Moment die Musik des Tanzsaals hören zu können, in dem die Menschen aus lang vergangenen Zeiten miteinander gelacht hatten. *Warum hast du all diese Dinge gesammelt?*

Das Feuer brach sich in den Augen des Drachen und schickte Funken über seine Schuppen. *Weil die Menschen es nicht mehr tun,* entgegnete er leise. *Die meisten von ihnen haben die Bedeutung der Magie vergessen, die sich in diesen Dingen verbirgt. Doch sie ist lebensnotwendig. Sie lehrt uns denken und fliegen, sie zeigt uns, wie es sich anfühlt, auf einen Berg zu steigen oder mit offenen Augen in tödliches Feuer zu laufen. Sie macht uns zu Göttern und Teufeln und verwandelt uns, ohne dass wir es auch nur bemerken würden. Sie zeigt uns, dass die Welt voller Wunder ist, ebenso wie wir selbst. Sie ist das Leben in seiner ganzen Blüte … die Magie der Ersten Stunde.*

Sira lächelte unmerklich. *Mein Onkel war sehr darum bemüht, mich in diesen Dingen zu unterrichten, gerade dann, wenn ich den Sinn dahinter nicht verstand. Ich habe ihn oft gefragt, was wir damit anfangen sollen: mit Büchern, Bildern, Musik, wo wir doch in einer Welt des Krieges leben. Und er antwortete jedes Mal: Gerade in einer solchen Welt sind es Bücher und Bilder und Musik, die uns heilen können. Sie lehren uns, was Liebe bedeutet. Sie machen uns empfindsam für uns selbst und für andere. Sie zeigen uns einen anderen Weg und tausend Pfade neben dem unseren. Sie geben uns Werte zurück, gerade dort, wo wir sie verloren haben, und sie verwandeln uns, sodass wir die Welt verändern können.* Sie hielt inne. *Ich habe lange gebraucht, um das zu begreifen. Aber jetzt weiß ich, dass jedes seiner Worte wahr ist.*

Bharkardhos sah sie mit leicht geneigtem Kopf an. Sie erinnerte sich daran, wie sie schon einmal so miteinander gesprochen hatten. Kurz vor ihrem Paktschluss war das gewesen, und auch nun spürte sie wieder, wie der Blick des Drachen in sie hineinsank, so mühelos, als wäre jede Mauer um ihre Gedanken nur eine dünne Haut, die er durchfliegen konnte. Und wie damals empfand sie entgegen jeder warnenden Stimme in ihrem Inneren keine Furcht, sondern nichts als die wärmende Gewissheit, dass er irgendwo in den Tiefen seiner Nacht ebenso empfand wie sie. Doch gleich darauf verfinsterte sich seine Miene. *Und weil die Menschen das vergessen haben, wurde die Welt so, wie sie ist. Sie haben alles zerstört, was je von Bedeutung war.*

Beinahe grob hob er die Klaue, und ehe Sira noch etwas erwidern konnte, grub er die Kralle in sein Fleisch. Sofort quoll Blut aus der Wunde, aber es fiel nicht zu Boden. Wispernd wurde es von den Flammen aufgefangen und färbte das Feuer schwarz, und im selben Moment erhob sich das Schwert in die Luft. Staunend sah Sira zu, wie das Blut des Drachen sich über die Klinge zog, und als es in die Linien ihres Bildes hinabsank, ging ein Kälteschauer durch ihren Leib. Tiefschwarz waren ihre Augen nun in ihrem Spiegelbild, und erst als das Feuer das Schwert einschloss und ihr den Blick nahm, kehrte die

Wärme zu ihr zurück. Doch das Flüstern der Flammen erklang noch immer und Sira schien es, als würde sie Bharkardhos' Stimme darin erkennen ... leise und fern, als käme sie aus einer anderen Welt.

Verstohlen schaute sie zu ihm hinüber. Er hatte den Blick in die Dämmerung jenseits des Feuers gerichtet und schien kaum zu fühlen, wie sein Blut in schwarzem Rinnsal in die Flammen floss. Erst nach einem Moment erkannte Sira, dass er die Blume unter dem Glassturz betrachtete, deren Glanz schwach zu ihnen herüberglomm.

Ich weiß, dass ich nicht danach fragen sollte, begann sie, doch sofort umfasste Bharkardhos sie mit durchdringendem Blick.

Warum tust du es dann?, unterbrach er sie, aber seine Stimme klang nicht ärgerlich, sondern nur müde. Gleich darauf wich der stechende Ausdruck aus seinen Augen. *Du fragst mich nach der blauen Blume. Du fragst mich nach diesem Ort. Nicht wahr?*

Sira nickte nur. Sie rechnete damit, dass Bharkardhos sich abwenden oder ihr mit wenigen Worten klarmachen würde, dass sie diese Grenze schon einmal unbedacht berührt hatte und er es nicht erlauben würde, dass sie es ein zweites Mal versuchte. Aber sein Blick glitt zu der Blume zurück, und für einen Moment schien es, als würde er in Gedanken zu jemandem sprechen ... zu jemandem, den er vor langer Zeit in diesem Licht verloren hatte.

Nun gut, grollte er und stieß die Luft aus, dass die Flammen ringsum aufloderten. *Die Furcht vor meinem Volk raubt dir den Schlaf, auch wenn du es niemals zugeben würdest, und wenn die Angst dich aus ihren Klauen lässt, übergibt sie dich dem Zorn. Ich kann das fühlen. Lass mich dir zeigen, dass die Menschen keinen Deut besser sind ... und vielleicht wirst du das bedenken, wenn du eines Tages mit meinem Blut und Feuer in die Welt hinausziehst und dieses Schwert gegen mein Volk erhebst.*

Sira duckte sich, als er den Kopf zurückriss und gleißendes Feuer hinauf zur Decke spie. Die Hitze schlug ihr das Haar zurück, für einen Moment flackerte die Umgebung vor ihrem Blick. Aber dann legte sich der Schatten des Drachen kühl um ihre Schultern, und sie fand den Saal ringsherum verwandelt. Die Säulen hatten jeden Makel verloren und statt der gesammelten Gegenstände erhoben sich Statuen von Drachen und Menschen an den Wänden. Nichts als die Staubschwaden, die im Schein einzelner Fackeln tanzten, verrieten, dass dieser Saal verlassen worden war ... doch nicht ganz. Schemenhaft erkannte Sira den Schatten zwischen den Säulen, der gleich darauf mit mächtigem Schwingenschlag durch die Luft glitt, und noch ehe er in der Mitte des Saals landete, wusste sie, dass es ein Abbild von Bharkardhos war, der an diesen Ort gekommen war ... vor langer Zeit.

Man mag es nicht glauben, sagte er, und seine Stimme klang dunkel von den Wänden wider. *Aber früher teilte ich den Zorn des Feuers gegenüber deinem Volk nicht. Vielmehr war ich seit jeher fremd unter meinesgleichen, und so zog ich schon als junger Drache umher, immer auf der Suche nach etwas, das meine Unruhe durchbrechen konnte, die mächtiger als jedes Feuer in mir glühte. Lange Zeit verdingte ich mich als Krieger, ohne mehr dabei zu spüren als das Schweigen meiner Rastlosigkeit in der Stille nach einem Sieg. Auf meinen Streifzügen kam ich an diesen Ort. Sicher kennst du das Gerücht, dass mein Volk aus dem Vulkan geboren wurde, der früher an diesem Ort glühte. Ich weiß nicht, ob das wahr ist, und ebenso wenig wusste ich von jenen, die viel früher gemeinsam mit den Menschen an diesem Ort gelebt hatten. Es interessierte mich auch nicht. Ich spürte nur, dass mich irgendetwas hierher zurückkehren ließ, immer wieder, wenn ich von meinen Reisen müde geworden war.*

Sira ließ den Blick über die Decke schweifen. Sie erkannte Gesichter darauf und menschliche Körper, umgeben von den Leibern unzähliger Drachen. *Menschen und Drachen,* sagte sie leise. *Sie haben also tatsächlich hier zusammengelebt. Erst ein einziges Mal war ich an einem ähnlichen Ort: in verlassenen Gängen jenseits von New York. Nun ja, sie sind nicht gänzlich verlassen, aber ... dort gibt es ein Bild von Rhenlynghar mit all seinen Reitern. Er war überwältigend.*

Das Wort erschien ihr zu klein für das Bild von dem Drachen, an den sie sich nun erinnerte, aber Bharkardhos neigte zustimmend den Kopf. *Das war er. Doch seine Ideale sind schon vor langer Zeit vergessen worden, von den meisten jedenfalls, und die Orte, an denen Menschen und Drachen einst zusammenlebten, wurden verlassen oder zerstört. So auch dieser. Ich kann nicht behaupten, dass mich das sonderlich störte. Ich genoss die Einsamkeit der hohen Hallen. Doch eines Tages kehrten Menschen an diesen Ort zurück.*

Fast wäre Sira zusammengefahren, als menschliche Stimmen durch den Saal klangen. Erst nach einem Moment erkannte sie die Schemen, die über den glänzenden Boden eilten, und in einem plötzlichen Impuls streckte sie die Hand nach ihnen aus, als könnte sie nach ihnen greifen und sie festhalten. Aber sie stoben mit einem Lachen durch sie hindurch und ließen nichts als Staub an ihren Fingern zurück.

Es waren … gewöhnliche Menschen, wie du sagen würdest, grollte Bharkardhos. *Sie suchten auf der Flucht vor dem König hier Unterschlupf, und ich ließ sie gewähren. Sie waren Stimmen in der Einsamkeit meiner Tage, und ich wurde der Geist dieses Berges.*

Erstaunt hob Sira die Brauen. *Soll das bedeuten, dass du dich ihnen nie gezeigt hast?*

Die Verächtlichkeit im Blick des Drachen brachte sie dazu sich zu schämen, obwohl sie nicht genau sagen konnte, aus welchem Grund. *Ich wusste um die Abgründe der menschlichen Seele,* sagte er dunkel. *Ich sah sie jede Nacht, wenn ich über die Felder jenseits des Waldes flog, und ich hörte vom Zorn des Königs, der sein eigenes Volk in entsetzliche Abgründe trieb. Drachen und Menschen waren entzweit, und vor allem Letztere waren seit jeher leichte Opfer ihrer eigenen Furcht. So hielt ich mich verborgen … bis zu jener Nacht, da ich gesehen wurde.*

Die Schritte waren so leise, dass Sira sie kaum hörte. Aber sie nahm den Geruch der Farben wahr, der nun die Luft durchdrang, und für einen Moment glaubte sie, dass es Andor war, der gleich darauf aus dem Schatten der Säulen trat, mit buntgefleckten Händen und einem Stapel seiner Bilder unter dem Arm. Doch es war ein junger Mann, die Haare zerzaust, die großen dunklen Augen schwärmerisch zur Decke gerichtet. Seine Umrisse waren so klar, dass Sira meinte, seinen Atem auf ihrer Haut spüren zu können, und als er sich an einer Säule niedersetzte und in raschen Pinselstrichen zu malen begann, da sah sie das Bild vor sich, das unter seinen Händen entstand: ein Drache war es, die Schwingen aus dunkler Glut, die Augen in goldenem Feuer entbrannt. Bharkardhos. Sira setzte sich auf, ein Lächeln flog über das Gesicht des jungen Mannes, als hätte er ihren Gedanken gehört, und sein Name klang von den Wänden wider, sacht wie ein Flüstern.

Berial, wisperte Sira, und kurz schien er sie anzusehen, halb noch entrückt – genau so, wie Andor stets von seinen Bildern aufgeschaut hatte, wenn er noch nicht ganz in ihre Welt zurückgekehrt war. *Aber er hat dich nicht gesehen. Er hat dich geträumt.*

Sie fühlte, dass Bharkardhos lächelte, denn sein Schatten glitt sacht über ihre Haut. *So ist es gewesen. Vielleicht hat er mich in den Schatten erahnt, vielleicht hat er sich nach mir gesehnt – nach einem Geist, der ihn verstand, weil er selbst ebenso einsam war wie ich. Und das war er wirklich .. ein Verlorener in seinem eigenen Volk.*

Der Stein traf Berial so plötzlich, dass Sira zusammenfuhr. Blut lief über seine Schläfe, kurz spürte sie den Schmerz in seinem Schädel, und sie ballte instinktiv die Hände zu Fäusten, als ein paar Halbwüchsige hinter den Säulen auftauchten und mit boshaftem Geschick die Bilder Berials zerrissen. Ihre Stimmen waren grell wie die Schreie der Kinder, die Andor damals durch die Gassen der Station gejagt hatten, einfach so, weil er schwächer, zarter, empfindsamer war als sie – und Sira hielt den Atem an, als sie ihren Zorn tiefgrollend im Boden widerhallen fühlte.

Erst als sie die Glut sah, die durch den Marmor auf Berials Peiniger zuschoss, begriff sie, dass es nicht ihre Wut war, die sich dort entlud. Die Halbwüchsigen jedoch konnten es sich nicht erklären. Ihre Augen weiteten sich panisch, offenbar glaubten sie, einem Erdbeben zum Opfer zu fallen, und sie traten die Flucht an, so schnell, dass einige von ihnen auf den zerrissenen Bildern ausrutschten. Berial jedoch stand einfach da, und als das Grollen verstummte und er sich inmitten seiner fliegenden Bilder umdrehte, langsam wie in einem Traum, da fühlte Sira Andors Blick, der so oft in die Ferne geglitten war und dieselbe Sehnsucht in sich getragen hatte: die Sehnsucht nach dem Wunder, das er zeit seines Lebens gefühlt und das nun endlich beschlossen hatte, sich ihm zu zeigen.

Er fand mich, raunte Bharkardhos und beobachtete, wie Berial die Hand nach seinem Abbild ausstreckte. *Er sah mich schon, bevor ich mich ihm offenbarte, und von jenem Tag an beschützte ich ihn ... und er beschützte mich.*

Sira hörte Berials Lachen. Wie das Lachen eines Kindes klang es durch die Luft, als seine Hand über die Klaue des Drachen strich und prasselnde Funken über seine Finger flogen. *Wovor?*, fragte sie kaum hörbar, und wieder fühlte sie, dass Bharkardhos lächelte.

Vor mir selbst, erwiderte der Drache. *Wir waren wie Spiegel, die einander ansahen, und wir beschenkten uns wie in jenen Zeiten, da die Menschen noch um die Bedeutung ihrer Worte wussten und die Drachen noch um die Kraft ihrer Magie. Was tut der Zauber, der in der Welt auf uns wartet? Er lässt uns fühlen, wer wir sind. Nichts anderes habe ich Berial sehen lassen. Und im Gegenzug gab er mir eine Ahnung von dem, was man Leben nennt.*

Der Saal verwischte vor Siras Blick, als würden die Hände eines unzufriedenen Malers über ein noch nasses Gemälde gleiten, und sie sah Berial und Bharkardhos aus den Farben brechen, in raschen Strichen wie auf eine unsichtbare Leinwand gebannt. Sie betrachteten den Sternenhimmel, sie badeten in einem dunklen See, sie saßen beieinander, Berial über seine Zeichnungen gebeugt, während Bharkardhos ihm wachsam über die Schulter sah. Immer wieder schaute Berial sich versichernd zu dem Drachen um, als würde er fürchten, dass er einfach verschwinden würde, so plötzlich, wie er gekommen war. Doch Bharkardhos blieb, und schließlich schlief Berial in seinen Klauen ein, ruhig wie ein Kind, das zum ersten Mal in seinem Leben erfuhr, was wahrer Schlaf bedeutete. Sira hörte Andors Atemzüge, so deutlich sah sie ihren Bruder inmitten all der Bilder vor sich ... und sie spürte die Kälte, die Berial traf, als er am Morgen erwachte und Bharkardhos verschwunden war.

Du hast ihn verlassen?, fragte sie bestürzt, doch der Drache sah sie nur an, als wäre sie ein besonders einfältiges Tier.

Ihr Menschen mögt die Sehnsucht kennen, sagte er dunkel. *Ihr mögt eure Gefühle in Lieder kleiden und eure Gedanken in Gedichte, und ihr wisst, was es bedeutet, vor Trauer um ein Wesen umzukommen, an das ihr euer Herz verloren habt. Aber niemals, Tochter der Schatten, werdet ihr begreifen, was wirkliche Treue ist, solange ihr nicht die Treue eines Drachen kennengelernt habt. Ich habe Berial angesehen. Niemals hätte ich ihn verlassen.*

Sira flog ein Schauer über den Rücken, als diese Worte in ihr widerklangen. In ihnen lag eine Gewissheit, die unerschütterlich war. *Und dennoch bist du fortgegangen*, sagte sie nach einer Weile.

Ich bin ein Drache, Menschenkind, erwiderte Bharkardhos leise. *Und mehr noch als ihr Menschen muss ich meiner inneren Stimme folgen, wenn meine Kräfte mich nicht in etwas verwandeln sollen, das die Welt zum Bösen verändern würde. Berial nahm mir die Einsamkeit, aber meine Unruhe verließ mich nie, und so zog sie mich immer wieder fort. Es war, als würde mir etwas fehlen, für das ich selbst keine Worte hatte. Und dann fand ich es gerade an dem Ort, von dem ich immer wieder fortgegangen war.*

Er musste nicht weitersprechen. Der Schimmer, der nun in seinen Augen aufbrach, genügte, um Sira auf die Lichtung des Waldes zurückzutragen und die Lhakyria noch einmal tanzen zu sehen. Wort los beobachtete sie, wie Bharkardhos ein weiteres Mal auf den Drachen zutrat, und sie fühlte dieselbe Ergriffenheit, die sie schon zuvor bei diesem Anblick erfüllt hatte.

Sie hat getanzt, fuhr Bharkardhos fort, und Sira wusste, dass auch er in diesem Moment zu seinem Abbild hinüberschaute, das den Glanz der Lhakyria über sein Feuer gleiten ließ. *Für den Mond, die Nacht und die Sterne, und als sie mich ansah, hörte ich ihren Namen wie einen zweiten Herzschlag durch meinen Körper gehen: Varya … die Sehnsucht des Mondes. Drachen haben nur eine einzige große Liebe in ihrem langen Leben, und sie … sie war die meine.*

Sira hielt den Atem an, als die beiden Drachen sich in die Luft erhoben. Der Nachthimmel entflammte sich zu farbigem Feuer, in gleißenden Strömen brach es um Bharkardhos' Schwingen auf, und Schwärme aus Wasserperlen begleiteten Varyas Flug wie Schleier aus glitzerndem Eis. Der Rausch dieses Schauspiels ließ Siras Herz schneller schlagen, und erst als sie den Blick ins Unterholz richtete, sah sie Berial zwischen den Bäumen. Alles um ihn herum versank in Finsternis, als hätte auch Bharkardhos ihn in diesem Moment bemerkt, und umso eindringlicher wirkte jede Nuance seines Gesichts. Hingegeben schaute er zu den Drachen auf, und seine Augen glühten in den Farben von Feuer und Eis, die sich in tiefschwarzer Nacht entfalteten.

Ich erinnere mich an jene Nacht, raunte Bharkardhos. *Jene Nacht, in der Berial sie zum ersten Mal sah: die Sehnsucht des Mondes, die in den Schatten tanzte. Nie zuvor habe ich eine solche Verzauberung auf seinen Zügen gesehen, so übermächtig, dass ich sie in seinen Adern rauschen hören konnte. Alle offenen Fragen seines Lebens schien er in diesem Tanz beantwortet zu finden … und ich sah den Glanz in seinen Augen zu spät.*

Die Dunkelheit ringsherum nahm zu. Unheilvoll verschlang sie Berials Gesicht, und für einen Moment starrte Sira in die Schwärze wie in den Abgrund, der in Bharkardhos lauerte, und spürte das Grauen, das sich in dieser Finsternis verbarg. *Was hat er getan?*

Kaum hörbar fragte sie das, und doch schienen ihre Worte wie grelle Zauber durch die Gedanken des Drachen zu jagen. Er neigte den Kopf neben ihr, grollend loderte die Glut in seiner Kehle auf, und sein Schatten schien die Schwingen auszubreiten, als wollte er sich in tiefer Nacht über jedes Licht ergießen.

Er hat mich verraten, sagte er mit einer Stimme, die zugleich brannte und vereiste, und im nächsten Moment sah Sira, wie Berial in einer anderen Nacht aus der Dunkelheit des Waldes trat. Und er war nicht allein. Menschen folgten seinen Schritten. Mit einem Lächeln führte er sie durch die Finsternis, und Sira duckte sich unwillkürlich, als wäre sie ein Tier, das sich vor ihnen verbergen musste. Doch sie war es nicht, die diese Menschen suchten. Es war Varya, die auf der Lichtung tanzte.

Schemenhaft nur nahm Sira die Bewegungen der Lhakyria wahr, die die Menschen in ihrer Trance noch nicht bemerkt hatte. Zu deutlich sah sie Berials Gesicht. Mit leuchtenden Augen zeigte er den Menschen dieses Wunder, die Wangen glühend wie im Fieber und mit diesem Ausdruck auf den Zügen, den Sira auch in Andors Blick gesehen hatte – jedes Mal, wenn er hingegeben von den Drachen gesprochen hatte. Sie erinnerte sich an seine Worte, an den Klang seiner Stimme, und als seine Begeisterung wie damals für einen Wimpernschlag in ihrer eigenen Brust aufbrach, da sah sie die Sehnsucht Berials in den Augen der Menschen gespiegelt. Wie ein Licht flammte sie über deren Züge ... doch nur für einen Moment. Dann kehrte ein anderes Gefühl zu ihnen zurück. Sira fühlte es mehr, als dass sie es sah. Sie kannte es so gut, dass sich ihre Kehle zusammenzog und kurz spürte sie noch einmal die Traurigkeit, mit der Andor sie betrachtet hatte – jedes Mal, wenn seine Sehnsucht an ihrer Furcht zerbrochen war. Dann erlosch sein Bild. Und obwohl Sira das Feuer erwartet hatte, das nun zwischen den Bäumen aufloderte, schrak sie in seinem Rauschen zusammen.

Der Feuerschein traf Varyas Körper, und sie riss so erschrocken die Augen auf, als hätte er sie verbrannt. Ihr Tanz zerbrach, fast meinte Sira, die Scherben ihrer Schleier hören zu können, die um sie niederfielen, und sie sah das Entsetzen in ihrem Blick, als die Menschen auf die Lichtung traten. Es waren so viele, dass ihre Fackeln das Unterholz durchglühten wie Ströme aus Feuer. Sie trugen Schwerter und andere Waffen und ehe Varya noch zurückweichen konnte, warfen sie brennende Netze über ihren Leib.

Sira stockte der Atem, als Varyas Schrei die Luft zerriss. Schmerz lag in ihrer Stimme, doch nicht allein aufgrund der Wunden, die das Feuer der Menschen in ihre Haut brannte. Es war ein Schmerz, der tiefer ging als jede körperliche Qual und der sie stärker gefangen hielt als alle Netze der Menschen. Hilflos stemmte sie die Flügel gegen das Feuer, doch die Streben zogen sich nur enger um ihren Leib, und da tauchten Bilder aus der Tiefe ihrer Augen, schillernd wie Steine unter Wasser. Sira sah die Kinder der Menschen, die Varya hingegeben beobachtet hatte, fühlte ihr Lächeln, als Liebespaare im Wald an ihr vorübergestreift waren, und erkannte die Sehnsucht in ihren Augen, die sie nur in Andors Blick in dieser Stärke gefunden hatte – und auf den Zügen Berials, der nun mit blutigen Striemen im Gesicht vor Varya auf die Lichtung sprang.

Nie zuvor hatte Sira ihn so gesehen. Seine sonst so schwärmerischen Augen glühten vor Zorn, die Kindlichkeit seines Lächelns war erloschen, und als er das Netz über Varya mit einem schäbigen Messer durchtrennte, erschien er Sira wie einer der Helden, von denen Andor geträumt hatte. Doch der Schatten der Schuld färbte seine Wangen bleich, und als er die Klinge gegen sein eigenes Volk hob, starrten die Menschen ihn an wie einen Fremden. Fast schien es, als würden sie damit rechnen, ihn jeden Moment einen Zauber wirken zu sehen. Und in der Tat war er nicht mehr der Träumer, den sie einst gekannt hatten. Das Feuer ihrer Fackeln hatte jede Hoffnung in ihm ausgebrannt.

Ein Wort drang über seine Lippen. Kaum mehr als ein Flüstern war es, das Varya zur Flucht drängte, und kurz rechnete Sira damit, dass der Drache die Schwingen ausbreiten und die Menschen ihrem Schicksal überlassen würde, jene Menschen, die den Zauber ihres Wesens verraten hatten. Doch Varya rührte sich nicht. Sie stand einfach da, mit dem Feuer der Menschen auf ihrer Haut, und schaute zu Berial hinab. Verwundert wandte er sich zu ihr um, und als sie ihn ansah, mit nichts als Wärme in ihrem Blick, da schmolz die Härte von seinen Zügen und ein Schimmer glitt über seine Lippen wie ein Hauch all dessen, was die Menschen ihm genommen hatten.

Im nächsten Moment durchschlug ein brennender Pfeil seine Brust. Sira presste sich die Hand vor den Mund, so sehr erschrak sie und sie spürte Varyas Trauer, die nun wie eine grollende Welle in der Lichtung widerklang. Berial fiel zu Boden, sein Atem flatterte, als das Blut aus der Wunde pulste, und Varya bäumte sich auf, als würde sein Schmerz auch ihren Leib durchziehen. Mühelos zerriss sie das Netz der Menschen, doch sie richtete ihre Kraft nicht gegen ihre Peiniger selbst dann nicht, als der Kreis sich enger um sie schloss. Nicht für einen Moment ließ sie Berials Blick los, der sie ansah wie das Wunder, das sie war ... ein Wunder, das nicht tötete, was es einmal geliebt hatte.

Sira hörte die Schreie der Menschen kaum, als diese ihre Fackeln in die Höhe rissen. Alles, was sie wahrnahm, war das Rauschen des Feuers rings herum. Krachend schlugen die brennenden Pfeile in Varyas Leib ein, doch diese wandte sich nicht von Berial ab. Stattdessen beugte sie sich zu ihm hinunter, und als könnte sie ihn auf diese Weise vor dem Tod bewahren, legte sie einen Flügel über ihn. Ihr Lächeln ging in seinen Augen auf, und für einen Moment waren sie unantastbar für jene, die nichts verstanden. Dann loderte das Feuer der Menschen auf Varyas Körper auf, und im selben Augenblick, da Berials Atem erlosch, zerbrach das Herz des Drachen.

Sira ertrug die Stille kaum, die über die Lichtung kam. Es war eine Stille, die sie zu oft gefühlt hatte, um sie jemals zu vergessen. Sie sah die Menschen nicht, die zwischen den Bäumen verschwanden, aber sie hörte das Brüllen, das endlich durch die Schatten brach, so übermächtig, dass es ihr den Atem nahm, und doch nicht laut genug, um den Schmerz aus ihrer Brust zu reißen. Sie sah Bharkardhos auf die Lichtung stürzen, sah ihn vor Varya und Berial zusammenbrechen, die aneinandergekauert dalagen wie in einem ewigen Schlaf, aber sie fühlte nicht nur das Haar des jungen Mannes unter ihren Händen und nicht allein die Schuppen Varyas. Bharkardhos' Schrei trug sie zurück in die Glut, die ihre Eltern verbrannt und ihren Bruder getötet hatte. Eisglühend senkten sich die Flammen in ihre Haut, und als sie Bharkardhos' Blick jenseits jeder Illusion erwiderte, da gab es für einen Moment keinen Unterschied mehr zwischen dem Feuer der Drachen und dem der Menschen. Sein Schmerz war auch der ihre, mit Übermacht riss sein Schrei ihre Wunden auf, und sie spürte noch einmal die Sehnsucht nach denen, die sie verloren hatte, so heftig, dass sie nichts mehr sah als gleißende Nacht um sich herum. Doch sie war nicht allein in der Dunkelheit. Bharkardhos war bei ihr, und obgleich es ihr schien, als wäre ihr eigenes Leid nur ein Tropfen in seinem Ozean aus Schmerz und ihre Liebe nur ein Schimmer angesichts seines Feuers, brauchte er nicht mehr zu tun als sie anzusehen, um den elenden Frost der blauen Flammen von ihren Schultern zu brennen. Noch einmal sah sie das Licht in den Augen ihres Bruders brechen, dasselbe Glühen, das auch in Berials Blick gestanden und das ihr Onkel ebenso wie Varya mit dem Leben verteidigt hatte, und sie spürte, dass es gerade dies war, das auch Bharkardhos so tief erschütterte: nicht allein der Tod seiner Geliebten und des einzigen Menschen, dem er jemals nah gekommen war … sondern der Verrat an diesem Licht. Sira wusste nicht, ob sie atmete, während sie Bharkardhos' Blick erwiderte, und es kümmerte sie auch nicht. Noch nie zuvor hatte sie sich so verstanden gefühlt wie in diesem Moment.

Erst als Bharkardhos den Blick senkte, fühlte Sira ihr Herz in ihrer Brust rasen. Sie sah den Drachen auf der Lichtung stehen, reglos, als wäre er zu Stein geworden. Aschgrau waren seine Schuppen, sie konnte den Schatten fühlen, der sich knisternd vor Kälte in den Boden grub ... und gleich darauf die Glut, die tief in seinem Inneren aufbrach. Kurz nur glomm das goldene Feuer in seinen Augen auf, so gnadenlos, dass es wie ein Dolchhieb über Siras Wange strich. Dann brach es aus seinem Leib, und noch während Varya und Berial in seiner Glut verbrannten, erhob Bharkardhos sich in die Luft. Sira hörte noch den Schwingenschlag, der die Lichtung zu Asche verkohlte. Dann stürzte das Gold in sich zusammen und jede Illusion zerbrach.

Sira fuhr sich über die Augen, so grell hatte diese Glut sie gerade noch umgeben. Das goldene Feuer an Säulen und Wänden schien sich mit Schatten überzogen zu haben, und trotz der Flammen ringsherum spürte sie den Windhauch, der nun durch den Saal strich ... leise wie das Flüstern von Blütenblättern.

Ich tötete sie alle, raunte Bharkardhos. Sira meinte, die Brücken und Säle des Berges in seinen Augen einstürzen zu sehen, und kurz schwängerte der Geruch von Blut die Luft ... das Blut der Menschen, die ihm alles genommen hatten, was er je geliebt hatte. *Einigen wenigen gelang die Flucht aus diesem Wald, doch ich jagte sie, und ich fand jeden Einzelnen von ihnen. Ihr Blut ertränkte den Schmerz in mir, bis nichts zurückblieb als die dumpfe Leere meines Feuers. Noch heute fühle ich ihre Knochen unter meinen Klauen brechen.*

Sira hörte das Knirschen des Steins, als der Drache die Krallen hineingrub. Sie durchschnitten die flammenden Zeichen wie weiches Fleisch, und sie musste sich zwingen, ihren Blick von seinen Klauen loszureißen. *Du hast Berial nie verziehen, nicht wahr?*

Ihre Stimme schien Bharkardhos in weiter Ferne zu erreichen. Er hob den Kopf, als hätte sie ihn aus einem Tagtraum geweckt, und bedachte sie mit dunklem Blick.

Er hat mich verraten, wiederholte er gefährlich leise. *Ich verzeihe niemandem, der so etwas tut.*

Sira biss sich auf die Lippe, um die Worte zurückzudrängen, aber es wollte ihr nicht gelingen. *Heißt es nicht, dass kein Wesen so frei ist wie ein Rhakadhùn?*, fragte sie. *Wie kannst du frei sein, wenn du nicht vergibst?*

Freiheit, grollte Bharkardhos verächtlich. *Ich verlor die Freiheit meines Volkes, als ich dem Weg der Rache folgte, doch ich spürte es kaum. Denn in jener Nacht, da Varya im Feuer der Menschen ihr Leben verlor, starb auch ein Teil von mir. Seither ruft der Andere Ort meinen Namen wie den Anfang einer Geschichte, die noch unerzählt in mir ruht. Der Gedanke an ihn ist die einzige Freiheit, die mir geblieben ist.*

Er beugte sich vor, doch Sira merkte kaum, wie sein Atem das Feuer um ihr Schwert auflodern ließ. *Dieser Ort ist voller Erinnerungen*, erwiderte sie. *Es muss sehr schmerzhaft gewesen sein, hierher zurückzukehren. Warum hast du das getan?*

Ein Schatten flog durch den Blick des Drachen wie ein spöttisches Lächeln. *Für den Schmerz*, raunte er. *Ich kehrte an diesen Ort zurück in der Hoffnung, dass mein Körper meinem Herzen folgen würde, doch selbst die Qual angesichts all dieser Bilder kann mein Feuer nicht dauerhaft ersticken. Das vermag nur die Kraft jener, die mir das Liebste genommen haben, das ich je besaß. Nur die Kraft … der Menschen.*

Dunkel ging seine Stimme durch die Flammen. Sira folgte seinem Blick, und da zog sich das Feuer von ihrem Schwert zurück und offenbarte eine Klinge aus tiefschwarzem Stahl. In silbernen Linien prangte ihr Antlitz in dem Metall, und sie hielt den Atem an, als die Augen ihres Spiegelbildes aufglommen. Mit rasendem Puls griff sie nach dem Schwert, und ein Flammenschauer lief über die Klinge hin … dunkel wie ein Trommelschlag oder das Pochen eines Herzens.

Ein Drachentöter, flüsterte sie und strich vorsichtig über die eiskalte Klinge. Entschuldigend hob sie den Blick, als ihr bewusst wurde, wie sie ihr Schwert genannt hatte, aber Bharkardhos schien es kaum zu merken.

Noch nicht, entgegnete er, ohne sich von der glimmenden Klinge abzuwenden. *Doch wenn wir uns das nächste Mal sehen, wird mein Feuer dieses Schwert verwandeln, und dann … dann wirst du beenden, was wir begonnen haben. Nicht wahr?*

Sira erwiderte den Blick ihres Abbildes. Schwach nur konnte sie Bharkardhos' Augen im Spiegel der Klinge erkennen, und ihre Kehle zog sich zusammen, als sie Atem holte.

Ja, sagte sie und nickte unmerklich. *Das werde ich.*

Das Lächeln in den Augen des Drachen war kaum mehr als ein Schimmer, und doch musste Sira sich abwenden, als sein goldenes Feuer sie traf. Noch nie hatten Worte so bitter auf ihrer Zunge geschmeckt.

Kapitel 46

Rhorka jagte über die Wipfel der Bäume hinweg, als wäre sie der Wind selbst. Mühelos schnitten ihre Schwingen durch die Luft, ihr Leib bewegte sich wie auf unsichtbaren Wellen, und der Schatten der Wolken flog über ihre Schuppen, als würde sie als düsterer Schemen unter einer Eisdecke entlanggleiten. Ihre Gedanken strömten bruchstückhaft durch Noriks Schädel, zu rau, als dass er sie greifen konnte, aber er spürte den Zorn und die Trauer darin, die auch durch seine Adern pulsten. Bomper und Kar'mal preschten ebenfalls in rasender Geschwindigkeit durch die Luft, und doch war es Ysios, der ihnen allen vorausglitt – pfeilschnell wie der Jäger, den Juri stets in ihm gesehen hatte.

Jede Verspieltheit war aus seinem Körper gewichen. Sein Gefieder glänzte, als würde ein glühender Speer über die Bäume schießen, sein Flug war so präzise, als hätten ihn seine Flügel noch nie auf einen Umweg geführt, und sein Blick durchdrang die Wolken, als wären sie nicht mehr als ungetrübte Schleier. Doch mit jedem Zug seiner Schwingen nahm seine Unruhe zu. Norik spürte sie in seinen eigenen Gliedern wie das Pochen seines Herzens, das mit denen seiner Gefährten im selben Rhythmus schlug, und als endlich ihr Ziel vor ihnen auftauchte, meinte er für einen Moment, den fehlenden Ton durch seine Glieder klingen zu fühlen ... diesen Ton, dessen Verlust ihn vorwärtstrieb, als könnte er ihn auf diese Weise zurückbringen.

Vor ihnen ragte das Gebirge auf, und an seinem Fuß lag der Ardhamàr, kaum mehr als ein regloser Schemen auf gefrorenem Grund. Fünf Jäger der Schatten hatten ihn umzingelt. Ihre magischen Schranken glühten in rotem Feuer, Norik spürte die Magie, die den Wandler daran hinderte, diesem Kerker zu entkommen, und er lauschte auf den Ton, der tief in seiner Brust widerklang, wohl wissend, dass seine Gefährten es ihm gleichtaten. Es war Juris Herzschlag, der sie alle für einen Augenblick durchdrang – der Herzschlag ihres Freundes, den sie rächen würden.

Die Drachen schossen so schnell hinab, dass Norik sich an Rhorkas Sattel festhalten musste, um nicht zu fallen. Doch noch ehe sie den Boden erreichten, sprang er von ihrem Rücken. Der Blutgeruch des Wandlers tränkte die Luft, und das genügte, um Juris reglosen Körper in Noriks Arme zurückzutragen. Noch einmal fühlte er die Kälte des Todes auf der Stirn des Jungen und hörte seinen letzten Atemzug, und alles in ihm riss ihn vorwärts, auf den Wandler zu, der dieses Kind getötet hatte. Doch da drang Rhorkas Stimme durch seine Gedanken, und ehe er noch ihre Worte verstand, sah er Ysios auf den Ardhamàr zustürmen.

Weißes Licht brach aus Ysios' Gefieder, grollend erhob sich der Sturm unter seinen Klauen, aber bevor er die Bannschranken der Jäger erreichte, hob Norik die Hand. Kühl jagte seine Stimme durch Ysios' Gedanken und drängte die Hitze zurück, die ihn selbst wie ein einfältiges Kind über die Felsen getrieben hatte. Juri war durch den Ardhamàr gestorben, doch es war niemandem damit gedient, wenn sie seinem Schicksal folgten. Verflucht, sie waren Krieger der Schatten, keine Narren!

Ysios hielt inne, aufgefangen von der Stimme des Sturms, und Norik sah den grauen Schleier, der sich für einen Moment über seine Glieder legte. Dann neigte der Drache den Kopf. Er fixierte den Boden, als würde er fürchten, beim Anblick des Ardhamàr wieder nach vorn stürzen zu müssen, und auch Norik wartete einen Moment, ehe er sich von Ysios abwandte. Dann wechselte er mit den Jägern einen Blick, die mit kühler Entschlossenheit die Schranken aufrechterhielten, und schaute zum Drachen hinüber.

Der Leib des Ardhamàr war nicht mehr als eine geisterhafte, aus blassem Nebel geformte Hülle. Seine Glieder waren blutgetränkt, schwach nur hob sich der Brustkorb und die Augen waren geschlossen, als würden sie sich nie wieder öffnen. Doch Norik ließ sich nicht täuschen. Zu deutlich erkannte er den schemenhaften Körper des Wandlers inmitten der zerbrechenden Maskerade, glühend in grauem Licht, und die Macht seines Feindes pochte in kalter Tücke gegen seine Finger. Wie ein tödlicher Schwur lauerte sie in diesem Nebel, und eines war sicher: Noch war Juris Mörder nicht besiegt.

Noriks Schritte knirschten auf dem Raureif, als er die Bannschranken der Jäger passierte und auf den Drachen zutrat. Die Macht des Wandlers hatte den Boden auseinandergerissen, blutiges Eis füllte den Raum zwischen den Steinen, und Norik konnte den gnadenlosen Frost ebenso spüren wie die Anspannung seiner Gefährten, die ihm mit den Blicken folgten. Arvid hatte seine Fäuste in Flammen gesetzt, als würde er damit rechnen, dass der Drache jeden Moment den Kopf heben würde, Kapos zurückgehaltene Wut klang dunkel im Boden wider, und Rhorkas Atemzug glitt über Noriks Haut, warm wie ein Versprechen. Er würde den Nebel des Wandlers betreten, diesen Dunst, der ihn töten wollte … doch er würde nicht allein gehen.

Flackernd brach sein Feuer auf seiner Klinge auf, als er dicht vor dem Drachen stehen blieb, und er fühlte den Frost kaum, der schneidend über seine Wangen strich. All seine Aufmerksamkeit lag auf dem Wandler, und nun, so nah bei seinem Feind, dass er meinte, seinen Atem spüren zu können, ließ er den Zorn in sich aufbrechen. Er würde Juris Mörder aus seiner nebligen Hülle reißen wie eine Made aus faulendem Fleisch. Tief holte er Atem, ungeachtet der Kälte, die sich in seine Lunge ergoss, und der Schutzzauber floss aus silbernem Licht über seinen Leib. Dann hob er das Schwert und stieß es in die Brust des Drachen.

Der Widerstand war heftiger, als Norik erwartet hatte. Fast schien es ihm, als hätte er eine Schicht aus Eis durchbohrt, und tatsächlich zogen sich Risse durch den Nebel, als würde er jeden Moment bersten. Der Wandler fuhr zusammen wie von der Klinge getroffen, und in brennender Genugtuung hob Norik erneut sein Schwert. Krachend schlug es in den Rippen des Drachen ein. Eissplitter fielen um ihn nieder, als er einen Schritt vortrat, doch Arvids Wärme strich schützend über seine Haut, Kapos Stimme versiegelte den Frost im Boden und Rhorkas Sturm umschmeichelte ihn mit einer Kraft, die jede Lähmung zurückdrängte. Schimmernd lag die Stärke seiner Gefährten auf seinem Körper, und er glaubte schon, die Glut des Wandlers vor sich durch den Nebel brechen zu sehen, als ein Geräusch die Luft durchzog … wispernd wie ein boshaftes Lachen. Eilig fuhr er herum, doch es war zu spät. Schon floss der Nebel aus den Schnitten, die sein Schwert im Drachenleib hinterlassen hatte, und ehe er noch einen Zauber wirken konnte, schloss sich das Eis hinter ihm.

Auf der Stelle erlosch der Schutz seiner Gefährten auf seiner Haut. Es war, als hätte der Frost jede Verbindung zu ihnen durchtrennt, und Norik schwankte, als die Kälte sich um seine Kehle schlang. Knisternd brach der Frost zu seinen Füßen auf und zog sich über seine Beine, und kaum, dass er auf die Knie fiel, jagten Eissplitter über ihn hinweg. Der Schmerz peitschte durch seine Glieder, als würden Lanzen aus Frost in seinen Leib gerammt. Schon zogen sich Eisblumen über sein Schwert und erstickten sein Feuer, und gerade in dem Moment, da schwarze Schlieren an seinen Augen vorüberzogen, fühlte er das Blut, das von einer Wunde in seiner Hand zu Boden fiel. Sofort drang der Nebel des Wandlers in seine Finger ein, flüsternd wie der Frost, der ihn in Fetzen schneiden wollte. Doch es war nicht da

Blut des Sturms, das den Nebel unter seiner Haut erwartete. Es war das Blut eines Kindes.

Noriks Lippen platzten auf, als er den Zauber sprach, und die Kälte drang in seinen Schädel, so gnadenlos, dass ihm schwindelte. Doch er hörte auch die Stimme, die nun durch den Nebel ging, und im selben Moment verharrte der Blutstropfen, der gerade von seiner Hand fiel, in der Luft. Als heller roter Fleck stand er inmitten des Frosts, das Pochen darin begehrte so mächtig darin auf, dass das Eis ringsum erzitterte. Dann glühte der Tropfen in gleißender Hitze auf, und mit einem Schrei, der Norik auf die Beine riss, zerbarst er zu Scherben aus Blut.

Sie schossen in die Glieder des Drachen und loderten in grellem Feuer auf, doch mächtiger noch als ihre Hitze war die Stimme, die ihren Flug begleitete und in lodernden Bildern vor Norik aufbrach. Er sah Juri vor sich, mit Arvid ins Gespräch vertieft an einem Feuer in der Nacht, auf Kapos Rücken, früher, als der Junge noch klein gewesen war, und schlafend an Ysios' Seite wie so oft, wenn er schlecht geträumt hatte. Er hörte ihn mit Rhorka und Kar'mal lachen, sah ihn Bomper heimlich die Kuchen zustecken, die Bherra gebacken hatte, und spürte das Lächeln, das unwillkürlich über seine Lippen glitt. Es war Juris Stimme, die wie ein Orkan durch den Nebel raste, getragen von Ysios' Sturm und den Erinnerungen seiner Gefährten – und mit einer mächtigen Druckwelle sprengte sie den Leib des Drachen auseinander.

Norik taumelte, so heftig war die Erschütterung, aber sofort waren seine Gefährten an seiner Seite. Arvid schlang brennende Peitschen um die flackernden Nebelfetzen, Kapo schickte ihnen Felsbrocken nach und Ysios schoss so schnell durch den zertrümmerten Körper des Ardhamàr, dass jeder Versuch des Wandlers, ihn wieder zusammenzusetzen, im Keim erstickt wurde. Doch kaum, dass Norik auf den glühenden Schemen zutrat, wallte dessen Kälte auf. Schon begann Rhorkas Sturm auf Noriks Haut zu flattern, Bomper stöhnte unter dem Griff des Frosts, und die Klaue des Ardhamàr fügte sich nur wenige Schritte von Norik entfernt zusammen und grub ihre Krallen in die gefrorene Erde.

Aber er wandte sich nicht von dem Wandler ab, der nun auf die Beine kam. Langsam trat Norik auf ihn zu, halb geduckt in dem schneidenden Wind, der von ihm ausging, und hielt sich an Juris Stimme fest, die noch immer um ihn war. Noch einmal fühlte er das Haar des Jungen unter seiner Hand und den Blick, mit dem er stets zu ihm aufgesehen hatte: zu ihm, dem Reiter des Sturms, den er geliebt hatte, und er umfasste sein Schwert mit aller Kraft. Er würde ihn nicht enttäuschen. Blitzschnell sprang er vor, und bevor der Wandler zurückweichen konnte, traf Norik ihn in den Bauch.

Die Klinge glitt durch weiches Fleisch. Knirschend schrammte es über die Rippen, und als Norik die Waffe zurückriss und der Wandler die Hand gegen seinen Bauch presste, brannte sein Blut das graue Licht von seinen Fingern. Doch er stürzte nicht zu Boden. Stattdessen grub er die Hand tief in seine Wunde, und gleich darauf lief ein Zittern durch seinen Leib, das Norik das Blut aus dem Kopf zog. E war ein Lachen.

Im nächsten Moment schnellte die Hand des Wandlers vor und umfasste die Klinge seines Schwertes. In lähmender Kälte brach die Kraft seines Feindes durch seine Waffe, graues Licht schoss das Heft hinauf, und ehe Norik wusste, wie ihm geschah, wurde er nach vorn gerissen. Der Körper des Wandlers löste sich auf, als wäre er nie mehr gewesen als ein Geist, und kurz sah Norik nichts als flirrenden Nebel. Dann umfing ihn Dunkelheit, und er landete unsanft auf hartem Grund.

Das Erste, das er wahrnahm, war der Feuerschein, der die Finsternis erhellte, und der Stein unter seinen Händen. Er war glatt und warm, und Norik brauchte einen Moment, bis er erkannte, dass e

Marmor war, auf dem er lag – grüner Marmor mit kunstvollen Steinmetzarbeiten darin. Gleichzeitig drang der Geruch von gebratenem Fleisch in seine Nase, menschliche Stimmen wallten um ihn auf, und sein Herz begann zu rasen, während er den Blick über die mächtigen Säulen und die blau getünchte Decke gleiten ließ. Jedes Detail dieses Raumes war ihm so vertraut, als hätte er ihn mit eigenen Händen errichtet, und ein Schauer flog über seinen Rücken, als er auf die Beine kam. Er war im Saal von Bhorthos.

Lorcans Volk hatte sich an den langen Tafeln versammelt wie bei seinem letzten Besuch. Die Menschen lachten und tranken, Musik erklang, und Lorcan hob gerade seinen Pokal und scherzte mit einem seiner Krieger. Sein Anblick setzte Norik in Bewegung. Atemlos trat er auf seinen Freund zu, der ihn noch nicht bemerkt hatte, und für einen kurzen Moment überkam ihn das Gefühl, dass seine Verwirrung sich lösen würde, sobald er nur die Hand nach Lorcan ausstreckte. Doch immer wieder sprang ihm ein Mundschenk vor die Füße, als wäre er gar nicht da, und plötzlich kam eine Frau direkt auf ihn zu. Er versuchte noch, ihr auszuweichen, aber es war zu spät. Er hob die Hände, um den Zusammenprall abzumildern, doch die Frau sah ihn nicht einmal an. Sie lief einfach weiter, mitten durch ihn hindurch. Wie betäubt starrte er auf seine Hände. Sie waren durchscheinend wie sein übriger Körper – geisterhaft wie der Leib des Wandlers, den er mit seinem Schwert durchbohrt hatte.

Kaum hatte er das gedacht, spürte er einen Blick auf sich. Er hob den Kopf, und da sah er einen Jungen nicht weit von ihm entfernt, der unverwandt zu ihm herüberschaute. Norik kannte ihn nicht. Er trug die abgerissene Kleidung jener Menschen, die in den Höhlen der Toten Wälder lebten. Viele von ihnen waren von Nhor'garoths Schergen getötet worden, als diese im Nebel den Verstand verloren hatten, und auch dieser Junge schien mit den Drachen des Königs Bekanntschaft gemacht zu haben. Tiefe Narben zierten seinen rechten Unterarm ... und ein Verband lag über seiner Brust. Blitzlichtartig sah Norik noch einmal, wie Juri sein Schwert in den Leib des Drachen gestoßen hatte, und im selben Moment schien es ihm, als wären dieser Junge und er die einzigen unbewegten Punkte im ganzen Raum. Er konnte das Blut riechen, das über dessen Hand lief, und gleich darauf flackerten die gerade noch braunen Augen des Jungen auf und erstrahlten in unwirklichem grauen Licht. Eiskalt glitt sein Lächeln über seine Lippen, und Norik hegte keinen Zweifel mehr: Vor ihm stand der Wandler.

Norik griff nach seinem Schwert, aber sofort brachen Fesseln aus Frost aus dem Boden und schlangen sich um seinen Leib. Sie schickten lähmende Kälte in seine Glieder, und sosehr er auch gegen den Bann ankämpfte, der ihn gefangen hielt, so wenig konnte er sich befreien. Das Lachen der Menschen ringsum prasselte schmerzhaft auf ihn nieder, als der Wandler sich in Bewegung setzte. Sein Blut traf den Boden, blind liefen die Menschen darüber hin, und Norik kam sich vor wie in einem entsetzlichen Traum, als der Wandler hinter Lorcan stehen blieb. Ein boshaftes Lächeln zog über sein Gesicht, und kurz sah Norik ihn vor sich: nach dem Schwert greifend, das neben Lorcan an der Tafel lehnte, um es dem Herrscher von Bhorthos durch die Brust zu treiben. Ungehört verhallte Noriks Schrei, als er sich in seine Fesseln warf, und kurz glomm tiefe Befriedigung durch die Augen des Wandlers, als dieser zu ihm herübersah. Doch gleich darauf warf er Lorcan einen verächtlichen Blick zu, als wäre der Herr der Festung es nicht wert, von ihm getötet zu werden. Langsam, fast gleichgültig setzte er seinen Weg fort und blieb neben dem Skelett von Rastanghur stehen.

Norik wusste nicht, was ihn stärker erschütterte: die blutige Hand des Jungen auf der Klaue des Drachen, die niemand ringsum bemerkte, oder der Windhauch, der plötzlich durch den Saal ging und etliche Menschen frösteln ließ. Die Magie darin war uralt und so mächtig, dass die Luft erzitterte. Lautlos begann sie, die Wunde des Wandlers zu heilen, und die Erkenntnis flutete Norik mit einer Kraft, die den Bann von seinem Körper riss: Der Wandler rief die Macht des schwarzen Drachen ... jene Magie, die Bhorthos schützte und erhielt.

Die Menschen zogen im kühlen Wind die Schultern hoch, aber noch immer ahnten sie nicht, was vor sich ging, und für einen Moment schlang sich ihre Unwissenheit eiskalt um Noriks Hals. Dann sprang er vor, direkt auf Lorcan zu. Sofort jagte der Frost des Wandlers ihm nach, doch er hatte die Tafel bereits erreicht, als die Fesseln sich erneut um seine Glieder schlangen. Sein Schrei war nicht mehr als ein Windzug in Lorcans Haar und er fühlte den Hohn des Wandlers auf seiner Stirn, so schwer, dass Übelkeit in ihm aufstieg. Mit aller Kraft griff er nach Lorcans Arm wie damals, als sein Vater gefallen war und Lorcan ihn auf den Hügeln aus Asche gefunden hatte. Kein Wort hatten sie miteinander gesprochen, und doch war Lorcan der Einzige gewesen, der Norik in seiner Dunkelheit erreicht und dazu gebracht hatte, auf die Beine zu kommen – Lorcan, sein Freund, für den er sein Leben geben würde.

Donnernd schoss die Magie durch Noriks Finger, die sich so fest wie möglich um Lorcans Arm schlossen. Er spürte noch einmal die Asche auf seiner Haut, kalt wie Scherben aus Eis, und da endlich hob Lorcan den Kopf. Das Lächeln wich von seinen Lippen, für einen Wimpernschlag sah er Norik direkt an. Dann loderte die Magie seines Schwertes auf, zischend wie unter einem fremden Willen. Mit vor Entsetzen geweiteten Augen fuhr Lorcan herum, doch ehe er noch etwas hätte tun können, brach die Macht Rastanghurs auf den Knochen des Drachen auf.

In glühenden Adern schoss die Magie aus Boden und Wänden. Ströme aus Eis ergossen sich auf die Tafeln, die Menschen kamen auf die Beine, die Gesichter in plötzlicher Furcht verzerrt. Der Saal erbebte, Schreie zerfetzten die Luft, als die Säulen bröckelten, und eisiger

Sturm brach um das Skelett des Drachen auf, das nun in schwarzem Licht erstrahlte. Er trieb die Krieger zurück, die sich auf den reglos dastehenden Wandler stürzen wollten. Schemenhaft nur sah Norik, wie Lorcan sich die Hand an seinem eigenen Schwert verbrannte, das in Rastanghurs Feuer erglühte, und er fühlte die Flammen, die über die Finger des Wandlers glitten und seine Hand zu einer Klaue formten ... zu der Klaue des Eisdrachen, den die Kraft Rastanghurs erschaffen hatte. Ohrenbetäubend laut klang der Schrei des Ardhamàr in Norik wider. Es sah die vom Frost verbrannten Menschen des Grauen Berges, die entstellten Körper der Kinder in seiner Falle, all die Toten, die dieser Drache erschlagen hatte ... und das Blut, das dessen Klaue bedeckte.

Juris Herzschlag durchpulste ihn mit einer Macht, die ihm den Atem nahm. Wie erstarrt sah er zu, wie die Magie Rastanghurs den Leib des Wandlers hinaufglitt und die Maske des Höhlenjungen zerbrach. Darunter lag der Körper eines Kriegers, und Norik kannte das Gesicht, das nun jeden Schleier fallen ließ. Es war Kenai – der Knappe von Nhor'garoth. Norik spürte noch, wie die Erkenntnis sich mit eisiger Klaue um seine Kehle schloss. Dann brachen die Farben in Kenais Augen auf, und er trieb die Klaue in das Licht des schwarzen Drachen.

Norik spürte die Erschütterung, die sich in tiefen Rissen durch den Saal zog, aber er sah kaum die Säulen, die krachend zu Boden fielen. Zu deutlich fühlte er Juris Herz in seiner Hand, als wäre er es, der in diesen Augenblicken die Klaue in das Licht des Drachen grub. Die Magie flackerte über seine Haut, und kurz tauchte Juri vor ihm aus den Schleiern, wie Kenai ihn in seinen letzten Momenten gesehen hatte – schwebend im Licht des Ardhamàr, die Augen glühend im Angesicht des Todes.

Norik wusste, dass es ein Trugbild des Wandlers war, dass Kenai seinen Schrecken spüren konnte, nun, da er Juris Blick erwiderte, und doch schien es ihm, als würde der Junge durch die Maske seines Mörders hindurchschauen und ihn dahinter erkennen: Norik, den Reiter des Sturms, der ihm nicht helfen konnte. Er sah noch den haltlosen Schreck, der über Juris Gesicht glitt. Dann schloss sich die Klaue des Lichts enger um das Herz des Jungen, und in einem entsetzlichen Moment fühlte Norik es in seiner Hand zerbrechen. Grell barst die Glut des Ardhamàr in Juris Augen und gerade, als sich der Schmerz in Noriks Kehle in einem gellenden Schrei entlud, riss Kenai die Festung der Menschen auseinander.

Die fallenden Trümmer verwischten vor Noriks Blick wie ein Traum, aus dem er jeden Moment erwachen würde. Die Schreie der Menschen brachen um ihn herum auf, aber er sah nichts mehr als das Blut an seinen Händen und Kenais Gesicht. Noch einmal lächelte der Wandler, dunkel nun und mit einem Hass, den Norik sich nicht erklären konnte. Dann wurden die Farben in seinen Augen gleißend hell. Wie ein Fausthieb schlug die Kälte darin Noriks Kopf zurück, und die Illusion zerbrach.

Schwer atmend fand er sich am Fuß des Gebirges wieder. Der Leib des Ardhamàr fiel in Nebelfetzen um ihn nieder, wie betäubt schaute er auf seine Hände, als klebte noch immer Blut daran. Dann waren seine Gefährten bei ihm. Kapo zog ihn auf die Beine, seine Hände erschienen Norik glühend heiß, so gnadenlos lag die Kälte noch auf seinen Gliedern, und er stolperte, als er aus dem Nebel trat und angestrengt zum Horizont sah.

Rhorka war an seiner Seite und ehe auch nur ein Ton über seine Lippen drang, riss sie den Kopf in die Höhe. Im selben Moment roch Norik ihn auch: den Gestank von verbranntem Stein und menschlichem Blut. Kurz nur hörte er den Schrei des Falken, der die Reiter der Gilde an die Seite der Menschen rief, und er meinte, ein Grollen im Boden widerklingen zu fühlen, dumpf wie von unzähligen marschierenden Leibern. Dann drang ein Ton durch die Luft ... entsetzlicher als jeder Laut zuvor.

Deutlich spürte Norik das Entsetzen, das seine Gefährten ergriff, und all die Lieder klangen durch seine Gedanken, die diesem Ton in grausamen Worten ein Denkmal setzten. Es war der Ton der schwarzen Fanfaren, die sieben Städte der Menschen und unzählige Enklaven in den Untergang getrieben hatten ... die schwarzen Fanfaren von Nhor'garoth.

Kapitel 47

Der Wind strich eiskalt über Siras Wangen, als sie sich auf den verkohlten Trucks der Mauer aufrichtete. Sie war gekommen, um noch einmal den Parcours zu studieren, den Alvarez in der Arena errichtet hatte – diesen komplizierten und hochmagischen Hindernislauf, an dem sich in den kommenden Stunden entscheiden würde, ob sie in die Reihen der Krieger aufgenommen werden würde oder nicht. Aber sie konnte ihren Blick nicht vom Horizont abwenden. Endlos weit waren die Toten Wälder von ihr entfernt, und doch schien es ihr, als würde sie das Beben des Bodens hören können, über den Nhor'garoths Truppen auf Lorcans zerrissene Festung zumarschierten.

Atemlos hatte die Gilde die Worte der Jäger aufgenommen, die spätabends vom Fuß des Gebirges zurückgekehrt waren, und die Krieger hatten keine Zeit verloren. Umgehend waren sie Noriks Befehl gefolgt und mit ihren Drachen aufgebrochen, um Lorcans Volk im Kampf gegen die Schergen des Königs beizustehen. Nun war es still in den Gängen der Gilde, so still, dass Sira in ihrem Zimmer bei jedem lauten Geräusch zusammengefahren war, und so war sie mit den ersten Sonnenstrahlen auf die Mauer der Arena hinaufgestiegen. Eine ganze Weile hatte sie reglos in die Dämmerung gestarrt und vergeblich versucht, die Sorge um Norik und die anderen aus ihrem Schädel zu verbannen, und sie war vor Schreck beinahe von der Mauer gefallen, als plötzlich Torkar neben ihr gelandet war. Doch dann hatte sie erleichtert die Luft ausgestoßen und das Lächeln seiner Augen erwidert, und ohne ein Wort hatten sie gemeinsam zum Horizont hinübergeschaut.

Wie selbstverständlich strich Sira nun über seine Flanke. In den vergangenen Wochen waren sie aneinander gewachsen und sie wusste, dass es auch ihm lächerlich erschien, sich einer Prüfung zu stellen, während die Krieger der Gilde zur selben Zeit ihr Leben riskierten. Aber es half niemandem, wenn sie diese Prüfung nicht bestanden. Sie würde zeigen, ob sie bereit waren, sich jenseits der Mauern als Krieger zu behaupten, und Sira holte tief Atem, als sie an das Schwert dachte, das in ihrem Zimmer auf sie wartete. Sobald sie die Prüfung bestanden hatte, würde sie es in Bharkardhos' Feuer härten, und sollte Nhor'garoth mitsamt seiner Schergen auch nur einen Fuß an Norik vorbeisetzen, würde sie ihm die Klinge durch sein verfluchtes Herz treiben.

Die Stimmen der anderen Novizen, die nun die Arena betraten, drangen viel zu laut an Siras Ohr, und Torkar stieß leise die Luft aus, als die letzten Momente der Ruhe um sie zerbrachen. Er warf Sira einen Blick zu, und die warme Gelassenheit stand in seinen Augen, die er immer zeigte, wenn er ihr die Aufregung nehmen wollte. Aber inzwischen kannte sie ihn gut genug, um das nervöse Funkeln weit hinten in seinen Pupillen zu erkennen. Nun war es so weit. Die Prüfung, auf die sie so lange hingearbeitet hatten, stand kurz bevor. Das ließ selbst den Sohn der Erde nicht kalt.

Das Leder des Sattels war warm unter Siras Händen, als sie ihn auf Torkars Rücken legte. Mit geübtem Griff zog sie die Gurte unter ihm durch und befestigte sie an den Riemen. Dann schwang sie sich auf seinen Rücken, und nach einem letzten Blick zum Horizont erhob er sich in die Luft. Flackernd brach sich das Feuer auf seinen Schuppen, als er über den Parcours hinwegflog und neben den anderen landete.

Mit prüfenden Mienen schauten die Novizen zu den Hindernissen hinüber, die sich in langer Reihe durch die Arena zogen. Vor allem Stahlgerüste hatte Alvarez errichtet, deren Streben in tückischer Glut lagen, aber Sira bemerkte auch das Flackern der Ebenen, die mächtige Magie bargen, und die nur scheinbar willkürlich in der Luft schwebenden Stahlträger. Immer wieder hatte sie versucht, die Geheimnisse der einzelnen Etappen zu ergründen, aber jedes Mal war sie daran gescheitert, und sie musste daran denken, was Alvarez ihr einmal mit spöttischem Lächeln dazu gesagt hatte: *Eine gute Falle bemerkst du erst, wenn du drinsteckst. Wo wäre der Reiz dieser Prüfung, wenn ihr vorher wissen würdet, was auf euch zukommt?*

Sein Lachen klang in ihrem Schädel wider, und als hätte er ihre Gedanken gehört, betrat er in diesem Moment die Arena. Marhazar war an seiner Seite, und Sira holte tief Atem, als die Mentoren auf ihre Schüler zukamen. Nun würde es beginnen.

Schweigend ging Alvarez an ihnen vorüber, und während Marhazars Stimme sich bereits in dunklem Raunen erhob, blieb der Seiltänzer reglos vor seinen Novizen stehen. Nur die Münzen in seiner Hand bewegten sich wie das Licht glühender Schwerter über seine Finger, und Sira fragte sich, ob er in Gedanken bei den anderen Kriegern in den Toten Wäldern war, den Blick auf die Reihen ihrer Feinde gerichtet. Dann hob er den Kopf. Sein Gesicht war so ernst, dass es Sira fast fremd erschien, doch der kühle Ausdruck in seinen Augen verstärkte zugleich die Erhabenheit des Kriegers, der er war.

»Novizen der Schatten«, begann er und ließ seinen Blick durch die Reihen gleiten. »Nun ist der Tag gekommen, da ihr euch der Prüfung zur Kriegerschaft stellen werdet. Ich mache keinen Hehl daraus, dass meine Gedanken in den vergangenen Stunden nicht allein bei euch und dieser Aufgabe lagen. In diesen Momenten kämpfen die Menschen der Toten Wälder um ihr Leben, und jeder verfügbare Krieger der Schatten ist an ihrer Seite. Wie es heißt, ist es ihnen gelungen, sich in den Trümmern der einstigen Festung zu verbarrikadieren, doch Nhor'garoths Truppen sind stark, und niemand kann wissen, wie diese Schlacht ausgeht. Nie zuvor stand die Macht des Königs so nah vor unseren Toren, und es ist nicht leicht, die Gedanken daran abzustreifen. In der vergangenen Nacht habe ich kaum geschlafen, und wie ich sehe, erging es einigen von euch ebenso.« Wie zufällig blieb sein Blick an Sira haften, und ein Lächeln ging durch seine Augen. »Doch ein Krieger weiß, wann die Zeit für Gedanken gekommen ist – und wann die Zeit für Taten. In den vergangenen Wochen habt ihr gezeigt, dass ihr kämpfen könnt, nicht nur allein, sondern in der Einheit von Drache und Mensch. Hinter mir seht ihr den Parcours, der diese Einheit prüfen wird. Ich werde keine Worte über ihn verlieren, bis auf diese: Ich kenne euch, besser vielleicht als ihr euch selbst. Und ich sage euch: Jeder Einzelne von euch hat das Zeug dazu, diese Prüfung zu bestehen! Seid mutig wie unsere Krieger dort draußen, haltet den Geist der Schatten hoch – werdet die Kämpfer, die ihr seid!«

Der Applaus der Novizen klang wie prasselnder Regen von den Mauern wider, aber er konnte die Anspannung nicht zerbrechen, die sich nun über die Köpfe legte. Kaum, dass er verklungen war, rief Alvarez einen hochgewachsenen Novizen mit raspelkurzem Haar nach vorn. Sein Name war Bosko, er war etwas jünger als Sira und führte seine Armbrust mit einer Leichtigkeit, die sie seit ihrer ersten Begegnung bewundert hatte. Nun jedoch, da er mit Myskar, einem schlanken Feuerdrachen mit listigen Augen, nach vorn trat, konnte sie die Nervosität am Muskelspiel seiner Schläfen erkennen. Kurz beugte Alvarez sich zu ihm hinüber und murmelte etwas, das Sira nicht verstand. Dann schwang Bosko sich auf Myskars Rücken und im selben Moment, da Alvarez eine seiner Münzen in die Luft warf, setzte er sich in Bewegung.

Die Münze sprang lautlos von den unsichtbaren Hindernissen ab, die ihren Fall verlangsamten, und Sira wusste, dass sie der Zeitmesser war, der über Sieg und Niederlage entschied. Jeder Prüfling musste den Parcours hinter sich gebracht haben, ehe die Münze den Boden erreichte. Doch sie achtete kaum darauf. Ihr Blick hing an Myskar, der mit federnden Sprüngen auf den Parcours zusetzte. Dicht vor dem ersten Stahlgerüst entfachte er das Feuer auf seinen Schuppen und im selben Moment, da er die Flügel ausbreitete, riss Bosko die Armbrust in die Höhe. Schneller als jeder andere Novize hatte er die Speerspitzen gesehen, die plötzlich aus dem Gerüst auf ihn zurasten, wich ihnen auf dem Rücken seines Drachen aus und schleuderte etliche Geschosse mit seinen Pfeilen zurück. Dann erhob Myskar sich in die Luft, und kaum, dass seine Schwingen über das erste Hindernis hinwegglitten, wandelte der Parcours seine Gestalt.

Ein Raunen ging durch die Reihen der Novizen, als sich die Stahlgerüste neu zusammenfügten, doch Bosko schien kaum darauf zu achten. Seine linke Hand ruhte auf Myskars Flanke, in rasanter Drehung wichen sie einem Eisregen aus, den eine magische Ebene über ihnen entfachte, und zerschlugen mehrere brennende Schemen, die von allen Seiten auf sie zustürzten. Aus der Hüfte zielte Bosko auf die Streben eines Gerüsts und brachte es zu Fall, ehe die Bannzauber darin sich entladen konnten, und mit einem Sprung, der seine Gestalt mit der seines Drachen verschmolz, jagte er zwischen zwei Stahlträgern durch einen Hagel glühender Steine dahin. Sira glaubte schon, ihn auf der anderen Seite landen zu sehen, als Myskar einen schmerzerfüllten Schrei ausstieß und sie am Boden aufschlugen.

Die Novizen fuhren zusammen, überdeutlich sah Sira das Blut, das aus einem Schnitt in Myskars Schulter drang und einen Schatten über seine Glieder schickte, ebenso wie die Sorge in Boskos Blick. Der Drache schüttelte sich mit zornigem Knurren. Nur widerwillig ließ er zu, dass Bosko den Bann aus seinen Gliedern zog. Der Novize verbrannte sich dabei die Finger, doch sofort wich der Schatten von Myskars Schuppen, und Sira fiel in das Klatschen der anderen Novizen ein, die nun begannen, die beiden anzufeuern. Im Rhythmus der Flügelschläge erklang der Applaus und trieb sie noch schneller voran als zuvor. In beeindruckender Geschicklichkeit schlug Bosko eine Frostwelle zurück, die vor ihm aus dem Boden brach, und gerade in dem Moment, da Alvarez' Münze ihr letztes Hindernis passiert hatte und in unverminderter Geschwindigkeit zu Boden stürzte, fing er sie auf.

Die Novizen brachen in Jubel aus. Sichtlich erleichtert trat Bosko auf Alvarez zu, und während Marhazar vor Myskar den Kopf neigte, bewegte Alvarez die Hand über der Münze. Eine Kette bildete sich darum, und Sira musste lächeln, als sie den Glanz in Boskos Augen sah, während sein Lehrer ihm das Zeichen der Kriegerschaft um den Hals legte. Anerkennend klopfte Alvarez ihm auf die Schulter und wies ihm den Platz neben seinem Drachen, der bei Marhazar stehen geblieben war. Dann wandte Alvarez sich den übrigen Novizen zu, und ehe Sira noch das schelmische Funkeln in seinen Augen sah, hob er die Hand. Lautlos glitten die Münzen durch die Luft ... und im selben Moment bildete der Parcours sich neu. Ein Raunen ging durch die Reihen der Novizen, als binnen weniger Augenblicke völlig veränderte Hindernisse vor ihnen standen, doch Sira seufzte nur. Sie hätte sich denken können, dass Alvarez es ihnen nicht so leicht machen würde.

Zwei weitere Novizen absolvierten den Parcours erfolgreich, bis Alvarez endlich auf Sira deutete. Mit klopfendem Herzen trat sie an Torkars Seite vor. Direkt vor ihr ragte ein aus Stahlträgern geformter Tunnel auf, in dem sie nichts als düsteres Zwielicht erkannte ... und die Tücke, die in jedem Fingerbreit dieses Parcours steckte. Doch ehe sich ihr Magen vor Aufregung verkrampfte, legte Alvarez ihr die Hand in den Nacken.

»Keine Furcht«, raunte er leise, während Marhazar sich mit dunklem Wispern zu Torkar hinabbeugte. »Keine Zweifel. Du hast alles, was du brauchst, in dir.«

Selten hatte Sira eine solche Gewissheit gesehen wie nun, da sie in Alvarez' Augen schaute. Ihr Lehrer lächelte wie jedes Mal, wenn er sie in ihren Lektionen an ihre Grenzen getrieben hatte, und sie nickte unmerklich. Dann richtete sie ihre Aufmerksamkeit auf ihr Ziel.

Der Tunnel glühte in schwachem Licht, doch wie bei all den Hindernissen, die sie zuvor gesehen hatte, war es unmöglich, seine Finten vorauszuahnen. Langsam holte sie Atem und legte die Hand auf Torkars Schuppen. Ein kühler Schauer durchflog sie wie jedes Mal, wenn seine Magie sie durchströmte, und sie fühlte die Anspannung in seinem Körper, als ihre Kraft durch seine Adern glitt. Etliche Male hatten sie sich Alvarez' Trugbildern gestellt, waren gemeinsam durch froststarrende Spiegel gesprungen und hatten über jeden seiner metallenen Gegner triumphiert. All das war die Vorbereitung gewesen auf diesen Augenblick – und sie würden beweisen, dass sie ihre Lektionen gelernt hatten. Noch einmal strich Sira ihrem Drachen über die Seite und spürte den ermutigenden Wärmeschauer, den er ihr zurücksandte. Dann zog sie sich auf seinen Rücken, und ohne sich zu der wirbelnden Münze umzudrehen, setzten sie auf den Tunnel zu.

Sein Zwielicht umfing sie mit trügerischer Stille, doch nur für einen Moment. Gleich darauf schossen Stahlbolzen aus den Streben, scharf genug, um einen Drachen aufzuspießen. Mit mächtigem Schwingenschlag wich Torkar ihnen aus, immer wieder jagte Sira ihre Pfeile in die Bolzen, ehe sie auf sie niederrasten, und sie fühlte die Euphorie in Torkars Körper, als sie schneller und schneller dahinschossen. Unzählige Male hatten sie das Ausweichen geübt. Ihre Bewegungen flossen ineinander, als würden sie aus Wasser bestehen, und Torkar stieß ein triumphierendes Grollen aus, als am Ende des Tunnels Licht aufbrach. Doch Sira spürte sie noch immer, die Stille, die sie aus den Tunneln New Yorks kannte ... die Stille, die lauerte.

Mit nicht mehr als einem Flüstern rief sie Torkar zurück. Der Drache knurrte unwillig, und kurz bäumte er sich auf, als wollte er sich über ihre Warnung hinwegsetzen. Doch dann folgte er ihrem Blick, und da brach ein Ring aus Licht vor ihnen auf, so hell, dass Sira die Augen zusammenkniff. Sie spürte noch die Kälte, die von ihm ausging, und hörte das Metall unter seinem Frost ächzen. Dann stob er über Wände und Boden direkt auf sie zu.

In raschen Impulsen veränderte er seine Größe, aber Sira konnte es kaum erkennen. Zu grell war dieses Licht, das beißend über ihre Haut jagte. Sie barg ihr Gesicht an Torkars Hals und gerade, als der Schein unerträglich wurde, stieß der Drache sich vom Boden ab. So schnell jagten sie dahin, dass der Tunnel vor Siras Blick verschwamm. Sie fühlte, wie Torkar das Licht fixierte. Es fraß sich in seine Augen, so dass der Schmerz in ihr widerhallte, doch durchdringender noch war der Ruf des Drachen, als er die Schwingen anzog. Sofort presste sie sich an seinen Rücken. Eisglühend glitt das Licht an ihnen vorbei – und in einem Strom aus Funken stoben sie aus dem Tunnel.

Der Jubel der anderen Novizen drang wie aus weiter Ferne an Siras Ohr. Sofort duckte sie sich auf Torkars Rücken vor einem Pfeilhagel, der aus einem schwebenden Stahlträger brach, und glitt über mehrere brennende Felsen hinweg. Der Drache jagte durch die Luft, als würde er keine Schwere kennen. Mühelos hielt sie sich auf seinem Rücken, während sie drei Flammenschemen mit gezielten Pfeilschüssen zerbrach, und als sie durch die froststarrenden Streben eines Stahlgerüstes sprangen, da schien es ihr, als wäre sie noch einmal in New York und würde über die Trümmer der Stadt jagen – mit einem Drachen an ihrer Seite.

Der Gedanke brach mit aller Kraft in ihr auf, und als sie das Gerüst hinter sich ließen und eine Ebene aus schwarzem Sand wie ein Stück der Großen Wüste vor ihnen auftauchte, da fühlte sie sich leicht, so leicht wie die Luft um sie herum. Doch gerade, als ein Lächeln über ihre Lippen glitt, traf sie ein heftiger Schlag ins Gesicht. Der Schmerz explodierte in ihrem Schädel. Sie spürte noch, wie sie von Torkars Rücken glitt, und sah den Sand, der sich in mächtigem Sturm ringsherum erhob. Dann schlug sie am Boden auf.

Benommen fuhr sie sich über die Augen, doch sie sah nichts als tosenden Sand. Er riss an ihrem Haar, immer wieder wurde sie von unsichtbaren Hieben getroffen, und sosehr sie sich auch bemühte, die Angriffe abzuwehren, so wenig wollte es ihr gelingen. Alles um sie herum war ein Sturm aus gnadenlosem Sand, und mit Entsetzen sah sie die Münze vor ihrem inneren Auge ... die Münze, die sich unaufhaltsam dem Boden näherte. Sie schrie sich selbst zu, den Blick abzuwenden, sich nicht lähmen zu lassen von ihrer eigenen Furcht. Aber erst, als Torkars Magie über ihre Lider strich, sacht wie ein Windhauch, wich die Panik von ihren Gliedern. Der Drache war da, dicht neben ihr, und als sie den Kopf hob, sah sie mit seinen Augen durch den Sturm. Donnernde Wirbel fegten über den Boden und zwischen ihnen, die Arme mit Keulen erhoben, stürzten Schemen aus Sand auf sie zu. Sira sah noch, wie deren Augen in weißem Licht aufglommen. Aber ehe sie ein weiterer Schlag treffen konnte, zog sie sich auf Torkars Rücken. Der Drache breitete die Schwingen aus, wie auf einen lautlosen Befehl hin erhob er sich in die Luft, und Siras Pfeile schlugen in die Schemen ein. Brausend zerstoben sie zu Asche und im selben Moment, da der letzte Angreifer zu Boden stürzte, legte sich der Sturm.

Torkar zögerte keinen Augenblick. Mit mächtigem Schwingenschlag preschte er über die vor ihnen auflodernden Platten hinweg, fort von dem Sand, der sich erneut in die Luft erhob, und Sira sah seine Magie über ihre Pfeile gleiten, kaum dass sie die giftigen Schleier direkt vor ihnen damit zerriss. In rasender Geschwindigkeit schossen sie nun dahin, und unnennbare Erleichterung flutete ihre Glieder, als das letzte Hindernis vor ihnen auftauchte. Drei glühende Reifen waren es, die sich umeinander wanden und immer wieder Blitze durch ihre Mitte schickten. Sie mussten schnell sein, viel schneller noch als bisher, um heil durch dieses Rad zu kommen, doch Sira griff nach ihren Messern. Sie würden es schaffen – zusammen!

Als hätte ihr Gedanke ihn durchfahren, beschleunigte Torkar seinen Flug. Immer wieder glitten seine Klauen über unsichtbare Felsen, Sira konnte hören, wie sie unter seinen Krallen zerbrachen, und sie meinte schon, das Licht der Reifen auf ihrer Haut zu spüren, das sie in Fetzen schneiden würde. Doch gerade, als sie ihre Messer emporriss, entfachten die Reifen sich in gleißendem Feuer. So mächtig war es, dass es Sira gnadenlos entgegenschlug. Dieses Feuer fraß Fleisch und Knochen, grell jagte diese Gewissheit durch ihren Leib, und sie fühlte, wie ihr Entsetzen Torkar taumeln ließ. Aber der Drache hielt nicht inne. Grollend brach seine Entschlossenheit durch Siras Gedanken, ebenso wie der Zauber, den er nun in ihren Adern entfachte.

Sie zuckte zusammen, so heftig durchfuhr sie seine Magie, und sah gleich darauf die dünne Haut, die sich wie ein Drachenpanzer über ihre Glieder zog. Torkar wollte sie vor dem Feuer schützen, mit aller Kraft klammerte sie sich an diesem Gedanken fest. Aber mit jedem Flügelschlag wuchs die Macht des Zaubers in ihrem Leib, er zerbrach jeden Schleier, der bisher über seiner Magie gelegen hatte, und da hörte sie das Feuer, das in ihren Adern rauschte – das Feuer der Drachen.

Es wühlte sich durch ihre Glieder wie die Glut, die Welten auseinanderreißen konnte, und sie spürte die Ekstase darin, als bräuchte sie nur die Arme auszubreiten, um in diesem Feuer fliegen zu lernen. Aber so war es nicht. Jede Flamme war ihr fremd wie ein Abgrund, den sie niemals ergründen konnte und der sie verschlingen würde, sollte sie auch nur einen Augenblick zu lange hineinsehen, und gerade in dem Moment, da die brennenden Ringe sich in voller Stärke entfachten, brach Andors Gesicht vor ihr auf ... zerrissen vom Feuer der Drachen, das nun durch ihre Adern raste. Sie erwiderte seinen Blick, hilflos schüttelte sie den Kopf. Nichts, nichts hatte sie zu tun mit diesem Feuer!

Ihre Hände lösten sich vom Sattel, und sie fühlte den Wind in ihrem Haar, als sie von Torkars Rücken fiel. Aber der Schmerz blieb dumpf, als wäre es nicht ihr Körper, der am Boden aufschlug. Zu mächtig raste ein anderer Schmerz durch ihre Glieder, entfesselt von einem Schrei, der ohrenbetäubend laut in ihr widerklang: der Schrei Torkars, als ihre Magie in seinen Adern verbrannte.

Wie in einem entsetzlichen Traum blieb sie am Boden liegen. Sie sah, wie Torkar aus der Arena jagte, während seine Magie in ihr zerriss und nichts als haltlose Kälte zurückließ. Marhazar eilte seinem Schüler nach, er beugte sich über ihn und nahm ihm die Schmerzen, und sie beobachtete erleichtert, wie Torkar sich nach atemlosen Momenten aufrichtete, die Augen verhangen vor Trauer, aber am Leben. Gleich darauf jedoch verwandelte sich der Frost in ihr in unendliche Leere. Sie hatte die Prüfung nicht bestanden. Sie hatte versagt.

»Ich bin zu schwach«, flüsterte sie, als Alvarez neben ihr stehen blieb.

Dumpf nur hörte sie die Stimmen der Novizen. Sie flüsterten miteinander, aber ihre Worte blieben seltsam fern. Alles, was sie deutlich wahrnahm, war Alvarez' Schweigen, als er auf sie niedersah.

»Du willst es sein«, erwiderte er endlich, so kühl, dass Sira schauderte. »Du hattest jede Chance, so gut zu sein wie all jene, die diese Prüfung bestanden haben, ach, was rede ich – besser als sie. Aber du hast sie nicht genutzt.«

Seine Worte legten sich schwer auf ihre Schultern. Sie wollte ihn nicht ansehen, sich nicht der Kälte aussetzen, die in seinen Augen auf sie wartete. Dennoch tat sie es, als könnte sie auf diese Weise die Schande abmildern, die sie sich selbst bereitet hatte ... doch nur für einen Moment. Dann kam sie auf die Beine, schwankend, als wäre jede Kraft aus ihrem Leib gewichen, und floh aus der Arena … floh zum ersten Mal in ihrem Leben vor dem Blick eines Menschen, dessen Enttäuschung schmerzhafter als jeder zerbrechende Zauber durch ihre Adern pulste.

Kapitel 48

Die Stille war gespenstisch. Die Gesänge der Toten Wälder waren verstummt, und als Norik durch den Nebel vorwärtsschlich, da schien es ihm, als wären die Bäume ringsum aus Blei gegossen, so reglos standen sie da. Doch so war es nicht. Die Stille zwischen ihnen war nicht mehr als ein Atemholen, und sie ließ keinen Zweifel daran, dass sie nur aus einem einzigen Grund an diesen Ort gekommen war: um alles zu töten, das jenseits von ihr lag.

Lautlos bewegte Norik sich durch das Zwielicht. Eisglühende Wolken hingen über den Bäumen, gewitterschwer und so dunkel, dass Schatten durchs Unterholz krochen, und eine Kälte ging durch den Wald, die sich in glitzernden Kristallen auf die Zweige legte. Mit jedem seiner Schritte nahm sie zu, und er konzentrierte sich auf die wärmende Magie der Trümmer, die hinter ihm lagen: die Überreste der Festung, die gefallen war und doch noch immer Leben in sich barg. Lorcan und seine Krieger hatten den Wall von Bhorthos gesichert, doch seine Kraft ließ bereits nach. Es würde nicht mehr lange dauern, bis jede Magie in den uralten Knochen erloschen war. Und als hätte dieser Gedanke einen Schleier vor Noriks Blick zerrissen, tauchten düstere Umrisse vor ihm aus dem Nebel.

Es waren die Gestalten der Königskrieger, die ebenso geräuschlos wie er selbst zwischen den Bäumen umherstreiften, und die gewaltigen Körper jener Drachen, deren Klauen die Erde des Waldes noch vor wenigen Stunden zum Erzittern gebracht hatten. Noch nie zuvor hatte Norik Kreaturen wie diese gesehen. Fleischfetzen hingen von ihren Knochen, und kein Herz schlug in ihren Körpern, aber er konnte den Frost fühlen, der in ihren Adern steckte, und kurz schien es ihm, als würde er den Obersten Krieger des Königs direkt ansehen, durch all den Nebel hindurch: hocherhoben auf einem der Drachen, die er aus Blut und Zorn oder aus seinen eigenen Albträumen geschaffen haben musste, nur darauf wartend, dass der letzte Schutz der Menschen fallen würde, um sie in Fetzen zu reißen. Norik spürte den Triumph, der durch Nhor'garoths Adern pulste ... und er lächelte dunkel, als er den Blick des Kriegers erwiderte. So weit würde er es nicht kommen lassen.

Er ging hinter einem Baum in Deckung. Der Impuls, den er durch die Luft schickte, war nicht mehr als ein Atemhauch, und doch durchzog gleich darauf Kapos Grollen seine Gedanken und Arvids Glut traf seine Finger. Er konnte seine Gefährten in all dem Nebel nicht erkennen, aber er fühlte ihre Nähe, nun, da er die Hände bewegte. Ohne jedes Geräusch schloss sich ihre Kraft zu einem Zauber zusammen, und kaum, dass Norik die Finger spreizte, erhob ihre Magie sich in die Luft und glitt auf ihre Feinde zu.

Norik spürte, wie der Zauber den Raureif von den Zweigen schmolz, hörte auch das Beben, das durch die Erde ging, und fixierte die Schemen der Drachen, die nun wie plötzlich erwacht die Köpfe hoben. Sie fühlten die Magie, die sich ihnen als mächtige Welle näherte, und kurz sah Norik das Entsetzen in ihren Augen aufglühen, kalt wie erlöschendes Licht. Dann ballte er die Hand zur Faust, und im selben Moment, da der erste warnende Schrei erklang, brach das Feuer aus dem Boden.

Donnernd schoss es aus der berstenden Erde und stürzte sich auf die Drachen, und ehe sie noch zurückweichen konnten, sprang Norik vor. Die Hitze seines Zaubers umfing ihn mit solcher Wucht, dass jeder Frost von seinen Gliedern wich. Schattenschnell stieß er zwei

Schergen des Königs zurück, die sich ihm in den Weg stellten, überzog sein Schwert mit seinem Sturm und trieb es einem brennenden Drachen in die Brust. Brüllend riss dieser den Kopf zurück, seine Klauen zerschnitten die Luft, und noch während Norik den Hieben auswich, sah er die Flammen, die durch die Wunde in den zerfressenen Leib schossen: das Feuer des Sturms, das er mit seinen Gefährten geschaffen hatte und das nun mit entsetzlichem Krachen die Knochen des Drachen auseinanderriss.

Blut traf Noriks Gesicht, als die Kreatur mit zerfetzten Gliedern zu Boden fiel, aber er achtete kaum darauf. Ohne sich umzudrehen zog er sich auf Rhorkas Rücken, die nun neben ihm landete und sich umgehend wieder in die Luft erhob, und so schnell, dass die Flammen wie Schnitte über seine Wangen glitten, raste er durch die Reihen der Drachen. Sein Schwert pflügte durch ihre Leiber, ihr Brüllen wurde zu dem Wind unter Rhorkas Schwingen, und er hörte den Schlachtruf seiner Krieger, die von einem Pfeilhagel der Menschen begleitet auf ihre Feinde zupreschten. Dröhnend schlugen sie mit den Kriegern des Königs zusammen, und da spürte Norik den Frost, der durch sein Feuer drang: unzähmbar wie der Zorn, der ihn gebar. Mit wehendem Haar fuhr er herum, und zwischen den Schemen der Kämpfenden und den brennenden Leibern der Drachen erwiderte Nhor'garoth seinen Blick.

Der Oberste Krieger des Königs schien die Schlacht ringsum kaum zu bemerken. Regungslos saß er auf einem Blutdrachen, von eisigem Nebel umgeben, den selbst das Feuer nicht zurückdrängen konnte. Die Pfeile der Menschen prallten vom Leib des Drachen ab, und Nhor'garoth schaute mit kalter Glut in den Augen zu Norik herüber. Unmerklich neigte er den Kopf, Norik meinte, ein dunkles Lächeln auf seinen Lippen zu erkennen. Dann beugte Nhor'garoth sich vor, und so schnell, dass seine Umrisse verschwammen, jagte er auf Norik zu.

Rhorka zögerte keinen Augenblick. Mit mächtigem Schwingenschlag setzte sie sich in Bewegung, die Schlacht ringsum verschwamm zu einem Tunnel aus Feuer und Dunkelheit, und gleich darauf schlug sie mit dem Blutdrachen zusammen. Der Aufprall war so heftig, dass Norik von ihrem Rücken gerissen wurde. Er hörte noch, wie sie die Klauen in den Leib des Drachen grub und dieser sich mit markerschütterndem Schrei gegen die Flammen wehrte, die nun in seine Glieder drangen. Dann rollte er sich über den Boden ab und sprang auf die Beine.

Im letzten Moment wich er Nhor'garoths Klinge aus. Krachend traf sie den Baum direkt neben Noriks Kopf. Blauer Frost zog sich über den Stamm und sprengte ihn auseinander, doch ehe der Krieger erneut ausholen konnte, stieß Norik ihn vor die Brust. Nhor'garoth wich zurück, aber die Kälte seines Körpers zog sich wie ein Fluch über Noriks Glieder. Mühelos zerbrach sie den Sturm, den er in seine Fäuste rief, und da verwundete ihn die eisglühende Klinge an der Schulter.

Der Schmerz schoss mit solcher Wucht durch seinen Körper, dass er rückwärtstaumelte. Doch gerade, als seine Magie auf seinem Schwert erlosch, glitt ein Sturmwirbel von rechts heran und setzte es in grüne Flammen. Norik fühlte noch Ysios' Atem auf seiner Haut. Dann stieß er das Schwert vor, und mit einem Schweif aus prasselnden Funken schlug er Nhor'garoth zurück. Der Krieger krachte mit dem Rücken gegen einen Baum, und im selben Moment, da Rhorka seinen Drachen zu Fall brachte, strömte Feuer vor ihm aus dem Boden, so heiß, dass es sich peitschengleich über seine Wange zog. Norik hörte die Knochen des Drachen bersten, die Augen platzten, als bestünden sie aus Glas, und als er mit erhobenem Schwert auf Nhor'garoth zueilte, rechnete er damit, Zorn auf dessen Zügen zu sehen oder Schmerz. Doch inmitten des Feuers sah er nichts als Dunkelheit … und ein grausames Lachen voller Spott.

Ehe Norik wusste, wie ihm geschah, stieß Nhor'garoth die Faust vor. Ein Frostzauber traf ihn vor die Brust, so mächtig, dass sämtliche Flammen ringsum zu Eis erstarrten, und kaum dass er am Boden aufschlug, durchfuhr ihn unnennbarer Schmerz. Rhorkas Schrei schoss durch seine Glieder, und für einen Moment spürte er die Krallen, die sich in ihre Brust gruben, in seinem eigenen Fleisch. Schwer atmend hob er den Blick, und da sah er sie am Boden liegen, niedergedrückt von den Klauen des Drachen, den sie gerade noch zerrissen hatte. Noch immer waren seine Augen nicht mehr als gesprungenes Kristall, aber nun brach Licht durch die Risse darin, und gleich darauf ging ein Raunen durch die Luft, so laut, dass es Norik den Atem nahm. Er fühlte kaum, dass Nhor'garoth auf ihn zutrat, langsam, als wäre er nicht mehr als ein wehrloses Tier. Zu deutlich durchdrang ihn das Stöhnen der Blutdrachen, die sich rings um ihn aufrichteten – all die Drachen, die gerade noch mit zerbrochenen Gliedern am Boden gelegen hatten.

Norik keuchte, als er ihre froststarrenden Blicke auf seiner Haut fühlte, und da erhoben sie ihre Stimmen, so markerschütternd wie die Erkenntnis, die mit jedem Ton stärker durch seinen Schädel schoss. Er hatte sich geirrt. Keine Kreaturen aus einem Albtraum waren es, die sich rings um ihn auf die Beine stemmten, und auch keine Geschöpfe Nhor'garoths. Die Drachen, die nun das Feuer von ihren Gliedern sprengten wie einen Panzer aus Stein, waren vor langer Zeit auf dieser Erde gefallen, und er kannte ihre Stimmen genau, jene Stimmen, die jedes magische Wesen um den Verstand bringen konnten. Es waren die Drachen, die einst in diesen Wäldern gegen ihr eigenes Volk gekämpft hatten ... Es waren die Drachen Rastanghurs.

Nhor'garoths Schritte ließen den Boden gefrieren, als er näher kam. Seine Krieger schlugen wie von Sinnen auf die Reiter der Schatten ein, die unter den entsetzlichen Gesängen stöhnten, und auch Norik konnte sich kaum rühren, so sehr brannten sich die Stimmen der Drachen in sein Fleisch. Rhorka wand sich in den Klauen ihres Gegners, übermächtig klang ihr Schmerz in Norik wider, und er spürte auch den Schwertstreich, der Kapo an der Hüfte traf. Er hörte Kar'mals Schwingenschlag, als er Arvid vor einem gleißenden Zauber schützte, und sah Ysios von mehreren Königskriegern umzingelt, eine tiefe Wunde quer über seiner Brust. Das Entsetzen der Menschen auf dem Wall spülte über ihn hinweg, und er fühlte sie selbst: die Übermacht der Drachen, die nun auf die Trümmer der Festung zuraste – diese Kraft aus dem Reich des Todes, die keine irdische Macht jemals besiegen konnte.

Schwer atmend grub Norik die Finger in die Erde, um auf die Beine zu kommen, doch sein Körper lag da wie von Bannschnüren gefesselt. Seine Verzweiflung schien im Erdreich widerzuklingen, so heftig donnerte sein Herzschlag gegen den Boden, und plötzlich trat ein Geschmack auf seine Zunge, schwer und süß zugleich. Blut war es, das er schmeckte, das Blut seiner Gefährten, das gerade in dieser Erde versickerte, und das Blut ... von Drachen ...

Der Gedanke durchfuhr ihn wie ein Ruf aus weiter Ferne. Er fühlte auf die Magie hin, die er gerade in der Dunkelheit der Erde gespürt hatte, dieses finstere Glühen, das seinem Zorn Antwort gab, und da nahm er den Bann wahr, der über dieser Glut lag, so deutlich, als hätte er sich daran verbrannt. Nhor'garoth war kaum mehr als wenige Schritte von ihm entfernt. Knisternd schlang sich seine Kälte um Noriks Kehle, doch dieser achtete nicht darauf. Mit aller Kraft, die in ihm war, stemmte er sich auf die Beine und ließ den Gesang der Drachen von sich abgleiten wie Regen. Mochten die Stimmen dieser Toten nach ihm rufen – doch in ihrem Chor des Lichts fehlte die Nacht.

Donnernd brach sein Schrei über das Schlachtfeld, als er das Schwert in die Höhe riss, und kaum, dass seine Stimme den Wall der Menschen berührte, entfaltete sie sich zu einem Sturm aus tausend Kehlen. All die Lieder klangen in ihm wider, die er einst über die Toten Wälder gehört hatte, die Geschichten all jener, die vor so langer Zeit auf dieser Erde gefallen waren – und die Namen der Drachen, die gerade an diesem Ort einst die Freiheit gegen die Schergen des Königs verteidigt hatten, genau so, wie er es jetzt tat. Er fühlte ihre Namen auf seiner Zunge, und da glühte ihre Magie in den Knochen des Walls auf. Rauschend erhob sie sich in die Luft und jagte als gewaltiger Schweif aus flackernden Schatten direkt auf Norik zu. Er schrie auf, als sie in sein Schwert einfuhren, so markerschütternd klangen ihre Stimmen in ihm wider, und er fühlte den Rausch der Freiheit, kaum dass er die Klinge in die Erde stieß. Mit einem Krachen, das den Boden auseinanderriss, zerbrach der Bann über den Wäldern, und da konnte Norik sie sehen: die Freien Drachen von Galpharos.

Mit einer Druckwelle, die Nhor'garoth zurückschleuderte, brachen die Drachen aus der Erde. Ihre Körper waren nicht mehr als dunkle Schemen, doch Norik erkannte jeden Muskelstrang, jede Schwinge, jedes Augenpaar, als Rhorka den Blutdrachen mit mächtigem Hieb ins Unterholz trieb. Noch immer strömte die Magie des Walls über seine Haut, und als wäre er durch sie ein Teil der Freien Drachen geworden, durchpulste ihn ihre Genugtuung, als sie mit Rastanghurs Schergen zusammenstießen. Wie Wellen schlugen sie ineinander, so leidenschaftlich, als gäbe es nichts jenseits dieser Schlacht. Kaum, dass die schemenhaften Klauen die blutigen Leiber durchdrangen, verloren diese ihre Masken und stoben als nebelhafte Schemen durch die Luft, und Norik spürte ihren Gesang in jeder Faser seines Körpers. Er barg keinen Fluch in sich und keine Traurigkeit. Nichts als Unendlichkeit war es, die in jedem Ton lag, ein Lied in einer Sprache, die vom ewigen Kampf zwischen Licht und Finsternis erzählte, und es war so vollkommen, dass jede sterbliche Magie in seinen Klauen in die Irre gehen musste. Noch nie zuvor, das ahnte Norik, hatte er Töne des Krieges von solchem Schrecken gehört ... und solcher Schönheit.

Es waren die Schreie der Menschen, die ihn aus seiner Starre holten. Im ersten Moment glaubte er, sie fliehen zu sehen, nun, da die Blutdrachen zurückgedrängt wurden, doch stattdessen stürmten sie auf ihren Wölfen über den Wall und stellten sich den Königsreitern entgegen, die wie benommen über das Schlachtfeld taumelten. Norik sah, wie die Gesänge der Drachen durch deren Adern drangen, dunkel wie Schatten, und er erinnerte sich gut an die Verwirrung, die auch ihn bei seinem letzten Besuch in diesen Wäldern befallen hatte. Nun jedoch lag der Schutz der Freien Drachen auf seiner Haut, und kaum dass er die Fäuste ballte und den Schleier von seinem Körper sprengte, glitt er über seine Gefährten hinweg. Die Kraft kehrte zu ihnen zurück, gellend drangen ihre Schreie durch die Luft, als sie den fliehenden Königsreitern nachsetzten. Gleich darauf jedoch fuhr Norik herum, so schnell, dass Funken über seine Klinge rasten – und ehe Nhor'garoth den Zauber in seiner Faust entlassen konnte, traf er ihn in die Brust.

Mit metallischem Geräusch glitt die Klinge durch Nhor'garoths Fleisch. Die Wunde klaffte tief auf, Blut strömte über seine Rüstung, und Norik fühlte den Frost, der in Schauern durch die Erde lief, als der Krieger nach vorn stürzte. Doch ehe er fallen konnte, packte Norik ihn an der Kehle. Er sah die Schatten unter seiner Haut, die ihm zusehends das Bewusstsein raubten. Seine Augen jedoch waren noch klar, und Norik erwiderte seinen Blick mit all dem Zorn, der nun in ihm aufwallte. Er wollte den Schlächter der Sieben Städte ansehen, wollte seinen Schmerz spüren, wenn er ihm das Herz aus der Brust riss. Grob zog er ihn zu sich heran – und erkannte im selben Moment die grauen Schleier, die in dessen Augen aufbrachen. Norik wich das Blut aus dem Kopf, als sich das Gesicht vor ihm veränderte, und die Erkenntnis traf ihn wie ein Stich: Nicht Nhor'garoth war es, der diese Schlacht geführt hatte ... sondern Kenai.

Der Knappe grinste, obgleich das Blut rasch aus seinem Körper pulste. »Narr von einem Sturmreiter«, stieß er hervor. »Hast du wirklich geglaubt, Nhor'garoth wäre so leicht zu bezwingen? Du bist noch törichter, als ich angenommen hatte!«

Norik fühlte seine Worte wie Hagelkörner auf seiner Haut. Seine Nägel gruben sich in dessen Fleisch, so tief, dass Kenai aufkeuchte, doch er lockerte seinen Griff nicht. »Wo ist er?«

Seine Stimme wischte für einen Moment das Lächeln von Kenais Lippen, so gnadenlos war sie. Doch gleich darauf spuckte der Knappe eine Ladung Blut aus und verzog verächtlich den Mund. »Was glaubst du wohl?«, zischte er. »Was soll er hier in einem Wald voller Menschen, wenn sein wahres Ziel so nah liegt ... unbewacht ... gerade in diesem Augenblick.« Er hielt inne, kalt wie Gift tropften seine Worte in Norik hinein. »Die Gilde der Schatten«, raunte er und lächelte boshaft. »Juri hat bis zuletzt versucht, sie vor mir zu verbergen, selbst, als ich sein Herz zerbrochen habe. Aber es ist ihm nicht gelungen. Er konnte sie nicht vor mir bewahren ... genauso wenig wie du. Und nun, Reiter des Sturms ... nun wird sie fallen.«

Norik fühlte kaum, wie er die Faust ballte. Alles, was er wahrnahm, war das Grinsen in Kenais Gesicht, das Knirschen seiner Zähne und das Blut, das aus seiner Nase schoss, während er auf ihn einschlug, wieder und wieder, als könnte der Schmerz in seinen Knöcheln die Ohnmacht fortdrängen, die sich in ihm zusammenballte. Alles war ein Spiel gewesen, eine Falle, nicht mehr. Seit jeher trachtete der König danach, die Gilde in seinen Klauen zu halten, und nun hatte er sein Ziel erreicht. Nhor'garoth würde sie vernichten, er würde alle töten, die hilflos in ihren Mauern darauf warteten, dass die Krieger zurückkehrten, aber niemand würde kommen, um sie zu beschützen. Sie würden sterben, sie alle – und Norik konnte es nicht verhindern. »Ich töte dich!«, schrie er und schlug Kenai so hart, dass Blut aus dessen Mund schoss. »Ich reiße dich in Stücke, mitten in diesen Gesängen, die deine Gedanken zu Asche verbrennen! Du verdammter Bastard!«

Seine Worte ließen seine Stimme brechen, und plötzlich wurde ihm schwarz vor Augen. Schwer atmend ließ er die Faust sinken, doch Kenai rührte sich nicht. Aus blutüberströmtem Gesicht sah er ihn an, so ernst plötzlich, als hätte Norik seine Maske zerbrochen. »Dadurch kommt dein Bruder nicht zurück, Reiter des Sturms. Es gibt Dinge, die man nicht ungeschehen machen kann.« Für einen Moment sah er Norik wie aus weiter Ferne an. Dann kehrte das Lächeln auf seine Züge zurück. »Und abgesehen davon würden die Gesänge mir nicht schaden.«

Er legte den Kopf zurück, die Schatten unter seiner Haut brachen in seinen Augen auf, und plötzlich begannen sie in einer Kälte zu glühen, die Norik zurückstieß. Der Schmerz flog durch dessen Schädel, und wie in einem entsetzlichen Albtraum sah er zu, wie Kenai auf die Beine kam, unberührt von den Schatten, die all seine Krieger um den Verstand brachten.

Wie ist das möglich, schoss es Norik durch den Kopf. Wie aus weiter Ferne hörte er Rhorkas Schwingenschlag, doch Kenai schien nicht darauf zu achten. Reglos schaute er auf Norik herab, die Augen zu gleißenden Farben entbrannt.

Alles ist möglich, flüsterte er. *Und eines sage ich dir: Ich bin mehr als alles, was du ahnst.*

Noch einmal lächelte er, und für einen Moment ging ein Schatten durch die Kälte in seinem Blick, der sein Gesicht schrecklich jung machte. Dann hob er die Hand, grell glommen die Farben in seinen Augen auf. Und ehe Norik noch etwas erwidern konnte, war er verschwunden.

Fünfter Teil

Kapitel 49

Die Gilde brannte. Wie ein Meer rauschte das Feuer durch die Gänge, die Brücken über dem Markt glühten in seinem Griff, und Sira rannte vor den tödlichen Strömen davon, so schnell, dass ihr Herz in ihrer Brust raste. Funkensprühend brachen die Fenster der Behausungen über ihr auseinander, immer wieder wurde ihr durch herabstürzende Balustraden der Weg versperrt, und obgleich sie Vesta ganz in ihrer Nähe bemerkte, auch diese fliehend vor den Flammen, konnte sie nicht zu ihr gelangen. Zu gnadenlos schlug das Feuer nach ihr, und sie hielt sich an der Stimme fest, die sie durch dieses brennende Labyrinth führte wie ein Seil über eine endlose Schlucht – der Stimme ihres Bruders.

Das Licht der Schatten flackerte, als sie darauf zurannte. Sein Schein ließ düstere Schemen um sie auferstehen, stöhnend erhoben sie sich aus der letzten Brücke, die zum Licht hinüberführte, und gerade, als Sira es auf ihrer Haut spürte, schlug ein mächtiger Felsbrocken direkt vor ihren Füßen ein. Im letzten Moment sprang sie zurück, doch die Brücke zerbrach und stürzte in die Tiefe. Atemlos sah sie zum Licht der Schatten hinüber, das nun durch einen Abgrund von ihr getrennt war, und da erkannte sie, dass es nicht Andor war, der inmitten des Zaubers auf sie wartete. Norik stand dort, kreidebleich wie ein Toter, und als er die Hand nach ihr ausstreckte, zögerte sie nicht länger. Mit einem Schrei stieß sie sich ab, und für einen

Moment glaubte sie, seine Hand in der ihren zu fühlen. Doch gleich darauf schien sich die Kluft zwischen ihnen zu vergrößern, und das Licht verwandelte sich in ein Rad aus Feuer. Sira spürte noch, wie ihr das Blut aus dem Kopf wich. Dann fiel sie in die Tiefe und eine haltlose Furcht stieg in ihr auf ... die Angst vor dem Aufschlag, der alles in ihr zerschmettern würde.

Aber da glitt ein Schatten über ihre Haut, so kühl, dass er sie aus der Hitze des Feuers zog, fort von den brennenden Gassen, hinaus aus dem Traum, der sie umschlungen hielt. Ein Traum. Nichts als ein Traum. Mit rasendem Herzen lag Sira da, benommen noch von den Szenen, die sich gerade durch ihre Gedanken gewühlt hatten, und zugleich unendlich erleichtert, dass sie nur Trugbilder gewesen waren. Sie war in Sicherheit, sie war aufgefangen worden in ihrem Traum aus Finsternis. Und noch ehe sie die Augen öffnete, wusste sie, von wem.

Die Augen des Drachen glühten in goldenem Licht. Kaum eine Armlänge saß Bharkardhos von ihr entfernt, den Kopf leicht geneigt und schaute mit leisem Lächeln auf sie herab. Fern hörte sie das Gewitter vor dem Berg grollen, das sie in seinen Hort getrieben hatte und sie fühlte das Schwert in seinem Gewand aus Leinen unter ihrem Kopf. Nur für einen Moment hatte sie sich auf dem Seelenstein hingelegt, erschöpft von den Gedanken, die sie in den vergangenen Stunden seit ihrer Prüfung für keinen Augenblick aus ihren Klauen gelassen hatten. Offenbar war sie dabei eingeschlafen, und in einem ersten Impuls wollte sie sich aufsetzen und dem durchdringenden Blick des Drachen entkommen, der sich nicht für einen Wimpernschlag von ihr abwandte. Aber dann spürte sie wieder seine Kühle und das Gold seiner Augen legte sich auf ihre Haut, so beruhigend als wäre sie auf einem Meer aus Blüten erwacht. Sie konnte sich nicht daran erinnern, wann sie zum letzten Mal einen solchen Frieden empfunden hatte.

Ich wünschte, ich könnte hierbleiben, flüsterte sie in Gedanken. *In diesem einen Augenblick.*

Bharkardhos schaute sie regungslos an, doch das Feuer in seinem Blick loderte auf. *Aber das kannst du nicht*, erwiderte er. Es klang wie eine Frage, und Sira lächelte ein wenig.

Wir können es beide nicht, sagte sie leise. *Oder doch?*

Der Drache antwortete nicht sofort. *Nein*, sagte er dann. *Der Zauber des Augenblicks liegt darin, dass er vergeht, so wie die Stärke der Menschen in ihrer Sterblichkeit besteht. Hast du vergessen, aus welchem Grund du mich gesucht hast, damals auf der Lichtung vor meinem Berg?*

Sira richtete sich auf und die Ruhe, die sie gerade noch gefühlt hatte, wich der Anspannung der vergangenen Stunden. *Ich wollte Nhor'garoth töten, und ich will es noch immer, aber ... es geht nicht nur darum, was ich will.* In knappen Worten berichtete sie von der Prüfung und ihrem Sturz von Torkars Rücken. Bharkardhos' Schweigen ließ keinen Zweifel daran, dass ein kühler Glanz in seine Augen getreten war, doch Sira sah ihn nicht an. Zu deutlich erinnerte sie sich an Torkars Blick ... diesen Blick aus einer Dunkelheit, die sie wie Mauern aus Eis um ihn gezogen hatte.

Du hättest euch beide töten können, sagte Bharkardhos schließlich. Kein Vorwurf lag in seiner Stimme, und doch zog Sira fröstelnd die Schultern an. Sie wusste, dass er recht hatte. Es war gefährlich, eine magische Verbindung zu zerreißen, ohne den anderen zu warnen, umso mehr, wenn mächtige Zauber im Spiel waren. Oft genug hatte Alvarez ihr das eingeschärft, und sie spürte noch immer den Schmerz des Drachen, der sie im Sand der Arena durchzogen hatte.

Ich weiß, gab sie zurück und versuchte vergeblich, Alvarez' Gesicht aus ihren Gedanken zu drängen. Ohne ein Wort war er nach dem Abschluss der Prüfungen mit Marhazar hinauf ins Gebirge geflogen, als wollte er so viel Raum wie möglich zwischen sich und den Ort ihrer Niederlage bringen, und sie sah ihn noch immer vor sich: diesen Ernst auf seinen Zügen und die Enttäuschung, die mit eisigen Klauen über ihre Haut strich. *Aber Torkars Zauber war so mächtig, dass …*

… er dich vor dem Feuerrad geschützt hätte, das ihr durchfliegen musstet? Der Spott in Bharkardhos' Stimme war so greifbar, dass Sira die Luft ausstieß.

Schon gut, murmelte sie. *Es ist meine Schuld, meine allein. Du hast ja recht. Ich habe versagt.*

Der Drache schnaubte. Knisternd stoben seine Funken um Siras Gesicht und trugen sein Lachen mit sich. *Und das bist du nicht gewohnt.*

Wäre ich es, säße ich jetzt nicht hier, gab sie zurück, und für einen Moment fühlte sie die Trümmer New Yorks unter ihren Fingern, so deutlich, als würde sie noch einmal über sie hinweggleiten. Ein einziger Fehltritt, eine winzige unbedachte Bewegung, ein falsches Zögern hätte sie das Leben kosten können. Nie war sie gefallen, nie … bis jetzt. Sie fuhr sich über die Augen. *Seit Andors Tod gab es für mich kein wichtigeres Ziel als meine Rache. Ich bin an meine Grenzen gegangen und darüber hinaus, ich habe alles getan, um diese verfluchte Prüfung zu bestehen. Und doch bin ich gescheitert … am Feuer eines Drachen.*

Bharkardhos stieß ein Grollen aus, das wie ein Seufzen klang. *Nicht an seinem Feuer,* entgegnete er. *Sondern an dir selbst. Du fürchtest uns. Du hasst uns. Aber man kann nicht Seite an Seite mit jemandem kämpfen, den man verabscheut. Alles, was du für uns übrig hast, ist Zorn. Wie kannst du erwarten, dass daraus Vertrauen erwächst?*

Sira wollte ihm widersprechen, aber in seinen Augen stand dieselbe ruhige Geduld, die sie schon während ihrer gemeinsamen Trainingseinheiten immer dazu gebracht hatte, die Waffen sinken zu lassen. *Ich hasse euch nicht,* sagte sie. *Nicht euch alle.*

Sein Lächeln strich über ihre Haut und eine Weile war es still zwischen ihnen … so still, dass die Kälte in Siras Magen einer sanften Wärme Platz machte. Dann neigte Bharkardhos den Kopf. *Was willst du nun tun?*

Der Krieg ist nah, erwiderte sie nach kurzem Schweigen. *In diesen Momenten kämpfen die Reiter der Schatten in den Toten Wäldern gegen Nhor'garoth und seine Schergen, und ich hoffe, dass Norik und die anderen ihn an meiner Stelle zur Strecke bringen, genau so, wie sie es mir versprochen haben. Für Juri, für Andor, für alle, die unter Nhor'garoths Faust gestorben sind. Aber sollte er überleben ... sollte er die Krieger der Schatten überwältigen ... Dann werde ich es sein, die ihren Tod sühnen wird.*

Das Feuer in Bharkardhos' Augen glomm auf und als sie ihn ansah, erkannte sie ein Glühen weit hinten in der Tiefe seiner Pupille, das ihr das Blut in die Wangen trieb. Noch nie zuvor hatte er sie mit einem Ausdruck angesehen, der Stolz so ähnlich war. *Du magst die Prüfung nicht bestanden haben*, grollte er. *Aber gerade hast du die wichtigste Lektion im Leben eines Kriegers gelernt. Der wahre Kampf findet nicht dort draußen in der Arena statt. Der wahre Kampf liegt in dir selbst. Er beginnt, wenn du fällst, und jedes Mal, wenn du wieder aufstehst, obwohl jede Faser deines Körpers schmerzt, jedes Mal, wenn du trotz aller Zweifel weitermachst, jedes Mal, wenn du nicht aufgibst, obgleich du meinst, keine Kraft mehr zu haben, trägst du einen Sieg davon, den einzigen, der wirklich zählt: den Sieg über dich selbst. Das ist es, was Kämpfer tun.*

Er schwieg, und kurz sah sie ihn mit erhobenem Kopf auf den Schlachtfeldern seiner Vergangenheit stehen, die Schwingen in dunklem Feuer entfacht, die Augen glühend vor Kälte. Ohne jeden Zweifel hatte er diese Lektion am eigenen Leib erfahren und war immer wieder auf die Beine gekommen ... bis auf ein einziges, ein letztes Mal. Der Wind strich durch ihr Haar, als würde sie neben ihm in die Tiefe fallen, gerade so, wie er es in diesem Moment tat und in jedem anderen Augenblick seiner Existenz, seit Varyas Herz gebrochen war. Dann wandte er sich ab und richtete seine Aufmerksamkeit auf das Schwert, und die Feierlichkeit, die gerade noch den Saal erfüllt hatte, färbte sich mit flackernden Schatten.

Du hast dich entschieden, sagte Bharkardhos leise, und doch drang seine Stimme in jeden Winkel des Raumes. *So ist es also an der Zeit, dein Schwert in meinem Feuer zu härten. Lass mich allein. Meine Glut würde dich vernichten, wenn du bleiben würdest. Warte vor dem Felsen … warte, bis die Kälte dich ruft.*

Sira hatte gewusst, dass dieser Augenblick kommen würde, als sie die Gilde mit dem Schwert in den Händen verlassen hatte. Und doch stand sie für einen Moment da wie erstarrt. Sie suchte nach Worten, nach irgendetwas, um den Schatten von Bharkardhos' Zügen zu ziehen, der seine Schuppen noch dunkler färbte. Doch seine Augen standen in fernem Glanz, als würde jede Silbe, die sie sagen konnte, in einen endlosen Ozean fallen, ohne dass sie ihn je erreichen würde. So wandte sie sich ab und ging an den Reihen der Erinnerungen vorüber, bis sie am Rand des Saals noch einmal zu Bharkardhos zurückschaute. Er hatte dem Schwert den Rücken zugekehrt. Sein Blick ruhte auf der blauen Blume und für einen Moment schien es Sira, als würde Varyas Glanz durch den Raum gehen wie ein Schimmer aus einer anderen Welt. Dann drehte sie sich um und ließ Bharkardhos allein.

Der Wind schlug ihr entgegen, als sie ins Freie trat. Es hatte aufgehört zu regnen, aber es war noch immer kalt, und Sira zog sich unter einen Felsvorsprung zurück, die Arme fröstelnd um den Leib geschlungen. Grob fuhr ihr der Sturm ins Haar, und es gelang ihr nicht mehr, die Gedanken an Norik zurückzudrängen. Überdeutlich sah sie sein Gesicht vor sich, wie es in ihrem Traum gewesen war: die Augen fast schwarz, die Haut bleich wie die eines Toten. Langsam stieß sie die Luft aus. Sollte Nhor'garoth oder einer seiner Krieger ihm etwas antun, würde sie ihn bis ans Ende der Welt verfolgen – ob mit oder ohne einem Drachen an ihrer Seite.

Das Feuer brach so plötzlich im Inneren des Berges auf, dass Sira zusammenfuhr. Mit ohrenbetäubendem Grollen jagte es durch die Gänge, der Boden erbebte, und im nächsten Moment leuchtete der Felsen des Horts in goldener Glut auf. Atemlos sah sie zu, wie magische Zeichen aus dem Feuer tauchten und sich zu rätselhaften Bildern verbanden, und Bharkardhos' Brüllen klang darin wider, so laut, dass sie meinte, es würde den Berg auseinanderreißen. Dann war es still. Knisternd sank die Glut in den Felsen zurück, der nun wie verkohlt dalag, und Sira spürte die Kälte, die aus dem Eingang zu ihr herüberwehte ... flüsternd wie ein Ruf aus weiter Ferne.

Ihr Herz schlug dumpf gegen ihre Rippen, als sie diesem Ruf folgte. Rußschwaden flogen durch die Luft, und wenige Schritte vom Saal entfernt wirbelten ihr Blütenblätter entgegen ... verbrannte Blütenblätter, die unter ihren Fingern zu blauer Asche zerbrachen. Mit angehaltenem Atem betrat sie den Hort und erschrak. Die Reihen der vergessenen Dinge waren verkohlt. Nichts als schwarze Hügel erhoben sich zwischen den bröckelnden Säulen und dort, zusammengesunken inmitten der Trümmer, lag Bharkardhos und rührte sich nicht mehr.

Sira lief zu ihm, so schnell sie konnte. Sein Körper war erkaltet wie erstarrte Lava, und sie glaubte schon, die gnadenlose Stille des Berges in seinen Gliedern fühlen zu können, als er plötzlich Atem holte. Ascheflocken stoben aus seinen Nüstern, das Gold seiner Augen war zu einem flackernden Funken zusammengeschmolzen, aber ein Lächeln stand auf seinen Zügen, als er die linke Klaue hob. Goldenes Licht fiel in den Saal, und da lag es: das Schwert, um das Sira ihn gebeten hatte.

Sie zögerte, doch nur für einen Moment. Dann ergriff sie die Waffe, und im selben Augenblick, da ihre Magie in die Klinge strömte, entfaltete der Drache auf dem Gefäß seine Schwingen und schickte sein Feuer in den Stahl. Leicht wurde das Schwert nun, so leicht, dass Sira es mühelos durch die Luft führen konnte, und in den prasselnden Funken hörte sie Bharkardhos' Stimme ... dunkel und grollend wie der Gesang, der sie einst in die Dunkelheit gezogen hatte.

Sie fühlte seinen Blick sofort, als sie das Schwert sinken ließ. Er hatte seinen Teil des Paktes erfüllt, und nun … nun war die Reihe an ihr. Sein Schatten zog sich knisternd vor Kälte über den verbrannten Boden, als er auf die Beine kam. Kurz nur hielt er vor dem Glassturz inne, dessen Scherben inmitten verkohlter Blüten lagen. Dann wandte er sich ab und legte sich auf dem Seelenstein nieder. Ascheflocken bedeckten seinen Körper, und für einen Moment wollte Sira die Hand nach ihm ausstrecken, als wäre die Finsternis auf seinen Schuppen nichts als ein Schleier, den sie fortziehen konnte. Doch da umfing sie sein Blick, und die Entschlossenheit darin zog sie näher zu ihm.

Worauf wartest du?, fragte er, als sie vor ihm stehen blieb. *Wollen wir Abschiedsworte wechseln, die gleich, nachdem sie ausgesprochen wurden, in der Zeit verhallen? Ich bin bereit für das, wonach ich mich sehne, und du … du hältst einen Drachentöter in den Händen, gerade so, wie du es dir gewünscht hast. Willst du nicht sehen, ob er seinen Namen verdient?*

Sira starrte auf die Schwärze seiner Schuppen, während ihr Puls in der Klinge des Schwertes widerhallte. Bharkardhos hatte all seine Magie in seinem Herzen zusammengezogen. Etliche Male hatte er ihr gezeigt, wie sie die Waffe führen musste, um es mit einem einzigen Hieb zu durchbohren, immer wieder hatte sie ihre Magie in ihr Schwert geschickt, um sich auf den Augenblick vorzubereiten, da seine Kraft sie treffen würde. Und doch wurde ihr Mund staubtrocken, nun, da das Feuer auf der Klinge aufloderte und sich auf Bharkardhos' Schuppen brach. Noch immer ruhte sein Blick auf ihr und sie meinte, ein Lächeln darin aufflammen zu sehen.

Du zitterst ja, raunte er kaum hörbar.

Sira umfasste das Schwert stärker, aber sie konnte ihre Hand nicht gänzlich ruhig halten. *Für dich mag es Routine sein, dem Tod ins Auge zu schauen, aber ich töte nicht jeden Tag einen Drachen des Goldenen Feuers.*

Die Kraft dieser Klinge ist groß, erwiderte er gelassen. *Ich habe all mein Feuer hineingelegt. Es wird dich beschützen, wenn meine Magie zerbricht.*

Sira schluckte. Verflucht, warum war ihr Mund so trocken? Seit wann fiel ihr der Blick auf das Herz eines Drachen so schwer? Sie straffte die Schultern. *Ich fürchte mich nicht vor deinem Feuer.*

Bharkardhos schwieg, aber als sie den Kopf hob und ihn ansah, ging ein seltsamer Glanz durch seine Augen. Wie warmer Regen glitt er über Siras Haut, und sie glaubte, Andors Stimme hören zu können, getragen von einem Lachen voller Zärtlichkeit. *Du bist die schlechteste Lügnerin der Welt.* Kurz nur sah sie diese Worte in den Augen des Drachen aufglühen, schwach wie flackernde Lichter. Dann wurde sein Blick hart.

Dann tu es, Tochter der Schatten, grollte er dunkel. *Lass mich nicht betteln um das, was du mir versprochen hast.*

Erst als er die Augen schloss, hob Sira das Schwert. Trotz seiner Leichtigkeit erschien es ihr auf einmal so schwer, dass sie es mit beiden Händen umfasste. Ein Frösteln lief über Bharkardhos' Schuppen, als das auflodernde Feuer über seine Brust flammte, und Sira fühlte die Kälte, die von seinem Körper über die Klinge glitt, ebenso wie die Glut, die noch immer in seinen Adern schwelte, bereit, sie bei dem kleinsten Fehler zu verschlingen ... und seinen Herzschlag, der plötzlich in der Waffe widerklang. Leise war er, als hätte auch er sich wie eine versagende Flamme zusammengezogen, und dennoch durchpulste er Sira mit einer Kraft, die ihr den Atem raubte. Im selben Moment öffnete Bharkardhos die Augen und sah sie an.

Ein Schauer flog durch ihre Glieder. Golden war das Feuer seiner Augen, so golden, als hätte es noch nie Verderben oder Tod gesehen, und zugleich barg es eine Macht, die jeden Gedanken, jeden Traum, jede Welt mit einem einzigen Schlag zerbrechen konnte. Nie zuvor hatte sie bei diesem Anblick eine Ehrfurcht gespürt wie in diesem Moment, und sie begriff, dass ihre Hände nicht aus Angst vor diesem Feuer zitterten. Sie taten es, weil sie nicht zusehen wollte, wie dieses Feuer erlosch.

Die Erkenntnis traf sie mit solcher Wucht, dass sie das Geräusch, das plötzlich durch den Saal ging, zunächst nicht zuordnen konnte. Erst als Bharkardhos witternd den Kopf hob, erkannte sie die Sirenen der Gilde, die über den Wald hinwegflogen – und einen anderen Ton, so durchdringend, dass Sira schwankte. Fanfaren waren es, die nun die Luft erfüllten ... die schwarzen Fanfaren von Nhor'garoth.

Wie in einem Traum stand sie da, unfähig, auch nur einen klaren Gedanken zu fassen, bis Bharkardhos sie mit seinem Blick umfasste. Kühl legte sich sein Schatten auf ihre Stirn, und der Schrecken, der in ihr aufgebrochen war, wurde zur Gewissheit: Nhor'garoth führte seine Truppen gegen die Gilde.

Gewaltsam holte sie Atem. Sie sah die Kuppel vor sich, so deutlich, dass sie meinte, die mächtigen Zauber darin widerhallen zu hören, die Nhor'garoths Schergen über sie brachten, sie hörte die Schreie der Kinder, die von den Heilerinnen in die geheimen Gänge getrieben wurden, und spürte Charons Schmerz bei jedem Riss, der seine Mauern durchzog. Mit rasendem Herzen sah sie Bharkardhos an. *Alle Krieger sind fort,* flüsterte sie, als wäre ihre Stimme nicht mehr als ein Wispern im Tosen eines Sturms. *Wenn der Wall fällt, ist die Gilde verloren! Ich muss gehen!*

Ohne eine Antwort abzuwarten, fuhr sie herum und rannte auf den Eingang des Saals zu. Doch Bharkardhos trat ihr in den Weg, so schnell, dass sie fast mit ihm zusammenprallte. *Nein,* grollte er und seine Stimme schien die Schatten ringsum zusammenzuziehen, bis sie drohend aufloderten. *Wir wissen beide, dass du nicht wiederkommst, wenn du jetzt gehst! Zwinge mich nicht in die Klauen der Pherylen, deren Sturm ich schon auf meiner Haut fühlen kann! Halte dein Versprechen! Töte mich – und dann geh und kehre nie an diesen Ort zurück!*

Die Kälte seines Schattens schlang sich um Siras Kehle, so übermächtig, dass sie kaum noch Luft bekam. Aber sie drängte die Lähmung zurück, die von ihr Besitz ergreifen wollte, und ignorierte das

Zittern, das noch immer in ihren Fingern pochte. *Nhor'garoth steht vor den Toren der Gilde!*, rief sie außer sich. *Kinder sind dort unten, Kinder wie Andor! Ich habe zu viele von ihnen im Feuer deines Volkes verbrennen sehen, um auch nur eine Sekunde zu zögern, ihnen zu helfen! Du bist ein Drache, du weißt nicht, was es heißt, in dieser Glut umzukommen! Aber mich verfolgen die Schreie der Sterbenden bis heute, genauso wie das Gesicht meines Bruders, den Nhor'garoth ermordet hat! Und jetzt geh mir aus dem Weg!*

Doch Bharkardhos rührte sich nicht. Wie eine Figur aus Stein stand er da, und Sira spürte das Grollen, das nun durch den Boden ging, ehe er langsam den Kopf neigte. Wie oft hatte sie einem Drachen im Kampf gegenübergestanden, wie oft war sie vor ihnen geflohen, und doch hatte sie nie eine Kälte ergriffen wie nun, da der Krieger auf Bharkardhos' Züge zurückkehrte. Er würde sie nicht gehen lassen – um nichts in der Welt. *Menschenkind*, grollte er gefährlich leise. *Ich warne dich zum letzten Mal: Halte dein Versprechen!*

Sira erwiderte seinen Blick, obgleich es ihr schien, als würden Frostströme über ihre Wangen gleiten. *Es gibt wichtigere Versprechen als die, die ich einem Drachen gegeben habe*, entgegnete sie, während der Zorn in ihren Adern die Kälte ringsum zurücktrieb. *Die Versprechen, die ich mir selbst gab!*

Sie sah noch das Feuer, das in seinen Augen aufbrach, als hätte sie es angefacht. Dann sprang sie vor und so schnell, dass die Kälte als Peitschenhieb über ihre Haut flog, lief sie auf ihn zu. Im letzten Moment duckte sie sich unter seiner Klaue, schlug einen Haken und rannte über die Wand an ihm vorbei. Sie glaubte schon, die Dunkelheit des Ganges zu spüren, als er herumfuhr. Zischend jagte sein Feuer über ihre Haut, sie sah noch den Schatten, der über sie hinwegglitt, und riss die Waffe in die Höhe, genau so, wie sie es in den Straßen New Yorks so oft getan hatte, um ihren Verfolgern zu entkommen. Dann traf sie ein Hieb und schleuderte sie zu Boden.

Keuchend blieb sie liegen. Ihr Körper schmerzte, als wäre jeder

Knochen darin zu Staub geworden, und die Luft drang wie durch einen viel zu dünnen Halm in ihre Lunge. Doch stärker als all das nahm sie das Blut wahr, das den Boden bedeckte, und den Riss in ihrer Brust, so tief, dass sie meinte, ihre Rippen zu berühren, als sie die Hand danach ausstreckte. Schwer atmend tastete sie über ihre Kleidung ... und zog gleich darauf die Hand zurück, als hätte sie sich verbrannt. Der Stoff war unversehrt, und sie schauderte, als der Geruch von verkohltem Stein die Luft durchdrang. Es war nicht ihr Blut, das in diesen Momenten den Boden auseinanderbrach. Es war das Blut des Drachen, den sie verwundet hatte. Reglos schaute Bharkardhos auf sie herab, als würde er den Schnitt kaum bemerken, der sich nun langsam wieder schloss. Sie jedoch fühlte den Schmerz, der durch seine Glieder raste – so deutlich, als wäre es ihr eigener.

Sie kam auf die Beine und versuchte vergeblich, das Zittern ihrer Glieder zu unterdrücken. Der Schmerz durchfuhr sie wie lähmendes Gift, und als sie die Hand auf ihre Brust presste, um ihn zurückzudrängen, ging etwas Dunkles durch Bharkardhos' Blick. Ein haltloses Staunen war es, das für einen Wimpernschlag die Maske des Kriegers durchdrang wie ein Schrei. Doch gleich darauf stieß er ein wütendes Knurren aus und der Frost in seinen Augen trieb Sira zurück.

Törichtes Kind, grollte er und krallte die Klauen so tief in den Stein, dass sich Risse hindurchzogen. *Bin ich der erste Drache, den du verwundet hast? Was starrst du mich an wie ein Geheimnis, das du nicht begreifst? Sieh dich an, zitternd vor einer Kreatur wie mir! Wie kannst du glauben, eine Kriegerin zu sein? Tief in deinem Inneren ist nichts als Furcht und du wirst schwach, immer schwächer, je stärker du vor ihr davonläufst! Dein Bruder Andor hat zu dir aufgesehen, doch nun – nun würde er sich für dich schämen!*

Seine Worte brachen mit solcher Schärfe in Sira auf, dass ihr Tränen in die Augen schossen. *Ausgerechnet du sprichst von Furcht,* gab sie zurück. *Dabei kenne ich kein anderes Wesen, das so viel Angst in sich trägt! Du fliehst vor dem Leben, weil du den Schmerz fürchtest, den es mit sich bringt! Du sagst, Berial hat dich verraten, aber in Wahrheit bist du der Verräter! Du bist ein Feigling, Drache des Feuers! Und du hast alles vergessen, was Varya dich je fühlen ließ!*

Sie sah noch, wie das Feuer in seinen Augen hell wurde, beinahe weiß. Dann fuhr sie herum und rannte den Gang hinab. Aber sie kam nicht weit. Kaum mehr als ein Schatten war es, der sich um ihre Fessel schlang und sie zu Fall brachte, und doch schlug er sie mit einer Härte nieder, dass ihr die Luft aus der Lunge wich. Mit fliehendem Atem drehte sie sich auf den Rücken. Glühender Frost raste auf sie zu, aber sie sah kaum, wie er den Boden und die Wände mit Eis überzog. Ihre ganze Aufmerksamkeit lag auf Bharkardhos, der regungslos im Eingang zu seinem Hort stand, von Schatten umtost, den Blick wie eine Waffe auf sie gerichtet. Langsam wich das Feuer aus seinen Augen, und als die Narbe in ihrer Hand zu brennen begann, ging jedes Wort, jedes Lächeln, jedes sanfte Schweigen, das sie ihm je geschenkt hatte, in seinem Abgrund unter. Sie musste daran denken, dass er Berial auf dieselbe Weise angesehen hatte ... den Menschen, der ihm nah, viel zu nah gekommen war und der ihn stärker verwundet hatte als jedes Schwert es je gekonnt hätte, und im selben Moment, da nichts als Schwärze mehr in seinen Augen stand, schlang seine Kälte sich um ihr Schwert. Sie verbrannte sich die Finger, so eisig wurde es. Klirrend fiel es zu Boden, das Feuer verglühte im Griff des Frosts und dann, wispernd wie unter einem Fluch, brach es entzwei.

Ein taubes Gefühl breitete sich von der Narbe in Siras Hand über ihren Körper aus und für einen Moment nahm sie nichts wahr als die Dunkelheit in Bharkardhos' Augen. So lange hatte sie diesen Abgrund gefürchtet und doch schien es ihr, als hätte sie noch nie einen größeren Verlust erfahren als in diesem Moment, da er sich vor ihr verschloss.

Verschwinde, grollte Bharkardhos mit einer Verachtung, die wie ein Schwertstreich durch Siras Körper ging. *Tochter ... der Menschen.*

Sie kam auf die Beine, ehe seine Stimme die Schatten um sie aufwühlte. Das letzte Wort hallte ihr nach, und sie lief vor ihm davon, wohl wissend, ihm niemals entkommen zu können. So schnell sie konnte, rannte sie durch die Dunkelheit, doch in Wahrheit fiel sie ... fiel in eine Finsternis ohne Halt wie jeder, der einmal ein Wunder gekannt und es verloren hatte.

Kapitel 50

Der Tunnel schien kein Ende zu nehmen. Sira rannte über den unebenen Boden, so schnell, dass die Dunkelheit um sie herum in ihren Augenwinkeln flatterte. Sie fixierte den gezackten Riss, der in einiger Entfernung durch den Fels lief, wohl wissend, dass sich dahinter das Reich der Schatten vor ihr öffnen würde. Aber sie nahm ihn kaum wahr. Vor ihren Augen stand die Gilde, die sie vom Hang des Nadelbergs aus gesehen hatte – die Kuppel zu brennendem Sturm entfesselt, um die Krieger des Königs abzuwehren, die in gleißenden Rüstungen auf sie niederstürmten. Es waren so viele, dass Sira keine andere Wahl gehabt hatte, als durch die verborgenen Gänge des Waldes zu laufen. Doch die Pfade wanden sich in endlosen Schleifen und mit jedem Grollen, das den Boden durchzog, und jedem Bröckeln der Felsen schien es ihr, als würde sie zu spät kommen – zu spät, um die Gilde zu verteidigen, die ihr Zuhause geworden war.

Ungebremst schlug sie die Finger in den Spalt. Ihr Fleisch platzte auf, aber sie merkte es kaum. Knirschend öffnete sich die Wand, und noch ehe sie auf die andere Seite stolperte, hörte sie die Schreie. Sofort glitt ein Schauer durch ihre Glieder, der sie unter die Straßen von New York zurücktrug, und als sie die Gänge hinablief, flogen noch einmal die Baracken der Station an ihr vorüber und sie sah die Gesichter der Menschen, die dort gestorben waren, erschlagen vom Zorn des Königs.

Erst die Kälte, die plötzlich nach ihr griff, holte sie in die Gänge der Schatten zurück. Knisternd wie ein erwachender Fluch drang sie durch die Wände, zog sich über den Fels und entfachte sich schließlich mit tiefem Grollen zu blauem Feuer. Sira wich den Flammen aus, die nach ihr schlugen, doch sie verlangsamte ihre Schritte nicht. Nhor'garoth schickte sein Feuer, um der Gilde das Herz herauszureißen. Und es würde ihm gelingen, wenn ihn niemand aufhielt. Mit rasendem Puls erreichte sie den Marktplatz – und spürte, wie ihr das Blut aus dem Kopf wich. Die riesige Höhle stand im Feuer des Frosts. Wie in ihrem Traum waren etliche Brücken unter seinem Griff zusammengestürzt, tiefe Risse zogen sich über die Wände und ließen Flammen aus dem Boden brechen, und die Luft brannte unter den Schreien der Menschen, die vor der tödlichen Kälte flohen. Nur Haroks Stimme übertönte den Lärm. Unter seinen donnernden Rufen drängten die Menschen auf den wenigen verbliebenen Brücken zum Licht der Schatten hinüber. Sein Schein flammte durch den Frost, immer wieder trieb es die blauen Flammen zurück, die den Fliehenden den Weg versperrten, und in seiner Mitte, umgeben von Strömen aus Licht und Finsternis, schwebte Charon und ließ seine Macht in den Glanz hineinfließen. Seine Stimme hallte in jedem Lichtfunken und jedem Schattensplitter wider, während er um sich herum Portale öffnete, um die Menschen in die geheimen Gänge rings um die Gilde zu führen. Doch immer wieder wurde das Licht von den Angriffen erschüttert, die auf die Kuppel niedergingen. Krachend brachen die Portale in sich zusammen, und die Anstrengung brannte auf Charons Zügen, als stünde er sämtlichen Kriegern des Königs allein auf offenem Feld gegenüber.

Jemand rempelte Sira an, so heftig, dass ihr der Atem stockte. Rasch tauchte sie in den Strom der Fliehenden ein und ließ sich auf das Licht zutreiben, bis sie Bherra auf einer der Brücken entdeckte. Gemeinsam mit anderen Heilerinnen führte sie Verwundete auf den

Strom zu, und ihre Stimme vermischte sich mit Haroks Befehlen wie zu einem Zauber, der die Furcht der Menschen inmitten des Chaos zurückdrängte. Selbst panische Novizen ließen sich von ihr zur Ordnung rufen, und Sira spürte sie selbst: die Ruhe, die sich angesichts der Stärke in Bherras Stimme über sie legte. Sie kannte dieses Phänomen von den Angriffen auf die Station, die sie erlebt hatte. Alle Menschen, die sie dort gekannt hatte, waren ihr wie Tiere gefolgt, kaum dass sie sie mit der nötigen Autorität angeschrien hatte.

Sie half einem Verwundeten auf die Beine und nahm Bherra das Kleinkind ab, das sie auf dem Arm trug. Die Heilerin wischte sich das Haar aus der Stirn. »Die Gänge sind geräumt«, sagte sie, leise genug, dass Sira das Zittern in ihrer Stimme hören konnte. »Aber die meisten Novizen waren oben, als der Angriff losging, genau wie die Drachen und fast alle Kinder. Jemand muss sie zum Wirbel führen, aber Alvarez ist noch nicht zurück, und ich ...«

»Ich werde gehen«, unterbrach Sira sie. »Ich bin vielleicht nicht die Heldin, die wir in diesem Augenblick bräuchten, aber ich hatte gute Lehrer. Und ich werde alles tun, um die Kinder zu beschützen.«

Bherra sah sie an, für einen Wimpernschlag wie aus einem dunklen Traum geweckt. »Es ist dieser Mut, der die Gilde am Leben hält«, sagte sie dann. »Dieser Mut, der zeigt, wer du bist – Kriegerin der Schatten.«

Kurz nur flog ein Lächeln über ihr Gesicht, und Sira musste an ihre Mutter denken und daran, wie diese ihr das Haar zurückgestrichen hatte ... damals, als sie zum ersten Mal allein in die Gänge gelaufen war, um beim Sammeln der Traumbeeren zu helfen. Seit Jahren hatte sie nicht mehr daran zurückgedacht, und sie nickte Bherra zu, mit derselben Stärke und Zuversicht, die diese ihr so oft geschenkt hatte, wenn sie im Hospital nicht weitergewusst hatte. Dann wandte sie sich um und schob sich mit dem Kind auf den Armen auf den Strom zu. Wärmend glitt das Licht über ihre Haut und ehe die bröckelnde Brücke sie schwanken ließ, tauchte sie in den Zauber ein.

Sie spürte Charons Macht sofort. Seine Stimme erfüllte den Strom, und für einen Moment erwiderte er Siras Blick wie damals, als sie sich zum ersten Mal begegnet waren – mit leicht geneigtem Kopf, als betrachtete er sie von einem Ort jenseits ihrer Wirklichkeit. Dann schaute er durch sie hindurch, und sie wusste, dass er die Finsternis seiner Mauern fixierte, die Nhor'garoths Glut durchdrungen hatte. Unter dunklen Zaubern ballte Charon die Hände zu Fäusten. Jedes seiner Worte bahnte ihm neue Pfade durch die Kälte, und mit einer Urgewalt, die wie ein Donnerschlag in Sira widerklang, öffnete er ein neues Portal in den Schleiern des Lichts. Eilig schob sie das Kind hindurch. Sie sah noch, wie es sie anschaute, mit kreisrunden Augen, als wäre sie eine Erscheinung aus einem Märchen. Dann stieg sie im Licht der Schatten höher, gezogen von Charons Magie – hinauf in die Oberwelt, wo der Hass des Königs sie erwartete.

Sie hatte bereits die Hände auf ihre Messer gelegt, um mögliche Angriffe abzuwehren, als das Licht ringsum plötzlich aufflackerte. Im nächsten Moment ging ein Ton hindurch, so entsetzlich, dass sie zusammenfuhr. In tausend Stimmen jagte Charons Schrei durch ihr Innerstes. Sie hörte die Portale ringsherum zerbrechen, sah die Kuppel in seinen Augen – und den Riss, der nun durch sie hindurchging und sich über seine Wange fortsetzte, als wäre er leibhaftig ein Teil von ihr geworden. Rasch eilte Sira zu ihm hinab, aber er packte abwehrend ihren Arm, als sie ihn heilen wollte.

Nein, hallte seine Stimme durch ihre Gedanken. *Du brauchst die Kraft für dich! Geh zum Zeichen des Sturms! Halte die Kuppel!*

Sira starrte ihn an. *Aber ich kann das nicht! Ich bin nur …*

Da flammten Charons Augen auf. Blut strömte aus dem Riss in seiner Wange. *Du musst es tun!*, fuhr er sie an. *Alle Krieger sind fort, niemand sonst hier hat die Kraft dazu! Höre deinen wahren Namen, Diebin der Schatten! Tu es! Sonst sind wir verloren!*

Seine Worte klangen in Sira wider wie Silben einer Sprache, die sie nicht verstand. Aber sie sah den Glanz in seinen Augen, mit dem er ihr stets in seinen Mauern begegnet war ... diesen rätselhaften Glanz, der wie ein unausgesprochenes Wort war, das sie nicht deuten konnte, und sie nickte unmerklich. Dann ließ Charon sie los, und im nächsten Moment riss die Kraft des Wirbels sie in die Höhe.

Sie landete hart auf vereister Erde. Funkenregen fielen aus der Kuppel, Schwaden aus Asche und Rauch stoben durch die Luft und hüllten die Fliehenden ein, die in kleinen Gruppen auf den Wirbel zueilten, und Flammenwände loderten aus den Rissen, die den Boden durchzogen. Vereinzelt jagten Novizen durch die Luft und schlugen Zauber durch die Kuppel. Auf der anderen Seite jedoch, in gleißende Magie getaucht, brandeten die Schergen des Königs gegen den Schutz der Gilde wie ein übermächtiges Meer, das sie verschlingen wollte - und hoch oben klaffte der Riss und ließ die Zauber der Königsreiter hindurchbrechen wie Schleier aus Blut.

Geduckt rannte Sira über den Platz auf den Turm der Schatten zu. Immer wieder schlugen die blauen Flammen nach ihr aus, aber sie achtete nicht darauf. Schon lief ein weiterer Schmiss über die Kuppel, die wachsende Kälte packte die Zauber der Novizen und zerbrach sie, und Sira rannte die Treppe des Turms nach oben. Sie musste den Riss verschließen, so schnell es ihr möglich war.

Der Frost ließ die Streben stöhnen, als sie sich aufwärtszog. Wie Nägel drang er in ihren Leib, immer wieder trafen sie messerscharfe Splitter vereister Zauber und gerade, als sie die erste Plattform erreicht hatte, brach loderndes Feuer vor ihr aus dem Metall. Es biss nach ihr, erschrocken fuhr Sira zurück und verlor das Gleichgewicht. Sie versuchte noch, sich an einem Stahlträger festzuhalten, aber ihre Finger glitten von knisterndem Eis ab und gleich darauf stürzte sie auf den Boden zu.

Instinktiv hob sie die Arme, um ihren Kopf zu schützen ... und fühlte im nächsten Moment, wie ein schuppiger Leib unter sie glitt.

Der Aufprall raubte ihr den Atem, aber die Schuppen unter ihren Fingern waren warm, und ihr Herz setzte für einen Schlag aus, als der Drache sich zu ihr umwandte. Drei gezackte Hörner ragten aus seinem Schädel, ein mächtiger Nackenschild umrahmte sein Gesicht, und seine Augen flirrten in einem tiefen Grau, als hätte er sie mit dem frühen Nebel der Felder überzogen ... einem Grau, das nun von einem warmen Funkeln durchbrochen wurde. Es war Torkar.

Sira spürte wieder den Schmerz, den sie ihm in der Arena zugefügt hatte, doch er trieb ihre Gedanken mit einem Grollen auseinander, wie er es auch während ihrer Trainingseinheiten getan hatte, jedes Mal, wenn der Zweifel sie gelähmt hatte. Mit klopfendem Herzen stieß sie die Luft aus und nickte. Mochte sie ihn verwundet haben, mochten sie nicht dafür geschaffen sein, um Gefährten zu werden – aber noch immer gehörte ihnen der Nebel über den Feldern und das Lachen in Andors Augen, und eines war sicher: Sie kämpften Seite an Seite für die Schatten.

Die Kälte glitt von Torkars Schwingen ab, als er zum Turm hinaufstob. Grell flackerten die Flammen über seine Schuppen, Sira fühlte, wie der Frost nach seinem Atem griff, aber er verlangsamte seinen Flug nicht, und auch sie wandte sich nicht für einen Moment von der obersten Plattform ab. Glühendes Eis hatte das Metall überzogen, doch kaum, dass Sira vom Rücken des Drachen sprang, entfachte Torkar seine Magie. Wie ein Schutzschild schloss sich ein Schleier aus wirbelnden Felsbrocken um Sira herum, so mächtig, dass das Eis unter ihren Füßen zerbrach, und sie richtete sich auf – eine Kriegerin der Schatten, umgeben vom Zorn der Erde.

Torkar hielt sich mit ruhigem Schwingenschlag in der Luft, doch schon färbten sich seine Schuppen blasser. Er hatte seine gesamte Kraft in diesen Zauber gelegt, diese Drachenhaut, die jede Kälte von Sira fernhielt. Sie sah ihn an, durch all die Schleier hindurch, und neigte vor ihm den Kopf: vor ihm, dem Sohn der Erde, der sie gerettet hatte. Kurz flammte ein Lächeln durch seinen Blick, wärmer als jeder Sonnenstrahl, den sie je in seinen Augen gefunden hatte. Dann warf er den Kopf herum und ehe der Pfeilhagel ihn treffen konnte, der nun durch den Riss brach, preschte er auf die Erde zu. Sira sah noch, wie er zwei gestürzte Novizen packte und in das Licht der Schatten trug. Dann wandte sie sich ab und trat in das Zeichen des Sturms.

Für einen Moment sah sie Norik an gerade dieser Stelle stehen, allein im eiskalten Regen, und sie meinte, Juris Blut riechen zu können ... das Blut eines Kriegers, der alles getan hatte, um die Gilde zu beschützen. Mit rasendem Herzen richtete sie ihren Blick auf den Riss in der Kuppel. Der Wall der Schatten mochte verwundet worden sein – aber gefallen war er noch nicht! Damit breitete sie die Arme aus und im selben Moment, da die Linien unter ihrer Magie aufglühten, umfing sie die Kraft des Walls.

Schemenhaft nur erkannte sie die Krieger des Königs, die auf die flackernde Kuppel einschlugen, und auch ihre Stimmen waren kaum mehr als leiser Donner im Tosen des Sturms, der sie umgab. Selbst ihre eigene Gestalt, die mit erhobenen Armen auf dem Turm stand und nun die Kraft des Zeichens zu einem gleißenden Lichtstrom zusammenzog, nahm sie wie aus weiter Ferne wahr. Zu deutlich spürte sie den Leib des Drachen unter ihren Händen, als sie in Gedanken durch die Magie der Kuppel flog. Seine bronzefarbenen Schuppen glühten unter ihren Fingern, und ihr Herz setzte für einen Schlag aus, als sie verstand, dass es Amal war, der sie trug – der Drache von Castan, dem Reiter des Sturms, der diesen Wall erschaffen hatte.

Seine Macht fuhr mit einem Strom aus Bildern in Siras Glieder. Keines konnte sie festhalten, aber sie sah sie in der Kuppel aufglühen, und jedes einzelne linderte den Schmerz, als ihr Zauber sich in dem Riss ergoss und die Angriffe der Königskrieger darin widerhallten. Sie sah Castan als stolzen Kämpfer in zahlreichen Schlachten, als Herrscher über die Gilde und Held der Drachenreiter und Menschen, gemeinsam mit Lorcan, beide waren noch so jung, und dann an der Seite seiner Frau. Erhaben und wunderschön tauchte sie durch den Sturm, überdeutlich fühlte Sira ihre Hand, die im Augenblick ihres Todes durch Castans Finger glitt, und gleich darauf nahm sie die Maske wahr, die er in jenem Moment auf seine Züge legte, so eisig kalt, als würde sie ihre Dornen in ihr eigenes Fleisch graben. Streng und unnachgiebig begegnete er seinem Sohn bei ihrem letzten Streit, Sira spürte Noriks Zorn, als er sich abwandte, doch im selben Moment ging nichts als Wärme durch Castans Blick, eine Wärme, die so viel mehr barg als den Reiter des Sturms. Atemlos schaute sie in das Gesicht dieses Kriegers und begriff erst in dem Moment, da seine Augen aufloderten, dass Castan nicht länger seinen Sohn betrachtete. Sein Blick ging durch Raum und Zeit ... und er sah Sira direkt an.

Wie von einem Schlag getroffen fand sie sich in ihrem Körper auf der Plattform wieder. Sie sah, wie andere Bilder um Castan aufbrachen, Szenen aus dem Leben seines Sohnes, der diesen Wall aufrechterhalten hatte, doch sie konnte sich nicht von Castans Gesicht abwenden. Unmerklich glitt ein Lächeln über seine Lippen, und gleich darauf umfasste sie sein Sturm. Donnernd wallte er um sie herum auf und griff nach ihrer Magie, und mit jedem Windstoß, der ihr Haar zurückwarf, und jedem Tosen, das ihr den Atem von den Lippen riss, schien es ihr, als würde ihr Zauber stärker werden. Mit lautem Krachen begann er den Riss in der Kuppel zu schließen und gleichzeitig loderte ihre Magie tief in ihrem Inneren unter dem Griff des Sturms auf. Grob zog er Staub und Frost und Wind von ihr fort, als wären sie falsche Kleider, und nichts als schwelende Glut blieb in ihr zurück ... eine Glut aus reinem Gold.

Sira sah noch, wie Castan vor ihr den Kopf neigte. Dann verwischte sein Bild, und Norik tauchte aus dem Sturm. Er stand da wie in der Nacht, da Juri gestorben war, doch er erwiderte Siras Blick, als würde er sie in diesem Moment durch das Fenster dieses Zaubers tatsächlich sehen können. Sie spürte die Glut in ihrem Inneren, die seinem Sturm Antwort gab, und sie sah das Erstaunen in seinen Augen aufbrechen, als hätte er sie auch gefühlt: die Erschütterung, die plötzlich durch Siras Brust flog wie ein Ruf, der die Welt in Brand setzen konnte.

Der Schlag erschütterte die Kuppel so plötzlich, dass Sira taumelte. Sie hörte noch, wie der Riss erneut aufklaffte. Dann schoss greller Frost in ihren Zauber, und ehe sie noch zurückweichen konnte, traf Nhor'garoths Feuer sie mit voller Wucht. Haltloser Schmerz durchzuckte ihren Körper, als ihr Zauber zerbrach, und im selben Moment, da sie auf die Knie fiel, loderten die Flammen um sie herum auf. Doch es waren nicht ihre Hände, die in diesem Frost verbrannten. Es waren die Hände ihres Bruders.

Siras Schrei verhallte im Tosen des blauen Feuers, aber sie fühlte Andors stumme Rufe nach seiner Schwester, die nicht gekommen war, um ihn zu retten. Sein Schmerz brandete in ihr auf, und gleich darauf drang der Frost in die Kuppel und zerbrach die Bilder, die gerade noch darin gestanden hatten. Stattdessen glommen andere Szenen darin auf: erschlagene, zerrissene, brennende Menschen unter den Straßen von New York, zerfetzte Leiber von Dieben und Jägern in den verkohlten Straßen, weinende Gesichter und Augen, so leer, als hätten sie nie mehr gesehen als Tod und Gewalt. Szenen des Krieges waren es, die Sira in ihrem Schrecken den Atem raubten, und sie musste all ihre Kraft aufbringen, um sich an dem letzten Bild des Sturms festzuhalten, das inmitten des Feuers noch standhielt: das Bild von Norik, der sie noch immer ansah.

Seine Augen glommen auf. Kurz meinte sie, seinen Atem auf ihrer Haut zu fühlen wie unter einem Befehl, und als hätte seine Stimme den Frost rings um sie durchdrungen, kam sie auf die Beine. Sein Sturm strömte warm über ihre Glieder, noch einmal spürte sie die Glut tief in sich, und sie hielt den Atem an, als sie aufloderte – so übermächtig, dass Flammen von Noriks Bild in die Kuppel glitten. Zischend stürzten sie sich auf den Frost, doch gerade, als Sira das Lächeln sah, das über Noriks Lippen glitt, wallte die Kälte um sie auf.

Mit einem einzigen Hieb schlug sie ihr in den Magen, so unvermittelt, dass ihr schwarz vor Augen wurde, und da brach ein Abgrund im Feuer der Kuppel auf, ein Abgrund, der jedes menschliche Wesen um den Verstand bringen konnte ... der Abgrund eines Drachen. Sira sah noch, wie Norik herumfuhr. Dann stieß Aryon auf die Kuppel nieder, und im selben Moment, da sein Feuer sich in dem Wall ergoss, zerrissen seine Klauen das letzte Bild des Sturms. Wie von unsichtbaren Krallen gepackt flog Sira durch die Luft und krachte mit dem Rücken gegen einen Stahlträger. Unnennbarer Schmerz flutete ihre Glieder, als die Kuppel sich mit Rissen überzog, und jede Glut in ihr verstummte angesichts des Grollens, das nun die Luft zerfetzte. Der Zauber der Gilde war nicht dafür gemacht, von einem Menschen gehalten zu werden, das spürte sie nun mit aller Kraft. Dieser Zauber brauchte einen Krieger – und seinen Drachen.

Sira fühlte kaum, wie der Turm im Griff des Feuers auseinanderriss. Sie sah nur die Kuppel, die über ihr zusammenbrach, und spürte den Wind in ihrem Haar, als sie fiel. Torkars Zauber ergriff sie wie ein Schwingenpaar, ehe sie den Boden erreichte, aber die Kälte zerriss ihn zu früh, und so schlug sie hart auf den Streben eines Förderturms auf. Sie hörte eine Rippe brechen, der Schmerz durchzuckte sie als greller Blitz, ehe sie über die gefrorene Erde schrammte und hilflos liegen blieb. Der Boden unter ihr erzitterte im Griff des blauen Feuers, und gleich darauf flutete gleißende Helligkeit über sie hinweg, als der Frost das Licht der Schatten erfasste und wie einen Orkan durch den Grund der Gilde trieb.

Felsbrocken stürzten auf den Marktplatz nieder, die Behausungen der Novizen klafften wie die Gedärme eines tödlich verwundeten Tieres auf, und Sira fuhr zusammen, als Charons Schrei die Luft zerriss.

Seine Augen brannten, als er die Hände in den Strom trieb und den Frost zurückdrängte, doch sofort stieß das Feuer in eisigen Lanzen nach seinem Leib und mit jedem Lichtfunken, den es erstickte, und jedem Schatten, den es zerfetzte, zog sich ein blutiger Riss über Charons Glieder, als wäre er selbst es, der langsam zerbrochen wurde. Und doch schien er keinen anderen Schmerz zu spüren als den der Gilde, als er den Blick hob und Sira ansah ... denselben Schmerz, der auch ihr den Atem nahm.

Gewaltsam sog sie die Luft in ihre Lunge, aber Kälte und Schmerz hielten ihren Leib umklammert wie ein Bann und Blut rann aus der Wunde in ihrer Seite, so schnell, dass ihr schwindelte. Sie hörte, wie die Krieger des Königs über sie hinwegbrandeten, sah die Kinder, die von glimmenden Netzen gefangen und mit raschen Schwingenschlägen fortgetragen wurden, und sie fühlte die Kälte, die sich um die übrigen Menschen und Drachen schloss, immer enger, bis sie dicht beieinander am Boden kauerten, wohl wissend, dass die tödlichen Flammen ringsum jeden Augenblick über sie kommen konnten.

Siras Herz zog sich zusammen, als sie Vesta unter ihnen entdeckte. Sie erwartete Furcht in ihrem Gesicht zu sehen oder mühsam zurückgedrängte Verzweiflung. Aber stattdessen erwiderte Vesta ihren Blick mit einem Ausdruck, der wie eine Umarmung war inmitten all der Kälte. Sorge stand auf ihren Zügen – Sorge um Sira. Im nächsten Moment ging ein Grollen durch den Boden, so durchdringend, als hätte ein Drache Atem geholt. Und ehe Vestas Blick noch an ihr vorbeiglitt und sich in plötzlichem Entsetzen verzerrte, wusste Sira, wer nun mit langsamen Schritten auf sie zutrat.

Kapitel 51

Nhor'garoth lächelte. Er hatte die Hand auf sein Schwert gelegt, so nachlässig, als würde er sicher sein, es nur für einen einzigen Streich zu brauchen. Aryon blieb wenige Schritte hinter ihm zurück, aber Sira spürte dennoch die Kälte, die von ihm ausströmte, und sie konnte nicht verhindern, dass sie zu zittern begann, als der Drache langsam die Luft einsog. Unmerklich neigte er den Kopf, und doch schien es ihr, als würde er mit dieser Geste all ihre Gedanken aus ihrem Schädel ziehen und nichts darin zurücklassen als das eisige Glühen seiner Augen.

Sira stieß ein heiseres Keuchen aus. Ihr Atem ging pfeifend, schwarze Schlieren zogen an ihren Augen vorüber. Nhor'garoths Lächeln brannte sich in ihre Haut. Er schien ihre gebrochene Rippe geradewegs in ihre Lunge zu bohren, doch sie wandte sich nicht von Aryon ab. Wie oft hatte Andor von einem Drachen wie diesem gesprochen, einer Kreatur aus Feuer und Eis, die den Sturm der Welt unter den Schwingen barg und Augen hatte aus gefrorenen Tränen. Wie sehnsüchtig hatte er noch während seiner letzten Atemzüge zu diesem Wesen aufgesehen, und wie entsetzlich war der Moment gewesen, da die Erkenntnis jede Illusion in ihm ausgebrannt hatte. Ausgerechnet dieses Geschöpf aus seinen Träumen hatte ihm das Leben aus dem Leib gerissen, und der Zorn, der nun in Sira aufbrach, drängte jede Kälte zurück. Sie fühlte ihre Messer kaum, als sie nach ihnen griff, aber sie stemmte sich auf die Beine, ohne sich von dem Drachen abzuwenden. Sie würde nicht zitternd zu ihm aufschauen im Angesicht ihres Todes. Sie würde nicht knien vor einem Wesen aus Schall und Rauch!

Sie sah noch den Schatten, der über Nhor'garoths Züge ging, schwach wie fernes Erstaunen. Dann hob sie ihre Messer. Sie brauchte ihre gesamte Kraft, um den Schmerz zurückzudrängen, der ihre Brust durchzog und Übelkeit in ihr aufsteigen ließ. Doch gerade als sie sich vorstürzen wollte, ging ein Ton durch die Luft, leise wie flüsternder Wüstensand, und drei glimmende Lichter stoben rings um ihren Körper aus dem Boden. Erst auf den zweiten Blick erkannte sie, dass es goldene Münzen waren. Grell leuchteten sie auf, ihre Magie drang in Siras Glieder und zog den Schmerz aus ihrem Leib, und im selben Moment fühlte sie ein Lachen in sich widerklingen, rau und leicht zugleich ... das Lachen eines Seiltänzers.

Sie meinte noch, das Flackern der Münzen in Nhor'garoths Augen zu erkennen. Dann brach der Boden vor ihr auf, und ehe der Krieger des Königs zurückweichen konnte, traf ihn ein mächtiger Zauber und schleuderte ihn vor Aryons Klauen. Doch Sira sah es kaum. Ihr Blick hing an Marhazar, der sich schwingenrauschend aus der Erde erhob, den Körper in tosenden Sand gehüllt – und an Alvarez, der auf seinem Rücken das Schwert in die Luft riss.

Oft schon hatte Sira ihren Lehrer im Kampf gesehen, hatte sein Geschick ebenso bewundert wie seine Schnelligkeit und war immer wieder unter seiner Stärke in die Knie gegangen. Aber noch nie zuvor hatte sie eine solche Macht in ihm erkannt wie nun, da er sein Schwert mit flüsterndem Sand überzog und auf Nhor'garoth niedersah.

Sieh an, ging seine Stimme durch die Luft und wühlte den Sand ringsum zu Schemen auf, die den Frost zurückdrängten. *Der goldene Schatten des Königs liegt zu meinen Füßen wie der Hund, der er geworden ist!*

Nhor'garoths Augen verwandelten sich in Eis, als er auf die Beine kam. *Narr von einem Menschen*, grollte er gefährlich leise. *Bist du wirklich so töricht, mir erneut in den Weg zu treten? Schon einmal habe ich dich verwundet, und damals warnte ich dich: Das nächste Mal, wenn wir uns begegnen, wird einer von uns sterben!*

Da stieß Alvarez die Luft aus, so schneidend, dass seine Verachtung wie ein Peitschenhieb durch Siras Adern jagte. *Wann hast du angefangen, den Tod zu fürchten, Schlächter der Sieben Städte? Und wer stirbt in dir, wenn du mein Herz durchbohrst? Wer sieht mich an hinter all deinen Masken?* Er hielt inne und schüttelte den Kopf, und kurz ging ein Schatten durch seinen Blick, der den Spott von seinen Zügen schmolz. *Ein großer Krieger willst du sein*, sagte er. *Und doch stehst du noch immer auf einem Feld aus Rosen. Ich kann ihn sehen, den Schimmer an deinen Händen … einen Schimmer wie Mondlicht auf Haaren aus purem Gold!*

Nhor'garoth glitt so schnell vor, dass Sira seinen Bewegungen mit den Augen nicht folgen konnte. Aber sie fühlte sie in dem Sturm, den Marhazar entfachte, hörte das Schwert aus Eis, das die Luft zerschnitt – und gleich darauf das Donnern, als Alvarez' Klinge den Schlag abwehrte. Funken stoben in alle Richtungen auf, und aus ihrer Mitte erhoben sich die Krieger in die Luft. Krachend schlugen Marhazar und Aryon ineinander, das Brüllen der Drachen ließ den Boden erbeben, und Sira duckte sich unter den Schleiern aus brennendem Staub und Eis, die über sie hinwegjagten. Doch die Münzen schützten sie vor der Magie und so sah sie, wie Alvarez sich mit seinem Schwert um die eigene Achse drehte, hoch oben in der Luft, als würde er schweben. Seine Füße tanzten über glühende Steinsplitter, Nhor'garoth schuf Scherben aus Eis, auf denen er ihm nachglitt, und Sira sah die beiden Krieger noch einmal wie damals in der Arena, als sie in Alvarez' Sturm geblickt hatte: zwei Gestalten, dunkel wie Schattenrisse vor einem brennenden Himmel.

Die Luft flackerte unter einem Frostzauber Nhor'garoths, und gleich darauf erschien Sira sein Gesicht, wie es damals gewesen war jung und zerrissen inmitten seiner eigenen Finsternis. Donnernd wehrte Alvarez einen seiner Hiebe ab, auch er nun in der Gestalt des jungen Mannes, der schon einmal die Waffe gegen Nhor'garoth geführt hatte, und Sira spürte die Verzweiflung dieser beiden Krieger, als würden sie um etwas ringen, das sie nicht bewahren konnten, sosehr sie sich auch bemühten. Alvarez' Magie jagte durch ihre Adern, und die Erinnerungen, die nun seinen Körper fluteten, brachen auch in ihr auf, so gestochen scharf, als wären es ihre eigenen.

Sie sah Nhor'garoth mit wehendem Haar auf einem Felsen, scherzend mit Alvarez, der an seiner Seite stand, sah sie auf jungen Drachen über weite Felder jagen, so ausgelassen, als wären sie Kinder, und immer wieder schweigend nebeneinander, den Blick zum Himmel gerichtet. Das Bild ging Sira nah, zu deutlich fühlte sie die Sterne der Lichtung und Bharkardhos' Stille auf ihrer Haut, und sie fuhr zusammen, als Alvarez hoch oben unter einem mächtigen Hieb seines Gegners taumelte. Doch nicht er allein schwankte auf den Splittern aus Eis und Staub. Auch Nhor'garoth atmete schnell, als würde er in diesen Momenten ebenfalls die Szenen sehen, die in Sira aufbrachen, mehr noch: als würde er sie erneut erleben.

Umso heftiger stürzte er sich auf Alvarez. Seine Klinge glühte in blauem Feuer auf und hinterließ gleißende Schnitte in der Luft, und Sira sah die Bilder brechen, knisternd wie die Kuppel der Schatten, die im Griff des Frosts gefallen war. Doch Alvarez stemmte sich Nhor'garoth entgegen. Mit derselben Leichtigkeit, die ihn zwischen seinen Ketten gehalten hatte, wich er den Hieben aus, schlug seinem Gegner grollende Felsen entgegen und hielt die Bilder fest, die nun in ihm auftauchten: Bilder, die Sira schaudern ließen, so fremd erschienen sie ihr.

Sie sah Nhor'garoth durch einen langen Gang laufen, das Gesicht vor Schmerz verzerrt, sah ihn schreien, so verzweifelt, dass sie meinte, seine Stimme in sich widerklingen zu fühlen, und schließlich sah sie ihn am Boden eines verbrannten Raumes knien, mit blutigen Händen und Tränen auf den Wangen. Sie kannte die Stille, die von den Wänden widerhallte, kannte auch den Schmerz, der sich in Schauern aus Eis über den Boden ergoss, und sie spürte die Leere in Nhor'garoth so deutlich in ihrer eigenen Brust, als wäre sie es, die nun in dem Bild auf ihn zutrat und die Hand auf seine Schulter legte. Alvarez' Fußspuren zogen sich durch das Eis, nichts als Dunkelheit lag ringsherum, und für einen Moment gefror die Szene in seinen Gedanken, als könnte er so bewahren, was sie einst gewesen waren ... Freunde bis in den Tod.

Sira keuchte, als Nhor'garoths Zauber die Luft zerriss und Alvarez an der Seite traf, doch stärker als das Brennen in ihrem Fleisch spürte sie die Kälte, die in ihrem Lehrer aufbrach, nun, da Nhor'garoth in dem dunklen Raum seine Hand fortschlug und ihn allein zurückließ. Das Bild verglühte im Eiszauber, der sich hoch am Himmel auf Alvarez ergoss, und Sira sah, wie die Gestalten der jungen Drachenreiter zerbrachen und nichts zurückließen als die Krieger, die sie nun waren.

Sämtliche Bilder erloschen in Nhor'garoths Frost, aber noch immer stand die Dunkelheit in Alvarez' Blick, mit der er seinen Freund in dem verbrannten Raum betrachtet hatte, und Sira hielt den Atem an, als sie den Grund dafür verstand. Alvarez kämpfte nicht gegen Nhor'garoth, wie sie es tat. Er kämpfte um seinen Freund, genau so, wie er es damals getan hatte – und wie damals fuhr er zusammen, als nun goldenes Feuer aus Nhor'garoths Augen brach. Es legte sich wie eine Mauer zwischen sie, eine Mauer, die nicht zu durchbrechen war, und Sira spürte die Hilflosigkeit ihres Mentors in sich widerhallen, als sie den Blick in diese Augen erwiderte. Nichts war mehr darin als das ewige Gold des Königs.

Im selben Moment durchzog ein heftiger Schmerz ihre Schulter. Eiskalt ergoss sich die Lähmung in ihre Glieder, und gleich darauf gehorchte ihr Körper ihr nicht mehr. Sie sah noch, wie Alvarez sich hoch über ihr an die Schulter griff, gerade dort, wo die Narbe sich durch sein Fleisch zog. Dann blitzte ein Schwert vor ihm auf, und kaum dass Sira unter dem Stich zusammenfuhr, stürzte er in die Tiefe ... verwundet von Nhor'garoths Klinge.

Taumelnd kam Alvarez am Boden auf. Risse zogen sich durch die Erde, gerade dort, wo er gelandet war, aber er hielt sich aufrecht, als Nhor'garoth kaum eine Armlänge von ihm entfernt stehen blieb. Für einen Wimpernschlag gab Sira sich der Illusion hin, nicht mehr als eine Schnittwunde in Alvarez' Fleisch zu sehen, wie damals auf den Hügeln. Aber sie fühlte den Schmerz in seiner Brust, und noch ehe er die Hand fortzog und Blut über seine Finger strömte, wusste sie, dass diese Wunde tief war ... viel zu tief. Atemlos riss sie den Blick von Alvarez fort – und fand ihr eigenes Entsetzen in einem anderen Augenpaar gespiegelt.

Nhor'garoth stand da wie erstarrt. Er hatte das Schwert sinken lassen, der Schreck flog über sein Gesicht wie damals, als er seinen Freund auf den Hügeln verwundet hatte, und goldenes Licht brach in seinen Augen auf, nicht kalt wie der Glanz des Königs, sondern sanft ... so sanft wie der Schein des Mondes auf Haaren aus purem Gold. Alvarez erwiderte seinen Blick, und für einen Moment schien es Sira, als bräuchte Nhor'garoth nur die Hand nach ihm auszustrecken, um jeden Schmerz, jede Verzweiflung, jeden Frost seines Feuers in dieser Geste auszulöschen. Doch Nhor'garoth rührte sich nicht, und gleich darauf kehrte das Gold des Königs in seine Augen zurück, so übermächtig, dass knisternde Kälte von seinem Körper ausströmte.

Sieh mich an, raunte er und trat auf Alvarez zu. *Sieh, wie deine Hoffnung in meinem Feuer untergeht. Es gibt keine Masken mehr, die du durchdringen kannst, kein Feld aus Rosen und kein goldenes Haar. Alles, was ich einst war, ist tot!*

Das Wort traf Alvarez wie ein weiterer Hieb. Schwankend wich er zurück, doch ehe er fiel, presste Nhor'garoth die Hand auf seine Brust, und mit einem Rauschen, das Marhazars Schrei erstickte, schickte er sein Feuer in Alvarez' Leib. Sira versagte der Atem, als der Frost durch ihre Glieder raste. Gleich darauf zersprangen die Münzen um sie herum wie Scherben aus Eis, und der Schmerz erlosch. Stattdessen spürte sie die Tränen, die über ihre Wangen liefen, als sie zu Marhazar hinübersah. Er lag am Boden, langsam, unendlich langsam trat Aryon auf ihn zu, aber Marhazar wandte sich nicht von Alvarez ab, und ein Schauer flog über Siras Rücken, als sie seinem Blick folgte und das Lächeln sah, das in den Augen ihres Mentors aufbrach.

Nein, flüsterte er, als würde er keinen Schmerz fühlen, und sah Nhor'garoth an wie damals, als sie nebeneinander die Sterne betrachtet hatten. *Das ist es nicht. Vieles magst du töten können, Krieger der Goldenen Stadt, aber nicht das Licht, das in dir schwelt. Darin besteht deine Tragik, weißt du das denn nicht? Und die Hoffnung, alter Freund ... die Hoffnung ist mächtiger als du.*

Ohne ein Wort glitt sein Blick von Nhor'garoth fort, und als er Sira umfasste, da spürte sie noch einmal die Glut in ihrem Inneren, die sie hoch oben auf dem Schattenturm empfunden hatte. Jede Enttäuschung, die Alvarez bei ihrer letzten Begegnung im Blick getragen hatte, war erloschen, und stattdessen stand eine Gewissheit in seinen Augen, so unerschütterlich, dass Sira für einen Moment nichts anderes mehr wahrnahm als ihn: den Krieger der Erde, der all seinen Glauben in eine Diebin der Schatten setzte. Dann ging ein Lächeln über sein Gesicht, sanft wie ein Abschiedsgruß. Und ehe Sira noch einen Laut über die Lippen brachte, hob Alvarez die Hand und stieß sie durch seine Brust.

Ohrenbetäubend laut hallte Marhazars Schrei in Sira wider. Die Kraft des Drachen raste durch den Boden und zerriss die Eisschich über der Erde, aber sie wandte sich nicht von ihrem Mentor ab. Gleißendes Licht schoss aus seinem Körper und hob ihn in die Luft. Die Druckwelle schleuderte Nhor'garoth zurück, funkensprühend brach der Frost von den Gebäuden der Gilde und gab das Licht der Schatten frei, und als Alvarez die Arme ausbreitete und zu den Menschen hinabsah, die, so schnell sie konnten, in Charons Zauber flohen, da stand er da wie der Seiltänzer und der Krieger, der er war – wie der Held der Schatten, der seine Welt vor dem Licht bewahrt hatte.

Sira spürte kaum, wie Marhazar sie packte und in die Höhe riss, fort von dem Frost, der um sie herum aufwallte. Alles, was sie wahrnahm, war der samtene Schimmer, der über den Leib des Drachen floss, als er seinen Reiter auf seinen Rücken zog, und die Menschen in dem erlöschenden Strom, die ihnen nachschauten. Tränen standen in ihren Augen, und langsam hoben sie die Hände – sternenwärts für den Krieger, der ihnen das Leben gerettet hatte.

Kapitel 52

Das Licht des Drachen erlosch über den Zwölf Hügeln. Es sank in Marhazars Körper zurück wie eine Fackel, die in einen tiefen Schacht fällt. Noch einmal schlug er mit den Schwingen und stieß einen Schrei aus, heiser und versagend. Dann brach der Wind unter seinem Leib zusammen. Seine Klaue schloss sich um Sira wie ein schützender Käfig, seine Magie hüllte sie ein, und doch spürte sie die Erschütterung, als die dürren Bäume unter ihm zerbrachen. Mit lautem Grollen schrammte er über die Felsen, bis er reglos liegen blieb.

Seine Krallen öffneten sich in der anschließenden Stille. Sira schwankte, als sie auf die Beine kam, so plötzlich stach ihre schmerzende Rippe nach ihr, und kurz begegnete sie dem Blick des Drachen, der sie wie aus großer Tiefe ansah. Mühsam nur hielt er die Glut in seinen Augen aufrecht. Sie konnte die Kälte fühlen, die von allen Seiten nach ihm griff, und doch war es nicht sein eigener Schmerz, der ihn in diesen Momenten durchzog. Lautlos hob er die Schwinge, und Siras Herz zog sich zusammen, als sie neben Alvarez auf die Knie fiel. Mit geschlossenen Augen lag er an der Seite seines Drachen, reglos wie eine Figur aus farblosem Sand.

Er war so blass, dass seine Haut fast durchscheinend wirkte, und Sira unterdrückte ein Stöhnen, als sie die Wunde in seiner Brust sah. Seine Magie hatte seinen Körper fast gänzlich verlassen. Nichts als ein Schatten seiner einstigen Kraft hielt ihn noch am Leben … ein Schimmer, der unter Siras Atem zu flattern begann. Erschrocken sah sie, wie erneut Blut aus der Wunde drang, und schickte einen Zauber in ihre Hände. Oft genug hatte sie Bherra dabei beobachtet, wie sie schreckliche Verletzungen versorgt hatte. Sie würde nicht tatenlos zusehen, wie Alvarez verblutete. Doch kaum, dass ihr Zauber sich auf seine Brust legte, zerbrach er. Mit zitternden Händen versuchte sie es erneut, immer wieder, bis die Verzweiflung ihr den Atem nahm. Sie kannte den Schleier, der sich nun über Alvarez' Körper zog, gnadenlos und so unabänderlich, dass sich ihre Kehle zusammenschnürte, und ehe er sie lähmen konnte, beugte sie sich erneut vor. Noch einmal glitt der Zauber in ihre Hände, doch da öffnete Alvarez die Augen und sah sie an.

»Ich sterbe, Sira«, flüsterte er so leise, dass seine Stimme fast im Wind der Hügel unterging. »Und sosehr ich dir für jeden Versuch dankbar bin, mich am Leben zu halten … so sehr spüre ich den Tod. Er ist schon ganz nah, und er wird mich mit sich nehmen. Du kannst das nicht verhindern.«

Sira schüttelte den Kopf. Sie wollte etwas erwidern, irgendetwas, das die Gewissheit von seinen Zügen brennen würde, aber ehe ein Wort über ihre Lippen kam, griff er nach ihrer Hand.

»Hilf mir, mich aufzusetzen«, bat er sie. »Ich will sie noch einmal sehen … die Hügel aus Donner und Staub.«

Stöhnend griff er nach Marhazars Klaue und zog sich mit Siras Hilfe an dem Drachen hoch, bis er an dessen Flanke lehnte. Sein Blick glitt über die Hügel, und er lächelte, als der Wind ihm ins Haar fuhr. Wie oft hatte Sira ihn an diesem Ort gesehen, reglos inmitten der Felsen, die Hände sacht über den Gräsern der kargen Erde und den Blick in die Ferne gerichtet, als würde der Wind ihm die Geschichten der Barden erzählen, die vor langer Zeit an diesem Ort zusammengekommen waren … Geschichten einer Welt, die er geträumt hatte.

Sie fuhr sich über die Augen, und Alvarez' Lächeln verstärkte sich, als er sie ansah.

»Du weinst ja, Kriegerin der Schatten«, raunte er. »Dabei solltest du deine Kräfte schonen. Die Kinder werden Nhor'garoths Flug zur Goldenen Stadt behindern, die Luft stinkt noch immer von seinem Blut und dem der Verwundeten, die er versorgen muss, und der Wind trägt den Zorn der Pherylen an mein Ohr, die bald schon über dieses Land hereinbrechen werden. Vermutlich wird er sich nach Rhakkaris zurückziehen, geschwächt, wie er ist. Aber dennoch steht dir ein harter Kampf bevor, sobald du ihn eingeholt hast.«

Sira stieß die Luft aus. »Ein Kampf?«, fragte sie und konnte nicht verhindern, dass die Verzweiflung ihre Stimme zittern ließ. »Ein Schlachtfest wäre wohl treffender. Was hilft es, mich in Illusionen zu verlieren? Ich werde Nhor'garoth nicht bezwingen. Ich habe kein Schwert, ich habe keinen Drachen. Ich bin zu schwach!«

Alvarez erwiderte ihren Blick mit derselben kühlen Gelassenheit wie während ihrer Lektionen, wenn sie die falschen Antworten auf seine Fragen gegeben hatte. »Du hast der Kraft des Walls standgehalten«, sagte er ruhig. »Mehr noch: Du hast ihn gestärkt und geheilt. Ich sehe noch immer die Flammen, die du in die Kuppel geschickt hast, flackernd und golden.«

Sira senkte den Blick. Ihre Hände waren blutbesudelt, doch für einen Moment sah sie erneut das Feuer, das aus ihren Fingern in den Wall geflossen war. Sie spürte die Glut tief in ihrem Inneren, so gleißend, als würde ein Windhauch genügen, um sie zu entfachen, und noch einmal fühlte sie, wie sich der Riss der Kuppel unter ihren Händen schloss. Dann sah sie Alvarez an. »Ich habe noch nie einen solchen Zauber gewirkt«, sagte sie leise. »Wie war das möglich?«

Ihr Mentor neigte den Kopf, als würde auch er die Glut spüren können, die wie ein Herzschlag gegen Siras Rippen pochte. »Im Griff des Sturms hat deine Magie ihre Masken zerbrochen ... jene Kraft, vor der du davongelaufen bist, seit du sie zum ersten Mal gefühlt hast, und die du doch gleichzeitig unbedingt entfesseln wolltest. Jetzt liegt sie vor dir, und du schaust darauf, als hättest du noch nie von ihr gehört. Fällt es dir denn wirklich so schwer, sie zu erkennen?«

Für einen Moment sah er sie nur an, schweigend und mit diesem Lächeln, das zugleich zärtlich und voller Spott war. Dann legte er die Hände an ihre Schläfen und ehe noch die Schatten über sie kamen, durchdrang sie sein Ruf. Hell und klar umfasste er ihre Gedanken, sie fühlte das Rauschen tief in ihrem Inneren, das seiner Stimme Antwort gab, und gleich darauf lichtete sich die Dunkelheit rings um sie. Alvarez war verschwunden, ebenso wie Marhazar und die Zwölf Hügel. Stattdessen stand Sira in einem Raum ohne Grenzen und vor ihr, so hoch, dass sie ihr Ende nicht erkennen konnte, erhob sich eine Wand aus Feuer.

Sira konnte sich nicht erinnern, jemals solche Farben gesehen zu haben. In sanften Strömen glitten die Flammen ineinander, umschmeichelten sich mit flackernden Funken und loderten hoch auf, als würden sie die Luft selbst zu reinem Gold verwandeln wollen ... einem Gold, das alle Farben der Welt in sich barg. Sein Rot gebar den Kern der Sonne, sein Blau den tiefsten Punkt der Nacht, und Sira hielt den Atem an, als das Feuer in raschem Wechsel glühende Hitze und klirrenden Frost über ihre Wangen schickte. Sein Gold war wie die Farben, von denen Andor erzählt hatte, Farben wie in einem Traum, den kein Wort der Welt jemals greifen konnte ... einem Traum aus Licht und Schatten.

Die Worte jagten peitschengleich durch Siras Schädel und sie fuhr zusammen, als im selben Moment ein stechender Schmerz durch ihre Finger zuckte. Erschrocken riss sie die Hand zurück, die sie wie in Trance nach den Flammen ausgestreckt hatte. Eissplitter bröckelten von ihren Fingern ab, golden wie die Glut selbst, und ihr Herz raste, als sie begriff, was das für ein Feuer war. Unwillkürlich wich sie zurück. Es schien ihr, als würden die Flammen vor ihr aufbrechen und einen gewaltigen Abgrund hinabströmen, eine Schlucht, die alles verschlingen würde, was sie war, wenn sie auch nur einen Moment länger hineinsah. Flüsternd glitt Andors Stimme durch ihre Gedanken, sie sah ihn vor sich, wie er von seinen Farben sprach und von dem Drachen, der wie Licht und Schatten war, und sie zweifelte nicht länger: Es war das Feuer Rhenlynghars, das sie in ihrer Brust trug – das Feuer der Ersten Stunde.

Der Wind fuhr ihr ins Haar, als sie sich in Marhazars Schatten wiederfand. Alvarez betrachtete sie regungslos. Noch immer stand das Lächeln auf seinen Lippen, aber seine Wangen waren eingefallen, und sein Atem rasselte, als er nun die Luft einsog. »Du hast die Macht, Nhor'garoth zu bezwingen«, brachte er hervor. »Du hast sie immer gehabt, auch wenn du es nicht erkannt hast und selbst ich eine Weile brauchte, um es zu begreifen. Aber jetzt haben wir den Beweis … Thar' Haméri …«

Dieser Name löschte jeden Gedanken in Sira aus. Stattdessen tauchte ein Bild in ihr auf, so hell, dass sie für einen Moment nichts anderes mehr sah als ihn: Arkaron, wie er früher gewesen war, hoch oben im goldenen Himmel auf dem Rücken Baldurins, die Augen in wilder Glut entfacht. Sie spürte den Wind auf ihrer Haut, als wäre sie selbst es, die ausgelassen die Arme emporriss, und das Feuer tief in ihr loderte auf wie der Ruf nach seinem Drachen. Rauschend stoben die Funken über Baldurins Flügel, sein Lachen klang dunkel in Sira wider. Doch als er den Kopf wandte und sie ansah, brach das Feuer in seinen Augen zu schwarzer Glut auf. Überdeutlich hörte sie ein Schwert in der Finsternis zerbrechen, und die Kälte dieser Augen zerriss das Bild in ihr. »Und selbst wenn das wahr ist«, brachte sie hervor. »Was ändert es, diese Macht in mir zu haben? Ich bin allein!«

Da stieß Alvarez die Luft aus. »Und was willst du nun tun?«, fragte er spöttisch. »Zurück in deine Einsamkeit fliehen, wo nichts und niemand dich verletzen kann? Es ist leicht, auf der Flucht zu sein, glaube mir, ich weiß, wovon ich rede. Niemand schert sich um dich, und du scherst dich um niemanden. Aber wahre Stärke kann nur im Vertrauen entstehen, dem Vertrauen zu anderen, dem Vertrauen, das sie in dich setzen – und dem Vertrauen in dich selbst!«

Erst als ihre Nägel sich in ihr Fleisch gruben, merkte Sira, dass sie die Hand auf ihren Brustkorb gepresst hatte. »Wie kann ich mir selbst vertrauen mit dieser Macht in mir!«, entfuhr es ihr. »Sie ist das Feuer der Drachen, sie …«

»… ist dein Feuer!« Alvarez' Stimme ließ den Boden erbeben, so plötzlich hatte er sie in alter Stärke erhoben. Unverhohlener Zorn stand nun in seinem Blick, als er Sira fixierte. »Nicht das Feuer, das Andor tötete, nicht das Feuer des Königs! Dein Feuer! Seit ich dich kenne, verschließt du dich vor dieser Wahrheit, weil es so viel leichter ist, die Magie abzulehnen, die du in dir trägst, oder sie als Mittel zum Zweck zu missbrauchen – so viel leichter, sich an der Welt festzukrallen, die du um dich herum errichtet hast wie ein Gefängnis – so viel leichter, Angst zu haben, als endlich den Schritt in den Abgrund zu wagen. Ja, deine Magie ist mächtig, und alles wird sich ändern, wenn du endlich lernst, sie in voller Kraft zu nutzen. Aber wie oft ist die Welt um dich herum zusammengestürzt, ohne dass du das getan hast? Wie oft, Diebin der Schatten? Und wer hat dich aufgefangen beim Tod deiner Eltern, deines Onkels, deines Bruders? Wer hält dich selbst jetzt, da du glaubst, alles verloren zu haben?«

Seine Augen funkelten in altem Glanz, doch im nächsten Moment fuhr er zusammen. Sira griff nach seiner Hand, als er vor Schmerzen das Gesicht verzog, und sie beugte sich vor, nah genug, um ihre Worte aus den Klauen des Windes zu reißen. »Die Stimme des Seiltänzers«, flüsterte sie. »Die Worte des Kriegers, der mich so viel mehr lehrte als Kampf und Magie. Der einzige Mensch, der mich je dazu gebracht hat, allein auf einen Drachen zu steigen.«

Ein warmer Schimmer ging durch Alvarez' Blick, doch er schüttelte den Kopf. »Ich war an deiner Seite«, raunte er, als der Schmerz von seinen Zügen wich. »Und ich wünschte, diese Augenblicke wären nicht unsere letzten. Aber ich habe dich nicht gehalten in deinem Sturm, ich nicht und auch sonst niemand. Und du weißt das. Du kennst die Macht, die dich auf dem Seil über dem Abgrund hält, ganz gleich, was du tust. Deine Magie birgt mehr als das Blut der Drachen. Sie trägt deine Tränen in sich und dein Lachen, deine Furcht ebenso wie deinen Mut. Sie ist ein Teil von dir, das hast du schon einmal gespürt. Du hast dich bereits auf den Weg begeben, den sie für dich bereithält, und es ist schon lange zu spät für dich, um noch umzukehren. Ich weiß, dass du das fühlst.« Er hielt inne, sacht strichen seine Finger über ihre Hand. »Tochter der Menschen«, flüsterte er und lächelte. »Weißt du denn nicht, dass du fliegen kannst?«

Die Wärme in seinem Blick trieb Tränen über ihre Wangen. Für einen Moment spürte sie wieder die Hand ihres Onkels auf ihrer Schulter wie damals, als sie zum ersten Mal für ihn in die Oberwelt gegangen war, sah das unerschütterliche Vertrauen auf seinen Zügen und fühlte Andors Nähe, als würde er sie mit derselben Gewissheit aus Alvarez' Augen anschauen, mit der er sie stets betrachtet hatte. »Warum glaubst du an mich?«, fragte sie und meinte, ihren Bruder die Brauen heben zu sehen, wie er es immer getan hatte, wenn sie eine für ihn völlig absurde Frage gestellt hatte.

»*Ich fürchte mich nicht vor dem Abgrund der Welt*«, sagte Alvarez und Andors Bild ging in seinem Lächeln auf. »Das sagtest du zu mir bei unserer ersten Begegnung, erinnerst du dich? Du hattest recht. Du warst furchtlos im Angesicht meines Sturms. Denn du hast die Hoffnung darin gesehen, den goldenen Schimmer in all dem Leid und der Zerstörung. Und sogar in den dunkelsten Momenten, sogar jetzt, da du es selbst nicht mehr fühlst, glüht dieses Licht in dir und wärmt mich in meinen letzten Augenblicken.« Er hustete, ehe er fortfuhr:

»Nhor'garoth ist stark, aber er ist nicht unverwundbar. Du kannst ihn bezwingen, wenn du an dieses Licht glaubst und an die Magie, die du in dir trägst. Vertraue auf das, was du fühlst. Hat dein Onkel dich das nicht gelehrt?«

Sein Lächeln trug Sira wie ein Schwingenschlag zurück vor die Wand aus Feuer. Ihr Herz raste, als sie darauf zutrat. Doch ehe die Furcht sie packen konnte, ließ sie die Farben über ihr Gesicht gleiten, und da meinte sie, Andors Bilder vor sich zu sehen – unzählige Striche auf Papier, die sich zu lodernden Szenen entfachten. Leise flog das Lachen ihres Bruders durch ihre Gedanken und als sie seinen Blick auf sich spürte, da schien es ihr, als würde er an ihrer Seite auf diese Flammen blicken und nichts als Schönheit darin erkennen. Noch einmal holte sie tief Atem. Dann tat sie den letzten Schritt und streckte die Hand nach dem Feuer aus.

Die Flammen flossen über ihre Finger wie goldenes Wasser. Kühl und warm zugleich glitten sie ihren Arm hinauf, fast spielerisch erhoben sie sich um sie herum und für einen Moment flammten Andors Bilder heller auf, als hätte er sie gerade eben mit Feuerfarben zu Papier gebracht. Sacht strichen die Lichter über Siras Haut ... und erloschen gleich darauf unter dem Grollen, das plötzlich die Flammen durchzog. Sie spürte noch, wie ihr das Blut aus dem Kopf wich. Dann wurde sie nach vorn gerissen und fand sich auf rauem Asphalt wieder.

Sie brauchte nicht mehr als einen Atemzug, um New York zu erkennen. Schwarz ragten die Trümmer um sie auf, tiefe Risse zogen sich durch die Straßen, und der Schein der Goldenen Stadt flammte über die Häuserschluchten hinweg wie ein Meer, das nur darauf wartete, sie zu verschlingen. Der Wind berührte Siras Wangen, und fast wäre etwas wie Wehmut in ihr aufgestiegen beim Anblick dieser Stadt, die einst ihr Zuhause gewesen war. Aber da bemerkte sie die Glut, die tief unter ihren Füßen aufbrach, und sie konnte es fühlen: das Grollen des Drachenfeuers, das die Erde erzittern ließ.

Instinktiv begann sie zu rennen. Doch mit jedem Sprung über die Trümmer hörte sie deutlicher die Schreie der Menschen, die in diesen Augenblicken in den Enklaven unter der Stadt verbrannten – die Schreie all jener, denen das Feuer der Drachen das Fleisch von den Knochen riss. Vergeblich schrie Sira sich zu, dass es eine Illusion war, die sie erlebte, ein Trugbild ihres eigenen Bewusstseins. Zu deutlich fühlte sie das Feuer, das ihr unter dem Asphalt nachjagte, und im selben Moment, da es aus den Straßen schoss, verlor sie das Gleichgewicht. Wie Kartenhäuser fielen die Trümmer rings um sie nieder, der Boden brach unter ihren Füßen ein, und gleich darauf stürzte sie in die Dunkelheit.

Der Aufschlag war hart, doch sie spürte ihn kaum. Wie in einem dunklen Traum kam sie auf die Beine und starrte in die Finsternis des Tunnels, in den sie nach dem Tod ihrer Eltern gelaufen war. Wie in jener Nacht raste ihr Herz und wie damals schien es ihr, als würde die Dunkelheit sich mit all der Trauer, die in ihr war, und jedem Splitter ihres Schmerzes um ihren Hals ziehen. Eiskalt glitt sie über ihren Körper, diese Finsternis, die ihr alles genommen hatte, was je von Bedeutung gewesen war. Die Luft wich aus ihrer Lunge, atemlos griff sie sich an die Kehle … und bemerkte erst in diesem Moment, dass es Feuer war, das sie umgab.

Ihr Herz setzte für einen Schlag aus. Sie erwartete den Biss der Flammen, die gnadenlos ihre Kehle hinabschießen und sie verbrennen würden. Aber nichts dergleichen geschah. Sacht, beinahe zärtlich strich das Feuer über ihre Haut und da begriff sie, dass sie es kannte. Es flüsterte mit einer Stimme aus Asche und Glut und es war golden … golden wie die Sterne in der Nacht.

Der Ton war kaum mehr als ein Flüstern, und doch fuhr er Sira ins Mark, als er nun durch die Flammen drang. In dunkler Schwere strich er ihr durchs Haar, dieser Gesang, der sie schon einmal wie durch tausend Türen erreicht und ihre Schritte in die Finsternis geführt hatte, und wie damals folgte sie ihm – getrieben von diesem Brennen tief in ihrem Inneren, das nun in ihr aufbrach, schmerzhaft und unendlich süß zugleich, und das Leben in jede Faser ihres Körpers zurückrief. Und da stieg ein Bild vor ihr auf, oder vielleicht war es die ganze Zeit über da gewesen und erst jetzt, berührt von diesem Gesang, war sie fähig, es zu sehen, mehr noch: es zu fühlen.

Der Atem ihrer Mutter strich sacht über ihr Gesicht, als Sira zu ihr aufsah, jenseits der Enklave, die damals ihr Heim gewesen war. Noch einmal spürte sie, wie ihre Mutter auf dem rutschigen Untergrund schwankte, hörte das Grollen aus tiefen Kehlen ganz in ihrer Nähe – und das Lied, das ihre Mutter summte, so leise, dass es nicht von den Wänden widerhallte, und doch laut genug, um sich wie ein schützender Zauber über Siras Körper zu legen. Klein war sie damals gewesen, kaum zwei Jahre alt, und doch fühlte sie nun die Sicherheit in den Armen ihrer Mutter und die Geborgenheit, die sie in ihrer Stimme gefunden hatte, als hätte sie beides gerade erst erlebt … umgeben von rastloser Finsternis.

Mit klopfendem Herzen erwiderte sie den Blick ihrer Mutter, und als ein Lächeln in deren Augen aufflammte, tauchten weitere Bilder um sie aus der Finsternis. Sira sah sich selbst über einen Stapel Zeichnungen gebeugt, spürte die bunte Kreide an ihren Händen, mit denen ihre Mutter sie gefertigt hatte, sah sich über den Büchern, die ihr Vater mit sich herumtrug, als wären sie magische Schilde, und fühlte das Lachen, das Weinen, das Schweigen ihrer Eltern mit einer Intensität in sich widerklingen, dass sie kaum atmen konnte. So tief hatte sie diese Erinnerungen in sich verkapselt, so tief, dass sie ihr fast fremd erschienen, ehe sie in ihre Farben eintauchte. Doch stärker als der Schmerz war die Wärme, die nun in ihr aufbrach – diese Wärme, die sie von Bild zu Bild und schließlich in die Arme ihres Vaters trug.

Sein Haar schimmerte im Schein der Fackel. Sie konnte es unter ihren Fingern fühlen, als sie sich auf der rostigen Leiter an seinem Nacken festhielt, und sie spürte seinen Herzschlag, als er mit ihr in den Armen in die Oberwelt trat. Tief in den Schatten hielt er sich verborgen, seine Anspannung klang in ihren Gliedern wider – aber deutlicher nahm sie den Zauber wahr, der nun über seine Züge flog. Er hatte den Blick zum Himmel gerichtet, und dort, wie Schwärme aus prasselnden Funken, jagten die Drachen des Feuers über das Firmament. Sira konnte die Hingabe spüren, die ihr Vater bei diesem Anblick empfunden hatte, sie fühlte sie in sich selbst, und sie sah sich gespiegelt in seinen Augen: ein Kind, das zu den Wesen aufsah, die es töten wollten – und nichts als Sehnsucht dabei empfand.

Regungslos stand Sira inmitten des Feuers. Wie war es möglich, dass sie Andor so ähnlich gewesen war und es vergessen hatte? Das Lachen ihres Bruders klang in ihr wider, während die Bilder rings um sie in die Höhe stiegen. Lautlos glommen sie auf, als wären sie Sterne am Firmament, und erst ein schwaches Funkeln zu Siras Füßen ließ sie den Blick wenden. Sie bückte sich danach und stellte fest, dass es eine Blume war ... eine zarte, halb zerrissene Blume mit tiefblauen Blütenblättern.

Im selben Moment spürte sie die Anwesenheit des Drachen. Seine Präsenz strömte kühl über ihren Körper und als sie den Kopf hob und ihn ansah, da schien es ihr, als würden all ihre Gedanken bei seinem Anblick ausgelöscht. Seine Schuppen schimmerten wie Wasser im Schein des Mondes, seine Klauen glühten in uraltem Obsidian, und ein Grollen ging durch seine Kehle, leise und doch dunkel genug, um den Sturm erahnen zu lassen, den er in sich barg. Das Feuer seiner Augen jedoch legte sich sanft auf Siras Stirn, und da wallte das Brennen mit solcher Gewalt in ihr auf, dass sie kaum atmen konnte. Nie zuvor, so schien es ihr, hatte sie ein solches Wesen gesehen, ein Geschöpf aus Licht und Finsternis mit dem Gold des Himmels in seinem Blick, und ihr Herz zog sich zusammen, als der Glanz seiner Augen aufloderte und wie ein Atemhauch über ihre Haut flog. Sacht tat er es, als würde er nicht glauben, dass sie tatsächlich da war – sie, das Wunder, das er geträumt hatte. Und da spürte sie, dass es nicht allein ihre Sehnsucht war, die die Blume in ihren Händen in diesem Moment erblühen ließ. Es war auch die seine, eine Sehnsucht, die jeden Schmerz, jede Trauer wert war, eine Sehnsucht ohne Grenzen nach allem, wofür es keine Worte gab – eine Sehnsucht von einer Kraft, dass sie die Welt aus den Angeln heben konnte. Unmerklich neigte Rhenlynghar den Kopf, und als Sira seiner Geste folgte, da sah sie sich im Gold seiner Augen gespiegelt: das Kind, das sie nie wieder vergessen würde, und die Kriegerin des Feuers, die sie war.

Nicht mehr als ein Windhauch war es, der sie auf die Zwölf Hügel zurücktrug. Noch einmal fühlte sie das Feuer Rhenlynghars auf ihren Wangen, geboren aus einem Licht, das heller strahlte als jede Glut, die sie kannte. Dann erlosch der Glanz, und sie nahm die Kälte wahr, die über sie gekommen war. Alvarez erwiderte ihren Blick, als sie ihn ansah. Das Gold des Feuers, das nur langsam in ihre Augen zurücksank, erhellte sein Gesicht, und ein Lächeln glitt über seine Lippen, als würde er den Schleier nicht spüren, der seinen Körper in den eines Toten verwandelte.

»Diebin der Schatten«, flüsterte er. »Ich würde gern das Gesicht der Männer sehen, wenn sie begreifen, dass eine Frau das Feuer Rhenlynghars in ihren Adern trägt. Aber leider ... habe ich andere Pläne. Ich ...«

Ehe er fortfahren konnte, fuhr er unter Schmerzen zusammen. Sira fröstelte, als sie die Kälte seiner Finger wahrnahm. Es schien, als hätte der Schleier des Todes ihn bereits mit sich fortgezogen, doch da grub Marhazar die Krallen in die Erde, so heftig, dass ein tiefes Grollen durch den Boden ging. Sira duckte sich unter Sand und Steinen, die sich in die Luft erhoben, und sie hörte die Stimmen, die aus ihnen entsprangen ... schwer und dunkel wie Rufe aus lang vergangener Zeit. Und dann, donnernd, als würde der Himmel auseinanderreißen, zog sich ein Riss durch die Szene, als wäre sie nichts als ein Gemälde, das von unsichtbarer Klaue zerfetzt werden konnte. Sira starrte in das Licht, das aus dem Schnitt in ihrer Wirklichkeit fiel, und noch ehe die Funken in überirdischem Glanz darin aufglühten, wusste sie, was sie da vor sich sah. Es war das Tor der Sterne, das sich über den Zwölf Hügeln erhob – das Portal, das zwei Krieger der Schatten zum *Anderen Ort* hinüberführen würde.

Ihre Lippen zitterten, als sie Alvarez' Blick erwiderte. Sie suchte nach Worten, die ihn halten würden, irgendetwas, das ihnen Aufschub gewährte, aber sein Lächeln zerbrach die Silben auf ihrer Zunge, sie alle ... bis auf drei.

Ich danke dir, flüsterte sie in Gedanken, und da glommen Alvarez' Augen auf, ein letztes Mal.

Es war mir eine Ehre, sagte er leise. *Und auch ich danke dir, Kriegerin des Feuers. So lange habe ich darauf gewartet, dich hoch am Himmel fliegen zu sehen, und nun ... nun hast du mir diesen Wunsch erfüllt. Du kennst deinen Weg, und ich zweifle nicht daran, dass du ihn gehen wirst. Folge deiner Magie, folge deiner Stimme. Sie wird dich führen ... zu ihm.*

Ein Schauer flog über Siras Rücken, als sie noch einmal den Gesang wahrnahm, der sie in ihrem Feuer durchdrungen hatte ... den Gesang von Bharkardhos, der nun wie ein Flüstern inmitten der Steine widerhallte. Schweigend schaute Alvarez sie an, und als Sira sich selbst auf der Lichtung sitzen sah, wortlos neben ihrem Drachen, den Blick den Sternen zugewandt, da wusste sie, dass ihr Mentor in seinen letzten Momenten dieses Bild in ihren Augen betrachtete. Schwach flog das Lächeln über seine Lippen, dieses wissende, spöttische, liebevolle Lächeln, das sie so oft verflucht hatte und das ihr nun die Tränen in die Augen trieb. Wie lange hatte sie gebraucht um zu begreifen, was dieses Bild bedeutete – dieses Bild, vor dem sie geflohen war, als ginge es um ihr Leben. Und Alvarez … er hatte es die ganze Zeit über gewusst.

Noch einmal flackerte der Schalk in seinen Augen auf. Dann holte er Atem, und im selben Moment, da seine Magie sich lindernd über Siras Wunden zog, zerbrach der Schleier des Todes über seinen Gliedern wie eine Schicht aus bröckelndem Sand. Sein Körper darunter war durchscheinend, kurz spürte Sira seine Hand wie einen wärmenden Luftzug an ihren Fingern. Dann erhob er sich, und da mengten sich Stimmen in den Gesang der Steine … Stimmen in so vielen Sprachen, dass sie wie Regen auf Sira niederfielen. Sie lauschte dem rätselhaften Gesang der Geschichtenerzähler, die vor langer Zeit an diesem Ort zusammengekommen waren, und kaum, dass sie die Kraft fühlte, die in ihren Worten lag, zog Alvarez sich auf Marhazars Rücken. Der Leib des Drachen erglühte in kupferfarbenem Licht. Jede Schwere fiel von ihm ab, und als er die Schwingen ausbreitete, da schien es, als würden die Geschichten zu dem Wind werden, der ihn mit seinem Reiter zum Sternentor hinübertrug.

Sira kam auf die Beine, als Alvarez sich zu ihr umwandte. Noch einmal sah sie Marhazars Lächeln und die Glut in den Augen ihres Mentors, die nun in goldenem Licht erstrahlte. Dann fuhren die Krieger herum und mit einem Schwingenschlag, der wie ein Sturm über die Hügel fegte, stoben sie in das Tor hinein. Im selben Moment erstrahlte es in gleißendem Licht. Sira meinte noch, ein Funkeln darin widerklingen zu sehen wie fallende Münzen. Dann erlosch es so plötzlich, wie es gekommen war. Dumpf fielen die Steine zu Boden, der Gesang der Geschichtenerzähler erstarb, und Sira stand einfach da und spürte die Kälte rings um sich, als wäre jede Wärme mit einem Schlag erloschen.

Doch gerade, als sie fröstelnd die Schultern anzog, ging ein Ton durch die Luft. Leise wie flüsternder Wüstensand strich er über ihre Hand, und da fühlte sie, dass sie etwas darin hielt, das nun wie unter einem fernen Befehl aufglühte. Verwundert senkte sie den Blick.

Es war eine Münze, die in ihrer Hand lag, eingefasst in die silberne Kette, die jeder Novize nach der bestandenen Prüfung zur Kriegerschaft von Alvarez erhalten hatte ... eine Münze mit einer Schramme, geschlagen vom Messer einer Diebin.

Kapitel 53

Der Turm der Schatten lag in Trümmern. Noch immer glühte der blaue Frost auf den Streben, Rauch stieg zwischen den Stahlträgern auf, und Noriks Schritte knirschten auf dem verbogenen Metall, als bewegte er sich über einer Eisschicht, die jeden Moment zusammenbrechen konnte. Ansonsten lag eine seltsame Stille in der Luft. Sie trug kaum mehr als das Flattern der verkohlten Buchseiten an sein Ohr, die über die Trümmer hinwegflogen, als wären sie Schmetterlinge mit geschwärzten Flügeln, und Norik musste nicht den Blick heben, um ihnen nachzusehen ... taumelnd und zerrissen über der Ruine der Schatten.

Dumpf drangen die Stimmen von Kapo und Arvid zu ihm herüber, die nun zwischen den Trümmern landeten. Norik konnte die Leere spüren, in die sie eintauchten, kaum dass sie einen Fuß auf die zerbrochene Erde setzten. Wie lange stieg er selbst nun über die Überreste seines Turms? Minuten? Stunden? Tage? Der Verstand sagte ihm, dass auch er erst vor wenigen Augenblicken von Rhorkas Rücken gesprungen war, zurückgekehrt aus den Toten Wäldern, deren Schlacht er gewonnen hatte, nur um im Zentrum seiner eigenen Welt zu scheitern. Er fühlte noch den schneidenden Wind auf seiner Haut, so schnell war er geflogen. Und doch erschien ihm sein Herumirren zwischen den Trümmern wie ein ganzes Leben. Traumwandlerisch fuhr er sich über die Augen, aber das Bild ringsum veränderte sich nicht. Nur die Menschen, die nun aus den Gängen kamen, wühlten die Stille auf, all jene, die mit dem Leben davongekommen waren, und Norik spürte ihr Entsetzen in seinen eigenen Gliedern: das Entsetzen beim Anblick der Gilde, der Nhor'garoth das Herz herausgerissen hatte.

Er ballte die Hände zu Fäusten, kaum dass der Name des Königsreiters durch seinen Schädel peitschte. Etwas in ihm schrie ihm zu, dass er aufbrechen musste, auf der Stelle, um seinen Feind zu stellen und die Kinder vor einem Leben im Schatten des Königs zu bewahren. Aber da klang der Donner an sein Ohr, den Rhorka bereits bei ihrem Aufbruch aus den Toten Wäldern gehört hatte: die Pherylen, die über das Meer gekommen waren und schon bald jedes lebendige Wesen mit einem Funken Magie in den Adern in ihren ewigen Sturm hüllen würden, wenn es sich nicht in Sicherheit brachte. Nicht grundlos hatte Nhor'garoth sich nach Rhakkaris am Rand der Großen Wüste zurückgezogen – in die Stadt der Albträume jenseits der Ebenen des Staubs, die einst sein Sitz gewesen war.

Norik schaute zu Rhorka hinüber, die sich zwischen den eingestürzten Unterkünften der Drachen über Ysios' Wunde beugte und nun den Kopf hob, witternd, als könnte sie die Stimmen ihrer Ahnen bereits hören. Er erinnerte sich gut an die Drachen des Sturms, die bei ihrem letzten Besuch uralte Bäume wie Spielfiguren durch die Luft geschleudert hatten, und etwas in ihm drängte ihn hinauf in die Luft wie damals, als er Rhorka begegnet war – hoch oben auf den Zinnen des Gebirges. Vielleicht würden die Klauen dieser Drachen die Stille zerreißen, die ihn über die Trümmer trieb, ziellos und doch von brennender Unruhe erfüllt, als würde inmitten der Zerstörung etwas auf ihn warten ... etwas, das stärker war als der Frost seines Feindes.

Wie eine Antwort auf seine Gedanken sah er das Buch. Es lag unter den verbogenen Sprossen einer Leiter, mit Asche und Steinsplittern bedeckt. Noch immer glänzte der Schriftzug auf dem ledernen

Einband, und als Norik darüber hinstrich, hörte er die Stimme seines Vaters. In dunkler Melodik rezitierte er die Gedichte, die dieses Buch enthielt, Gedichte einer Zeit, die so weit zurücklag, dass sie Norik bisweilen schien wie ein Märchen. Doch die Verse von damals bargen größere Weisheit als jede Zauberformel, die er kannte, und ein Lächeln flog über seine Lippen, als er daran dachte, wie er in der Bibliothek gesessen und diese Zeilen auswendig gelernt hatte.

Die Dichtung war fester Bestandteil seiner Ausbildung gewesen, etliche Stunden hatte er mit seinem Vater über den Büchern verbracht. Und später, nach dessen Tod, hatte Alvarez den Unterricht fortgeführt und mit einer Leidenschaft über Metrik und Rhythmus gesprochen, als gäbe es inmitten des Krieges nichts von größerer Bedeutung. Und tatsächlich war in jenen Stunden, die sie gemeinsam in der Bibliothek verbracht hatten, nichts wichtiger gewesen als die Gedanken, die Norik um die Worte jener Dichter kreisen ließ. Er sah Alvarez vor sich, vornübergebeugt im Schein einer Kerze, als würde jede Zeile vor ihm ein mächtiges Geheimnis bergen, er hörte seine Stimme und erinnerte sich, wie oft sie zusammen gelacht hatten zwischen all den Büchern ... und er fuhr unter dem Schmerz zusammen, der gleich darauf seinen Rücken durchzog.

Noch einmal raste er durch die Nacht auf die Gilde zu, sah sie erneut vor sich liegen wie eine offene Wunde und spürte wieder Alvarez' Blut in den Linien auf seinem Rücken verglühen ... zu Licht geworden wie der Krieger, der ihn verlassen hatte. Im selben Moment fühlte Norik die Kälte, die im Inneren des Buches aufglomm, und ehe er das blaue Feuer zurückdrängen konnte, hatte es die Seiten bereits verzehrt. Schwarz fielen die Ascheflocken nieder, verloren wie die Worte, die einst über diesen Zeilen gesprochen worden waren.

Norik schien es, als würde sein Vater ihn zwischen den gefallenen Mauern seines einstigen Reichs ansehen. Er las die Schuld in dessen Augen, die er selbst empfand, hörte das Flüstern der Asche wie das

Hohngelächter des blauen Feuers und spürte den Schmerz in seinem Rücken. Mit einem Schrei, der die Luft zerriss, schleuderte er das Buch gegen den nächsten Stahlträger. Raschelnd fielen die verkohlten Seiten nieder, doch ehe die Stille zu Norik zurückkehren konnte, flog ein wärmender Hauch über sein Gesicht. Sanft war er wie das Flüstern des Windes in den Zweigen einer Weide, und noch ehe er den Blick hob, wusste er, wer dort zwischen den Trümmern stand und zu ihm herübersah.

Blutige Striemen zogen sich über Siras Wangen. Ihr Haar war rußbedeckt und zerzaust, etliche Wunden liefen über ihren Körper – aber sie war am Leben, und ein Schauer glitt über Noriks Rücken, nun, da er sie lächeln sah. Eilig setzte er sich in Bewegung, doch gerade, als sie einen Schritt auf ihn zutrat, wich die Farbe aus ihren Wangen, und da fühlte er den Schmerz, der pfeilschnell durch ihre Lunge schoss. Ihre Hände glitten von einer verbogenen Treppe ab, vergeblich versuchte sie, ihren Sturz zu verhindern. Doch ehe sie inmitten der Trümmer landete, war Norik an ihrer Seite und fing sie auf. Sie war leicht, so leicht, als würde sie aus nichts als Wärme und Schmerz bestehen. Vorsichtig kniete er nieder, sodass sie sich mit dem Rücken gegen einen Stahlträger lehnen konnte. Dann setzte er sich neben sie und strich ihr das Haar aus der Stirn.

»Diebin der Schatten«, sagte er leise. »*Kämpfe, aber lass dich nicht treffen.* Wie oft habe ich dir das gesagt?«

Ihr Atem ging stockend, aber sofort glomm der spöttische Funke in ihren Augen auf. »Muss ich vergessen haben. Du scheinst deine eigenen Lektionen aber auch nicht besonders gut gelernt zu haben.« Sie betrachtete die Wunde an seiner Schulter, ehe sie ernst wurde. »Doch mancher Kampf ist jede Verletzung wert, nicht wahr? Ihr konntet die Menschen von Bhorthos retten.«

Norik senkte den Blick. »Ja«, sagte er. »Sie schon.«

So behutsam wie möglich begann er, ihre Wunden zu heilen. Jedes Mal, wenn er einen Zauber über sie legte, durchzuckte ihn der Schmerz, den sie empfand, und er spürte die Erschöpfung der Schlacht in ihren Gliedern wie seine eigene Müdigkeit. Doch sie wandte sich nicht von ihm ab. Mit derselben Entschlossenheit, mit der sie ihn bei ihrer ersten Begegnung in den Schatten betrachtet hatte, hielt sie sich an ihm fest. Und wieder sah er sie vor sich, allein auf seinem Turm, die Faust zur Kuppel hinaufgereckt, und fühlte das Feuer in ihr, das seinem Sturm so ähnlich war. Golden pochte es gegen seine Finger, so vertraut, als wäre es ein Teil von ihm selbst, und doch fremd wie ein Geheimnis, das er nie ganz begreifen würde ... wie ein Traum, aus dem er jeden Moment erwachen würde.

»Oh, zur Hölle noch eins!«, rief Sira aus, als seine Magie ihre Rippe berührte. Er spürte ihn selbst, den gleißenden Schauer, der durch ihren Leib schoss, aber stärker noch nahm er etwas anderes wahr ... ein schwaches Glühen, das bereits begonnen hatte, Siras Wunde zu heilen. Kurz nur meinte Norik, ein Lachen zu hören, spöttisch und sanft zugleich, und doch genügte dieser Ton, um ihn innehalten zu lassen. Es war Alvarez' Magie, die auf Siras Verletzung lag, getragen von seinem letzten Atemzug.

»Was ist los?«, fragte sie, als er die Hände sinken ließ, und für einen Moment wollte er ihr von dem Buch erzählen, von den Gedichten darin und von Alvarez' Lachen, wenn er die Zeilen in pathetischer Weise vorgetragen hatte. Er wollte ihr all das sagen, ihr, die seinem Freund in seinen letzten Augenblicken beigestanden hatte, während er selbst, der heldenhafte Reiter des Sturms, nicht da gewesen war. Doch dann schüttelte er den Kopf und legte einen eisglimmenden Zauber auf die Wunde, der Sira die Luft einsaugen ließ. Ihre Finger krallten sich in die noch immer gefrorene Erde, aber ihr Blick traf Norik mit solcher Glut, dass er fast meinte, die Hitze auf der Haut zu spüren. »Es war nicht deine Schuld«, brachte sie hervor. »Du konntest nichts dagegen tun, dass das hier passiert ist.«

Er seufzte. Wann hatte es angefangen, dass sie seine Gedanken kannte, kaum dass sie durch seinen Kopf gegangen waren? »Das ist wahr«, entgegnete er und bewegte die Finger über einem Schnitt an ihrer Schulter. »Ich konnte nicht verhindern, was geschehen ist. Die Trümmer um uns herum beweisen das eindrucksvoll. Mein Vater ...«

»Dein Vater ist tot«, unterbrach sie ihn. Sie hatte leise gesprochen, und doch fegten die Worte jeden Sarkasmus von seiner Zunge. »Und warum? Weil er eine Entscheidung getroffen hat, genau wie du. Du hast die Menschen der Toten Wälder gerettet, du ...«

»Verflucht, hör auf!«, entfuhr es ihm. Erschrocken zuckte Sira zusammen. Norik fühlte selbst die Kälte des Sturms, der um ihn aufbrach, doch er konnte sie nicht zurückhalten. »Erzähl mir nicht, wen ich gerettet habe! Mein Vater gab sein Leben für den Reiter des Sturms, der ich bin! Und jetzt sieh dich um! Sieh dir an, was aus Castans Erbe geworden ist!«

Sira presste die Zähne aufeinander, während sie ihn aus glühenden Augen anschaute. »Das tue ich«, sagte sie, ohne auch nur einen Blick auf die Trümmer der Gilde zu werfen. »Und ich sehe einen Mann, an den die Menschen glauben. Einen Krieger, dem sie Vertrauen schenken. Einen Anführer, für den sie sterben würden. Ich sehe einen Menschen, der alles tut, was er nur kann, um seine Aufgabe zu erfüllen – und mehr als das!«

Norik kam auf die Beine. Mit einem Schlag war die Unruhe zurück, die ihn wie ein getriebenes Tier durch die Trümmer seines Turms gejagt hatte, und es schien ihm, als würde jedes Wort, jeder Blick von Sira peitschengleich über seinen Rücken fliegen. »Weißt du, wie viele Menschen hier gestorben sind?«, fuhr er sie an. »Wie viele ich einst vor dem Tod bewahrte, nur um jetzt zuzusehen, wie sie in Nhor'garoths Feuer verbrannt sind?«

Er wollte sich abwenden, doch Sira ließ ihn nicht gehen. Ohne auf die Schmerzen zu achten, die noch immer jede Farbe aus ihren Wangen zogen, stemmte sie sich auf die Beine. »Und wie viele konntest du retten?«, fragte sie eindringlich. »Wie viele haben an deiner Stelle um die Gilde gekämpft, weil du ihnen den Glauben an eine bessere Welt geschenkt hast?«

Ein bitterer Geschmack trat auf seine Zunge, doch er konnte die Worte nicht zurückhalten, die mit einer Schärfe über seine Lippen brachen, als könnten sie die Trauer in seinem Inneren zum Schweigen bringen. »Glaube«, sagte er mit kalter Verachtung. »Dieser Glaube kostete sie das Leben, kannst du das nicht sehen?«

Für einen Moment erwiderte sie nichts. Sie stand nur da, auf einen Stahlträger gestützt, und schaute ihn an, als wäre er ein Kind, das nichts verstand. »Dieser Glaube war es, der ihnen das Leben geschenkt hat«, entgegnete sie dann und er konnte hören, dass ihre Stimme zitterte. »Dieser Glaube war es, für den Juri gestorben ist!«

Der Schmerz kam so unerwartet, dass Norik die Luft aus der Lunge wich. Er hörte Juris Stimme in seinem Schädel widerhallen, fühlte sein Haar an seinen Fingern und sah die Dunkelheit in dessen Blick, mit der er stets zu ihm aufgeschaut hatte, von jenem Moment an, da Norik ihn gefunden hatte, bis zum Augenblick seines Todes. Norik musste sich an einem Trümmerstück abstützen, um nicht zu fallen. Zu deutlich sah er Juri vor sich, der seinen Blick erwiderte ... so still und verloren, als hätte er ihm gerade ein Messer ins Herz gestoßen.

Er fuhr zusammen, als Sira seine Schulter berührte. »Ich habe nicht alle deine Lektionen vergessen«, sagte sie leise. Der Zorn war aus ihrer Stimme gewichen und etwas an der Art, wie sie die Hand auf seinen Arm legte, als würde sie fürchten, dass er jeden Moment verschwinden würde, ließ ihn den Blick heben. »*Ich erwarte nicht, dass du mir dankbar für dein Leben bist,* hast du damals zu mir gesagt. *Ich erwarte, dass du dir selbst dankbar bist. Dankbar für deinen Schmerz, deinen Zorn, deine Leidenschaft, dankbar für deinen Willen, dich Nhor'garoth entgegenzustellen, unabhängig davon, was es dich kosten wird – dankbar für alles in dir, das menschlich ist. Denn das ist es, was die Gilde der Schatten dem König dieser Welt seit langer Zeit entgegensetzt, und ganz gleich, was seine Schergen sich auf ihre Fahnen schreiben: Das ist es, was er fürchtet.«*

Er schwieg für einen Moment. »Und so ist es«, sagte er dann. »Aber ich bin der Reiter des Sturms, und ...«

»... und du glaubst, dass nicht mehr in dir steckt als das«, unterbrach sie ihn. »Aber das ist nicht wahr. Ich habe das erkannt, ebenso wie Rhorka und Juri – und wie dein Vater!«

Das Zittern in ihrer Stimme war kaum noch zu hören, und doch fühlte Norik es so deutlich, als glitten Ströme aus Feuer über seine Haut. Sira sah ihn an, als hätte sie ein Geheimnis erfahren, das nicht für sie bestimmt war und das sie doch nicht für sich behalten konnte ... ein Rätsel, das größere Macht barg als jeder seiner Zauber.

»Was willst du damit sagen?«, fragte er und konnte nicht verhindern, dass kühle Abwehr in seiner Stimme mitschwang.

Aber Sira erwiderte seinen Blick ungerührt. »Dass dein Vater nicht den Reiter des Sturms gerettet hat, als er sein Leben gab«, entgegnete sie nur, und ehe er sie zurückhalten konnte, begann sie, eine halb zerrissene Metallplatte anzuheben, die gerade noch zu ihren Füßen gelegen hatte. Krachend landete sie auf einem Stahlträger und darunter, von Spänen und Ruß bedeckt, kam das Zeichen des Sturms zum Vorschein. »Ich weiß, dass es schmerzhaft für dich ist«, sagte Sira und hielt sich die Seite. »Aber ich bitte dich: Sieh dir an, was in diesem Zauber liegt, ein letztes Mal! Es ist so viel mehr darin, als du ahnst!«

Alles in Norik wehrte sich gegen den Blick, mit dem sie ihn nun bedachte. Oft genug war er durch die Bilder seiner Vergangenheit geglitten, jedes Mal, wenn er die Kraft der Kuppel erneuert hatte oder in sternlosen Nächten zur obersten Plattform hinaufgestiegen war, um die Heldenbilder seines Vaters zum Leben zu erwecken, und er wusste um den Schmerz, der ihn bei jeder einzelnen Szene durchfuhr. Doch Siras Finger gruben sich in den Stoff seines Mantels, so fest, dass er ihren Pulsschlag fühlen konnte, und die Dunkelheit in ihren Augen ließ ihn näher treten. Sie hatte ihr Leben riskiert, um die Gilde der Schatten zu beschützen, und selbst jetzt, da der Schmerz ihr das Blut aus dem Kopf zog, schien sie nichts anderes zu kümmern als die Magie, die noch immer in den Trümmern lag. Wie konnte er sie zurückweisen, ausgerechnet jetzt, da sie ihn auf diese Weise ansah?

Er löste ihre Finger von seinem Mantel und kniete im Zeichen des Sturms nieder. Schwach nur streifte ihn der kühle Hauch der Magie, der auf seinen Ruf hin in den Symbolen aufglomm, doch als er seinen Sturm ausschickte, ging ein Grollen durch die Trümmer, so durchdringend, dass die Menschen ringsum erschrocken die Köpfe wandten. Aber Norik achtete nicht darauf. Alles, was er wahrnahm, waren die Bilder, die nun in den flackernden Strömen über der Ruine aufloderten. Er selbst war es, hoch oben am Himmel auf Rhorkas Rücken, die Faust mit dem Schwert emporgerissen, das Haar im Wind wehend, dann auf einem Schlachtfeld inmitten gefallener Feinde, in tiefster Finsternis in den Katakomben zahlreicher Städte. Ein scheinbar endloser Bilderstrom entfaltete sich in der gefallenen Gilde, und während die Stimmen der Menschen voller Ehrfurcht um ihn aufwallten, spürte Norik bei diesen Szenen nichts als Übelkeit. Fremd erschien ihm der Krieger, den sie zeigten, seine Erhabenheit war wie eine Maske über einem Abgrund aus Dunkelheit, und nur Siras Blick hielt ihn davon ab, sich abzuwenden. Und dann endlich brachen die Bilder seines Vaters durch den Sturm.

Norik merkte kaum, wie er auf die Beine kam. Alles, was er spürte, war die Verzauberung, die ihn wie ein Kind zu Castan aufsehen ließ, der sich in strahlender Rüstung aus den Trümmern erhob. Die Magie flackerte, einige Szenen waren nur noch schwach zu erkennen, und doch fühlte Norik jede einzelne, als sähe er sie zum ersten Mal. Er roch das Gras unter den Füßen seines Vaters, als er den Ort der Gilde fand, spürte den Wind in dessen Haar, wenn er auf Amals Rücken über das Gebirge hinwegflog, und er hörte den Gesang seiner Klinge, jedes Mal, wenn er sich in die Schlacht stürzte. Furchtlos trat er seinen Feinden entgegen, unerschütterlich in seinem Willen, und er kämpfte mit einer Leichtigkeit, die Norik den Atem anhalten ließ. Ein Held war es, der nun ein letztes Mal über den Ort der Gilde kam, ein Krieger, der nichts als Bewunderung hervorrief ... und ein Vater, der am Abend seines Todestages in kühler Intensität zu seinem Sohn herübersah.

Norik sah die Bibliothek, die sich nun vor ihm errichtete, so deutlich vor sich, dass er das Papier und den Staub unter den Regalen riechen konnte. Unwillkürlich trat er einen Schritt vor und glitt in die Szene hinein. Sein Vater stand kaum wenige Armlängen von ihm entfernt und gleichzeitig war er so weit fort, dass Norik wie damals meinte, schreien zu müssen, um seine Worte an sein Ohr zu tragen. Doch kein Ton drang über seine Lippen. Wie in einem dunklen Traum hörte er seine Stimme in der Szene widerhallen, er schmeckte sie wie Asche auf seinen Lippen, und obgleich er sich mit aller Kraft dagegen wehrte, überkam ihn derselbe Zorn wie damals, als sein Vater nun zu sprechen begann.

Seine Worte waren kalt wie sein Blick und wie damals legten sie sich auf Noriks Körper, als wären sie ein Käfig aus Frost. Er hörte seinen Vater von den Pflichten des Sturmreiters sprechen, von der Verantwortung, die diese Macht mit sich brachte, und wieder schien es ihm, als würde Castan nicht über seinen Sohn reden, sondern über ein Trugbild, eine Hülle, die nichts in sich trug als die Magie des Sturms. Und wie damals zogen sich die Regale rings um Norik enger zusammen. Er bekam keine Luft mehr, nun, da sein Vater sich zornig von ihm abwandte, und instinktiv wollte er gehen wie an jenem Abend, angefüllt mit einer namenlosen Anspannung, als hätte er damals schon gewusst, dass dies die letzten Worte jenseits des Schattens des Todes zwischen ihnen sein würden.

Doch Sira hinderte ihn daran. Sie tat nicht mehr, als die Hand auf seinen Arm zu legen, sacht, beinahe zärtlich. Und als hätte sie einen Schleier von seinem Blick fortgezogen, sah er auf einmal ein Glühen in den Augen seines Vaters, der plötzlich den Kopf hob ... ein Glühen, mit dem er seinem Sohn damals nachgeschaut hatte und das aus einem Mosaik aus Bildern zusammengesetzt war, die Norik noch nie zuvor gesehen hatte.

Zusammengesunken und mit zerzaustem Haar saß sein Vater an seinem Bett. Norik schaute sich selbst ins Gesicht, er erinnerte sich an das Fieber, das ihn damals in tiefe Träume gerissen und erst nach Tagen aus dem Delirium entlassen hatte. Stets hatte er geglaubt, dass es die Heilerinnen gewesen waren, die an seiner Seite gewacht hatten, und er fuhr zusammen, als sein Vater nun die Hand ausstreckte und mit einem Tuch seine Stirn kühlte. Norik spürte die Kälte so deutlich wie damals, als sie ihn in wortloser Zärtlichkeit inmitten all der Trugbilder erreicht hatte, und ein Schauer flog über seinen Rücken, als er die Sorge in den Augen seines Vaters erkannte. Gleich darauf verwischte das Bild, er sah Castan mit einem Lächeln zwischen den Regalen der Bibliothek, wie er schweigend zu seinem Sohn hinüberschaute. Norik hatte sich hinter einem der Sessel versteckt, noch immer sah er die Bilder der alten Superheldencomics vor sich, die er heimlich dort gelesen hatte. Niemals hätte er erwartet, dass sein Vater davon gewusst hatte, und er ließ weitere Szenen in dessen Augen über seine Haut flackern wie Farben aus einem anderen Leben.

Es waren sanfte Bilder, Momente der Stille und Zuneigung, von denen Norik nie auch nur etwas geahnt hatte, und doch spürte er ihre Kraft nun, da sie in den Augen seines Vaters aufglühten und ihn mit einem Glanz erfüllten, der heller strahlte als jede magische Flamme. Wie oft hatte Norik sich gefragt, was das Herz des Sturms sein mochte, den Castan in den Adern trug, diese Macht, die ihn aufrecht hielt inmitten tiefster Finsternis, und nie eine Antwort gefunden.

Nun jedoch begriff er, dass es diese Bilder waren, die seine Macht entfesselten, und als die Bibliothek um ihn verschwand und Castan sich in der nächsten Szene in die Schlacht stürzte, die sein Ende bringen würde, war es dieser Glanz, dem seine Krieger folgten. Atemlos sah Norik zu, wie sein Vater kämpfte, fühlte wieder die Leiber der Voskuri um sich niederfallen, als er auf ihn zudrängte, spürte seinen Blick und gleich darauf die tödliche Verwundung und stürzte noch einmal neben ihm auf die Knie. Aber dieses Mal schmolz die Kälte von Castans Zügen, als wäre sie nie mehr gewesen als ein dünner Schleier. Ein Lächeln glitt über seine Lippen, fern und nah zugleich, und Norik konnte ihn spüren, diesen Glanz, der Castans Stärke begründete und der nichts anderes war als die Liebe zu seinem Sohn.

Siras Hand strich zart wie ein Blütenblatt über Noriks Arm und ließ ihn aufsehen. Noch immer war sie blass, aber sie stand mit ihm in den Erinnerungen seines Lebens und er zweifelte nicht daran, dass sie ihn fühlen konnte ... den letzten Atemzug seines Vaters, der nun über seine Wangen glitt. »Er starb, als er dich rettete«, sagte sie. »Und macht ihn das schwach? Du bist ein Mensch, Norik. Macht dich das nicht stark? Die Liebe zur Gilde, zu Rhorka ... zu mir?« Die letzten beiden Worte waren kaum zu hören und eine leichte Röte stieg in Siras Wangen, als würde sie sich gerade erst bewusst werden, dass sie sie laut ausgesprochen hatte. Verlegen glitt ihr Blick zur Seite, ehe sie ihn erneut ansah. »Wofür kämpfen wir«, fuhr sie dann fort. »Wofür, wenn nicht für dieses Gefühl?«

Norik spürte noch, wie der Körper seines Vaters in hellem Licht erstrahlte. Dann traf ihn dessen Magie, und wie damals wurde er emporgehoben durch die Macht des Sturms, die ihn durchfuhr. Doch es war nicht das Schlachtfeld von einst, auf das er niedersah. Er schaute über die Gilde hinweg, die zerbrochene, verwundete Gilde der Schatten, an deren Knochen noch immer das Feuer seines Feindes nagte, sah die Menschen, die reglos inmitten der Trümmer kauerten, als wären auch sie zerrissen worden … und spürte das Pochen, das noch immer die Erde durchdrang, leise und versagend und doch kraftvoller als jede blaue Glut.

Mit nicht mehr als einer Handbewegung schickte Norik seinen Sturm über die Trümmer hinweg. Er hörte noch einmal den Lärm der Schlacht, die Schreie der Sterbenden hallten in ihm wider, und er ließ sie für einen Moment in Schleiern aus Wind auferstehen: all jene, die im Kampf um die Gilde gefallen waren. In mächtigem Rauschen erhoben sie sich aus den Trümmern und mit jedem Blutstropfen, den Norik auf seinen Lippen schmeckte, und jeder Träne, die vergossen worden war, fühlte er stärker den Glanz in seinem Inneren aufbrechen, der auch in den Augen seines Vaters gelegen hatte und seinen Sturm nun wie eine Umarmung über die Menschen der Gilde schickte. Wie erwacht kamen sie auf die Beine, und er sah in ihren Augen, dass sie in diesem Moment dasselbe empfanden wie er: Mochte die Gilde gefallen sein, aber sie war mehr als ein äußerer Ort. Sie war ein Platz des Friedens, ein Bollwerk gegen das Licht, das sie verschlingen wollte, und sie ruhte in jedem einzelnen Blick, der Norik nun begegnete. Kurz meinte er, einen Jungen mit nachtblauen Augen in der Menge zu sehen, mit stillem Lächeln wie aus weiter Ferne. Die Menschen schauten zu ihm auf, doch nicht allein zu dem Krieger, der den Sturm um sie tosen ließ. Sie sahen auf zu Norik, dem Menschen, der ihnen diesen Ort geschenkt hatte, und zum ersten Mal in seinem Leben spürte er, dass es nicht allein die Magie war, die ihn hoch oben in der Luft schweben ließ. Es war das Licht in seinem Inneren, für das sein Vater gestorben war, dieses Licht, das Juri in ihm erkannt hatte und das ihm die Kraft gab, der zu sein, der er war: Norik, der Reiter des Sturms.

Die Bilder ringsherum begannen zu flackern, als er zwischen ihnen landete. Knisternd fielen sie in sich zusammen, doch Norik spürte ihre Wärme noch, als sie längst erloschen waren, und er sah Sira an, die nun neben ihn trat. Jedes Anzeichen von Schmerz war von ihren Zügen gewichen, und ein Lächeln glitt über seine Lippen, als er ihre Hand ergriff. Mochte Nhor'garoth sie verwundet haben – doch noch waren sie nicht besiegt. Gemeinsam hatten sie jeden Frost aus den Trümmern zurückgedrängt.

Das Donnergrollen ließ die Erde erzittern, so plötzlich brach es über ihnen auf. Gelassen sah Norik zu, wie die Menschen sich auf den Weg in die Gänge begaben, doch Sira erschauderte neben ihm. Sie hob den Blick zum Himmel, fast schien es, als spürte sie die Gesänge auf ihrer Haut, die nun wie Messerklingen durch die Luft drangen.

»Was ist das?«, flüsterte sie, ohne ihn anzusehen, und er strich beruhigend über ihre Hand.

»Kein Grund zur Sorge«, erwiderte er und zog sie mit sich. »Die Pherylen werden uns in den Gängen nicht erreichen. Wir werden einfach abwarten, bis ...«

Sie zog ihre Hand zurück, so abrupt, dass er innehielt. Wie erstarrt stand sie da, die Augen aufgerissen, als hätte er sie geschlagen. »Die Pherylen?«, flüsterte sie, so leise, dass er ihre Worte mehr fühlte als hörte.

Er nickte. »Aber du brauchst keine Angst zu haben. Dir wird nichts geschehen.«

Da schüttelte sie den Kopf. »Es geht nicht um mich«, sagte sie atemlos. »Ich muss gehen!«

»Aber das ist zu gefährlich«, entgegnete er. »Du wirst ...«

Doch bevor er auch nur die Hand nach ihr ausstrecken konnte, um sie aufzuhalten, griff sie nach seiner Schulter. Er sah noch das Bedauern, das in ihren Augen aufbrach. Dann grub sie die Finger in seine Wunde, und ehe noch der Schmerz über ihm zusammenschlug, rannte sie auf den Wald des Drachen zu.

Keuchend ging Norik in die Knie. Rhorkas Lachen klang in ihm wider, und er sah sie vor sich: die Augen in spöttischem Sturm entfacht angesichts des Kriegers, der von einem Mädchen zu Boden gezwungen wurde. Sein Blick jedoch hing an Sira, die in den Schatten des Waldes verschwand, furchtlos im Auge des Sturms … der Diebin der Schatten, die ihm weit mehr gestohlen hatte als einen Beutel mit Drachengold.

Kapitel 54

Der aufziehende Sturm färbte die Schatten des Waldes in dunklem Grün. Stöhnend stemmten sich die Bäume gegen die Winde, die peitschengleich über sie hinwegglitten, und immer wieder musste Sira den Zweigen ausweichen, die mit lautem Krachen um sie niederfielen. Ihre Lunge brannte, so sehr schmerzte jeder Atemzug, aber sie verlangsamte ihre Schritte nicht. Die Pherylen waren nah ... viel zu nah, als dass sie jetzt noch zögern durfte.

Ihre Füße flogen über den Waldboden und bei jedem Schritt schossen Bilder durch ihren Sinn. Sie sah Bharkardhos zwischen den Bäumen, so regungslos, als wäre er nicht mehr als ein Schatten, sah ihn mit diesem Lächeln in den Augen, das seine Gestalt in hellem Glanz erstrahlen ließ, und in kühler Strenge während ihres gemeinsamen Trainings. Sie hörte seine Stimme, durchdringend und dunkel wie nahendes Unheil und doch so sanft, dass jeder Ton sie schaudern ließ, und immer wieder sah sie ihn vor sich, schweigend auf der Lichtung, den Blick den Sternen zugewandt. Fern, so fern erschien ihr dieses Bild, und als der Sturm ihr das Haar zurückriss, konnte sie die Furcht nicht länger zurückdrängen. Was, wenn sie zu spät kam, wenn er den Pherylen entgegengeeilt war, nur fort von ihr, die nichts begriffen hatte? Noch einmal schaute sie ihm in die Augen wie bei ihrer letzten Begegnung, und im selben Moment, da seine Kälte ihr den Atem nahm, erklangen die Stimmen des Sturms.

Wie donnernde Messerklingen brachen sie über den Wald herein. Schemenhaft nur erkannte Sira die Umrisse der Drachen, die über die Baumkronen hinwegschossen, aber sie fühlte ihre Stimmen als glühende Scherben in ihrem Fleisch. Mitunter hatte sie Rhorkas Gesang erzittern hören, als stünde er kurz davor, in endlose Schatten zu fallen, und jedes Mal war ihr ein Schauer über den Rücken geflogen in der plötzlichen Erkenntnis, dass auch in Noriks Drache ein Abgrund lag, der jeden sterblichen Gedanken in Fetzen reißen konnte. Doch Rhorka war stets vor dieser Kluft zurückgewichen, mit triumphierendem Schwingenschlag und glockenklarer Stimme, und hatte ihre Magie umso kräftiger über die Felder der Gilde geschickt. Dieser Sturm jedoch, der nun über den Wald kam, kannte keine Erhabenheit. Alles, was er barg, war Blut und Zorn.

Atemlos presste Sira sich gegen einen Findling. Die Wolken zogen sich grollend über den Baumkronen zusammen, schon zuckten Blitze durch die Nacht und heftige Flügelschläge trieben den Wind durchs Unterholz, lautlos und tödlich wie Wölfe auf der Jagd. Ihr Herz hämmerte gegen ihren Brustkorb, als würde der Sturm ringsum nach der Glut greifen, die sie in sich barg … dieser Flamme, die die Pherylen zwischen ihren Klauen zerreißen wollten. Doch kaum schoss dieser Gedanke durch Siras Schädel, stieß sie sich von dem Felsen ab und setzte ihren Weg fort. Bharkardhos stand ihr vor Augen, so deutlich, dass sie instinktiv den fallenden Zweigen auswich. Keine Kälte sah sie mehr in seinem Blick, sondern nur noch den Schmerz, der seinen Gesang über die Kronen der Bäume hinweggetrieben hatte, dieser Schmerz, der ihm nun keine Wahl mehr ließ. Sira hatte ihr Versprechen gebrochen, es gab nur noch eine Möglichkeit für ihn, seinem Leben ein Ende zu setzen. Und jetzt waren sie gekommen … die Drachen, die ihn töten würden.

Die Kälte traf Sira so unvermittelt, dass sie zurückwich. Sie spürte den Blick, der mit einer Tücke durchs Unterholz glitt, als würde er eine gleißende Spur in den Schatten hinterlassen, und gerade, als sie hinter einem Gebüsch in Deckung ging, bemerkte sie den Drachen. Er hockte in der Krone eines Baumes, die ledrigen Schwingen um die Äste geschlungen, und neigte witternd den mächtigen Schädel. Sein Körper war dürr, beinahe mager, aber in jeder Regung seiner tiefschwarzen Klauen lag eine Grausamkeit, die Sira den Atem anhalten ließ. Oft genug hatte sie die Jäger New Yorks an der Nase herumgeführt, war ihren geschärften Sinnen durch Bedacht und Geschick entkommen und hatte Unzählige von ihnen zur Strecke gebracht. Doch der Drache dort oben war mehr als ein Jäger. Sira erkannte die Schnelligkeit seines Körpers, kaum dass er ein Stück weit abwärtsglitt, und sie spürte seine Klugheit eiskalt über den Boden auf sie zukriechen. Er fühlte ihre Wärme, daran zweifelte sie nicht, und nun tastete sein Sturm nach ihrer Spur. Schon meinte sie, seinen Blick durch die Blätter direkt vor ihr dringen zu sehen. Doch gerade, als sie die Hände auf ihre Messer legte, riss er den Kopf herum.

Sira hörte noch die Schreie der anderen Drachen, die nun in wilder Ekstase aufbrandeten. Dann durchdrang ein Geräusch das Unterholz, das alle anderen Sinneseindrücke zurücktrieb. Der Drache erhob sich in die Luft und verschwand, die Kälte des Sturms berührte sie, als läge ein Bannzauber über ihr, und sie spürte kaum, dass sie aus ihrem Versteck kam und zu rennen begann. Alles, was sie deutlich wahrnahm, war der Ton von brechendem Stein ... und der Schmerz, der ihren Körper durchzog, als würden ihre Knochen im Griff des Sturms auseinanderreißen. Die Schwingenschläge der Pherylen pflügten durch den Wald und rissen Sira vorwärts, sodass sie fast schwerelos über Wurzeln und Felsen sprang. Taumelnd erreichte sie die Lichtung, und da endlich sah sie ihn vor sich: den Nadelberg, der Bharkardhos' Hort gewesen war ... umgeben von den Schwärmen des Sturms.

Der Schmerz presste die Luft aus Siras Lunge, als die Pherylen erneut auf die Zinnen niederstießen. Mit dunklem Grollen entfachte der Berg sich in goldenem Licht, als wollte er die Schwärme abwehren, die in wachsendem Zorn die Klauen in seinen Fels schlugen, und Sira schien es, als würde sie noch einmal dieses Feuer spüren wie in jenen Augenblicken, da Bharkardhos ihr Schwert gehärtet hatte. Sie sah ihn brennend in seinem Hort, hörte das Knistern seiner Glut in seiner Kehle und spürte die Erschütterung im Boden, nun, da sein Feuer aus den Rissen des Berges drang. Blitzlichtartig brachen Erinnerungen in ihr auf, tanzende Menschen in einem erleuchteten Saal, ein junger Mann, mit schwärmerischen Augen über eine Zeichnung gebeugt, und sie schwankte im Schatten der Bäume, als jedes Bild von scharfen Klingen zerfetzt wurde. Noch einmal fühlte sie das blaue Licht einer Blume auf ihrer Haut, ein sanfter, ein letzter Gruß aus einer verlorenen Welt. Dann schloss sich der Sturm um ihr Herz, und im selben Moment, da er sie in die Knie zwang, zerriss der Berg des Drachen mit dem Ton von springendem Glas.

Sira rührte sich nicht. Wie in einem entsetzlichen Traum sah sie zu, wie die Pherylen mit den glühenden Felsbrocken in den Klauen davonschossen, wie sie in wildem Triumph ihre Schreie über den Wald schickten und in dunklen Schwärmen weiterzogen, und erst als der Sturm sich legte, senkte sie den Blick vom Himmel herab. Ihre Kehle zog sich zusammen, unnennbare Kälte ließ sie zittern. Und dort, kalt wie ein toter Leib, lag der Berg des Drachen, dessen Magie erloschen war.

Der Regen fiel auf den geschundenen Wald nieder, doch Sira spürte es kaum. Schwankend kam sie auf die Beine, und als sie auf die Lichtung trat, fühlte sie die Scherben der Erinnerungen auf ihrer Haut zerbrechen ... all jene Bilder, die Bharkardhos gesammelt hatte und die erst nun, in den Klauen seiner Feinde, endgültig vernichtet waren. Schwarz klaffte der zerrissene Berg vor ihr auf, schlimmer als jeder Abgrund, den sie je gesehen hatte, und der Schmerz in ihrem

Inneren wurde so übermächtig, dass sie nicht länger widerstand. Gerade dort, wo sie sich zum ersten Mal angesehen hatten, brach sie zusammen. Tränen liefen über ihr Gesicht und jeder Regentropfen auf ihrer Haut flüsterte es ihr zu: Bharkardhos war gegangen ... und er hatte mehr als die Hälfte von ihr mit sich fortgenommen.

Ein leises Knirschen ließ sie den Blick wenden. Kaum mehr als ein Raunen war es, das die Luft durchzog, und da sah sie, wie sich ein winziger, zarter Körper vor ihr aus der Erde schob. Eine Blume war es ... eine Blume mit tiefblauen Blütenblättern. Und ehe Sira noch Atem holen konnte, drang eine Stimme durch die Nacht.

Warum weinst du, Kind der Menschen?, raunte der Drache. *Hat dir niemand gesagt, dass der Regen ein Kuss des Himmels ist?*

Sira sprang so schnell auf die Beine, dass ihr schwarz vor Augen wurde. Mit rasendem Herzen fuhr sie herum und da stand er: Bharkardhos, der Drache des Goldenen Feuers, und sah regungslos auf sie herab. Zischend verdampften die Regentropfen auf seinen Schuppen, und Sira konnte sich nur im letzten Moment davon abhalten, auf ihn zuzustürzen. *Du bist noch da!*, rief sie und hörte, dass ihre Stimme sich in ihren Gedanken überschlug wie ihr Herzschlag. *Sie haben dich nicht getötet!*

Sofort glitt ein spöttisches Funkeln durch Bharkardhos' Blick. *Bist du gekommen, um mich mit deiner Geistesschärfe zu beeindrucken?*

Sira lachte wie ein Kind, sie konnte nicht anders. *Ich dachte, das hätte ich schon geschafft,* gab sie zurück. Dann hielt sie inne, und noch während sie ihn betrachtete, so atemlos, als könnte er jeden Augenblick wieder verschwinden, glitt ein Lächeln über ihr Gesicht. *Sieh dich nur an,* flüsterte sie mit dem Geschmack ihrer Tränen auf den Lippen. *Du stehst im Regen, Drache des Feuers.*

Da wich der Spott von seinen Zügen. Unmerklich neigte er den Kopf, und der Schimmer, der nun durch seinen Blick ging, strich sanft über Siras Haut. *Man sagte mir, so würde man das Leben spüren,* erwiderte er. *Ein schwaches, törichtes Mädchen hat mir das gesagt. Und vielleicht … vielleicht hatte sie damit recht.*

Seine Worte flogen wie Blütenblätter durch Siras Gedanken. *Du warst es, der recht hatte,* entgegnete sie leise. *Mit so vielem, was du gesagt hast. Ich habe mein Versprechen gebrochen, ich war schwach … und es tut mir unendlich leid, dass ich dich verletzt habe. Aber eines habe ich in den vergangenen Stunden erkannt: Ich will lieber schwach sein, als unseren Pakt zu erfüllen. Ich kann dich nicht töten, doch nicht aus Furcht vor deinem Feuer, sondern nur aus einem einzigen Grund: Ich will sehen, dass du lebst.*

Sein Gesicht zeigte keine Regung, aber die prüfende Kühle seiner Augen legte sich schwer auf Siras Schultern, als er langsam den Kopf neigte. *Haben die Stimmen der Pherylen an deinem Verstand gekratzt? Niemals hättest du diese Worte noch vor Kurzem über die Lippen gebracht!*

Das ist wahr, stimmte Sira ihm zu. *Seit ich denken kann, waren Drachen meine Feinde, und ich habe lange geglaubt, dass es eine Verbindung zwischen unseren Völkern nur in Märchen und Liedern geben kann. Aber jetzt weiß ich es besser. Ich habe deine Nähe gespürt, seit wir uns zum ersten Mal begegnet sind, doch aus tausend Gründen lief ich vor mir selbst davon – aus Furcht vor dem, was jenseits meiner Grenzen liegt. Kommt dir das nicht bekannt vor?*

Bharkardhos stieß ein abfälliges Knurren aus. *Drachen laufen nicht,* gab er zurück. *Sie fliegen.*

Sira bemerkte das Funkeln in seinen Augen bei diesen Worten, und doch musste sie Atem holen, ehe sie fortfuhr. *Ich habe meine Magie in ihrer ganzen Kraft gespürt,* sagte sie. *Gerade in dem Moment, da ich glaubte, alles verloren zu haben. Nie hätte ich erwartet, die Macht des Ersten Feuers in mir zu tragen, doch deine Stimme hat mich zu ihr geführt, und eines weiß ich genau: Ich will sie nicht, wenn du nicht ein Teil meines Lebens bleibst. Sei mein Spiegel, Drache des Feuers, sei an meiner Seite! Lass uns das Leben fühlen, ehe der Tod uns bekommt!*

Die Worte hallten in Bharkardhos' Schweigen wider, als sein Blick in die Schatten schweifte. Instinktiv trat Sira näher, als könnte sie so die Kälte durchbrechen, die sich nun zwischen sie legte, eisig wie eine Entscheidung, die nicht mehr umzukehren war. *Ich kann ihn fühlen,* raunte Bharkardhos. *Den Anderen Ort. Und ich spüre Varyas Nähe so intensiv nach all den Jahren der Einsamkeit, als wäre sie wirklich da. Die Farben des Waldes schneiden in mein Fleisch, so klar stehen sie vor meinen Augen, der Wind trägt so viele Geschichten an mein Ohr, dass ich glaube, zerrissen zu werden, weil es mich gleichzeitig in alle Richtungen zieht, und ich fühle das Grollen im Inneren der Erde, durchdringend und qualvoll, als triebe ihr Herzschlag brennende Messer durch meine Glieder. In gleißenden Wellen spült es über mich hinweg, das, was du Leben nennst, und es ist ... wunderschön.*

Das letzte Wort flog wie ein Flügelschlag über Sira hinweg. Plötzlich begann ihr Herz wieder zu rasen, gegen den eisernen Panzer an, der sich gerade um ihren Körper gelegt hatte. *Ihr Drachen habt ein seltsames Verständnis von den Begriffen,* sagte sie kaum hörbar. *Alles, was du beschreibst, klingt schmerzhaft.*

Das ist es, erwiderte Bharkardhos mit dem Schatten seines Lächelns in den Augen. *Nichts ist so schmerzhaft für mich wie das Leben. Jeder Schatten im Unterholz erscheint mir so finster, als sähe ich ihn zum ersten Mal, ich fühle die Farben des Himmels auf meinen Schuppen, als bestünden sie aus blütenzarter Haut, und ich schaue zu den Sternen hinauf mit den Augen eines Kindes und all den Fragen, die jedes denkende Wesen seit Urzeiten um den Verstand bringen. Ich sehe, Tochter der Menschen, mit all meinen Sinnen. Und all das verdanke ich dir.*

Siras Mund war staubtrocken. In raschem Wechsel strömten Hitze und Kälte über ihre Glieder, als der Panzer über ihrem Leib zerbrach. *Was bedeutet das, Drache des Feuers?*

Wieder schwieg Bharkardhos für einen Moment. *Auch du hattest recht mit dem, was du sagtest,* entgegnete er dann. *Auch ich bin geflohen, vor Varya, vor dem Schmerz, vor mir selbst. All die Erinnerungen, die ich sammelte, hüllten mich in ihren Schleier, und sooft ich sie auch anschaute, sah ich doch nicht die Wahrheit tief in ihnen. Erst du hast den Schleier fortgezogen. Du hast mich aufgeweckt mit deinem Zorn, deiner Trauer, deiner Torheit. Du warst wie ein leuchtender Stachel in meiner Dunkelheit, und ob ich nun will oder nicht: Ich fühle es wieder … dieses schreckliche, wunderschöne Leben. Und ich weiß, dass ich es nicht fortwerfen kann, nicht, solange die Sehnsucht in mir lebendig ist. Ich muss sie nutzen, um die Welt zu verändern – und das werde ich.*

Ehe Sira etwas erwidern konnte, hob er die Klaue. Flackernd brach goldenes Licht zwischen seinen Krallen hindurch, und da, umgeben von flüsternden Flammen, lag ihr Schwert. Unwillkürlich trat sie darauf zu. Es war leicht in ihrer Hand wie zuvor, nichts deutete mehr auf die zerbrochene Klinge hin, doch der Drache auf dem Gefäß hatte seine Gestalt gewandelt. Beinahe schwarz war er nun mit Augen aus goldenem Feuer … ein Abbild von Bharkardhos. Sira sah zu dem Drachen auf. Tausend Worte lagen auf ihrer Zunge, doch als sie den Mund öffnete, kam kein Laut über ihre Lippen. Sie spürte nur die Ehrfurcht, die in diesem Moment nach ihrem Atem griff, und Bharkardhos' Lächeln, das sacht über ihre Wangen strich.

Tochter der Menschen, raunte er. *Du hast mir geholfen, mir selbst zu entkommen, und nun werde ich dasselbe für dich tun. Jagen wir ihn, Kriegerin des Feuers. Jagen wir den Mörder deines Bruders.*

Ohne ein Wort neigte er sich vor ihr nieder. Für einen Moment schien es Sira, als stünde sie noch einmal in der Arena, mit stockendem Atem angesichts der Aufgabe, auf einem Drachen reiten zu müssen. Doch Bharkardhos sah sie nur an, so ruhig wie immer, wenn er während ihrer Trainingsstunden ihre Unsicherheit gefühlt hatte, und sie wandte den Blick nicht von ihm ab. Schweigend bückte sie sich nach der Blume und steckte sie sich ins Haar. Dann hielt sie sich an seiner Klaue fest und nickte, und mit einer einzigen Bewegung hob er sie auf seinen Rücken.

Seine Schuppen glühten unter ihren Händen, doch sie spürte die schützende Kühle seines Schattens, und als sie die Finger über seine Schwinge gleiten ließ, tanzten schwarze Funken über ihre Haut. Seine Muskeln spannten sich, als er sich aufrichtete, und sie hörte das dunkle Grollen seines Feuers, das sich tief in seinem Inneren entfaltete. Noch einmal sah er sich zu ihr um, ein Lächeln flog über seine Züge, als sie instinktiv nach seinen Schuppen griff. Dann wandte er sich ab, und ehe Sira sich noch vorbeugen konnte, erhob er sich in die Luft.

Seine Schwingen trugen sie über die Bäume, als würden sie aus Flammen bestehen. Sira hörte das Rauschen des Feuers um sich herum, brennende Blätter stoben um sie auf, und für einen Moment schien es ihr, als würde sie zugleich mit wehenden Haaren über den Waldboden rennen und als endloser Schatten durchs Unterholz gleiten. Dann ließen sie die Wipfel hinter sich, und mit einem gewaltigen Flügelschlag schossen sie hinauf in den Himmel.

Die Luft wich aus Siras Lunge, so schnell jagten sie dahin. Vereinzelt stoben die Stimmen der Pherylen aus der Ferne auf sie zu, doch jedes Mal zerschlug Bharkardhos sie mit einem Schwingenhieb, und mit jedem Feuerschweif, den er in die Nacht malte, und jedem Brüllen, das aus seiner Kehle drang, verlor sich stärker die Anspannung in Siras Gliedern. Dafür drangen mit zunehmender Kraft die Stimmen der Funken an ihr Ohr, die über seinen Körper glitten, flüsternd wie die Worte, die sie unter den Sternen miteinander gewechselt hatten. Sie hörte ihr eigenes Lachen in ihnen widerklingen und fühlte ihre Tränen in ihrer Glut, und als sie über die Gilde der Schatten hinwegrasten, zog sie ihr Schwert. Donnernd jagte ihre Magie in die Waffe, ihr Abbild erstrahlte in gleißendem Licht, und da stieß der Drache auf dem Gefäß den Kopf vor und spie sein Feuer in die Klinge. Übermächtig brandete es in dem Schwert auf, Sira spürte es wie einen Strom aus Schatten in ihren Adern, und im selben Augenblick ließ Bharkardhos seine Glut um ihn herum aufbrechen. Seine Schwingen entfachten sich zu tosendem Feuer, wild und frei war der Wind in Siras Haar, und mit einem Freudenschrei riss sie ihr Schwert in die Luft – sie, die Kriegerin des Feuers auf dem Rücken ihres Drachen.

Die Luft brannte unter ihrer Klinge, als sie die Waffe sinken ließ. Knisternd fielen die Funken hinter ihnen nieder, erst jetzt sah sie Norik dort unten neben Rhorka zu ihnen aufsehen, und für einen Moment schien es ihr, als würde sie sich selbst betrachten, hoch oben in einem Himmel aus tausend Farben. Es war ein dunkles, ein wunderschönes Bild ... ein Bild, wie Andor es gemalt hätte.

Kapitel 55

Rhakkaris glühte in der Dunkelheit. Blaues Feuer schwelte in den Mauern aus gefrorenem Blut, schickte seinen Schein über das Eis der verwinkelten Straßen und ließ die Augen der Menschen glitzern, die vor langer Zeit darin eingeschlossen worden waren. Die Flammen auf den Türmen loderten hoch auf und setzten den Himmel über ihnen in Brand, und die Stimmen der Toten, die auf ewig gefangen zwischen ihnen widerhallten, ließen keinen Zweifel mehr: Die Stadt der Albträume war aus ihrem Schlaf erwacht.

Nhor'garoth stand unter der Kuppel aus vereisten Tränen, so reglos, als wäre er erstarrt. Seine linke Hand hielt er gegen seine Brust gepresst, um den Schmerz zurückzudrängen, den seine Wunden ihm bereiteten, die rechte hatte er auf der Brüstung vor ihm abgelegt. Hinter ihm schlichen die dunklen Heiler um das marmorne Podest herum, und er konnte spüren, wie jede Rune, die sie in dem Stein aufglimmen ließen, nach den Splittern in seinem Fleisch gierte: den Scherben der Gilde, getränkt von der magischen Kraft seiner Feinde. Doch er wandte sich nicht zu ihnen um. All seine Aufmerksamkeit galt dem Himmel.

Mühelos durchdrang sein Blick das Feuer. Er erkannte Aryon auf der höchsten Zinne des Frostturms, die Klauen tief in den Stein gegraben, und hinter ihm, in wilden Schwärmen tosend, umkreisten die Pherylen seine Stadt. Immer wieder stoben sie auf das blaue Feuer nieder, Nhor'garoth fühlte ihre Klauen jedes Mal, wenn sie einzelne Flammen aus dem Schutzwall rissen. Aber auch die Drachen nahmen die Macht wahr, die in diesen Mauern lag – die Verzweiflung der Sieben Städte, die Nhor'garoth zerschlagen hatte. Fast meinte er, ihren Zorn in den eigenen Gliedern zu spüren, je stärker sie gegen seinen Zauber anrasten. Und kaum, dass einige von ihnen die Köpfe herumrissen, fühlte er ihn auch: den Schrei, der über der Gilde der Schatten aufbrach … den Ruf der Feuerreiterin, die ihm erneut entkommen war.

»Ob sie es wirklich wagen, uns herauszufordern?«

Nhor'garoth hatte Kenais Schritte nicht gehört, doch nun lehnte dieser neben ihm, die Arme vor der Brust verschränkt, und folgte seinem Blick. Nur die Blässe seiner Wangen und der Verband um seinen Brustkorb erinnerten daran, dass auch er verwundet worden war.

»Sie wagen es seit langer Zeit«, erwiderte Nhor'garoth dunkel. »Sobald der Sturm vorbei ist, werden sie kommen.«

Die Farben in Kenais Augen glühten auf. Sie hatten an Intensität zugenommen, seit er die Hand nach dem uralten Ardhamàr ausgestreckt hatte, und nun stieß er die Luft aus, so verächtlich, dass die Flammen in der Nähe aufloderten. »Und all das für ein paar heulende Bälger.«

Nhor'garoth konnte sie hören, die Kinder, die sie der Gilde entrissen hatten und die sich nun im Untergeschoss des Spiegelturms aneinanderkauerten. Das Drachenblut in ihren Adern war jung und unverfälscht. Noch weinte ihr schwacher menschlicher Geist in der Dunkelheit, aber bald schon würde das enden. Dann würden sie das Licht kennenlernen, das jeden Schmerz, jede Traurigkeit zerreißen konnte. »Du musst ein Narr sein, wenn du glaubst, dass die Krieger der Schatten allein wegen der Kinder kommen werden. Und doch sind sie mehr, viel mehr als heulende Bälger. Sie werden zu den Kriegern, auf die der König seine Macht stützt, und sie tragen sein Licht in die Welt, um sie damit zu entzünden. Sie sind es, auf denen die Kraft der Gilde basiert – oder die Stärke der Goldenen Stadt. Du solltest das wissen.«

Kenai sah ihn mit dunklem Blick an, und für einen Moment schien es, als wollte er etwas sagen ... etwas, das hinter all den Farben und dem Grau seiner Augen lag und sie wie im Fieber glühen ließ. Doch dann zog Schmerz über sein Gesicht. Keuchend stützte er sich an der Brüstung ab und Nhor'garoth spürte den Schauer, der über seine Glieder flog, so kalt, als würde ihn noch einmal die Klinge des Sturms verwunden. Die Maske über seinen Zügen zerbrach, und kurz war er zurück: Kenai, der Junge, der voller Staunen auf eine Welt sah, die er nicht begriff. Doch als er Nhor'garoths Blick bemerkte, krallte er die Finger in die Brüstung und riss die Kälte des Kriegers auf sein Antlitz zurück. »Die Wunde war tief«, brachte er hervor. »Aber sie heilt schnell, und ganz gleich, was du sagst: Ich werde sie dem Reiter des Sturms tausendfach vergelten. Ich werde kämpfen in der Schlacht gegen die Gilde der Schatten, mit all meiner Kraft!«

Nhor'garoth erwiderte nichts. Selten hatte Kenai mit dieser Entschlossenheit zu ihm gesprochen, und als nun die Farben in dessen Blick über seine Haut flogen, wurde seine Ahnung zur Gewissheit: Kenai hatte die Hand nach ihnen ausgestreckt – nach all den Wegen, die in ihm lagen. Sie hatten ihn durch die Gesänge der Toten Wälder geführt, und er würde sich durch nichts davon abhalten lassen, ihnen zu folgen. Nhor'garoth fühlte den Blick seines Knappen an seiner reglosen Miene abgleiten wie unzählige Male zuvor, aber tief in seinem Inneren keimte etwas auf, das er seit langer Zeit nicht mehr in dieser Stärke empfunden hatte. Etwas wie ... Stolz. »Ja«, sagte er und legte Kenai die Hand auf die Schulter. »Ich weiß.«

Unmerklich lächelte er, als Kenai ihn mit sichtlichem Erstaunen anschaute, und für einen Moment erinnerte er sich an das Kind, das er in der Wüste gefunden hatte, dieses Kind, das ihn ansah wie den Vater, den es nie gehabt hatte. Unwillkürlich ging ein Ziehen durch seine Brust, und ihn überkam der absurde Drang, die Finger in Kenais Wunde zu graben und ihn fortzuschicken, nur fort von der Schlacht, die vor ihnen lag. So viele Farben lagen in seinen Augen, so viele ... Wer konnte wissen, zu welcher Schönheit sie erblühen konnten jenseits von Licht und Ewigkeit? Doch gleich darauf war sie zurück, die Dunkelheit in Kenais Blick, die schon damals in der Wüste in seinen Augen gestanden hatte, und Nhor'garoth nickte langsam. Viele Wege mochten in diesem jungen Krieger liegen, aber keine Macht der Welt würde ihn davon abhalten, dieser Nacht zu folgen ... selbst die Kraft seines Feuers nicht. Noch einmal schaute er in die glühenden Farben, die wie ein eigener Kosmos um ihn aufflammten. Dann zog er seine Hand zurück.

»Und nun sieh zu, dass du dich ausruhst«, sagte er dunkel. »Die Reiter der Schatten werden kommen, sobald der Sturm vorbei ist, und sie mögen töricht und verblendet sein, aber schwach sind sie nicht.«

Kenai nickte. Noch einmal schien sich die Nacht in seinen Augen zusammenzuziehen wie eine Frage, die nur einen Atemhauch brauchte, um ausgestoßen zu werden. Doch dann glühten seine Farben auf, und alles, was jenseits des Kriegers lag, sank tief in ihn zurück. Respektvoll neigte er vor Nhor'garoth den Kopf, und ehe die Dunkelheit in seinen Blick zurückkehren konnte, ließ er ihn allein.

Die Stille unter der Kuppel zog sich um Nhor'garoth zusammen wie ein Fluch. Er konnte die Heiler hinter sich sehen, zusammengerottet wie die Aaskrähen, als die sie ihm so oft erschienen waren. Mit geneigten Köpfen standen sie neben ihrem lächerlichen Podest, die Hände gefaltet, als würden sie ehrerbietig darauf warten, dass er zu ihnen kam. Dabei ehrten sie nichts und niemanden als ihre eigene Ignoranz. Immer schon war das so gewesen, und Nhor'garoths Miene verfinsterte sich, als er an die Pulver und Tränke dachte, die sie zwischen spinnenbeindürren Fingern erschufen und die doch so selten Leben retten konnten, wenn der Tod bereits seine Klauen danach ausgestreckt hatte. Fast gewaltsam riss er sich vom Anblick des Himmels los und ging auf die Heiler zu. Ihm blieb keine Wahl. Er musste sich in ihre Hände begeben, wenn er diese verfluchten Splitter aus seinem Körper ziehen wollte.

Wortlos streifte er seinen Umhang ab und legte sich auf das Podest. Flirrende Hitze flog über seine Haut, kaum dass die Zeichen unter ihm aufloderten, und eilig wie Insekten schlangen die Heiler weiß glühende Fesseln um seinen Leib. Die Magie darin stach ihm ins Fleisch, und als die elenden Krähen sich über ihn beugten, die Finger in helles Licht getaucht, meinte er, etwas wie Genugtuung auf ihren Gesichtern zu erkennen. Seit langer Zeit hatte er sie nicht mehr aus der Nähe gesehen. Ihre Haut zog sich wie Pergament über ihre Knochen, ihre Augen waren eingefallen und fast vollständig schwarz, und rätselhafte Zeichen schoben sich durch ihr Fleisch, glimmend wie Kohlen. Eindeutig waren die Krähen stärker dem Tod versprochen als dem Leben, und er schloss die Augen, um sie nicht länger sehen zu müssen.

Sofort senkten sie ihre Krallen in sein Fleisch. Der Schmerz durchzuckte ihn als greller Blitz, aber er gab ihnen nicht die Befriedigung, unter ihrer Macht zusammenzufahren. Reglos lag er da, und mit jedem Splitter, den sie aus seinem Leib zogen, und jedem Zischen der erlöschenden Magie kehrte eine Nuance jener Schlacht zu ihm zurück, die ihm diese Wunden zugefügt hatte ... die Schlacht um die Gilde der Schatten. Wieder spürte er die Kuppel unter seinem Griff brechen, sah die Reiterin des Feuers kaum wenige Schritte von ihm entfernt auf ihren Knien – und dann den Schatten, der vor ihm aus der Erde gebrochen war, so plötzlich, dass selbst Aryon ihn nicht gehört hatte.

Dumpf nur fühlte er, wie sein Körper sich in die Fesseln der Krähen warf. Er wollte dieses Bild nicht, das nun in ihm aufstieg, doch der Bann der Heiler verwirrte seine Gedanken wie in einem finsteren Traum, und gerade in dem Moment, da er die Augen öffnen wollte, um der Trance zu entgehen, berührten sie seine Schulter. Heftiger Schmerz schoss durch seine Glieder, und ehe er sich noch dagegen wehren konnte, strömte die Magie der Krähen vollends in ihn hinein und zog ihn in einen Zustand zwischen Ahnen und Wachen.

Der Wind griff nach seinem Haar. Er trug das Flüstern von Schilf in sich, den würzigen Duft von Thymian und Moos, und Nhor'garoth schauderte, als er begriff, wo er war. Tief in der Trance der Krähen öffnete er die Augen, und für einen Wimpernschlag gab er sich der Illusion hin, tatsächlich an diesen Ort zurückgekehrt zu sein: in das Land der tausend Seen, das einst seine Heimat gewesen war. Wie aus weiter Ferne drang sein Knurren an sein Ohr. Es klang wie der warnende Ruf eines Tieres, das sich übermächtigen Feinden gegenübersah und jeden Moment zur Verteidigung vorspringen konnte. Doch der Bann der Krähen hielt seinen Körper gefangen, und als ihn erneut der Schmerz in seiner Schulter traf, erkannte er, dass es nicht seine Wunde war, die er fühlte.

Unendlich langsam drehte er sich um. Die Umgebung zerbrach um ihn herum, doch er spürte sein Schwert in seiner Hand glühen wie damals auf den Hügeln, und er sah die zerstörte Gilde kaum, als er sich in ihren Trümmern wiederfand. Alles, was er deutlich wahrnahm, war das Gesicht von Alvarez, der sehr nah vor ihm stand ... und seinen eigenen Frost, den er nun in dessen Glieder schickte. Gnadenlos krallte er seine Klauen in Alvarez' Fleisch und griff nach dem Leben, das er in sich barg. Er wollte es in Fetzen reißen, es zerbrechen wie die Mauern ringsherum, als könnte er so den Zorn ersticken, der in ihm aufbrach. Er gierte danach, diese Regung auf Alvarez' Zügen gespiegelt zu finden, aber der Krieger der Erde sah ihn nur an, mit sanftem Lächeln und nichts als Wärme in seinem Blick ... Alvarez, dieser Narr von einem Menschen ... Alvarez, sein bester Freund.

Wie aus weiter Ferne hörte Nhor'garoth seinen eigenen Schrei unter der Kuppel aus Tränen. Doch gleich darauf traf die Sonne sein Gesicht wie damals als Kind, als er auf irgendeinem armseligen Markt den Blick gehoben hatte, und wie damals konnte er den Jungen kaum erkennen, der hoch oben auf einem Seil balancierte. Mühelos tat er das, immer wieder schien er durch die Luft zu fliegen, und Nhor'garoth fühlte sein Lachen in seiner Kehle, als er angesichts dieser Leichtigkeit begeistert applaudiert hatte. Zur Hölle, wie lange war es her, seit er auf diesem Markt gestanden hatte, in den Kleidern eines Bettlers, die Füße wund von den Pfaden der Unterwelt und den Unwettern jenseits der Schatten? Wie lange war es her, seit er zum letzten Mal geglaubt hatte, der Einzige seiner Art zu sein?

Er wusste es nicht, aber er erwiderte noch einmal den Blick des Jungen dort oben auf dem Seil. Abrupt hatte er sich zu ihm umgewandt, fast wäre er gefallen, und während die anderen Menschen seine Drehung in letzter Sekunde bejubelten, fühlte Nhor'garoth noch einmal den prüfenden Ausdruck auf seiner Haut – und dann das Flirren in der Luft, das direkt auf ihn zuschoss. Keiner der Umstehenden nahm es wahr, aber seine Hand schnellte instinktiv nach vorn, und er lächelte, als er die Münze zwischen den Fingern drehte, die der Fremde ihm zugeworfen hatte. Lautlos war Alvarez vor ihm gelandet und hatte ihm zugenickt. Ohne ein Wort hatten sie verstanden, dass sie von derselben Art waren, dass sie eine Macht bargen, die sie von den anderen Menschen unterschied. Und vom ersten Augenblick an waren sie Freunde gewesen.

In gleißendem Bilderstrom glitten die Erinnerungen an Nhor'garoth vorüber. Er sah sie beide auf verlassener Straße zu den Heeren des Königs hinüberschauen, die Gesichter so ernst, dass sie fast erwachsen wirkten, und fühlte noch einmal, wie fremd ihm der goldene Glanz damals erschienen war und wie falsch in der Welt, die er sich erschaffen wollte. Er erinnerte sich daran, wie ihre Wege sich getrennt hatten, immer wieder auf der Suche nach etwas, für das sie selbst keine Worte hatten. Doch nie hatten sie sich verloren. Er musste fast lachen, als er daran dachte, wie sie sich geschrieben hatten, über die verfluchten Tauben und Raben fahrender Händler, die Unsummen für jede Notiz gefordert hatten ... und er lächelte bei dem Gedanken an das Glücksgefühl, das ihn jedes Mal überkommen hatte, wenn er irgendwo von ein paar Zeilen gefunden worden war. Heimatlos waren sie gewesen, sie beide, für eine lange, eine sehr lange Zeit. Und dann, als Nhor'garoth sesshaft wurde, war dieser Ort ihnen ein Zuhause geworden ... für eine Weile.

Hoch oben auf den Hügeln der tausend Seen sah er sie beide vor sich und spürte noch einmal den Trotz, mit dem sie zum Horizont gesehen hatten ... in Richtung jener Stadt, der sie sich entgegengestellt hatten mit allem, was sie waren. Stein für Stein hatte Nhor'garoth seinen Sitz errichtet, er, der Krieger, der er geworden war, und Alvarez hatte die Menschen zu ihm geführt, Menschen über Menschen auf der Flucht vor den Wirren des Krieges. Noch einmal sah Nhor'garoth die Ströme an ihm vorbeiziehen, sah all die Gesichter ... und doch nur ein einziges, das ihn den Atem anhalten ließ.

Peitschengleich zuckte der Schmerz durch seinen Körper, als er sich fern dieser Illusion in die Fesseln der Krähen warf. Er musste ihr entkommen, ganz gleich auf welche Art. Aber der Bann der Heiler hielt ihn umfasst, und so stand er noch einmal auf seinem halb errichteten Turm, die Hände glühend unter der Kälte seines Feuers, und sah die Menschen unter Alvarez' Führung hinauf in die Berge ziehen. Sie alle schauten ehrfürchtig und ängstlich zugleich zu ihm auf, alle ... bis auf sie.

Ihr langes Haar wehte im Wind, ihre Augen waren blau wie sein Feuer, und sie sah ihn an, ohne Misstrauen, ohne Furcht, sondern so sicher und ruhig, als hätte sie gewusst, dass sie sich an diesem Ort begegnen würden: zwei Suchende in einer Welt des Krieges, die einander Frieden geben konnten.

Nhor'garoth spürte, wie sein Körper jenseits der Illusion den Atem anhielt, doch er konnte nicht sagen, aus welchem Grund. Vielleicht, um Kraft zu sammeln und diese Bilder zu zerreißen ... vielleicht, weil er fürchtete, sie mit einem einzigen Hauch zu zerstören. Aber es kümmerte ihn nicht. Alles, was er sah, war die junge Frau, die nun auf ihn zutrat. Ihr Haar war weicher als jeder Schnee, den er je erschaffen hatte. Er erinnerte sich an ihr Lachen, so zart und zerbrechlich, an die endlosen Stunden an den Seen jenseits der wartenden Festung, in denen sie nichts getan hatten, als hinauf in den Himmel zu sehen, und er fühlte noch einmal ihre Lippen auf den seinen und die Stille, die in ihren Armen auf ihn gewartet hatte ... diese Ruhe, die er so lange gesucht und endlich gefunden hatte.

Das Lachen des Kindes war glasklar. Es schien die Flure und Hallen zu erschaffen, die sich nun um Nhor'garoth errichteten, und er meinte, die nackten Füße über den Stein seiner Festung laufen zu spüren, so leicht, als würden sie jeden Augenblick vom Boden abheben. Er sah noch den wirren Schopf goldenen Haares, der auf ihn zurannte, und das zarte, lachende Gesicht. Dann fiel sein Sohn ihm in die Arme, so überschwänglich, dass Nhor'garoth die Luft aus der Lunge gepresst wurde. Nie hatte er eine heftigere Atemlosigkeit gefühlt als nun, und er ließ sich vom Lachen seines Kindes durchfließen, als er es hoch in die Luft warf. Immer wieder fing er seinen Sohn auf, und dann, mit mächtigem Flügelschlag, brach Aryon über die Säle und Kammern herein und löste ihre Konturen auf, als wären sie nie mehr gewesen als Wolken am Himmel. Der Drache war noch jung, doch vom ersten Moment an hatte er sich dem Kind verschrieben, und als Nhor'garoth nun inmitten eines Feldes aus Rosen den Arm um seine Frau legte und seinem Sohn beim Fliegen zusah, hallte der Schrei des Drachen in ihm wider … haltlos und frei wie ein Ruf des Glücks.

So heftig traf ihn der Schmerz, dass Schatten durch das Bild flogen, scharf wie Risse, die über eine Leinwand glitten. Mit aller Macht schlug Nhor'garoth inmitten der Heiler um sich. Blut rann über seine Haut, so stark schnitten die Fesseln in sein Fleisch. Doch die Illusion ließ ihn nicht gehen, und während er durch die Flure seiner Festung rannte, brachen Gesichter in den Schatten auf … die Gesichter der Menschen, die im Zuge des Krieges gelernt hatten, die Drachen zu fürchten. Zu lange hatte er geglaubt, sie gegen die goldenen Krieger beschützen zu können, die immer zügelloser über die Welt hereinbrachen. Zu spät hatte er erkannt, dass die Gefahr längst in ihren eigenen Herzen gewachsen war. Er meinte noch, ihre Stimmen zu hören, tückisch und verschlagen, und er sah den Hass in ihren Augen aufglühen, als wäre er es gewesen, der sie zunehmend in die Schatten trieb – er oder die Kraft in seinen Adern, die so viel mehr Drache sein musste als Mensch. Dann roch er das Blut.

Nur fern nahm er den Kampf seines Körpers wahr. Stattdessen fühlte er die Kälte der Mauern, die nun um ihn herum aufbrach, jeden seiner Schritte, während er auf die geöffnete Tür am Ende des Ganges zutrat, und die Stille, ohrenbetäubend laut, die ihn plötzlich nach vorn riss. Blitzlichtartig sah er das Gesicht seiner Frau, vor Entsetzen entstellt, das Blut, das aus ihren zerfetzten Gliedern floss, und seinen Sohn, die Augen weit aufgerissen, die Hände panisch ins Gewand seiner Mutter gekrallt. Tot waren sie, erschlagen von den Menschen, die nichts verstanden. Aber erst, als Aryons Schrei die Szene durchdrang, spürte Nhor'garoth das Blut an seinen Händen. Er lag auf den Knien, sein totes Kind in seinen Armen, die Hand hilflos auf dem Haar seiner Frau, und er fühlte sie deutlich … die Träne, die jenseits dieses Traums über seine Wange rann.

Gewaltsam warf Nhor'garoth sich in seine Fesseln, doch noch immer blieb sein Körper ihm seltsam fremd. Zur Hölle, waren diese Bilder nicht erloschen? Hatte er sie nicht verloren im Turm der Scherbenkönigin, zerrissen von Klauen aus uraltem Blut? Er sah sie vor sich, bleich und mit diesem Blick, der nichts als Rätsel barg. Doch es war nicht ihre Stimme, die gleich darauf durch seinen Schädel ging.

Vieles magst du töten können, Krieger der Goldenen Stadt, raunte Alvarez in seinen Gedanken, *aber nicht das Licht, das in dir schwelt.*

Noch einmal spürte er das Lächeln seines besten Freundes, spöttisch und mitfühlend zugleich, und da brach eine Hitze tief in seinem Inneren auf, die wie ein Herzschlag war. Übermächtiger Schmerz ergriff ihn, der jede Faser seines Körpers bis zum Zerreißen spannte, und während er gegen die Kraft der Krähen ankämpfte, sah er sich durch die Dörfer der Menschen rasen, die Fäuste in gleißenden Frost gesetzt. Jedes einzelne Gesicht stand ihm vor Augen, er fühlte jeden Schrei, jeden letzten Atemzug, und er grub seine Finger in ihre Körper und zerriss ihre blinde Furcht mit einer Macht, wie er sie noch nie zuvor gespürt hatte. Ströme aus Blut wallten um ihn auf, als wollten sie ihn ertränken, und da endlich brach seine Stimme aus seiner Kehle und fegte als Feuer aus tausend Flüchen über ihn hinweg. Er fühlte noch, wie er auf die Knie fiel und die Arme zum Himmel emporhob. Dann ergriff ihn sein eigener Schrei und riss ihn aus der Trance.

Blut klebte an seinen Händen. In Strömen lief es von den Wänden der Kuppel, sammelte sich am Boden und bedeckte die Leiber der Krähen, die mit zerfetzten Kehlen um das Podest herumlagen. Schwach nur klangen ihre Schreie in Nhor'garoth wider, fern wie die Erinnerung an einen Traum. Er richtete sich auf. Die Kälte des Todes legte sich lindernd auf seine Stirn, und doch spürte er ihn noch immer … diesen Schmerz in seiner Brust, der wie die letzte Scherbe der Schatten in seinem Fleisch steckte.

Schwankend kam er auf die Beine und verließ die Kuppel. Der Sturm schlug ihm entgegen, messergleich glitten die Stimmen der

Pherylen über seine Haut. Doch er achtete nicht darauf, als er die schmale Brüstung des Turms betrat. Mühelos zog er sich zu Aryon hinauf, der noch immer unbewegt dasaß, und legte für einen Moment den Kopf an seinen Hals, sacht und ohne ein Wort, genau so, wie sein Sohn es stets getan hatte. Aryon rührte sich nicht, aber Nhor'garoth hörte seinen Schrei noch immer in sich widerklingen, und eines stand außer Zweifel: Mochte der Drache ein Krieger geworden sein, ein gefürchteter Schrecken aus Eis und Gewalt, doch in Momenten wie diesen erinnerte er sich an ein Kind mit goldenem Haar ... den einzigen Menschen, den er je geliebt hatte und der ihm genommen worden war.

Nhor'garoth sah sie beide dastehen, hoch oben über der blutigen Kuppel der Tränen, und für einen Moment schien es ihm, als würde ein Windstoß ausreichen, um sie hinabzustürzen und in tausend Scherben zu zerbrechen ... wie Hüllen aus Glas, die nichts mehr bargen als Erinnerungen und kalten, reglosen Schmerz. Doch ehe die Müdigkeit ihn ergreifen konnte, die er in den vergangenen Wochen so oft gespürt hatte, hob er den Kopf. Kühl strich ein goldener Schimmer über seine Stirn und flammte über Aryons Schuppen, und er nickte unmerklich, als hätte ihm jemand aus weiter Ferne eine Frage gestellt. Ja, sie waren mehr als der Schmerz, der sie zerbrechen wollte ... so viel mehr als das. Sie waren die Krieger des Königs.

Damit fixierte er den Horizont, gerade dort, wo die Gilde der Schatten lag. Der Ruf der Flammen war verstummt, aber Nhor'garoth konnte sie noch immer fühlen: die Reiterin des Feuers inmitten all der Schatten. Wispernd glomm die Magie der Heiler auf seinen Fingern auf, und er zuckte nicht zusammen, als er sie tief in seine Brust grub. Noch einmal sah er Alvarez vor sich und lächelte über die Hoffnung, mit der sein alter Freund das Mädchen angeschaut hatte. Unbarmherzig schlossen seine Finger sich um den Splitter nahe seines Herzens, als er dessen Blick folgte. Die Kriegerin des Feuers schien ihn direkt anzusehen wie damals nach dem Tod ihres Bruders, als ihr Schrei ihm entgegengeschlagen war, und für einen Moment durchzog er die Dunkelheit ihrer Augen: sein Herzschlag, den er nun im ganzen Körper spüren konnte. Sie war es gewesen, die diesen Ton zu ihm zurückgetragen hatte, sie oder ihr verfluchter Schrei – und sie würde es sein, mit dem er enden würde, ein für alle Mal. Er sah noch, wie sein Feuer sich in ihren Augen spiegelte und jeden Herzschlag mit sich nahm. Dann zog er sich den letzten Splitter aus seinem Fleisch, und ihr Bild zerbrach.

Eiskalt strömte die Luft in seine Lunge, als er den Kopf in den Nacken legte. Er breitete die Arme aus. Für einen Moment schien es ihm, als würden die Stimmen der Pherylen ihn hoch emporheben. Dann zogen sie sich zurück, als würden sie vor seinem Feuer fliehen. Bald, sehr bald schon würden sie fort sein, die Klingen des Sturms, die die Kriegerin des Feuers zurückhielten, und dann würde sie sehen, was mächtiger war: ihr lächerlicher Schrei … oder das, was jenseits davon lag.

Kapitel 56

Die Dünen reichten wie ein Meer aus schwarzem Eis bis zum Horizont. Sira spürte die Kälte, die in ihnen lag, als würde jedes Sandkorn einen eigenen Kosmos aus Frost in sich bergen, und sie beugte sich auf Bharkardhos' Rücken vor, um die Wärme seines Körpers über ihr Gesicht gleiten zu lassen. Sie standen auf den Dunklen Hängen, der Nachthimmel spannte sich über ihnen, und vereinzelt stoben Sternschnuppen über das Firmament. Doch der Frieden war eine Lüge. Noriks Tarnzauber vibrierte über Siras Haut, und dort, jenseits der Ebenen des Staubs, schwach glühend in der Finsternis, erhob sich Rhakkaris – die Stadt der Albträume.

Nur vereinzelt loderte das blaue Feuer auf den Mauern, tückisch und kalt wie die Ruinen, die rings um den von glimmenden Adern durchzogenen Turm des Frosts und das Gassengewirr der einstigen Festung aufragten. Und dennoch spürte Sira die Kälte ihres Feindes so deutlich, dass ihr Herz schneller schlug ... ebenso wie die Wärme der Kinder, die in der Dunkelheit des Spiegelturms gefangen gehalten wurden. Nur mit Mühe konnte sie die Unruhe zurückdrängen, die mit jedem Atemzug stärker nach ihr griff, und jedes Mal, wenn die Flammen auf den Mauern aufflackerten, fuhr sie zusammen. Bharkardhos hingegen rührte sich nicht. Er stand so unerschütterlich da, als würden gerade in diesem Moment all die Schlachten um ihn aufbranden, aus denen er siegreich hervorgegangen war, und mit jedem Hitzeschauer, den er über seine Schuppen schickte, schien ein Stück seiner Gelassenheit auf Sira überzugehen. Sacht strich sie über die Flammen auf seinem Hals und dachte an die Wärme, die sie noch vor wenigen Stunden in den Eingeweiden der Gilde umfangen hatte.

Leises Weinen hatte die Gänge erfüllt, gemischt mit dem Stöhnen der Verwundeten und dem Flüstern der Novizen, die dicht an dicht um die flackernden Feuer gesessen hatten. Trauer hatte die Luft erfüllt, unendliche Trauer um die Gefallenen und die Gilde, die so vielen Menschen ein Zuhause geworden war, und Sira erinnerte sich daran, wie ein Name in ihren Gedanken aufgebrochen war, gerade in dem Moment, da das Unglück ringsherum ihr das Atmen schwer gemacht hatte. *Thar' Haméri*, wisperte eine Stimme in ihren Gedanken, die sie vollends in die Gänge der Gilde zurücktrug. Wie eine Hand aus uraltem Stein zog der Name sie durch die Menge, bis sie an Charons Lager stehen blieb.

Tiefe Wunden bedeckten seinen Leib, seine Haut war aschfahl, und als er rasselnd Luft holte, da schien es Sira, als würde er jeden Moment seinen letzten Atemzug tun. Er war geschlagen, zerschmettert wie die Gilde … doch kaum hatte sie das gedacht, ging ein Flackern durch seinen Blick. Es war so ungewohnt in seinem Gesicht, dass sie einen Moment brauchte, um es als Lächeln zu erkennen. Wie auf einen lautlosen Befehl hin ergriff sie seine Hand, und da spürte sie die Kraft, die noch immer in ihm lag – die Magie, die ringsum in die Mauern gedrungen war und all jene behütete, die zwischen ihnen Schutz suchten. Doch mächtiger noch als der Zauber in den Wänden war der Glanz in Charons Augen, nun, da er Sira betrachtete, und als er ihn noch einmal aussprach, ihren wahren Namen, erwiderte sie sein Lächeln. Lange hatte sie gebraucht, um ihn zu hören, doch nun gab es keinen Zweifel mehr. Sie war die Kriegerin des Feuers, und Feuer würde es sein, das sie Nhor'garoths Frost entgegenstellte.

Noch einmal ging sie an den Menschen vorbei, die in den Gängen auf die Beine gekommen waren, um den ausziehenden Kriegern der Schatten die Ehre zu erweisen. Noch einmal umarmte sie Vesta zum Abschied, nickte Bherra und Harok zu und neigte vor Ysios den Kopf, dessen Wunde langsam zu heilen begann und der für einen Moment Juris Entschlossenheit auf seinen Zügen trug, als er ihre Geste erwiderte. Und noch einmal bemerkte sie die Dunkelheit in den Augen all dieser Menschen, dieselbe Nacht, die auch in Alvarez' Blick gelegen hatte, kurz bevor er von ihr gegangen war ... und in Andors Augen. Sie holte Atem und kehrte auf die Hügel jenseits der Dünen zurück, und als hätte die Erinnerung einen Bann von ihrem Körper genommen, fühlte sie nun anstelle der Kälte die Präsenz der Krieger um sich herum. Sie spürte Norik neben sich, auch Rhorka und all die anderen, und ein Lächeln glitt über ihr Gesicht. Nhor'garoth mochte das Herz der Gilde getroffen haben – aber zerbrochen hatte er es nicht.

Noriks Ruf war kaum zu hören, und doch fuhr er Sira ins Mark, als hätte sie ein Schlag getroffen. Geräuschlos breitete Bharkardhos die Flügel aus, und ohne sich noch einmal umzudrehen, preschte er auf Nhor'garoths Festung zu. Sira duckte sich auf seinem Rücken, so schneidend war der Wind, aber gleich darauf nahm sie ihn kaum noch wahr. Stattdessen fühlte sie die Schwingenschläge der Drachen ringsum. Sie verschmolzen mit Bharkardhos' Bewegungen und wurden eins mit Siras Herzschlag, als wären sie alle ein gewaltiges Wesen mit verstreuten Gliedern und nur einem Ziel: den Schlächter der Sieben Städte in den Abgrund hinabzustoßen, aus dem er gekommen war.

Der Frost griff hart nach ihrem Gesicht, kaum dass sie die Ebenen des Staubs erreichten. Kurz meinte sie, Nhor'garoths Hand an ihrem Kinn zu fühlen, als wollte er sie zwingen, in seine eisglühenden Augen zu schauen, irgendwo inmitten der Albträume, in denen er sich verbarg. Dann gellte der Klang der schwarzen Fanfaren durch die Nacht. Das blaue Feuer loderte auf den Mauern der Festung auf, in Kaskaden aus Gold strömten die Königskrieger von ihnen herab – und im selben Moment ließ Norik die Tarnung fallen.

Wie ein Sturm aus Schatten preschten die Schlachtreihen der Gilde vor. Die Luft flatterte unter den Schwingenschlägen der Drachen, die Erde erbebte unter dem Brüllen, das nun aus ihren Kehlen brach, und als Sira mit all den anderen Kriegern in den Schlachtruf einfiel, rauschten deren Stimmen durch ihre Adern wie ihr eigenes Blut. Noch nie zuvor hatte sie etwas Ähnliches empfunden. In jedem Ton lag der Schmerz der Gefallenen, sie schmeckte die Asche der zerstörten Gilde auf ihrer Zunge und die letzten Atemzüge der Toten auf ihren Wangen, und ihr Zorn ballte sich zusammen, als sie noch einmal die Dunkelheit der Gänge wahrnahm – die Dunkelheit in den Augen all jener Menschen, für die sie in die Schlacht zog. Bharkardhos stieß ein Grollen aus. Instinktiv duckte Sira sich in die Glut seiner Flammen, aber sie ließ die Königsreiter nicht aus den Augen, die direkt auf sie zuschossen. Dann brach das Feuer in Bharkardhos auf, und mit einem Brüllen, das die Luft zerfetzte, schlugen sie in die erste Schlachtreihe ein.

Der Aufprall nahm Sira den Atem, so heftig war er. Bharkardhos' Feuer leuchtete auf, sie spürte es als schützenden Schleier auf ihrer Haut – und sah gleichzeitig, wie es gnadenlos über ihre Feinde kam. Mit aller Kraft schoss es in die Glieder der Königsdrachen ringsum, und noch bevor sie wussten, wie ihnen geschah, riss es ihre Leiber auseinander. Brennende Glieder fielen um Sira nieder, doch sie verlor keine Zeit. Blitzschnell griff sie nach ihrem Bogen, überzog ihre Pfeile mit weißer Glut und traf drei Angreifer in die Brust, noch ehe die zerbrochenen Körper der Drachen am Boden aufschlugen. Aus dem Augenwinkel sah sie, wie Arvid die linke Flanke durch die Reihen der Königskrieger trieb, so schnell, dass brennende Schmisse in der Nacht entstanden, aus denen die Feinde wie blutige Fleischstücke niederfielen, und sie spürte Noriks Sturm so deutlich, als würde er aus ihren eigenen Fäusten brechen. Immer wieder grub Bharkardhos seine Klauen in die Drachen des Königs und schleuderte sie zu Boden, und Sira hielt sich auf seinem Rücken, so mühelos, als hätte sie nie etwas anderes getan. Es war, als würden sie ihre Bewegungen gegenseitig vorausahnen, und jedes Mal, wenn seine Krallen die Panzer der Drachen aufschlitzten, durchschlugen ihre Pfeile im selben Moment die Leiber der Reiter, als wären sie Figuren aus Papier. In rasender Geschwindigkeit bahnten sie sich ihren Weg durch die Schlachtreihen, und ein Schauer jagte über Siras Haut, als sie einen Blick zur Erde hinabwarf. Die Ebenen des Staubs lagen fast hinter ihnen. Bald hatten sie die Ruinen erreicht und dann ...

Das Rauschen des blauen Feuers zerriss ihren Gedanken. Es loderte auf den Mauern auf, so grell, dass Sira geblendet die Augen zusammenkniff, und aus der Mitte der Helligkeit brachen Krieger des Königs hervor – so viele, dass ihr der Atem stockte. Das eisige Feuer spiegelte sich auf den Rüstungen der Reiter, donnernd brandete das Brüllen der Drachen über das Schlachtfeld hinweg, und ehe Sira noch in Deckung gehen konnte, traf sie die mächtige Kältewelle der Schwingen vor die Brust. Keuchend krümmte sie sich zusammen. Im letzten Augenblick fuhr Bharkardhos herum und verhinderte einen Sturz. Seine Wärme flog prasselnd über Siras Haut und drängte die Kälte zurück, aber schon jagte der froststarrende Atem mehrerer Drachen auf sie zu. Eilig hob sie ihr Schwert. Ihr Feuer entfachte sich in goldenem Schein, fauchend wichen die Drachen davor zurück, als hätte die Glut sie verbrannt, und Sira führte die Klinge gegen sie, so schnell, dass ihre Umrisse als leuchtende Schnitte in der Luft stehen blieben. Doch jedes Mal, wenn sie einen Reiter von seinem Drachen stieß, jedes Mal, wenn Bharkardhos mit mächtigem Feuerschwall eine Bresche in die Reihen schlug, drängten weitere Königskrieger nach. Ihre Gesichter verschwammen vor Siras Blick. Immer mechanischer wurden ihre Bewegungen, immer enger schlossen sich die Feinde um Bharkardhos. Aber gerade, als der Frost erneut nach ihrem Atem griff, ging ein Sturmhieb über das Schlachtfeld.

Sira fuhr herum, und da sah sie, wie Norik aus der Menge hinauf in den Himmel schoss. Seine Augen standen in grüner Glut, mit wehendem Mantel riss er sein Schwert in die Höhe, und Rhorkas Brüllen schickte ein Unwetter über das Firmament, das die Szene in flackerndes Licht setzte. Blitze zerfetzten die Nacht und schossen in Noriks Schwert, und mit nicht mehr als einem Schwingenschlag seines Drachen schickte er ihre Macht über das Schlachtfeld hinweg. Sira fuhr zusammen, so unerwartet traf sie die Kraft der Blitze. Jede Erschöpfung wich aus ihren Gliedern. Es war, als würde sie schwerelos wie der Sturm selbst über die Körper ihrer Feinde hinwegfegen, und während etliche Königskrieger brennend in die Tiefe stürzten, erhoben sich die Reiter der Schatten mit neuer Kraft. Bharkardhos spannte die Muskeln an. Mit gewaltigem Flügelschlag stob er mitten hinein in die Reihen der Königskrieger – und kaum, dass sie von allen Seiten auf ihn zudrängten, entfesselte er seine Macht.

Sira presste die Hände gegen seine Schuppen, so gnadenlos brach sein Feuer aus seinem Leib. In gleißenden Flammen verband es sich mit Rhorkas Sturm, schlug tiefe Breschen in die Reihen ihrer Feinde und drang dann tiefer – weit hinab ins Innere der Erde, wo ihm eine grollende Stimme Antwort gab. Die Umgebung flackerte vor Siras Blick, so schnell raste sie mit Bharkardhos' Magie durch die Erde, und da fühlte sie den Drachen, der dort auf sie wartete und sich nun von Feuer und Sturm emporreißen ließ – ein Drache, der den Zorn der Erde in sich trug. Mit ohrenbetäubendem Krachen brachen die Ebenen des Staubs auseinander. Eine riesige Kluft jagte in die Tiefe, und daraus hervor schoss Bomper, den Leib in tosende Felsen gehüllt. Flackernd erloschen Feuer und Sturm auf seinen Gliedern, aber Kapos Fäuste glühten unter den Zaubern, die er in mächtigen Wirbeln über das Schlachtfeld schickte, und im selben Moment, da sein Drache die Felsen von seinem Körper sprengte, schleuderte er etliche Königskrieger in die Tiefe seiner Schlucht. Sira sah sie fallen, hilflos inmitten des brüllenden Sturms, die Körper brennend in Bharkardhos' Feuer, und sie stimmte in den Jubel der Schattenreiter ein, als die Wirbel schließlich zerbrachen. Die Reihen der Feinde hatten sich gelichtet – Rhakkaris war zum Greifen nah. Ein haltloses Triumphgefühl flutete Siras Glieder, als sie sah, wie Arvid und seine Gefährten auf die Ruinen zupreschten ... und sie spürte die Kälte zu spät.

Wie eine eisige Hand umfasste der Frost Siras Kinn und hob ihren Blick, und noch ehe sie Nhor'garoth hoch oben auf seinem Turm erkannte, wich ihr das Blut aus dem Kopf. Da saß er, regungslos auf Aryons Rücken, und obwohl er weit von ihr entfernt war, fühlte sie sein Lächeln wie Gift auf ihrer Haut. Bharkardhos stieß ein warnendes Grollen aus, und Sira sah noch, wie die ersten Schattenreiter über die Trümmer der Stadt hinwegglitten. Dann ging ein Ton durch die Nacht, schrill wie brechendes Glas. Und im selben Moment brach das Feuer über den Ruinen auf.

Arvid schrie, als der blaue Frost ihn umfing. Hilflos schlug Kar'mal mit den Flügeln, Sira spürte den Schmerz des Drachen so deutlich, als würde er Bharkardhos' Glieder durchziehen, und ehe sie auch nur Atem holen konnte, brachen brennende Krieger aus den Ruinen – Illusionen Nhor'garoths, die sich in den Schatten verborgen hatten. Ihre Leiber glühten unter der Kraft ihres Schöpfers. Als flammende Reiter glitten sie auf ihren Drachen durch die Luft und stürzten sich auf die Schattenkrieger. Nicht alle Reiter der Gilde hatten dem Feuer der Ruinen etwas entgegenzusetzen. Binnen eines Wimpernschlags verbrannten etliche in der Glut, so schnell, als wären sie ...

... aus Papier.

Sira fröstelte, als Nhor'garoths Stimme durch ihren Schädel peitschte. Aber ehe die Panik sie ergreifen konnte, ballte sie die Hände zu Fäusten. Verflucht, sie war die Reiterin des Feuers! Sie würde Nhor'garoths Glut in Fetzen reißen mit ihrer Macht! Im selben Moment hörte sie Noriks Stimme in ihren Gedanken, und sie nickte, als sie seinen Blick erwiderte. Eines würde Nhor'garoth in dieser Schlacht begreifen: Es gab größere Mächte als seinen Frost!

Bharkardhos schoss so schnell auf die Ruinen zu, dass die brennenden Krieger vor Siras Blick verschwammen. Schemenhaft nur sah sie, wie sie von allen Seiten auf sie zupreschten, Wellen aus glühenden Leibern, die sie zerschmettern wollten, und erkannte Norik inmitten des Chaos. Kaum wenige Flügelschläge war er von ihr entfernt, und als er sich aus dem Sattel stemmte, tat Sira es ihm gleich. Während Rhorka und Bharkardhos die Horden zurückdrängten, würde sie das Feuer ihres Feindes auseinanderreißen – Seite an Seite mit dem Reiter des Sturms. Noch einmal fühlte sie Bharkardhos' Flammen auf ihrer Haut, sein Lächeln legte sich wie ein Schutzschild über sie. Dann stieß sie sich ab und sprang in die Tiefe.

Sie rollte sich am Boden ab und hob ihr Schwert, kaum dass sie auf die Beine kam. Sie hatte damit gerechnet, Norik neben sich zu finden und sich gegen etliche Schergen des Königs verteidigen zu müssen. Aber schon als sie den Kopf wandte, nahm sie die Stille wahr, die sie umgab, und sie hielt den Atem an, als sie sich umsah. Nhor'garoths Feuer war erloschen, jeder Schlachtenlärm war verstummt und sie ... sie war allein.

Verwirrt drehte Sira sich um sich selbst, das Schwert erhoben, als würde die Illusion um sie herum jeden Augenblick zerbrechen. Denn war es das nicht, ein Trugbild ihres Feindes, das sie in die Irre führen sollte? Mit aller Kraft versuchte sie, die Magie in den Ruinen aufzuspüren, um den Schleier vor ihren Augen zerreißen zu können.

Doch sie fand nichts als kalte, tote Steine ... und die Schatten, die nun zwischen den Trümmern aufflackerten.

Sira wich zurück, lautlos, wie sie es in den Straßen von New York getan hatte, wenn wie aus dem Nichts ein Jäger des Königs in ihrer Nähe aufgetaucht war. Doch anders als damals gelang es ihr nicht, sich von den Schatten abzuwenden. Wie in einem Traum starrte sie in die Dunkelheit ... und wie in einem Traum verwandelten sich die Trümmer ringsherum plötzlich zu einem finsteren Tunnel. Ein fauliger Geruch stieg Sira in die Nase. Sie erkannte ihn sofort als den Gestank der Unterwelt von New York und fuhr zusammen, als plötzlich Schritte von den Wänden widerhallten. Die Schritte eines Kindes.

Es war ein Junge von sechs oder sieben Jahren, der nackte Körper mit blauen Flecken übersät, die Augen angstvoll aufgerissen. Tränen liefen über seine Wangen, aber er gab keinen Laut von sich, als er auf Sira zurannte. Eine stumme Furcht schien ihm die Kehle zuzuschnüren, und noch ehe Sira seine Verfolger am Ende des Tunnels auftauchen sah, wusste sie, dass es Menschen waren, die ihn jagten – ihn, ein Drachenblut, das die Kraft ihrer Feinde in den Adern trug.

Als hätte der Junge ihre Gedanken gehört, sah er sie direkt an. Haltloses Erstaunen flutete sein Gesicht, und Sira lief auf ihn zu, um ihn vor jenen zu schützen, deren Stimmen von den Wänden widerhallten. Doch ehe sie ihn erreichte, traf ihn ein Stein am Kopf. In entsetzlicher Intensität hörte sie seinen Schädel brechen, und ehe sie noch neben ihm auf die Knie fiel, war er tot. Ihre Hände zitterten, als sie ihm das Haar aus der Stirn streichen wollte, aber ihre Finger glitten durch ihn hindurch, als würde sie aus Nebel bestehen. Dennoch benetzte sein Blut ihre Haut, und als die Menschen näher kamen, begann sie zu rennen.

Sie lief so schnell, dass ihr Herz in ihrer Brust raste, aber dennoch hörte sie die dumpfen Schläge, die die Menschen auf das tote Kind niedergehen ließen, als wäre deren Angst zu mächtig, um sich vom

Tod Grenzen ziehen zu lassen. Der Zorn schnürte Siras Kehle zusammen. Überdeutlich sah sie die Kinder vor sich, die Andor damals durch die Gassen gehetzt hatten, und gleichzeitig brachen weitere Bilder in ihr auf, so klar, als wären es ihre eigenen Erinnerungen. Sie sah zwei Frauen vor sich, die aneinandergekauert in der Wüste verdursteten, aus sicherer Entfernung von etlichen Menschen bewacht, sah Kinder, die mutterseelenallein durch die Straßen der verbrannten Städte liefen, in die Irre geschickt von ihrem eigenen Volk, und immer wieder die Gesichter ihr unbekannter Menschen. Sie alle schauten sie an, und Sira spürte, wie ihre Blicke tiefer drangen, wie sie erkannten, was sie war, und ihr stockte der Atem, jedes Mal, wenn sich die Gesichter vor Hass und Furcht verzerrten. Fremd erschienen sie ihr nun, fremd wie die Züge ... von Tieren.

Als hätte das Wort den Tunnel zerbrochen, lösten sich die Schatten um sie auf und verwandelten sich in eine verlassene Straße in New York. Sira erinnerte sich an sie, auch wenn sie nie wieder in diesem Teil der Stadt gewesen war ... nie wieder seit jener Nacht. Und wie damals schlug ihr das Herz bis zum Hals, als sie die Straße hinunterging. Ein atemloses Brennen zog durch ihren Magen, und es rührte nicht vom Hunger her, der sie quälte. Sie war in die Oberwelt gegangen, um ihren Onkel zu suchen, der seit Tagen nicht zurückgekehrt war. Und sie fand ihn.

Er lag inmitten verbrannter Mülltonnen am Ende der Straße, und wie damals, als sie vor ihm stehen geblieben war, ergriff sie auch jetzt heftige Übelkeit. Drachenklauen hatten seinen Leib zerfetzt, aber er sah sie mit demselben Blick an wie der Junge im Tunnel, und wie damals fühlte sie die Einsamkeit tief in ihm, die ihn zeitlebens von den Menschen getrennt hatte ... die Einsamkeit, in der er gestorben war und die sie so gut kannte. Sacht strich der Wind der gefallenen Stadt ihr das Haar zurück, und sie erinnerte sich daran, wie sie auf den Dächern gesessen und zum Sitz des Königs hinübergeschaut hatte … dieser Festung aus purem Gold, das nichts als Sehnsucht in ihr weckte. Ihre Beine begannen zu zittern, als sie den Blick ihres Onkels erwiderte. Sie wusste, dass sie nie wieder aufstehen würde, wenn sie nun neben ihm auf die Knie fiele. Aber sie war so unendlich müde …

Gerade, als sie den Asphalt unter ihren Fingern spürte, traf etwas ihre Hand. Erschrocken wich sie zurück. Ein Biss war es gewesen, der Biss von blauem Feuer, und kurz sah sie Andor vor sich, Andor mit totem, vereistem Gesicht, aber mit glühenden Augen, die jede Lüge der vergangenen Momente entlarvten. Ihr Onkel mochte allein gewesen sein unter den Menschen, doch niemals war er einsam gewesen bei Andor und ihr, und sie sehnte sich nicht nach dem Gold des Königs – sie verachtete es aus tiefster Seele!

Wie eine Antwort zerbrach die Straße ringsherum. Feuer loderte um Sira auf, genau wie damals in der Station, und sie fröstelte, als Andors Gestalt in unerreichbare Ferne glitt. Doch ehe das Leben aus seinen Augen weichen konnte, ging eine Stimme durch ihre Gedanken … eine Stimme wie warmer Wüstensand.

Schließe die Augen, raunte Alvarez. *Und sieh!*

Sira meinte, ihn lächeln hören zu können, und sie zögerte nicht länger. Sie war mehr als die Furcht in ihr, mehr als ihr Schmerz und ihre Verzweiflung, und ganz gleich, wie gnadenlos ihr Feind sein Feuer um sie herum entfachte: Es lag doch mehr in den Ruinen als Hass und Zorn … so viel mehr als das. Mit geschlossenen Augen setzte sie sich in Bewegung, die Handflächen nach vorn gedreht. Wie ein Panzer aus Eis glitten die entsetzlichen Bilder von ihr ab, die sie gerade noch in die Irre geführt hatten, und da spürte sie, wie die Zweige einer Weide über ihre Wangen streiften, fühlte das Licht der Sterne und den Regen auf ihrer Haut, und sie hörte eine Stimme nach ihr rufen, so vertraut, dass ein Lächeln über ihre Lippen flog. Leise war der Windhauch, der ihre Hände berührte, und doch schickte er einen Schauer über ihren Rücken. Sie wurde gesucht inmitten dieses Albtraums, der sie umfangen hielt, und als sie warmen Atem auf ihren Lippen spürte, erschrak sie nicht. Stattdessen streckte sie die Hand aus, weiches Haar streifte ihre Finger, und noch ehe sie die Augen öffnete, wusste sie, dass er es war: Norik, der Reiter des Sturms, der sie gefunden hatte.

Ein blutiger Striemen zierte seine Wange, aber sein Lächeln vertrieb jeden Schatten aus seinem Blick, und als das blaue Feuer mit aller Gewalt um sie aufbrach und sie in die Ruinen zurücktrug, verschränkten sie die Hände ineinander. Sira fühlte den Schmerz der Schattenreiter, die rings um sie in dieser Glut verbrannten, doch sie wandte sich nicht von Norik ab. Flüsternd flogen ihre Flammen über ihre Finger und verbanden sich mit seinem Sturm zu einem Zauber, der donnernd um sie herum aufbrach. Übermächtig brandete Bharkardhos' Stimme in ihm auf, Rhorkas Gesang trieb ihn durch die Ruinen, und als er den Frost ihres Feindes mit gewaltigem Krachen zerriss, standen sie für einen Moment regungslos: zwei Menschen, die einander mit einem Lächeln an den Händen hielten, umgeben von Feuer und Sturm.

Mit ohrenbetäubendem Brüllen stürzten sich die Reiter der Schatten auf die brennenden Krieger, die inmitten des Sturms zurückwichen. Arvid kam auf die Beine, etliche Schattenkrieger schleuderten die Reste der blauen Glut von ihren Gliedern ... und da senkte sich der Blick des Frosts mit aller Macht auf Sira herab.

Atemlos hob sie den Kopf. Noch immer saß Nhor'garoth hoch oben auf dem Turm, doch sein Lächeln fraß sich in sein Gesicht, so messerscharf, dass Sira meinte, es in ihrem eigenen Fleisch zu spüren. Sie hörte noch Bharkardhos' grollenden Ruf. Dann breitete Aryon die Schwingen aus, und mit einem Schrei, der die Luft in Fetzen riss, stob er direkt auf sie zu.

Kapitel 57

Die Luft gefror unter Aryons Schwingenschlag. Schleier aus Eis fegten über die Reiter der Schatten hinweg, die sich den Königskriegern entgegenstellten, und Norik spürte Nhor'garoths Blick auf seiner Haut, als würden sich Lanzen in seinen Körper bohren. Rauschend entfachten sich Aryons Flügel zu blauem Feuer, und als er seinen Frost über das Schlachtfeld spie, war es nicht allein seine Stimme, die den Boden erzittern ließ. Schreie waren es, die nun in Klingen aus Eis aus den Mauern der Stadt brachen und seinen Flug begleiteten – die Schreie der Menschen, die Nhor'garoth vor langer Zeit getötet und in seiner Festung eingeschlossen hatte.

Noriks Stimme überschlug sich, als er sich auf Rhorkas Rücken schwang. Sofort duckte Sira sich an Bharkardhos' Seite, und ehe Aryons Schatten sie erreichte, loderte die Glut des Feuerdrachen auf. Schützend legte er sich auf Sira, und Norik presste die Hände an Rhorkas Hals, als sein Zauber aus ihrer Kehle brach. Tosend schloss er sich über ihnen zusammen, ein Sturm aus Schatten gegen den Schrecken, der auf sie zujagte. Norik hörte seine Gefährten unter den entsetzlichen Stimmen schreien, er sah sie selbst vor sich, die Menschen, die unter Nhor'garoths Faust gefallen waren, und ihr Leid spannte jede Faser seines Körpers zum Zerreißen. Schon flammten Bilder der Toten in ihm auf, er hörte, wie ihre Körper in eisigen

Klauen brachen, und fuhr zusammen, als die ersten Klingen seinen Sturm durchschnitten. Ein Schrei glitt über seine Wange, das Gesicht einer Frau schoss durch seine Gedanken, die an ihrem eigenen Blut erstickte, und der Schmerz wurde so übermächtig, dass Norik der Atem stockte. Einzig Rhorkas Stimme, die nun um ihn aufwallte, hielt ihn inmitten der Schreie aufrecht, und da endlich sah er ihn über sich: den Schatten, der ihn zerfetzen wollte. Er meinte Nhor'garoth lachen zu hören, kalt und gnadenlos wie damals, als der Schlächter der Sieben Städte all diese Menschen ermordet hatte. Und gerade in dem Moment, da Aryon auf sie herabstieß, riss Norik sein Schwert in die Luft.

Namenloser Schmerz flutete ihn, als sein Zauber sich binnen eines Wimpernschlags zusammenzog und durch seine Klinge in den Leib des Drachen schoss. Aryon schrie auf, schrill nun und wie von Sinnen, und während sein Sturm sich um dessen Glieder schloss, hörte Norik die Schreie der Menschen in diesem Ton zerbrechen. Kurz nur sah er Nhor'garoth das Gesicht verziehen, die Augen glühend vor Zorn. Dann zerriss der Drache die Fesseln des Sturms und schoss hoch hinauf in den Himmel.

Norik wischte sich das Blut von der Wange, aber deutlicher als den eigenen Schmerz fühlte er nun die Wunden in Aryons Fleisch, die er dem Drachen geschlagen hatte. Auch Sira war verletzt worden, ein tiefer Striemen zog sich über ihren Arm, doch als sie neben Bharkardhos auf die Beine kam und zu Nhor'garoth aufschaute, stand nichts als Zorn in ihren Augen. Norik schickte seinen Sturm über ihre Haut und hörte ihre Gedanken wie seine eigenen in seinem Kopf. Lange genug hatte Nhor'garoth die Welt in seinen Frost gehüllt. Nun war es an der Zeit, ihm ein Ende zu setzen. Sie nickte Norik zu, als sie sich von Nhor'garoth abwandte. Dann zog sie sich auf den Rücken ihres Drachen, und ohne sich noch einmal umzudrehen, erhob sie sich in die Luft.

Bharkardhos war so schnell, dass seine Schwingen den Frost zerschnitten. Glühende Kerben loderten im Himmel auf, dauernd änderte er mit mühelosem Flügelschlag die Richtung, als würden noch immer die Stimmen der Menschen an ihm zerren – und glitt dann direkt auf Aryon zu. Nhor'garoth fuhr herum. Sein Schwert entfachte sich in blauem Feuer, und Norik meinte, sein Lachen in seinen Gliedern widerklingen zu fühlen, ein Lachen so voller Hohn, dass es Sira als unsichtbarer Kältehieb entgegenschlug. Doch Bharkardhos jagte durch den Frost wie durch Mauern aus Eis. Glitzernd stoben die Scherben der Magie über seine Schuppen und erloschen, und Sira umfasste Nhor'garoth mit ihrem Blick, so regungslos, als wäre sie nie etwas anderes gewesen als dies: die Kriegerin des Feuers, die sich ihrem Feind zum Kampf stellte.

Norik hingegen spürte sein Blut in seinen Adern, während er wie in Trance die brennenden Krieger zurückschlug, die sich auf ihn stürzten. Bharkardhos beschleunigte seinen Flug noch einmal, ebenso wie Aryon, der nun auf ihn zupreschte, und Nhor'garoths Klinge zerschnitt die Luft. Sein Frost brach um ihn auf, so eisig, dass etliche Krieger ringsum zu Boden stürzten. Ein Meer aus tödlichem Feuer war es, das Sira zu verschlingen drohte – dieses Mädchen aus den Schatten, das es gewagt hatte, den Obersten Krieger des Königs herauszufordern. Klein, beinahe winzig sah sie auf ihrem Drachen aus. Doch gerade, als Aryons Atem sie traf, riss sie ihr Schwert in die Luft. Ihr Schrei hallte in Norik wider, mit aller Kraft entfachte er seinen Zauber auf ihrer Haut. Ihre Konturen verschwammen, Bharkardhos glitt zur Seite, der Leib nicht mehr als flackernder Sturm – und ehe Aryon noch zurückweichen konnte, traf Sira seinen Reiter in die Brust.

In Kaskaden stürzte der Frost um Nhor'garoth auf die Erde nieder. Blut quoll aus seiner Brust, es lief über seinen Körper und Aryons Schuppen, so tief war der Schnitt, und als Sira über den Himmel jagte, fort von der ausströmenden Kälte und zugleich so zügellos, dass

Flammenschwärme unter Bharkardhos' Flügeln aufloderten, fühlte Norik den Triumph, der die Schattenkrieger ringsum in Jubel ausbrechen ließ. Doch noch ehe er sich ebenfalls in die Luft erheben konnte, drang Rhorkas Grollen durch seine Gedanken, warnend und angespannt, und da sah er die Risse, die sich über Nhor'garoths Leib zogen und sich in Aryons Schwingen fortsetzten, knisternd, als glitten sie über eine Figur ... aus Eis ...

Als hätte der Ton Sira einen Stich versetzt, fuhr sie herum. Norik spürte, dass ihr das Blut aus dem Kopf wich, doch er konnte sie nicht ansehen. Sein Blick lag auf Nhor'garoth, der in seltsam mechanischer Geste nach seiner Brust griff. Aber das Lachen, das nun voller Hohn über das Schlachtfeld hinwegflog, drang nicht aus seiner Kehle. Es kam aus dem Turm des Frosts, und kaum, dass es mit voller Macht erklang, zerriss die Lüge, die es erschaffen hatte: das Trugbild von Nhor'garoth und Aryon, das nun mit ohrenbetäubendem Krachen auseinanderbrach.

Wie in einem düsteren Traum starrte Norik auf die Scherben, die durch die Luft jagten, doch ihm blieb keine Zeit, um sein Entsetzen zu begreifen. Denn gleich darauf vereinten sie sich zu wilden Schwärmen, und Regen brach aus ihnen hervor ... Regen aus blauer Glut, der wie Gift auf die Schattenkrieger niederging. Die Schreie seiner Gefährten fuhren Norik ins Mark. Überdeutlich fühlte er, wie die Tropfen sich in ihre Haut gruben, er sah sie hoch oben in der Luft taumeln und hörte die hilflosen Schreie der Drachen, deren Flügel von blauem Feuer gelähmt wurden – dem Gift von Nhor'garoth, das ihnen das Fleisch von den Knochen fraß.

Entschlossen stieß Norik die Fäuste empor, der Drache auf seinem Rücken spannte die Schwingen, als sein Sturm über das Schlachtfeld fegte. Er riss den Regen von den Gliedern seiner Gefährten, flirrend legte er sich auf ihre Leiber, doch noch immer hallte das Lachen in Norik wider, und er spürte jeden Tropfen, der auf seinen Zauber niederfiel. Seine Magie würde dem blauen Feuer nicht lange standhalten. Ohne ein Wort erhob Rhorka sich in die Luft und schloss zu Bharkardhos auf, und ein Blick von Sira genügte, um Norik eines zu zeigen: Auch sie kannte den einzigen Weg, um den Bann dieses Regens zu brechen. Sie mussten Nhor'garoth töten, so schnell es ihnen möglich war.

Seite an Seite jagten sie durch die zischenden Tropfen dahin. Immer wieder stellten sich ihnen die Krieger des Königs entgegen, doch Bharkardhos hüllte sie in sein Feuer, und Rhorka schleuderte sie mit solcher Wucht zur Erde hinab, dass Norik die Erschütterung in der Luft fühlen konnte. Schon tauchten die Türme von Rhakkaris vor ihnen auf, umgeben von Gassen aus Eis. Sira flog voraus, die Schatten der Gebäude flackerten über den Leib ihres Drachen und Norik glaubte schon, die Kühle des Frosts auf seiner Haut spüren zu können. Rasch stob Rhorka Bharkardhos nach – und prallte im nächsten Moment mit voller Wucht gegen eine unsichtbare Mauer.

Norik wurde schwarz vor Augen, so heftig war der Aufschlag. Als er zu sich kam, fand er sich am Boden wieder, und vor ihm, in grellen Farben flimmernd, erhob sich ein Zauber vor dem Zentrum der Stadt. Rhorka kam hinter ihm auf die Beine, aber er sah sie wie in einem Spiegel auf der anderen Seite des Zaubers, und vor ihr, kaum wenige Armlängen von ihm entfernt, lag er selbst und starrte sich ins Gesicht. Wie in einem Traum fuhr Norik sich über die Augen. Sein Abbild tat es ihm gleich, doch als Sira von Bharkardhos' Rücken sprang und sich mit raschen Schritte näherte, erstarrte es in seiner Bewegung. Norik konnte das Lächeln sehen, das durch die Augen seines Spiegelbildes ging, boshaft wie ein tödliches Versprechen, und da fühlte er den Zauber, den der Fremde in seiner Faust zusammenzog … glühend in blauem Frost.

Norik sprang so schnell auf die Beine, dass ihm schwindelte. Donnernd schlug sein Schrei gegen den Zauber, aber Sira hörte ihn nicht.

Ihr Blick blieb an dem Fremden hängen, der sich nun zu ihr umdrehte. Das Feuer ihres Feindes loderte in seiner Hand auf, und im selben Moment wich sie vor ihm zurück. Norik meinte, ihr Herz in ihrer Brust rasen zu fühlen, so blass wurde sie. Es war, als würde alles, was sie je über ihn gewusst hatte, mit einem einzigen Hieb in sich zusammenstürzen. Schon hob der Fremde die Hand, doch da stürzte Norik sich vor. Verflucht, sie hatten sich in Feuer und Eis gefunden – sie würden sich nicht verlieren im Angesicht einer Lüge!

Mit ohrenbetäubender Lautstärke krachte sein Zauber gegen den Wall. Der Rückstoß schleuderte ihn zu Boden, aber er fühlte den Wind, der durch Siras Haar strich, sacht wie im Wald des Drachen – und doch stark genug, um sie aus ihrer Starre zu reißen. Sofort entfachte sich der Zorn in ihren Augen, der sich seit jeher geweigert hatte, vor jemandem das Knie zu beugen, und ehe der Fremde seinen Zauber gegen sie richten konnte, zog sie sich auf Bharkardhos' Rücken. Kurz nur flog ihr Blick über Noriks Gesicht, fast so, als würde sie ihn hinter dem elenden Zauber der Mauer wirklich sehen können. Dann erhob sie sich in die Luft, und mit mächtigen Schwingenschlägen jagte Bharkardhos mit ihr über die Gassen davon. Das blaue Feuer schoss ihnen nach, der Fremde schwang sich auf Rhorkas Abbild und nahm die Verfolgung auf, doch gerade, als Norik erneut die Faust ballen wollte, durchzog ein brennender Schmerz seinen Arm.

Er fuhr herum, und ehe noch Rhorkas Schrei in ihm widerklang, sah er sie vor sich: von Bannschnüren zu Boden gezwungen, umgeben von einem Kreis aus gleißendem Feuer. Die Flammen peitschten über ihre Schuppen, jeden Hieb fühlte Norik so deutlich, als wäre er selbst es, der in diesem Kerker lag. Und neben seinem Drachen, den Kopf tief geneigt, stand Kenai und schaute mit spöttischem Grinsen zu ihm herüber.

Krieger des Sturms, flog seine Stimme durch Noriks Gedanken. *Du hast sie mir direkt in die Arme getrieben, zuerst deinen Drachen und dann das*

Mädchen, das du liebst. Hast du denn gar nichts gelernt, als ich das armselige Kind vor deinen Augen zerrissen habe?

Norik sah noch das Lächeln, das auf Kenais Lippen kroch, eiskalt wie der Frost, der Juri erschlagen hatte. Dann brach der Zorn mit aller Macht in ihm auf, und er stürzte sich vor. Seine Klinge traf Kenai an der Schulter, aber sofort glitt der Wandler zur Seite, so fließend, als würde er schweben. Im letzten Moment wich Norik seinem Hieb aus und stieß ihn zurück. Er spürte, wie Rhorka versuchte, den Schmerz von ihm fernzuhalten, doch ihr Kampf gegen den Bann ließ ihn schwanken, und er brauchte seine gesamte Kraft, um einen weiteren Angriff abzuwehren. Blut schoss aus Kenais Mund, als Norik ihn im Gesicht traf, aber er schien keinen Schmerz zu empfinden. Beinahe gleichgültig spuckte er aus und entfachte zwei tiefschwarze Messer in flackerndem Feuer. Noch einmal glommen seine Augen auf, tückisch und voller Verachtung. Dann hob er die Messer und mit einem spöttischen Lachen löste seine Gestalt sich auf.

Norik spürte den Wind wie flatternde Tücher auf seiner Haut. Instinktiv duckte er sich unter Kenais unsichtbarem Hieb, doch der Wandler jagte so schnell durch die Luft, dass er seinen Bewegungen kaum folgen konnte. Dann tauchte er direkt vor Norik auf, geisterhaft, als würde er noch immer Rastanghurs Magie in sich tragen, und senkte seine Messer in dessen Arm. Noriks Schwert schoss auf ihn nieder, aber sofort verschwand er wieder, und Norik drehte sich mit rasendem Herzen um sich selbst. Es schien ihm, als würden Kenais Augen ihn aus der Unsichtbarkeit heraus anstarren und jede seiner Bewegungen vorausahnen, ehe er auch nur die Waffe heben konnte. Schon fühlte er, wie sein Feind näher kam … und ein dunkles Lächeln legte sich auf sein Gesicht. Nicht nur Wandler verstanden sich auf Masken und Betrug, so viel war sicher. Kein Magier der Welt kannte die Menschen besser als der Wind.

Mit diesem Gedanken schloss Norik die Augen. Kurz schien es

ihm, als würde er noch einmal auf dem dünnen Seil zwischen den Zinnen des Gebirges stehen, so hoch oben, dass der Sturm an ihm zerrte, und unter den Zaubern schwanken, die sein Vater auf ihn schickte. Wie oft war er gefallen und im letzten Moment von Rhorka aufgefangen worden, wie viele Wunden hatte er sich an den scharfen Zinnen geholt. Und doch hatte er ihn eines Nachts gespürt: den Atem des Windes, der seinen Blick durch die Finsternis trug, so sicher, als würde er mit seinen Augen sehen. Regungslos stand Norik da, das Schwert erhoben, den Blick in sein Innerstes gerichtet, und der Sturm brandete um ihn auf, so mächtig, dass sein Mantel zu flattern begann. Wie silbrige Schleier glitt er durch die Dunkelheit hinter Noriks Augen, strich über Rhorkas Glieder und die ausgebrannten Ruinen ... und streifte Kenai mit eisigem Hauch.

Gleißend hell brach Noriks Schwert in der Finsternis auf. Kenai stieß ein Stöhnen aus, als die Klinge ihn an der Hüfte traf, und er wich zurück in die Schatten, ohne Norik verwundet zu haben. Doch dieser glitt ihm nach. Er fühlte die Anspannung in Kenais Muskeln, nun, da er der Sturm war, der ihn umgab, spürte den Rausch der Farben, der in dessen Schläfen pulste und ihn schneller, immer schneller durch die Luft trieb, und er empfand den Hass, den Kenai ihm entgegenbrachte ... einen Hass von solcher Tiefe, dass er in grellen Schüben durch seine Adern peitschte. Tosend brach ein Zauber in den Klingen der Messer auf, im letzten Moment warf Norik ihn mit einem mächtigen Hieb zurück, und als er Kenai vor die Brust traf, da fühlte er dessen Herzschlag in der Finsternis.

Mit aller Kraft lauschte Norik diesem Ton, und er fand keine Tücke darin und keine Grausamkeit. Alles, was er hörte, war ein Lied, sanft wie die Dünen der Wüste, gesungen von menschlichen Kehlen ... ein Lied wie in einem Traum aus Nacht und Wärme. Norik riss die Augen auf, als Kenais Tarnzauber zerbrach, klirrend, als wäre ein gläserner Wall gesprungen. Der Wandler stand direkt vor ihm. Er starrte ihn an, so fassungslos, als hätte Norik mit einem einzigen Schlag jede Maske von seinem Gesicht gerissen, und für einen Moment wirkte er viel jünger, als er tatsächlich war, fast wie ein Kind. Doch dann kehrte die Verachtung in seinen Blick zurück, und Norik zögerte nicht länger. Mit voller Wucht stieß er dem Wandler die Klinge in den Bauch.

Norik hörte den Bannzauber über Rhorkas Gliedern flattern, aber er wandte sich nicht zu ihr um. In unwirklicher Langsamkeit fiel Kenai vor ihm auf die Knie. Kein Laut kam über seine Lippen, doch als er zu Norik aufsah, war er tatsächlich ein Kind, halb totgeschlagen von seinem eigenen Volk, ein zitterndes Bündel aus Fleisch und Knochen – im Stich gelassen von dem, der es hätte retten sollen. Atemlos erwiderte Norik den Blick dieser Augen aus flirrenden Farben, die sich langsam in tiefem Blau verfärbten, und gleich darauf war es nicht länger Kenai, der vor ihm am Boden lag. Es war Juri. Verzweifelt presste der Junge die Hände gegen seine Wunde, doch sein Blut floss über seine Finger, und Tränen bedeckten seine Wangen, als er zu Norik aufsah.

Du, flüsterte er, und nichts als Schmerz stand mehr in seinem Blick. *Du hast mich getötet!*

Die Worte glitten in gleißenden Klingen über Noriks Wangen. Eiskalt jagte die Lähmung in seine Glieder, gnadenlos wie das Entsetzen, das nun in ihm aufbrach, und ehe er noch Rhorkas Stimme hörte, sprang das Kind vor ihm auf die Beine und trieb ihm seine Messer in die Brust.

Keuchend wich Norik zurück. Sein Herz krampfte sich zusammen, mühsam nur hielt er sich aufrecht, aber er sah das Blut nicht, das über seine Hände lief, ebenso wenig wie Rhorkas vergeblichen Schwingenschlag inmitten ihrer Fesseln. Alles, was er wahrnahm, war Juris Gesicht, das vor ihm in die Dunkelheit stürzte, ehe es sich wie eine verzerrte Maske auf Kenais Zügen wiederfand. Grell brach das Lachen des Wandlers über dessen Lippen.

Erbe des Sturms, stieß er aus und spuckte sein Blut vor Noriks Füße, während er flackernde Glut in die Wunde in seinem Bauch schickte. *Was bist du für eine lächerliche Kreatur! All die Macht, die in deinen Adern fließt – und wofür? Um unter meiner Hand zu sterben, der Faust eines Wandlers, gegen den du nichts ausrichten kannst! Wer hätte das gedacht? Der erhabene Reiter des Sturms ist nichts als ein schwacher Mensch!*

Mit voller Wucht schlug er Norik zu Boden, doch dieser spürte den Aufprall kaum. Stattdessen fühlte er, wie Rhorka unter den auflodernden Bannschnüren in die Knie ging, wie sein Schutzzauber über den Körpern seiner Krieger flatterte und den tödlichen Regen durchsickern ließ, Siras Gestalt brach in dem flackernden Wall der Stadt vor ihm auf, und er sah sie am Ende einer Gasse, zu Boden geschlagen von seinem grausamen Spiegelbild. Fern nahm er Bharkardhos wahr, der sich gegen Rhorkas Schemen verteidigte, aber er wandte sich nicht von Sira ab. Mit aller Kraft versuchte er, sich auf die Beine zu stemmen, doch erneut setzte sein Herz für einen Schlag aus, und da sah er sein eigenes Gesicht in ihren Augen gespiegelt – verzerrt zur Fratze eines Mörders. Wie aus weiter Ferne traf ihn die Macht des Zaubers, den Kenai zwischen seinen Händen erschuf, ein Speer aus Eis, der ihn erschlagen würde, weit entfernt von Sira, die allein in der Finsternis war. Doch gerade, als die Ohnmacht nach ihm griff, wandte sie den Blick. Sie sah ihn direkt an, durch alle Zauber und Schatten hindurch, sah ihn an wie damals auf dem Nachtmarkt, als sie sich zum ersten Mal begegnet waren, und als hätte sich eine Hand um sein Herz geschlossen, sog er die Luft ein. Sie waren nicht allein in der Dunkelheit, die sie umgab … nie wieder.

Sieh dir das Licht an, flüsterte eine Stimme in seinen Gedanken. *Wie kannst du nur zweifeln, wenn du so ein Licht in dir trägst.*

Norik spürte Juri und Ysios neben sich, so deutlich, als würden sie noch einmal Seite an Seite durch das Gebirge rasen, und im selben

Moment, da das Lachen seines kleinen Bruders in ihm aufbrach, hob er den Kopf. *Narr von einem Wandler*, flüsterte er, als Kenai vor ihm stehen blieb. *Ich bin mehr als alles, was du ahnst!*

Er sah noch das Erstaunen in den Augen aus flirrenden Farben. Dann sprang er auf die Beine, und mit einem Hieb, der die Klinge unter dem Lachen eines Kindes erzittern ließ, trieb er Kenai sein Schwert in die Brust. In tosendem Sturm jagte seine Magie durch dessen Leib und zerbrach den Speer aus Eis im selben Augenblick, da Juris Maske von dessen Zügen wich, und Norik fühlte die Wärme, die nun in ihm aufloderte. Übermächtig jagte sie durch die Linien des Drachen auf seinem Rücken, ließ ihn jeden Schrei seiner Gefährten auf dem Schlachtfeld hören und jeden Atemzug von Rhorka, und sie trug ihn als Windhauch durch Siras Haar, so sanft, dass jede Erschöpfung von ihren Zügen wich. Unendlich war es, dieses Licht, das Kenais Augen nun in goldenes Feuer hüllte – dieses Licht, das stärker war als jeder Zauber dieser Welt.

Eine seltsame Stille legte sich auf Noriks Schultern, als er das Schwert zurückriss. Das metallische Geräusch der Klinge, die durch Kenais Fleisch glitt, ließ die Luft flattern, und die Farben des Walls brachen über Noriks Haut, nun, da tiefe Risse hindurchliefen. Aber er wandte sich nicht von Kenai ab. Rasch pulste das Blut aus dessen Körper, und als er zu Boden sank, verlor sich jedes Gold in seinen Augen und jede Farbe ... bis auf eine.

Reiter des Sturms, raunte Kenai kaum hörbar und sah ihn aus tiefblauer Nacht an. *Wenn ich dich nicht hassen würde ... dann könnten wir Brüder sein.*

Norik fühlte den Wind auf seiner Haut, schwach wie Kenais letzten Atemzug. Dann wurden dessen Augen blass, und sein Körper löste sich auf, als wäre er nie mehr gewesen als ein Gedanke. Nichts blieb von ihm zurück als feiner Sand ... warm wie ein Lied der Menschen über den Dünen der Wüste.

Mit lautem Knistern zerbrach der Bann über Rhorkas Körper, und als sie sich in die Luft erhob, um die letzten Schleier von sich zu schleudern, richtete Norik den Blick auf die Stadt. Der Wall erlosch ebenso wie die Trugbilder, die Sira und Bharkardhos verfolgt hatten, aber der Regen aus blauem Feuer prasselte umso stärker auf die Krieger der Schatten nieder. Norik presste sich die Hand vor die Brust, als er auf die vereisten Gassen zutrat. Mühsam nur konnte er Atem holen, und kaum, dass der Schatten der Türme auf ihn fiel, zuckte heftiger Schmerz durch seine Wunde. Keuchend wich er zurück und griff nach Rhorkas Schwinge, um nicht zu fallen. Dieser Schmerz war mächtig gewesen und golden ... wie das Feuer des Königs.

Schwer atmend starrte Norik auf die Flammen, die nun aus den Gassen brachen, flüsternd wie Hohngelächter. Jeder Funken, dieses verfluchten Feuers gierte nach seiner Magie, das konnte er spüren, und doch musste Rhorka ihren Sturm um seine Schultern legen, um ihn daran zu hindern, erneut vorzutreten. Ihr Heilzauber drang in ihn ein, schmerzhaft zog sein Herz sich zusammen, als er begriff, das jeder Schritt in diese Stadt hinein sein letzter sein würde.

Siras Atem ging schnell, als sie auf Bharkardhos' Rücken durch die Flammen brach. Zum ersten Mal, seit die Schlacht begonnen hatte, erkannte Norik etwas wie Furcht in ihren Augen, und er wollte nichts mehr, als sie zurückzuhalten vor dem, was in diesem Feuer auf sie wartete. Alles in ihm drängte ihn dazu, sie vor diesem Weg zu bewahren, alles – bis auf ein Schimmer tief in ihm, der vor langer Zeit auch in den Augen eines Kindes gelegen hatte. Sira hielt inne, als würde auch sie gerade in diesem Moment in Andors Gesicht sehen, und Norik spürte den Schauer, der über ihren Körper flog, so deutlich wie einen Guss aus warmem Regen.

Wofür kämpfen wir, flüsterte er. *Wofür, wenn nicht für dieses Gefühl?*

Noch einmal strich er durch ihr Haar, und da glommen ihre Augen auf, heller als jedes Feuer, das sie umgab. Die Furcht sank tief in sie zurück, und als sie lächelte, unmerklich wie zwischen den Zweigen einer Weide, da meinte er, ihre Hand auf der seinen zu fühlen ... die Hand der Diebin, die ihn in den Schatten gefunden hatte. Dann riss sie ihren Blick los und preschte auf den Turm ihres Feindes zu.

Kapitel 58

Der Turm des Frosts glühte in blauem Feuer. Sira duckte sich auf Bharkardhos' Rücken, so heftig schlugen ihr die Böen aus Eis entgegen, aber sie spürte die Tücke ihres Feindes zu deutlich darin, um sich abzuwenden. Fast meinte sie, ihn vor sich zu sehen, regungslos lauernd in seinem Palast aus Blut und Tränen, und sie legte die Hand auf ihr Schwert. Lange genug hatte Nhor'garoth seine Kälte über die Welt geschickt. Noch heute Nacht würde das enden.

Doch kaum, dass sie in den Schatten des Turms eintauchten, ging ein Stöhnen durch die Fassade ... dunkel und höhnisch wie ein Lachen. Bharkardhos stieß ein Grollen aus. Sein Feuer brach auf seinen Schuppen auf, und im nächsten Augenblick schnellten Flammenschwärme aus dem Turm, so kalt, dass die Luft ringsum zu flattern begann. In wildem Tosen schossen sie direkt auf Sira zu, und da erkannte sie, dass es Menschen waren ... halb zerrissene Menschenleiber mit offen liegenden Knochen und zerfetztem Fleisch, die auf blutigen Drachenskeletten dahinjagten. Ihre Augen jedoch standen in blauem Licht, und als sie die Mäuler aufsperrten, brach Feuer aus ihren Kehlen – das tödliche Feuer des Frosts.

Blitzschnell wich Bharkardhos ihnen aus. Ihre Knochen splitterten, als er sie mit den Schwingen traf, etliche hüllte er in seine Glut und ließ sie in die Gassen niederfallen, und Sira zog ihr Schwert durch die Reihen der Angreifer, dass Funken um sie aufstoben. Doch mit jedem Hieb raste der Frost mächtiger über ihre Klinge. Immer zahlreicher stürzten die untoten Reiter auf sie herab und sie sah in unwirklicher Langsamkeit die Klaue, die sich plötzlich in Bharkardhos' Flanke grub. Der Drache stieß ein Brüllen aus und schlug den Angreifer zurück. Aber schon jagte der Frost durch seine Wunde, seine Schuppen überzogen sich mit Eis, und ehe Sira noch zurückweichen konnte, traf auch sie die Kälte. Als eherne Klaue schloss sie sich um ihren Brustkorb, hilflos glitten ihre Hände vom Körper des Drachen ab. Im selben Moment rissen die Reiter Bharkardhos in die Tiefe, und Sira stürzte von seinem Rücken.

Sie fiel durch Schleier aus Eis. Messerscharfe Krallen schlugen nach ihr und schleuderten sie durch die Luft wie ein wehrloses Bündel aus Fleisch und Knochen. Sie sah noch, wie die Angreifer sich um Bharkardhos schlossen und ihn mit sich zerrten, mitten hinein in das blaue Feuer des Turms, das sich wie ein gefräßiges Maul hinter ihnen schloss. Dann stieß Sira die Fäuste vor. Ihre Lichtpeitsche schlang sich um eine Zinne, knisternd fraß sich der Frost in die Glut, während sie sich aufwärtszog, und gerade als sie einen Vorsprung in der Fassade erreichte, zerfiel ihr Zauber zu Scherben aus Eis. Mit aller Kraft grub sie die Finger in die Flammen. Die Kälte stach nach ihr, durch jede Glut hindurch, die über ihrer Haut lag, doch sie achtete nicht darauf. Entschlossen kletterte sie aufwärts und gelangte endlich durch ein schmales Fenster ins Innere des Turms.

Sie befand sich in einem fast vollständig dunklen Raum. Nur das Feuer der Fassade erhellte die Umrisse eines Kamins und zerbrochene Möbel, und als sie den Gang bemerkte, der in lähmender Finsternis aus dem Zimmer hinausführte, überkam sie der Drang, zurück auf die Fassade zu fliehen, statt auch nur einen einzigen Schritt in diese Dunkelheit zu wagen. Aber gleich darauf drang Bharkardhos' Brüllen durch den Turm, und ehe seine Stimme ganz verhallt war, setzte Sira sich in Bewegung. Sie waren gekommen, um Nhor'garoth und seinen verfluchten Drachen zu bezwingen – und genau das würden sie tun!

Der Zauber in ihrer Hand war nicht mehr als eine flackernde Flamme, als sie den Gang betrat. Sie musste Bharkardhos finden, ehe sie selbst gefunden wurde, das war ihr klar, und so bewegte sie sich so leise wie möglich vorwärts. Doch bereits nach wenigen Schritten nahm die Stille um sie zu. Der Lärm der Schlacht drang nur noch gedämpft zu ihr, und kaum, dass sie den labyrinthartigen Gang hinter sich gelassen hatte, verstummte er ganz.

Sira hielt inne. Es schien ihr, als würde der Boden unter ihren Füßen schwanken, fast so, als hätte der Gang sie wie durch Zauberhand hoch oben in den Turm getragen. Sie nahm den Wind wahr, der auf einmal über ihre Haut strich, und ein Knistern wie von bröckelndem Eis, das in der Ferne ein Echo erzeugte. Vorsichtig hob sie die Flamme. Das Licht glitt über geborstene Spiegel, einen prunkvollen Kronleuchter und eine reich verzierte Säule ganz in ihrer Nähe, und sie erkannte, dass sie in einen Blutsaal geraten war – einen jener Räume, in denen Nhor'garoth in früheren Zeiten seine triumphalen Siege gefeiert hatte.

Sie setzte sich in Bewegung und ließ den Blick über den Boden schweifen. Er schien vollständig aus Eis zu bestehen, aber in seinem Inneren glommen sterbende Figuren, gebannt in lang vergangenen Schlachtenszenen, und Sira erinnerte sich daran, dass sie von den Festen ihres Feindes gelesen hatte, von ausgelassenen Orgien seiner Krieger und bestialischen Hinrichtungen all jener, die sich gegen ihn gewandt hatten. Fast glaubte sie, das Blut der Gefallenen riechen zu können, das in diesem Eis gebannt worden war, und sie betrachtete den Raureif, der über den Boden strich wie ein Totentuch. Ihr Atem gefror in der Luft, als wäre sie das einzig Lebendige an diesem Ort, und sie wich erschrocken zurück, als der Schein ihrer Flamme plötzlich auf das Gesicht eines Mannes fiel. Er stand direkt vor ihr, die Faust wie zum Schlag erhoben, den Mund weit aufgerissen. Eine Figur aus Eis.

Sira stieß die Luft aus. Sie ließ ihre Flamme auflodern, und da sah sie, dass sich unzählige weitere Skulpturen vor ihr aus den Schatten schoben, Männer, Frauen, Kinder, auch Drachen und Tiere, die aus dem gefrorenen Boden gewachsen zu sein schienen und sie aus reglosen Eisaugen anstarrten. Mit gedimmter Flamme setzte sie ihren Weg fort. Selten hatte sie so kunstfertig gestaltete Plastiken gesehen, so natürlich ausgeformt, als würden sie sich jeden Moment bewegen, und sie konnte sich nicht gegen die Faszination wehren, die sie inmitten der erstarrten Schatten ergriff. Denn nichts anderes waren sie: einstige Feinde ihres Mörders, der ihre Furcht, ihren Schmerz, ihren vergeblichen Zorn aus seinem Eis nachgebildet und ihnen so ein Denkmal ihrer eigenen Schwäche gesetzt hatte. Wie ein Geisterreigen standen sie da, all diese Kreaturen, die Nhor'garoth getötet hatte, und jedes Mal, wenn Sira sich von einem Gesicht abwandte, meinte sie, ein Flackern in den reglosen Augen sehen zu können wie das höhnische Flüstern von blauem Feuer. Mit aller Kraft zwang sie ihren Blick zu Boden. Sie musste einen Weg in die tieferen Ebenen des Turms finden, dorthin, wo Bharkardhos vermutlich mit Feuer und Klauen gegen diese verfluchten Knochenreiter kämpfte. Sie durfte sich nicht ablenken lassen von ...

Das Flüstern war kaum zu hören, und doch schickte es Sira einen Schauer über den Rücken. Prasselnd loderten die Flammen in ihrem Augenwinkel auf, und da sah sie eine weitere Figur nicht weit von ihr entfernt, reglos inmitten des glimmenden Feuers. Ein Kind war es, ein Junge mit zerzausten Haaren und weit aufgerissenen Augen, der sie direkt anschaute. Andor.

Sira musste sich zwingen, nicht auf ihn zuzustürzen, so lebendig wirkte er. Mit klopfendem Herzen trat sie näher, und erst als heftiger

Schmerz ihren Arm durchzog, merkte sie, dass sie die Hand nach ihm ausgestreckt hatte. Erschrocken sah sie das Eis, das ihre Haut überzogen hatte, und gleich darauf die blaue Glut, die nun voller Hohn in Andors Augen aufbrach. Nein, es war nicht ihr Bruder, der da vor ihr stand. Es war ein Trugbild ihres Feindes. Eilig griff Sira nach ihrem Schwert ... und im selben Moment hörte sie den Drachen.

Wie erstarrt stand sie da. Sie kannte dieses Geräusch, dieses Grollen in der Finsternis, das sie schon in den Straßen von New York gelähmt hatte, jedes Mal, wenn es plötzlich ganz in ihrer Nähe erklungen war, und noch ehe das Augenpaar in der Dunkelheit aufglomm, wusste sie, wem sie gegenüberstand. Sie hörte noch das Rauschen in der Luft, das auf sie zuschoss, unsichtbar vor ihrem menschlichen Blick. Im letzten Moment duckte sie sich. Donnernd raste der Zauber über sie hinweg und explodierte in einer mächtigen Welle aus blauem Feuer. Die Fackeln an den Wänden setzten sich in Brand, tosend raste ihre Glut einen langen Gang hinauf, und da stand er: Aryon, der Drache des Frosts, der den Schlächter der Sieben Städte auf seinem Rücken trug. Die kristallene Kuppel hinter ihnen streifte die Dunkelheit ab. In unwirklichen Farben brandete die Schlacht dahinter auf, und Sira spürte das Lächeln ihres Feindes so deutlich, als würde es mit eisigen Klingen über ihre Haut gleiten.

»So«, raunte Nhor'garoth, und trotz der Entfernung fühlte sie seinen Atem dicht an ihrem Ohr. »Wen haben wir denn hier?«

Sira erwiderte seinen Blick mit aller Entschlossenheit, die sie aufbringen konnte. »Mein Name ist ...«

»Ich kenne deinen Namen«, unterbrach er sie. »Sira, das Mädchen aus den Schatten, das auszog, um ihren Bruder zu rächen ... und mich geradewegs in den Hort meiner Feinde führte. Ohne dich hätte ich die Gilde nicht gefunden, ist dir das eigentlich klar? Ohne dich wäre all das nicht passiert. Bist du gekommen, um meinen Dank entgegenzunehmen?«

Noch einmal sah Sira die Kuppel der Gilde fallen, hörte die Schreie der Verwundeten und spürte Alvarez' Hand in der ihren, so deutlich, dass sie nicht wusste, ob es tatsächlich ihr Gedanke war oder eine weitere Illusion ihres Feindes. »Du kennst mich nicht«, gab sie zurück und schloss die Finger so fest um ihr Schwert, dass jede Erinnerung zerbrach. »Und du irrst dich gewaltig, wenn du glaubst, dass ich deinem Gerede über Schuld und Vergebung mehr Beachtung schenke als dem Dreck unter meinen Sohlen! Von beidem verstehst du nicht das Geringste, aber eines sage ich dir: Ich komme nicht als das Mädchen aus den Schatten zu dir, das du belächelt hast. Mein Name lautet Thar' Haméri, vor einem Tag oder tausend Jahren gab ich dir ein Versprechen – und jetzt werde ich es halten!«

Ein Flackern ging durch Nhor'garoths Blick wie damals, als Sira ihn inmitten der Trümmer New Yorks herausgefordert hatte. »Du willst mich töten, Kriegerin des Feuers?«, raunte er kaum hörbar, und doch schienen seine Worte von den Kehlen der Eisfiguren wiederholt zu werden, bis ein unheimliches Echo entstand. »Mit nicht mehr als einem lächerlichen Schwert?« Seine Augen glühten vor Spott, aber als er langsam den Kopf neigte, drang die Kälte seiner Züge in seinen Blick ein und seine Stimme wurde zu einem gefährlich leisen Flüstern. »Versuche es!«

Noch einmal glitt das Lächeln über sein Gesicht, schneidend wie eine Klinge. Dann zog er sein Schwert, und im selben Moment, da das Wispern der Figuren erstarb, preschte er auf Sira zu. Aryons Klauen ließen Feuer aus dem vereisten Boden brechen, die Flammen begleiteten seinen Lauf, und für einen Wimpernschlag stand Sira einfach da, atemlos im Angesicht dieses Drachen, der direkt aus Dantes Inferno zu kommen schien. Dann warf sie sich herum und gerade, als Aryons Klaue die Luft hinter ihr in Fetzen riss, rannte sie los.

So schnell sie konnte, lief sie über den spiegelglatten Boden. Das Feuer des Drachen fräste das Eis direkt hinter ihren Füßen auf, mit raschem Sprung glitt sie hinter eine Säule, doch sofort schlug ein Flammenwirbel neben ihr ein und trieb sie weiter. Ihre Zauber verglühten in der Kälte. Als glimmende Funken fielen sie zu Boden, und sie rannte weiter, geduckt an den Skulpturen vorüber, die unter Nhor'garoths Macht auseinanderbrachen. Krachend schoss das blaue Feuer in deren Glieder, die Kälte raubte Sira den Atem, und im selben Moment, da die Flammen rings um Andors Skulptur zum Leben erwachten, verlor sie das Gleichgewicht. Hart schlug sie am Boden auf und duckte sich gerade noch rechtzeitig vor einem glühenden Speer.

Mit rasendem Herzen zog sie sich hinter die Statue ihres Bruders zurück und schickte brennende Pfeile auf ihre Feinde, aber Nhor'garoth wehrte sie so mühelos ab, als wären sie nicht mehr als lästige Insekten. Es war ein Spiel für ihn, das konnte Sira fühlen, so, wie es ein Spiel für ihn gewesen war, ihren Bruder zu ermorden. Aber eines war sicher: Nicht nur Nhor'garoth verstand sich darauf zu spielen.

Aryon kam näher, langsam, beinahe gleichgültig. Das Feuer auf Nhor'garoths Schwert glühte auf, Sira spürte den Schatten seines Drachen, der Eisblumen über den Boden schickte. Schon hob er die Klaue, um das wehrlose Mädchen zu erschlagen, das vor ihm zusammengebrochen war – und gerade in dem Moment, da sie auf Sira niederraste, sprang sie auf die Beine. Sie sah noch das Erstaunen in Aryons Blick. Dann traf sie seine Klaue mit einem Tritt. Knirschend schlug sie vor Andors Statue in den Boden ein, Siras Flammenschlag rammte sie tiefer ins Eis hinab und ehe der Drache sie zurückziehen konnte, trieb Sira ihr Schwert durch eine Kralle.

Der Drache brüllte, als ihr Glutzauber durch seine Adern jagte. Sein Blut pulste aus seiner Klaue, aber Sira sah es kaum. Für einen Wimpernschlag nahm sie nur die Kralle wahr, die abgetrennt zu Füßen ihres Bruders lag, und fühlte ihre Magie, die Aryons Knochen mit aller Macht umfassten. Dann wallte die Kälte vor ihr auf, und noch ehe Nhor'garoth die Figur ihres Bruders mit einem mächtigen Schwerthieb zerschmetterte, sprang Sira auf die Säulen zu.

Der Frosthieb, der ihr mit wirbelnden Klingen folgte, hatte jeden Spott verloren. Zorn lag nun in Nhor'garoths Feuer, doch Sira wich seinem Zauber aus und ballte in rascher Folge die Hände zu Fäusten. Sofort pulste ihre Magie mit Messerklingen durch Aryons Fleisch und verlangsamte seine Schritte. Unnennbare Genugtuung peitschte durch ihre Glieder, als er vor Schmerzen schrie, und ehe Nhor'garoths Wirbelschlag sie erreichte, riss sie einen Tarnzauber über ihren Leib. Sein Zauber schlug neben ihr ein, sein Blick irrte durch den Raum, nun, da sie vor seinen Augen verschwunden war, und ohne zu zögern griff sie nach einem Vorsprung in einer Säule und zog sich hinauf.

Der Tarnzauber lag schwer auf ihren Gliedern, aber sie verlangsamte ihre Bewegungen nicht. Oft genug war sie an den Fassaden New Yorks in die Höhe geklettert, oft genug hatte sie mit brennenden Muskeln an Alvarez' Ketten gehangen, um zu wissen, dass sie sich beeilen musste. Schon glitt Aryons Blick in ihre Richtung. Aber ehe er sie ausmachen konnte, konzentrierte sie sich auf die Splitter ihrer zerbrochenen Zauber, die sie im gesamten Saal verteilt hatte ... nur scheinbar nicht mehr als erlöschende Funken. Grell loderten sie um Aryon herum auf, Nhor'garoth fuhr herum, und im selben Moment erreichte Sira das Ende der Säule. Mit aller Kraft stieß sie sich ab und landete in den Streben des Kronleuchters. Erneut ließ sie einen Splitter weit unten explodieren und mit einem einzigen Schritt darauf zu war Nhor'garoth nah genug herangekommen.

Sira schickte ihr Feuer in ihre Klinge. Nhor'garoth neigte tief unter ihr den Kopf, gerade weit genug, um seinen Hals mit einem einzigen Schlag treffen zu können. Doch da hielt er inne, witternd wie ein Tier und so ruhig auf einmal, als würde er all die Flammen ringsum kaum mehr wahrnehmen. Stattdessen wallte sein Frost nun mit aller Macht um ihn auf ... und schlug Sira im nächsten Moment mit voller Härte ins Gesicht. Benommen krallte sie sich an den Streben des Leuchters fest. Sie sah noch, wie Nhor'garoth den Kopf wandte und sie direkt anschaute. Dann bewegte er die Finger der linken Hand, und ehe sie noch Atem holen konnte, brach blaues Feuer im Leuchter auf und ergoss sich in ihren Leib.

Sie fühlte kaum, wie sie quer durch den Saal geschleudert wurde und am Boden aufschlug. Alles, was sie wahrnahm, war der Frost, der ihren Tarnzauber zerfetzte und jede Faser ihres Körpers zum Zerreißen spannte. Er trug Verachtung in sich, Hass und eine Stimme ... die Stimme eines Kindes. Schwankend kam Sira auf die Beine. Sie stützte sich auf ihr Schwert, um nicht zu fallen, und versuchte, sich an diesem Ton festzuhalten, dem einzigen Wärmeschauer in einem Strudel aus tödlichem Eis. Aber er entglitt ihr, wurde fortgerissen vom Knirschen der Drachenklauen, die nun vor ihr stehen blieben, und sie spürte Nhor'garoths Lächeln auf ihrer Haut, gerade in dem Moment, da die gnadenlose Glut in ihr erlosch.

»Närrin«, sagte er und strich über die Flammen seines Schwertes, die flüsternd über seine Finger leckten. Jede einzelne von ihnen wollte Sira das Fleisch von den Knochen reißen, das fühlte sie deutlich, und doch konnte sie sich nicht von ihnen abwenden. Es war, als hätte diese Glut einen Bann über sie gelegt. »Du trägst das Feuer des Königs in den Adern«, fuhr Nhor'garoth fort, noch immer mit diesem eisigen Lächeln auf den Lippen, das wie ein Fluch war. »Aber du bist nicht mehr als die Menschen, die seinen Drachen erschlugen: blind und taub in einer Welt, die über deinen Verstand geht. Sieh dich an. Dein Schwert zittert in deinen Händen, hilflos starrst du in mein Feuer, das du nie begreifen wirst, ebenso wenig wie deine eigene Macht. Du kannst mich nicht bezwingen, ganz gleich, wie du dich nennst. Du, Kriegerin des Feuers, bist allein!«

Die Worte sanken in Sira hinein wie schwere Steine, und für einen Moment schien es ihr, als würde sich erneut die Dunkelheit um ihre

Kehle legen wie damals, als sie reglos inmitten der Schatten des Tunnels gestanden hatte, nicht wissend, wohin sie sich wenden sollte. Doch gleich darauf fühlte sie ihren Herzschlag, der im Boden widerhallte, durch Eis und Blut und Finsternis ... und der so viel mehr in der Tiefe fand als das. Langsam hob sie den Kopf und erwiderte Nhor'garoths Blick.

»Sieh«, flüsterte sie kaum hörbar. »Sieh, was wahres Feuer ist!«

Sie bemerkte noch, wie die Glut ihrer Klinge sich in seinen Augen spiegelte. Dann hob sie ihr Schwert, und mit einem Schrei, der die Luft zerriss, rammte sie es in den Boden. Ihre Magie durchbrach das Eis, Sira konnte fühlen, wie sie tiefer drang ... und sie spürte das Feuer, das ihren Flammen Antwort gab. Der Boden erzitterte, als es mit ihrer Glut zusammenschlug, und im nächsten Augenblick brach er vor ihr aus dem Boden: Bharkardhos, der Drache des Goldenen Feuers, der gekommen war, um sie zu retten.

Das Eis verdampfte auf seinem Körper, und als Sira seinen Blick erwiderte, fühlte sie keinen Schmerz mehr. Alles, was sie wahrnahm, war das Gold in seinen Augen, das in warmen Schüben durch ihre Adern pulste. Dann zog sie sich auf seinen Rücken und im selben Moment, da Aryon sich in Bewegung setzte, preschte Bharkardhos auf seine Feinde zu. Sira riss ihr Schwert in die Luft. Ihr Schrei vereinte sich mit dem Brüllen ihres Drachen zu einem Schlachtruf, der die Wände erzittern ließ, und mit ohrenbetäubendem Krachen schlugen Feuer und Eis ineinander.

Sira spürte Aryons Blut so deutlich an ihren Fingern, als wären es ihre Klauen, die sich in sein Fleisch gruben. Grollend schoss Bharkardhos' Feuer durch dessen Leib, so übermächtig, dass Flammen zwischen den blauen Schuppen aufloderten, und gleichzeitig fluteten eisige Schauer Siras Glieder, als wollte der Frost sie in Stücke reißen. Doch im selben Moment pulste der Zorn ihres Drachen durch ihren Körper, und mit jeder Flamme, die aus seiner Kehle schoss, und jedem Hieb seiner Klauen bewegte sie sich schneller. Donnernd wehrte sie Nhor'garoths Schwerthieb ab, Funken sprühten von ihren Klingen auf. Die Drachen durchschlugen die Säulen, als bestünden sie aus gefrorenem Sand, und Sira schmeckte Asche auf ihrer Zunge und Blut … das Blut lang vergangener Zeit. Immer heftiger gingen Nhor'garoths Schläge auf sie nieder, immer stärker stemmte sie sich ihm entgegen, und inmitten der Scherben aus Feuer und Eis schien es ihr, als würde Bharkardhos sie über die Schlachtfelder hinwegtragen, auf denen er einst gekämpft hatte: die Schlachtfelder vom ewigen Krieg zwischen Licht und Schatten, von dem sie ein Teil geworden war.

Der Schlag traf Sira so plötzlich, dass sie fast das Gleichgewicht verlor. Im letzten Augenblick krallte sie sich an Bharkardhos fest, und als hätte er das Blut gefühlt, das über ihre Schläfe lief, sprang er mit mächtigem Satz von Aryon zurück. Der Frostdrache krachte gegen die Wand, kaum dass Bharkardhos ihm einen Hieb versetzte, aber Sira hörte Nhor'garoth auf seinem Rücken lachen. Noch immer glühte seine Hand in flackernder Kälte, und als er sie nun zur Faust ballte, durchzuckte Sira erneut der Schmerz seines Schlags.

Da stieß Bharkardhos ein Grollen aus. Der Boden erbebte unter seiner Stimme, und ehe Nhor'garoth noch einmal die Faust heben konnte, brach grelles Feuer aus dem Rachen des Drachen. Lautstark schlug es in einer der Säulen ein, verschlang die blaue Glut darin und stürzte sie mit dem Schrei aus tausend befreiten Kehlen auf Aryon nieder. Der Drache des Frosts ging unter den Trümmern zu Boden, Nhor'garoth grub die Finger in die Flammen. Aber schon raste Bharkardhos auf ihn zu und schlug seine Klauen in Aryons Brust. Im nächsten Moment schloss sein Feuer sich um dessen Leib. Gewaltsam drückte er den Drachen nieder, setzte sich mit mächtigem Schwingenschlag in Bewegung und pflügte mit Aryons Leib durch das Eis des Bodens.

Schemenhaft nur konnte Sira Nhor'garoth in den tosenden Schleiern erkennen. Mit aller Kraft schickte sie Speere aus Flammen gegen seinen Frost, getragen von dem Feuer, das in glühenden Schneisen das Eis des Saals in Fetzen schnitt. Schon fraß es sich an den Säulen empor und begann die blaue Glut zu ersticken, und als hätte es sie gerufen, stiegen die Figuren aus geronnenem Blut aus dem Boden auf – das Blut der Gefallenen, das vor langer Zeit darin gebannt worden war. Geisterhaft erhoben die Figuren sich in die Luft, ihre Leiber wurden zu Säbeln aus Feuer, und jedes Mal, wenn sie kreischend gegen die Wände und Säulen schlugen wie gegen die Mauern eines Kerkers, brachen die Schnitte auch in Aryons Körper auf.

Gerade riss Sira ihr Schwert in die Luft und sammelte die Säbel wie tausend Flüche auf ihrer Klinge, als Aryon die Krallen in den Boden schlug. Bharkardhos fuhr zusammen. Sira spürte die Kälte, die durch sein Feuer jagte, sie sah den Frost, der aus Aryons Klauen in den Raum stob und die kreischenden Säbel zerfetzte, und kaum, dass er mit Bharkardhos' Feuer zusammenschlug, entfesselte er sich zu einem Sturm, der ihr den Atem raubte. In raschem Wechsel rasten ewige Glut und tödliche Kälte durch ihren Leib, keuchend krümmte sie sich unter diesen Mächten zusammen. Bharkardhos riss sich von Aryon los. Pfeilschnell preschten sie durch den Sturm, und mit einem Flügelschlag, der die Kuppel der Tränen zerbrach, schossen sie hinaus in die Nacht.

Ströme aus Feuer und Eis begleiteten ihren Flug. Der Wind peitschte Schwaden des blauen Regens über Siras Gesicht, fern sah sie die Krieger der Schatten gegen ihre Feinde kämpfen, und es schien ihr, als würde sie Noriks Atemzug in ihren Gedanken hören, begleitet von Rhorkas Schwingenschlag. Der Klang trug Kapos Donnergrollen zu ihr herüber, sie vernahm auch Arvids Schrei und die Stimmen all jener, die gegen das Licht des Königs aufbegehrten, und als sie ihr Feuer aus Bharkardhos' Kehle über den Himmel schickte, dieses übermächtige Feuer der Ersten Stunde, da war es, als würden all diese Töne sich darin zusammenschließen. Zügellos jagten sie Nhor'garoth entgegen, der nun auf Aryons Rücken aus dem Sturm der Kuppel brach, und ehe er auch nur den Blick wenden konnte, riss es ihn mit sich: das Meer aus Gold, das in den Schatten geboren worden war.

Mit brennenden Wangen ritt Sira über die Wellen des Feuers hinweg. Aber kaum, dass die Gischt ihre Haut traf, brach der Frost darin auf, und da schoss Aryon vor ihr aus der Glut. Das Feuer schlug ihm blutige Wunden, doch Nhor'garoth breitete auf seinem Rücken die Arme aus, und Ströme aus Eis schossen aus seinen Fingern in die flammenden Wellen. Sofort verfärbten sie sich in blauem Feuer. Sira hörte die Worte ihres Feindes, die hart wie Gewittergrollen die Luft zerrissen, und im nächsten Moment erhoben sich Gestalten aus den Flammen. Es waren Drachen und ihre Reiter. Ihre vom Tod gezeichneten Leiber bestanden aus Eis, Nhor'garoths Feuer glühte in ihren Augen, und umso heftiger erschrak Sira, als sie erkannte, wen der Frost vor ihren Augen erschaffen hatte. Norik war es, der nun auf Rhorkas halb zerfetztem Leib auf sie zujagte, sie sah auch Kapo und Arvid und all die anderen, deren Stimmen ihr gerade noch Kraft gegeben hatten. Nun jedoch verzogen sie ihre Gesichter zu höhnischen Fratzen, und als sie vorpreschte, diese Armee des Todes, die dem Meer des Frosts entstiegen war, klang nur noch eine Stimme durch die Luft: die Stimme von Nhor'garoth, der sein Lachen über das Schlachtfeld schickte.

Bharkardhos fuhr herum. Gleißende Zauber jagten ihm nach, er wich den Hieben der Drachenreiter so schnell aus, dass Sira sich nur mit aller Kraft auf seinem Rücken halten konnte. Ihre Kehle zog sich zusammen, als sie einen brennenden Pfeilhagel gegen ihre Verfolger schickte und Noriks Gesicht zerbrechen sah, und sie schrie sich zu, dass es Trugbilder waren, die sie umgaben, nichts weiter als ... Ihr

Gedanke zerriss, als das Mädchen vor ihr aus den Wellen brach. Sie saß auf dem Rücken eines Drachen, ihr Haar wehte im Wind, und für einen Moment meinte Sira, tatsächlich sich selbst vor sich zu sehen, so deutlich hörte sie ihre eigene Stimme inmitten des Feuers widerhallen. Dumpf fühlte sie das Entsetzen, das Bharkardhos bei diesem Anblick ergriff – und ehe er die Illusion in sein Feuer hüllen konnte, stieß diese ihr Schwert vor und schickte einen Sturm aus Frost über seinen Körper.

Sira sah noch das höhnische Grinsen ihres Abbildes, als Bharkardhos mit mächtigem Schwingenschlag zurückwich. Dann traf sie sein Schmerz. In Schüben pulste das blaue Feuer über ihren Leib, so grell, dass sie kaum noch Luft bekam. Mit aller Kraft klammerte sie sich auf Bharkardhos' Rücken fest, während er durch die Nacht schoss, und erst als der letzte Frostfunke von ihnen gewichen war und er auf dem Turm der Spiegel landete, konnte sie wieder Atem holen.

Dumpf nur hörte sie Aryons Schwingenschläge inmitten der Trugbilder näher kommen. Zu stark ließ der Frost sie noch immer zittern, sie fühlte die haltlose Erschöpfung in Bharkardhos' Gliedern ... und die Herzschläge der Kinder, die tief in diesen Mauern gefangen gehalten wurden. Unwillkürlich fuhr Sira zurück. Sie wollte sie nicht hören, die Verzweiflung in deren Stimmen, getragen von Angst und Tränen. Doch Bharkardhos hielt ganz still, und etwas in seiner Ruhe nahm Sira mit hinab in die Finsternis des Turms, hinab zu den Kindern, die dort warteten. Flüsternd drangen ihre Stimmen durch die Schatten, doch keines von ihnen weinte. Sie riefen nach denen, die gekommen waren, um sie zu retten ... und sie taten es voller Hoffnung.

Sira spürte noch das Lächeln, das durch Bharkardhos' Stille ging. Dann grub ihr Drache die Klauen in die Zinne des Turms, und als der Frost um sie aufwallte, riss er sie mit einem Flammenwirbel in die Höhe und schlug sie Aryon entgegen. Krachend traf sie dessen Hals, und ehe er noch zurückweichen konnte, brach Bharkardhos' Feuer mit den Herzschlägen der Kinder in seinem Leib auf. Grell schoss es durch Aryons Glieder und das Meer aus Frost. Der Drache schrie so gellend, dass Sira Schwärme aus blauer Glut entgegenwallten, und im selben Moment, da die vereisten Krieger ringsum auseinanderbrachen, krümmte Nhor'garoth sich zusammen. Blut lief aus seinem Mund, als er vornübergebeugt sitzen blieb, und Sira spürte die Kraft, die aus Aryons Gliedern rann, wie einen Schauer auf ihrer Haut. Bharkardhos jedoch zögerte keinen Augenblick. In rasender Geschwindigkeit schoss er auf Nhor'garoth zu. Sira riss ihr Schwert in die Höhe, alles in ihr schrie in wildem Triumph ... und sie sah das Flackern in den Augen ihres Feindes zu spät.

Mit donnerndem Schrei hob Nhor'garoth die Hände, und im selben Moment schossen die Scherben der Kuppel in mächtigem Strom auf ihn zu. Sira fühlte die Tränen darin, die Tränen der Sterbenden, die das tödliche Gift Nhor'garoths in den Kehlen bargen, und sie ballte die Hände zu Fäusten, als Bharkardhos einen Schutzwall über sie legte. So schnell sie konnten, jagten sie durch die prasselnden Scherben auf Nhor'garoth zu, doch gerade in dem Moment, da sich ein Riss über ihren Wall zog, schmeckte Sira das Salz einer Träne auf ihren Lippen. In unwirklicher Langsamkeit sah sie die Scherbe durch ihren Wall dringen, aber sie konnte sich nicht abwenden, nicht einmal die Hand heben. Alles, was sie wahrnahm, war Andor, der inmitten des blauen Feuers lautlos ihren Namen schrie.

Die Hitze traf Sira so plötzlich, dass ihr der Atem stockte. Bharkardhos bäumte sich mit lodernden Schuppen auf, um sie zu schützen – und sie hörte im nächsten Augenblick die Scherbe, die seinen Panzer durchschlug. Sofort stieß Nhor'garoth die Faust vor, und ehe Sira auch nur Atem holen konnte, schoss der Schwarm der Tränen in Bharkardhos' Leib. Sie sah noch, wie er die Schwingen zurückriss. Dann raubte sein Schmerz ihr den Atem, und ihr wurde schwarz vor Augen. Wie durch tausend Tücher stürzte sie mit Bharkardhos in die

Tiefe. Seine Schwingen schützten sie, als sie inmitten der Trümmer des Blutsaals aufschlugen, und dann kam die Stille ... die Stille nach einer verlorenen Schlacht.

Schwingenrauschend landete Aryon nicht weit von ihnen entfernt, doch Sira spürte es kaum. Alles, was sie deutlich wahrnahm, war Bharkardhos. Er hatte seinen Schmerz vor ihr verschlossen, seltsam leer fühlte sie sich nun, da er seine Magie aus ihren Adern gezogen hatte, und ihr Hals schnürte sich zusammen, als sie das Blut sah, das aus der Wunde in seiner Brust floss. Seine Kraft verließ ihn, mühsam nur kam er auf die Beine und stellte sich schützend zwischen sie und ihren Feind.

Nhor'garoth umfasste sein Schwert, und Sira schauderte, als Bharkardhos seine Magie in seinem Herzen zusammenzog. Ein Stich würde genügen, um seine Kraft zu entfesseln und Nhor'garoth für einen Moment in die Knie zu zwingen, ein Stich, um ihr die Chance zu geben, ihren Feind doch noch zu vernichten ... ein Stich, der Bharkardhos töten würde. Überdeutlich hörte sie Aryons Klauen auf den Scherben aus Eis innehalten, fühlte Nhor'garoths Schwert, das die Luft durchschnitt – und zögerte nicht länger. Taumelnd kam sie auf die Beine, und gerade, als die Klinge auf Bharkardhos niederraste, stieß sie sich vom Boden ab. Sie sah noch das Gold in den Augen ihres Drachen aufglimmen, dieses Gold aus tausend Farben, für das sie ihr Leben geben würde. Dann traf sie die Klinge ihres Feindes, und jedes Bild zerriss.

Für einen Moment war nichts als Dunkelheit um sie herum. Sie spürte den Wind, der nach ihrem Haar griff, so sanft und mächtig zugleich, dass sich ihr Herz zusammenzog. Dieser Wind trug die Stimmen ihrer Eltern mit sich, sie fühlte ihren Onkel und Andor hinter ihren geschlossenen Lidern, sie musste nur die Augen öffnen und sie ansehen, um zu ihnen zu gelangen. Aber etwas hielt sie fest, ein Ton, der den Wind des Waldes zu ihr zurückbrachte, das Licht der Sterne und das Lachen in ihrer Kehle, das das Leben bedeutete. Wie aus weiter Ferne hörte sie, dass Bharkardhos sein Feuer entließ und Nhor'garoth mitsamt seines Drachen zurückschleuderte. Dann brach Licht durch die Finsternis. Sternschnuppengleich fiel es auf Sira nieder, es fuhr ihr ins Haar wie der Wind zwischen den Bäumen, und es sang, unendlich schön und traurig zugleich. Langsam öffnete sie in diesem Zustand zwischen Träumen und Wachen die Augen und da sah sie, dass es Magie war, die sie umgab ... die Magie von Bharkardhos, die jeden Abgrund der Welt in sich barg und die gekommen war, um sie zurückzuholen - zurück in das, was jenseits dieser Dämmerung lag.

Sira wusste nicht, ob sie noch atmete, als ihr Blick in das Feuer des Drachen stürzte. Grenzenlos breitete es sich vor ihr aus, aber ihr Herzschlag blieb ruhig, als das tiefe Grollen sie durchdrang. Alles, was sie wahrnahm, war das Zögern in dieser Glut ... der feste Wille, sie selbst die Hand ausstrecken zu lassen nach dem, was sie Leben nannte. Und da spürte sie die Münze zwischen ihren Fingern, dieses goldene Stück Metall, klein und verwundet wie sie selbst und doch so viel mehr als das. Sie stand noch einmal mit ihrem Vater in den Trümmern von New York und schaute zu den Drachen des Feuers auf, und eine Stimme ging durch ihre Gedanken.

Tochter der Menschen, flüsterte Alvarez und sie sah sein Lächeln so deutlich vor sich, als wäre er wirklich da. *Weißt du denn nicht, dass du fliegen kannst?*

Für einen Wimpernschlag erwiderte sie den Blick ihres Mentors, als würde er sie direkt anschauen, von irgendwo zwischen allen Welten. Dann streckte sie die Hand nach dem Feuer aus, das sie umgab - und verlor augenblicklich den Boden unter sich.

Sie fiel durch Feuer und Eis, durch Regen aus schwarzen Flammen und Meere aus regloser Glut, und bei jedem brennenden Himmel, bei jeder Blüte, die vor ihren Augen aufbrach, schien es ihr, als würde sie durch Andors Bilder fliegen – staunend wie das Kind, das sie in sich trug. Dieses Feuer, das fühlte sie nun, war mehr, so viel mehr als die Magie, die heilend durch ihren Körper flog. Es war der Glanz der Sterne, der Herzschlag der Kinder in der Nacht, es war jede Träne, die in Einsamkeit vergossen worden und jeder Ruf, der ungehört in den Schatten verklungen war, und es füllte jede Faser ihres Körpers aus, jeden ihrer Gedanken, jeden Traum, der noch auf sie wartete – das Feuer von Bharkardhos, ihres Drachen, der sie zu der machte, die sie war: zur Reiterin des Feuers, die unverwundbar war, solange sein Feuer sie umgab, sein Feuer ... die einzige Heimat, die sie je empfunden hatte.

Ihr Herz krampfte sich zusammen, als sie sich im Saal des Blutes wiederfand. Schemenhaft sah sie, wie Nhor'garoth auf Aryons Rücken durch das versagende Feuer trat, und sie zögerte keinen Augenblick. Rauschend entfachten sich Bharkardhos' Schwingen, als sie sich auf seinen Rücken zog. Mit donnernden Flügelschlägen jagten sie auf Nhor'garoth und seinen Drachen zu, und im selben Moment, da ihr Feind sich von dessen Rücken abstieß und auf sie niederpreschte, sprang Sira hoch in die Luft. Grollend brach das Feuer in ihr auf, in gleißendem Gold umhüllte es ihren Körper und hob sie empor. Sie sah noch, wie sich ihre Glut in Nhor'garoths Augen spiegelte und ihm den Kopf zurückschlug. Dann stieß sie ihr Schwert vor und traf ihn mitten ins Herz.

Kurz nur verzerrte sich sein Gesicht in tiefem Schmerz, und als seine Augen aufglühten, meinte Sira, den König darin zu erkennen, der ihren Blick erwiderte ... kalt wie ein tödliches Versprechen. Dann aber kehrte ihr Gold in Nhor'garoths Augen zurück, und ein anderes Bild brach in diesem Glanz auf. Er selbst war es, reglos in einer Wüste aus Schädeln und Knochen, und er hielt ein sterbendes Kind in seinen Armen. Das Kind schien den Tod nicht zu spüren. Es sah Nhor'garoth nur an bei seinem letzten Atemzug, so zärtlich, dass ein Schauer über Siras Rücken flog, als das Bild in seinen Augen erlosch.

Lautlos rann eine einzelne Träne über seine Wange, dicht gefolgt von haltlosem Erstaunen.

Sira, flüsterte er kaum hörbar. *Erbin … des Lichts …*

Noch einmal glühte das Gold in seinem Blick auf, und ein Lächeln flog über seine Lippen … sacht wie der Schein des Mondes auf einem Feld aus Rosen. Dann brach das Eis in seinen Augen auf. Kristallen zog es über seinen Leib, und im selben Moment, da sein letzter Atemzug über seine Lippen kam, zerbrach er in dunkle Scherben.

Sira landete inmitten der Trümmer. Bharkardhos hatte die Klauen in Aryons Leib getrieben, regungslos lag der Drache am Boden, doch er folgte seinem Reiter nicht in den Tod. Mit zornigem Trotz schaute er Sira entgegen, als sie auf ihn zutrat, und sie hob ihr Schwert, so langsam, wie sie es sich unzählige Male zuvor ausgemalt hatte. Sie dachte an Andor, der im Feuer dieses Drachen verbrannt war, fühlte dessen Flammen in ihrem Fleisch wie damals, als sie vergeblich versucht hatte, ihren Bruder vor diesem Frost zu bewahren … aber gerade, als sie die Klinge durch sein Herz stoßen wollte, bemerkte sie den Schimmer über seinen Schuppen. Kaum mehr als ein Hauch war es, und doch meinte sie auf einmal, Andor neben sich zu spüren, ihren kleinen Bruder, der so oft von den Farben der Drachen gesprochen hatte. Und für einen Moment, einen winzigen Moment nur schaute sie mit seinen Augen auf den Feind, der vor ihr lag. Sie sah den Zorn in seinen Augen, der dem ihren so ähnlich war, den Glanz seiner Schuppen, als würde sich ewiges Licht in ihnen brechen, und inmitten der Erhabenheit des Frosts ging ein Schatten durch seinen Blick … sanft wie der Gedanke an goldenes Haar. Mit aller Kraft wollte Sira sich an der Glut in ihrer Brust festhalten, an dem Durst nach Rache, der sie so weit getrieben hatte, dass sie fast vergessen hatte, wer sie war. Doch alles, was sie nun in den Augen dieses Drachen fand, war ihr Bruder, wie er zu ihr aufsah … lächelnd, als wollte er sagen: *Siehst du? Siehst du, was ich sehe, Kind der Schatten?*

In völliger Stille ließ Sira das Schwert sinken. Ihre Kehle schnürte sich zusammen, als Bharkardhos wie auf einen lautlosen Befehl hin die Klauen zurückzog, doch als Aryon sich aufrichtete und auf sie niederschaute, da wusste sie ohne jeden Zweifel, dass Andor in diesem Moment bei ihr war – Andor, ihr kleiner, weiser Bruder, der mit nicht mehr als einem Lächeln zu diesem Drachen aufsah. Kurz nur erwiderte Aryon ihren Blick, und ein Ausdruck lag in seinen Augen, der die Härte von seinen Züge nahm ... fast so, als hätte sich ein goldener Schimmer in Siras Haar verfangen. Dann breitete er die Schwingen aus, und ehe der Glanz seiner Schuppen vollends verschwunden war, erhob er sich in die Luft.

Ohne ein Wort trat Sira an der Seite ihres Drachen an den Rand des Turms. Der tödliche Regen erstarb. In kristallenen Schwaden fielen die Körper der brennenden Krieger in sich zusammen, die Schergen des Königs flohen vor den Schattenreitern, die ihnen nachjagten, und dort, so klein, dass Sira sie kaum erkennen konnte, eilte Kapo mit den befreiten Kindern aus dem Turm und schaute zu ihnen auf. Sira hob die Hand, ehe sie erneut zum Himmel hinaufsah.

Bharkardhos jedoch rührte sich nicht. Schweigend schickte er einen Wärmehauch über Siras Körper, und sie wusste, dass auch er dem Drachen nachschaute, der über das Schlachtfeld gen Norden flog ... Aryon, der Drache des Frosts, der mehr, viel mehr war als ein Wesen aus Schall und Rauch.

Kapitel 59

Die Stille war vollkommen. Nhor'garoth spürte die Scherben seines zerbrochenen Körpers so deutlich unter sich, als würden seine Hände noch immer von Blut durchflossen. Dabei waren sie durchscheinend wie klares Eis im Licht der Sonne, und als er sich aufrichtete, hörte er keinen Herzschlag mehr in seiner Brust und keinen Atemzug. Alles, was er wahrnahm, war der Wind unter Aryons Flügeln, als der Drache nordwärts flog, heim ins Land der tausend Seen ... und dann der Ton, der plötzlich in ihm aufwallte und die Stille störte, getragen von Schwingen aus Feuer.

Kaum wenige Schritte stand die Kriegerin von ihm entfernt. Sie hatte die Hand auf den Hals ihres Drachen gelegt und etwas an diesem Anblick zog Nhor'garoths Brust zusammen, so als hätte er dieses Bild schon einmal gesehen ... auf den Hügeln von Ivarus vielleicht, über die vor langer Zeit ein Junge mit seinem Drachen geflogen war. Er presste sich die Hand auf die Wunde, die dieses Mädchen ihm geschlagen hatte, und wie eine Antwort auf den flüsternden Ton in seiner Brust glühte Zorn in ihm auf, so grell, dass jedes andere Bild darin erlosch. In goldener Glut strömte er durch Nhor'garoths Glieder, als besäße er noch immer einen Körper aus Fleisch und Blut, und es gab keinen Zweifel daran, wessen Macht es war, die ihn durchzog.

Sein König rief nach ihm, sanft und drängend zugleich, und

Nhor'garoth spürte die Kälte, die ihn an dessen Seite erwartete: die ewige Kriegerschaft der Toten Schwärme jenseits allen Lebens, und Stille … endlich Stille. Gleißend glitt das Gold des Königs in seine Faust, tödlich genug, um ein menschliches Herz zu zerbrechen, und ohne den Blick von der Kriegerin des Feuers abzuwenden, setzte Nhor'garoth sich in Bewegung. Doch in Gedanken trat er noch einmal auf seinen König zu wie damals, als er vor ihm das Knie gebeugt hatte, und wie in jener Nacht spürte er auch nun den Drang, sich schneller vorzustürzen – mitten hinein in dieses Gold, das jeden Schmerz ersticken konnte. Alles würde enden, wenn er es erst erreicht hatte, jede Finsternis, jeder Gedanke, jedes … Licht …

War es dieses Wort, das ihn innehalten ließ? Nhor'garoth wusste es nicht, aber er spürte erneut den Wind unter Aryons Schwingen, leise wie ein Lied aus lang vergangener Zeit, und als er ihm ins Haar fuhr, verwischte das Bild der Kriegerin vor seinen Augen, ebenso wie die Stadt der Albträume ringsherum. Stattdessen breiteten sich Dünen aus Schädeln und Knochen vor ihm aus. Sie reichten bis zum Horizont, und er schauderte, als er das Kind in seinen Armen fühlte … seinen Sohn, der im Sterben lag.

Tief hatte er dieses Bild in sich selbst vergraben, so tief, dass nicht einmal die Königin der Scherben es in ihm gefunden hatte. Nun jedoch fiel er wie damals inmitten der Knochen auf die Knie, und er spürte den Wind der Wüste so deutlich, als würde er tatsächlich nach ihm greifen. Tage- und nächtelang war er durch das Reich der Königin gelaufen, über Felder aus Asche und Hügel aus berstenden Schädeln, und doch schien es ihm, als würde er die Grenzen dieser Wüste nie erreichen, mehr noch: als würde ihr Labyrinth in Wahrheit nicht außerhalb seines Körpers liegen, sondern tief in ihm selbst, ohne dass er auch nur ahnte, welcher Weg in die Freiheit führte. Sein Sohn berührte schwach seine Hand, und Nhor'garoth fröstelte, als er wie damals begriff, dass nicht er es war, der den Ausweg aus diesem Irrgarten finden konnte, nicht er, der für dieses Geheimnis mit seinem Leben bezahlen würde.

Sein Sohn hustete, und während der kleine Körper sich in seinen Armen verkrampfte, spürte Nhor'garoth die Macht der Königin in dessen Adern. Deutlich erinnerte er sich daran, wie sie sich über den reglosen Leib gebeugt hatte, an ihren Kuss auf die blasse Stirn ... und den Schrecken, der die Glieder seines Sohnes durchzuckt hatte, als ihre Kraft in ihn gefahren war und ihn aus dem Reich des Todes zurückgerissen hatte. In unnennbarer Erleichterung hatte Nhor'garoth den Turm der Scherben verlassen, doch nun sah er erneut den stillen Blick der Königin vor sich, der ihm gefolgt war, ergriffen von so haltloser Traurigkeit, dass ihre Augen fast menschlich gewirkt hatten.

Seine Hände zitterten, als er seinem Sohn das Haar aus der Stirn strich. Der Glanz der Scherben konnte den Tod bezwingen, doch wie alles aus der Hand der Königin hatte er seinen Preis. Atemzug für Atemzug löschte er das alte Leben seines Sohnes aus, die Erinnerungen an alles, das er einst geliebt hatte, und waren anfangs noch tausend Lichter in seinen Augen verglüht, klammerte er sich nun mit aller Macht an die verbliebenen Funken. Heftiges Fieber hatte ihn ergriffen, so mächtig, dass selbst Nhor'garoth nichts dagegen ausrichten konnte, und wie damals glitt ein Schauer über seinen Rücken, als er die stumme Gewissheit in den Augen seines Kindes sah.

Lass es aufhören, flüsterte sein Sohn, so flehend, dass Nhor'garoths Kehle sich zusammenzog. *Es ist so kalt, so schrecklich kalt ... dieses Feuer ...*

Nhor'garoth konnte den Glanz der Königin fühlen, der sich durch die Adern seines Sohnes wühlte, doch als dieser den Blick hob, seltsam klar auf einmal, als betrachtete er seinen Vater durch zwei Spiegel aus einer anderen Welt, da schien es ihm, als würde er nicht von der Kraft der Scherben sprechen, die ihn durchströmte. Unmerklich legte er die Hand auf Nhor'garoths Brust, und ein Schatten glitt durch seinen Blick, als das Licht des Königs seine Finger golden färbte.

Es heilt dich, raunte Nhor'garoth wie damals. Aber sein Sohn schüttelte nur den Kopf.

Nein, Vater, sagte er kaum hörbar. *Es tötet alles, was ich bin.*

Nhor'garoth hörte die Worte seines Sohnes so deutlich in sich widerklingen, als bräuchte er nur die Hand auszustrecken, um die dunklen Spiegel seiner Augen zu durchdringen. Übermächtig spürte er die Qual des kleinen Körpers, die Luft, die glühend heiß in dessen Lunge schoss, und die Gnade in dem kühlen Schatten, der so nah bei ihnen stand und doch nicht über sie kam, und wie damals grub er die Hände in die Knochen neben sich, um nicht zu schreien. Alles in ihm wollte diesen Schatten zerreißen, wollte ihn fortdrängen, den Tod, der nach seinem Sohn griff, ohne ihn fassen zu können. Aber er sah auch das Leid in den Augen seines Kindes, und als er die Hand auf dessen Brust legte und seine Macht das rasende Herz umschloss, ging ein Schauer der Erleichterung über dessen Züge.

Langsam, fast zärtlich drängte Nhor'garoth das Leben aus dem Körper seines Kindes, und während sich der Herzschlag verlangsamte, brach das Feuer des Königs in den glänzenden Augen auf und trug die Bilder jener Nacht zu ihm zurück: verbrannte Räume in seiner Festung über dem See, reglose Körper ohne einen Hauch von Leben darin und Blut, immer wieder Blut auf Haaren aus Gold. Schwach nur klang der Herzschlag seines Sohnes noch in ihm wider, dieser Ton, der all die Bilder durchdrang und langsam unter seiner Hand verstummte, und er rechnete mit dem Schmerz, der ihn wie damals ergriffen hatte – dieser haltlose Schmerz, der alles in ihm in Fetzen riss.

Doch sein Sohn wandte sich nicht von ihm ab. Noch immer lag seine Hand auf Nhor'garoths Brust, und gerade in dem Moment, da sein Herz unter der Faust seines Vaters zerbrach, tauchte ein letztes Bild in seinen Augen auf. Ein Feld aus Rosen war es, das vor Nhor'garoths Füßen lag. Zwischen den Blüten schliefen die Frau, die er liebte, und sein kleiner Sohn, und er selbst schaute auf sie nieder, so regungslos, als könnte ein Atemzug genügen, um den Frieden zu stören, und lauschte auf den Ton, der dieses Bild durchdrang, dieser leise, unsterbliche Ton, der seine Brust durchzog wie das Schlagen eines Herzens und der mächtiger war, so viel mächtiger als jede Stille der Welt.

Nhor'garoth spürte kaum, wie die Dünen sich um ihn herum auflösten und ihn auf den Turm seiner letzten Schlacht zurücktrugen. Zu deutlich sah er noch immer das Lächeln seines Sohnes vor sich, der jenseits dieser Dämmerung auf ihn wartete, und er ließ die Hand sinken, als die Kriegerin des Feuers sich zu ihm umwandte.

Langsam tat sie das, als hätte sie seine Gegenwart ebenso wahrgenommen wie die tödliche Glut des Königs, die in ihm lauerte. Ihr Blick glitt durch ihn hindurch, aber er konnte ihren Atem auf seiner Haut fühlen, ebenso wie das Entsetzen, als er plötzlich die Hand nach ihr ausstreckte. Doch es war nicht das Feuer des Königs, das nun in ihm aufwallte. Es war ein Bild aus Rosen und Zärtlichkeit, das in hellem Licht erstrahlte, so leuchtend, dass der Drache des Feuers herumfuhr, und das Haar der Kriegerin in den gleißenden Strömen flatterte. Für einen Wimpernschlag sahen sie ihn an inmitten dieses Lichts. Fern hörte Nhor'garoth den Schrei des Königs, als sein Körper aus Eis zerbrach, und im nächsten Augenblick verstummte jedes Geräusch ... bis auf eines.

Mit sachtem Pochen flammten die Schatten um ihn auf. Noch einmal sog er die Farben der Welt ein, den Geruch der Rosen und den Duft der Wüste. Dann umfing ihn die Dämmerung jenseits aller Spiegel. Das Letzte, das er wahrnahm, war das Erstaunen auf dem Gesicht der Kriegerin des Feuers, als sie den Schimmer an ihren Fingern sah ... ein Schimmer wie Mondlicht auf Haaren aus purem Gold.

Kapitel 60

Mit rasendem Herzen schaute Sira auf den Schimmer an ihren Fingern. Flüsternd strich er über ihre Haut, dieser Ruf aus einer anderen Welt, den Nhor'garoths letzter Atemzug ihr geschenkt hatte, und sie konnte nichts dagegen tun, dass sie zu zittern begann. Die Stimmen der Schattenreiter brandeten aus der Ferne zu ihr herüber, berstend in wildem Triumph, und im selben Moment, da der Schimmer auf ihrer Hand zu verblassen begann, ergriff sie heftiger Schwindel. Die Erschöpfung der Schlacht zog ihr das Blut aus dem Kopf. Es schien ihr, als würde ein Panzer von ihrem Körper weichen, den sie bereits viel zu lange aufrechtgehalten hatte. Ihre Beine gaben unter ihr nach, vergeblich griff sie nach Bharkardhos, um ihren Sturz zu verhindern. Doch ehe sie am Boden aufschlug, wurde sie aufgefangen.

Der Duft von Asche und Sturm umfing sie wie eine Umarmung. »Kriegerin des Feuers«, raunte Norik und hielt sie fest, während er gemeinsam mit ihr zu Boden sank. »Du hast dein Ziel erreicht. Du hast Nhor'garoth besiegt.«

Seine Worte schossen in prasselnden Funken durch Siras Körper. Benommen lauschte sie ihnen nach, als könnte sie erst durch sie begreifen, dass der Kampf tatsächlich gewonnen war, und eine Welle der Erleichterung flutete ihre Glieder, als sie Norik ansah – Norik, den Reiter des Sturms, der sie in seinen Armen hielt. Blut klebte an seinen Händen, seine Kleidung war zerrissen, und Sira konnte die Wunden spüren, die in seinem Fleisch klafften. Aber der Ausdruck in seinen Augen drängte jeden Schmerz in ihr zurück, und sie lächelte, als Rhorka neben ihn trat. »Nicht ich allein«, erwiderte Sira und spürte Bharkardhos' Schatten in lindernder Kühle auf ihrer Haut. »Ohne euch hätte ich es nicht geschafft.«

Für einen Moment sah Norik sie nur an. »Ich habe nie an Legenden geglaubt«, sagte er dann und ließ seinen Blick zu Bharkardhos und Rhorka hinüberschweifen, ehe er ihn wieder auf Sira richtete. »Aber ich glaube an uns.«

Der Ausdruck in seinen Augen trug Sira in der Zeit zurück, an den Stand mit den Büchern auf dem Nachtmarkt, kurz bevor sie ihn bestohlen hatte. Auch dort hatte sich sein Blick in dieser Dunkelheit verloren, und ein zärtlicher Schauer flog über ihren Rücken, als sie wie damals die Hingabe darin erkannte. Sie schloss die Augen unter seinem Kuss, aber sofort kehrte der Schwindel mit einer Übermacht zurück, dass sie nach Atem rang.

»Mein Herz rast wie verrückt«, flüsterte sie, als er ihr das Haar zurückstrich. »Mir tut alles weh, und trotzdem fühle ich mich so seltsam taub. Nhor'garoth ist besiegt, aber ich komme mir vor wie in einem Traum. Als würde ich fallen ...«

Da stieß Bharkardhos die Luft aus. Funken stoben aus seinen Nüstern und tanzten über Siras Gesicht, und sie hörte den Spott in seiner Stimme, als er zu sprechen begann. *Zur Hölle noch eins,* grollte er dunkel. *Du bist ein Mensch. Wie kannst du erwarten, dass dein Herz und dein Verstand zur selben Zeit dasselbe denken und fühlen? Gib ihnen Zeit, mit dir Schritt zu halten, Kind der Schatten! Und wann wirst du endlich begreifen, dass du fliegst und nicht fällst?*

Ein verstohlenes Lächeln glitt über Noriks Gesicht, als hätte er gerade genau dasselbe gedacht. Aber Sira warf Bharkardhos einen finsteren Blick zu. *Wie soll ich wissen, ob ich fliege oder falle, wenn alles um mich herum dunkel ist? Nhor'garoth ist tot, mein Verstand hat es immerhin schon begriffen. Und trotzdem kommt es mir so vor, als wäre ein Teil von mir mit ihm gestorben!*

Sie kam sich lächerlich vor bei diesen Worten, doch Bharkardhos neigte den Kopf und der Spott verschwand von seinen Zügen. *Und so ist es,* erwiderte er leise. *Alles muss dunkel um dich werden, wenn du erreicht hast, wonach du dich sehntest. So liegt es in deiner Natur. Aber du kennst deinen Weg, Tochter des Feuers, besser als sonst jemand. Du hast von mir geträumt, als du noch nicht einmal wusstest, dass es mich gibt. Du hast die Sterne in den Augen deines Bruders gesehen, ohne zu wissen, was ein Himmel ohne Feuer bedeutet. Und du fühlst die Kraft, die in dir liegt – jenseits all deiner Magie. Du hast die Chance, die Welt damit in Brand zu setzen, sie zu entzünden in einem Feuer, das keinen Hass in sich trägt und keine Verachtung. Nur du kannst dem König deine Glut entgegensetzen und du kannst ihn bezwingen als Diebin der Schatten, die du noch immer bist, als Tochter der Menschen und als Kind der Drachen. Du kannst die Welt erschaffen, die Andor gesehen hat, mehr noch ... die Welt, die du geträumt hast.*

Das Gold seiner Augen glomm auf, und Sira sah noch einmal die Bilder Andors darin. Wispernd flogen sie durcheinander, all die Traumfunken, die Bharkardhos in sich gesammelt hatte, und sie hörte das Lachen ihres Bruders in seinen Gedanken widerklingen, das den Schwindel aus ihren Schläfen zog. Doch gerade, als sie sich aufrichten wollte, ging ein Grollen durch den Turm, so tief, dass der Boden erzitterte. Alarmiert zog Norik sie näher an sich, aber Sira konnte sie spüren, die Macht, die noch immer in diesen Mauern schwelte und nun in grellen Flammen aus dem Boden brach, und sie stemmte sich auf die Beine. Im selben Moment klaffte ein Riss vor ihr auf, und Feuer stob daraus hervor, so hell, dass sie geblendet zurückwich. Norik wollte sie mit sich ziehen, doch sie rührte sich nicht. Regungslos stand sie da und schaute zu der Gestalt hinüber, die nun aus den Flammen trat.

Der König war nicht mehr als ein Schemen, ein Abbild seiner wahren Stärke, und doch konnte Sira sich nicht von ihm abwenden, kaum dass ihr Blick auf ihn gefallen war. Seine Rüstung aus reinem Gold brach die Flammen in kristallenen Funken, seine schmalen, beinahe zarten Hände lagen fast gleichmütig auf seinem Schwert, und sein Gesicht, von langem Haar umrahmt, wirkte wie das Antlitz einer der Statuen, die in der Gilde vernichtet worden waren. Sein Lächeln jedoch glühte vor Kälte, und seine Augen bargen in all ihren Schatten und ihrem gleißenden Schein solche Schönheit und Grausamkeit, dass Sira meinte, seinen Atem auf ihren Lippen fühlen zu können.

Thar' Haméri, raunte er, und seine Stimme griff ihr ins Haar wie eine Hand aus Feuer. *Ich kenne nun dein Gesicht. Ich fühle deinen Herzschlag, und eines verspreche ich dir: Nirgendwo wirst du vor mir sicher sein. Ich werde dich finden, Sira, Kind der Menschen – und ich werde dich töten!*

Siras Mund war staubtrocken. Die Kälte des Königs grub sich in ihr Fleisch, er schien ihre Gedanken auszubrennen, einen nach dem anderen. Seine Jagd hatte begonnen, gerade in diesem Augenblick, und sie spürte den überwältigenden Drang, in die Schatten abzutauchen wie damals in den Straßen von New York, wenn seine Kreaturen sie gehetzt hatten. Doch sie tat es nicht. Denn da war noch etwas anderes in ihr, das Flüstern unvollendeter Bilder vielleicht, die Stimme eines Jungen mit tiefblauen Augen, der für die Schatten gefallen war ... und das Lächeln eines Kindes inmitten einer Wüste aus Schädeln und Knochen, das lieber gestorben war, statt in ewiger Kälte zu verglühen. Unmerklich straffte Sira die Schultern. Noch immer fühlte sie Noriks Nähe und Bharkardhos' Schatten wie einen Schutzwall auf ihrer Haut, und ohne sich auch nur für einen Wimpernschlag von ihm abzuwenden, trat sie auf den König zu.

»Die Reiterin des Feuers«, flüsterte sie und meinte für einen Moment, Alvarez' Stimme durch die Luft dringen zu hören wie damals vor den Kindern im Hospital. »Die Einzige, die Arkarons Herz aus

Flammen brechen könnte. In den Wirren des Krieges verlor sich ihre Spur ebenso wie die der anderen Erben, doch in der Gilde der Schatten keimt die Hoffnung. Eines Tages werden sie zurückkehren, die Träger von Feuer, Wasser, Sturm und Erde – und sie werden die Welt zum Guten verändern.« Sie sah es deutlich, das Flackern in den Augen des Königs, das jedes Lächeln von seinen Lippen brannte. »Dieser Tag ist nah«, raunte sie, als sie dicht vor seinen Flammen stehen blieb. »Sieh, König der Welt – sieh, was dich erwartet!«

Damit ballte sie die Hand zur Faust, und im selben Moment, da Nhor'garoths Schimmer zwischen ihren Fingern aufglomm, ging ein heftiges Dröhnen durch den Turm. Die Flammen des Königs begannen zu rauschen, doch Sira sah es kaum. Mit nicht mehr als einem Atemzug drang sie auf den Schwingen ihrer Magie in die Mauern ein, und schon jagte sie im Schutz des goldenen Schimmers durch die Adern des Frosts. Deutlich spürte sie das Blut der Gefallenen auf ihrer Haut, aber gerade, als die Glut des Königs nach ihr griff, ging ein Ton durch das Eis, dunkel wie ein Herzschlag. Im nächsten Augenblick loderte ihr Feuer auf. Von Schwärmen aus blauer Glut umtost sprengte es die Adern ringsherum, die Flammen des Königs flackerten grell – und mit einem Donnern, das die Luft in Fetzen riss, brach der Turm des Frosts auseinander.

Sira sah nichts als brennende Trümmer rings um sich. Steinschwer stürzte sie in die Tiefe, aber kaum, dass der Wind seiner Schwingen sie streifte, streckte sie die Hand nach Bharkardhos aus. Mit aller Kraft zog sie sich auf seinen Rücken, sie erkannte Norik und Rhorka neben sich, und als der König als leuchtender Schemen durch die Splitter des Turms stob, riss sie ihr Schwert in die Höhe.

»Fürchte mich!«, rief sie und ließ goldene Flammen aus ihrer Klinge brechen. »Fürchte die Kraft meines Feuers, Drachenmörder!«

Im selben Moment brandete Noriks Stimme durch die Glut. Seine Magie brach um Sira auf, in mächtigen Strömen umfasste er ihr

Feuer, und da erhob sich das Abbild eines Drachen aus den Trümmern. Seine Schuppen schimmerten wie Wasser im Schein des Mondes, seine Klauen glühten in uraltem Obsidian, und ein Grollen ging durch seine Kehle, leise und doch dunkel genug, um den Sturm erahnen zu lassen, den er in sich barg. Das Feuer seiner Augen jedoch legte sich sanft auf Siras Stirn, und für einen Wimpernschlag meinte sie, ein Flackern in den Augen des Königs sehen zu können, als er zu dem Drachen aufsah: zu Rhenlynghar, diesem Geschöpf aus Licht und Finsternis mit dem Gold des Himmels in seinem Blick.

Doch der Moment währte nicht lange. Rhenlynghar schaute auf den König nieder, als würde er nicht glauben, dass er tatsächlich da war, er, das Wunder, das er geträumt hatte ... und das in seinen Klauen zerbrochen war. Kurz glühte unnennbare Kälte in seinen Augen auf. Dann breitete er die Schwingen aus, und so schnell, dass seine Gestalt zu einem Strom aus wirbelnden Funken wurde, stob er auf den König zu. Der Herrscher der Welt griff nach seinem Schwert. Doch ehe er noch sein Feuer darauf entfachte, kam der Drache über ihn – und mit einem Grollen, das die Welt aus den Angeln heben konnte, riss er ihn mit sich. Sira sah noch, wie das Gold in den Augen des Drachen aufglomm, und sie erkannte sich selbst darin: die Kriegerin des Feuers, Seite an Seite mit dem Reiter des Sturms. Dann entfachte Rhenlynghar sich in gleißendem Licht, die Schatten in ihm loderten auf, und im nächsten Moment zerbrach er in prasselnde Funken.

Atemlos stob Sira aus den wirbelnden Trümmern des Turms. Die Erschöpfung breitete sich nun mit aller Macht in ihr aus, aber jede Benommenheit war von ihr gewichen. Noriks Wind strich ihr durchs Haar, sie hörte die Rufe der Schattenreiter und ihrer Drachen, die ihnen entgegenpreschten, und ein Lächeln glitt über ihr Gesicht, als sie die letzten Funken Rhenlynghars trafen. Sie waren wie Regen auf ihrer Haut.

Im Strom des Windes legte sie den Kopf zurück und breitete die Arme aus. Sie schloss die Augen, aber sie sah ihn dennoch vor sich, den Himmel, der sich nun unter den Schwingen ihres Drachen entzündete und den ihr Bruder in seinen Augen getragen hatte ... den Himmel aus tausend Farben, der die Welt verändern würde.